绿 宝 石
Fall into your light

希望你的世界渐入佳境

——陆之南

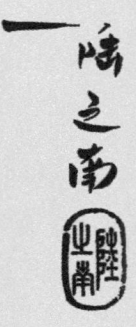

来路是归途

陆之南 著

上

北京联合出版公司

chapter 1
一起看星星的伙伴　　　1

chapter 2
至高无上　　　22

chapter 3
星空下　　　41

chapter 4
绅士　　　62

chapter 5
圣诞礼物　　　79

chapter 6
在劫难逃　　　102

chapter 7
虚伪　　　126

chapter 8
谎言之下　　　143

chapter 9
烟花绚烂　　　163

chapter 10
水火不容　　　186

chapter 11
归属感　　　205

chapter 12
流星与苍穹　　　229

chapter 13
灰姑娘　　　257

chapter 14
学霸　　　270

chapter 15
天干物燥　　　286

目录 | 来路是归途
LAI LU SHI GUI TU

chapter 16
雾里看花　307

chapter 17
黄粱一梦　326

chapter 18
咖啡香　344

chapter 19
掠夺　366

chapter 20
归途　387

chapter 21
一生一世的诺言　408

chapter 22
主动权　431

chapter 23
女主角　453

chapter 24
纪念日　481

chapter 25
渐入佳境　504

chapter 26
毕业典礼　522

番外一　545
番外二　553
番外三　559
番外四　570
番外五　581

chapter 1
一起看星星的伙伴

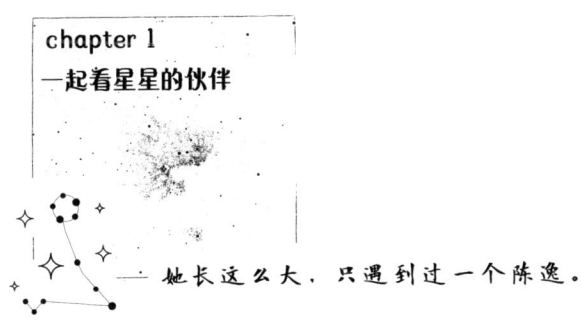

——她长这么大,只遇到过一个陈逸。

立秋已过,天气却没凉下来,日头不烈,只是空气闷,城市像顶着罩子,不起一点风。

操场上,迷彩方阵整齐划一,远远看去威武整肃,往细了瞧,快手挠耳朵的、悄摸擦汗的、交头接耳的……

新生军训,众生百态。

大滴汗水从耳后滑入衣领,脊背濡湿,黏腻难耐,张若琳眨了眨眼,依旧挺直身板,听教官的指挥向右看齐。

她身高合适,被拣选到了队列班。队列班训练强度大,半个月下来,她本就不白的皮肤和室友拉开好几个色度。好在今天是最后一天,队列会操结束,她就解放了。

零失误完成所有动作,队列班回到学院方阵,收获同学们的掌声。

站久了,猛地坐下来,张若琳感觉一阵眩晕,腹间隐隐作痛。会操还在进行,她跟辅导员营长打了声报告,申请去上洗手间。辅导员摆摆手表示同意,她便猫着腰出列,往最近的教学楼去。

小裤上殷红的痕迹告诉张若琳,那阵腹痛不是上厕所那么简单就能解决的。算算日子,早了好几天。从南方到北地,例假乱套也不奇怪。教学楼后边就有个超市,好在校园卡在兜里,报到那天她存进去三百块,没多少余额了,但买便宜点儿的应该够。

超市里人不多,但张若琳很少来,对商品分类不熟,转了一大圈才找到卫生巾货架，拣了最便宜的拿，捂在怀里走到收银台。

这时候熙攘的人声从门口传来。

"欢迎光临"，伴随着超市机器人甜美的声音，几个男生嘻嘻哈哈地走进来，讨论着电子产品。

"本来我都打算买索尼了，你这么说我还是换Q35的好。哎，陈逸，回宿舍借你的我试试。"

"随意。"

这句"随意"，还真是随意，散漫、慵懒，带点傲气。有一种声音，只一句，气场就立在那儿了。

"同学，五块五。"

收银员提醒，张若琳"哦"了一声，从兜里掏出校园卡，"嘟"的一声，读卡成功，但屏幕上"4.58"这个数字给了她一个棒喝——差一块钱？

这时，那几个男生也选好了，排在她后面。收银台上粉红包装的卫生巾让张若琳耳根一红。

收银员也是女生，低声问："你急不急啊？"

"我……我没带现金，我先——"不要了吧？

张若琳身后伸过来一只手臂，修长的手指夹着校园卡，"嘟"的一声，后上方传来声音："刷了，一起。"大概是等久了，声音有些不耐烦。

然后，收银台上出现了两罐可乐、一罐红牛、一盒燕麦酸奶。

戏谑的声音随后传来："哟，陈逸，看不出你还是个乐于助人的人呢。"

收银员扫了商品，按了金额，屏幕上的余额从1065变成1040，修长的手指抽走校园卡，几罐饮料也依次被拿走。接着，几个男生又浩浩荡荡地出了超市门。

其中一个回头道："哎，那个女生有点呆啊，怎么连谢都不会说？"

另一个拍他脑袋："你买卫生巾的时候被男生撞见还好意思正眼看啊？"

"那有什么的！"

吵闹声渐渐远了，刚才刷卡的那个男生没有说过话。

叫陈逸的男生，没有说过话。

收银员叫张若琳："同学？"

超市空调的风嗖嗖吹,背后的汗凉了,张若琳打了个冷战。她迅速抓起那包卫生巾冲出超市。

"同学!"
没走远的那几个男生回头。
一个胖子、三个瘦子,其中一个特别高。
林荫道树影斑驳,个子特别高的男生视线从手机上方抬起,眼睛一眯,目光浅淡。同样是迷彩服,他穿着就像是量身定制的。
张若琳:"请问,我要怎么还钱给你?"
话音刚落,几声嗤笑划破林荫道的静谧,胖子攀着陈逸的肩膀:"这是目前为止向你搭讪的理由中最理直气壮的一个了,要还不?"
收到一个斜眼,胖子转过脸,说:"同学,好好学习,天天向上!"
然后几个人转身走了,继续聊着先前的话题,似乎对这种"搭讪"司空见惯。
而陈逸连眼皮都没再抬一下。
她现在跑过去做自我介绍,他那双波澜不惊的眼会不会有波动?张若琳被自己脑子里冒出的这个想法惊到。
小时候他就嫌弃过她的名字。
"我妈单位刘阿姨的女儿叫这个名字,隔壁班有个女生也叫这个名字,你还叫这个名字!我分不清,以后,你就叫阿呆。"
"不要,谁要这么奇怪的名字!"
"你看,你的脸这么圆,眼睛也这么圆,多呆啊,叫阿呆正合适!"
"阿呆阿呆阿呆,哈哈哈。"
记忆中稚嫩的脸长开了,眉目俊朗,她险些没认出来。但他眼睛一眯,眉间那一簇不耐她太熟悉。可他对她已经毫无印象了。说来,他的名字其实更没什么特别的,可奇怪的是,她长这么大,只遇到过一个陈逸。

张若琳归队的时候,会操已经结束,台上正在颁奖,念到"九营,法学院"的时候,掌声雷鸣。她还愣着,辅导员推了推她,她"哦"了一声,小跑着上台领奖。

他们学院拿了一等奖,并列得奖的还有土建学院。土建学院的代表见了她,轻轻"咦"了一声,张若琳抬起头。

刚才三个瘦子中的一个。对方点了点头算作打招呼,腮帮堆着笑意。张若琳想起自己的卫生巾,下意识咬了咬下唇,也点了点头。

领导来颁奖、合影。

正对主席台的就是土建学院的方队,张若琳刚转过身,就看到了人群中的陈逸。他席地而坐,一条腿盘起,一条腿屈立着,手臂随意搭在膝盖上,姿态闲散。他身边一胖一瘦正在说话,声音毫不克制。

"哎,和杜弘毅站一块儿的不是刚超市那个女生吗?"

"队列班的啊。"

"哈,怪不得,和杜弘毅一样黑!"

"哈哈哈。"

陈逸目光一抬,张若琳即刻扭头过去,对着领导笑。

闪光灯一亮,拍照结束,张若琳低头,转身往自己的方队走。

颁奖仪式结束,军训也宣告结束,到处都是雀跃的学生,队列班隔壁的学院拿了二等奖,正在转圈欢呼。

队列班的男生一看,人少,但阵仗不能输啊,于是,几个高个子上前,捞起刚刚领奖归来的张若琳,她都来不及惊呼就被大力一抛——吆喝的声浪中,张若琳被扔着玩儿。

围观的人多了起来。

胖子拍拍陈逸的肩,指着不远处:"哎,那个女生,大姨妈不会颠出来吗?"

陈逸被他逗笑,弯了弯嘴角,嗤了一声:"关你屁事啊?"

不一会儿,除了欢呼的队列班,其余人都作鸟兽散。

张若琳终于平安落地,她有点晕,室友赶紧跑过来扶她。

路苔苔问:"刚领奖的时候,土建那个男的干吗冲你笑啊?"

张若琳还没顺过来气,一字一句地回:"我怎么不知道?"

路苔苔低声道:"你知道他是谁吗?"

"不知道。"

"陈逸的室友,兼跟班!你知道陈逸是谁吗?我猜,你不知道。晓菲,科普一波。"

孙晓菲的声音更低:"大帅哥,个高腿长手好看,土建院草,我私以为,他是校草,没跑了。"

张若琳问:"还有吗?"

"这还不够?小帅容易,巨帅那就是稀有资源,你知道吗?哦,忘了,还有钱,特有的那种。明天'百团大战',你知道吧?"

这话题转得……

"知道。"

"你要进哪个社团?"

"还不知道,入社要交费的,我可能只能参加一个,嗯……天文吧。"

路苔苔拍了张若琳肩膀一下:"嘿,好家伙,你还说你不认识陈逸?"

这分明是路苔苔猜的。

张若琳揉揉肩膀,睨抽风的室友一眼:"有什么关联?"

"你报天文社不是奔着陈逸去的?"

怎么话题又回来了?

孙晓菲用神秘兮兮的语调说:"上回说到陈逸巨有钱,为啥?因为他给天文社买设备,总价超过十万元,自掏腰包。

"这是有多爱啊?

"家里有这个数的多了去了,但跟捐个馒头似的这么随手捐的就不多了。

"社团而已。

"于是,人家虽然也是新生,但现在是天文社副社长。

"今年天文社估计要爆满了。

"你还要去吗,若琳?"

噢,怪不得,五块五就是毛毛雨吧?

✦ ✦ ✦

这天晚上,张若琳失眠了。

这些年,她想象过与陈逸重逢的场景。也许在新巫市,也许在上海,两人可能寒暄几句，也可能擦肩而过。没想到是在夏末燥热的北京，穿着迷彩服相对而立，她被他当作一个搭讪的人。他身边还是跟着那么多人。

小时候他就老少通吃，长得好，被大人们"小帅哥，小帅哥"地叫，从不缺跟班。市委大院每个孩子都喜欢跟着他。

张若琳也是。她跟得更紧一点，她住在他家里。

拆迁三期，父亲忙着协调群众关系，上山下乡到处走动，家里没人照顾她。她就在隔壁陈逸家混吃混喝。陈爸爸一直想要个女儿，宠她比宠陈逸更甚，陈家客厅里，小姑娘的芭比娃娃比小男孩的赛车还多。陈妈妈一有空就给她扎小辫子，漂亮的皮套配时兴的洋气头饰。陈逸特别喜欢弹她头上的"蝴蝶翅膀"玩儿，靠沙发上看动画片时，手就没消停过。

他最喜欢的还是掐她的脸蛋。

"阿呆，你怎么这么白？"

"阿呆，你可太胖了。"

"我妈说，你老吃我家饭，长大了是要嫁给我做老婆的。"

"你这么胖，我不要。"

现在她瘦了，也不白了，他不认识她了。倒是上海的水土把他养得白净了些。那双手修长、洁净，指甲泛着红润，真是好看。

而她呢？张若琳抬起双手，就着楼道透进来的光，看着自己消瘦且褶皱的小麦色的手。是劳碌在手背拓下的痕迹。她收回手，翻了个身。

第二天早上七点，张若琳起床，室友还在酣眠。军训之后有一天假期，连着周六、周日就是三天，但因为今天社团集中招新，也就没有人回家。

张若琳面试了星巴克咖啡店的兼职，需要提供一份健康证明。她没吃早餐，赶紧去办。

路倒不算远，坐地铁半小时就能到，但下了地铁还得走七八百米。张若琳没有手机，记不清路，只好选择坐公交车，直达疾控中心门口。

晃晃悠悠一个多小时才到达，排队办理又用了一个多小时，办好以后，她饥肠辘辘，在小巷子里买了一个鸡蛋灌饼——没加蛋没加肠，两块五一个。

排队买饼的都是住在附近的北漂，熟门熟路点单，急匆匆往嘴里塞饼，抱着公文包挤上公交车，开始半个或者一个小时的车程，一块饼支撑半天的忙碌。

每个城市都有这种属性的食物，代表着底层人民一天的开始，比如巫市的麻辣小面、滇市的洋芋粑粑，以及北京的鸡蛋灌饼。辗转迁徙的她，都吃过。

她忽然又想到陈逸，不知道他有没有吃过。应该没有吧。

在巫市的时候，他不爱吃辣，对麻辣小面更是碰都不碰，只钟情那些精致的小点心。后来他怎么样，她就不得而知了。

这些年她很少想起他，儿时玩伴，分开久了，感情自然就淡了。这一天想起他的次数实在太多了，她甩甩头，把记忆挥散。

张若琳回到宿舍时已是下午，路苔苔正看韩剧吃外卖，孙晓菲在化妆。一见张若琳进门，她们就问她一大早的干吗去了，没个手机也联系不上。她老实交代自己去给兼职办健康证。

路苔苔的注意力从韩剧转移到她身上，诧异道："若琳，这是你第三份兼职了，这才军训结束，还没开学呢。"

张若琳笑了笑："我都问过了，大一上学期课程不多。"

孙晓菲担忧道："你小心身体啊。"

张若琳道："都是简单的工作。"

路苔苔问："那你还报社团吗？"

张若琳顿了顿，说道："要去的。"

千里迢迢来到这所名校不是来打工的，学业、爱好，都不能扔下。

孙晓菲问："天文？"

张若琳答道："嗯。"

路苔苔道："我们也是！就等你回来一起走。晓菲，你动作快点，赶紧啦！"

孙晓菲正微张着嘴涂睫毛膏，小心翼翼地"嗯"了一声，又匆忙往脸上扫腮红。

路苔苔爬起来挑衣服，嘴里碎碎念："我要穿什么才能在师兄面前留个好印象？不，还是要师兄师姐通吃才行！"

十分钟后，三人走出宿舍门，迎面碰上隔壁宿舍的，一个个的虽然没有孙晓菲妆容精致,却也看得出是收拾过的,至少衣着都是拣选搭配过的。

都说大学校园八成的情侣都是从入社团开始恋情的。"百团大战",也是一场大型相亲联谊会啊。

桃李广场上热闹非常,烈阳助兴一般,铺天盖地,照得人眼花。

各大社团圈地自嗨,吹笛子的、唱歌的、跳舞的,还有穿汉服的,前辈们使尽浑身解数招揽新社员。

新生很好分辨,一个个眼神里透露着期待与好奇,成群结队地这里问问,那里瞧瞧,跟逛园子似的。

一路下来,路苔苔报了汉服协会、书法协会、街舞社,孙晓菲报了摄影协会、话剧社。她们报名时,张若琳也会收到邀请,但她一一婉拒了。尤其是摄影这种"富美"游戏,会费也高,五十元,半个星期饭钱。

转了一圈,三人才看到天文社的展台。在花枝招展的"大战"氛围中,天文社的展台堪称风格清奇:一把遮阳伞,几张星系图,几台望远镜,一张匾牌写着"天文协会"。

遮阳伞下,长桌后,几个师兄或坐或立。陈逸低头翻纸页,不时抬头和边上的人说两句话。白T恤、牛仔裤、小白鞋,大热的天,他看着清爽、俊逸。

桌前排着长队,男女比例1∶5。

一个胖子正在吆喝:"零会费,有准入,领表答题,静候佳音!"过了一分钟又重复一遍。油腻腻揽客的腔调逗得老社员都乐呵,陈逸踹了胖子小腿:"正经点。"

一圈人都收了声,忍着笑。

路苔苔说:"听说因为人太多才出此下策,我们什么功课都没做,怎么办?"

孙晓菲说:"我们领表随便写写,排队到前边看大帅两眼就走呗。"

路苔苔说:"靠谱。"

排队的新生领到表,十人一组,一个师兄过来盯着他们答题。

十道选择题,五道填空题。张若琳扫了一眼。

太阳位于银河系的什么旋臂上?

猎户臂。

光年是天文学中的?

长度单位。

每年端午节时月亮升起的时间是?

中午。

……

都是天文学基础知识。

还有一道开放题:陈述你一次肉眼观星的感受。

张若琳写得快,然后把卷子偏个角度,让两个室友看了个全。

五分钟时间,三人写完,排队交表。

陈逸头也没抬,漂亮的手指接过表,上下扫一眼,对于不过的就摆摆手,对于过的就两指微屈敲敲桌面,示意填写个人信息的位置。

轮到张若琳,她递过去,他接过……

张若琳的心忽然突突地跳。看到她的名字,他会不会抬起头?她要以什么样的表情看他?

"陈逸!"

有人叫,陈逸扭过头去。

设备安装好像出了些问题,他起身过去查看。

张若琳的表落在桌面上,很快换个学长来对答案。他笑嘻嘻地对张若琳说:"你全答对啦,不错,有几道还是竞赛题,这边填信息吧。"

张若琳回了一个微笑,弯腰执笔。

姓名,性别,学院,学号……联系方式?

"同学,有什么问题?"学长耐心十足。

张若琳答道:"我没有手机。"

学长说:"开会需要事先通知的,要不你先写室友的?"

路苔苔闻言:"写我的,我通知你!"

张若琳填了路苔苔的手机号码。

孙晓菲抄都没抄对,对答案的学长摊摊手,一脸歉意。

原路返回时,孙晓菲气鼓鼓的,张若琳刚想好安慰的说辞,孙晓菲突然丧着脸说:"为什么到我的时候居然不是陈逸坐镇?我还想近距离观察他那据说浓密得跟刷子一样的睫毛呢!"

呼——原来是气这个。张若琳记得,他的睫毛不仅浓,而且长,她嫉妒,还在他熟睡时用手工剪刀剪过。后来她听说眼睫毛剪了以后会更长,不知道是不是真的。再后来,他走了,她没来得及检验这个说法的科学性。

浓黑的睫毛正一扇一扇。这样长的睫毛,难得还不显女相。

陈逸的视线在一张张考卷上粗略滑过。他动作停顿,眼睫静止,两指夹着一张卷子,抬眼,扫了一圈面前的人群,又转头问:"谁是张若琳?"

一位师兄凑过去,说:"我记得她,她刚走了,怎么了?"

"没事,答得还行。"说着,陈逸顺手拿起入社信息表扫了一眼。

这位师兄了然道:"是啊,全对了。"

陈逸点点头,视线回到考卷上,往下,看到开放题的回答。

一行娟秀小楷。

"那时候不认识星座,只觉得一起看星星的伙伴神奇又闪耀。"

✦ ✦ ✦

晚上七点半,张若琳准时摁响门铃。

她在学校附近找了份家教的活儿,解答习题为主,每周来三次,能挣两百块。她的学生是个初三男生,叫步潼,他也算是没有辜负他的名字,与众不同。15岁的年纪,身高已直逼一米八,打扮也颇老成,只眉眼还是小孩模样。他的性格自来熟,好奇宝宝似的停不下来嘴,张若琳不过登门两次,他就已经对她的情况门儿清了。

门一打开,步潼的脑袋探出来左右看,他一边侧身迎她进去,一边叨咕:"小老师,你可吓死我了,我以为我妈回来了。"

张若琳面露狐疑,换好鞋跟着步潼进书房:"怎么了?"

书房里浓重的油炸食品气味以及垃圾桶里露出的KFC纸袋给了她答案——步潼在"偷吃"。

步潼的母亲活得精细、养生,对儿子的饮食也看得紧,别提一日三餐了，就是对饮水都十分讲究。平时夫妻俩工作忙，家里有个保姆照顾步潼。这两日保姆因事告假回老家，步潼就像个挣脱牢笼的雀鸟，即便飞不出高宅大院，原地撒欢也够折腾的。

"小心你妈妈忽然回来逮着你。"张若琳小时候也喜欢吃汉堡啃炸鸡，对步潼表示同情。

步潼吐出最后一根鸡翅骨，迅速扯纸巾擦嘴，一边收拾包装袋一边说："我妈加班，说要到半夜才回来呢，我爸出差了！"

张若琳看了看时间，提醒道："收拾好，开始写习题吧。"

步潼挑眉："反正家里没大人，我给你放假怎么样？"

张若琳正色道："这可不行，受人之托，忠人之事。"

"小老师，你说你小小年纪，怎么作风这么老派？"步潼不以为然，"刚开学能有什么习题啊，不如我们来聊聊天？"

张若琳软硬兼施："提前预习也是好的，你初三了，得抓紧了，你妈妈说第一次月考考得好有重赏。"

步潼撇撇嘴，翻开数学习题册。

整九点，步潼的闹钟响了，他迫不及待地摁掉，伸了个懒腰道："下课了，小老师！你下班了！"说着，起身把垃圾袋收拢起来，"你走的时候帮我扔了哈。"然后不知道从哪里拿出一瓶香水，把书房喷了个遍。

张若琳接过垃圾袋，被他推搡着走出客厅。步潼嗅了嗅，嘀咕道："客厅也有味儿。"紧接着就小跑着去开窗。

正在此时，"嘀嘀嘀"的监控提示声从门外传来，接着就是指纹锁打开的声音——有人回来了。

步潼身子一僵，张若琳也不由得紧张起来，两人不约而同地转头看向门口。

步潼的父亲换好拖鞋，立起身的一瞬间皱起眉头。在他的视线移到张若琳手中塑料袋上鲜红的标志时，步潼急道："小老师没吃晚饭，她就叫了外卖。"

张若琳："……"

步潼的父亲眼神冷淡，穿着西装的他显得更加严肃。张若琳瞥见步潼在他父亲目光的死角使劲对她使眼色，双手合十求助，她便咬了咬下唇，缓缓道："不好意思，步先生，我下次注意。"

"我姓项。"

张若琳愣怔，这句题外话让她摸不着头脑。

步潼凑到她身边低声说："我随我妈姓……"

张若琳轻轻地点了点头，不知要怎么回应。

步潼的父亲走进来，问道："家教费用付了吗？"

这个问题显然是问步潼的。张若琳此时尴尬，感觉说些话能缓解气氛，便接茬儿道："已经收到了，阿姨直接付了一周的。"

步潼的父亲点点头，说了声"那就行"，张若琳便告辞了。

在电梯里，她有些出神。其实按照步潼和她的年龄差，她只要称步潼的父亲为"叔叔"就不算失礼，正如她称他母亲为阿姨，但是这个男人显得那样年轻，看着不过三十五六岁，她一时没叫出口。而他第一时间修正她的称呼也在她的意料之外，她只是他儿子的家教，还是晚辈，必然不会与其深交，他似乎没有修正的必要。而且她敏感地感觉到，之后空气中的分子都降了温。

电梯"叮"的一声打断了张若琳的沉思，电梯门打开，她迷迷糊糊地往外走，有人与她擦肩而过，往电梯里进。

忽然有甜美的女声叫住她："欸，你好，还没到一楼噢。"

张若琳这才转身，看到电梯里伸出一只手抓住了即将合上的门。那只手肌肤白皙，修长好看。她抬起头，对上一双不耐烦的眼睛。

怎么又遇见了他？

电梯里站着一对璧人。张若琳倏然想到"璧人"这个词，她第一次在现实中遇到可以称为"璧人"的两个人。他们都穿着简单的白色T恤，胸口是简单的英文字母，只是颜色与设计稍有不同，女孩下身搭配黑灰色的高腰热裤，一双腿又长又白，男孩则是牛仔裤，两人都穿着白色板鞋，俨然情侣打扮。

这个小区都是一层一户，张若琳中途下电梯显然是走错了。女孩了然地看着她，她道了声谢，回到电梯里。

电梯门映着三个人的身影，张若琳往按键处挪了挪，终于再也看不见黝黑的自己。

身后两个人在聊天,大概是碍于在公共场合,声音掌握在略微压低却又自然交谈的音量,极有涵养。

女孩说:"我还挺喜欢你家里那个开放式厨房,周末我买点菜过来,就当是感谢你这次帮我带东西了。"

陈逸浅淡地笑了笑:"别了,我对你的西红柿炒鸡蛋记忆犹新。"

"喂!"女孩拍陈逸的肩,"我整个暑假都在学下厨,我妈说我可以出师了。"

陈逸摇了摇头,淡淡说了一句"那随你",似乎是无奈,又似乎不是。他那双眼睛总是给人一丝不羁的感觉,难以辨识他真正的情绪。

电梯抵达一楼,只有张若琳下了电梯。门合上,已经走出几米远的她不禁转头,若有所思地看着紧闭的电梯门。他们应该是去地下停车场吧?

张若琳回到宿舍,孙晓菲耷拉着脸看着她:"你们一定要替我近水楼台,有什么对外开放的活动一定要记得,带——上——我!"

张若琳一头雾水:"什么近水楼台?"

路苔苔提着热水壶推门进来,激动地抱住张若琳:"咱俩进了!天文社!呜呜呜,爱你!"

张若琳不至于惊喜,内心是愉悦的,她笑了笑,说:"小心你的面膜。"

路苔苔赶紧扯了扯耳际松垮的面膜,一张脸黑黝黝的,只露出五官,还是藏不住她贼兮兮的神态:"天文社每年中秋都有露营观星活动,黑夜里,荒山野岭,仰望星空……再浪漫不过如此了。期待!"

孙晓菲说:"你这个眼神不像要去观星,像是在谋划怎么钻进陈逸的帐篷……"

路苔苔说:"晓菲,还是你厉害!我是应该谋划谋划。"

孙晓菲:"……"

张若琳:"……"她应不应该告诉她们,她遇到了陈逸和他的女朋友呢?算了,一旦聊起来,话题就会没完了。

张若琳洗漱过后,背了会儿单词,抱着词典爬上床。

她今天接触到一个课外词汇:supreme。根据词典,supreme,形容词,意为"最重要的，至高无上的"。这个词印在陈逸和那个女孩的T恤上，不知为何也印在了张若琳的脑海里。这是宣誓，两人于彼此而言是至高无上的吧。

她合上词典，翻了个身把它放在枕边，正准备进入睡眠时，听到路苔苔嘀咕一声："为什么问我是哪里人？"

孙晓菲接话："谁问？"

路苔苔答道："天文社啊，就是给我发入社通知的这个号码，是发错了吧？"

孙晓菲问："是入社调查吗？"

"不是吧？就五个字——'你是哪里人'，连'请问'都没有。"

"万一是哪个学长看上你了，加个微信啊！"

路苔苔从床上坐起来："我有理由怀疑是有学长看上了你，拿我当桥呢！"

"……那你就基于礼貌回回就好了。"

路苔苔点点头，说："有道理。"然后编辑短信发送。

"上海。"

✦ ✦ ✦

"上海。"

"陈逸！"小胖看着手机里收到的回信，拍了拍隔壁陈逸的床板叫他，"小姐姐回复了，说是上海的，你老乡噢。"

陈逸正一边换睡衣一边接电话，手机开了免提放在书桌上，他还没回应小胖，倒是电话那头的人问道："老乡，谁啊？"

清甜的女声通过电波传来，宿舍里顿时噤声，纷纷看向陈逸，眼神戏谑。陈逸套上睡衣，若无其事地拿起手机关掉免提，凑到耳边淡淡地说："没什么，你安全到了就行。嗯，去洗漱了。好，挂了。"

通话结束，陈逸的手机还没放下，小胖就贼兮兮地凑到他跟前："女朋友？"

杜弘毅在一旁打游戏，摘下半边耳机道："今天碰见那个真是你女朋友？很漂亮嘛。"

陈逸不置可否："我先洗漱，很困。"

小胖拽住他，晃了晃手机道："那这边我怎么回复，你问新社员哪里的是要干吗？我以为你看上人家了。"

他的语气带着调侃，陈逸的声音还是淡淡的："名字有些熟悉，看看是不是认识。"

"张若琳吗？"

"应该是重名。"

"也许是你认识的呢，她也是上海的。"

陈逸今天乏得慌，忽然不想再继续这个话题，便侧身往洗手间走去。

小胖好奇宝宝似的紧跟着，嘴里喋喋不休："那我怎么回复？你看看你发的，一点都不友好，这可是社团公用的号码，不回的话莫名其妙，回的话——"

"更莫名其妙。"陈逸抢话道，然后踏进洗手间，反手关上了门。

小胖被堵在门口，略无语地耸了耸厚实的肩膀，低头回短信："好地方。"

紧接着对方秒回："……谢谢？"

"这个问号回得仿佛我是一个智障。"小胖自言自语道。

杜弘毅刚结束一局游戏，摘下耳机，闻言嗤笑一声："有觉悟。"

小胖见杜弘毅闲下来，也不去计较这短信了，八卦之魂气势汹汹："你见着陈逸女朋友了啊，长什么样？"

杜弘毅抓了抓脑袋，这要怎么形容？

"很漂亮，肤白貌美大长腿，陈逸这个样，女朋友能差到哪儿去？"

"也是。"小胖赞同，捏着嗓子戏谑道，"名草有主，这回社里那些醉翁之意不在酒的小姐姐要失望咯。"说着，他打开社团群，和社长商量见面会的事宜。

今年天文社安排了别开生面的新老社员见面会。天文社这个冷门社团，往年第一次开会都是标记一间教室，发消息叫大伙来认识认识就算完事。今年好不容易摘掉了"冷门"的标签，而且资金充足，必须让新社员感受到社团欣欣向荣的蓬勃气象！

路苔苔收到社团短信的时候正在上第一堂刑法课。授课老太太梳着花白的背头短发，涂着暗色调的口红，"灭绝师太"的派头十足。她们宿舍都坐在第一排，因为是张若琳这个学霸占的座。

路苔苔本不想冒死说悄悄话，但短信内容让她按捺不住地兴奋——"天文社的新成员，你好，本社将于9月10日（周六）晚七点于学生活动中心顶楼天台进行观星活动，我们为大家准备了趣味十足的游戏以及美味的零食，期待你们的加入！"紧接着又发来一条消息："收到请回复……"

路苔苔腹诽，这位发短信的前辈似乎不太聪明。但这是她入学以来收到的最可爱的"收到请回复"，她难掩兴奋撞了撞张若琳的手臂，也把手机推了过去，低声却极有力地说："天文社！观星！准备见我男神了。"

也不知道陈逸什么时候就成了她的男神。张若琳见她眼神贼兮兮的，没忍住"哧"了一声，笑得极小声，只鼻腔出气。但恰逢课讲到一个段落，"灭绝师太"刚停下来，离得近，这一声竟显得尤其突兀。她一抬眼，又撞见路苔苔着急慌地收回去的手机，脸色渐渐阴沉起来。课本被猛地一合，"灭绝师太"目光凌厉地看着张若琳："是不是高中老师都跟你们说，熬过去，上了大学就轻松了？我告诉你们……"

分针大概走了九十度，下课铃声响起，"灭绝师太"的励志演讲以"不要在我的课上做出不尊重课堂的举动"结束。路苔苔松了一口气，张若琳却心里紧张。刑法是她希望能够进修的方向，人称"灭绝师太"的教授高莹是她理想的导师人选，第一堂课自己就这般表现，不是一个令人欣喜的第一印象。张若琳颇为沮丧，这种情绪一直蔓延到午饭的时候。

她拿着食堂的铜勺，跟汤锅里的紫菜蛋花斗智斗勇，嘴里无意识念叨着："贴边……沉底……轻捞……慢起……"

满满一勺紫菜蛋花，颇有成就感。于是她照着这法子又舀了三碗。

殊不知不远处窗边角落一桌男生齐齐看着她。

杜弘毅说："这不是那个——"

小胖抢话道："七度空间？"

小胖问："她一个人在念叨什么啊？"

杜弘毅摇摇头，陈逸淡淡地看过去，盯着那唇形看了一会儿："还真有人记什么打汤口诀。"

小胖来了兴趣："什么打汤口诀？"

陈逸跟着女生的唇齿开合："贴边，沉底，轻捞，慢起。"

小胖若有所思，慢半拍地捧腹大笑："太有才了吧！"

杜弘毅说："你不也记？"

陈逸："……"

张若琳端着三碗满满的紫菜蛋花汤回到餐桌旁，路苔苔正说着社团活动的事，孙晓菲在一旁搭腔。

路苔苔问："怎么办，我到时候不会泄露自己是天文白痴的事实吧？"

孙晓菲说："那又怎么样？兴趣社团而已，又不会把你赶出去。"

路苔苔说："会在男神面前丢脸。"

孙晓菲问："你知道比理想型更理想的是什么型吗？"

路苔苔接过汤，笑眯眯地谢过张若琳，赶紧问道："什么型啊？"

孙晓菲也接过汤，也笑眯眯地谢过张若琳，咧嘴回答："妄想型。"

路苔苔作势就要打孙晓菲，两个人笑成一团。

张若琳郁闷，难道没有人发现她的汤打得极其优秀吗？于是她报复性插话道："陈逸有女朋友了。"

安静了。不仅仅是身边两位室友，张若琳忽然觉得整个世界都安静了，包括嘈杂的食堂，包括她那颗因为刚才不经意的对视而跳动不止的心脏。

这份安静持续了几秒钟，在之后的时间里，路苔苔和孙晓菲的讨论，从食堂到宿舍，一直没有停止。

"衣服一样也不一定是情侣装啊，尤其是白T恤，谁没有几件白T恤？"

"陈逸家庭条件还真是不错，咱们学校周边的房子都得十万一平方米了。"

"说不定只是邻居啊，也可能是老乡互相照顾。"

"他那个样子也不像缺女朋友的。"

"我不觉得，就他那样才不会谈恋爱。"

张若琳的话语如同一股清流："我的刑法书……忘记在食堂了。"

话音未落，她已经出了宿舍门。

刚才打汤前把书放在旁边的架子上，被陈逸那一眼看得心烦意乱，后来又被路苔苔问蒙了，她竟完全忘了饭前还抱着书。

已近晚课时间，食堂里已经空荡荡的，只有几个工作人员在打扫。架子上并没有她的书，她问了食堂的阿姨，没有人看到。

张若琳拍了拍糊涂的脑袋，看了看日期。以后要记得这个日子，倒霉！

✦ ✦ ✦

43.80元，学校书店里刑法教材的价格。

张若琳摸了摸封皮，把书插回原来的位置，手还没离开，书架对面冒出一张婴儿肥的脸，矮着身子透过缝隙看她："同学，这是最后一本，你要买吗？"

张若琳觉得这人脸熟，还没答话，"婴儿肥"就绕过书架到了她这边。来人的脸蛋显嫩，个子却高张若琳一个头，声音从她头顶传来："你们法学院不是发了教材嘛，你买教材做什么？"

这颇为熟稔的语气让张若琳恍然想起来，他是在同乡会上见过一面的师兄，他们还被分到一个小组玩过游戏。

"樊——"张若琳一时叫不出他的全名，拖着长音不知如何结尾。

"樊星烁，"男生撇撇嘴，作无语状，"繁星闪烁，我这么独特的名字都记不下来，你名字这么普通我都记得，张若琳同学。"

张若琳尴尬又无奈地笑了笑，明目张胆地撒谎："当然不是了，想叫一声'樊师兄'，但是对着你这张高中生一样的脸，实在叫不出来。"

樊星烁若有所思地挑挑眉，大概是屡屡被质疑年龄大小，他似乎对答案无所谓，笑着说："叫大名就行，更多人愿意叫我'繁星'，人类是贪图便利的物种。"

张若琳难得反问道："师兄，买书？"

樊星烁不接这个尊称："我又不是你们法学院的，哪门子的师兄？"

张若琳想了想，说："那……表师兄，你们土建学院的也要学刑法吗？"

樊星烁被这个称呼逗笑。眼前的女孩高高瘦瘦，梳着黑长的马尾，因为军训晒黑了些，脑门儿光亮，素面朝天，如果再架上黑框眼镜就是一副典型的书呆子模样，不想她一言一语竟挺有意思。

"我选了法学院的双学位，周末就开课了，教材还没买，听说高莹教授不好应付，到时候治我一个态度不端之罪那还了得？"樊星烁拣出那本刑法教材，"你呢，我看你翻这本书有一会儿了，你们本学院的不都配发教材了吗？"

提起高莹教授，张若琳够懊恼的，从课上开小差开始，她这一天就跟水逆似的，就连买个教材都因为囊中羞涩而迟迟不能下手。

这个星期家教收入两百块，往饭卡里充了一百，又买了三支笔、三本笔记本、一本英语四级词典，办了市政交通卡，口袋里只剩下二十块零五毛。

"不小心弄丢了。"她讪笑道。

樊星烁说："喏，这本还是给你吧，你们专业课比较重要。"

张若琳摆摆手："不用不用，师兄不是周末就要上课了嘛，我的课在下周呢，等等周一应该就补货了，再不济我问师兄师姐借一本也行的。"

"也好，那我就不客气了，谢了。"樊星烁取走书，快速结账。

两人一同离开书店，有一句没一句地聊天。

樊星烁忽然问道："后来的同乡会你怎么不参加了？"

同乡会，张若琳只参加过一次，受陆灼灼之托，去看看陆灼灼高中时期的男神现在过得如何。她打听到那位"名草"已有主，人家还带着女友参加同乡会公然秀恩爱。陆灼灼因此死了心，张若琳也没有在同乡会获得太多亲切感，军训结束后再收到同乡会邀请，她便以兼职时间冲突为由拒绝了。

陆灼灼与张若琳是高中同班同学，性格南辕北辙，却成了最好的闺密，也算是阴差阳错去了对方想考取的学校。张若琳第一志愿是上海F大的王牌专业，第二志愿才是Q大法学，虽说Q大比F大整体分高，但F大王牌专业录取分高于Q大法学，所以张若琳被第二志愿录取了。陆灼灼是艺术生，但文化分还是没达到Q大，就去了F大。如今张若琳在北京，陆灼灼在上海。陆灼灼与理想院校失之交臂，而张若琳……在超市遇到陈逸的时候，她觉得或许自己比陆灼灼幸运，一切都是歪打正着。可她如今也不知道这歪打正着究竟是不是幸运。

"是觉得这种联谊目的性太明显吗？"见她久久没说话，樊星烁问道。

张若琳不着痕迹地回过神来，没有回答，笑着反问："什么目的，我怎么不知道？"

樊星烁知道她这是明知故问,也没回答:"我大一刚入学的时候挺不喜欢辅导员的,很婆妈,什么事都要强调很多遍。但是她说过一个事,我记得特别清楚。"

张若琳不知道他为什么要说起这个,便不插话,静静地听。

樊星烁顿了顿,有些疑惑,自己为什么忽然和一个学妹聊这些。这个学妹看起来冷淡,并不是亲切的类型,但话头已经开启,他还是继续说下去:"她说她的辅导员曾经给他们做过问卷,刚入学的时候,毕业后想留在北京的只有百分之二十。大家刚来,对陌生而庞大的城市心生畏惧,想念家乡,都不愿意留在这儿。但是两年、三年过后,这个比例不断攀升,到大四时,已经达到百分之九十。我们大概也是这样,对这个城市,会慢慢从畏惧到敬畏,再到挑战,我们也会渐渐不喜欢家乡的安逸,反而对这个城市产生依赖和征服欲。"

这时,两人正好走到校园主干道的十字路口,张若琳要出校门,可能与樊星烁不同路,于是问:"师兄,我要出门,你呢?"

樊星烁以为她听烦了,觉得怪没劲的,讪讪笑道:"噢,我要去图书馆,那……"

"那师兄愿意在这儿站着说完吗?我想听。"张若琳说。

樊星烁眉梢不自觉地染上愉悦的神色,但适才的情绪已经不在,他忽然不知道怎么接下去,只说:"同乡会有时候只是我们外地人相互抱团的一种形式,主要目的还是积累人脉,无论以后是留在北京还是回家,都是一种资源。当然,的确有许多人想找个同乡谈一场恋爱,知根知底,又起点相当,好事一件,不是吗?"

"我知道了,"张若琳诚恳说,"谢谢师兄告诉我这些。"

樊星烁听她这真诚的语气,有点哭笑不得,觉得自己今日犯了交浅言深的大忌:"我不是……我也不知道怎么就……哎,就当闲聊听听吧。"

张若琳又诚恳地道谢,然后急匆匆地道别,出了校门。

樊星烁看着她的背影,摸了摸脑袋。

谈一场恋爱,多奢侈的事啊,张若琳想。她现在得赶去做家教,每周除了学业,她还有三份兼职工作,要维持日常开销,还要有一点积蓄,至少在下次买书的时候能毫不犹豫地掏出四十三块八毛。

在她来北京的前一夜，外婆从枕头下拿出一包用布头包裹的钱，说是亲戚朋友给她上学的红包。可张若琳知道，哪里是什么红包，亲戚们恨不得躲他们家躲得远远的，唯恐舅舅这个债务缠身的人盯上他们的余粮，哪里会主动慷慨解囊？恐怕这些钱是外婆觍着老脸求来的。

"孩子，学费有了助学贷款，暂时能对付过去，这些钱你千万别让你舅舅发现了，省一省这个学期当是能挨过去的。以后的日子，你得靠自己了，苦了你，唉，作孽啊——"

四千三百块。

张若琳不敢不收，也不能不收。她知道这笔钱的分量，知道它来之不易，知道它肩负的期待，更明白她多需要这笔钱。只有顺利完成学业，才能让外婆的苦心得到最大的回报。

可她没有想到，因为舅舅的征信太差，以他作为担保人的助学贷款审批出了问题，入学以后再办理已然来不及，这四千三百块里的四千块钱都缴了学费，她还欠着七百块的住宿费。辅导员了解到她的情况，为她申请了助学金，等到了街道审核时发现她的监护人舅舅有注册公司，她不满足助学条件，助学金申请被驳回了。

张若琳身无分文地踏进学校，每一堂课对于她都意义非凡。可是她在最喜欢的课上开小差，被最尊重的教授批评，还遗失了课本。于他人而言，一本还没有来得及写多少笔记的教材遗失了，不过是少喝两杯奶茶再买一本的事，于张若琳而言，却是生计陷入困顿，是对信仰的亵渎。

她张若琳，真不争气。她不爱哭。

在人来人往的校门口，张若琳仰着头转了转眼珠子，仍然挡不住眼泪夺眶而出，迅速没入耳际的黑发里。

chapter 2
至高无上

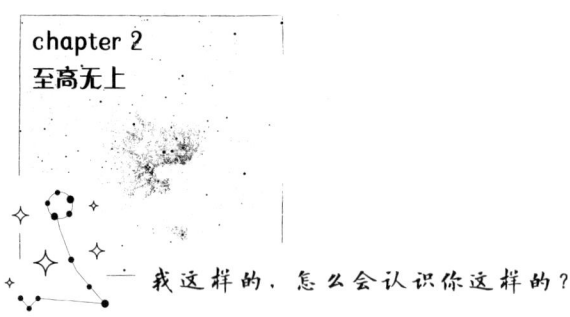

——我这样的，怎么会认识你这样的？

今天是做家教的日子。

以往张若琳没有仔细观察过这个小区，来往皆是匆匆，一来赶时间，二来不关心。今天她的步伐格外缓慢。

院墙高筑，丁香花从镶着精致金边的三叉栏杆里探出头来，落了一地的紫白花瓣。小区门匾旁是人造水景，流水潺潺。制服齐整的保安站在红棕色的遮阳伞下，巡视着来往的人群，严肃认真地登记外来人员，碰到认识的业主就笑眯眯地说"欢迎回家"，一边主动帮忙刷卡开门。

小区里高树灌木错落有致，夏末秋初的傍晚，夜幕初降，灯火渐盛，抬头就能看到低楼层人家的吊顶水晶灯，装潢精细、豪华。

这是京城里的高档小区。

张若琳仰望单元楼，竟有闲心数着楼层。步潼家在17楼。陈逸……上次碰到，他是半途上电梯，该是住在17楼下边。哪一层呢？现在是否亮着灯？

今天开门的不是步潼，而是他的父亲——见过一面的项先生。今日他穿着休闲家居服，显得整个人柔和了些。他脸上有疑惑，大概是不记得她。

张若琳站在门口有些尴尬："项先生，你好，我是潼潼的家教老师。"

"我知道，"项凌点头，"步潼和他妈妈去了姥姥家，他没告诉你吗？"

张若琳摇摇头，心里明白这是联系不上她的缘故："他可能在QQ上和我说了,但我一整天都没上线。"

项凌问:"你没有微信吗?把你号码告诉我吧,下次再有特殊情况好通知你。"

"我还没有买手机。"张若琳笑着说。

眼前这个女孩着装朴素,刚开学就找兼职,手上连个通信工具都没有,项凌了然:是个不算幸运的孩子。

张若琳敏感地注意到项凌的目光变得柔和,其中还带着些悲悯……她心口升腾起莫名的情绪,手心忽然攒了汗,湿热的感觉令人难受,她不自觉地攥着衣摆,语气轻快地说:"没关系的,那我先走了,我QQ上和潼潼改个时间就好了。"然后没等人回答,笑着道了声"再见"便匆匆转身。

她进电梯时发现项凌还半开着门,微微笑着冲她挥手。

电梯门关上,缓缓下行。镜面映着她灰白的脸,还有那不自觉抠着双肩包肩带的手、紧紧靠着的脚尖……这是个浑身透着紧绷感而不自知的身影。

是自卑吗?张若琳想。

原路返回。夜风送来不知名的花香,她没闻过这样的味道,空气都渗透着高级感。越走离花园中央越近,花香浓得呛鼻子,过犹不及,并不好闻。

十年来,她从未如此敏感……悲悯、敏感、忧郁……张若琳把这些称为富贵情绪,是她告诉自己要控制住的情绪。她需要的是一往无前的勇气和披荆斩棘的力量。于是,她把这一切怪罪于晚风与花香,它们无端地闯入,在知觉神经上是熟悉的,在心理上却筑起一道难以跨越的屏障:这里的晚风,不是她的晚风;这里的花香,也是不属于她的花香。

她抬头又看了看高大的居民楼,太高的地方便是视野盲区。一直看到脖子有些酸疼,她才后知后觉地揉了揉,低头向花说道:"不好意思啊。"无端给它们施加罪名。她轻而易举地给自己找到了情绪的突破口,脚步恢复轻快。

回到学校后,张若琳没有直接回宿舍,而是先去图书馆信息中心上网。QQ里果然有步潼的留言。

"在吗?"

"我和我妈妈今天要去姥姥家,今天的家教取消噢。"

"姐姐，在吗？"

"怎么会有现代人一个上午不看QQ呢？"

"还没看到吗，怎么会有现代人一个下午不看QQ呢？"

"我出门了，福祸天注定张若琳女士。"

"我已经到姥姥家了，依我的推断，真相只有一个：你已经到我家了并且无功而返。"

"可怜的张若琳女士，我吃饭了。"

张若琳从来没有收到过这么多留言。这个QQ号是她小学时申请的，一直不怎么用，所以很少聊天，除了一些班级群，几乎没有任何消息。

与步潼刚认识的时候，他非要她的一个联系方式，她甚至没有想到这个社交工具。步潼加了之后第一个操作就是进她的QQ空间，还十分纳闷地退了出来，抱怨说："你怎么一张照片都没有？连说说都没有，留言板也很无聊，这些乱七八糟的符号是什么鬼。"

她看着满屏的文字条笑出了声。生机勃勃的小男孩让人心情愉悦。

她回复道："改到什么时候？"然后便不管消息框，切到教务系统，提交了英语作业，顺便预习下周的口语和听力课。

等完成英语练习以后回到聊天框，她见到的又是一整版的文字条，大意是步潼抱怨她山顶洞人的生活方式，并且对她的不秒回进行控诉，只有最后一条是有用信息："这节课不补了，下周按照正常时间上就可以。"

张若琳回："好的。"配上一个微笑的表情，圆圆的笑脸看着礼貌又可爱。实际上她却笑不出来：下周照常上也就意味着，在下周刑法课之前，她挣不到这份家教钱，买不了教材了。

她关闭各项页面准备下机，鼠标却在学校论坛首页停了下来。密密麻麻的帖子最上方，飘着一行滚动字幕："失物招领，刑法教材。"

张若琳双眸闪亮，连忙点进去。

"第三食堂拾到一本刑法教材，无姓名，书侧面有简笔画，看不太懂，有没有法学院的同学知道这是谁的字迹？有需要点私信噢！"

下方展示了几张教材的照片。封面、简笔画，以及扉页上"supreme，谁是你的至高无上"娟秀的小楷。

张若琳从小就不喜欢在课本上写名字，除了要上交的作业，其余的本子都是在侧面盖章——可爱的小动物印章。小时候，陈逸总说盖章显得本子脏兮兮的，厚的书还好，薄的本子需要把侧面错开，压平了盖，每一页沾上印泥的范围都不小，确实不美观。但张若琳说："总比写名字好，写名字又土又无聊，万一被偷走了，别人可以擦掉名字呀。盖章就不一样啦，每一页都沾那么一点，怎么都擦不掉的！"

陈逸还是无语，然后笑她："呆子，谁要偷你的书啊，谁没有似的。"

后来，盖章确实太过幼稚，张若琳就自己设计了小图案画在侧面，易分辨又不显脏。

如今真是给自己挖了个大坑。

她赶紧发私信给楼主："同学，你好，我是失主，谢谢你捡到我的书，请问你什么时候方便，我去找你拿吧？"

等了几分钟才有回复。

"至高无上同学啊？"

张若琳无语望天，那晚只是顺手一写，意外发现一排字母和短句排在一起还挺美观，就没有擦掉。

"嗯，我下周二有刑法课，请问在这之前方便去拿吗？"

对面秒回："OK，周六晚上六点学生活动中心。"

周六，学生活动中心？正好社团活动也在那儿。

张若琳喜上眉梢："好。"

◆ ◆ ◆

周六，临近中午，419宿舍一片静谧。路苔苔醒了，刚睁眼就喊着："周六终于到了，一日不见如隔三秋，今天真是美好的一天。"

孙晓菲正在打扮，准备出去和学长约会，她拍拍床板："那你是不是该起来先把卫生做了，下午好专心打扮去见你男神啊？"

路苔苔蹿天猴似的蹦了起来："对，我得出去买套新衣服。"

"……有志者事竟成。"

"晓菲，宿舍好干净，不用打扫啊。"

孙晓菲看看地板，又看看窗台，踹了踹空荡荡的垃圾桶："肯定是若琳又搞好了。"

路苔苔做哭唧唧状，说："若琳怎么那么好啊，她起那么早，我都没有听到动静。"

"我也没有。"

"若琳好像家庭条件不是很好。"

"看得出来。"

"那咱们是不是该帮帮她呀，买买饭什么的？"

孙晓菲对着镜子左右摆动，全方位审视自己的穿搭："千万别。"

路苔苔蒙住："为什么呀？"

孙晓菲转过身来，捧着路苔苔肥嘟嘟的脸说："傻子，听姐的话，若琳绝对不是想要你帮助她的那种人。"

"为什么？"

"没有钱的人，穷人，自尊心往往不堪一击，谁都不例外。"

路苔苔还想说什么，孙晓菲嫌弃地拍拍她的脸："先去刷牙吧你！"

路苔苔："……"

张若琳站在宿舍门外，听到路苔苔拖沓的脚步声，僵住的身体动了动，然后迅速跑进楼道里。

心里有什么想法吗？大概有吧。什么想法呢？不知道，理不清。早上她去了趟图书馆，本想回来午休再去做兼职，眼下只能提前去了。

张若琳赶到星巴克咖啡店时，正是中午饭点，店里排着长队，店员们几乎要忙不开。店长很高兴她提前来了，给她提前算时间。

一直到午后一点多，客人慢慢少了些，张若琳和店长聊天。

张若琳问："今天不是周六吗，怎么店里还这么忙？"

这个星巴克在一栋写字楼的一层，顾客大多都是楼里的白领。

店长笑着说："周六怎么了，只有学生周六才真的放假。"

张若琳刷洗杯子，静静地点点头。

店长见她乖乖巧巧的模样，忍不住多说了几句："外地人在这儿打拼很不容易，大家都很努力，如果别人忙碌的时候你在放假，那你不仅仅是掉队了，你还有可能会丢掉工作。"

张若琳说:"那为什么不回家?"

店长说:"你才大一,以后你就知道了。"

张若琳又静静地点点头,其实心里不太明白。她想起孙晓菲的话,又想起樊星烁的话,脑子里乱糟糟的,没什么来由,也没什么结论。

下午张若琳回到宿舍时,路苔苔在试穿她新买的小裙子,黑色的高腰裙遮住她胖乎乎的下半身,还掐出了一点腰。如果没有张若琳忽然出现,镜子里的女孩几乎算是微胖。

路苔苔撇撇嘴,说:"没有对比就没有伤害。若琳,你往我身边一站,我穿什么都胖。"

张若琳说:"你的脸比我好看就行啦!"又低声贼兮兮地补充,"而且你有胸,前凸后翘!"

这话说得路苔苔脸一红,钩着张若琳的胳膊说:"你对自己的认知,是如此地不正确。"

她扳着张若琳的脸正对镜子,评价说:"瓜子脸,眼睛大,鼻子……不塌,嘴巴……唇色有点深,嗯……眉毛太浅了,关键还是你太黑了,其实你脸形、五官都很好看!"

张若琳无奈极了,笑了笑,说:"别在这儿想半天憋不出什么来又瞎编了,快点去吃饭,再晚就没饭了。"

路苔苔拉住她:"不行,你竟然说我瞎编,等晓菲回来让她给你化个妆!"

张若琳连忙摆手:"不不不不。"然后推着她赶紧出门。

"张若琳,你这个奇怪的女人!"

"没饭啦!"

"就知道吃吃吃!"

"嘻嘻嘻。"

杜弘毅和万峰洗澡回来,就看到小胖在宿舍里像个陀螺一样转悠,这儿翻翻那儿瞧瞧。

万峰说:"小胖,你干啥呢,像个贼?"

小胖摸了摸脑袋:"我捡的那本书呢?"

万峰反问道:"你捡的你问我们?"

小胖说:"我说了要拿去还人家的。"

杜弘毅说:"你说的是那本刑法书?"

小胖点头,看着他。

杜弘毅不确定地说:"昨天看到陈逸拿着个大红本,我还问他来着,他说他查查法条。"

小胖赶紧给陈逸打电话,一边嘀嘀咕咕:"查什么法条啊,奇奇怪怪。"

"陈逸,你看见我那刑法书了吗?"

"在我这儿。"

"我现在得拿给人家。"

"我知道,一会儿活动,我拿过去。"

胖子惊讶又好奇,用刻薄的语气说:"你不是说不参加我们的低俗活动吗?"

"反正无聊。"

"六点,你别迟到了,我答应人家了。"

"好。"

听到陈逸应了一声,万峰对杜弘毅使眼色,说:"陈逸要去啊,那妹子肯定多,老杜,咱也去凑凑热闹!"

三个人打扮得人模狗样,往学生活动中心去了。

张若琳和路苔苔选了离活动中心最近的食堂。路苔苔听她说了丢书找书的事儿,笑眯眯地说:"万一捡到书的是个帅气学长,就可以发展一段浪漫校园爱情故事了……"

张若琳说:"真有那么多浪漫故事的话,失物招领处直接改成婚姻介绍所得了。"她只庆幸没有多花那四十三块八毛钱。

两人到学生活动中心一楼时,路苔苔问:"你们要怎么相认?"

张若琳被"相认"这个词逗笑了,整得跟认亲似的,是不是还要整一出失主见好心人两眼泪汪汪的大戏?不过,这确实是个问题,他们只约了六点在学生活动中心见面,没有说确切地点,也没有说穿着标志什么的,学生活动中心这么大……她难道挨个看看有没有人抱着本刑法书吗？

"若琳若琳，我我我男神来了！"

张若琳的手臂一紧，她下意识地循着路苔苔的目光看去。

陈逸一身篮球服，额头戴着吸汗发带，刘海儿细碎，被风一吹往上乱飞。正是晚饭时间，来往的女生几乎不加掩饰地回头看他。

张若琳庆幸大家都在看他，不至于显得自己过分呆滞，像偶像剧里的无脑女孩。

"若琳，刑法书……"

她看到了。

她向来自持，也许近来频繁偶遇让她有了一点遐思，但也不至于看到他就走不动路。只是因为，他拿着一本刑法书。

陈逸步伐悠闲地进了大厅，走到三个男生跟前，把书一扔，问："人呢？"

胖子猝不及防，差点没接稳："喂！你干吗？"

万峰说："不是吧，陈逸，你穿成这样过来，我们几个还怎么混啊？故意的吧你？"

陈逸嗤了声，踹小胖的腿肚："还不是这位哥，紧催紧催。赶紧的。"

小胖讷讷地问："赶紧啥？"

陈逸指了指他怀里的书："我还得回去洗澡，人呢？"

小胖觉得奇怪："那你回去洗啊！又不妨碍你。"

杜弘毅说："小胖还个书，你怎么这么热情？少见啊，陈逸。"

他们几个站在一起说说笑笑，颇有些英雄所见略同的意思。这所学校生源优质，大家进了大学也没有过多修饰自己，普遍朴素。说得物质些，就是有点土。但是他们几个气质都不错，就陈逸的样貌、气质，披件抹布也赏心悦目。杜弘毅和万峰也都挺干净、精神的，就连小胖也不是油腻腻的胖，看着就是富足环境教养出来的，可爱中带着点潮流气。

张若琳要怎么走向这样一群人？她四处张望，没有第二个人拿着刑法书。

六点七分，她已经迟到了。

"若琳？"路苔苔叫她。

"我们过去吧。"张若琳说着一步一步,步伐沉稳地靠近。

四人都没想到等来一个"认识的人"。

"同学,请问,你是捡到了一本刑法书吗,我是——"

张若琳的话还没说完就被打断——

小胖:"至高无上?"

万峰:"七度空间!"

杜弘毅:"打汤口诀!"

三个人几乎同时开口,陈逸看向身边的女孩。

她个头挺高,应该有一米七,皮肤很黑,身材消瘦,头发黑亮,马尾扎在后脑勺不高不低的位置。

张若琳调整过的紧绷、不卑不亢的姿态被这没有在脑海中预演过的一幕搞得瞬间崩塌,声线带了些自己没有察觉的紧张:"……什么?"

小胖睨一眼几个室友,把书递给张若琳:"哈哈哈,没事,就是我们都见过你,好巧!"

张若琳接过书,动作迟缓:"哈,这样啊。"

几个人愣了,心想,这姑娘真够心大的,前阵子还跟陈逸搭讪来着,现在就假装没见过他们几个了?

万峰看热闹不嫌事大,指着陈逸问张若琳:"那你认识他吗?"

张若琳心里咯噔一下,仿佛紧紧捂住的心脏被小石子撞了一下,触动命门,开始失去控制。她攥紧手中的书,挤出一个笑容:"认识啊!"

三人心道:"果然!"

张若琳说:"陈大帅哥的名字如雷贯耳,没有人不知道吧?"

三人心说:"剧情走向好像不太对?"

张若琳又从口袋里摸出五块五,递给陈逸:"同学,那天谢谢哈。"

三人:"……???"

陈逸没有接茬儿,问道:"你叫什么名字?"

三人以及路苔苔:"?!"

◆ ◆ ◆

有那么一瞬间，张若琳觉得自己像是耳鸣了，周围的声音陡然变成了一条线，"吱——"地挤压她的耳膜。

他为什么问她的名字？他从她的书里看出什么了吗？许多年过去了，他还记得有个女孩喜欢在书口上画画吗？他急匆匆地赶过来，是想要见到这本书的主人还是巧合？他为什么问这个问题？

张若琳阻止自己继续遐想。她以为这个过程漫长到别人会觉得诡异，而实际上不过就是三五秒的时间。

所谓百转千回，大概就是这样吧。

她找回自己的声音，抬头看着他，说："我叫张若琳。"说完就移开了视线。

陈逸一动不动，眼睛微微眯着。

小胖惊讶地说："你就是张若琳啊，我知道，你入社答题满分，上海的吧？"他记得，陈逸特地用社团的公用号码给这位同学发过短信，所以备注了。

张若琳疑惑地摇了摇头。

路苔苔蒙了大半天，小心翼翼地说："我是上海的。学长，是你发的短信吗？"

这下轮到小胖蒙了："我不是学长，咱们同级，但我是给张若琳发的短信啊。啊，不对，不是我发的，是——"

陈逸打断这无聊的对话："不是要去场地看看，还在这儿瞎唠什么？"

小胖拍拍自己的脑袋："你看我这样子，走走走，早就催我了。还不都是你？陈逸，我现在受的苦都是因为你。耍大牌，赶紧滚，不要参加我的低俗活动。"说着就往电梯间去。

万峰和杜弘毅边走边回头，冲陈逸喊："别听他的，你得来啊！"

陈逸抬手挥了挥，不置可否，摸出手机低头看看时间，没有要走的样子，忽然抬起头问身边的人："吃饭了吗？"语气似乎有些愉悦，细想又觉得很平淡，没什么情绪。

张若琳的手指抠紧书，愣是说："嗯，吃——"话没说完就感觉手臂被抓紧了。

路苔苔掐着她，然后笑嘻嘻地说："还没有啊。"

陈逸说："一起吃？"

张若琳几乎怀疑自己听错了，下意识抬头，就对上陈逸带着征求意味的眼神，他的眉头轻轻挑了一下，嘴唇微抿，嘴角就有了一点幅度，看着像是浅浅的笑。

她有点呆滞地回过神来，笑了笑，说："啊，不用了，我们俩都减肥，不吃晚饭。"

路苔苔还要说些什么，张若琳赶紧告别："我们先去会场看看有没有要帮忙的，陈同学，再见。"然后拔腿就走，连拖带拽地拉着不情不愿的路苔苔往里走。

两人进了电梯，碍于身旁还有其他人，路苔苔没有说话，只是表情悲戚。出了电梯，路苔苔说："呜呜呜，为什么不去？"

张若琳说："吃饱了呀，去了得装作没吃会撑死的，你没吃饱啊？"

路苔苔说："呜呜呜，你还我和男神约会的机会。"

张若琳扑哧一声笑了："怎么还？"

路苔苔说："不知道还有没有下次了，我与偶像剧女主擦肩而过了。若琳，你今天好奇怪噢。"

张若琳沉默了两秒。

路苔苔说："你有心事吗？"

平时看起来大大咧咧的路苔苔，有着女孩子敏锐的第六感。

张若琳说："我觉得人家可能只是客气，但我们要是真去了，哪里是吃饭呀，是去当动物园里的猴子，给人围观的。"

路苔苔想了想，说："也是，太惨了。男神还是当男神吧，和他一起吃饭太需要勇气了。我本来是有点想法的，老乡嘛，刚才离得那么近，还真有压迫感，觉得自己特别渺小，明明人家也没做什么，气场好强哦……唉，不知道什么样的女孩走在他身边，大家才会觉得正常啊。"

张若琳知道她处于自言自语模式，所以并没有搭话。

什么样的女孩走在他身边，大家才会觉得正常？和他一样，什么都不做，站在那儿就闪闪发光的女孩吧。

这个女孩，她见过。

学生活动中心的天台本是封闭的，社团特意申请开放的。天台一边摆着几张小桌，摆满水果零食，还有个三层的大蛋糕；中间地面摆着坐垫，围成一个圈；另一边是几台望远镜，几个男生正在调试设备。

天黑下来，地灯亮起，桌面上的彩灯也闪着光，夜幕之下光晕神秘，社员们都席地而坐，围成一圈，三三两两聊着天。

几个学长忙完布置，在一旁感慨。

"我追我女朋友的时候都没搞这么浪漫。"

"终于体验了一把社团'有钱就是爷'的感觉。"

"终于咱们天文社也有这么多妹子了。"

一个男生笑着对姑娘们说："师妹们，要是找对象就先内部消化，考虑考虑我们这么会搞浪漫的天文男子天团啊，别喂了外边的狼啊！"

顿时哄堂大笑。

"好的！"一声应答，在混沌的笑声里格外清脆。

大伙都看过去。说话的是一个长得很可爱的女孩，脸很幼态，坐在一个男生旁边显得格外娇小，让人有保护欲，但她的气质自信飞扬，整体反差感很强。

张若琳低声说："好萌啊。"

路苔苔说："一看就是冲着陈逸来的。"语气愤懑。

张若琳立马转变评价："仔细看，她鼻子塌，脖子短，不好看。"

路苔苔说："哈哈哈，姐们儿，就喜欢你这没有原则的样子。"

张若琳反驳道："谁说我没有？我的原则就是实事求是。"

路苔苔咯咯直笑，觉得张若琳很特别。别人如果说这些，她会觉得没什么，但张若琳说出来，她就觉得很有意思。

一个人的认定，总是影响着别人对她的判断。

张若琳的初始设定分明是一朵小白莲，像无数小说、电视剧里可怜的女主角：家庭条件不好，所以更加勤劳、隐忍，对待身边人细致周到，说话细声细气、客客气气，弱者姿态，有着超出年纪的成熟。可现实中，这样的人往往并不好相处，因为他们总是戴着面具一般。张若琳好像也这样，但她偶尔会暴露一些无伤大雅的小坏，偶尔也很凶，让人感觉她真实存在，不是一个人物设定，他们之间的相处是平等的，她不差人什么。

路苔苔更紧地搂着张若琳的胳膊。两个人盘腿坐在地上，像连体婴。

初次见面大家都还有点局促，男女生很自觉地分开坐着。张若琳这儿正是女孩的边界，万峰和杜弘毅坐在张若琳右边。

活动要开始了，小胖是主持，站在圈里准备发言。

社长忽然问他："陈逸呢，还不来？"

小胖说："难说。"然后开始致辞，正经地介绍社团的发展历程、现在社团管理人员等。

万峰忽然凑近张若琳，问："陈逸呢？"

张若琳如临大敌："我不知道啊，我们钱货两讫啦！"表情认真。

万峰扑哧一笑，八卦之魂就这么被压制住，不知道要怎么接话才好。

"那加个微信吧？"

张若琳不知道他是何意，说："我没有微信。"

"QQ呢？"说着，他已经把手机递过来，调到了添加好友的界面。

张若琳只好接过来，输入自己的QQ号。

万峰满意地点点头："记得同意。"

张若琳说："好的。"

社长发言时，带了带气氛，大家就开始玩游戏——真心话大冒险。

怪不得陈逸说这是低俗活动，是够土的，张若琳心里想。

可这样的游戏经典就经典在最简单也最快捷地让大家熟悉彼此，在选人问答中，在眼神互动里，一次次地磁场碰撞。

"陈逸，你可算是来了，这要是饭局，你就得喝趴了走！"社长忽然喊道。

大家都朝入口看。

陈逸显然刚洗过澡，换了一身清爽的T恤、牛仔裤。

"大家紧一紧，"有男生说着，起来到边上，给陈逸拿坐垫，一边递给他一边调侃，"迟到了不得表演个节目啥的？"

陈逸接过坐垫，说："表演揍你行不行？"然后他转过头来，看着大家挪出的空当在万峰和杜弘毅中间。

他走过来，拍了拍万峰的肩膀："过去点。"

万峰扭头，意味深长地看了眼陈逸，然后往杜弘毅那儿挪，腾出自己原来的位置。陈逸自然而然地坐下。清爽的洗发水香气，让张若琳短暂失神。

谁也不知道他为什么非要万峰挪过去，但他的表情没什么变化，坐下后他就忙着回微信消息，头都没抬。所以这平常又有那么一点不平常的举动就这样不再备受关注。

游戏开始。几轮下来大家选的都是真心话，问的问题不是有没有对象就是择偶标准，俗得不能再俗。奇怪的是，张若琳这一片都没摇到过，都是对面那一片中招。于是，有人不服气了。

是那位幼态萌妹，名字也很符合她的形象——李初萌。

李初萌站起来，走到中央把指针盘转了一百八十度，说道："这个东西肯定不科学！"他们那半圈的社员纷纷点头，而且，谁都知道，今天最想搞到的人，就是这边半圈的陈逸。

转盘开始转，没转到陈逸，陈逸旁边的张若琳倒是中招了。大家一脸可惜的样子。就差一点点！

张若琳也看出来了，大家对她并不感兴趣，所以她很放松，她回答什么都不会有人关心，瞎说呗。

忽然有人提议："一直是真心话有什么意思啊，大冒险，大冒险！"

✦ ✦ ✦

一群人附和着。张若琳忽然用开玩笑的语气说："不公平哦，转的时候没说，那就得从下一把开始大冒险！"

大家愣住了，本以为这个安安静静坐着的女孩是那种唯唯诺诺的类型，没想到她会反驳。

陈逸忽然开口了，对着转盘子的杜弘毅说："猜拳，谁赢听谁的。"

这是陈逸今晚第一次开口说话。

场面静了几秒钟，杜弘毅说："来，石头剪刀布？"

张若琳说："好啊！"

她出了石头，杜弘毅出了剪刀，她赢了。

路苔苔说："若琳，你运气可以啊！"

张若琳低声说:"调查显示,在剪刀石头布里,男生大概率第一把出剪刀,这是一种习惯。"

路苔苔说:"哇,这也行……"

张若琳说:"我选真心话。"

大家唉声叹气,杜弘毅问:"你喜欢什么样的男生?"很常规的一个问题。

张若琳想都没想就说:"威武霸气。"

"不行不行,敷衍!啥是威武霸气啊?"

张若琳辩解:"多好啊,这意味着优秀、有实力、健康、强壮,这不是理想型是什么?"

大家笑了起来,放过她了。于是再开一轮,约定了大冒险。轮到万峰转盘子。

众望所归,指针指向陈逸。大家十分配合地鼓掌起哄。

李初萌说:"社长,你看,这转盘就是有问题吧!"

社长也玩嗨了,说:"赶紧想想怎么整这小子吧!万峰,你别放过他。"

万峰摸着下巴,拿出手机不知道在搜索什么。鸦雀无声,大家都关注着他。过了一会儿,万峰抬起头,轻咳了两声才说:"兄弟,第一把咱们不玩太大哈,这个台词,你挑个女生,对着她声情并茂地念完!"

陈逸接过手机,脸一黑。

大伙窃窃笑起来,这下好玩儿了!好奇又期待。女生们此时面上没有什么特别的,心里大概都在期待陈逸能选择自己。

陈逸的表情回归平淡,他转过头说了句"就你吧"。

谁?

张若琳就坐在他旁边,选她方便、快捷,似乎没什么不对的,但结合他来的时候的做法,忽然让大家有些猜不透。如果不是张若琳实在太普通,大家恐怕要怀疑陈逸就是冲着她来的。

张若琳身上集中了全部视线,她缓缓转过头,看着陈逸下巴的位置。

万峰调侃道:"张同学怎么一副视死如归的表情啊?"

又是一阵笑声。张若琳烦死万峰了,瞪了他一眼。万峰得逞般笑得更欢了。收回视线的时候,她不经意对上陈逸的视线。

陈逸静静地看了她半秒钟，开始念："我知道你爱得好痛苦好痛苦，我也知道他爱得好痛苦好痛苦，你痛，我也痛，你痛，我更痛，我心痛得快要死掉了！都是我的错我的错，我不该和她一起看雪看星星看月亮，从诗词歌赋谈到人生哲学，我答应你，从今往后只和你看雪看星星看月亮，从诗词歌赋谈到人生哲学……山无棱，天地合，才敢与君绝。"

他的声音很好听，沉沉的，却不重，像是凝聚的一团雾气，人置身于烟雾之中，看不真切，容易迷失。气场这东西着实神奇，这狗血的台词在他念来也没有那么不堪入耳了，夜色下，暧昧灯光里，平添了浪漫的气氛。

静了几秒钟，有人笑抽了，满地打滚，比如万峰。有人愤愤不平，比如李初萌。有人六神无主，比如张若琳。

陈逸放下台词。张若琳眼神闪烁，转过头去，煞有介事地对大家做了个哭脸，说："天，要是我什么时候被咱们学校的女生活埋了，还请各位一人给我刨点土救救我！"

大伙又被逗笑了，很快继续下一轮。

直到每个人都转了一遍，游戏阶段结束，开始切蛋糕，然后自由观星、交流。

张若琳上了趟洗手间。冷水拂面，她注视着镜子里脸色苍白，不，是苍黑的自己，过了几分钟才回到天台。

大家分散在几台望远镜边上，几个学长在一旁高谈阔论。一场游戏结束，大伙确实放松不少，也更熟稔了。

陈逸和他们宿舍几个还坐在地上，分派别，好像在打牌。旁边也围着几个女生，路苔苔也在，正在和小胖斗嘴抢牌。

张若琳挤不进设备那边，便沿着围墙绕到另一边，看着学校的夜景，静谧、安宁，远处商务高楼灯火通明，仿佛不眠不休。

"我们是不是很早就认识？"身后传来一道声音，低低的，像是幻觉。

张若琳转过头。是陈逸。

我们？哪儿有我们？她别过头看着地面，拍拍胸口说："陈同学，你走路没声音啊，你是鬼吗？"

陈逸不说话，又走近几步，步伐轻，但足以听见。是她沉浸在自己的世界里，没有察觉。

张若琳笑了笑："没有。我这样的，怎么会认识你这样的？"

陈逸说："你的名字——"他没有继续往下说，拖长的音调令人有些恍惚。

重逢以来，她幻想过无数次，当他听到她名字的那一刻会有什么反应，当他问她的时候她要怎么回答……

这一刻终于来临的时候，张若琳反而没有什么想法了，她只是保持微笑，说："和你朋友一样？哈哈，这句话我从小听到大。再说了，同名不同命，名字一样，长得不一样啊，对吧？"

终于还是选择了否认。人在紧急时刻最是容易暴露本真，她从一开始就没想过要上演一场重逢大戏。胸腔里有一股压力袭来，她强撑着，气息渐渐止住了，心脏跳动的声音盖过了不远处社员的笑闹声。说谎真需要体力。

陈逸长久地沉默，最后点点头，转身走了，步伐不紧不慢，和来时一样。

陈逸提前离开了，手机一直不停地振动，催促他的消息一个接一个。

今晚是言安荷的生日。一场聚餐他借故没去，二场不去说不过去。微信界面一片红，好几个人在催。

他回家拿了礼物，进包厢时已经将近十点，免不了被灌酒。在场的多是高中同学，还有言安荷在学校新认识的几个朋友，有男有女。

言安荷是表演系的，她同学的相貌自然都不差，她的外在条件即便在表演系也是出挑的，加上家境优越，平时不少人往她跟前凑。但大家也都知道，言安荷是名花有主的，对方与她青梅竹马，还是Q大的高才生。

陈逸没来时，就一直有人念叨他，导致大家对这个人十分好奇——左不过是个学霸，最多相貌清秀，比起学表演的，颜值上还是相差甚远的。

包厢门被推开的那一刻，电影学院的还以为来的是他们的同学，但一声"陈逸"，打断了他们的联想。

有人调亮了灯光搞事情，往玻璃桌台上放了整整一打酒。借着灯光，大伙也都看清了，细看之下才觉得，这个男人长得没话说，表演系也找不出几个这样的，但他并不像学表演的，他穿着简单，没有潮牌堆砌的浮躁感，举手投足间个人风格突出，冷淡、疏离被一点书卷气中和，有一种气定神闲的气场。

按照他们对陈逸身份的理解，作为言安荷的男朋友或者准男友，他迟到应该给个理由。但陈逸没有解释自己晚到的原因，直接把礼物袋子递给言安荷，说了句"生日快乐"就往那儿一坐，爽快地喝了三杯酒。

于是场子又热起来，唱歌的唱歌，喝酒的喝酒。到了零点，生日歌响起，服务员推着蛋糕进来，言安荷像公主一样被大伙簇拥着许愿。蜡烛熄灭，有人起哄："许的什么愿啊？"还煞有介事地把陈逸往中间推。

言安荷俏皮地说："为什么要告诉你，你又不是老天爷，能帮我实现愿望。"

那个男生说："我不能，陈逸能啊，是不是？"

又是一阵起哄。

陈逸说："行，你说，我尽力。"脾气好得令女生们羡慕。

起哄声更甚了。言安荷注视着陈逸的眼睛，背景的《生日快乐歌》不知被谁暂停了，喧闹的包厢立时鸦雀无声。

言安荷缓缓踮起脚凑近陈逸的脸，周围又开始起哄，声调暧昧。众人翘首期盼那个吻的到来，甚至已经做好鼓掌的准备。

而言安荷只是凑近陈逸的耳朵，说了一句话。谁也没有听清。

然后陈逸点点头说："好。"

言安荷微微笑着。

等来这一幕的众人并不满意，开始不满地抗议。言安荷把蛋糕一切，装作不满地说："你们为什么这么关注陈逸？今天是我的生日，我是主角！"

众人把她这个表情理解成恼羞成怒，一副"你懂我懂大家懂"的神情，气氛重新热闹起来。

一直进行到夜里两点，大伙喝得七倒八歪，这局才散。言安荷在楼上订了好几间房，一群人都住酒店。陈逸把言安荷送回房间，就准备回家。

言安荷知道他能不睡酒店就不睡酒店，但还是说："你喝了好多，还是别回去了，怪折腾的。"

陈逸说："我没事。"

言安荷欲言又止，最终只是笑了笑："那你小心一点，到了发个消息。"

陈逸说："好。"

言安荷站在门口，看着他走到走廊尽头，拐向电梯间，没有回头。她关了门，躺在床上，久久没有去卸妆、洗澡，她好像已经花光所有的力气。直到手机振动，陈逸发来消息："我到了。"

她拿起来，回一句："好，早点睡。"

陈逸："你也是。"

看似默契、周到，但仅仅限于默契、周到。他们认识八年了，她一直在他身边。在周围人眼里，他们郎才女貌，自然而然就是一对儿，她自己也是这么认为的。因为除了她，他没有和别的女孩走得这么近过。

上了大学，在一起似乎是水到渠成的事。在今天这么好的氛围下，她知道，不管她说什么，他都会照顾她的面子满足她，即便她向他表白，他也不会在那样的场合拂了她。可是她不敢，在他的眼睛里，她从来没有看到过称为爱意的东西。他永远一副有些厌世的样子，似乎这世界没什么值得他特别留意的，来去自在，闲散、慵懒，可又不是丧，难以形容，令人琢磨不透，所以吸引人。她想象不出他喜欢一个人的时候是怎样的。会不会变得热烈，会不会变得幼稚，会不会变得无理或者霸道？她不确定。但她知道，至少不是现在这个样子。

这么多年，闺密都说他们俩早已朋友以上，只差其中一个捅破窗户纸。可她不这么认为，她明白，她只是恰好从小就认识他，他也不讨厌她，她就一直在他身边，此后因为她，也没有其他女生靠近而已。他甚至可以和她在一起，如果她说她缺一个男友的话。可没有爱情的关系能够维持多久？如果分开，那便是永远再无机会了。所以她稳稳地，耐心等待，耗走所有人，等他拥抱她。

她今天在他耳边说："你可得请我吃顿大餐！"

他的回答是如此聪明。

chapter 3
星空下

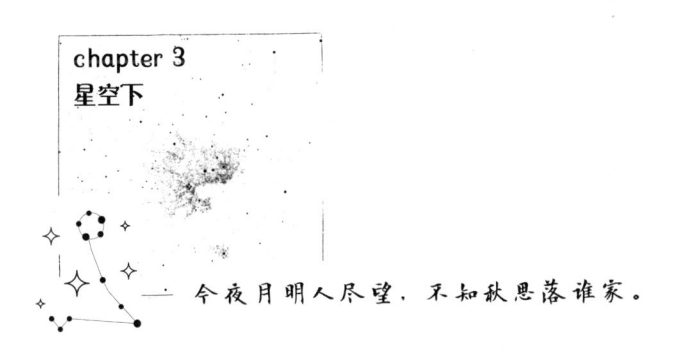

——今夜月明人尽望，不知秋思落谁家。

陈逸着实喝了不少，他对酒局规则了如指掌、应付自如，但今晚他是来者不拒，甚至在某个临界点想醉一醉。他见过太多喝醉的人暴露自我，他忽然很想试试。

虽然意识清醒，但身体还是很疲惫，他往沙发上一摊，揉着太阳穴。桌面上摆着一本刑法书，他注视着它，忽然坐起来，拿过来左右翻看，书口上画着一只老土的米菲兔，她应该是压平了画的，合上以后兔脸被挤压，有些扭曲。真是画得不怎么样。陈逸无声地笑了笑。

不知道坐了多久，他爬起来洗澡，躺下的时候，天光已经泛白。

陈逸有一套自己的冥想训练法，能够两分钟内入睡，即便在高考强压下，他的睡眠质量也一直很好。但今天这一觉他睡得不安稳，做了许多梦。

——夏日草长莺飞，湍急河流上船只川流不息。巫市旅游季节，到处都是游客，中间夹着几个金发碧眼的外国人，逗弄着好奇注视他们的本地小孩，还有纤夫成群结队地蹲在岸边抽烟，等待活计……

——满目疮痍的城区，到处是轰隆隆施工的挖掘机，工人顶着烈日挥舞着手里的大锤子，混凝土倾倒的那一刻腾起大片尘土，白茫茫的一片，在光束中飞舞，渐渐消散……

——夜幕降临，轰隆隆的拆迁声中，伴随着哗啦哗啦搓麻将的声音，尚未搬迁的人们死守着断壁残垣中逼仄的街区，嘻嘻笑笑，一切如旧，仿佛即将背井离乡的人并不是他们……

手机铃声响起,打碎了陈逸乱七八糟的梦。他坐起,短暂地失神。

零零碎碎、片段化的梦境,最是消耗精气神。

他梦到了整个巫市,唯独没有梦到旧人。他甚至梦见了市委楼上的天台,能看到整个巫市。梦中视野转了一整圈,也只有景。没有人同他一起看。他使劲回忆,张若琳的样子却越发模糊,他只依稀记得,她是个白白净净的女孩,胖乎乎的,傲娇得像个公主。

这些年陈逸已经很少想起巫市,也许是因为年岁渐长,也许只是愧于面对。他离开的时候没有与她告别。在她刚刚失去父亲,整个人失魂落魄的时候,他与家人离开了巫市,到繁华的上海落地生根。

后来他向母亲打听过张若琳,听说她回到了舅舅家。她舅舅,陈逸知道,有个工程队,在拆迁那会儿赚得盆满钵满,那样看来她还是能够继续当她的小公主。

小时候的感情总是来得快,去得也快,他到了新的地方,结识了新的朋友,很快进入了新的生活。说来也奇怪,小时候他在一个小城都能认识三个张若琳,到了上海,这么多年反而再没碰到过一个。

直到今天,一个和记忆中的她截然不同的女孩对他说:"我叫张若琳。"

手机锲而不舍地响着,他摸过来看了眼,才十点。来电人是姑姑,倒不是亲姑姑,而是他爸的朋友。他来北京上学后,与这个姑姑在同一个小区,联系就多了些,但他还是第一次接到她的电话。

"小逸,你在家吗?"

"在。"

"那就好,你方不方便带上两百块现金,上楼帮我付一下潼潼的家教钱?我没在家里,你姑父也还没回。"

陈逸说:"支付宝呢?"

想到要见那个小鬼头步潼,他就有点头疼,这个姑姑算是老来得子,对孩子溺爱得不得了,孩子性格骄傲,脾气也不太好,不知怎的就对他敌意颇大。

"那姑娘没有支付宝。"

这年头还有没支付宝的大学生,少见。

陈逸应了下来,洗漱好了才上楼。

张若琳开门时，门内外两人都是一愣。

陈逸才恍然想起，前一阵，曾有个女孩从上边电梯下来，差点下错楼层。他平时不太关注别人，一时没联想起来。但有时候记忆是很奇妙的东西，现在看看面前这张脸，他竟然清晰地回想起那天的场景。

陈逸说："不让我进去吗？"

张若琳着实愣住了，步潼走过来时她才回过神来，侧过身给他让路。

步潼说："你来干吗？"

这语气……张若琳迷茫地看着这一大一小。

陈逸走进来，很自然地换了双拖鞋，摸了摸步潼的头顶，说："叫哥哥。"

步潼甩开他的手，"哼"了一声，说："除非你先叫爸爸。"

陈逸悠闲地往沙发上一坐，说："当爸爸可是得自己给家教付钱。"

步潼这下知道他是妈妈请的救兵了，蔫了。陈逸拿出两百块钱，递给张若琳。

张若琳看着他白净修长的手指，一时间没有接。平时步女士给她钱，她没觉得有什么，这是她的劳动成果。可现在她觉得这画面怎么看怎么诡异。

步潼大步一迈，想抢过那两张钞票，但陈逸的反应更快一步，他伸长了胳膊，步潼够不着，气呼呼地瞪他。

陈逸说："抢钱，可不是好孩子。"

步潼说："知道你是好孩子、最优秀，行了吧？！"

陈逸用那两张钱轻轻打着步潼额头："还付不付钱了？"说着又走近张若琳，递给她。

张若琳下意识地退了两步。因为他靠得太近了。

陈逸忽然笑了："你怕我做什么？"

张若琳一把拿过钱来，说："没有啊，脚滑。"

陈逸"哦"了一声，视线上下打量了她一番，然后若无其事地回到沙发上坐下。

步潼说："你怎么还不走？"

陈逸说："你妈妈让我看看家教老师的水平。"

步潼一身反骨，说道："用不着，小老师好得很。"

张若琳却心虚起来，别的科目她还有点信心，但是，在英语和数学上，她和陈逸之间大概隔着一个步潼。

陈逸又说："那干吗不让看？"

步潼禁不起激，气愤道："看就看！"

在接下来的两小时里，张若琳如坐针毡。陈逸搬了张凳子就坐在书房角落，没发出一点声音，也没有很专注地"监工"，而是刷着手机，只偶尔看过来。张若琳浑身不自在，讲英语题的时候太过注意发音，思绪有些不畅通，磕磕巴巴的，她握着笔的手心都在冒汗。

中间休息时，张若琳猛喝水。步潼和陈逸又在拌嘴，她感觉陈逸今天有一点不一样，但她又形容不出具体怎么不一样。

步潼定的闹钟响了，他绝对不会多学一分钟。张若琳转过身，没看到陈逸的身影，在客厅里也没看见人，不知道他什么时候离开了。张若琳如释重负，收拾好东西，准备回学校。

刚开门，她就看到提着购物袋准备敲门的陈逸。

步潼说："你又来干什么啊？！"

陈逸打开门往里走，险些与张若琳脚尖碰脚尖。张若琳又后退一步，给他腾位置换鞋。陈逸似乎笑了一下，张若琳低着头没看到，但是听见了细微出气的声音。

他弯腰换鞋，购物袋放在地上，露出里面的蔬菜和蛋肉。

"你妈让我督促你吃饭，不许点垃圾外卖。"陈逸说。

步潼有点搞不清楚状况，问道："你做？"

陈逸摇摇头："我不会。"

步潼说："那你说什么啊说……"

张若琳忽然有种不好的预感，下一秒就看到一大一小都看向她。

张若琳紧了紧书包带："我回学校吃就好了。"

陈逸说："一点多了，食堂应该没饭了。"

她还想说些什么，却没找到好的措辞。

陈逸又说："你会做菜吗？"一下子把她的路堵死了。

这时候回答"不会做"，会不会欲盖弥彰？她还没想明白，步潼已经雀跃道："小老师，一起吃饭吧。你做饭，我给你洗碗，怎么样？"

怎么样？还能怎么样？张若琳点点头。

张若琳会做饭，但是没在这么大的厨房做过饭，也没有人这么盯着她做过饭。

步潼家的厨房是开放式的，餐桌也是料理台，一大一小并排坐在高脚凳上，一边斗嘴一边等饭。

步潼说："我小老师无懈可击，怎么样，心服口服没有？"

张若琳满脑冒黑线，今天是她发挥最差的一天。她背对着他们炒菜，默默翻了个白眼，但是又有些期待他会怎么评价。

陈逸说："师傅领进门，修行看个人，学没学会看你自己的本事了。"

他这算是认可她了？

步潼"哼"了一声，说道："你可看好了吧，下次考试我一定拿个名次闪瞎你的眼。"

陈逸说："我等着。"

张若琳好像看明白了。大概是陈逸优秀，步潼的妈妈常常拿他来做榜样鼓励步潼，可叛逆期的小孩怎么会吃这一套？何况是性格本来就骄傲的步潼，心里最不喜欢这种"别人家的孩子"，所以对陈逸总是带着敌意。

她忍不住回头看了一眼傲娇的小孩，却不经意对上陈逸看过来的目光，他的唇角弯起一点幅度。

张若琳感觉脸颊一热，迅速转过身去，专注于锅里的菜。

根据他买的菜，她做了简单的蒜蓉上海青、西红柿炒鸡蛋、肉末茄子。菜刚上齐，步潼就狼吞虎咽，像是饿坏了，一边还嘀咕："小老师果然无懈可击，做饭也这么好吃，比刘阿姨做得还好吃。小老师，你能不能等我大学毕业了娶你？"

张若琳一块肉末茄子没夹稳，落回盘子里。

陈逸对着步潼的脑袋一个爆栗："想什么呢，未成年？好好学习！小心我告诉你妈妈。"

步潼还击回去："就知道告状，你还会什么？"

陈逸淡淡地回道："会揍你。"

张若琳打断两个人的争吵："好啊，你考上Q大我就考虑考虑。"

步潼想了想这个可能性，有点打退堂鼓，他思考了一会儿，说："那我也再考虑考虑吧。"

✦ ✦ ✦

新一周的刑法课前，张若琳早早来到教室，打算提前预习，在课上好好表现，挽回一点印象分。刚打开教材她就蹙眉——这不是她的书。

上一节课上的内容不多，但她在扉页记录了一些课程安排，在侧面画了米菲兔卡通画做标记，现在上面空空如也。这分明是一本新书。奇怪，难道他弄丢了，买了一本新的给她？她想起陈逸一身球服拎着一本刑法书的画面。

他随手把刑法书扔到小胖怀里问："人呢？"

他把玩着手机随口说："吃饭了吗？"

他说："师傅领进门，修行看个人。"

他拍步潼的脑袋说："会揍你。"

离开步家时，在电梯门口，他问她："小老师，你是哪儿的人？"

…………

张若琳抓了抓头发，拍了拍自己的脸颊，专心预习。社团下次开会的时候问问他吧。

可周二的社团会，陈逸并未参加。女社员们显然很失望，整个会显得气氛低迷，没几个人积极说话。路苔苔一脸蔫巴，没骨头似的，本就听不懂，还没帅哥看，顿觉了无生趣。

散会时，小胖被几个女孩围着，他已经俨然陈逸代言人了。几个女生没直接问，都是先从今晚的主题开始聊，最后才貌似不经意地问："陈逸呢，怎么没和你一起？"小胖明知这一个个醉翁之意都不在他，但他还是要应付，到最后不耐烦了，站起来拍桌道："陈逸，老子恨你。"

几个女生咯咯笑，不一会儿作鸟兽散。

张若琳犹豫了一会儿，还是叫住小胖。

小胖回头，有点意外，佯怒说："你不会也要问陈逸吧？"

张若琳心里想着，还真是，但她面上摇摇头，走近他，说："我的刑法书，好像不是我原来的那本，是不是中间——"

小胖也疑惑了："不是吗？"

张若琳说："嗯，我的书上有笔记，还有……自己的一点标记。"

小胖纳闷道："陈逸借走过，说查什么法条，你也看到了，后来是他拿过来的。"

路苔苔嘀咕："教材上没什么法条啊，都是理论的东西多一点，法条都单独成册的。"

小胖："……"

张若琳也缓缓点头。

小胖说："你的笔记重要吗，要不我给你问问吧？"

张若琳摆摆手，她只是觉得奇怪，如果弄丢了，是不是说一声比较合适？但这个话她没说，毕竟是她自己弄丢了书，别人好意送回来已经仁至义尽。

"不用了，也就一课，不是很要紧，我找同学的抄一抄就好了。"说完，她与路苔苔离开了教室。

小胖留在原地，若有所思。他想起上周日晚上陈逸在学校住，万峰逮着他就开始八卦："喂，陈逸，你和那个张若琳怎么回事啊？"

陈逸往椅子上一摊，神态疲惫，说："什么怎么回事？"

万峰凑近："我觉得你昨晚不太正常。"

陈逸问："哪儿不正常？"

万峰神秘兮兮地说："眼神、肢体、语言，好像一只沃里克。"

沃里克，是《英雄联盟》里的狼人，又叫嗜血猎手，能感知附近的猎物，提醒队友，进攻时加速，强行压制。

万峰说："不过，张若琳看起来血量可不低，看着很有战斗力。"

沃里克只能感应血量低于 50% 的猎物。

陈逸转过头去，不理他，开机准备玩一把游戏。

万峰不依不饶："我看她还挺有意思的，那么肉麻的台词都扛住了，你念的时候什么感觉啊？"

陈逸拿起耳机，已经点开游戏，对万峰说："没感觉。"

万峰说："你俩是不是早就认识啊？"

陈逸说："认错人了。"

万峰还想说什么，陈逸已经戴上耳机，万峰赶紧也开游戏："等我组队啊！"

小胖原先不在意，男生宿舍的聊天内容，不是游戏就是女同学，更何况万峰就是个移动哔哔机，没什么新鲜的话题。可现在他觉得他们两个好像真的有故事。

张若琳忽然觉得没有必要再探究了，那样会显得自己太当回事。但再去做家教的时候，她还是有点紧张，唯恐他在某个地方出现，或是出现在电梯里，或是在步潼家里。

是刘阿姨开的门，看来是办完事回来了。令张若琳惊讶的是，这天是工作日，步潼家却成员齐全，他的爸爸妈妈也都在家。她讲课的时候，他们两人偶尔过来看一看听一听。张若琳这下要感谢那天陈逸的监督，现在面对两个家长的视察，她内心毫无波澜。

课程结束时，步潼妈妈把她叫住聊天。步女士很欣喜，自从张若琳来了，步潼的学习热情越来越高了，老师都打电话来表扬他，这是从来没有过的。

步潼坐在一边很给张若琳面子："我就说小老师讲得好吧，你们还不信，还叫陈逸来盯，无语。"

步女士疑惑道："什么叫陈逸来盯？"

步潼说："就上周啊，蹲在这儿跟个大爷似的，嘚瑟不死他。"

步女士训斥儿子："怎么说话呢，家教都哪儿去了？"

步潼反驳道："那你别叫人盯我啊，学校也盯，补习也盯，吃饭也盯，我是你的犯人吗？自己不在就请别人盯。"

步女士道："我什么时候让谁盯你了？"

眼看两人就要吵起来，项先生出口制止道："行了，步潼，别这么跟你妈妈说话。"他连忙转移话题，拿起茶几上的一个小盒子，递给张若琳：

"这是一台手机，算是额外的奖励，谢谢你用心教导步潼。"

张若琳万万不敢收，她挣这份钱，只不过是做了分内之事："项先生，这奖励太贵重了，这都是我应该做的。"

步女士说："这是我之前用的一台旧手机，听说你还没有买手机，你不介意我用过了的话就先用着。"

这自然不是介意不介意的事。

张若琳说："谢谢阿姨，但是真的不用，我还不怎么用得到手机。"

项先生说："放在家里也是浪费，你先用着，无论如何有个通信工具总归方便些。"

步潼直接拿过来塞她手里："哪里用不到手机？小老师，你是山顶洞人吗？你就拿着吧，我实在受不了有人好几天不看QQ，我万一有问题要马上问呢？你耽误得起我的学习吗？"

张若琳："……"

项先生说："你阿姨办了张临时的电话卡，已经给你存了我们的号码，你有空去营业厅绑定自己的身份证号。"

到了这份儿上，张若琳收下了，道了谢，总觉得手里沉甸甸的。她在心里计划着，用以后的家教钱慢慢还吧。

步潼教她下载各种软件，其中有不少学习工具，比如电子词典、掌上法条。张若琳觉得，手机确实是挺有必要的。

张若琳回到学校后，加上两个舍友的微信和QQ，看了看两人的空间，她才理解了步潼的说法——她真的是个山顶洞人。

每个人的说说和朋友圈就像自己的一张张名片，从里面不仅能看到这个人的生活状态，还能从字里行间窥见一个人的性格。

路苔苔的说说是名副其实的说说，每天好几条，什么都往上写，大到转发司法解释，小到吐槽今天买的袜子褪色。而孙晓菲的就是照片多一些，有自拍有他拍，美女怎么拍都好看。还有一些美食和风景，话不多，挺文艺的。

张若琳想了想，发了一条说说："得与失不过一念之间，感谢生命中所有的相遇。"

很快有了几个赞，还有评论。

路苔苔："生活只会越来越美好！"

孙晓菲："加油！"

步潼："小老师，你这发言风格……现在不是山顶洞人了，变成老年人了。"

陆灼灼也看到了她的说说，头像一亮，来了消息。

陆灼灼："你居然发说说了，买手机了吗？"

张若琳才想到有一阵子没和陆灼灼联系了，不知道她有没有收到自己的明信片。

她刚刚把号码发过去，陆灼灼的电话就打过来了。聊了聊这手机的来处，张若琳顿了顿，说："灼灼，我遇到陈逸了。"

此前她一直没有提过这件事，一来每次上网时间都不长，都是聊一些学习上的话题，二来和陈逸只是在一所学校，没有交集，不知从何说起。可这段时间他们遇到的次数好像太多了，而且冥冥之中好像两人之间总有一些牵连。

她从超市里遇到说起，说到了刑法书，又说到在步潼家做饭的事，以及最后他问她是哪里人。她回答："滇市人。"他问："从小就在滇市长大？"她点头。

陆灼灼静静地听着，时不时给一些回应证明她在听。

末了，张若琳安静下来，陆灼灼说："若琳，你没有发现，你说的时候，每一幕都像放电影一样清晰吗？"

张若琳一怔。

陆灼灼说："他说的话、他的每一个动作，甚至他穿什么衣服，你都说得清清楚楚，听你在说，我就好像看了一部电影。"

张若琳默默不语，她不否认。在陆灼灼面前，她没必要否认。

陆灼灼说："若琳，你为什么不告诉他？我觉得，他看起来是想见到你的。"

张若琳说："他只是好奇童年的玩伴张若琳，而不是我。"

陆灼灼叹了口气，说道："若琳，也许，你应该更自信一点，你想啊，他——"

"灼灼，"张若琳打断她，"我见过他的女朋友了。"

陆灼灼沉默了，与张若琳做闺密这么些年，她了解她，所以无法说出"那也没关系，你加油"这样虚空的话。她可以听出张若琳的言外之意，陈逸的女朋友一定格外耀眼。他有了新生活，也有了新朋友，甚至有了恋人。曾经的那点童年之谊，不必再提，免得徒增烦恼。

陆灼灼说："过好自己的生活，别的都是后话。"

张若琳点点头，又意识到她看不到，重重地说："对！"

✦ ✦ ✦

北京悄无声息地入秋了，张若琳很少真正感受到秋天。巫市常年阴雨绵绵，而滇市四季如春。听闻北京四季分明，她切切实实感受到了。宿舍外高大的阔叶树从碧绿变得灰黄，一夜秋风过后，落了很多。

这半个月她没有遇到陈逸，社团会他仍旧不参加，毕竟前期都是一些科普性的教学会，听说他和社长参加了高校天文论坛，取得了不错的成绩。因为他的缺席，社团会参加人数一周比一周少，就连路苔苔也懒得再陪张若琳去。

天文社开始统计参加中秋赏月活动的名单，女生们自然都关心陈逸去不去，得到否定的回答，一个个也就没那么积极了，毕竟正赶上中秋、国庆假期合并，大多数人都选择回家。

活动在北京周边的密云办，需要交两百元活动费，包括来回车费、中晚餐费和住宿费。这对张若琳来说不是一笔小数目，她咬咬牙还是报名了。一来行程中有密云天文站，她很想去参观，二来路苔苔和孙晓菲都回家，她一个人独守空房，七天假期总不能都在打工中度过。

路苔苔和孙晓菲一前一后拖着行箱离开，假期如期而至。空荡荡的宿舍被月光铺满，秋风渐渐带了凉意，月亮变得圆润、明亮。万家团圆的日子，张若琳在窗边，拨通家里的电话。

"喂，哪位……"老人羸弱的声音传来。

月光下，张若琳泪珠晶莹："外婆，是我。"

"若琳，是你吗？"老人的声音变得焦急起来，"若琳，你怎么打电话回来,是不是发生什么事了?"

"没有,外婆,我没有事,我过得很好,"张若琳抹掉眼泪,笑起来,"老婆子,我好得很。"

老人说:"好就好啊,好就好啊。"

张若琳说:"外婆,你拿张纸,这是我的号码,你记下来,以后你也可以打给我。"

老人激动道:"你买手机了吗?花了很多钱吧,生活费够不够,外婆给你寄一点吧?"

"我自己挣钱买的,不贵,"张若琳虚荣了一把,安慰老人,"不用给我寄,在北京很好挣钱的,我做家教一个小时就挣一百块,等安稳了,还能给您寄呢。"

老人活了一辈子了,哪能不知道,天底下哪有便宜好挣的钱:"那就好,那就好啊。我的若琳真争气,但也别太辛苦了,注意身体,好好学习。"

听出外婆的哭腔,张若琳也忍不住哽咽起来:"嗯,我知道了,外婆……"

老人说:"嗯。"

张若琳说:"外婆,我想你。"

"我也想你。"

祖孙二人隐忍着,泣不成声。

今夜月明人尽望,不知秋思落谁家。

假期第二天,一行人浩浩荡荡地朝密云进发。车子进入北四环,车窗外闪过水立方、鸟巢的影子,还有火炬状的大楼……入学以来,张若琳没有出门游玩过。看到这些地标,她第一次切切实实地感受到脚下这片土地的与众不同。这是北京啊,她心里暗暗计划着,以后学习、兼职之余,自己也要花时间好好丈量这座城市。

出了城区,高速路两旁丘陵绵延,却一点也不像南方,分明是一样高度的山,北方的山似乎天然显出一种旷达。下了高速,车子开进乡村小道,张若琳更加坚定不虚此行。大片庄稼地一望无际,翻起金色稻浪,一条小路蜿蜒其间,车子曲折前行。白云压得很低,挂在远处的树梢上。

两个多小时的车程一点也不漫长。最后，车子停在一个叫不老屯的地方。一下车，众人都被震撼。道路一旁排列着半球雷达状的射电天线，一个个直径有篮球场中央的圆形那么大，十分壮观。

　　社长介绍射电天线的探测原理。这一批是早年的探测设备，已经被弃用。众人走了一段路，来到农家乐。

　　办理入住时，小胖对社长说："陈逸和我住一屋，给他留个钥匙。"

　　耳朵尖的女生听到这句，凑了过来："陈逸要来吗？"

　　小胖点点头，说："他早上有事，下午自己开车过来。"

　　几个社员在边上讨论。有人问小胖："陈逸家是不是特有钱啊？"

　　小胖的不耐烦劲起来了："不知道。"

　　这不妨碍大伙八卦，在背后讨论别人这件事，从来就不分男女。

　　有男生说："我之前看到过他的档案，老爸写着'董事长'，应该是家里开公司吧。"

　　另一个说："反正不是工薪阶级，我前几天还和陈逸打游戏，游戏嗑金也不少，全皮肤，比打比赛的都全。"

　　又有一个男生说："你好意思提，打个刺客被一个沃里克带节奏。"

　　另一个反驳道："谁知道？他那晚一直玩沃里克。"

　　女生们渐渐不感兴趣了，却没想到小胖凑过去问："谁一直玩沃里克？"

　　"陈逸啊。"

　　小胖突然转头看向张若琳。

　　张若琳余光里看到，下意识转过头去，对上小胖探究的视线。

　　入住手续办好后，收拾一会儿准备午餐。张若琳和两个女孩一起住，一个是研究生院的学姐，另一个是李初萌。

　　李初萌胆子小，睡中间，学姐靠洗手间，张若琳靠窗。

　　学姐说："这里晚上有时候会有爬虫，要不我跟你换吧？"

　　张若琳说："没事啊。"

　　学姐犹豫，看她面上认真，于是作罢。

　　李初萌却慌了："天啊，不会吧，万一真的来怎么办呀？不会有长虫吧？"

长虫是北方一些地方的叫法，就是蛇。

学姐赶紧把窗关严实，张若琳也是脊背一凉。

对面屋小胖过来叫她们开饭，三人才抱抱手臂下楼。

院子里摆了两张饭桌。秋风习习，狂野田边，艳阳高照，有种野炊的感觉。大伙吃得正欢，一辆越野车缓缓拐进小路，停在他们的大巴车边上。张若琳不认车，但从男生们艳羡的目光中知道，那应该是好车。

车子底盘很高，长腿男人轻松迈下，将车门随手一甩转身看过来，这边已经有人喊他："陈逸！"

社长说："赶上午饭了，赶紧！"然后让农家乐的阿姨添置碗筷。

陈逸半抬手肘，弯弯手指算是回应。他手里把玩着车钥匙，信步走来，一路还左右看看风景，抬头观察观察射电天线。

学姐低笑说："难怪听大雷说你们迷得不行，陈逸长得真是可以，我要是晚生几年我也花痴花痴。"

大雷就是社长。

张若琳收回视线。

李初萌说："帅吧？"语气自豪。

学姐又笑："帅，高富帅，谁不爱？"

陈逸站在桌旁，往两边看了看："就这么点人啊？"

男生大桌有八九个人，女生就只来了五个，摆了张四角小桌。

社长哼出一口气："还不是刚开始你说不来，妹子们都回家了？"

陈逸仿佛心情不错，搭话说："关我什么事？"

社长说："你说关不关，你看对面桌女生眼都直了。"然后冲对面喊："这回来得值不值？！"

一阵哄笑。陈逸淡淡扫了眼，拖出板凳坐下。

吃得差不多时，小胖主持建个群，刚建好QQ群，他突然想到了什么，问陈逸："你是不是不用QQ？"

陈逸说："微信多一点。"

小胖又问大家有没有微信，得到一致的肯定，他就弄了个面对面建群，发了些安全须知和参观天文站的规则。社长强调了集体活动的注意事项，大伙就作鸟兽散，各自回房间午休。

一回到房间，李初萌就趴在床上打了个滚，嘴里嘀咕个不停。张若琳有点狐疑地看着她，学姐则是露出了老母亲般的微笑，低声对张若琳说："肯定是从群里加了陈逸的微信。"

原来如此。

张若琳本不想有什么动作，却忍不住点开陈逸的头像，微信昵称只有一个句号，头像是一个男人牵着一只巨大的狗，没有露脸，气质却在那儿，整张照片带着些灰调，狗看起来名贵、俊俏，如果不认识他本人，会认为这是一张网图。

他养了狗吗？还是这么大的狗。小时候他最是讨厌这些毛茸茸的动物。她把流浪狗领回家，他就很嫌弃。还有，他家从商了吗？陈伯伯什么时候离开体制内了？他仕途那样顺遂，为什么下海了呢？

果然，这么多年过去了，每个人的轨迹都变了。

隔壁床传来李初萌的念叨："怎么还不同意啊？大中午的不看手机，干什么呢啊？"

学姐说："帅哥总要保持一点调性的。"

李初萌问："学姐，要不你加加看？"

学姐说："我可不要，一会儿学弟误会我为老不尊可就不好了。"

李初萌撇撇嘴："是不是山里网不好，我再加一下看看。"她特地备注："天文社，李初萌。"然后死死地盯着微信界面，不敢切换。

张若琳正思考着，手机传来振动声，微信界面上，通讯录处出现了鲜红的"1"。

"。"请求添加您为好友——来自"密云探秘"群。

张若琳猛地坐起来，动静有点大，李初萌和学姐都看向她。

李初萌问："你干吗，触电啊？"

张若琳缓缓地躺回去，说："嗯，没事，这里好像确实网不好。"

李初萌："是吧？"

◆ ◆ ◆

下午，一行人出发去密云天文站，步行十分钟就到了密云天文站的大门前。天文站已经放假，站内只有一个男生值班，看着是应届毕业生。社长和学姐做代表，给这个男生送了些水果和蛋奶。

　　这位工作人员带着他们参观，先是参观射电天线设备模型，讲解工作原理，还有我国取得的一些测量成就。

　　张若琳在笔记本上写写画画。

　　李初萌走得有点困了，就靠着她，看她记笔记，嘀咕说："好无聊啊。"

　　张若琳失笑，觉得她某个时刻有点像路苔苔，于是态度温和了些，说："是哪里不懂吗，我可以解释给你听。"

　　李初萌翻了个白眼："我不想懂。"然后又猛地从张若琳肩膀上抬起头来，像忽然被点通什么似的，表情兴奋，蹿到前面，站到陈逸旁边，认真地听起讲解，不时点头，不时摸摸脑袋，一脸迷糊。

　　张若琳笑了一声，不再看她。

　　然后她听到前边传来萌萌的声音："陈逸，这个东西为什么没有镜头啊？"

　　整个展厅都寂静了。

　　正在介绍的是测量装置，不是观测装置。

　　李初萌身高堪堪到陈逸胸口，她仰头看陈逸，好奇宝宝似的提问，周围有憋着笑的，还有眼神戏谑的，都是一副看戏的样子。讲解员脸都黑了，拿红外线笔的手僵在半空中。

　　陈逸低下头，上下打量她一番，环视一圈，说："这不是我们社的吧，谁带妹妹过来了？"然后又似乎很有耐心地对着李初萌说："不是所有天文设备都叫望远镜，小妹妹，认真听。"

　　谁都听得出这语气中的讽刺。李初萌低着头，看着像是快哭了。

　　接下来就是分散参观。张若琳来到大屏幕前看星云图。平时社团会也会介绍许多星云图，但在高分辨率巨屏上看动态版，完全是不一样的体验。星星点点一望无际，凝聚五颜六色的云团，宁静、平和，包罗万象，暗流涌动，姿态万千，宇宙令人震撼。

画面跳转到玫瑰星云，层层叠叠的星云团像次第开放的玫瑰花瓣，是宇宙中最浪漫的存在。

张若琳摸出手机，调好构图角度，准备拍下最后绽放的一幕。按下拍摄键时，画面右下角忽然出现一个人影。"咔"的一声，画面定格，重新恢复动态。屏幕里，来人从开得绚烂的玫瑰花心转过头来。

张若琳从手机后抬起头，嘴角还挂着没来得及收回的笑。

四目相对。

陈逸朝她走过来，身后是绚丽的星云。

"手机拍不出它的美。"陈逸已经走到她跟前。

"嗯，确实。"

"那你还拍？"

"有总比没有好，不是每个人都追求完美的。"

陈逸沉默了，张若琳也觉得这句话似乎有点意义深远。

陈逸摸出手机，说："我有高清电子版，发给你？"下一秒他就看着手机黑了脸，抬起头，有些不悦地说，"怎么还没同意？"

张若琳当然知道他指的是什么，心底闪过一丝慌乱，面上疑惑道："什么？"

陈逸注视她两秒，似乎想观察出什么，最后鼻子里深深地呼出一口气，直接把她的手机拿过来，顺利解锁，然后抬眼看看她。

她的手机连密码都没有，桌面和主题都是系统自带的，没有一点女孩的气息，也没有一点自我的气息。

陈逸点开微信。张若琳呆呆地看着他熟稔的动作，点开新添加好友处，他的申请消息赫然在列，他眉头紧皱，又抬眼看看她。他三两下加好微信，张若琳的手机就振动起来。是他发来的电子版星云图。

把手机还给她，他不发一言，靠在一旁的桌子边，安静地注视着屏幕。

张若琳忽然心虚起来，小声说："谢谢你的图，那个……山里网好像不太好哈？"

陈逸转过头，说："是吗，图片不是传得挺快的吗？"

这里是科研站，附近配备高强度信号基站，她的理由找得确实不太有水平。

"蠢果然是会传染的。"张若琳低声嘀咕,她肯定是被李初萌传染了。

"什么?"

陈逸听不清她的话,微微侧着头,靠向她。他此时倚坐在桌子边缘,身高便和张若琳差不多,这一侧,距离近到她能够闻到他身上清新的薄荷味。张若琳呼吸一滞,握着手机的指尖一紧。

没有得到回答,陈逸也不在意,忽然问:"一会儿去水库,去不去?"

张若琳脑子停摆,回答:"去啊。"为什么不去?

陈逸站直了,说:"等我叫你。"然后就往外走去,留下张若琳在原地看着变幻莫测的星云图发呆。好像行程里没有这一项。

回到农家院,社长嘱咐大家先回房间养精蓄锐,五点就下来准备晚餐。今晚要一边观星一边烧烤,大伙都颇为期待。

张若琳刚打算眯一会儿,手机里就有消息进来。是陈逸。

只有一个字:"走。"

怎么像暗号似的,张若琳不自觉地笑了笑,然后就听到对面房间门开启又关上的声音。

过了大概五分钟,她还一动不动,手机再次振动,只有一个标点符号:"?"

张若琳深呼吸,穿上一件外套出门。

李初萌坐起身,奇怪地看着她。

学姐叫她:"若琳,去哪儿呀?"

张若琳说:"我去看看他们需不需要帮忙。"

李初萌躺了回去。

学姐说:"让男生们忙吧,切肉动刀的,一会儿咱们去洗菜。"

张若琳说:"我下去走走。"

下楼路过厨房的时候,她放轻脚步,心里莫名有种偷情的错觉。

出了门没看到人,张若琳左右张望。

"嘀嘀——"两声鸣笛,吓了她一跳,她下意识拍了拍胸口。

夕阳西下,余晖中能够隐约看到越野车里坐着个人。

张若琳快速靠近他的车,绕到另一边,拉开车门,然后怔了怔——这车也太高了。

她呆愣的样子似乎取悦了陈逸，他低低笑出了声，隔着座位朝她伸出手。

正在此时，张若琳听到社长在院门口喊陈逸："你要出去吗？"她下意识猫着身子，躲在巨大的车身旁。

陈逸对着那边道："出去一会儿。"

社长似乎往这边走过来："带我一程吧，东西怕是不够吃，我去买点。"

陈逸看了眼摇得拨浪鼓似的小脑袋。

"买什么你发给我，我带回来。"

社长摸了摸脑袋："你今天怎么那么好说话？那我发你，早点回来啊！"

陈逸说："行。"

社长进屋去了，张若琳直起身，陈逸又伸手打算拉她，笑意更甚了。

他在嘲笑她矮吗？张若琳为数不多的叛逆基因被激活，她把他的手拍掉，环视一圈，看到车座边上的把手，抓着把手一跃而上，稳当坐下，睨了他一眼。那眼神像在说："瞧不起谁？不用你拉！"

陈逸还保持着看戏的表情，似笑非笑，轻轻点了点头，回应她一般。

车子开出去不到十分钟，两人就看到了波光潋滟的水面，这里看不到大坝，水库就像湖。她第一次看到北方的湖，和南方的截然不同。南方的湖往往被高山包围，而这里的湖广袤无垠，一望无际，一潭湖水就像草地上掉落的一块镜子。

车子没有停下，追着夕阳，一路沿着水边公路慢悠悠开着。景色太美，张若琳一时间忘了身边还有个人，她降下车窗，微凉的秋风裹挟着水汽吹来，她缓缓伸出手，感受着旷野的风。

"你喜欢水库吗？"身边忽然有人说话。

张若琳回过头，陈逸面目宁静，只是随口聊天。

她抿了抿嘴，把手收回，轻轻说着："不喜欢。"

陈逸问："不美吗？"

张若琳望着眼前洒满夕阳的公路笔直地伸向天际，公路边碧水青草，天边飞满红霞，她说："美，美不胜收，如果这只是一片湖，或者一片海，也许我会很喜欢。"

陈逸回头看了她一眼，把车停在比较宽敞的观景台边，示意她下车。

两人朝水面走去，东西并立的二人，影子交叠着，靠近水边。

陈逸蹲下来摸了摸水，抬头说："因为它是水库，不是湖，对吗？"

张若琳点点头。

陈逸说："我也不喜欢，我见过更大的水库，绵延几百公里。"

张若琳心口一紧，这个话题……

陈逸似乎并不需要她应答，自言自语说："那个水库下面埋着几百万人的家园，埋着我的童年。"

张若琳不习惯这样居高临下，便也蹲下来，扒着脚边的青草转移注意力。

耳边，陈逸的声音更加清晰，像浑厚的鼓声："三峡水库，你知道吧？"

沉默，令人的心跳声像一记记闷雷。

张若琳点点头："知道。"

陈逸说："我在那里长大，那时候不清楚水位上升意味着什么，每天和朋友在水库边玩，还在水位标上乱涂乱画。河里有很多鱼，其中不乏现在的保护动物，就搁浅在岸边，被我们捞出来玩儿。我身边有个很顽皮的女孩……"

说到这儿，陈逸眼皮颤动，抬起，对上张若琳飘忽的视线。

"她有多顽皮呢？"他继续说着，"她打水漂很厉害，石子能在水面跳十几下，她觉得这个技能特别值得骄傲，还成立了一个帮派，给她一包QQ糖就能入帮。然后她带着这群被她坑蒙拐骗来的小弟，去岸边教游客打水漂，教会了就收费。一些阔绰的老外觉得她好玩儿，给了几块钱，她回来能跟我炫耀好几天。

"她还总觉得欺负我能让她开心，比如把我骗到河边，让我看河里的东西。我低头看，其实什么都没有，她就在一旁冲我泼水，把我泼成落汤鸡才满意，就像这样——"

张若琳失神，没意识到他已经说到末尾，忽然脸上被泼了几滴水，冰冰凉，拉回了她的神思。她连忙站起来，用衣袖擦拭着脸上的水花。

她气呼呼地冲陈逸说:"欺负人就欺负人,还编故事,陈同学好卑鄙!"说完不顾他的反应,转身就走,一直走到车边才回头叫他,"回去吗,不是还要去买东西吗?"

夕阳已经没入地平线,陈逸站在夜幕初降的水边,定定地看着她。

chapter 4
绅士

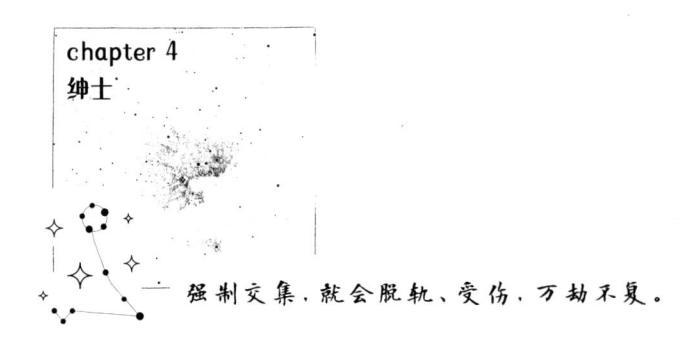

——强制交集，就会脱轨、受伤、万劫不复。

回程路上，二人拐到镇上买菜。

陈逸下车看了看四周，准备走进旁边的超市。张若琳抓着他的衣袖，指了指前边的农贸市场："那儿有市场。"

陈逸皱了皱眉，再往前走就连干净的路都没有了。市场门口一排临时摊位，杂物堆砌得乱七八糟。

张若琳却眼睛晶亮："这种最新鲜了，还便宜。"

陈逸淡淡看了眼，并不打算改变主意。

张若琳说："小地方的超市没有蔬菜的。"

陈逸不为所动。

"真的！"张若琳无比诚恳，语气谄媚又焦急，倒是带了些不自知的撒娇意味，说着又扯了扯他的袖子，提醒他跟上，便自顾自往市场去了。

陈逸不着痕迹地看了眼袖口，提步跟上她。

张若琳蹲在地上选茄子，眼神对比，左右翻看，拿起来掂了掂，问道："大姐姐，这茄子多少钱？"

陈逸站在她边上，单手插裤兜，一派悠闲，闻言微不可闻地"哧"了一声——她可真能睁眼说瞎话，这大婶怎么也有四五十岁了。

大婶果然眉开眼笑："卖六块钱一斤，给你五块五吧，小姑娘！"

张若琳抿嘴"嗯——"地做思考状："再便宜点吧？"

"很便宜啦，别人没我这儿好，都卖六块五！"

张若琳说："可我们是学生，来这边参观，要自己交伙食费的，再便宜点嘛。"

那大婶抬头看了眼人高马大的陈逸，后者衔着不明显的笑意，无奈地看着蹲在地上的女孩。

大婶心里有了数，这哪是个缺钱的？她连忙摆手："不行的，小姑娘，我这儿最便宜了，"又抬头瞥一眼陈逸："帅哥，买吧？"

张若琳转身抬头看他，朝他使眼色。

陈逸说："五块。"然后抓着张若琳的肩膀提起她："去里面看看，急什么？"

没走两步，身后果然传来大婶的声音："五块五块五块，小姑娘，带上吧！"

张若琳低头偷笑，在胸前比了个胜利的手势，回头装袋、称重、付钱……付钱？

她看向陈逸："我没有钱。"

她近乎眼巴巴的模样取悦了陈逸，他把钱包递给她。她有点不知道他的意思。她以为他会自己付，或者抽出钱来给她付。钱包，如此私密的东西，他这是要她自己翻他钱包吗？

张若琳说："十八块。"心里说："直接给我二十吧？"

陈逸手腕弯了弯，钱包都快递到她眼皮前："嗯？"

她接过来。皮质的两折钱包，简约、精致。她打开，也没看里面有没有零钱，随手抽出一张百元钞，然后把钱包还给他。

"你拿着吧，"陈逸没接，"一会儿自己付，问来问去丢不丢人？"

张若琳："……"

大婶给她找钱，还时不时地看着两人，眼神从陈逸脸上挪到张若琳脸上，又瞥回去，来来回回，看得张若琳耳根一红，扯过找的钱，数都没数就赶紧逃之夭夭。陈逸提起那袋茄子跟在后面。

他们又买了羊肉、玉米之类烧烤常吃的，社长来电话催。

"炭火都架上了，你买东西买到北京去了吗？"

陈逸眼神示意张若琳往回走，一边回复说："讲价不花时间的？"

社长爽朗的笑声传来："你？讲价？你能把价讲高了，我怀疑。"

陈逸说："行，那咱们谈谈报销？"

一瞬间，对方挂了电话。

张若琳觉得好笑："社长还是这么抠，怪不得招不到人。"

陈逸也轻轻笑了笑。他不是十足的冰山，也不是偶像剧里的面瘫脸，他的表情称得上丰富，平日里也不吝笑容，只是没有敞开地笑，最多鼻孔里出气，笑里也带着一种无所谓的矜贵感。当下这声笑挠得张若琳心口痒痒的。

陈逸伸手过来拿她手里的菜，她失神间竟吓了一跳，塑料袋一脱手，东西掉到了地上。陈逸很自然地捡起来，把东西都放在后座，提醒她上车。

张若琳觉得尴尬，上了车就开始没话找话："你知道吗，现在咱们社有这么多人，很多都是冲你来的呢。"

陈逸专心开车，目不斜视，说："是吗？"

疑问句，却不是疑问的语气，又是挠痒痒似的。

张若琳说："嗯，是啊，至少大部分女生都是。"

陈逸仍旧看着前路，淡淡道："你也是？"

"啊？"

"你是吗？"他转过头看了她一眼。

"我不是。"张若琳说，看见他嘴角不着痕迹地勾了勾，侧面看不出是讥讽还是别的，以为他不信，她连忙补充道，"真的！那时候我都不认识你。"

还不如不补充。

陈逸没有接话，也没有任何表情上的回应，他捋了捋袖子，专注开车。

张若琳的视线无意识地落在他的小臂上。

此时走过一长段笔直的路，陈逸两手只轻轻搭在方向盘上，小臂紧实、修长，指尖轻轻叩着，像是无意识，又像是思考。

两人再也无话，回程显得格外漫长。

突然，电话铃声打破了静谧，导航屏幕上出现了一个名字——安荷。

陈逸掐断蓝牙，拿起手机接起。此时道路弯进庄稼地，他单手转了转方向盘，动作熟练。

张若琳没有聚精会神地关注这场对话，只是夜太静，她仍旧能听到电话那边柔软悦耳的女声。

"明天回来吗？"

陈逸说："嗯。"

"那我中午过去，还是晚上？"

陈逸顿了两秒，说："我去接你吧，提前给你发消息。"

"好啊。那先去买菜吗？"

陈逸说："你安排。"

女生显然喜出望外："哈，也就是说明天你的全部时间都属于我啦？"

陈逸说："你们女生的思维都这么弯弯绕绕？"

"'你们女生'，谁们？"

前面就到农家院了，陈逸说："有事，挂了。"

"明天见。"

"嗯。"

他收线，倒车入库。

"下车。"他提醒，却没有再看她，自顾自从后座拿东西。

张若琳往后座看，他已经拿齐了，一个都没给她留。这究竟是绅士习惯，还是要撇清什么？看着他自顾自往小院走的背影，她愣了愣，压抑心底莫名的情绪，下车，轻轻关上车门。站了一会儿，她才往院子走去。

院子里已经热闹起来了，看到张若琳从外边回来，大家都很惊讶，学姐凑上来问："若琳，你去哪儿啦？我们刚才还在找你。"

看来陈逸没有说他们是一起出去的，也没有人会联想到他们会一起出去，所以不会有人问陈逸。她刚才还在寻思要怎么解释两人一同回来这件事，但显然没有这个必要。如此也挺好。

张若琳笑了笑，说："我想去看看水库，没想到迷路了。"

学姐说："这么晚，你可吓到我了。"

男生们已经把炭火烧好，就等人到齐就开始烤。大伙围坐在炭盆边，吃开聊开之后，男生们开始喝酒，没有外边酒局的规矩，乐意喝便喝，有不能喝酒的嫌自己碍事，逐渐往女生这边挪。

陈逸没喝，他挪到学姐边上坐下，默默地摆弄烤盘上的肉，他看起来心情不爽，全场都看得出来。

张若琳注视着他，忽然有些自恋地想，是不是因为她说的那句话？

烟往陈逸脸上吹，他往后仰，拂手扫了扫，烟雾中不经意地四目相对。陈逸淡淡地移开视线，没有什么特别的表情。

烟雾掉转方向，张若琳猝不及防，被熏了眼睛，她也移开视线，双目被烟冲得微微泛红。

夜渐深，露水渐重，农家院生起了篝火。院子灯一灭，周遭十里，荒无人迹。月亮白晃晃地高悬穹顶，月光铺满庄稼地，像是染了层层寒霜。

适应了暗光，人声开始消弭。夜色中，众人不约而同地保持静默，仰头看月，抬眼望田野，低头瞥过身边的人……

明镜高悬，旷野低树。没有了高楼大厦，没有了灯火通明的街区，回归自然的人们似乎与古人有了共情。

"但愿人长久，千里共婵娟。"不知是谁轻轻念着。

"想家了。"有人低声呢喃。

"我也是。"

"你家哪儿？"

"东北。你呢？"

"哈，我西北。"

开启了家乡的话题，大伙重新开始新一轮的推杯换盏，围着篝火聊天。

学姐问："若琳，你是南方人吧？"

张若琳点点头，说："西南边。"

学姐问："四川吗？"

张若琳下意识地点点头："嗯。"然后又猛地摇摇头，"嗯……不是，我是云南滇市的。"

学姐说："那也挺远的，打算多久回一趟家？"

"还不知道呢，可能就寒暑假回吧。"

火苗蹿动，对面人的脸看不清，声音却清晰。陈逸一直在玩手游，听声音是一局结束了。

李初萌趁着这个空隙问："陈逸，上海不好吗，你怎么跑北京来啦？"

陈逸淡淡地说："分太高。"

"……"

"……"

李初萌满眼崇拜："也是！那你除了上海，还喜欢哪个城市啊？"

"我没说过我喜欢上海。"

"你的家乡，你怎么可能不喜欢？"

"……"

新一局游戏开始了，陈逸头也没抬。

李初萌却没有眼力见儿，抓着他的手臂问："那你喜欢旅游吗，有没有想去的地方啊？"

他俩的对话引起了众人的注意，有意无意地都竖着耳朵听。陈逸明显心情不佳，态度也冷淡得有些不给情面，这下估摸着又要冷言冷语了。可他在打打杀杀的背景声里，沉沉地，认真地说："云南。"

"……"

"……"

小胖最先看向张若琳，眼底里都是探究。

学姐说："云南好地方呀，能玩儿的地方也很多，下次去，可以找若琳做导游了。"

张若琳嘴角抽了抽，说："好啊，不过云南很大，我也没怎么玩过。"

学姐说："一直就待在滇市吗？"

张若琳说："嗯，也不是。"

不知是不是她过分敏感，人一旦开始心虚，就会感觉身边所有人都把自己看透了，聊天也一直围绕着自己不愿提及的话题。

社长组织几个男生调试设备，准备观月。张若琳却兴趣全无了，想着早些回去洗澡，以免三个人排不开，就提前回了房间。

房间条件简陋，洗头得用瓢舀水冲洗。她本不想麻烦，但这一天爬坡又穿草丛的，整个人黏糊糊的，她还是洗了。可洗完发现没有吹风机，她才是真正后悔了，她的头发很长，很厚，今晚怕是难过了。

一边擦头发一边出了浴室，一直低着头的张若琳似乎听到了窸窸窣窣的声响，心里头有些发毛，一种不祥的预感袭上来，她缓缓抬眼——

一条小蛇盘踞在纱窗边缘，正沿着窗缝往里探，似乎也注意到了有人，它按兵不动，小舌咝咝地伸缩……

张若琳瞬间起了一身的鸡皮疙瘩，后背一阵恶寒，下一秒，她尖叫一声，跑出门去，"砰"的一声关上门。她惊魂未定，想跑下楼去叫人，到了楼梯边才低头看了眼自己——长T恤堪堪遮住大腿，里面没穿内衣，湿答答的头发遮住胸部，挂到了腰间……似乎不太方便出现在人前。

她正思忖着如何是好，楼下出现一个脑袋，那人拿着手机，看着游戏结束的战绩往楼上走。走到一段楼梯的尽头，他绕过来继续拾级而上，不经意间抬眼，脚步顿住……

✦ ✦ ✦

入目是一双长腿，笔直、修长，膝盖泛着红晕，大腿肌肤白皙，视线往上被衣角阻隔，黑发末梢吊着水珠，一滴滴在胸襟、腰间洇开一大片濡湿。凌乱的发丝后面，女孩目光闪躲，面色惊慌，手里还拿着毛巾，无意识地抓得紧紧的。整个人似乎在颤抖。

陈逸跨步上前："你怎么了？"

张若琳低着头，注视着自己挪搓的脚丫，有些不知所措。

"怎么了？"他微微俯身与她视线齐平，语气也软了下来。

"我房间里，"张若琳回头看了眼房门，"有……有爬行动物。"她没法说出那个物种的名字，心里还是觉得阵阵恶心。

陈逸了然，轻轻说了声："别怕，我去看看。"

"我……我把门锁死了……"

一紧张就什么都忘了。

这时楼下吵吵嚷嚷，似乎众人散了，纷纷回房间休息。楼下冒出几个脑袋，已经在往楼上走。陈逸上下扫了张若琳一眼，张若琳还没反应过来，就被他抓住手腕，一股力道拽着她往房门口走。

下一秒陈逸刷开了自己的房间门，把她往里一塞，紧跟着也进了门，后脚一勾关上门。

"砰"的一声，张若琳回了神："我——"

"你先在这儿待会儿，"陈逸打断她，两手在她肩上一摁，她一屁股坐到床上，"我下去叫人给你开门。"

这时房间门被刷开，立在门口的小胖目瞪口呆，不知道是不是该立刻消失、回避。

从小胖的视线看去，女孩坐在床上，"衣衫不整"，高大的男人站在女孩跟前，手搭在女孩肩头，挡住了女孩大半身体，只露出床边那双笔直的腿……

张若琳脑子都要炸开了，这……

陈逸像个没事人似的，掀开被子盖住张若琳的身体，回头对小胖说："出去。"

他这一转身，小胖看清了女孩的脸——意料之外却情理之中的一张脸。

"……老天爷。"然后，小胖哆哆嗦嗦地出去了，关门时紧紧贴着门板，不露一点缝隙，唯恐路过的人窥见这屋子里的"春光"。

小胖在门口看天看地看脚丫，正思考着下楼坐坐。这时，房门开了，陈逸走出来，面色平静："你找的什么好地方，有脏东西。"

小胖还沉浸在自己旖旎的幻想中，一脸迷茫："啊？"

"她房间进了蛇。你下去通知一下，女孩子先不要进屋了，挨个检查检查。"

小胖这下也惊了："啊？那张若琳没事吧？"

陈逸阴沉地说："没事。"

小胖赶紧去叫老板来开门，几个男生都上楼准备对付那条脏东西，女孩们都怕了，很是慌张地在楼下等待。

李初萌畏缩缩地说："赶走了，晚上它再来怎么办啊？"

老板娘在一旁很抱歉地说："附近都是庄稼地，所以这些家伙也是不知道这里有人，它们也怕人的，不会再来了。这个季节在外边的，都是一些饿了的青蛇，没有毒的，别害怕。"

李初萌还是紧紧抱着学姐的胳膊。

陈逸下楼来，对几个女孩说："你们房间在阴面，所以招蛇，我们换房，你们睡阳面，应该问题不大。"

李初萌目光里透露着崇拜，毫不掩饰："谢谢你，陈逸。"

陈逸瞥了她一眼，没说什么，转头对老板娘说："麻烦你们换一下新床单。"

老板娘忙不迭就要去忙活了。

陈逸忽然叫住她："有吹风机吗？"

老板娘愣了愣："店里是没有的。"

陈逸说："您自用的，有吗？"

他们店里没安装固定的吹风机，也没放独立的吹风机，退房时还得查房。他们人手不足，本来这种服务是不提供的，有一就有二，怪麻烦的。

但是陈逸眼神冷洌，语气冰冷，老板娘磕磕巴巴地说："有……是有。"

陈逸说："卖给我吧，明天我也不带走。"

老板娘连忙点头，先去拿了吹风机给他。

众人都不太理解，陈逸这点头发，空调一烘就干了，他怎么对吹风机如此执着。

等换好房间，李初萌看到新房间桌上的吹风机时，有些难以置信地看了眼张若琳那一头披散的黑发。她有些讷讷地问："张若琳，你洗头啦？"

张若琳正在 QQ 上和她两个室友说着今天晚上碰到蛇的事，无意识地点点头："嗯。"

李初萌："你在这个房间洗的？"说着还指着脚下的地面。这原先是陈逸和小胖的房间。

"没有啊，"张若琳抬起头，"在我们房间洗的。"

她这一抬头，发丝落到肩头，黑亮、顺滑。

学姐一脸惊讶地看着她："若琳，你披着头发很好看。"

李初萌也是一愣，她觉得张若琳哪里不一样了，又说不出来，长发铺满了她的后背，落了几绺在脸颊旁，看着气质就大不同了。

张若琳有些不好意思："学姐，你嘴太甜了。"

学姐认真道："我是说真的，这么一看像在拍私密写真。"

李初萌被这一句点到，是了，是这个感觉。平日里张若琳穿着朴素，衣着款式土气，头发低低扎着，像个村妇。现在她只穿了件简单的 T 恤，长腿屈着，随意地玩着手机，在光线暗淡的房间里，眉目浅淡，一尘不染，像个模特。她忽然想到张若琳是回来最早的那个，后来陈逸也回了，然后他通知她们房间有蛇，这中间他们是不是碰头了？

她有些吃味，说："张若琳，你看到蛇以后躲到哪里去了？"

张若琳一愣："我……跑到对面。"

李初萌的声调渐高："然后遇到了陈逸？"

张若琳顿了顿，没有否认："还有小胖。"

李初萌的脸色这才好了些，神情犹豫地点点头："这样。"

话题到此终结，张若琳松了口气，这么一折腾，睡下时已过了零点。

张若琳躺在床上，抓了抓干爽的头发，又摸过手机，找到"。"。

"谢谢。"发送。

对门。

陈逸已经躺下，放在床头柜的手机振动一下，他转过身摸手机，看见消息，轻轻笑了一下，坐起身在手机上打字，似乎打了删，删了打，面露思忖。

小胖终于压制不住那份好奇，假装不经意地问："谁啊？"

陈逸有个毛病，他们都知道，微信设置免打扰，听起来像是不太礼貌，但是他的每个聊天框后面都有一个斜杠铃铛，就连对他的父母、家庭群也全都开了免打扰。

深更半夜，这一声难道是通信公司的短信？

小胖心里隐约有个答案。见陈逸头也没抬，似乎不打算回答，他学着万峰贱兮兮的嘴脸问："女朋友？"

陈逸抬头看他。

奏效了，小胖想。

陈逸又轻轻笑了下："女朋友，哪儿？"

小胖见他不排斥这个话题，反倒是想拓展聊聊的模样，赶紧凑上去，坐到床边："上次老杜看到的那个，不是啊？"

陈逸很果断地说："不是。"

有点意外，却又不算无迹可寻。小胖说："啊？那你上次怎么不说，万峰都在外边说你有女朋友了。"

陈逸说:"挺好,随他。"

"那你现在干吗说?"小胖下巴指指他的手机,"谁啊?"

陈逸回答:"张若琳。"

他如此坦荡、直白,直接回答,小胖反而有些无所适从,不知道要怎么开展他的采访工作。

他正愣怔着,听到陈逸问:"人在什么样的情况下会抹掉自己的过去?"他的声音不小,像是自言自语。

小胖一头雾水:"什么?"

陈逸看着小胖,目光却好像落在很远的地方,看起来有些落寞。小胖被这个词吓到。落寞,多么不适合天之骄子的一个词语。

小胖问:"你是指张若琳吗?"

陈逸的目光渐渐聚焦,落在小胖眼里。他没说话,静默两秒,低头在手机上敲字。

小胖默默肯定了自己的猜想,想起来什么:"那本刑法书的原本,你是不是拿走了?"

陈逸抬头:"你怎么知道?"

小胖说:"张若琳后来问过我,她拿到的不是原来丢的那本。"

陈逸沉默了,她宁愿去问小胖,也没有来问他,欲盖弥彰。

小胖说:"你要那本书干什么?"

陈逸的嘴角轻轻勾起:"保留罪证。"

小胖:"……"有时候他真想掐死陈逸,他永远知道怎么在对话中获取自己想要的信息,进而巧妙地躲避问题的关键。

"意思是说,你们很早就认识啊?你看到她的书就知道她是她,然后……"小胖捋了捋,打算刨根问底,"那为什么她看起来并不认识你?"

陈逸回完消息,把手机丢到一边,调整好枕头躺下,竟轻轻地叹了口气:"要不你替我调查一下?"

小胖总是跟不上他跳跃的思维:"什么跟什么?"

陈逸长臂一伸关了灯,黑暗里,他说:"这个问题,我也想知道,如果有人能告诉我,我会感谢他。"

他的声调很低，在暗夜里更显得沉重，语气无奈而认真。末了，他似乎轻轻地叹了口气。

　　张若琳收到一条回复，一句话令她睡意全无。

　　"谢谢就不用了，欠我一回。"

✦　✦　✦

　　第二天一大早，大伙吃过早餐，就要返程回校。张若琳想着这几天都没什么事，计划顺便逛一逛北京城，于是在上车前问社长能不能半路下车。

　　社长犯难："我们这是包车，而且应该是走高速路，恐怕不方便停车。我替你问问司机吧。"

　　"不了不了，不麻烦了。"张若琳摆摆手，十分理解，"我也没什么要紧事，就是看来的时候路过鸟巢，想着回程大概也经过才问问的。"

　　小胖跟在后头，闻言摸了摸脑袋，忽然叫住朝这边停车坪走来的人："陈逸！"

　　陈逸站在光里，看不清表情，姿态有些不耐烦。

　　小胖指了指张若琳："她去亚运村，我们不方便停车，你带她一程吧？"

　　忽然被安排，张若琳毫无心理准备，瞥见陈逸把玩着车钥匙，没有回答，大概在思考如何委婉地拒绝。她急忙对小胖说："不用啦不用啦，我确实没有什么要紧——"

　　"行。"陈逸已经走近，看了一眼张若琳，"在哪儿下？"

　　陈逸未免太好说话，还没上车的几个人都疑惑地看着他。

　　张若琳说："不用了，陈同学，我——"

　　陈逸打断她："跟我客气什么，小老师？"他的语调上扬，嘴角含笑，甚至身子微微靠近她。

　　张若琳："……"

　　小胖："……"

　　众人："……"

　　察觉到周围的视线，张若琳解释说："我给他弟弟当家教，嗯……嗯……"

这一解释，众人的眼神变得更奇怪了，张若琳总算知道什么叫骑虎难下。

陈逸自顾自往前走，催促道："走不走了？"

张若琳尴尬地牵了牵嘴角，向小胖和社长道了别，一步一顿地向陈逸走去。

众人注视着两人的背影，朝小胖投去八卦的眼神。

陈逸打开驾驶座车门，张若琳开了后座门，陈逸眉头一皱，动作顿住，轻飘飘地笑了一声，说："你这是真把我当司机了？"

张若琳手一僵硬，神态呆怔，过了半晌，乖乖地合上后座的门，绕到前面，在众目睽睽之下坐上副驾驶座。

车子发动，李初萌从大巴车里钻出来，提着一袋行李就往越野车方向跑来，她拍了拍车窗："我也想在半路下车，可以带我一程吗？"

车窗降下来，陈逸面无表情："你到哪儿？"

"我家在三元桥。"李初萌笑容甜美。

"不顺路。"陈逸沉沉道。

李初萌："……"

这区别对待，饶是一群钢铁直男也看出来了。张若琳也没说她到哪儿啊？到李初萌这儿怎么就刁钻起来了？

李初萌面上有些挂不住，但下都下来了，再回去岂不是更没面子？她只好说："把我放在就近的地铁站就好了。"

陈逸还是面无表情。

经过昨天的事，张若琳和他独处是如坐针毡，多个人她是谢天谢地，连忙说："萌萌下车的时候我也下车就好了。"

陈逸瞥了她一眼，看不出是什么神情，淡淡的，却压迫人。

"上车。"陈逸抬抬下巴。

李初萌坐到了后座，悻悻然看了眼前座的张若琳。

陈逸的车子先行，大巴车紧跟其后，上了高速才渐渐拉开车距，渐渐看不到彼此了。

一路无话，车里放着舒缓的音乐，张若琳看着风景，很快忘记了身处气氛诡异的车厢里。

靠近市区时，车子拐进一条绿树成荫的小道，人工河边风景如画。张若琳不认路，只觉得来时似乎没走过这条路。

李初萌是北京人，疑惑地问："怎么出主路了，去哪里啊？"

陈逸目不斜视，答道："接人。"

李初萌继续问："谁呀？"

陈逸语气不耐："你不认识。"

李初萌"噢"了一声，没再说话，却从背后轻轻拍张若琳的肩膀，低声咬耳朵："接谁啊？"

张若琳吓了一跳，不动声色地摇摇头。她们都是蹭车的，问这些做什么？虽然摇头，但她心里是有答案的，陈逸应该是来接昨日与他通电话的女生。早知道，她就是尴尬死也不会上他的车。

车子穿过林荫道，视野倏地明朗、开阔，远处大片平滑的绿草坡映入眼帘，车子停在高耸的罗马柱式大门前，抬头看到几个鎏金大字——北湖国际高尔夫俱乐部。

陈逸拨通电话，只说了两个字——"门口"就挂了电话。

大概五分钟后，一辆摆渡车从里面驶出，穿着高尔夫球服的女孩下了车，冲陈逸招了招手，然后小跑过来。

白色小立领紧身长袖配黑色百褶裤裙、白色腿袜，干净利落，长发从遮阳帽里高高竖起，青春靓丽，在阳光下美得耀眼。

是那位叫作安荷的女孩子吧？

安荷，安荷。多好的名字，简单的字，读起来莫名就轻声细语，好像能够想象出名字归属者的样子，温婉清丽，端庄大方。

张若琳摸到安全带卡扣，"嗒"的一声，她迅速下车，打开后座车门。等言安荷来到车边朝里看，张若琳已在后座端正坐好，低着头看手机。

陈逸看了后座一眼，不着痕迹地紧了紧眉头，才转头对言安荷说："顺路带的。"

言安荷笑容灿烂，自然地坐上副驾驶座，拧着中控台边的矿泉水，转了两下递给陈逸。陈逸轻松拧开、递回，她咕噜着喝了几口，才道："怎么不提前几分钟给我打电话，我衣服都来不及换。"她的声音清甜，带着女孩子特有的娇柔。

陈逸说:"提前你就会磨叽半天。"

言安荷嗔怪说:"女孩子不磨叽怎么能叫女孩子啊?"然后转头,对着后座的两人说:"对吧!"

张若琳抬起头,对方笑容甜美、友好,她"嗯"了声,点了点头。

李初萌自看到言安荷就有些蔫巴,也低低说了声:"对啊。"

女孩看着陈逸说:"你看,三比一,我赢了。"

"赢了又如何?"被女人包围,陈逸最是不耐,有些逆反地回答。

"赢了你洗碗呗。"女孩露出狡黠的眼神,像勾人的狐狸。

他们在前座有一搭没一搭地聊天,话题很琐碎。言安荷俏皮,陈逸大部分时间惜字如金,可还是能看出两人关系匪浅,极其亲昵。他们讨论着做饭的事,陈逸偶尔撑言安荷一句,气得她怄气,不再说话。

张若琳专心致志看着街景,车里静下来,她反而不习惯。

李初萌忽然说话,打破静谧:"你要去哪儿呀,若琳?"

张若琳下意识回答:"我想去鸟巢附近看看。"

李初萌来了兴致:"现在是黄金周,人山人海的,你想去看啥,看人头啊?"

张若琳抿了抿嘴,倒是没想过这个问题:"人很多吗?"

"到处都得排队,广场上全是人,搞不懂你们外地人,有什么好看的?"

张若琳一时语塞,李初萌虽然语气阴阳怪气的,但说得也不无道理,假期挤着去,确实不太明智,她想着,要不还是挑个课少的工作日出来看看吧。

前座的陈逸忽然出声:"人多有气氛,否则看个钢结构有什么意思。"

李初萌有些搞不清楚陈逸是什么意思,不说话了。

言安荷则有些讶异地看了看陈逸,又透过后视镜看了眼低头的张若琳。今天的陈逸,有些奇怪。

"同学,在前面随便找个地铁站停吧。"张若琳礼貌地说,语气带着些麻烦了别人的歉意,礼貌又疏离。

车速忽然慢下来,过了几秒陈逸才答:"行。"

李初萌同张若琳一起下车。两人站在路边道谢,陈逸抿着嘴点了点头,都没有看她们一眼,倒是副驾驶座上的言安荷礼貌地挥挥手:"再见。"

张若琳刚要挥手，车子倏然启动，她反应过来时，只瞧见他的车尾灯示威般亮了一下，很快被车海淹没。

"陈逸有女朋友了啊……"

身边传来幽怨的声音，张若琳轻轻点头，转头看到李初萌还望着车消失的方向自言自语。

"原来是这样。"

在Q大这样的理工科学校，李初萌的自然条件不差，开学没多久，对她示好的男生已经不少。可接触过陈逸，她就好像上了瘾，明知道他似乎对她不是特别友好，也热脸贴屁股地拼命往前凑。她不信，在到处都是像张若琳一样土气的同学中间，他会注意不到她。

直到见到今天这个女孩。

李初萌忽然就换位思考，她之于陈逸，不正是那些追求者之于她？她之于这个女孩，不正是那些追求者之于陈逸？他注定看不上她。

李初萌忽然正色，说："张若琳，我向你道歉。"

张若琳纳闷："嗯？"

"我错认了情敌，"李初萌道，"还防着你，我很抱歉。"

张若琳："……"

"以后不会了，你是不是也死心了？"

张若琳："……"

"我看得出来你也喜欢陈逸，他不可能看不出来，他今天就是特地让我们见到他的女朋友，那么……"李初萌拧着眉想着说辞，"碾压，碾压，她太美好了，我连嫉妒都没有资本……"

李初萌后面说了什么，张若琳完全听不见了。她的脑海中反复循环着那句——"你也喜欢陈逸，他不可能看不出来"。怎么会？她自认已经藏得天衣无缝。他真的看出来了吗？所以特地带上她，见到耀眼夺目的正主，委婉告诉她，她多么暗淡，微末如尘土。不，她不足以让他这么做。没有安荷，她也没有逞想过什么。

和李初萌在地铁站分开，张若琳查好线路，独自去鸟巢。

站在车厢里，地铁广告忽闪忽闪地掠过眼帘，脑海中一些片段也忽闪忽闪。

陈逸在暧昧灯光中,对她念出山盟海誓的台词……
陈逸与安荷并立电梯里,金童玉女般天造地设……
陈逸坐在餐桌旁,与她相视一笑……
陈逸和安荷有说有笑,默契又亲密……
陈逸站在夕阳西下的水库边,静静看着她……
陈逸自然地给安荷拧开瓶盖……

地铁到站,她有些感激密集的人众,感激北京繁忙的节奏,没有人去关注一个落魄又失神的女孩。看呀,每个人有自己的生活,没有真正的感同身受,每个人都有自己的轨迹,将要去往不同的世界,强制交集,就会脱轨、受伤,万劫不复。

李初萌问:"你是不是也死心了?"

没有激活过,谈何死心?

chapter 5
圣诞礼物

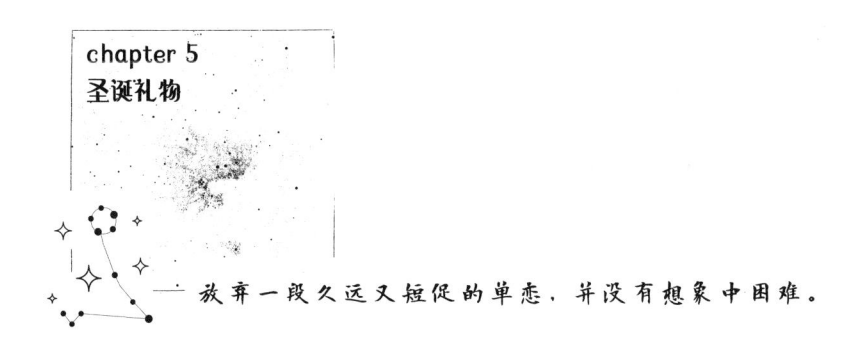

—— 放弃一段久远又短促的单恋，并没有想象中困难。

国庆假期过后，路苔苔和孙晓菲一前一后回校，进门第一件事就是八卦这趟密云之行。张若琳简单叙述了一遍，略去了二人独处的片段，倒不是刻意想要隐瞒什么，只是觉得再无讨论的必要。

路苔苔本来因为陈逸去了她没去，有些遗憾，但听说没有住帐篷就意兴阑珊了。孙晓菲倒是对陈逸刮目相看，以往觉得他这个人冷冰冰的，即便没有相处过，也能看出这个人最是怕麻烦，没有一点人情味，没想到他能够妥善安排换房间。在知道他确实有个颜值超高的女友且感情深厚，看起来不会分手后，陈逸成了宿舍卧谈会的过去式，渐渐不再有人提及。

天气一天一个样，几场秋雨过后，银杏铺满校园，一片金黄，一切于张若琳而言都是新鲜的。每天走在校园里，她都能拍下许多照片，如果过年能够回家，定要与外婆分享这绝艳的北国之秋。

常言物是人非，在张若琳身上便是物非人是，时过境迁，她的日子仍是按部就班，六点一线：教室，食堂，图书馆，宿舍，家教地，兼职。

她庆幸那日坚持去了趟鸟巢，之后，她再无余闲出门游荡，整日安排得满满当当，为学业与生计忙碌。

路苔苔则忙着减肥，她在学校附近的健身房报了个班，还请了个私教，每日在偷懒和坚持之间徘徊，在宿舍里听得最多的就是她和私教之间不得不说的请假故事。

孙晓菲谈了个男朋友，对方也是摄影协会的。孙晓菲是模特，他是摄影师，不算英俊，却身材高大，很会穿衣搭配，和孙晓菲站在一起很是养眼。他经常给孙晓菲送零食水果，爱屋及乌，一式三份，惹得其余两人哀号、羡慕。孙晓菲沉浸在热恋中，长期不见人影，偶尔夜不归宿。

张若琳渐渐形单影只，踽踽独行。除了室友，她也没有结交更多的朋友。

天文社的发展逐渐进入正轨，偶尔会举行社团内部的知识竞赛，她拿过几次第一，还得了一些奖金。陈逸给她颁过奖，她心里未起一丝波澜。

这些年，从众星拱月的小公主到"穷人的孩子早当家"，她早已学会放弃不该有的奢念，小到一包QQ糖、一条公主裙，大到一次夏令营、一顿团圆饭。所以，放弃一段久远又短促的单恋，并没有想象中困难。在这短短一个月里，她变得敏感、脆弱，不像自己。而找回自己，她只花了那一趟地铁的时间。或许是因为，打从一开始，她就没有真正忘我过。那些看似他主动靠近的片段，就像一场梦、一部电影，偶尔想起来，并未真实地留下什么，就连他的脸都渐渐变得模糊。

生活令她无暇顾及其他。为了偿还步潼父母的手机钱，她没有再要家教费，但项先生还是要给，最后双方都妥协，每周一百块。她想着年前能够寄些钱给外婆，就又找了一份餐厅的兼职，于是更加奔波。

好在加上兼职的钱，张若琳在维持生活开销之余还攒了一笔钱。可这一点积蓄，也随着冬日寒流的到来，即将消耗殆尽。她需要买冬装了。

家教课结束，张若琳从步潼家走回学校。沿街就有几家小店，平时经过，她也会对着橱窗里漂亮的衣裳发呆，她寻思先逛一逛，了解了解均价。

一排门面，连着好几家风格各异的服装店，她犹豫了两秒，走进了装修最精致的一家，总要先看看好的不是吗？要不总有幻想。

店主倒不像她想象的那般打量着人做生意，反而很热情。这个点店里没有别的顾客，见她毫无主意，就替她拿了好几套，几乎是推着她进试衣间。

张若琳犹犹豫豫地抱着衣服进去了，第一件事就是看吊牌。

牛仔裤：299元。毛衣：499元。大衣的价格，不看了。天老爷！

她正要放弃试穿，试衣间外传来店主的声音："同学穿得怎么样，需要帮忙不？"

张若琳连忙回答："啊，不用了，马上就好。"

没过两分钟又听外边说:"同学,出来看看大镜子吧?"

张若琳还是换好,拉开试衣间的门。

店主"哎呀"一声,迅速走过来推着她到镜子前。

"你这双腿,不穿小脚裤真的太可惜了,我都没见过这么好的曲线。你看啊,腿间三个窝,多标准啊,配帆布鞋、马丁靴、中筒靴、高筒靴、过膝靴都没问题,太适合你了简直!"

张若琳真是体会到了销售人员的口才,忽然就不知道怎么说话了,心里暗暗后悔——该叫上孙晓菲的。

店主见她面露难色,又道:"同学,我可真不是为了卖给你这一条裤子这么说,你太浪费你这身材了,好好的衣服架子给你糟蹋了……"说着,又看了看她的脸,若有所思,"你等等啊,我给你扎一下头发。"

没等张若琳回答,店主已经抽出她的皮筋,黑发如瀑倾泻而下。店主把她的头发往前捋了捋,喃喃自语:"披着头发有种轻熟的小性感。"然后又把她的头发高高扎起……

张若琳没反抗,饶是她自己,也觉得镜子里的人发生了变化。

只是将低马尾扎高而已,整个人就大不相同了。张若琳不像典型的川南女孩那般秀气。她眉骨高,脸上肉少,暗肤色加上低马尾就显得有些土气,但她五官大气,脊背挺拔,高马尾便衬出了气场。

"这样吧,同学,我给你打八折!我这儿从来不打折,不信你问问你们同学。别的不说,周围这几家店,我家的人气还真是最旺的,但我保证你不会撞衫,一款就一件!"

店主的声音打断张若琳的思绪,她撇开眼,不去看镜中的自己,有些为难地说:"不好意思啊,超出我预算了。"

"嗯……没关系的,"店主倒是个客气人,"我这儿都是做学生的生意,真的不贵,你考虑考虑。要不试试别的?"

张若琳摇摇头。

"那没关系的,喜欢的话再来,随时欢迎。"

张若琳点点头,把衣服换下来,背起书包,推开店门走了出去。她没有回头。她也没有再看别家。因为一旦看过上游的风景,就再也没法往下游走了,至少一时半刻间不会了。

她没有想过会碰到陈逸。

他和几个男生从旁边一家烤鱼店出来,似乎刚聚完餐,一个个勾肩搭背说说笑笑,只陈逸一人走在最后,显得遗世独立。

"欸,张若琳?"先叫住她的是万峰。

"差点认不出你,上次见面还是天台聚会吧?"说话间万峰已经到了她跟前,"你还真有点不一样了,到底哪儿不一样啦?"

张若琳无言,之前加了QQ以后,两人也没有说过多少话,她搞不懂他怎么如此自来熟。

"哈……"她不知如何接话,讪讪一笑。

其余几个男生饶有兴致地看着万峰,这小子又公然撩妹,没点新套路。

万峰摸着下巴,忽然转头:"陈逸,你说呢?"

陈逸笔直地注视着张若琳所在的方向,目光却好似没有落在她身上,只是眼神渐深,没有焦距。

她扎高了头发,露出了饱满的额头和精巧的耳郭。除此之外,还有她的眼神,敛去了以往欲盖弥彰的小心翼翼,透着一股超然物外的通透与坦荡,仿佛隔绝人世,自有方圆。男性直接感知到的是一种难以把握的牵引感,猜不透,摸不着。

万峰碰了碰他的胳膊:"陈逸?"

陈逸的目光聚焦,没理会万峰,向前两步到了张若琳面前,淡淡地问:"回学校?"

不过三个字,语气中的熟稔感便令几个围观群众好奇又兴致勃勃——有八卦。

张若琳有些纳闷,定了定神,点点头:"是啊,刚给你弟上完课,放心吧,他最近进步可大了。"

众人了然,噢,是个兼职家教。

陈逸紧了紧眉头,倏地又舒展开,轻轻地笑了声:"嗯,小老师教得好。"

张若琳:"……"

隔了这么久,她仍是无法忽视他那轻飘飘的笑声,像一片羽毛划过心脏,四两拨千斤般激荡起剧烈的跳动。

众人被这诡异的气氛感染，都有些愣神。平日里最是不耐烦的陈逸竟带着温柔的气场。

"那我先走啦，陈同学，万同学，再见。"

众人还在愣怔，张若琳一一点头道别，转身就走。她的目光、言语都冷淡至极，称呼都透着疏离，维持着表面的礼貌，她甚至对陈逸的温柔攻击免疫。这场面像极了百战不殆的拿破仑遭遇了滑铁卢。

几个男生都注视着黑着脸的拿破仑·陈逸。

天气越发寒凉，在好几次经过那家店过门不入之后，张若琳用另一种方法让自己对那套衣服进行断舍离——网上购买。

在孙晓菲推荐的店铺中，她买了相似的款式，花了不到一半的钱，尽管如此，加上棉服，还是花掉了五百块钱。之后她又添了些内衣、鞋袜，积蓄所剩无几。但她庆幸自己早有准备，这一年北京的冬天格外冷冽。

京城早早地迎来了一场大雪，在浪漫的平安夜。

孙晓菲的男友送了她巨大的礼盒和鲜花，连带着路苔苔和张若琳也有礼物，各自得了满满一大包零食，羡杀整栋楼的女生。

路苔苔减肥，颇不舍地把零食盒转赠给张若琳。张若琳笑眯眯地接过，和孙晓菲当着她的面吃得忒欢，还一一点评。路苔苔气坏了，抓过一包薯片赌气似的打开，抓起一把就往嘴里塞，高呼着："不管了！废宅快乐！"一屋子笑得人仰马翻。屋外天空灰霾，白雪纷飞。

圣诞节那天周日，一大早，张若琳踏着松软的雪去星巴克店兼职。店里节日氛围格外浓厚，高大的圣诞树上挂着斑斓的装饰，连杯子都是红白相间的节日颜色。

店里播放着圣诞曲目，张若琳的心情也格外轻松，她站在收银台前，笑意盈盈地接待下一位排队的顾客："您好，需要点什么？"

她抬起头，望进一双墨黑的眸子。

❖ ❖ ❖

他今天的穿着稍显正式，大衣里套着衬衫、西服，没打领带，肩头落着几片白雪。

来人眉头轻挑,眼底也有惊异。

张若琳想,北京似乎也不是太大。

"大杯美式。"

"好的。"张若琳低头打单、收费,抽出一只杯子,例行公事般问,"请问贵姓?"但还没等他回答,她已在杯子上写下"Mr.陈"。

"下一位。"

陈逸默不作声地拿好小票,就在吧台边等候,似乎是要打包带走,不打算落座。

咖啡做好。

"陈先生,大杯美式!"

陈逸递来小票取咖啡。

做咖啡的小妹不自禁,多看了他一眼,热情地问道:"打包吗?"

"不了,谢谢。"陈逸拿起喝了一口,喉结滚动。但他似乎还是不打算走,倚靠在吧台边,低头看了看时间,又看了眼排队的三两人。

眼看着将要打完单,店门打开,又进来顾客。趁新来的顾客还未走到收银台,陈逸问那个低头划单子的女孩:"几点下班?"

两人之间隔着一段岛台,张若琳一副没听到的样子,还在忙活自己手头的事。

陈逸指节叩叩桌面:"小老师?"

做咖啡的小妹也顺着他的目光看去,确认他确实是在和张若琳说话。

张若琳从屏幕前转过头来,眼神有些呆。

"几点下班?"陈逸又问了一遍。

刚才进门的顾客已经来到收银台前,看两人在说话,像男孩在约女孩,于是对视一眼,笑了笑,也不急着点单,心照不宣地等着。

"一点。"张若琳不及细思他问这个干什么,倏地别开眼,抬头问新来的顾客:"您好,需要点什么?"

陈逸了然地点点头,直起身往外走。他一手拿着咖啡,一手揣兜里。

走向写字楼旋转门的途中,他又朝店里看了一眼。

做咖啡的小妹笑眯眯地看着张若琳。等忙完了,她凑到张若琳跟前,碰碰她的肩："若琳，刚刚那是谁啊？"

"同学。"张若琳靠在岛台边休息，捧着热水发呆，闻言淡淡地回答。

"只是同学？"

"对。"喝了一口热水，暖意从口入心。

"长得很好看欸。"

"是。"

"他刚才在约你。"

张若琳笑了笑："不是。"

"那他干吗问你几点下班？"这位小妹和张若琳年纪差不多大，但平时交流不多，这下忍不住地八卦，"今天圣诞节噢。"

张若琳说："我给他弟弟做家教，下午有一节课，他是提醒我不要耽误上课。"

"这样啊。"小妹眼神里既有八卦不成的尴尬，也有一丝"原来如此，我就知道"的了然。这才是正常的逻辑。

张若琳捕捉到她的眼神，松了口气。他约她？多么难以置信。

陈逸到设计院时晚了一分钟。

"别人都提前到，就你，这都迟到，"陈母掐着他胳膊，只掐到了厚厚的衣料，气不打一处来，"多大脸！"

"下雪天，车不好开。"

"你就不能提前点，非得掐着点来？总是这样，什么事都不上心，真不知道你这样以后谁受得了你！"

"行了，妈，"陈逸笑了笑，有些无奈，"再说下去更迟了。"

母子俩一前一后进了门。

这是行业的一场沙龙，会集了国内精英建筑师和地产方面的企业家。此时，台上一位建筑师正在发言，陈母的秘书在一旁低声给陈逸做介绍，陈逸时不时点头。

项凌发言时，陈母凑过来，指了指台上，说："一会儿午餐会你就跟着你姑父，我还有合作伙伴要见，就不去了。"

陈逸皱眉："还有午餐会？"

一些沙龙确实都喜欢会后安排餐会，进餐间推进交流，拓宽人脉，互换资源，但陈逸没想到他也需要参加。他这才哪儿跟哪儿，专业技能还没摸到表皮。

陈母："你跟前辈交流对你有好处。"

"我下午有事。"

"你能有什么事？不想去就直说。"知子莫若母，陈母睨他一眼，似乎想到了什么，"谈恋爱了，要和女朋友过节？"

"没有。"陈逸打断中年妇女一厢情愿的遐思，抬抬下巴，"认真听。"

陈母这一遭被嫌弃，正认认真真地听，陈逸却凑近，低声问："巫市的张书记，还记得吗，他老婆是哪儿人？"

陈母被这前言不搭后语的问题问蒙了："什么张书记？"

"还能有谁，张若琳的爸爸，他老婆哪儿人？"

陈母转过头，狐疑地看着陈逸，他斜着身子，却目视前方认真听讲，语气淡得像在随口问天气。

"你怎么忽然问这个？"八年没联系的人。

"说就完了。"

"巫市本地人。"

"那她舅舅也是本地人？"

"那是自然了。"

陈逸的眉头皱了皱："这样。"

陈母盯着陈逸，想从他脸上看出些什么来，却是无果。儿子大了，她渐渐猜不透他的心思了。但，张若琳……

"你还记得张若琳？"

当年离开时，陈逸不过十岁出头，如今已成人，年少时的玩伴很多，能记住的不过寥寥。

陈逸点点头："你不也还记得？"

陈母转过头去，目光渐渐散乱。当然记得，真心疼爱过的女孩，恨不得认作干女儿的女孩，怎能不记得？她和老陈都喜欢女孩儿。怀陈逸的时候，她一个淡食的上海人变得格外嗜辣，家里都猜她怀的是女儿。生了好几胎的邻居也说她肚子里的绝对是个女娃娃，给她高兴坏了。在肚子里的时候，她就当女孩儿养，胎教也都轻言细语，闲暇了还做过女娃娃的鞋帽……

所以，陈逸出生时，夫妇俩猝不及防，就连名字都没往男孩方面准备。她当时对肚子里的"女儿"已经感情深厚，这么一来她甚至都不愿看襁褓里的臭小子，老陈劝她"既来之则安之"，便给儿子取名为"逸"。随便得不能更随便。

张书记把女儿送到他们家代看，她是千百个愿意。张若琳打小就没了妈妈，对她也格外亲。她觉得小女娃可怜，对她更加疼爱，弥补了没生女儿的遗憾。

如果没有之后的事……

陈逸听到母亲几不可闻的一声低叹，转头看，她怅惘的神态没来得及收回，只欲盖弥彰般低头查看手机上的信息。

中午，交流会结束，组织方果然准备了午餐会。陈母与相识的一些人简单道别，交代项凌带带陈逸，就准备离开。

陈逸忽然叫住她："妈，楼下有家咖啡店，你去买几个麦芬带回去。"

"干什么？"

"我晚上吃。"

陈母奇怪："你自己住平时就吃这些？"

"买就是了。"

一旁的几个合作伙伴笑了笑，有人笑道："现在的孩子，能记得吃晚饭就不错了。"

陈母向来不喜欢在别人面前数落儿子，叮嘱了他几句就离开了。

到了楼下，她嘱咐秘书去买，秘书刚要走，她又叫住："我自己去吧。"

陈逸今天过于奇怪。别说他平时就不吃这种甜食，就算要吃，完全可以自己买，指名让她去买，她倒要看看他卖的是什么关子。

午间，店里人多了起来。

张若琳和小妹换岗，她去做咖啡，小妹收银。张若琳还不算熟练，只给咖啡师打打下手。

"您好，需要点什么？"

"打包五个巧克力麦芬。"

"五……五个吗？"小妹确认了下，"咖啡呢？"

"不用了。"

张若琳听到对话，莫名觉得这声音有些熟悉，她下意识看了眼收银台的方向，然后怔住了。

这张脸……多年不见，记忆中的人似乎没有太多变化，岁月并未在她脸上落下过多痕迹。她只是剪了短发，干练地别在耳后，做了时兴的造型，着装不俗，气质优雅，有精英女士的气场。

在陌生的城市遇到故人，若不是对方仍旧年轻，一如当年，张若琳着实不敢有这样的认知：站在眼前的人，是她的陈妈妈。

"需要加热吗？"

耳边，声音也与记忆重合——"那就麻烦加热一下吧。"

同事往来的身影在眼前晃，张若琳的目光穿越若有若无的屏障，注视着那张笑颜。

"若琳，你加热一下吧。"小妹叫她。

屏障后的那张笑颜同样怔住，视线缓缓移向她，四目相对。

"若琳？"小妹提醒。

"噢，好。"张若琳移开视线，拉开柜子拿麦芬，又抬头为难道，"巧克力麦芬只有三个了。"

小妹说："女士，抱歉啊，巧克力麦芬不够了，您看，需要别的替代吗？"

陈母愣怔，良久才道："不用了，那就三个吧。"

买好单，她拿着小票在吧台边等，一如早上的陈逸。

张若琳忙活着，心里像堵着块石头，又像被反复敲击着，连带着四肢都有些不听使唤，手忙脚乱。

将三个麦芬一个个打包好，她将打包袋推过去："女士，您的巧克力麦芬好了。"

眼前，陈母的目光笔直地看着她，从眉眼到身形轮廓，最后落到她眼睛里："你……"

张若琳浅浅地笑着，得体而客气："女士，您还需要什么帮助吗？"

陈母的话吞回肚子里："不用了。"目光也别开，拿上东西离开。

张若琳长久地注视着她消失的方向，等人影彻底不见，她才吞了口清水，将喉头哽住的一口气轻吞入腹，就在那一瞬间，酸涩感像忽然打通了渠道，从四面八方凶猛地涌到鼻尖。

"陈妈妈，我也想扎林老师的女儿扎的那种漂亮辫子，你帮我扎好不好？"

"好！我给你扎个比她还要漂亮的！"

"最爱陈妈妈了。"

"陈妈妈，我爸爸买的裤子不好看，我不想穿啦。"

"陈妈妈带你买小裙子去，好不好？"

"好呀，那给陈逸也买一条吧。"

"不给！"

"陈逸好可怜。"

"不可怜，陈逸是男孩。"

"男孩不好，男孩不能穿裙子。"

"对呀，还是女孩好，还是小若琳好，给陈妈妈做女儿，好不好？"

…………

张若琳吸了吸鼻子，两手撑在台面上，低头默默无言。

今天下午，她并没有家教课，看了眼电子表。

12:25。

✦ ✦ ✦

忙忙碌碌，半小时不过须臾，离下班还有十分钟时，店长提醒张若琳把杯盏归置好。

抹布擦器具，发出咯吱咯吱的摩擦声，墙上时钟秒针移动，一秒一秒"咔、咔、咔"像走在张若琳的心尖。她也不明白自己为何如此神经紧绷。有些事情似乎超出了她的预想。

大门每一次开启都会带进寒气，平日里她从未注意，今天却被吹得脖颈一阵凉意。

"帅哥，来等若琳吗？她快下班啦！"小妹热情又稍带疑问的声音传来。

张若琳手里的动作一顿。

"嗯，我等她。"

她的脊背僵直住，肩膀忽然被人轻拍，小妹脑袋凑近，在她耳边低声笑说："骗人哦！"

下一秒她手里的抹布被抢走，小妹抢过杯盏，觑她一眼："这些我来，去约会吧！"

"不是……"

"赶快去！"

"……"张若琳摘掉围裙。

陈逸在边上的座位坐着玩手机，听见动静转过头来："可以走了？"

"还得换衣服……"

"嗯，你去吧。"陈逸点点头，说完又低头看手机。

张若琳刚要说些什么，见他如此也不知从何说起。她慢吞吞地换好衣服，出来时，陈逸已经站在门外等她。

雪还在下，他拿着两杯咖啡，不经意间转头，见她已经换好衣服却呆愣地站在店内。他挑挑眉歪了歪脑袋，一副"你在做什么？看不出老子在等你吗"的神态。

她走出店门，他把一杯咖啡递给她："先暖一暖。"

张若琳接过。隔着纸杯，掌心温热，温度恰到好处。一阵寒风卷起雪花，她缩了缩脖子。倏地，她感觉眼睛被毛茸茸的东西遮住了，头顶也被罩住——是陈逸忽然拎起她羽绒服的帽子扣了上来。

她抖了抖脑袋，帽子往后挪了挪，露出圆溜溜的眼睛，瞪他："你干吗，吓我一跳！"

她下意识的愠怒神色被陈逸捕捉到，他轻轻地勾起唇角。

"你想淋一淋北京的雪也成，"陈逸撩了撩她额前的人造毛，"走，带你去吃饭。"说着踏进风雪里。

张若琳呆了呆，整理好帽子跟在他身后。

她再次"爬"上他的越野车，有些后知后觉地想，吃饭，为什么忽然一起吃饭？

雪天的圣诞节，携伴出游的人众多，路上车水马龙，陈逸的车块头大，他也不急着见缝加塞，慢悠悠地行驶在宽敞的街道上。窗外白雪纷飞，车里暖风温和。

"饿不饿？"又是一个红灯，陈逸问。

张若琳下意识看了他一眼，不想他正转过头，眼神询问。她即刻别过眼去，看着自己的脚面："还可以。"

他似乎笑了声："想吃什么？"

他这一路走得挺有主意的，她以为他已经安排好了，完全没想过这个问题。

"都可以。"

"都可以……"陈逸似乎是在思考，手指在方向盘上轻叩，"烤鱼？"

"不要了，北京的巫山烤全鱼都不是巫山的。"

"哦？你怎么知道？"他饶有兴致地转头看着她。

她从小在巫市长大，她能不知道？可……张若琳心里一咯噔，她也是脱口而出。

"听……听我室友说的。"

陈逸一只手撑着窗框，手指摩挲着下巴，状似无意："是吗？"

"嗯。"

"那你想吃什么？"

红灯过去，车子动起来，张若琳才感觉自己紧绷的状态缓解了些，回答："都可以。"

"西餐？"

"不太好吧。"AA的话，她付不起。

"日料？"

"会不会有点冷？"AA的话，她付不起。

"火锅？"

"衣服会臭掉。"AA的话，她付不起。

"那吃什么？"

"嗯……别的，都可以。"

"哧"的一声，这回陈逸是切切实实地笑了，他眼底透着无奈，放弃询问。

方向盘忽然打了个圈,车子掉头后开了十来分钟,最后七拐八拐地停在一个逼仄的胡同口。

巷口大爷领着找了许久才找到一个车位,距离目的地有一段距离,两人便只能走着进去。

张若琳茫然:"吃什么呀?"可别是什么隐秘胡同里的私房菜,她大概得压在那儿洗碗才付得起。

"川菜。"陈逸答,"能吃辣吧?"

"嗯,能。"

两人并肩走,胡同里不如马路清理得及时,路面积雪松软,踩上去咯吱咯吱响。

世界静得只剩下脚步声。

"这里是川办餐厅。"身边的人忽然开口,声音压得很低。

"啊?"

"四川驻北京办事处餐厅,菜做得还不错。"

"这样……"

餐厅是典型的北京风格,门头红柱上"川办餐厅"四个鎏金大字在雪天亮得刺眼。

屋里装潢简单、干净,没有太多食客,服务员却过分热情,点餐时说着一嘴流利的"川普",还挨个问是不是四川老乡。

陈逸说:"是。"

"听口音就不像,"服务员双眼精明,"你说两句四川话我听听!"

两人谁也没开口,服务员一副了然的样子,看着陈逸说:"我看你就不像,陪女朋友来的吧?妹子这长相一看就是我们川妹儿,就是有点黑。"

张若琳一直高高挂起的看热闹的嘴脸僵住,她摇摇头:"不是,那个……"开了口却不知道要先否认前一句还是后一句。

陈逸从服务员怀里扯出菜单,递给张若琳:"先点菜。"

服务员这才道:"对对,先点菜,放心,我们这儿就是闭眼点都好吃。"

张若琳看这情状,也不打算把菜单推来搡去,闷头点菜。

"水煮鱼,夫妻肺片,麻辣兔头……"

"妹儿，你都点这么辣，你男朋友能吃吗？"服务员用四川话提醒道，"都很辣噢，我们不做微辣。"

张若琳："……"

陈逸面不改色，把菜单拿过去又点了几道，张若琳也没注意他点了什么，她摸了摸兜里的钱，厚度似乎不太理想，兀自惆怅。她是疯了吗？和一个买东西不看价、随手就给陌生人刷饭卡的人一起吃饭，到底是谁给她的勇气？！

服务员重复了一遍菜单，最后说道："确认这些哈，看来都能吃辣，能吃辣才能做四川女婿的！"说完，她抱着菜单走了，餐桌陷入静默。

陈逸没说话，张若琳也没有想过要说些什么，她自然不会特地问一句"你为什么不解释我不是你女朋友"，本来不过是一段不痛不痒的插曲，拿出来说便显得过于郑重其事，徒增尴尬。

菜上得很快，桌面满满当当，红彤彤一片。

"这……会不会太多了，吃不完吧？"张若琳犹豫道，心在滴血，这得多少钱？！多少钱？！

"你都尝尝，看看喜欢吃什么。"陈逸置若罔闻，递给她一双筷子。

她慢悠悠地接过，陈逸看了她一眼："吃不完打包。"

"辣菜打包，不好吃吧？"

"先吃，再说。"

张若琳迟疑地点了点头。

全是她爱吃的！拿起筷子她就无所谓对面是谁。陈逸是话少的人，她便闷头吃。

川菜就是盘大，扒开全是辣椒，实际菜量并不大。一阵风卷残云过后，张若琳惊讶地发现，眼下这一筷子已经是最后一片鱼。她不由得看了眼对面的人。

陈逸似乎早已放下筷子，正好整以暇地托腮看着她吃。对上她略显蒙圈的视线，他手抬了抬，示意她继续："要加菜吗？"

张若琳猛地摇头，把最后那片鱼塞进嘴里，忽然味同嚼蜡。看着他干净的餐盘，再看看自己面前的狼藉，她攥着拳头在心底咒骂：哪儿来的勇气吃这么多，这下平摊都摊得理不直气不壮了。

陈逸起身，看得出他是要去结账，张若琳叫住他："陈逸！"

他微微怔了怔，这似乎是她第一次叫他的全名。

"我去付！"说着，她已经站起来，往收银台去。

陈逸抓住她的手臂："下次你请。"

"都是——"她吃的。

"下次我多吃点。"陈逸打断她，说完放开她的手，信步往收银台去。

她还没说完。

从餐厅出来已近三点。雪还在下，胡同墙沿上盖着厚厚的一层雪，枯木枝丫也不复秋日张牙舞爪的模样，像是戴上了手套，毛茸茸、软绵绵的。

张若琳抬头看景，停下脚步摸出手机，左右对比取景，咔嚓咔嚓拍照片。照片里有红柱有胡同，很有北京风味，嗯，很满意。她抬起头时嘴角还带着笑，看到几步远的地方，陈逸两手插兜，目光浅淡而长久地看着她。

"想不想去看紫禁城的雪？"走到她身侧，陈逸忽然问。

她想，当然想。但……

"走吧。"他说。

"……"他会读心术吗？

张若琳问："现在去吗？"

"故宫五点闭馆。"他看了看表。

"噢。"

车开向内环，越往里进，历史感越强。红墙黄瓦笔直、绵长，偶尔路过一些小的景点大门，高门大匾，里巷幽深，仿若深宫大院。

道路两旁停满了车，陈逸驾车绕着走了一圈，停得老远。等两人好不容易走到售票口，被排队的人惊到了。门前广场上全是人，工作人员正拿着大喇叭劝退吊尾的游客。眼看着他们俩是排不到了。

雪停了，周遭寒风刺骨，在路上走了一阵，张若琳感觉脚底濡湿、冰凉，鼻头也冻得通红，她捂着嘴呼了几口热气，有些不知所措地看着陈逸。

陈逸看着那双杏眼，抿了抿嘴："抱歉，应该先了解情况。"

抱歉？张若琳摇了摇头，说："是我要来的，那……我们返回吧，下次再来。"说完怔了怔，下次？

"好。"

风吹起陈逸的衣摆,远方和近处的人都虚化成背景。张若琳这才发现,陈逸穿得很薄,西装外套了件呢子大衣,脖子冻得惨白,泛着青紫。看来他今天并没有出行的计划。

"我们返回。"她转身去找来时遇到的摆渡车。

这里不能进车,都是景区安排的摆渡车来回运送游客。眼下返回的人太多,摆渡车也紧俏,候车的队伍拐了好几道。

"走回去吧?"陈逸道。他的声音听起来明显变得无力。

张若琳有些着急,忙摘下自己的围巾。

陈逸见她凑近,知道她要做什么,挡住她伸向前的手:"不用。"说着,他走到前面。

张若琳执着得很,追上去从陈逸身后把围巾挂在他脖子上,绕到他前方挡住他的去路,把围巾绕了个圈,在他胸前打了个虚结。

陈逸停住脚步,见她踮起脚绕围巾,馨香的气息逼近,冰冷的脖颈倏地温热,一瞬间一阵暖流蹿进心肺,传到四肢百骸。

"快走!"张若琳把自己的羽绒服拉链往上拉了拉,缩着脖子逃也似的快步走在前面。

✦ ✦ ✦

故宫外墙出入口在不同的方向,不能原路返回,两人沿着城墙不知走了多久。寒风萧瑟,张若琳感觉自己已经冻透了,好不容易到了马路上,已经辨不清方向,两人只好打了辆出租车,又绕着走了一圈才找到陈逸的车。

进到车里,陈逸把座椅加热,暖风开到最大,摘下与他完全不搭调的围巾。张若琳以为他要递给她,却见他折了折放到后座上。

张若琳:"……我拿着就好。"

"送出去的东西哪有拿回去的道理?"陈逸用一种很讲道理的神情看着她。

这理所当然的语气是怎么回事?张若琳一时语塞。

"我还你一个礼物。"

"……"她什么时候说要送他了？

陈逸转过身，一手撑着方向盘一手搭在座椅靠背上："想要什么？"

明明距离不近，他的姿势却让她有种被包围的弱势感。

张若琳构思了一下措辞，说："我那条围巾，就在学校外边的小店随便买的。"还是那种杂七杂八什么都卖的精品店。二十块钱。

"嗯，还挺暖和。"

"我戴了有一阵了……"是旧的啊，怎么送？

陈逸果然皱眉。

张若琳心里的大石放下，心想，这位大爷总算听懂了她的委婉拒绝。

"我一时半会儿可找不到用了一阵子还能送女孩的东西。"陈逸的表情为难，"买新的吧，你想要什么？"

"……"他的交际能力是不是有问题？这脑回路……一种无力感袭来，张若琳深吸一口气，重重地靠向椅背，实在忍不住，翻了个白眼，别过脸去："不用了！"

这个样子和小时候抢不到玩具，不服气又说不出话的样子有什么区别？

"呆子。"陈逸摇了摇头，转身启动车子。

他的声音很小，那两个字却精准地钻进张若琳的耳朵里，她佯装未闻，闭上眼睛休息。

这一天下来太过疲倦，吹着暖风，困意很快袭来，张若琳不知什么时候睡着了。有一段时间感觉车子似乎不走了，她缓缓睁开眼。

左边驾驶座没人，车子停在地下车库里。

张若琳清醒过来，东张西望。前后左右都没人，车库里满满当当，停着许多她见都没见过的漂亮车子。这是哪儿？

她摸出手机发消息："你在哪儿？"

过了两秒。

。："醒了？"

。："等五分钟。"

这是干吗去了？

这时,一对打扮时尚的男女提着购物袋经过,说说笑笑。女孩抱着男人的手臂忽然亲了他一口,说:"这个包真的超喜欢,谢谢老公!"男人反客为主,搂着女人的腰吻得更热烈。

张若琳隐在暗处,他们都没有察觉到。

这……

看到男人的手往女人衣服里探,张若琳惊呼一声,连忙两手盖住眼睛,猫着腰趴下。

那对男女似乎注意到了附近有人,就看了车里一眼,也不在意,紧紧贴在一起找自己车子去了。

没有动静了。张若琳缓缓直起身,刚准备看看四周,驾驶座的门忽然被打开,她吓了一跳,下意识又捂住眼猫回去。

一声轻笑传来。

是陈逸。

张若琳抬起头,对上他调侃又玩味的眼神。

陈逸上了车,忽然打开头顶的灯,仔细打量面前的人。女孩双耳通红,眼睛像小鹿似的滴溜直转,透着心虚。

小时候她可不是这样,电视上演到亲密戏的时候,所有人都紧紧捂住双眼,只有她,两指分得老开,一双大眼睛贼兮兮地盯着电视看。

现在怎么羞成这样?

"你做什么坏事了?"陈逸眉眼含笑,明知故问。

"你去哪儿了?"因为责怪,她的语调里有自己没察觉的婉转,像是撒娇。

陈逸提了提手里的购物袋,塞到她怀里:"礼物。"

张若琳低头看,纸袋口系着漂亮的格子丝带,看不到里面的东西,但从包装上看,价格肯定漂亮。她递回去:"不用了,太贵重了。"她的围巾不知道能不能买得起这个包装袋。

"不贵。"他淡淡地说着,已经开车出了地下车库。

到了地面,张若琳才发现,这里是个商场,门前广场上立着一棵巨大的圣诞树。

"真的不用,我的围巾……你要拿着就拿着好了,真的不贵,而且你请我吃饭我还没感谢你呢，怎么能再收你的礼物？"她语气诚恳。

陈逸皱了皱眉，什么叫作"你要拿着就拿着好了"？这么不情愿。

"两回事。这次我请你吃我的家乡菜，下一次，你是不是该请我吃云南菜？"

怎么绕到菜上了？

"这个没问题，下次请你吃云南菜，但这个——"

"什么时候？"陈逸打断她。

"嗯……"张若琳想了想，起码也要等她挣够钱吧，"快期末了，可能……"

"放假再说。"陈逸说着，专心开车，目不斜视。

张若琳点了点头，也不再继续刚才的话题。她没有注意到陈逸抓着方向盘的手用足了力道，指尖几近泛白。

陈逸看似全神贯注地看着路面，神色凝重。

在水库的时候，他说了那么多"那个女孩"的故事，如果是别人，也许会问"后来呢，那个女孩去了哪里""那现在呢，你们还联系吗"。可她没有问。因为她再清楚不过，"那个女孩"现在如何。

他刚才说他请她吃了家乡菜，如果是别人，应该会问"你不是上海人吗""川菜怎么就是你的家乡菜了"之类的话，可她没有问。因为她再清楚不过，他生在巫市。

呆子。她果然不是别人。

张若琳一手提着购物袋，一手提着小蛋糕进了宿舍。

本以为孙晓菲在约会、路苔苔在健身，这个时间宿舍没人，可打开门对上两双疑惑的眼睛，张若琳怔了怔。

路苔苔最先注意到她拿着的东西："若琳，你买了蛋糕！圣诞老人的，你发财了吗？"

"嗯，对，"张若琳把东西往桌上一放，"今天发工资，买个蛋糕一起庆祝下！"

"你真好，这个牌子的，奶油超好吃！"

"嗯嗯，那一起吃！"

张若琳心虚到手抖，这个蛋糕是快到学校的时候陈逸下车买的，说是节日买一送一，他买给他妈妈，也吃不掉两个，就塞给她一个。她心里多少有点怀疑，可也不好多问，何况陈逸永远是一副懒得多说的模样，她问了反而显得自作多情。

"哇，若琳，"孙晓菲却拿起她的购物袋端详，"Burberry，你抢劫了吗？"

张若琳看着她惊讶又疑惑的表情，便猜到这东西价格不菲，她定了定神，说："嗯……我是……"

"这包装，是围巾吧，可以拆开看看吗？"孙晓菲问。

她也不知道是什么啊。

"可以啊……"

孙晓菲一边拆一边念叨着："现在广州货连袋子都做得这么精细。若琳，你是不是不认识这个牌子呀？哇，真的是围巾，摸着太真了，你在哪里买的，做得太真了！"

张若琳听得云里雾里，吞吞吐吐地说："就是……在打工那儿附近乱逛……看到挺好看的……就买了。"

孙晓菲说："这绝对进专柜都不慌啊。你在哪里买的，我也想入一条。不，两条，再买一条送贺阳。"

贺阳就是孙晓菲那个富二代男友。

张若琳说："就在我打工那儿附近，弯弯绕绕的，我也不知道是哪儿了。"她说的是实话，确实弯弯绕绕一整天，确实不知道在哪儿。

孙晓菲却只当是她买了高仿货被说破，有些害羞。她觉得自己一时激动，说话没掌握好分寸，有些内疚，就不再问了。

切了蛋糕，孙晓菲吃了一口表示祝贺，就掐着纤细的腰说着"老娘要保持身材"，控制住了吃第二口的欲望，然后换好衣服化好妆准备出门。出门前，她交代："我今晚不回来啦！"

路苔苔嘻嘻笑，说："知道啦！"

张若琳说："注意安全！"

孙晓菲娉娉婷婷的身影消失在门口，宿舍里恢复安静，剩下两人安静地吃着蛋糕。

路苔苔瞄了瞄张若琳，犹豫着开了口："若琳……"

"嗯？"

"我妈妈也有一条这个牌子的围巾，那个，你这个好像是正品。"

张若琳抬头，看了一眼似乎比她更不好意思的路苔苔，然后鬼使神差地点了点头。

"别人送的，怎么办？怎么还回去才不会得罪人？"张若琳其实不擅长撒谎。这半年来，她感觉自己所有的撒谎技能都用在陈逸身上了，透支了。

"陈逸送的吗？"

张若琳的眼睛瞪圆："你怎么知道？"

路苔苔平日看着傻呵呵的，永远一副事不关己的傻样。进门看到室友都在时，张若琳甚至想过孙晓菲会看破她，没想到最后戳破她的人是路苔苔，还戳得如此精准。

"我也不知道啊，就是直觉……你今天，是不是和他出去啦？"

张若琳叹了口气，说道："恰巧碰到了。"

"真的？"

"真的。"

他见到她时也是惊讶的神色，他应该只是碰巧到附近的写字楼办事。

"小胖跟我说……"路苔苔又小心翼翼地开口。

"你什么时候和小胖这么熟了？"

"不熟呀，就……他偶尔会问我一些你的事，我觉得挺奇怪的，他就跟我说了一些陈逸的事。啊，我保证，不该说的我都没说，最……最后……我俩觉得，那个……陈逸，他……他是不是对你有意思啊？"

话音一落，宿舍里陷入长久的静默。路苔苔觉得自己说错话了，低头扒蛋糕，张若琳也沉默着，一口接一口地往嘴里塞奶油。看似一样的动作，内里各怀心思。

良久，路苔苔听到身旁的人说："不是，他只是寄托一种歉疚。"像在和她说话，却更像自言自语。路苔苔识相地没有应答。

临入睡前，张若琳和陆灼灼聊天。

陆灼灼："可是我感觉这种表现已经超出童年友情，或许他对你真的……"

张若琳："他应该已经认出了我。"所以觉得她不应该是现在这个样子，就带着好奇接近。所以他屡屡招惹，屡屡特殊对待。她不认为她这么一个平平无奇的女孩会因为别的吸引他的注意。

陆灼灼："那你为什么不索性告诉他？"

张若琳："告诉他之后呢？"要怎么相处，做好朋友？她怀着异样的心思，恐怕与他做不成朋友。做恋人吗？天方夜谭。

陆灼灼："顺其自然、顺理成章呀！"

张若琳："我见过他和真正喜欢的人在一起的样子。"那么自然、那么登对，两个人如出一辙的说话方式、站在那儿就自然吸引人的矜贵气质，来自养尊处优自然养成的内涵和气场。

陆灼灼："也许你只是不够自信。"

她承认，她想过。即便她仍旧是那个骄傲的小公主，他们之间也注定隔着千山万水，跨不过，也填不平。

张若琳："我们不可能的，你知道的。"

陆灼灼明白了，发了个抱抱的表情。

张若琳翻个身，在黑暗里发呆。

chapter 6
在劫难逃

— 他在身前开辟了一条路，她只管跟着，亦步亦趋。

陈逸提着一盒蛋糕回到家，意料之外的是，陈母已经在家。

夜幕已降，屋里光线暗淡，陈母坐在沙发暗处，陈逸打开灯才看到她："晚上不是有应酬？"

陈母转过头，说："你过来。"

陈逸随手把蛋糕搁到餐台上，把车钥匙一扔，往沙发上一坐，问："今天见到什么人了？"语气状似无意，却意有所指。

"我碰到了一个名叫若琳的小姑娘，在你所说的咖啡店。"陈母的神色略带责备，"你故意让我过去，是不是有什么事想说？"

陈逸神态自若，说："她认识你吗？"

陈母道："她不认识我。"

"的样子。"陈逸接话道。

陈母面露疑惑："你什么意思？"

陈逸想起在天台上他问她他们是否旧识，她神态自然，收放自如，险些将他误导，便能够想到她是怎么应对眼前这位看似精明却单纯得像个少女的中年女人的。

"她就是张若琳，那个你恨不得把儿子扔了好抢过来养的张若琳。"

"她怎么——"在这儿？陈母话说到一半，想到北京偌大，高校林立，她来北京上学、工作都是正常的事，便掐住话头。

陈逸却接口道："她怎么变成这样？"他自顾自地往下说，"我也不知道，这也是我想搞清楚的问题。所以有些事我得问问你。"

陈母倏地微动眼皮，抬眼时带着他人察觉不出的慌张。

但陈逸不是他人，他微微皱眉，问："妈，在想什么？"

"噢，没想什么。"陈母别过头去，"我觉得她不是张若琳，名字一样罢了，你怎么就判断她是呢？我们离开的时候你才十一岁，什么都不懂。"

陈逸也面露疑惑："你觉得她不是？"女人不是宣称自己有神奇的第六感吗？

陈母没看他的脸，摇头道："不是。"

陈逸起身，抽出书柜角落一本红色封皮的书，递给母亲："你自己看。"

陈母接书的动作略显迟缓。

"看书口。"

书口上画着歪歪扭扭的米菲兔。

"这是她的书。"陈逸点到为止。

小的时候，张若琳就很喜欢米菲兔，她的水笔盒、铅笔盒上全都是米菲兔，许多东西还是陈母亲自给她挑选的。她最喜欢在书口上做标记。

陈母抬起头，说道："你早就接触若琳了？我是说今天这个女孩。"

陈逸忽然觉得奇怪，按照他对自家母亲的了解，这个时候她要做的应该是更进一步地确认此张若琳即彼张若琳，甚至可能连夜与她相认，可她为什么没有显得很激动，反而有些惊慌，甚至关注这些细枝末节？

"一个学校的，开学就认识了，"陈逸观察着母亲的反应，又补充道，"她还在给步潼做家教。"

"开学就认识了，步潼的家教？你为什么没有告诉过我？"

听她语气里透露着急切，陈逸压回适才的疑虑，说："还没有必要。"

"现在有必要是为什么？"

陈逸笑了笑，不言语。因为他也是刚刚确认，不是猜测，也不是推理，是明明白白地确认。

起因是万峰要给他发送一份文件，从微信、邮箱通道都无法解压之后，万峰加了他的QQ。刚点开信息栏，万峰就发现他们竟然有"共同好友一人"，陈逸自上大学就没怎么用过QQ，就连室友的QQ号都没加。万峰点进去，才发现这个共同好友竟然是张若琳，他还调侃了陈逸一番。

陈逸无法形容当时的感觉，他急切地翻开了QQ通讯录，看着那个平平无奇的灰色头像，点进了她的QQ空间。

他们应该是小时候添加的——刚申请账号的时候。那时刚学会用电脑，有个QQ号是很时髦的事，却没有什么用处，印象中也只是用来注册游戏账号。后来，她的QQ再没有亮起过，静静地躺在他的好友列表里，像个僵尸号，渐渐被双方遗忘，他甚至已经不记得他们很久以前就是QQ好友。

"今天见到的姑娘和小若琳差别还是很大的。三岁看老，我对她的了解比你深，我确认今天这个不是我们认识的张若琳。"陈母的声音响起，语调平静，"你也不要想太多了，离开这么多年了，也没有必要再去想以前的事。"

陈逸的笑瞬时收住，看向母亲的眼神带了些不可思议："妈？"

陈母忽然站了起来，那本书就被扔在茶几上："我明天早上的飞机回上海，今天太累了，得早点休息。你没吃饭的话自己解决。"说着要往卧室去，又回头说，"你的麦芬，在冰箱里，要吃的话先热一热。"

陈逸手肘搭在膝盖上，扶着前额，指尖无意识地摩挲。他看了一眼桌上的刑法书，把万千疑惑压在心底，陷入了沉思。

进入考试周后，张若琳就变得异常忙碌，专业课几乎堆在一起考。法学专业课知识点多而杂，记忆为主，一科也不能落下，又不能错开，每天要花大量时间识记。她想要暂时停掉兼职，但心里想着欠着的那顿饭，总有些惴惴不安，还是有备无患比较好。

学院开始统计统一购买火车优惠票的名单，眼看就要放假了，张若琳犹豫再三，给外婆去了个电话。

"外婆，今年过年，我大概不能回家啦，想和你商量一下。"其实哪里是商量，不过是先让老人有个心理准备。

外婆还未说话，张若琳就察觉到她定是在那头默默掉眼泪："欸，好，你自己安排就好，别挂念我，我一切都好。"

"嗯。"喉头顶着股气，她也不知道该说些什么。

"孩子啊……"外婆语气犹豫，"监狱来电话了，你爸……好像身体不太好。"

"什么时候的事？"

"上个礼拜。"

"现在好些了吗？"

"没有再来电话，应该就没什么大问题。"

"嗯。"

"孩子啊……如果有机会，就去看看他。"

张若琳沉默了，直到眼泪滴在手背上，一瞬滚烫后，变得冰凉。她点点头，说："好。"

挂断电话后，张若琳在湖边小亭子里又坐了许久。湖水表面已经结冰，一群小鸭子在冰上追逐玩耍，她看着看着就出了神，直到手脚冰凉才缓缓站起来，往图书馆走去。

"张若琳！"

她刚要刷卡，听到有人叫自己。竟然是……

"樊——"

"樊星烁！"来人笑起来阳光灿烂，"你第二次忘记我名字了。"

张若琳摸着脑袋笑了笑，这一次没有否认："我可能是学傻了。"

两人一道往电梯间走。

"法学确实很难学，我也快被搞疯了。"樊星烁很配合地接话道。

很难想象他一个工科生选这么一个硬核文科做双学位专业，他是鼓起了多大的勇气。

张若琳真诚道："你是勇士啊，樊师兄。"

"技多不压身嘛，觉得法学吧，以后不管做什么，都是用得上的。"

他说得倒是没错。虽然接触不多，但张若琳感觉樊星烁是个目标很明确且执行力很强的人，务实上进，知道自己想要什么。她忽然问了问自己，除了按部就班地学习，走一步看一步，她是不是应该好好规划规划了？大学时光不能这么浑浑噩噩地跟着课程表走完吧……

电梯来了，张若琳和樊星烁都去三层自习室。

兜里手机振动，她想起来还没开静音。她点开微信。

。：" 在干吗？"

张若琳愣怔，点进头像确认，确实是陈逸。这句话，很像孙晓菲口中

105

的直男搭讪的口气。

她还没想好怎么回，身旁樊星烁道："你用微信呀？我加一下你吧。刚想和你说，同乡会在考试结束那周有个活动，我把活动策划发给你看看啊？"

电梯到了，出了门，张若琳说："好啊。"

有了"规划规划"这个想法，她觉得多认识个老乡似乎不错，交朋友、拓展人际，也应该是规划的一部分。

将樊星烁添加了好友，她回到聊天框页面。

张若琳："复习呀。"

对方秒回："噢？那现在是在开小差？"

张若琳："……"

真是无语。开始复习前，她把手机关静音放在书包里，不再理会。

图书馆在考试周是不闭馆的，张若琳背完半本刑法书重点，图书馆原定的闭馆音乐响起，提醒大家，已经十点了。

樊星烁从张若琳身后拍了拍她的肩，低声说："去打水，需要我帮你吗？"

她摇摇头，说："一起去吧。"她也需要走动走动。

两人一前一后往茶水间走，到了外边才开始交流。

樊星烁问："你准备自习到几点？"

张若琳答道："不确定啊，我得再刷刷高数题。"

"我还以为你们不用学高数。"

"要的，只是难度低一点。"

"那你肯定没问题的。"

张若琳笑了，说："师兄，你可真会说话。"

两人说说笑笑，在途经电梯间时碰到了万峰和杜弘毅，他们正抱着书等电梯，似乎刚准备回去。

张若琳见到两人，很自然地点点头表示打招呼，却没说话，她甚至连脚步也没有停顿，继续往前走。

樊星烁问："你同学吗？"

她回道:"一个社团的。"

万峰和杜弘毅对视一眼,赶紧掏出手机,拍下一张照片。

杜弘毅问:"你要干吗?"

万峰答道:"发群里。"

点开宿舍微信群,他选中那张照片,忽然说:"陈逸会不会杀了我?"

杜弘毅不明所以:"为什么?"

"我这样会不会太不给陈逸面子了?"万峰兀自嘀咕,"不过,还是说了好,万一他头上一整片青青草原就来不及了。"

杜弘毅总算听明白了些,问道:"什么啊,陈逸不是有女朋友吗,电影学院那个?"

万峰睨他一眼:"大老婆小老婆,都是老婆。"

"叫声爸爸你敢答应吗"群。

万峰发了张照片,说道:"哇,咱们社这个张若琳是谈恋爱了吗?"

小胖:"……"

小胖:"万峰,你撤回。"

万峰:"干吗?"

小胖:"你找事啊?"

小胖撤回三条信息。

接下来万峰收到了小胖发的好几条私信。

万峰:"这么说,陈逸追张若琳,是真的?"

小胖:"不知道。"

万峰:"那你紧张什么?"

小胖:"内部消息,圣诞节陈逸和张若琳过的,还送了礼物。"

万峰:"哇!"

小胖:"你快撤回啊!"

万峰:"超、超时了。"

小胖:"……自求多福。"

陈逸正一手拿着水杯,一手拿着手机,打算看看有没有收到回复,却意外看到群消息,关键词——张若琳、谈恋爱。

点开,水杯放下,两指将图片拉到最大。

一男一女肩并肩走着，女孩一双腿逆着光，显得格外细长，她正转头和男生说着什么，看不清表情，下颌幅度像是在笑。

"叫声爸爸你敢答应吗"群。

。："像素不错。"

万峰："错了，哥。"

万峰："就看着他俩说说笑笑觉得挺稀奇的，也没什么啊。不就一起学学习打打水？我和杜弘毅还一起学习一起打水呢。"

杜弘毅："……"

小胖："……你疯了吗？"

万峰："不是那意思。"

万峰："错了，哥。"

万峰："错了，爸爸！"

◆ ◆ ◆

张若琳回到宿舍时已是午夜。樊星烁坚持把她送到楼下才离开，约好第二天帮她占座。平白受人恩惠，张若琳有些不好意思，只好答应参加同乡会，让他这个组织者省一点动员工作。

马不停蹄地洗漱，躺到床上时已经快一点了，她习惯性地点开微信看看。看到陈逸头像右上角鲜红的"5"，她莫名心里一慌，迟疑地点开。

19: 13。

。："在哪儿自习？"

19: 21。

。："图书馆还是教室？"

20: 22。

。："这么认真？"

22: 10。

。："图片。"

。："看来学习也不太累。"

张若琳点开大图，那分明是自己和樊星烁的背影……她想起万峰和杜弘毅……不用推理,瞬间破案。

原来男生八卦起来比女生有过之而无不及。不过,这要怎么回复?他的话令人摸不着头脑,大概意思都明白,组合起来就令人一筹莫展。如果她发了好几条消息,又知道对方明明有空闲时间却没有回复,肯定也会气得不轻,何况是陈逸这种大少爷。

从小他就是这样,一副生人勿近的模样,可你要是不关注他,他能想出千百种办法让你的注意力回归。她还记得她有一阵子沉迷于管理她的"帮派",不怎么和陈逸玩儿。在学校里,她也是被一群人围着,没怎么搭理他。他竟然去告状,告诉她爸爸,她学社会上的小混混儿拉帮结派。

拆迁那会儿到处乱糟糟的,社会上不良团伙聚集,她爸爸就负责扫黑。一听这消息,那还了得,她爸爸回到家就把她胖揍一顿,最后还是陈妈妈求情,她才没有屁股开花。后来她只好用挣来的"帮费"买了好几包QQ糖贿赂陈逸,让他口下留情,不许再搬弄是非。

他义正词严地说:"我这是在保护你。"

她一口戳破:"你就是嫌我没和你玩儿!"

陈逸说:"天天赖在我家,不和我玩儿你和谁玩儿?"

看,暴露了吧?这人,卑鄙起来不是人。

眼下已经一点,回消息的话恐怕扰人清梦,不回的话,明天这人会不会气急败坏?

她小心翼翼地回了句:"不好意思,没有看手机,晚安。"刚想把手机放好,安心睡觉,屏幕突然亮起。

。:"明天帮我占个座。"

张若琳:"啊?"

。:"我九点到。"

张若琳:"噢。"

。:"睡了。"

张若琳:"嗯。"

。:"你只会单音节词?"

张若琳:"……"

。:"明天说。"

张若琳发出去一个"嗯",两秒钟后又撤回,换了一个"OK"。

。:"……"

同学之间,应该互帮互助,团结友爱。嗯。她把手机放好,困倦袭来,沉沉睡去。

第二天,张若琳六点半到达图书馆,占了三个座,分别给樊星烁和陈逸发消息。

樊星烁表示很是不好意思,说好他占座,却比她晚到。

张若琳本没想着这么早来,只是不好意思让他多占一个座,那样有些得寸进尺。

樊星烁七点就来图书馆了。可到九点半时,还不见陈逸的人影。打水时张若琳看了眼微信,没有消息,她自然不会问,也许他就是说说而已,他在家复习舒舒服服,来图书馆吸什么二氧化碳?

午饭时,张若琳自然是和樊星烁一块儿在图书馆附近的食堂吃。

聊到同乡会,樊星烁说:"我们请到了一些企业家同乡,所以这次活动是不用交一分钱的。"

张若琳知道许多同乡会都是联谊性质的组织,对于这种前辈后辈交流的,她显然更有兴趣:"这些企业家还挺有社会责任感的。"

"这只是一方面,"樊星烁凑近,压低了声音,"其实大部分还是出于私心。"

张若琳眼神透露出好奇。

"其实请到的大部分都是创业公司的高层,他们如果正常校招,和这么多五百强企业竞争是没有优势的。"

这一点张若琳还是知道的,Q大的校招,不同领域的企业挤破头也要来。

"但是,如果有同乡之谊就不同了,在活动中,他们也会物色自己想要的人才,给他们提供一些帮助,打下感情基础,所以在活动上一般都会问学生有没有困难,或者找一些成绩特别优异的,给些资助。对比大企业长时间的高薪高待遇,他们这样做成本算是很低的。"

这个樊师兄对一些门道还是看得挺透彻的,这大概是许多书呆子学都学不来的,是一种敏锐度。

"资本家呀，不会做亏本的买卖！"樊星烁最后总结道。

张若琳点点头，说："厉害！"

她是随口一夸，事实上她确实受教了，却没想到樊星烁笑得一脸不好意思，耳朵都微微泛红："没……没有。"

她正想说什么，突然手机振动。她看了一眼。微信语音？这得多少流量啊，发文字说不明白吗？要是路苔苔或者孙晓菲，她会直接挂断，还会发条文字消息教训对方一顿。可对方是"。"，这是位爷，得接。

"喂？"

"我今天有点事，不去了。"

"噢，知道了。"

对方静了半秒："生气了？"

轮到张若琳默了，说实话，她已经忘了他不来这件事，他要是来了，她才会觉得奇怪。

"没有啊。"

"一般女孩子说没有就是有。"

张若琳不得不拿开手机看了一眼，来电人确实是"。"："真没有，我在吃饭。"就这事，文字说不清楚吗？这来来回回一字一句都是她宝贵的流量啊！

"有事发文字就行，我先吃饭了。"挂断。

樊星烁好奇地看着她："谁呀？"

"就是我占的你旁边那个座的人，说不来了。"张若琳淡淡道。

"噢，这样。"

"嗯。"

饭后，两人各自回宿舍休息。午休前，张若琳还是例行看一眼手机。

。："今天确实有事。"

张若琳："了解。"她不是傻子，即使没有经历过，也明白他最近太过反常。可一旦确定了一些信念，她便不那么患得患失，也没有那么敏感了。有刻意压制，也有故意忽视，但事实证明切切实实有效，她想，她很快就能适应，并逐渐成为一种习惯。

周三晚上七点，张若琳准时到项家。步潼也接近期末考试了，每一次的家教课都是改错，卷子铺满了桌面，清晰可见他的分数一次比一次高。

"我现在觉得考Q大也不是天方夜谭了呢！"步潼很自信。

张若琳真心为他开心，但学习的事情还是要一步一步来。

"你先把中考搞定再说！"张若琳说。

步潼不高兴了，说："你说话怎么跟陈逸一个样？！"

"他也这么说？"

"他说，"步潼几乎忍不住翻白眼，压低了声音学陈逸，"中考都没考就开始畅想未来，你不如跳个级给我看。"他还学了个轻蔑的表情，然后恢复正常，说，"给他看？凭什么给他看啊？他是老几？他怎么那么欠揍？等我长到和他一样高的时候，做的第一件事就是揍他。烦死了，这个人，还好他最近忙着照顾女朋友，不会来我这儿秀优越了。"

"照顾女朋友？"张若琳失口问出声，有点惊讶。

好在步潼不觉有他，自顾自地说："他女朋友拍戏好像出事故了，他去怀柔那个影视基地了。我妈说，他女朋友以后是要做明星的。切，明星有什么的，以后我找个名媛！"

张若琳忍不住扑哧一笑，说道："好了，先学习。"

她这几天，每天都会收到陈逸的微信，都是一些不痛不痒的问候，无外乎"在自习吗""吃了吗""睡了吗"，她看到就回，没看到的话，过后也不会回。原来他陪病号那么无聊。

高数考试那天，天色阴沉，乌云在灰白霾里翻滚，没有人注意。

考到一半听到窗外淅淅沥沥下起雨，张若琳感到新奇，原来北方冬日也会下雨。

交卷那一刻她才后知后觉：她们都没有带伞。

走出教室时发现，雨势比想象中要大，跑回去是不可能了，一群人堵在教学楼门前，纷纷联系人来接。

孙晓菲嘟哝着："贺阳这只猪，能不能行了，这时候睡什么睡。"

全宿舍的人都在这儿了，就指望着她这个有对象的来拯救了。可情况好像不太乐观。

人挤人，孙晓菲险些被挤到廊檐下，有些生气，她一边听着电话，一边骂贺阳，忽然话锋一转："若琳，要不你问问樊师兄？"

孙晓菲挤眉弄眼。路苔苔也看着她。

最近张若琳和樊星烁走得近了些，有时候他会帮她们整个宿舍占座，孙晓菲在宿舍也总是调侃他们两个。但除了一起自习，偶尔顺便一起午饭，两人并没有别的什么交集。

张若琳皱了皱眉，说道："不好吧？他们宿舍在22栋，离这儿最远。"

"哈，连人住哪儿都知道啦，你们发展到什么阶段了？"

"真没有。"

"嘻嘻。"

路苔苔摸出手机，忽然想到，小胖他们宿舍离得还挺近的，今天他们好像也没有考试。

贺阳总算接电话了，一边求"姑奶奶"原谅一边到处借伞，答应以最快速度来接"女王陛下"。

孙晓菲挂断电话，对张若琳说："谈恋爱有时候还是有点好处的，对不对？"

张若琳拍她肩膀，说："知道了，女王陛下！！"

可不是谁都能做女王陛下的。孙晓菲美名在外，周围还是狼多肉少，虎视眈眈，贺阳不疼着捧着她怎么行？

避雨的人群一直是躁动的，三三两两聊天，或者议论当天的试题，忽然人群瞬间安静下来。

孙晓菲撞了撞张若琳的胳膊，说："大帅！开学没见到，没想到这种破天气见到了。啧啧啧，撑把破伞都这么好看。忽然想抛弃贺阳，做个水性杨花的女人，上去搭个讪。"

张若琳抬起头。

小胖和陈逸，一胖一瘦，从林荫道拐进教学楼。陈逸撑着伞，步伐不疾不徐，在多少有些神色匆忙的行人里显得格外悠闲。他的伞举得比较靠后，露出他整张脸。他看过来，视线扫一圈，在找人。

人群重新骚动，却都是低声的议论。

张若琳有一种预感，还未及确定，就见一胖一瘦来到自己跟前。

小胖把伞递给路苔苔:"先送你们回去,还要拿伞回去还给别人。"

孙晓菲紧紧拽着张若琳的胳膊,有些蒙。

因为陈逸看着张若琳,说:"不是说考完试请我吃饭?"

✦ ✦ ✦

细碎压低的人声,混在淅淅沥沥的雨声里,嘈杂又诡异地和谐。

雨帘下,陈逸目光专注,周围视线聚集,张若琳仿佛置身广阔的舞台中央,被聚光灯固定在逼仄的灯影里。

"才考了一科,没有考完啊。"她的声音很小。

陈逸听到了,凑近了些,说:"什么时候考完?"

每个学院的考试安排不同,她们文科类学院一般都考得早一些。

"下周五。"

陈逸点点头,说:"行吧。"微微遗憾,看了眼她的两个室友,"现在呢,你们去食堂还是回宿舍?"

路苔苔显然蒙了。陈逸好像比之前在社团见到他时和善许多。

张若琳:"回宿舍。"

孙晓菲:"去食堂!"

两人几乎同时开口,然后迅速对视一眼,孙晓菲冲张若琳挑了挑眉,笑得贼兮兮的,然后回头对陈逸说:"你们急着还伞吗?"

陈逸看了眼小胖,伞都是他借的。

小胖收到目光,顿了顿,说:"啊,不急的。"

孙晓菲说:"先去食堂吧,若琳。"

"我们还是先回去放东西吧。"张若琳用眼神求饶,"太冷了,想先回去。"

"那好吧。"孙晓菲看她的脸色不太好,应允了。

陈逸说:"走吧。"

一共三把伞。小胖一个人打着都能淋到肩,自然是不能带别人。孙晓菲接过小胖手里另一把伞,搂着路苔苔下了台阶,然后说:"若琳,你跟……陈同学一起吧哈。"

一起吧……

她们三人已经走在前面。陈逸撑着伞，往廊檐下近了一步，伞往前举着接她。

身边身后都是等待的人，众目睽睽之下，张若琳这一步走得异常艰难，可再待下去下楼的人会越来越多。她提步迈进他伞下，带进一袖清甜的风。

陈逸垂眼看着她。她站在他右边，把书从右手搬到左手抱着，左手臂因为这个动作，横亘在两人中间，她的上半身因此自然而然地往外扭了些，避免了看似亲密的环抱姿势。

陈逸低头看着她的小动作，嘴角轻轻勾起。

"你在避嫌？"他有些慵懒地开口，内容突兀又尖锐，因为语气而淡化了。

张若琳的眼皮一跳，眼珠子无意识转了转，显得有些茫然。

"啊？没有啊，"张若琳低着头，没看他，"怕把书弄湿了。"

陈逸没有再说什么，不置可否。张若琳感觉眼前的伞面轻轻向她这边倾斜了一些。路过的女生不着痕迹地往这边瞥，等距离远了，发出自以为被雨声盖过了的议论声。

张若琳低头看着自己的脚面，亦步亦趋地走着，脸几乎要埋进自己怀里。手臂忽然被拉了一下，身边的人停下了脚步，她也被拽着顿住。

陈逸的声音很低："看路。"

张若琳莫名地感觉两颊升温，抬眼看到了两三步前的水坑。

两双长腿默契地大步迈过，踮起脚时分开了些，落地时手肘相碰，他轻轻护住了她怀中将要掉落的书。

张若琳的脑子里嗡嗡的，极近的路程像被拉长了，他们走了许久。

到了宿舍门口，门前有两级台阶，张若琳跳出伞面范围，到廊檐下拍了拍肩头的雨滴。陈逸慢条斯理地抬头，看着她漫不经心地笑了一下。她刚刚舒缓的神经就因他这么一笑又紧绷起来。

真是……无话可说，张若琳转过头去。

孙晓菲把伞合上还给小胖，道了谢。

小胖说："不用谢，很近。"

"陈同学，"孙晓菲冲站得稍远些的陈逸喊道，"谢谢啊！"

陈逸抬了抬下巴,说:"不客气。"

一时间几个人都看向张若琳。这莫名其妙的注视让她有些无措。"谢谢哈。"她说着,没有具体看着谁。话音刚落,她就感觉被身边的孙晓菲掐了一把。

这会儿放学,宿舍门口人来人往,无不侧目。张若琳浑身不自在,赶紧刷卡进门。

从孙晓菲的眼神里,她看到了四个字——在劫难逃。

果然,三人刚进宿舍门,孙晓菲的问题就一个个地来了。

"你什么时候跟陈帅哥勾搭上了?"

"你约他吃饭?"

"他竟然迫不及待等你请他吃饭?"

"你什么时候约的?"

"什么情况?速速招来!"

张若琳把书放下,说:"没有情况,就是,我做家教,你们知道吧?"她循循善诱。

"嗯。"

"我的学生,那个小孩,是他弟弟。"

"陈逸有弟弟啊?"

"他姑姑的孩子。"

"哦,表弟。"

"……"其实不是,但是算了,这不重要。

"那然后呢?"

"最近他弟弟进步挺大的,因为补课。"

"噢……不对呀,那应该是他请你,不是你请他啊?"

"……"为什么孙晓菲就不能像路苔苔一样容易被带节奏呢?!

"他请过我了,"她实话实说,"他也不欠我的,我当然得请回去。"

"还是不对,总觉得哪里接不上,那他请你……"孙晓菲做出打破砂锅问到底的架势,但这时手机响了。

是贺阳。

三人都愣了，忘了还有贺阳这一茬儿。

电话那边，贺阳果然在找她们，说是到了教学楼前没见着人。本以为孙晓菲会觉得歉疚，没承想她一通撒娇，又是说天气冷又是嫌他慢，把贺阳说得一边心疼一边连连道歉，说要给她们宿舍买午饭送来。

等打完电话，孙晓菲八卦的劲儿也没那么足了。更关键的是，张若琳面目沉静，毫无忸怩、羞涩的神态，还搂着她念叨："贺阳这样二十四孝男友哪里找啊？国家分配吗？"这一脸憧憬，仿佛刚才发生的疑似恋爱前奏的情景和她一点关系都没有，让人完全丧失了继续"欺凌"加审讯的欲望。

更进一步的理由有点伤姐妹情分。张若琳和陈逸，不是一路人。再问恐怕戳人痛处，孙晓菲知道什么叫适可而止。

同乡会时间定下来了，周六晚上七点。

周五下午考最后一科——刑法学。一出考场，路苔苔和孙晓菲就激动地搂住张若琳的肩膀，原因无他，张若琳临考前给二人划的重点压中了好几道试题。

路苔苔说："和学霸做朋友是这样爽的一件事！"

能考上Q大的，又有几个不是学霸？

张若琳不敢乐观，说道："说不定别人压对的更多。"

孙晓菲道："我发现你这个人特别能长他人志气灭自己威风，我看咱们班一个个愁眉苦脸的，不见得考得好呢。"

"这也难说，"路苔苔说，"真正的学霸就是愁眉苦脸说没考好，成绩出来就碾压你嘛！"

"不管，我求过，不求高分。"孙晓菲笑，又补充道，"但我觉得这次我的分低不了。"

路苔苔说："一出考场就说稳了，绝对大学渣。"

"你不是？"

"我……算吧。哈哈哈哈哈。"

听两个室友谈笑着，张若琳心里不算轻松。虽然她自觉答得还不错，但是大学考试还是和高中时差别巨大，学得好与不好，心里其实还没数。她忽然感觉，上了大学以后，万事上心，却万事迷茫，无论是未来的学习还是生活，眼前都没有清晰的路径，总是感觉不够安稳。

　　大多数人的前半生，都有父母的引导，甚至在父母的期望下完成一个又一个目标。即便不够优秀，父母整日抱怨着恨铁不成钢，也会妥帖给儿女安排好后路。又或者是天赋异禀者，坚持着自己心中所愿，脱离世俗桎梏，走得艰难，却总是有条路去跋涉。

　　张若琳没有。

　　上大学前，她的路就是考更高的分数去更好的学校，别无其他。而上了大学，感觉人人都在变，她却还只是在考高分……虽说大学的主要任务还是学习，但眼前已经渐渐铺开千万条道路，眼下的每一步都决定今后将要走向何方。她从未像如今这样，迫切地需要一个长者倾听她的困惑，指引一个方向。

　　明天的同乡会，她应该好好准备准备。

　　考完试，虽然没到学校放假时间，但大家都心照不宣，准备各回各家。路苔苔家里催得急，她订了当天晚上的机票，一考完试就直奔机场。孙晓菲也立马投奔贺阳。张若琳登记了留校，刚考完就得去参加假期留校生会议。

　　三人是在教学楼门口分开的，等回到宿舍，就只剩她一个人了。

　　正坐着发呆，手机语音亮起，她没有开声音，还是吓了一跳。

　　来自"。"。

　　她想起今天考试前陈逸曾给自己发过消息，她准备进考场，便没有回，考完便忘记了。

　　"喂？有事吗？"她语气有点不耐烦，因为流量的消耗。

　　"考完了？"对方的声音淡淡。

　　"嗯。"

　　"吃饭了吗？"

　　她了然，是来催债的。

　　"没呢。"她答。

　　陈逸等了两秒，实在等不到一句邀请，只好说："一起吃？"

　　早晚得请客，早请早完事。

　　"嗯，好啊，我请你吃云南菜。附近的商场就有一家，可以吗？"

"都行。"

"商场见？"

"我在你们楼下。"

◆ ◆ ◆

楼下？

张若琳下意识快步走到窗边往下看，才想起来方向不对，从宿舍里看不到楼门口。

电话那头的人似乎听到了窸窸窣窣的声音，笑了笑，说："不用求证，我在。"

手机贴着耳朵，他的声音太低，就像他在她耳边说话，张若琳耳根一红，打开免提，把手机扔到桌上。

"没有啊，没有求证。"

陈逸又忍不住笑。如果没有，她应该会问求证什么。他不再逗她："需要时间收拾吗？"

"不用，"张若琳放着免提，已经在收拾，"我马上下去。"

说罢，她利索地挂断。陈逸一句"别着急，我等你"被阻断。他看一眼通话结束的界面，无声地挑了挑眉，无奈地笑。

这栋宿舍楼的大门正对着院子里的奶茶店，店外等奶茶的女孩们看着几步之外的陈逸，偷偷用手机拍照，听到最后一句，有些讶异地议论。

"他女朋友不是电影学院的吗，我还关注了那个女生的微博。"

"这语气又不像是等普通朋友。"

"那个分了？"

"看微博不像啊，岁月静好的。"

"什么情况？"

就连店员都开始关注宿舍楼门口，会走出一个怎样的女孩？

其间，楼里出来好些人，都好奇地看着陈逸。他一直低头，看手机打发时间，没抬过头。

直到一个身材高挑的女孩出来，陈逸感应到一般抬起头，嘴角勾起一点,他顺手把手机揣回兜里,单手插兜,好整以暇地等女孩走近。

很……一般啊。来人双腿细长,一头长发黑亮,身高摆在那儿,不是丢在人群里就找不到的类型,但确实不算出挑。

奶茶店前,几个女孩对视,没说话,都明白对方眼神里传达的意思。

张若琳刚出门就瞧见了奶茶店前的视线,即使那几个人及时扭过头,她还是捕捉到了。

刚才挂断电话后,她就拿上钱出门,路过一楼的"仪容仪表镜"时犹豫了几秒钟,把脑后的马尾解开,黑发如瀑泻下,她抓蓬松了些,又用手指梳了梳……不知道好不好看,总之,她想和平日有些差别。看来,效果并不好。

"走吧!"张若琳对陈逸笑了笑。

既来之则安之,就算女生们用眼神在她身上凿出个洞,今天她也要姿态漂亮地赴约。

两人并肩走,张若琳渐渐忽视周遭频繁扫射过来的视线。

"远不远,"陈逸问,"回去取个车?"

他指的应该是回他家里。

张若琳想了想,说:"不算远,但是取车犯不着,公交车两站地。"说罢,她转头去看他的表情,果然捕捉到他皱眉的一瞬。她咧嘴一笑,然后别过脸去,捂着嘴试图掩饰。

校道上的路灯已经亮起,昏黄的光给冬日添了些暖意,她的笑容猝不及防地映入陈逸的眼帘。这还是她头一回在他面前这样笑,灿烂又狡黠。

"陈大少爷如果不想坐公交车的话——"

"没有,"他打断她的话,目光仍停留在她飞扬的眉眼上,"怎么都行。"

又是低低的声音,要命。张若琳别过眼,说:"那就坐公交车吧。"

这个点,公交车站人不少,有戴红袖章的志愿者阿姨在指挥秩序。张若琳走到线路特定排队区,回头却见陈逸在挨个看站牌。身边无论老幼,都会多看他几眼。

张若琳以往总觉得,少女漫画和小说里描述的那些闪耀夺目的少年只是少女的幻想,太过浮夸,忙碌生活中,谁又会过分关注一个素人,把他当成明星一样去了解，去八卦？过去她还是见识得太少，身边不曾出现，便当作不存在。眼前的人不正是这样的人？闪耀、夺目、引人注目。

陈逸看完站点，走到张若琳身边，忽然问："你有没有过下错站或者坐过站？"

张若琳不明所以，摇摇头，说："没有。"她每次都规划得很好，连各线路时间都记得八九不离十。

陈逸没接话。

一辆公交车驶来，是他们要坐的线路。

张若琳上车，刷卡，走了几步才发现陈逸没跟上。车子已经开了，他还在钱包里寻觅零钱。

一卡一刷，张若琳没法给他刷，便摸了摸兜里的零钱，正要上前帮他付，就看到他漫不经心地把一张十元纸币塞进了钱箱。

不少人看着他，连司机都瞥了他一眼。

两人在靠后的位置落座，张若琳想要和他说说十块钱的事，但话到嘴边又吞下。除了和她一道，他也没有别的机会坐公交车了，似乎没必要说。

一路无话，张若琳一上车就习惯看窗外出神。陈逸坐在她旁边，她就更专注地看风景，以免有不必要的视线碰撞。

到站提醒广播响起的时候，她才恍惚地站起来："到了！"

这一站有地铁换乘，上下车都拥挤，逼仄的车厢里好似瞬间塞满了人。他们俩坐在后排，一时间被堵住了去路。

陈逸站着，车顶几乎顶到了头，他微微猫着腰，忽然抓住张若琳的手腕，拽着她拨开人群往车门走去。

下台阶时，他还回头看了她一眼："小心脚下。"

张若琳哪里还听得见？她连周围嘈杂的人声车声都听不到了，只听见雷鸣般的心跳声，有一些声音在肚皮底下叫嚣，像沸腾的酒精。

周围人挤人，他在身前开辟了一条路，她只管跟着，亦步亦趋。眼前是他宽阔的脊背，鼻息间是他清冽的气息。短暂的一方天地间，两人隐秘又张扬地亲密。

下了车，陈逸自然地放开了她的手腕，问："怎么走？"

张若琳愣怔一秒，把手揣进兜里，看了眼前方，说："应该就是这一栋吧。"

看起来这儿像是商场。

"你没来过?"

"没。"大众点评上人均一百多元的餐厅,她能说来就来吗?

陈逸没看到她冲空气翻白眼,继续问:"如果不正宗,怎么说?"

"网上说还可以,再说了,正不正宗我就算吃了也不清楚啊。"

"你家乡菜你怎么不清楚?"

张若琳默了默,说:"因为所谓的特色菜都是餐馆、酒店琢磨出来的,我没怎么下过馆子,家常菜的话,全国都差不多吧?"

陈逸不置可否:"也许。"

坐着直梯直达顶楼,全都是餐厅,叫号声此起彼伏。张若琳这下是真的有些蒙了。什么情况?

最后还是陈逸上前拿了个号,找了两张凳子,叫她坐下等:"前面还有十五桌。"

"啊?"张若琳完全没想到还有排队这回事,"那要等多久啊?"

陈逸递来一张号单,示意她看。

大概需要三十分钟。

干巴巴地等,这半小时要怎么度过?张若琳迟疑地问:"要换一家吗?"

"不用,"陈逸已经坐下,拍了拍身边的位置,"这个点,到处都差不多。"

"噢。"她落座。

等位的食客不是在聊天,就是在玩手机。张若琳这个月的流量所剩无几,她只好发呆。陈逸习惯性地打开游戏,瞥一眼她,又关掉,把手机放在一旁。

张若琳看到他细微的动作,说:"你玩你的,不用管我。"说完才觉得,很容易让人误会这是反话。

陈逸果然嘴角勾了勾,说:"怎敢,你今天可是金主。"

"……"这人绝了,说话就说话,总让人没法接,要怎么交流?

"若琳!"

有人叫她？

张若琳循声转过头，刚从扶梯上来的几个女孩有些惊讶地看着她，朝着她的方向走来。

是隔壁宿舍的，一个学院，不是一个班，彼此不算太熟，见面点头打招呼的程度。走在前面的是郑淑仪，是团委的学生干部，平时与张若琳交流多一些。

"若琳，你也来吃饭吗？"一行人已经到了近前，目光遮遮掩掩地在张若琳和陈逸之间打量。

张若琳礼貌地站起身说话："是啊。"

"晓菲和苔苔呢？你们宿舍没有聚餐呀？"郑淑仪问。

张若琳说："她们都回家了，比较匆忙，没来得及聚。你们在这边聚餐吗？"

"是啊！等这几个化妆等半天，这下赶上用餐高峰了。"郑淑仪环顾了一圈，问身后的室友："要不就吃这家？感觉哪家的人都不少。"

"行啊。"

说着，后面一个女孩去取号，几个人也拿了凳子凑到他们边上。

张若琳坐下后，有些抱歉地看着陈逸。一群女孩叽叽喳喳的时候，他最是不耐烦，从小就这样，她再清楚不过。

离得近，几个女孩聊天自然就带着张若琳，都是考试、绩点之类的话题，没有问起她身边的人，这让她松了口气。

陈逸兀自玩着游戏，看手势不像他经常玩的对战游戏。张若琳瞥了一眼，贪吃蛇……她下意识笑出声。

陈逸抬眼，眼神幽怨。

张若琳有些尴尬，没话找话："这个好玩？"

"不然呢？"语气更幽怨。

好在这时叫号，到他们了。陈逸几乎瞬间站起身，一副等得不耐烦的模样，见她还呆愣地坐着，随手用号票刮了刮她的鼻子："到我们了。"然后他跟着引路的服务员走在前面。

张若琳和郑淑仪几个说了声，才跟上他。

身后几个女孩顿时炸了窝。

"我前几天就听说,陈逸和他室友给隔壁寝的几个送伞。"

"我还以为陈逸在追孙晓菲。"

"没有,陈逸和张若琳一起撑伞回来的。"

"你看见了?"

"我没看见,我听说的。那天考完高数,我们院好几个人都看见了。"

"真假,不会吧?"

"美女配丑男、帅哥配丑女真的是个规律啊。"

"张若琳也不丑,配陈逸就……"

"我觉得也不一定是谈恋爱吧,看着怪怪的。"

"附议。"

陈逸点菜,张若琳静静地看着他点。重复菜单的时候她才发现,他只点了三个菜,其中一个还是凉菜。

"太少了吧?"她看着他。

"晚上别吃多,不消化。"

张若琳半信半疑:"噢。"有钱人总是比较养生。

陈逸吃饭的时候还是话不多,两人几乎还是闷头吃。点的菜素得不能再素,张若琳没吃出什么感觉来,稀里糊涂就结束了一次请客。

一百三十块。在人均一百多的餐厅,他们两个人吃了一个人的量。

拿到账单时,张若琳心里掠过一丝微妙的情绪,却只是一瞬。至少他没有非要抢着埋单,很隐晦地照顾她干瘪的钱包,如果她因此生气,那就太不识抬举了。

两人出门时路过隔壁宿舍的餐桌。

"先走啦。"张若琳礼貌性告别。

郑淑仪说:"你们那么快啊。"

"啊,"张若琳笑了笑,"晚上吃得少。"

"那回见。"

"回见。"

陈逸站在她身边等着,没有说话,却也没有人觉得这样有什么不礼貌的,他自带一种气场,似乎站在那儿没有不耐烦就已经给足了面子。

回程还是坐公交车，这次张若琳提前准备好了零钱，塞进钱箱时特意提醒身后的陈逸："我付了你的！"可别再十块钱坐公交车了！

　　陈逸一愣，说道："路费也包了，金主大气。"

　　张若琳："……"

　　这一趟人很少，他们还在来时的位置坐下。

　　晃晃悠悠，一路无话，这回张若琳没等报站就打算起身："准备到了。"胳膊却被抓住了，一股力道压着她的手臂，她略带疑惑地看着陈逸。

　　路灯光洒进来，明明灭灭，在他脸上落下阴影，他微微仰头看着她，目光深沉。

　　"体验一下坐过站，如何？"

chapter 7
虚伪

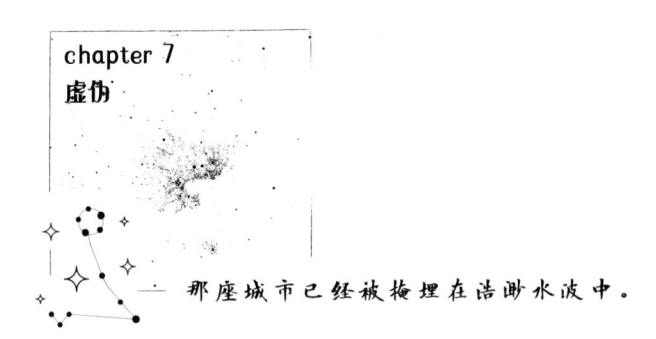

——那座城市已经被掩埋在浩渺水波中。

没有乘客上下车,车门机械地开了又合,嗡嗡声里,车子缓缓启动。

张若琳落回原座,不着痕迹地收回手臂。她没有问为什么,也没有说别的。安静的车厢气氛微妙,两人同时沉默,显得心照不宣。

窗外街景变换,渐走渐冷清。不知何时,后排只剩下他们两人。

"听说你过年不回家?"陈逸打破了沉默。

张若琳把视线从风景里挪回来。"没有啊,还不确定,"不过,她疑惑道,"你听谁说的?"

陈逸说:"项凌。"

张若琳两秒后才反应过来,噢,是步潼的爸爸。她是告诉过步家,寒假期间她可以继续做家教。但此时她并不想将话题继续下去,只好转了话头:"你怎么不叫他姑父啊?"

陈逸皱皱眉,似乎没想过这个问题:"叫姑父给叫老了。"

"是吧!"张若琳也有这感觉,"感觉项先生还很年轻。"

"是,他比步姑姑小八岁。"

张若琳讶异,心里藏着好奇,但毕竟那是别人的家事,不过多去问,轻轻"哇"了一声。

陈逸轻笑一声,转头看着她:"这语气怎么有羡慕的意思?"

"哪有?!"张若琳立刻反驳,扭头看他,身子都晃了一下,"只是这种情况比较少见罢了。"

这么一扭，她的长发拂过陈逸的脖子，缓缓落在他手臂旁边，好像有什么东西擦了一下他的心口，令他心神微动。

他看着她微微慌乱的样子，眼神触及时，她迅速移开视线。

"那假期打算怎么过？"他问。

"还不清楚，找些事情做吧。"

"有想要做的吗？"

张若琳无意识地叹了口气，说："还没有主意，我也不知道能做什么呢……"

"法务实习，想不想去？"

"这种实习哪有这么好找的？基本都靠人介绍，在北京的话，都是研究生起步。"本科生也得是大三、大四生，而且没有薪水。不过，这是没有介绍人的情况下。

她忽然意识到了什么，再次转头看他。

"如果你想——"

"不用不用，"她打断他的话，"现在实习太早了，半点基础都没有，不仅是给别人添乱，自己也得不到提升。"怕他不相信，她又补充道，"而且我现在太穷了，我想做点有盼头的、能挣钱的！对！"

她自己盘算着，"穷"这个字，她似乎没有和任何人提起过，即使是在开玩笑的情况下，也会用其他的说辞替代。大概是夜色遮掩，也大概是对话还算愉快，她不自觉地卸下了包袱。

陈逸的手指在膝盖上无意识地轻叩着。

即将到达一个站点了，张若琳作势要站起身，说："陈逸，我想下车了。"

"怎么？"

"我想回去了。"

"我看过了，这是环线。"

张若琳知道这是一条环线，如果司机不换班，他们可以一直坐回原地。

"时间太长了。"她执着道。

他眼神清澈，定定地看了她两秒，妥协。

车门一开，陈逸率先下车，张若琳紧跟其后。

"我到对面坐回去，你呢？"

陈逸不言语，还是那样看着她，目光笔直、深沉。他突然迈步靠近，她下意识地退了两步，有些踉跄。

夜风凛冽，把她的头发吹散，她拢了拢头发，扣上羽绒服的帽子，裹紧了领口。

他自上而下打量她一圈，问："我送的围巾呢，怎么不戴？"

该来的，似乎要来了。

"太贵了，我不知道怎么搭配。"她说着，一双大眼睛注视着他，笑了。

陈逸一看她这虚伪的笑容，心底里就生出一股烦躁，说话时语调带了愠怒："搭配什么？随便一裹就行，是你戴围巾还是围巾戴你？"

张若琳却丝毫未觉般，还是笑，笑久了有些傻气，说："我觉得，我还是还给你吧，一直也没有机会跟你说……"

他眉头几不可察地紧了紧。

张若琳说："你请我吃饭了，我也回请了，虽然两顿差得有点多，起码形式上扯平了。围巾，我听室友说，才知道很贵重。你也看到了，我全身上下加起来都买不起你的围巾，确实不搭。"

陈逸的脸色已经十分不好看了。

张若琳移开了视线，看着远处的路灯，思路清晰地继续说："我觉得我们算是朋友了，但是你知道的，你在学校还是很受关注的，坦白说，我有一点困扰……当然，这不是你的问题，是我自己，女孩子嘛……我很难形容，你懂我的意思吗？"

陈逸说："不懂。"

她提高了声调："我挺忙的，虽然忙的事在别人看来可能不值一提，所以我不能像别人交朋友那样，你约我一次，我约你一次……希望，以后我们还是有事情的话在微信里说就好了，语音……说实话，我的流量不够用，不是很着急的事，还是文字交流比较好。然后……就不用这么频繁见面了吧。"

她在风里说了这么多话，吃进了不少寒气，感觉整个身体由内而外地冰冷。她抬眼，在触及陈逸的眼神时，切切实实打了个寒噤。

陈逸在寒风里，像一座肃冷的雕塑。

"频繁？"陈逸过了良久才开口，语气里透着股嘲讽，不知是对自己还是对她，"你想太多了吧，张若琳。"

她的目光一滞。这是他头一次完完整整叫她的名字。

他很生气，她想。可是她已经竭尽全力斟酌措辞，说完觉得有理有据，而且没有过分揣度他们之间的微妙关系，始终在"朋友"的位置，进退得宜。可他说，她想太多了。

"那……不好意思，我理解错了。"张若琳抿了抿嘴，说，"我回去了，你——"

陈逸眼风一扫，她立刻噤声。只见他手臂一伸，路边停了一辆出租车，他看也没看她，径直上了车，车门"砰"的一声关上，下一秒车子驶离。

张若琳望着车屁股，在风中凌乱。大少爷好大的脾气！

她独自一人上了天桥，桥底下车水马龙，万千车灯渐渐在她眼睛里氤氲成光圈。都市繁华绚丽，五彩斑斓。风又把她的长发吹得乱七八糟，她三两下就把它们拢到脑后高高扎起。她想起出门时她想和往常有些差别。因为她知道，在往后漫长的时间里，她也许会频繁地想起这一天，希望记忆里的自己是特别的。

擦了擦眼角几滴不争气的泪，她下了天桥，往公交车站走。

低头下阶梯，到了地面，她抬眼，在一瞬间看到了站在路边的人，夜色下，面目不太清晰。怎么可能，她是不是眼花？她使劲眨了眨眼确认，还没等她反应过来，陈逸已经走过来拽住她的胳膊，把她塞进了出租车后座。

她蒙了蒙，听到他吩咐司机师傅去学校。她有些疑惑地看着他。

陈逸一张脸要多臭有多臭，一眼都不愿意多瞧她，只说道："我没有把女人扔在路边的习惯。"

"噢。"她温温淡淡地答道，鼓了鼓腮帮子。

陈逸听这声音，似乎又来火了，瞥了她一眼，鼻子里轻呼出一口气。

一路静默，夜里出租车开得飞快，没几分钟就到了校门口。

陈逸道："下车！"

张若琳很自觉，忙不迭地下车，"谢"字还没说出口，再一次看着车屁股绝尘而去。她拍了拍胸口——可怕！

回到宿舍时，冷冷清清的，张若琳还有些不习惯。陆灼灼调侃她暂时独自拥有了北京四环的十几平方米，真令人哭笑不得。

　　隔壁宿舍的这会儿也回来了，那笑闹声，张若琳在屋里都能听见，她们路过时还敲了敲这边宿舍的门。

　　张若琳打开门。

　　郑淑仪问："我们一会儿要去唱歌，你要不要一起去？"

　　张若琳摇摇头，说："我明天还有活动，不能熬夜。"

　　一个女孩冒出头来，问："什么活动啊，和陈逸约会吗？"

　　所有人都是一副调侃又好奇的表情。

　　张若琳一脸震惊的样子，说："怎么可能啊，要是那样我能吹一年！"

　　"那你们今晚一起吃饭是……"

　　张若琳说："就是替他家里亲戚请我吃饭的。"

　　"这样啊，你们是亲戚啊？"

　　"也不是，七弯八绕的那些关系……"她没说谎。

　　郑淑仪说："你真不去啊，自己在宿舍多无聊啊？"

　　"不去了，你们去吧。"

　　"好吧。"

　　关上门，几个女孩低声说话的声音她还能听见。

　　"我就说不是吧。"

　　"我什么时候说是啦？"

　　"……"

　　第二天，樊星烁问张若琳有没有时间提前到会场帮忙，张若琳应下。下午三点，她到会场，一直忙到六点。

　　同乡会就在学校附近的酒楼办，包了个两百来平方米的宴客厅，排面挺足。赞助方是一个创业公司的老板，姓吴，做房产中介，看起来四十岁出头，中等个子，很爱笑，看起来憨厚、和蔼。

　　闲聊时，他听说张若琳在找兼职，就很热情地问她："小姑娘，你考不考虑我的公司？下头也有十几家门店，你都可以去，辛苦是挺辛苦，但要是成一单啊，这一年你都不愁！"

房产中介，张若琳知道但不熟悉，她没敢当即应下，说："我什么都不会，去了可能会给您添麻烦。"

　　"这倒不会，你感受感受我们公司的这个氛围,员工之间都很友好的！"

　　"我会考虑考虑的！谢谢吴总。"她乖巧地应道。

　　忙了一下午，吴总差秘书带了些甜品过来，让他们垫垫肚子。于是，一群人往休息室去。

　　隔壁包厢晚上也有活动，工作人员正在筹备，所以休息室里人挤人，早已没了座位。张若琳拿了两个蛋挞、一杯牛奶，走到走廊窗台边，边吃边透气。

　　樊星烁也拿了东西出来,和她说兼职的事。"吴总说的这个，你考虑吗？"

　　张若琳有点迷茫："我回去了解一下再打算。"

　　樊星烁道："听吴总的意思，如果你去了，得去门店，其实就是做销售——租房或者卖房，确实能挣不少。租一套房，中介拿一个月的房租，少则五六千，多则一两万；如果卖一套房，一般中介能拿两三个点，几百万的房子，那就是大几万的中介费，虽然不是你一个人拿，但到手的也有不少。不过各行各业都有好有坏，也有揭不开锅的，主要还是拼手头客户资源……"

　　张若琳认真思考着："听着就是，虽然可能饿死，但也可能暴富。"

　　"没错！"

　　"你怎么什么都知道啊？"

　　樊星烁嘿嘿笑了一声，又说："不过，中介都要带客户看房，大冬天的骑小电驴到处跑，你会骑吗？"

　　"不会。"张若琳摇摇头。

　　樊星烁说："那我教你！"

　　张若琳被他认真的样子逗笑："好，哈哈哈，怎么说得这就要定下来了呢？"

　　樊星烁刚要接话，"若琳？"有声音从楼道口传来，两人都看过去。

　　两个高高瘦瘦的男人从电梯间走过来，已到两人近前。

　　"项先生？"张若琳看着叫她名字的项凌。当然，她也没有忽视走在项凌身边，满脸写着"全世界欠我八百万"的陈逸。

◆ ◆ ◆

"在聚餐?"项凌问。

"嗯,是啊。"她答。

项凌看了眼宴客厅的门,说:"人不少。"

张若琳有些惊讶。项凌不是个热情的人,她给步潼做了一个学期的家教,也没和项凌说过几句话。他符合张若琳心目中都市精英的样子,优秀、严肃、冷漠。没想到他会主动搭话。

"同乡会,人还挺多的。"她讷讷地答道。

"挺好,多认识些人。"项凌点点头,向包间走去。

陈逸也提步,路过张若琳身边时,瞥了一眼樊星烁。

樊星烁茫然道:"他是土建学院的那个什么……"

"陈逸。"张若琳接口道。

樊星烁看向张若琳,她脸上没了刚才的笑意,神情平淡,分辨不清眼神的焦距,把那句"他的名字不特别,你为什么记得"吞了回去,说:"你认识啊?"

张若琳收回目光,抿了抿嘴,说:"刚才那个项先生,是我家教小孩的家长,也是陈逸的姑父。"

不知是巧合还是因缘际会,她已经向许多人如此解释过她和陈逸的关系。一种疲惫感悄无声息地袭上来,她忽然不想继续对话。

樊星烁没有察觉,兀自点点头,说:"这个新生挺出名的,是不是在你们女生的世界里,这叫风云人物?"

张若琳只是点点头:"好像是吧。"

"也是,你这样的女孩,一般不会关注这些。"

她喃喃道:"我是什么样的女孩?"

樊星烁没想到她会这么问,短暂地失神,然后吞吞吐吐地答道:"就是……不一般的女孩。"

张若琳失笑,看着他说:"师兄,你眼光不怎么样。"

樊星烁看着她笑意盈盈的脸,不知道怎么接。

临近七点，人陆陆续续上桌，樊星烁帮着调试设备，张若琳管着签到的事。她参加过一次，对一些面孔还记得，就浅淡地打打招呼，更多的是生脸。

有人用方言问她名单的事，她愣了愣，有些尴尬地说："同学，你说什么？"

那人也是一愣："噢，你是工作人员啊，不好意思，我刚才说的是方言，我是想问……"

给人解决好问题，张若琳撇了撇嘴，几不可闻地叹了口气。目之所及，大多数人都已十分熟稔，女孩子们还会激动地拥抱，说着想念彼此的话，不太熟悉的操着滇市方言，很快就能聊得火热。

张若琳虽然在滇市待了八年，但因为家里人都说普通话或者四川话，她没有学到那一嘴饶舌的滇市方言，只能勉强听懂。如果走神，对方说得快，她就反应不过来，就像刚才。忽然她不太清楚自己来里的意义。

她没想到还能遇上熟人。

"张若琳？你怎么在这儿？"来人比她更惊讶。

是李初萌。自从密云回来，她就没有参加过社团活动，相当于自动退社，张若琳上次见她还是国庆假期。

张若琳答："同乡会啊。"

李初萌抬高了声音："你也是滇市的啊？"

这下轮到张若琳惊讶了："你也是吗？"她一直以为李初萌是北京人。

李初萌问："你是哪个高中的啊？"

张若琳答："南一。"

"噢，"李初萌恍然道，"那不认识还正常些，不过你真的一点都不像滇市的啊。"

长相不像，口音更不像。

张若琳只是笑笑："你也不像呀，我以为你是北京人呢。"

这句话听着像恭维，李初萌果然笑得灿烂："不是啦，只是我舅舅在北京。"

李初萌也是第一次参加这个活动，不认识什么人，索性陪张若琳一起管着签到，同时聊天。

原来李初萌很小就来北京上学，但因为户口的关系，高三才转回滇市的高中参加高考，所以她认识的人不多，因为舅舅的关系才来参加同乡会。

张若琳问："你舅舅是？"其实她心里已经有了答案。

果然，李初萌指着坐在前排的男人："就是活动的赞助方啊。"

七点十分，该来的差不多也都来齐了，活动开始。李初萌自然被安排在前桌。张若琳想在后排找个位置，却被李初萌连拉带拽地往前走，在前桌落座。

前桌十几号人，除了组织这场活动的几个学生，其余的都是企业代表。吴总把李初萌介绍给他们。李初萌显然对这样的场合应付自如，"叔叔""伯伯"叫得清甜。

张若琳略显尴尬。

吴总也介绍道："这也是今天组织的同学，叫……"

见吴总进入苦思冥想状态，她主动接道："张若琳。"

代表们点点头，不发一言。

樊星烁是这次活动的主持。开场白后，就是各个企业代表发言，内容无非家乡情怀、世界眼光、同乡血脉相融等，顺便宣传企业对同乡毕业生的就业优待……

张若琳听得认真，即便内容大多是空口号，她还是愿意多了解一些。李初萌就不同了，她百无聊赖，手机上的社交软件都翻不出新内容的时候，她终于把魔爪伸向身边的张若琳。

"哎，你还在天文社吗？"

感觉手臂被碰了碰，张若琳转过头来。

"还在啊。"

李初萌低声道："社里有什么新的八卦吗？"

张若琳纳闷："什么八卦？"

李初萌睨她一眼，一副"你别给我装"的眼神："你说呢？"

陈逸啊……张若琳说："我也不知道啊？"

李初萌眼神狐疑："他和她那个女朋友是不是分手了啊？"

张若琳说："没有吧，不知道，没有听到消息。"

"你待在社里每天都干啥？"李初萌语气里恨铁不成钢，"连我都听说了，他好像在追我们学校的一个女生。"

张若琳问："这样吗？"

李初萌有些嫌弃地看着一问三不知的张若琳，摁亮手机，在聊天框里搜记录，嘴里嘟囔："听说还是个哪儿哪儿都很普通的女生，演偶像剧呢？无语，不知道帅哥心里都在想些什么……"然后她把调出的聊天界面给张若琳看。

最上边是一张照片，一男一女撑着伞，走在雨中，离得远，看不清人，但奇怪的是，陈逸的背影辨识度十足。

下面是一些讨论。

"哇，陈逸不会是有站姐吧，这也能拍到？"

"你见过图糊成这样的站姐？差评！"

"那女的背影看着还行啊，身材。"

"听说脸丑。"

这时李初萌说话了，先发了一个愤怒的表情，跟着一串吐槽：

"老子怎么没有一米七？！"

"陈逸是不是瞧不起矮子？！"

"绝对是，你们不知道他那张嘴多毒！没素质！"

"还好我甩了他！"

"腿长能当饭吃？"

后面的内容，张若琳看不到了，因为李初萌把手机抽走了。

"你觉得这女的怎么样？"

张若琳："……"她好像理解了孙晓菲口中的"求生欲"，此刻她就像内心有自己的想法和坚守，面上又不得不向凶恶势力妥协的直男。她在心里斟酌用词，然后说："应该没有你好看！"

李初萌忽然手臂一伸搂住她的肩膀，正色道："是吧！帅哥到底脑子里都在想什么？"

张若琳被她这副"哥俩好"的做派吓得不轻，在她的印象里，李初萌还是那种娇羞软萌甚至有些做作的女孩。

她低声说:"一起走而已,也不一定就是追吧?"

"我也觉得啊,"李初萌面露无奈,"但是这群塑料姐妹都觉得陈逸那种人不会对猫猫狗狗那么殷勤。"

"你知道吗,她们就是在骂我是猫猫狗狗,我真是无语了。帅哥,谁不爱啊?我不过就是付诸行动而已,她们还只知道意淫呢。"李初萌忽然像是有了盟友,打开了吐槽的阀门,"哎,你还在天文社,就没有付诸行动吗?"

张若琳发蒙:"行动?"

李初萌反问道:"你不是也喜欢陈逸吗?"

张若琳又在脑海里搜索措辞,然后说:"我觉得,这可能是你的错觉。"

"怎么可能?"李初萌一副看透她的表情,"什么错觉?你就是!"

张若琳:"……"

在她无法招架时,热烈的掌声拯救了她,原来是吴总结束发言,宴席开始了。

樊星烁也结束主持工作。前桌给他留了位子,就在张若琳旁边,他下台后,还礼貌地对李初萌打了个招呼。

此时服务员上来开酒,张若琳木了木,问:"要喝酒啊?"

李初萌点头:"不然呢?"

樊星烁凑过来,说:"你不会喝酒吗?没关系的,这种局不强求的。"

李初萌道:"不过,你得学着喝点了,以后工作了少不了的。"

樊星烁也赞同地点点头。

"我也不知道会不会,我没喝过。"张若琳说。

李初萌说:"一看你就是平时也没有什么聚会的。"

这倒是事实。张若琳连高三毕业谢师宴都没参加。

果然,话音刚落,吴总就端起酒杯,说了几句场面话就一饮而尽。他虽然说了随意,但张若琳环视一圈,不管是学生还是企业代表,没有人端饮料杯。犹豫不过一瞬,她也一饮而尽。喉咙里一阵火辣,然后醇厚的酒香漫上鼻腔,渐渐地,嘴里竟有些甜,不算难喝。

李初萌饶有兴味地看着她,嘀咕:"你也太猛了吧?你惨了。"

等张若琳放下杯子才发现,不是所有人都干了,女生几乎都是抿了抿,杯中酒的刻度一点没变。李初萌也是。

张若琳发现，在长辈面前，李初萌也是那副软萌乖巧甚至有点做作的姿态。大概这是她的处世之道。但不得不说，真管用！不像她——

"看不出啊，张若琳同学酒量很好啊！"吴总开怀大笑，觉得这个女孩真是给他面子，"难道你是少数民族吗？"

滇市在西南，虽然不是聚居地，但周围市县有不少少数民族同胞。

"不是啊，是汉族。"

"好酒量啊！"

"是啊是啊，来，再给满上！这可是我们滇市的特色酒，在北京也是很难喝到的啊！"

服务员来给张若琳添酒，她看着水色一样通透的液体填满玻璃杯，觉得有些蒙："其实不会喝，刚才闻着香……"

她认为的解释，在酒桌上无疑就是此地无银三百两。

李初萌摇了摇头，说："真的是个憨憨。"

果然有人道："一般能喝的都说自己不会喝。"

吴总说："张同学，没关系，喜欢喝就喝些，喝不了就少喝些，不强求的。"

张若琳点点头。这个动作让她意识到自己的头好像有点沉，但思维和视野都还很清晰。

一杯酒，不至于醉吧？她也不知道醉是什么感觉，想来大体是晕乎乎的。那她还好，但她接下来也留意着，只是抿一口，没有再猛灌。细细抿，不辣，很香，她还挺喜欢这种味道。

之后，席面热闹开来，别桌的人也来敬酒，本桌的代表们也下去和同学们套近乎，整个宴会厅觥筹交错。

"张若琳同学？"有人在叫她。

张若琳缓缓抬起头。是吴总，正举着杯子站着。她赶忙也站起，"噌"的一下把椅子蹭得巨响，她却未察觉，端起酒杯，洒了些。

李初萌瞥了一眼张若琳，心想，得，倒一个。

"吴总！"张若琳笑呵呵的。

"我听初萌说你是她好朋友？我看你这孩子实诚又靠谱，假期要是没事,就上我们公司去,我破格,给你发每天一百五的底工资,怎么样?"

每天一百五,一个月四千五……哇!

张若琳激动道:"好!"伸手就要去碰吴总的杯,却碰岔了,没碰着,她也没发觉,兀自一饮而尽。

李初萌一句"你醉了,别喝了"还没说完,张若琳已经把空杯往桌上一磕,瘫在座位上。

✦ ✦ ✦

隔壁包厢正进行到推杯换盏的阶段,同样觥筹交错,气氛却与同乡会截然不同。

同乡会是一场有预定目标的聚会,一群学生装着大人模样说着社会话,企图与这些有资源的"亲人"维持联系。而项凌带陈逸参加的是一场没有名目的晚餐,一群社会人士学着学生模样和几个教授聊学术,企图掩饰这是一场商务会面的事实。很无聊。

又一位记不住名字的某总打圈敬过一轮酒,大家三三两两地聊天。陈逸看了眼微信,席间新添些许好友,有建筑师、地产商,还有学院领导。此时微信首页都是新好友打招呼的默认消息。他往下滑了半天才找到几天前的一个聊天框,点进去,聊天信息停留在吃饭那天他打给她的语音电话上。他在框里打了几个字,顿了顿又删除。

陈逸突然觉得自己很无趣,屏幕熄灭,"咔嗒"一声息屏。项凌睁开微醺的眼看过来,见他握着手机发呆,以为他是不耐,安抚道:"就快结束了,有急事?"

陈逸摇了摇头,答非所问:"姑父,你认不认识巫市的张书记?"

陈逸记得,步潼的母亲步鑫做建材生意,也是因此认识了项凌,还资助他留学。项凌回国后,两人就结了婚。步潼出生后不久,巫市开始拆迁,建材生意不好做,他们这才举家迁回步鑫的老巢北京。从步家的业务往来看,当时应该和相关部门打过交道。

项凌皱了皱眉头,有些疑惑:"哪个张书记?"

"张志海,"陈逸声音沉了些,说,"老巫市公安局的副书记,后来——"

项凌打断他："记得,后来……判了十年。"

陈逸问："具体是什么罪名?"

项凌说："渎职,贪污。"

其实陈逸知道这些,网上还能查到只言片语的消息,但更具体的情节和判决内容就难以寻觅了。

陈逸说："印象中他十分勤勉。"早出晚归,几天不着家是常态,张若琳便像养在他们家。陈逸对张志海没有太多印象,只记得他长相极和善,每一次见他都是笑眯眯的,眼角一排鱼尾纹。

项凌也点点头,说："年纪轻轻坐上那个位置,背后一定是非一般的努力。怎么忽然问起这个?"

陈逸不自觉地抿了一口酒,说："最近遇到了以前的同学,突然想知道以前那些人过得怎么样。"

"看不出小逸也是个念旧的人。"项凌难得笑了笑,拍着陈逸的肩道,"想老家了可以回去看看,也可以问问老同学。"

老家?被这么一提醒,陈逸才切实对巫市有一个定义。

陈父是土生土长的巫市人,只不过家族人丁稀少,到了陈逸这一辈,已经连堂兄妹都没有了,所以自从搬去上海,就很少听家里谈起巫市,在陈逸的印象里几乎没有提过。但细算起来,巫市可不就是他的老家?只不过,那座城市已经被掩埋在浩渺水波中,如今的巫市只是保留了旧名的新址新城,外人并不关心也并不清楚两者的差别,只有老巫市人执着地区分着新旧。

老同学?陈逸很仔细地回忆,也没有在脑中回忆起任何一个巫市的同学。

除了张若琳。

在重遇她那一天,他曾回忆过年少的她,只记起一个模糊的轮廓,现下却细致清晰起来,脑海中出现了一张胖乎乎的脸,大眼睛黑亮,下巴总是微微上扬,头发很密,眉毛很浓,两束马尾都扎得很高。

他极力想让这张脸与如今的张若琳的脸重合,画面却再次模糊,他脑中竟没有张若琳如今的模样。他又拿起手机,点开张若琳的朋友圈,企图唤醒脑海中的影像,却只见朋友圈里空白一片。

她没有发过朋友圈,不像小时候那样叨叨个不停。

饭局热热闹闹地结束，众人各自奔向司机。陈逸原本借着给项凌开车的由头没喝酒，后来无意识地抿了那一口，索性就喝开了，这下两个人都没法开车，只能在门口等步鑫来接。

大堂电梯里吵吵闹闹出来一群人，西南方言和普通话夹杂，引人关注。走在前面的男生背着一个女孩，边上一个女生不断提醒着他慢点。

"醉成这样自己待在宿舍真的可以？"

"她宿舍的人都回家了啊，也没办法啊。"

"能不能麻烦你带她回你家里？"

"不行，我舅也喝多了，回去我舅妈指不定怎么发火，我再带另一个醉鬼回去，我舅妈要灭了我……"

几人走出旋转门，陈逸才看清楚说话的一男一女，一个是饭前和张若琳在走廊里说话的男生，另一个是……天文社那个不认识射电望远镜的花痴。即使那个醉鬼上半身趴在男生背上被挡得严实，吊在半空中的那双长腿还是让陈逸认出了，是张若琳。

李初萌还在碎碎念："我见得多了，她就是没吐，吐出来也就清醒些了。你把她放下来，我给她催催吐。咱俩现在连她宿舍门卡都没有，也不知道宿管让不让进……欸，陈逸？"

两人停步，终于看到门口立着的两个男人。

樊星烁抬起头，见是饭前打过照面的人，不知该不该礼貌地问好。而李初萌在懊恼适才大大咧咧的言谈给陈逸留下了不好的印象。一时间，周围寂静无声。

项凌率先说："是若琳喝醉了吗？"

樊星烁回过神来，看到陈逸小幅度地歪头看了一眼自己背后的张若琳。他不自觉地也小幅度转了转角度，对项凌道："她不会喝酒，又不会挡，喝了不少。"

樊星烁细微的动作正好再次遮住了陈逸的视线，陈逸当然注意到了，不着痕迹地挑了挑嘴角。

李初萌有些摸不着头脑，怎么陈逸身边的人也认识张若琳？

项凌继续说："没醉过的人压根儿不知道自己醉了，暂时醒了更迷糊，没法控制自己。"

李初萌尴尬，知道项凌大概是听到她说的催吐的话了，求助的眼神看向陈逸。

陈逸没注意到李初萌的眼风，问樊星烁："沉不沉？"

突如其来的"关心"让樊星烁愣怔："啊？"

项凌说："先把人放下来吧。"

樊星烁是用绅士手的姿势背着，手只起到稳定的作用，承重的是几近九十度弯着的腰，一路下来并不容易。此时他不再坚持，缓缓下蹲。李初萌正想上前扶张若琳，却被一只长臂抢先。

张若琳的脚刚落地，陈逸就扶住了她，两手紧扣着她的肩膀，扶正了才缓缓拉开距离。两人相对而立支撑着，张若琳毫无意识，脑袋耷拉着，像一只扑向陈逸的丧尸。

但从李初萌的角度看过去，陈逸好似抱着张若琳，她赶紧上前拉过张若琳，可她的小身板压根儿撑不住，这一晃张若琳就要栽倒，陈逸赶紧把她拽回来。喝醉的人身子沉，她的脑袋又急又猛地磕在他胸口，发出一声闷响。陈逸感觉喉咙里痒痒的，是她头顶爹毛的发丝轻轻抚过他的喉结，喉结滚动。

张若琳磕疼了，抬起手要摸自己的脑袋，却摸不准，一只手在陈逸的脸蛋、耳郭、脖颈胡乱挥舞。陈逸微微仰头避开，眉头紧皱。

马路上传来"嘀嘀"的鸣笛声，车窗落下来，一个中年女人的脸露出来。

步鑫刚想叫陈逸和项凌，就见陈逸半搂着一个女孩，隔着一个小广场的距离也看不清，她索性熄火下车。

"姑姑，"陈逸见到她，说，"小张老师在我们隔壁参加同乡会喝高了，放假了，宿舍里也没个人。"

步鑫歪着头想看看张若琳，奈何她整张脸都埋在陈逸怀里："醉得不轻。"感叹一声，她看看陈逸，又看看边上的几个人，最后看着项凌，从自己老公眼里也看不出什么指示，只好道，"那先回家，这大冷的天，喝酒了别吹风，你们俩也是，回家再说……我来扶着她？"

陈逸说："她太沉，我来吧。"

步鑫再次扫了眼他没什么表情的脸，点点头就自顾自走在前面，过去开车门清理后座。

陈逸抖了抖肩膀:"喂。"

胸前的脑袋毫无反应,倒是经他这么一抖就要滑下去,他索性弯腰一把捞起她瘫软的腿,打横抱了起来。张若琳的脑袋伴随着这个动作往后仰去,发丝纷飞,脖颈挂在陈逸肘弯,显得诡异。陈逸抖抖手臂调整她的位置,她的脑袋又乖乖地靠向他的胸膛。

李初萌和樊星烁都愣了,没反应过来,眼睁睁看着陈逸稳稳地抱着张若琳下了台阶。

陈逸走出几步,然后回头说:"我姑姑是张若琳的雇主,还得指着她干活儿,不会让她有事的,你们放心回去。"

这是在跟他们解释来人和张若琳的关系,虽然拐弯抹角,但是他们听懂了。可是……重点好像不是这个。

chapter 8
谎言之下

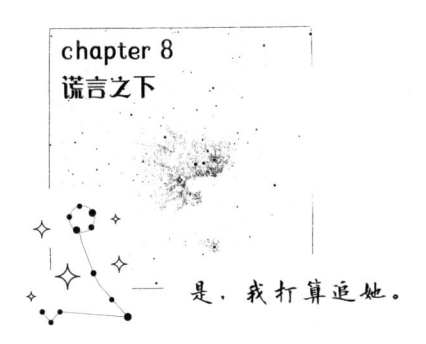

——是，我打算追她。

夜风呼啸。一月的北京像风洞里逆行的巨兽，被风裹挟着却岿然不动，只徒劳地叫嚣、呼号。

张若琳被凄厉的风声惊醒。视野里一片漆黑，等逐渐适应了黑暗，视野里露出周遭环境的轮廓，她意识到这是一间陌生的房间。

她打开床头灯，光线柔和，温暖了单调的空间。灰色床头，灰色窗帘，白墙白柜，没有一点多余的装饰。床边讲究地铺了边毯，毯子上摆着一双宽大的棉麻拖鞋。张若琳38号的脚称不上小巧，穿上拖鞋还是显得空落、拖沓，吧嗒吧嗒的脚步声在静谧的空间里稍显刺耳。

出了房间，恍惚间她以为自己是在步潼家。同样的格局，同样的装修，只茶水吧亮着的一盏夜灯提醒她，这儿不是步潼家。

步潼家茶水吧在餐桌边，餐桌上只铺着桌旗，有时候还会摆上鲜花。而这里的餐桌似乎被主人当成了书桌，摆着台灯、电子钟、笔筒、零零散散的建筑图册，还有星云图……

即便张若琳酒精上脑，还是能够想到这是谁的房子。

在众多建筑图册中间，一本暗红色皮面的大部头书格外显眼。张若琳走近，缓缓抽出那本书。她没有不经同意便乱动他人物品的习惯，只不过，这本书是她的。

扉页上写着"supreme，谁是你的至高无上"的刑法书。

书口上画着米菲兔的刑法书。

张若琳混沌的思绪逐渐清明——她去参加了同乡会，她不会喝酒，她喝多了，她趴在桌上偷偷地吐，她吐了一地，她确定没有人发现，她趴着，趴着，趴着……她断片了。她不知道自己是怎么来到这里的，不知道陈逸为什么留着她的刑法书，不知道现在陈逸是不是也在这个房子的某个房间里。她脑子里快炸了。她唯一知道的是，她不能继续留在这里等待他出现。她没法处理这样的局面。

张若琳默默地把书放回原位，连翘起的角都复原得分毫不差，仿佛从没被人动过。然后她在便签上写了几句话，才悄摸地穿上挂在门口的羽绒服，悄摸地合上门。

伴随着"咔嗒"一声关门声，"嘀嘀嘀"的警报声响起，这个小区因为是一梯一户，楼梯间都被住户用作鞋帽间，所以大多人家都在这块安装了监控，步潼家就是。

张若琳并不奇怪这儿有监控，却还是被吓了一跳，心跳不自主地加快，她甚至能感觉到自己脸上灼热的温度。她赶紧摁电梯。电梯门才打开，她便迫不及待地侧身钻进去，然后暴躁地狂摁关门键。只是电梯门感受不到她的急切，仍旧慢悠悠地开到最大，慢悠悠地合上，把急躁的她衬托得有些滑稽。

电梯下行，张若琳靠在墙角，重重吐出一口气。心虚至此，她自己都感到无语、丢人。

一出单元楼，北风刮面，她赶紧把拉链拉到顶，揣着兜猫腰前行。

这个小区距离校门不远，但在深夜踽踽独行略感寂寥，再加上寒意刺骨，路途就显得尤其漫长。

张若琳饥肠辘辘。

道路两旁门店大多紧闭，烧烤店正在打烊，只有路边摊撑着帐篷，支着小灯，在寒风中等待食客。

张若琳钻进帐篷，里边摆着一溜矩形大锅，锅里平铺着各式各样的串串，一边是清汤，另一边是红油，凳子围了一圈，看起来是"自助"。

老板夫妻俩热情地招呼她随便坐。她寻了最里边的位置落座。老板递上一个菜碟、一双筷子，里面盛着麻酱，嘱咐她自己加配料，吃什么自己拿。

这大概就是路苔苔一直嚷着夜不归宿也要吃的涮串了，为了避开城管，只能半夜出摊。

张若琳胡乱添了点料就开始大快朵颐。

帐篷外忽然热闹起来，有一行人笑笑闹闹着走近。

"要不吃涮串吧，这儿也没啥开门的了。"

"海底捞吧？"

"不想找了，太冷了，就这个吧。"

"就这个吧就这个吧。"

话落，一行人鱼贯而入，把不宽敞的帐篷小店坐满。

老板添了两张凳子，对张若琳客气道："姑娘，挤一挤哈。"

张若琳这才抬头，挪了挪位置。

"张……若琳？"

"若琳？"

两道声音同时响起。是一男一女。张若琳循着声源看去。

郑淑仪和……杜弘毅？

一个是学院同学，另一个是社团同学，两人一起出现还是让张若琳惊讶。

而张若琳出现在深夜的串摊更让郑淑怡和杜弘毅惊讶。

在所有人的印象中，张若琳都是院门不出、校门不迈的"小学究"，沉迷于学业，无法自拔。

有人问："你们认识啊？"

郑淑仪说："这是我们法学院的大学霸，我能不认识？不过，弘毅，你和若琳怎么认识的？"

杜弘毅肤色黝黑，笑起来露出一口大白牙，他朗声道："我们都是天文社的，军训会操的时候还一起领过奖！"

有人笑说："都是队列班的，你这肤色怎么一冬天也没捂回来？"

杜弘毅又刻意露出他的白牙："黑点不好吗？像你这么白，哪个姑娘愿意站你边上，原来这就是你放弃当领队、非要做主席的原因？"

众人哄笑，白净的男生嗔道："行，下次表演赛题目就定为'男生什么肤色更讨喜'，正方白，反方黑。"

杜弘毅说："凭什么白是正方？"

"你这就不专业了，正反不代表对错。"

"不行，正方黑！"

"不行！"

"……"

一群人边吃边吵，笑闹声几乎要掀翻帐篷。

老板夫妇俩站在边上，笑眯眯地看着这群年轻人。

张若琳也默默注视着眼前的同龄人。她总觉得杜弘毅哪里不一样了，又说不出来。虽然与他没有太多交集，不够熟悉，但她能感觉到，眼前的杜弘毅开朗活泼，与之前稍显木讷的模样截然不同。

这群人皆是如此。寥寥数语，每个人的内心都像是不设防的。纯粹、自信、意气风发，是少年气。

她也听明白了，他们是校辩论队的，八校联赛结束后紧接着期末考，没时间聚会，今天才聚起来。晚饭、桌游、再夜宵，谁也不愿意早回去。这大概是张若琳见过的最团结的团建活动。

张若琳吃好了，要结账离开，众人这才又注意角落里安静吃串的女孩。

郑淑仪拉着张若琳的胳膊问："你回宿舍吗？"

张若琳点点头。

郑淑仪说："这么晚了你一个人怎么回去？要不一会儿一块儿走吧？"

杜弘毅也说："是啊，这么晚一个人回去不安全。"

其他人也礼貌地劝阻。

张若琳架不住众人的热情，只好又坐下。

郑淑仪问道："怎么这么晚一个人在外边？"

张若琳脑子还有些晕乎，下意识答道："喝多了。"

郑淑仪的眼睛都瞪大了："你还会喝酒啊？"

张若琳摇头似拨浪鼓："没有没有，就是不会喝……我们今天有同乡会。"

郑淑仪埋怨道："同乡会怎么办到这么晚？你一个女孩子，也没人送送你。"

"嗯……"张若琳愣了愣，脑筋急转弯，"我想自己出来转转。"

郑淑仪说："转这么晚，心够大的，女孩子还是当心一些呀。"

张若琳正要再说些什么，突然手机铃声响起。大半夜的来电总是令人好奇，场面一时静下来，众人不约而同地看向张若琳。

张若琳摸出手机，不是来电，而是微信语音电话。从她使用手机以来，有且仅有一个人给她打过微信电话——"'。'邀请您进行语音聊天。"

张若琳下意识把手机往自己的方向倾斜，避开了郑淑仪的目光，点了挂断。但对方锲而不舍，再次呼叫。

张若琳看着拥挤的过道，也不好出去，只好一边调小音量一边接起。

对方语气又急又凶："大冷天瞎跑什么？"

张若琳在思考怎么回复才能两边听着都正常，可是脑子跟打了结似的，一点思绪也没有。

陈逸显然生气了，追问道："哑巴了？"

张若琳硬着头皮道："嗯。"

"……"

"在哪儿呢？"语气明显缓了下来。

"在吃东西，"张若琳模棱两可地回答，为了显得更真诚，又补充道，"饿了。"

"饿跑的？"

跑？什么奇怪的词？张若琳再次硬着头皮道："嗯。"

"在哪儿，带你吃好吃的。"

"吃饱了。"

"吃什么了？"

"串串。"

"哪家串串？"

"哦，不是，是涮串。"

回答完，张若琳似乎听到那边轻笑了一声，莫名其妙，却刮得她心尖麻麻的。

"再吃一会儿。"

"吃饱了。"

"那等我一会儿，别走远了。"然后陈逸不由分说，挂了电话。

◆ ◆ ◆

张若琳看着聊天框,忽然心里堵得慌,胸腔里就像胀了气,压制不住,疏解不散。

郑淑仪正关切地看着她,她挤出一个微笑,说:"我先走了,你们慢慢吃。"

"怎么了,有急事吗?"郑淑仪说,"这么晚了不安全,要不我们先送你吧?"

张若琳说:"不用,没两步就到校门口了。"

郑淑仪说:"进去还有两三公里呢,你不害怕事小,冻坏了怎么办?咱们一起打车回去。"

张若琳仍旧犹豫。

郑淑仪想到刚才那通电话,凑近她,低声问:"难道,你男朋友过来找你吗?"然后用一种"我懂了,别藏着"的表情看着她。

张若琳连忙双手挥舞否认:"没有没有,没有的事。"

郑淑仪说:"我不会告诉别人的。"

张若琳不擅长说谎,但擅长用不说谎的方式回避问题,于是她呵呵傻笑:"如果真有的话,我会让你帮我宣传宣传的。"

郑淑仪将信将疑地睨她:"你说的哦?"

张若琳视死如归:"好,我说的……"反正在大学期间是不打算有了。

手机铃声又开始叫嚣,这一次张若琳看都没看就接起来:"喂,师傅,您好,到了,是吗?"

陈逸莫名其妙:"张若琳?"

"对,是我叫的,到了,是吗?"

"……到了,你最好解释清楚你在说什么鬼话。"

"好的好的,我这就出来,您稍等,您车牌号是?"

"这路边就我这一辆车。"

"好的好的。"还好陈逸确实是开车来的。

然后难得的是,语音没有挂断,窸窸窣窣的声音里,张若琳的声音远了些:"那我先走了,我用手机叫了车。有呀,神奇吧?叫神州专车。对,放心吧,不打扰你们聚会啦!"接着是男男女女让她路上小心的寒暄声。接着,语音电话被挂断。

陈逸冷哼一声,气得笑出声来。师傅?神州专车?什么东西?

郑淑仪和杜弘毅礼貌地送张若琳出帐篷,张若琳连连摆手,指着不远处路边的车:"车到了,不用送了,快回去吧。"然后她逃也似的小跑过去,钻进后座。

车窗外,郑淑仪和杜弘毅还在看着她。

幸亏之前陪路苔苔出门见识过用手机打车。张若琳有些郁闷,这半年说的谎加起来比前面十八年还多。她拍拍前座的椅背,急切道:"快走。"

陈逸转身,顺着她的视线看过去,当即了然。他想说什么又止住,十分好脾气地发动车子离开。

车尾灯闪了一下,消失在拐角。

郑淑仪嘀咕道:"若琳是个很节俭的女孩,是不是我们太闹,让人不舒服了,才要自己先走?"

杜弘毅知道郑淑仪的言下之意。手机打车刚刚兴起,神州专车服务价格并不便宜。

"应该没有,她可能只是比较内向。"杜弘毅说,"咱先进去吧。"

男生对车总是格外敏感,如果他没有看错,那应该是陈逸的车。

车里一片静谧。

校园主干道上空无一人,高树只剩下枝干,在昏黄路灯的映照下,一片萧条。

车速渐渐慢下来,陈逸的视线通过后视镜不时落在后座的张若琳身上。她看着窗外,两只手紧紧攥在一起,无意识地摩挲。

陈逸败下阵来,率先打破沉默:"我明天回家。"

张若琳有些愣怔:"啊?"

陈逸说:"快过年了,回上海。"

今年的春节格外早,不出一月就要过年。张若琳看了看手机日历,今天竟是大寒,难怪天冷得瘆人。

"哦。"

"你什么时候回家？"

张若琳想了想，回答："这几天吧。"

不知道为什么又撒谎，只是内心里有一种可怕的直觉，如果她说不回，他会询问很多，甚至做出什么改变。这种直觉来得莫名，像空中楼阁，又转瞬即逝，令人遐想，又令人怅惘。

陈逸又问："怎么回去？"

张若琳答："坐火车。"

陈逸没再接话。短暂的沉默让张若琳下意识看过去，两人在后视镜里四目相对。她仿佛看到陈逸的嘴角稍稍勾起。随即他的眼神移走，注视前路，那一点轻笑像她的错觉。

到了宿舍楼前，车子刹住，张若琳低低说了声"谢谢"就要开门下车。拽不动……他还锁着车门。

陈逸的声音从前座传来："不给陈师傅一个五星好评？"

张若琳："……"她有一种上了贼船的感觉。她缓缓转过身来，往椅背一靠，一副不打算走了，破罐破摔，你奈我何的模样。

陈逸这一次是真诚地笑了。眼前这个人才真正和年少时的那个孩子王重合起来。是张若琳啊，她从来都没变，只不过藏得够好而已。

他这一笑，张若琳心里毛毛的。印象中，他很少笑，不对，也笑，只不过没什么笑意，只是扯扯唇角，给人不羁、无所谓的感觉。

"我向你道歉，刚才有不少同学在，我不想造成不必要的误会，才说你是专车司机，对不起。"她低着头，闷闷地说着，真诚得不得了。

但陈逸太了解她了，避重就轻从来是张若琳的拿手好戏。司机不司机的有什么所谓？

陈逸问："什么误会？"

张若琳暗叹不妙，怎么把自己带沟里了？她缓了缓才道："你在学校，非常出名。"

陈逸抿嘴点了点头，一副赞同的模样："然后呢？"

"我仇富，不太想和有钱人做朋友。"

"……你还能想出更烂的理由吗？"这前后有什么联系？他算什么有

钱人？

"真的！"

"……"陈逸转过头去，不再看她，靠着椅背，手指在方向盘上无意识地轻叩着。

沉默良久，他说："张若琳，你这格局，就这么一丁点。"说着像是为了要加强语气，他掐着手指头比画。

"哲学家陈逸。"张若琳在心里默默想着，她听不懂，也不想推敲。她说："那我先走了。"

陈逸略无语地透过后视镜睨她，那眼神要多嫌弃就有多嫌弃。观察了几秒，他扯掉安全带下车，给她开了车门。

张若琳麻溜地下车，生怕他反悔。上楼前，她礼貌性回头挥手："再见。"

"嗯，明年见。"

"……"

"砰"的一声，大门合上，高挑的身影消失在宿舍门前。

见张若琳进门，宿管阿姨本没有多在意，却忽然瞥见窗外的英俊男生，所以多看了她几眼。张若琳被瞧得不自在，赶忙快步上楼。

陈逸礼貌地对阿姨笑了笑，阿姨也了然地笑了笑。

他发动车子离开，笑容消失不见，取而代之的是一片阴郁。

张若琳沉睡了一整天，才爬起来做假期计划。

给步潼排课程时，她才恍然记起，喝醉那天，陈逸是和项先生在一块儿的，不知道她的醉态有没有被项先生看到。那天到底是怎么到陈逸家的？真够丢人的。

除了做家教，还有许多空闲时间，已近年关，听说到了春节，北京就是一座空城，兼职不好找。她想起吴总的建议，到中介门店上班，一天一百五，好歹能攒些生活费。于是，她在天文社群里找到李初萌的微信，添加好友。

张若琳有些紧张，这是她第一次"走后门"。

李初萌几乎是一秒就同意申请，还没等张若琳说话，那边一串接一串的消息轰炸，一瞬间聊天框飘了一片绿。

李初萌："张若琳！"

李初萌："我怎么忘了群里有你微信！"

李初萌："我忍很久了！"

李初萌："我的八卦之魂熊熊燃烧！"

李初萌："你一定要跟我实话！"

李初萌："你和陈逸到底是什么关系？！！！！！"

李初萌："图片。"

张若琳一个头两个大，她好像添加了一个麻烦。

点开图片——夜色中，背景车水马龙，一辆轿车旁，修长高大的男人横抱着一个女人，女人长发飘散，小腿晃荡。夜景拍摄，清晰度不高，但足够她辨认出来——陈逸抱着她，公主抱。

"啊，天爷啊……"张若琳一头撞在书桌上，哐哐砸脑袋。这是什么情况啊，谁能告诉她，让她一头钻进桌肚藏起来行不行？

手机还在振动，那架势，像是她如果钻进桌肚藏起来，手机另一边的人就要把她揪出来，吊起来摇醒了，回答问题。

李初萌："我告诉自己是幻觉，但是手机比我靠谱，它记录下了一切！"

这可真是电子产品惹的祸。

李初萌："你不要否认，因为还有别的见证人！"

天爷啊，还有谁？

李初萌："还记得上次你和我说了什么？我说你喜欢陈逸，你说那是我的错觉！"

这时候怎么记忆力这么好？

李初萌："我越看这背影，越觉得你就是那个和陈逸一起撑伞的女生！"

她说得对，但是没什么意义。

李初萌："你快交代！"

张若琳真想默默把李初萌删掉，然后注销微信，当作一切都没有发生过。可她只能想一想而已，人，得向生活低头。眼前的李初萌不是问题机器，而是她这个假期的衣食父母。

张若琳："你等等我好好瞅瞅。"

李初萌："还瞅啥啊，你连自己都认不出来了？"

张若琳:"讲实话,我不知道是谁带我走的。"

这是实话。

李初萌:"啊?陈逸啊!"

张若琳:"我喝多了,当时是什么情况?"心想:"我自己都不知道你让我回答什么?"

李初萌:"啊?你真不知道?你喝多了还好,就在那儿自己吐,樊星烁就背你回去来着。但是我俩都没有你宿舍卡,就在门口遇到陈逸了。他说他姑姑是你的雇主什么的,就把你带去他姑姑家了。"

原来如此。可她醒来怎么在陈逸家?当然,这话不能说出口。

张若琳:"啊,真是麻烦你们了。真是,我酒量太差了,还在雇主面前丢人了。"

李初萌:"他姑姑就是你上次说的教的小孩的家长啊?"

张若琳:"对啊,仅此而已啊!"

李初萌:"这么巧!哪里去找这种差事?!我可以免费!"

接下来的对话就朝着吐槽陈逸如何要求苛刻的方向去了,李初萌也忘了刚开始抛出的问题。张若琳也在恰当的时间提起吴总答应的事,李初萌答应会和她舅舅说,让她静候消息。

最后,张若琳长舒一口气。

✦ ✦ ✦

寒假的第一次家教,是给步潼讲解期末试卷。

步潼这学期进步飞速,每一次月考都能进步百来名,已经来到年级中上游。下学期他就要中考,步鑫十分着急,在外边咨询了不少辅导班。她邀请张若琳一起吃午饭,顺便帮忙物色辅导机构。

饭后,张若琳帮着收拾,步鑫忽然说:"忘了问你,上次休息得好吗?"

张若琳疑惑:"啊?"什么上次?

步鑫说:"你喝多了那次。"

天爷啊,怎么连步女士也知道了?张若琳点点头:"挺好的。"

步鑫说:"本来应该好好照顾你的,但是那晚潼潼睡得早,他第二天期末考，小逸说动静太大影响潼潼休息，我们就把你送到他家里休息一晚。我是想着一个女孩子单独住在男孩家里不方便，不过小逸难得关心弟弟，我也不好说什么，显得咱们多不信任他似的。"

张若琳又点点头，说："谢谢阿姨，我喝迷糊了，都不知道是您去接的我，给你们添麻烦了。"

步鑫说："哎，这有什么的？我还担心你起来看到自己在男孩子家里，觉得不自在呢。"

张若琳还有点蒙，下意识地说："没有，挺自在的。"话落了地，她才觉得不太对劲。

步鑫果然笑了笑，说："是吗，我看小逸那个样子啊，女孩子看见他都害怕。"

"没有的，他在学校很受欢迎。"张若琳说。

长辈对自家后辈，是只能自己说，不能别人说。所以，夸就行了。

"这个我是知道的，小逸各方面确实十分优秀，"步鑫很是为这个侄子骄傲，"就是太冷淡了，和我也是最近才走得近一些。"

最近吗？张若琳以为陈逸和步家关系一直十分亲密。

"所以啊，看到他对潼潼这么关心，我也是很高兴的。"步鑫笑脸转愁容，"就是我这个小子啊，太皮，也不知道能不能有小逸半点优秀。"

张若琳说："潼潼思维活跃，非常聪明。小孩子嘛，懂事了自然就上进了，这一次进步也很大！"

步鑫果然又笑容盈盈："多亏了你呀！"

给步潼挑好辅导班，张若琳就准备告辞。她刚换好鞋，门铃忽然响了，她就在门边，转身就看到了可视对讲里的画面。

那对……璧人。

"若琳，帮我开一下门！"步女士在里屋换衣服，她非要送张若琳去面试。

张若琳硬着头皮，打开了门。

门外，陈逸神色毫无波澜，气定神闲地看着她。

倒是那位叫安荷的漂亮女生非常惊讶，微微笑道："欸？你也在呀。"

她们在陈逸的车上有过一面之缘，彼此都对对方印象深刻。

　　这时候步鑫换好衣服出来，说道："小逸来啦……小言也来啦？哎呀，小逸，你也不提前跟我说一声，我这正要送若琳去面试呢。"

　　张若琳："……"暴露了。他不是应该前几天就回上海了吗？

　　陈逸看着张若琳低垂的脑袋，弯了弯嘴角，心想，鸵鸟埋沙？

　　陈逸对步鑫说："没事，我今天回上海，就是过来和您说一声。"

　　张若琳这才注意到，陈逸和言安荷都拉着行李箱。

　　步鑫显然也注意到了，热情道："那我送你们。"又想到什么似的，"你们几点飞机呀？我看看先送谁合适。"

　　陈逸说："不用，打车就行，您忙。"

　　步鑫说："这怎么行呢？你这孩子也不早点说，我安排司机送你们也好呀。几点的飞机？"

　　陈逸不再拒绝："还早，先送她吧。"话接得干脆，像是早已备好。

　　言安荷忍不住抬头看了眼陈逸，他面色如常，漂亮的眼睛里没什么情绪。

　　几人一起往地下停车场去。电梯里，言安荷与陈逸并排站在后边，张若琳和步鑫站在前边。

　　陈逸透过电梯镜面也看不到张若琳的脸，她的头低得像在朝拜。他忽然觉得这一幕似曾相识。

　　步鑫把车锁打开，张若琳想等大家先上车，所以站得稍远了些。

　　陈逸先把自己的行李箱往后备厢里塞，然后很自然地接过言安荷手里的行李箱，轻松放好。言安荷仰着头对他微笑，带着小女儿的娇憨。俊男美女，靓得刺眼。

　　张若琳撇过脸，绕过车身，打开副驾驶的门，径直上车。

　　陈逸把后备厢合上，就看到副驾驶上正襟危坐的某人正低头玩手机。他走到驾驶座边上，对步鑫说："姑姑，我开吧，来回挺远的，去程我开。"

　　步鑫笑了笑，一边解开安全带下车，一边嘀咕："小逸真的越来越体贴了。"

　　于是，陈逸坐到了驾驶座，他关车门时灌进一阵冷风，裹挟着清冽的气息，张若琳缩了缩脖子。陈逸把她的小动作看在眼里。

一句话轻飘飘地传来："慌什么，这么害怕就下车。"声音不高，但足够整车人听得清楚，唯独换到后座动作稍慢的步鑫没有听到。

张若琳闷闷地回了一句："没有……害怕。"

"你还是喝多了胡言乱语的时候比较诚实。"

"……"她想跳车。

车子上坡，转弯，开出车库。张若琳把安全带抓得死紧，整个窝在靠窗的角落，与陈逸拉开的距离能再隔出一个座位来。

陈逸想起万峰在宿舍里播放的恋爱技巧小视频，那里面声称是"恋爱达人"的博主说："女孩坐副驾驶，腿靠近驾驶座摆着，就是对你有好感，整个偏向窗那边或者看着窗外，兄弟，你没戏。"

张若琳就差坐到车顶上去了。

陈逸一只手臂靠着窗沿支着前额，单手从容地打方向盘，冷冷地问："去哪儿面试？"

张若琳老老实实地报上地址。她闭着眼睛使劲回想那天晚上的情况。什么胡言乱语？她到底说了什么做了什么啊？电视剧里不都是女主喝醉了，醒来后经别人一提醒就想起来了吗？她是失忆了？她拍了拍自己无用的脑袋。

陈逸眼角的余光瞧见她的动作，不自觉地嘴角上扬，暗暗摇头。她不仅是个骗子，还是个傻子。其实她喝醉了很老实，没有胡言乱语，更没有所谓的酒后吐真言。她就仿佛是睡死了，连梦呓都没有。他比较失望。

言安荷透过后视镜默默关注着这一切。她没有忽视陈逸任何一个表情。明明光线的反射路径是可逆的，陈逸的视线却始终没有落在她身上。

正当张若琳无话可说如坐针毡的时候，后座传来言安荷的声音，清脆动听："若琳，你是准备做兼职吗？"

张若琳刚想着美女是来解救她的，没承想美女的问题十分棘手。

"是呀。"反正都已经让陈逸知道她骗他了，破罐子破摔吧。

言安荷说："工资怎么样呀？啊，你别误会，我只是想到我这儿也有一些兼职，工资待遇很不错，看看你需不需要。"

张若琳回头。言安荷笑颜浅淡，精致得过分的脸难得没有市侩感和雕琢感,清纯和妩媚这两种矛盾的气质在她脸上调和得恰到好处。她真的是张若琳见过的最美的人,还心地善良。

张若琳说:"怎么好意思麻烦你呢?"不过见了两面,就想走人家的后门,不好。

步鑫搭腔说:"若琳做事非常认真,你们可以多多互相帮忙。"

言安荷说:"是呀,都是互相需要。这样吧,我们先加个微信,回头我和你细说。"

张若琳掏出手机,说:"好,谢谢你。"

言安荷说:"不客气的。"

她的语气太温柔了,张若琳都快要沉溺在她柔和的气息中了。

到达面试地点,张若琳下车,谢过步鑫,谢过言安荷,最后视线飘过陈逸,稍稍点了点头,敷衍却显得礼貌、真诚。

车子快速起步,一溜烟就没了影儿。

到达机场,和步鑫告别后,陈逸和言安荷一前一后进入候机楼。

自上次她拍戏受伤他去探望,他们就没有见过面。她忙着签约公司,他忙着期末考试。她忍着没有联系他,他也没有主动联系她。她早就放假了,只等着与他一起回上海,可他似乎还没有回去的意思。

直到收到高中老师发来同学聚会的通知。

负责筹备的同学在群里招呼他们,都是以"你俩""你们"作为称呼。言安荷很喜欢这样的感觉。在所有人眼中,他们就是一起的。

可她不在他身边的日子里,似乎发生了许多事。

"你还是喝多了胡言乱语的时候比较诚实"这句话什么都没有透露,却又好像诉说了一整段故事。陈逸和张若琳寥寥几句对话,陈逸带着一种不甘的责怪,而张若琳则有种不自知的傲娇。

言安荷忍不住去设想一些情节,却又摇摇头把那些画面挥散。

上一次在车上,她就隐约感觉陈逸和张若琳之间气场微妙,这一次,这样的感觉更甚。没有逻辑,只是直觉。她告诉自己,只是自己太在意了,才会把细枝末节放大,可心底的疑惑还是逐渐放大。

她正思考着怎么旁敲侧击,陈逸已经办好托运手续,把她的机票递给她，语气浅淡地问："你打算给张若琳推荐什么兼职？"

言安荷愣怔，一时间心底里有种不好的预感。她反问道："你很关心她的事啊，不是对人家有意思吧？"

陈逸正仰头喝水，喉结滚动，动作流畅，没有因为她突兀的提问而停顿。他一边拧好瓶盖，一边云淡风轻地说："是，我打算追她。"

自然，笃定。

✦ ✦ ✦

言安荷呆怔，一阵寒意从脊背蹿往全身，四肢百骸僵硬的感觉原来真实存在，整个人像沉入海底，压迫而窒息。

陈逸仿佛不知道自己的话会带来多大的震动，径直往安检口走去。走了几步他才发现言安荷没跟上，回头说："时间不早了。"

他没问"你怎么了"，他明白她的表情不仅仅是惊讶，只是，他略过了，或者，今天他之所以和她同行，就是想要告诉她这句话。

言安荷是聪明持重的女孩，她很明白自己的位置。多年好友，问一句"为什么是她""怎么那么突然"不为过，但她没有。她换上一副惊讶的神情："真的假的？！"不过是无话找话，她知道他不轻易以这些开玩笑。

陈逸不言语，只是看向她。这是一种默认。

言安荷收敛内心的刺痛感，走近陈逸，拍拍他的肩膀，说："万年铁树开花了，我竟没发现！"

陈逸没说什么，微微一笑。

两人一前一后过了安检，一路沉默。言安荷想起来，平时陈逸也是话不多，大多时候都是她在喋喋不休。

在候机室坐下，陈逸才又问道："你那儿有什么兼职？"

言安荷刷着手机，眼神涣散，注意力根本没在手机上，听他又问起，这才温温淡淡地回答："我们学院群里常有招模特的，平面模特和车展模特都有，日薪不低，我觉得张若琳打扮打扮应该没问题。"说完，她自己就愣住了。本是随意搪塞的理由，却暴露了她在内心深处对张若琳的认可。

也许无论是谁，听到陈逸要追张若琳，第一反应都是"凭什么"。是"我打算追她"，而不是"我喜欢她"，他把自己放在了更低的位置。凭什么？

张若琳相貌平平，性格也不出彩。出彩者往往极端，极端安静，或者极端吵闹，似乎都能成为麻雀变凤凰剧本里的女主。可张若琳那么中庸。

出于涵养，她可以夸赞张若琳学习认真、工作负责，内心深处却觉得这个女孩毫无亮点。可她下意识的话暴露了她对张若琳的认可。她认可张若琳的身材，以及底子，她只是有待开发。不怕竞争对手简历漂亮，最怕她是白纸一张。

"她不适合，"陈逸低沉的声音传来，"这方面你就不用操心了。"

他的语气没有丝毫谴责，却还是让言安荷忍了许久的心绪有些溃坝，鼻头泛起一阵酸，似乎下一秒她就要流泪。她默默咽了咽口水，调整好声音才道："那当然了，都是你要关照的人了，还用得着我？"

陈逸说："替她谢谢你了。"

"替她"，"谢谢"，"你"。言安荷心口被反复揉搓，有些麻木了。

"你这样我很不习惯。别客气，追女孩方面有什么不了解的，大可以问我，免费给你辅导。"她不容自己落入尘埃里。

陈逸看着手机屏幕，头也没抬，幅度很小地点了点头。

张若琳所谓的面试不过是走过场，聊了一会儿，店长就让她第二天过来上班。

"今天我也没什么事，就在店里帮忙吧，"张若琳主动道，"不用算工资的。"

店长用赞赏的眼神看着她，知道她是吴总介绍来的，让她跟着郭经理学一学。

郭经理叫郭福杰，方脸，戴着副无框眼镜，长得斯斯文文，张嘴就是一口标准的东北话。他给张若琳发了一些网址，让她盯着个人房源。快过年了，这时候算是北京的房市淡季，租房方面退租的多、看房的少，买房就更不用说了，年关将至，大家都忙于结算，少有人这时候买房。

未来的几天真如郭经理所说，没一个看房的，倒是有不少人退房，房东纷纷在网站上发新的招租消息。张若琳拦截到几个，郭经理就带着她走街串巷积累房源。

在这些房子里，张若琳看到了北漂的生活境况，真正认识到这座城市的庞大，不在于人口的多少，而在于容纳的阶层的广度。

条件好的，租着一个月上万甚至好几万元的居室，早出晚归，在大房子里消耗的时间不过是夜里那几个小时。这批人以大企业中层、小企业创始人还有富二代为主。

条件还可以的，租着一个月大几千近万元的套间或者品牌公寓，大多养着宠物，从事着比较自由的职业，有网红、小艺人、自媒体创业者等。

条件一般的，也有自己十几平方米的小房间，过着"996"的小螺钉日常，住大半年都不会和隔壁屋的室友打几次照面。这批人以初入职场的大企业职员为主。

当然，还有一些张若琳看了都觉得不够体面的住法。不通风的地下室、五十平方米摆五个上下铺住十个人的群租房……这批人以民工和外地毕业的新北漂人为主。

每看一户，郭经理都会和张若琳聊一聊这类房子的客户对象。门店不做群租房的生意。郭经理说，因为他们大多交不起中介费，人穷道理多，穷人的时间不值钱，他们还是自己花时间走街串巷找房子比较符合人物设定。郭经理业务纯熟，判断精准，张若琳最大的感触却是这城市的温暖和无情。温暖在于它足够包容。芸芸众生，每个人都能在这座拥挤的城市找到一张床位，只不过是大小的差别。无情在于它足够苛刻。大千世界，每个人都要为一张床位忙忙碌碌，以期待能够有一个更大的床位或者固定的床位，为此，没有人能够松懈、平躺。

在这段时间里，北京逐渐变成一座"空城"。越来越稀疏的车流，越来越寂静的白昼，都预示着新年快要到来。

门店也要放假了，郭经理已经提前两天回东北，朋友圈里晒烧烤、晒大锅炖，不亦乐乎。

最后一天，大年三十，店里只剩下店长这个本地人和兼职员工张若琳。

店长家里好几个电话在催，他发给张若琳一个红包，收拾东西准备关门。

这时，大门被人从外面打开，呼啸的风灌了进来，吹起了来人的长发和裙摆。

"女士,您好,请问需要什么帮助?"张若琳打招呼。

来人合上门,风停,她拨开长发,露出一张素净的脸。

大美女!张若琳在心里赞叹。

如果说言安荷是形貌上的美,那么眼前这个女人更多的是风韵上的美。长呢子外套与针织裙下摆齐平,一双复古长靴把她的身形拉得更加修长,脸上未施脂粉,几颗小雀斑暴露在视线里,红唇艳艳,年纪不大,气质沉静。

店长从办公室里出来,见有人来,客气说道:"您好,很不好意思,我们准备放假了。"

美女有点失望地撇了撇嘴,有些反差的可爱,说道:"那好吧。"

她正要走,张若琳绕过前台桌子,上前道:"女士,您有什么需要?"然后对店长说:"店长,要不您先回家,我一会儿招呼完顾客会关好门的。"

店长想了想,这个时间来的估计也就是看看、打听打听,不会有什么要紧活儿,于是同意了。他对这位美女连声道歉,才在电话的催促中离开。

张若琳招呼美女到里边坐,然后询问道:"怎么称呼您?"

美女说:"我姓尹。"

"尹女士,您先坐,我给您倒杯水。您是需要租房还是买房呢?"

"买房。"

张若琳手里的水杯差点拿不稳,别怪她激动,上班这么些天,这是头一个要买房的。

"有什么具体需求呢?尹女士,几居室、位置,或者预算?"

"一居室或者两居室,不用太大,就在这儿附近,预算……我不太了解附近的房价。"

郭经理说过,不做任何功课就买房的人,不是随便看看并不打算买,就是不差钱,天差地别。

张若琳拿出图册,开始介绍附近一些小区的区位条件和大致房价。

尹女士看着她叽叽呱呱说个没完,忽然笑了:"小姑娘是新人吧?"

张若琳从密密麻麻的图册上方抬起头:"啊?"

尹女士说:"哪有中介上来就自己报价格的?"

张若琳有点蒙,由于最近都在做拓宽房源的工作,应对客户还是头一回。

尹女士指着其中一套房说:"这套有 VR 可以看吗?"

张若琳在电脑里查了查,很抱歉地说:"这套因为是新房源,还没来得及拍 VR,但是我去过这套房,个人感觉很不错。"

这是实话,虽然郭经理说那套房由于楼间距和朝向问题,不太好卖。

尹女士饶有兴味地说:"那你说说个人感觉。"

张若琳被她似有若无的笑撩到,忽然就忘了郭经理教的那些话术,回忆了一下,说:"这套房给我一种闹中取静、岁月静好的感觉。客厅朝东,采光确实没有南向好,对面是紫云大厦,打开纱帘就能看到精英们忙忙碌碌的样子。两个卧室呢,都朝着南边,阳光很好。窗外是城中村,不够美,但是我很喜欢看着大爷大妈坐在门口聊天,虽然听不到……我感觉它就很适合自己一个人住,不需要招待客人,无所谓客厅亮不亮堂,还可以打上一面墙的书柜,改成书房,在一盏灯下安安静静地发呆、看书、看人……"她说着说着,已经在脑海里把那套房子粉饰、装潢,自己住了进去……

话落,她才注意到尹女士支着下颌笑眯眯地看着她,风情万种的样子让她心生羡慕。言安荷美,她只觉美,不似眼前这位,令人心动又嫉妒。

"听你描述得这么好,我都想去看看了。"尹女士道。

张若琳喜道:"可以呀,房东把钥匙托管在我们这里,随时可以看房。"

尹女士问:"你不是要放假了吗?"

张若琳说:"我放假也很无聊,不如再去看看梦中房。"

尹女士被她的措辞逗笑:"那走吧。"

chapter 9
烟花绚烂

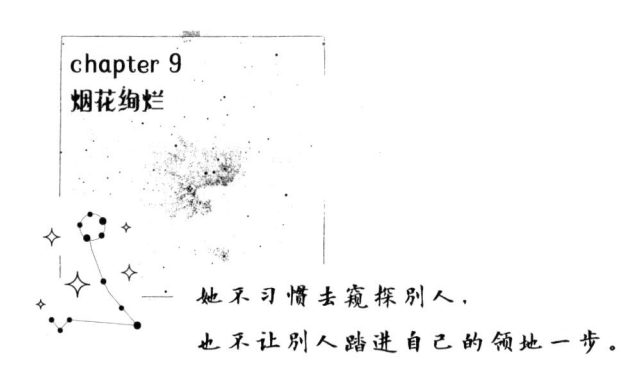

——她不习惯去窥探别人，
也不让别人踏进自己的领地一步。

张若琳怎么也没想到，网络段子里买房子跟买菜一样的场景真让她碰见了。

尹女士看房不看硬件装修情况，也不检查水电安全，而是随意转了一圈，站在客厅的落地窗边望着对面的写字楼，发了一会儿呆。其间，张若琳默默跟着，也不介绍。然后，她就听到尹女士说："这房子什么时候可以卖？我买了。"

前后不到十分钟。

张若琳呆了，忽然有些手足无措，说："您……不再看看吗？"

尹女士回头，温柔微笑："有什么坑吗？"

"没有没有，那倒没有，"张若琳连忙解释，"只是我第一次见到买房子这么干脆的人呢。"

"说白了，房子也是一种需求，它符合我的需求，我能承担它的价位，这就行了，何必磨磨唧唧浪费时间？"尹女士说。

张若琳恍然大悟，可她了解，这是兜里殷实才能有的处事逻辑。

回店里的路上，张若琳快速向店长报告此事，店长提醒她核实对方的购房条件。

张若琳这才询问尹女士购房资格的事。

尹女士道："你现在才想起来问这个？之前就该问的，你不怕我不满足条件，让你白忙活？"

张若琳说:"没关系的,看房子嘛,所有人都有权利看的呀。"

这段时间里,店长已经火速联系上房东,双方敲定年后一上班就签合同。

张若琳这一问才了解到,眼前的人是一位作家,叫尹桑。张若琳不是个爱看书的人,没有看过她的书,但是这个名字她听说过。

京城处处是贵人!她心里感慨。

事情都谈妥了,张若琳送尹桑离开,自己却没有关门的意思,而是从桌肚里掏出初三英语材料,准备给步潼备课。

尹桑看到这一幕,又回头问道:"你不下班吗?"

张若琳一愣,说道:"我反正没什么事,就在店里待着吧。"

尹桑问:"你也不过年?"

这个"也"字被张若琳敏锐地捕捉到,她有点疑惑,但不好窥探别人的隐私,只答道:"嗯,我家在云南,太远了,就没回去,打个寒假工。"

尹桑又走进来,关上门,邀请道:"要不要上我的咖啡店坐坐?"

张若琳讶然。短暂接触,她感觉尹桑周身都带着神秘感,看起来并不像交浅言深、主动攀谈的人。

尹桑没有得到回答,见张若琳面露难色,道:"我店里有小猫,还挺好玩的。"

张若琳连忙一边收拾课本一边道:"只是怕打扰了尹女士。"

尹桑笑得亲切:"不会,我也一个人过年。"

两人上车后,尹桑又道:"也不知道为什么,看见你就有熟悉感,大概你和我刚来北京时有些相似。"

张若琳更是惊讶:"怎么会,我……"突然不知道怎么接话。"我……怎么了呢?"她只是无法把自己和眼前这个美丽的女人联系在一起,又觉得说出来太过妄自菲薄,显得有些上赶着,就止住了话头。

尹桑说:"不要叫我尹女士了,都叫老了,叫桑姐吧。"

张若琳想了想,说道:"叫桑桑姐好不好?叫桑姐也不够年轻!"

"好!"尹桑语气里满是笑意,开车离开。

咖啡店在胡同里,装修考究,灯光一开,气氛烘托得恰到好处,文艺、悠闲,与星巴克咖啡店给人的感觉完全不同。

尹桑问："喝咖啡吗？"

张若琳在星巴克咖啡店是临时工，并不能上手做咖啡，但她自己做过功课，大体知道各种咖啡制作原料和配比的不同，只是她没自己买过。

太苦了。她记得陈逸分享给她的那杯拿铁，半咖啡半奶的配比，她还是觉得很苦。听说卡布奇诺比较甜。

没等她回答，尹桑已经走进柜台里，熟练地磨粉、布粉，萃取的空当儿，她转过头问："要不来一杯卡布奇诺？"

张若琳本来支着下巴认真地看她操作，闻言略微讶然，眼前的姐姐仿佛会读心术。

"我还喝不太习惯，虽然在咖啡店打过工。"张若琳说。

尹桑背过身去打奶泡，机器刺啦刺啦的声音里，她说："试一试，如果还不喜欢，就没必要让自己去习惯。"

一杯奶泡绵密、图案规整的咖啡摆在张若琳面前，她惊奇道："好漂亮。"

"试试。"尹桑把咖啡杯又推近了些，"你在星巴克打过工？不如以后来我店里，就是远一些。"

"可以吗？"张若琳有一种天上掉馅饼的感觉，只觉得今日见闻可以写一篇奇遇记。

"当然可以。"尹桑给自己做了一杯双倍特浓，"不过，你打几份工？"

如果是别人如此直白地问，张若琳大概会敏感地认为带有怜悯的意味，但眼前的人并没有给她这样的感觉。她抿了一口奶泡，醇厚的香气充满鼻息，舌尖上仍旧是苦味，却不涩，余味微微甜。

她说："平时只有一份家教和星巴克的小时工，寒假才又找了一个房产中介公司上班，想争取把下个学期的生活费存一存，有机会能回趟家。"

寒假不回家是她思索再三做出的决定。她不是不想回家，只是如果回家了，下个学期她就会十分忙碌。下学期课业增多，步潼也要中考冲刺，她想专心地辅导他，不想再接别的工作，如此就只能寒假加紧攒钱了。

她以为尹桑会劝她专心于学业之类的，不承想尹桑只是抿嘴点点头，说："回家，真的是一件令人充满期待的事。"

张若琳重重地点头。

下午尹桑有稿子要赶，张若琳就找了个角落备课。

夕阳渐矮，胡同里飘来饭香，还有人偷偷放几簇鞭炮，声音短促，喜庆却闹人。

张若琳才发现时间不早了，便给外婆去电话。

外婆的声音有些颤抖，明显带了些许哭腔："你年夜吃什么呀？"

"吃过了，吃了北京烤鸭！"她压低声音吹牛，语气雀跃，"外婆，你吃了什么？"

"吃了腊排骨、蒸鱼，还有炖鸡呢。你没有口福了，想不想吃家里的饭啊？"

张若琳眼角有泪，不自觉地溢出。老婆子又骗人，她哪里舍得吃这些？

"想！"

"你和谁一起过年呀？"

"和很漂亮的姐姐。"

"有人一块儿就好，好啊。"

两人正聊着，咖啡店的门从外面打开，进来一男一女，那个女生漂亮得让人移不开眼。

有顾客来了，张若琳不好再多聊，又说了几句就挂断了，安静地在角落里看着来人。

那个女生怀里抱着一只机器狗，很抱歉地说到处都找不到宠物店，才来到这家宠物咖啡店，问尹桑有没有宠物的衣物卖。说着，她把机器狗往地上一放，狗狗竟到处逛起来，嘴里还念念有词，说自己是智能机器人，可爱极了。

张若琳惊呆了，她没见过如此有"人样"的智能机器人。在这京城果真什么事都可能撞见。

尹桑把猫咪的衣服送给了那个女生，她便抱着机器狗离开了。

张若琳正想感叹感叹，咖啡店的门再次被打开，走进来的是一个高大帅气的男人，长风衣加身，气场强大。

她有些出神地想，果真是她见识浅薄，这一天见到的人都不太像凡人，是否这个城市的平均值就是如此？

她以为来的人是顾客，却见来人笔直走向尹桑，目不斜视地合上尹桑的笔记本电脑，语气冷厉："尹桑，论狠心，谁能比得过你？"

张若琳自觉她应该隐遁，于是窝进沙发里，灯光暗淡，她大气不敢出。

尹桑拽着来人进了院里。不一会儿，那个男人气势汹汹地推门而去。尹桑站到张若琳身边，说："走，吃年夜饭去。"

"啊？"张若琳还有些蒙。

尹桑说："不是吃烤鸭吗？"

原来她都听到了。张若琳有些不好意思地笑着，不知道该说什么好。

"走吧，我也很想吃。"尹桑催道。

两人没有去大名鼎鼎的那些百年老店，就在胡同深处找了一家私厨。主厨与尹桑很是熟稔，聊了几句，也无须点菜，只叫她们等着吃。

菜陆续上来，尹桑让服务员报菜名。张若琳知道，都是报给她听的。

"乾隆白菜。这道菜是咱老北京特色凉拌菜，据传，乾隆在一次微服私访时在一小馆子里吃到，赞不绝口，回到皇宫后要求御厨们做。可御厨们怎么也做不出来那味儿，因为这道菜看似简单，精髓都在麻酱上，各家麻酱味儿不一样，出来的效果也自然不一样，咱家是……"

上菜小哥一口地道的北京口音，却带了说相声的口吻，张若琳听得忍俊不禁。

尹桑凑近她，悄声说："这些菜啊，就是名头多，我刚来的时候也被唬得一愣一愣的，就听个乐，别当真。"

接下来几道菜，上菜小哥也是一串串的故事抛出，两个人的包厢因此热闹起来。

最后才是烤鸭上场。主厨推着小餐车，亲自到桌前给两人切片。服务员上来给张若琳卷烤鸭，一手勺子一手筷子捣鼓着，嘴里念念有词："卷烤鸭讲究手不碰皮，鸭皮朝上，鸭肉在下，这样入口时舌头能够最先接触到皮脂的香气，味蕾体验最佳……"

旁边尹桑自己操作着，随意排布，随意一卷，随即下肚。

等服务员和主厨都离开，尹桑才笑道："讲究是一回事，束缚又是另一回事，又不是做美食鉴赏家，自己怎么舒服怎么来就好。"

张若琳这才发现自己刚才的手足无措表现得过于明显。闻言，她把那些"讲究"抛出脑外，自己随意卷了一个，说实话，和刚才服务员卷的……没什么差别。

"没什么差别，是吗？"尹桑问，眼神狡黠。

张若琳还煞有其事地认真回味了一会儿，点头。

两人相视一笑。

张若琳放在手边的手机亮起，一条微信消息弹出。

。："在干吗？"

是陈逸。

唯恐认错，张若琳有些狐疑地点开了微信。确实是陈逸。

这搭讪的语气是怎么回事？她微微皱眉，把手机屏幕关掉，正想放回去。对方像是知道她不理会似的，打来了语音通话。

张若琳不自觉地看了一眼尹桑。别人请吃饭，桌上只有两人，她是在这儿接也不是，出去接也不是，要不挂了？

最后一个方案比较符合她的心意，她正准备执行，尹桑说："接吧，没关系。"

显然尹桑也看到了来电显示——一个句号。要不就是特殊备注，要不就是没修改过备注，不论是哪种，都证明对方于手机的主人而言是特别的存在。

张若琳还是挂断了。她刚挂断，对方就发来一个问号。

张若琳抿了抿嘴，索性直接关机。

✦ ✦ ✦

尹桑把她的所有反应都看在眼底。

气氛忽然静下来，张若琳觉得自己应该说些什么，思忖半晌，她才说："一个同学。"

她一直是个过分小心的人，不愿与人过分亲近，保持亲切却不亲密的交流，无论对谁都是。甚至对相处了半年的室友如路莳莳，她仍旧做不到完全敞开心扉。整日四两拨千斤地说话，她甚至已经快忘了主动提起心事是什么时候。她不习惯去窥探别人，也不让别人踏进自己的领地一步。

可这位萍水相逢的姐姐与所有人都不同。这一天的相处也许只是两个孤单女人在万家灯火的佳节互相取暖，今后相忘于人海，不再交集，也有可能她会收获一个缘分相投的前辈。无论是何种情况，此刻的张若琳都无比想要一个倾听者。

尹桑思考两秒，才问："男生？"

"嗯。"

"你喜欢他？"

张若琳惊讶，看向尹桑，眼神传递的信息不言而喻。

"他在追你吗？"

追？

"不是吧应该，他很优秀。"

"这个倒装句很有灵性，自己觉得是，内心里又有声音在抵触，说'不是'。"尹桑轻轻一笑，"你知道我是写什么书的吗？"

张若琳摇摇头，印象中似乎是女性题材。

尹桑说："两性话题的。"

张若琳还是不知道尹桑是写什么的，大概是聊谈恋爱、结婚的？她说道："我大概就是传说中的那种书呆子，对于课本外的一切都很陌生。"

"你才不是，不要给自己这样丧气的设定，这样很容易活在自己框定的人设里。"尹桑给她夹菜，"吃菜，放松一些。从挂了电话，你整个人就紧巴巴的，太明显了。"

张若琳愣怔两秒，才又拿起筷子。

尹桑说："你知道今天气势汹汹像要杀人的那个男人是谁吗？"

气势汹汹，像要杀人？张若琳回忆了一下风衣帅哥冷峻的脸，有些忍俊不禁。

尹桑并不是真要问她，自顾自地说："他是我丈夫。"

张若琳惊讶道："你已经结婚了吗？"

尹桑不答，问道："你觉得他怎么样？"

张若琳想了想，犹疑道："嗯……很帅。"

尹桑又笑了："是吧？"

张若琳重重地点头。

"家庭条件还很好，"尹桑说，声音不自觉地放低，"各方面都很好，是人群中永远的焦点。我第一次见到他，就想扑倒他。"

张若琳正喝着汤，一口汤差点噎在嗓子里。

尹桑轻轻拍她的背，继续说："可我呢，那么普通。"

张若琳使劲摇头："才没有。桑桑姐，你是我见过……""漂亮"不是最确切的词，显得那么肤浅，她实在词穷，顿了顿，说，"是我见过最迷人的女人。"

"那是你见过的人还少。"尹桑说，"我不差，但比起他……两个人像两个世界的人。可那又如何呢，他还不是成了我的丈夫？"

尹桑突然转过头，上下打量张若琳："你很好，若琳。这个世界上有很多的人，你见到的、你见不到的……只有更优秀，没有最优秀，只有更厉害，没有最厉害。人与人之间的差距是永远存在的，你永远不知道人与人之间的差距能大到什么程度。"

尹桑像是回忆了一下，继续说："就像今天来店里的那个女孩抱着的那只机器狗，你要不要猜一猜它的价格？"

张若琳想起那只机器狗，看起来十分智能，会说话，并且不像那些科技展览上的机器人那么僵硬。她摇摇头，没有一点概念。

"价值连城，这个词用在那只狗身上丝毫不过分。"尹桑点了点桌上的菜，"我们能坐在私厨店里吃一顿烤鸭，其实也是很多流浪汉达不到的，可和那只机器狗的主人比起来，我们算什么呢，宇宙尘埃？"

"若琳，人不是这样来做比较的。"尹桑给出结论，"所有人的相遇都是有必然性的，遇见了，就证明你们在一个磁场里，谁也没有比谁高贵。躲，永远不是一个好办法。"

张若琳感觉一阵暖意从胸腔向四肢百骸蔓延，手无意识地夹着菜，眼神越发清明。

"张若琳，你这格局，就这么一丁点。"陈逸嫌弃的声音在她耳边响起。

那晚她不知道陈逸这句话是什么意思，甚至觉得他莫名其妙。可现下，她似乎懂了——似乎。她在她的方寸世界里，看什么都极其高大伟岸，只有她自己是一粒尘埃，恨不得把自己隐藏起来，谁也不要发现她。

"要不要开机？"

张若琳正沉浸在思考中，尹桑突然轻声提醒她。她想了想，缓慢地摇头："一会儿吧。"

尹桑轻声叹息，又微微一笑："也好。"

饭后，尹桑送张若琳回校，临走前说："初七见。"

张若琳恍惚了一路，被这么一提醒，才想起签约的事，连连点头。

回到宿舍后，她把自己扔在床上，回想这一天，还是觉得那样神奇。神奇的际遇，神奇的人。

可尹桑的话在她脑海中盘旋。

"所有人的相遇都是有必然性的，遇见了，就证明你们在一个磁场里，谁也没有比谁高贵。"

是啊，这么神奇的人，这么神奇的事，还不是让她遇见了？他们与她呼吸同一个城市的空气，与她一样肉眼凡胎，与她一样有快乐有烦忧。

她来到这座城市，他也来到这座城市。他们甚至通过一样的方式——高考，在这所学校相遇。

没有谁比谁更高贵。

张若琳掏出手机，长按开机键。

上海的冬日并不比北京暖和，江风簌簌，冷冽刺骨。只是这座城市的时尚气息中和了些许寒意，目之所及，几乎看不到穿羽绒服的人，女士们着装没有露大腿，多半就会露脚踝，给人一种这天气并不冷的错觉。

陈逸拢了拢围巾，插兜前行。

吃过年夜饭，陈逸和几个老友像往年那样，一起出来看贺岁片。

停车场爆满，几人把车停得远了些，步行往商场走。一行人还是老样子，陈逸和言安荷并排走在前头，其余几人默契地稍落后几步，笑笑闹闹。这半年天南海北地上大学，大家好不容易凑起来就说个没完。

言安荷今天穿着高档呢大衣，提着一只名牌红色菱格包，随意的装扮既显气质又有节日气息，只是空着的脖子在寒风中看起来实在冷凄。

有男生调侃道："陈逸，也不知道把围巾给安荷，这风真是冻脖子。"

后边几人闻言都起哄。

言安荷悄悄看了眼陈逸，印象中他几乎从来没有戴过围巾。他脖子上那一条，款式和材质看起来都不算好，全依仗好样貌好气质撑着。

陈逸穿什么都好看。上次暑假期间打高尔夫，他赶时间穿错陈伯伯的Polo衫，全程都没有人觉得不对劲，反而夸他内敛、沉稳。只有言安荷看出来了。她关注他的一点一滴，就这样关注了八年。这条围巾，不像陈逸的审美。

陈逸放慢脚步，和后边几人并行，拽了拽身旁一男生的围巾说："你奉献一下？"

那男生捂紧自己的围巾，提防道："我这可是我女朋友送的，要是敢给别人戴，她得灭了我，不行。"

陈逸把下巴微微缩进围巾里，声音闷闷地传来："我这个也不行。"

众人都看着他，有人正想说点什么，言安荷佯怒说："要你们管啊，围巾一戴脖子都没了。"

同行的女生附和说："就是，美女的事少管，谁能想到你们连个地下车位都抢不着，这天气在上边浪荡，走快点比什么都强，别说了。"

一行人吵吵闹闹地拥入商场，直奔电影院。

这一年好电影不多，冯小刚的《私人订制》算不错的，在欢声笑语中博个"批判现实"的名头。

历年都是陈逸请客，今年也不例外。取到票，陈逸把前排两个位置给了言安荷和另一个女生，他自己和另外三个男生在后排落座。这座次安排隐含的信息，几个人心照不宣：这一对八成是吵架了。

电影主题有点意思，几个"圆梦大师"组成的公司为客户提供私人定制的圆梦方案，无论客户的梦想多么奇葩，他们都能给客户实现。公司的口号就是——"成全别人，恶心自己"。

在第一个故事里，范伟扮演的司机看着好几任领导腐败，觉得自己到了那个位置一定能够抵御诱惑。他想要体验做清官，造梦团队就给他创造了各种场景。面对金钱美色的诱惑，他最终明白他错了。

整个故事以喜剧的形式来呈现，周围传来此起彼伏的笑声，陈逸在笑声中沉默不语。

两小时前的年夜饭，家里就在探讨这个话题。话题是陈逸挑起的。他问父亲陈绍华为何决定下海。

父亲漫不经心地说:"我不下海,咱家能有今天的生活?"

确实,体制内,饿不死,也富不了,除非走了歪路子。

陈逸想了很久,还是开门见山:"爸,我遇到张若琳了。"

他能够感觉到席上的气氛因为这句话而出现片刻的凝滞,随后父亲才给母亲夹菜,又不紧不慢地问:"巫市的?"

他的父亲,经历宦海,又入商场,早已是泰山崩于前而面不改色。

可作为他的儿子,陈逸过于了解他。他夹菜的动作有多自然,掩饰的意味就有多浓。这一问句是此地无银三百两。

陈逸说:"她……过得不太好。"

母亲闻言低头吃菜,而他的父亲难得地短暂失神。

其实上一次在北京,他与母亲提起张若琳时她的反应,他就觉得非常奇怪。他猜测父亲下海多少与张若琳家有关联,这一次他确定了自己的猜测。因为他知道自家二老当年多么喜欢张若琳,对于重逢不该是这样不咸不淡的反应。

陈逸索性直言:"我不小了,有些事我想知道。"

陈绍华说:"你以前从不关心这些。"

陈逸说:"现在也不晚。"

陈绍华放下筷子,平静无波的眼睛笔直注视着陈逸:"及时远离旋涡是识时务者的必然选择。你既然问到这儿了,陈逸,我知道你心里已经有了答案,至于细节,你没必要知道。"

陈逸也放下筷子,碗筷碰撞的声音在静谧的餐厅里显得极突兀,把陈母吓了一跳,她忙打圆场道:"大过年的,先吃饭,回头再聊。吃饭。"

陈逸无动于衷,陈绍华也按兵不动,两父子气场相似,无人退让。陈逸早熟,陈绍华也很少把他当孩子看,培养方式粗放,两人更像兄弟。

静默了几分钟,陈绍华妥协,双手抱臂往后靠,无声叹了口气才道:"听说她也在你们学校,开学后我同你去看看她。"

陈逸冷笑一声,说:"她连我都不想认。"又在心里补充道:"更何况你们。"

陈绍华和妻子四目相对,陈母也放下碗筷,三个人就这么静默着。

良久，陈逸问："她爸爸还有多久出来？"他知道父亲一定关注着。

陈绍华果然秒答："两年。"

陈逸问："你们会见面吗？"

陈绍华坦言："不会。"

陈逸心底一沉。

◆ ◆ ◆

同伴很快发现陈逸对这部电影不感兴趣，他们都快笑趴了，转头想讨个共鸣，却看到一张愁云密布的脸。他频繁看手机，甚至戴上了耳机。

在陈逸熄灭手机屏幕时，同伴看到了未接语音邀请的聊天界面。备注："骗子。"敢情是在催债？他挺好奇陈逸被骗了多少钱，才让他大过年的紧催。刚想问问陈逸，他就接到陈逸的眼神示意要出去。接着，陈逸起身，绕过观众，出了放映厅。

一直到电影散场，陈逸也没有回来。

言安荷直到离场才发现陈逸不在，问道："他人呢？"

"催债去了。"

言安荷不明所以："催什么债？"

"不知道，好像是被骗了。"

"陈逸还能被骗？"

"那这骗子不简单。"

一行人笑着走出放映厅，正打算给陈逸打电话，就看到了窝在休息区沙发里的颀长身影。他抬手示意，见众人已经看见他，就把眼神收回去，然后站起来，背对着他们继续打电话。

一行人走到边上，就听见他说："你现在能打视频吗？"

那边回答了什么，众人听不见。

只听陈逸回道："学校 20GB 流量都让你吃了？"语气极凶。

陈逸还在继续说："下次再关机我就报警。"

这冷肃的神情……骗子凶多吉少啊。

凶多吉少的张若琳虎躯一震。

刚才一开机，几条未接语音记录就弹了出来，她抿了抿嘴，保守地回复："手机没电了。"发出去后又感觉有些敷衍，于是认真补充，"才回来，刚充上。"

她刚充上就回消息了。

这条消息刚发送出去，就有语音邀请拨过来，张若琳猝不及防，被震得手抖。她犹疑地接起，不承想收获他劈头盖脸的一顿嘲讽。

"你的手机是通信工具还是一块板砖？"

"十点才回校，你干脆夜不归宿算了。"

"这点防范意识都没有，是认准自己长得安全？"

听这语气，张若琳感觉这世界最危险的事不是妙龄少女夜不归宿，而是电话那头本来沉默寡言的人机关枪一般疯狂输出。他们有这么熟？她学他的语气，回道："你的手机是通信工具还是狙击枪？十点多给女生打电话，你干脆做深夜电台算了，这点礼貌都没有，是认准自己长得帅？"

这话果然让听惯了温声细语的陈逸怔住了。

那边静了静，才传来明显柔和的声音："和谁出去了？"语气探寻，略带迟疑，不知是不是张若琳的错觉，她觉得他这句话带着谨慎小心的意味。

"我的客户。"

"客户？"那咄咄逼人的调调有复苏的势头。

"一个姐姐，"张若琳答，"人很好。"

"刚认识就觉得人很好了？"

"我刚认识你也觉得你人挺好的。"

陈逸被噎得无语，过了半晌才道："现在不好了？"

"如果做事、说话更有逻辑一点的话，还行。"

陈逸笑了一声，声音轻飘飘的："干吗去了？"

张若琳握着手机的指尖微颤。

他的声音轻快、温和，她的耳朵像被羽毛挠了挠，一阵酥麻，她顿时没有了刚才撑人的气势，张嘴就有些结巴："就……一起吃饭了。"

"大过年的不在家吃饭，跟你吃饭？"

想想确实挺匪夷所思，张若琳也觉得缘分奇妙，声音不由得也放松了些:"嗯……大概是合眼缘吧,她还要跟我买房呢!"

陈逸说:"这么说你要发财了?"

"不知道啊,我也不是正式员工,不知道业绩会不会算我头上呢。"

"可别上当受骗。"

张若琳微怒:"我是法学生,好吧?"

陈逸又笑了一声。

耳郭那种异样的酥麻感又来了。张若琳忽然感觉,这段通话熟稔得莫名,一些隐秘的东西仿佛按捺不住,想要浮出水面。受不了。

张若琳把手机开免提,放在书桌上,一边通话一边收拾东西,准备洗漱。

陈逸的声音远了些,不再猫爪一般挠她的耳朵,低低的,几乎听不大清:"看着就是一副好骗的样。"

张若琳拿漱口杯和毛巾,随口反驳:"这你都看出来了?你怎么不去摆摊算命?"

"你那——"

她竖着耳朵听,正在心里想怎么应付。

陈逸的声音却戛然而止,与此同时,她的手机屏幕亮起,手机品牌图标在界面上一闪而过,然后黑屏。

没……没电了?

她回来后就开机,没注意手机电量剩余多少。随口说已经在充电只为搪塞他,没承想手机真没电了。

怎么每次对陈逸撒谎就一定会被打脸?

张若琳略感无奈,爬到床头摸出充电器,给手机充电。这手机有些年头了,没能马上开机,张若琳等了一会儿,然后索性先去洗漱。

洗漱回来时,手机已经自动开机,屏幕上闪动着语音邀请的提示,张若琳还没想好怎么解释,手已经快于脑子点了接听。

陈逸果然没好脾气:"怎么回事?"

"没……电了。"她只好如实相告。

"你不是充着电?"

陈逸是什么人?有这么好糊弄?

不待她答,陈逸又道:"我真怀疑你现在到底在不在宿舍。"

"我有什么必要骗你？"

"你现在能打视频吗？"

视频？张若琳大惊，瞥一眼对面路苔苔床位边的大镜子，里面的女人着一身紫色打底衣，看起来跟秋衣没什么两样，胸口还湿答答的一片。

她使劲摇了摇头，才意识到他看不到，回道："不行，我没有流量。"

"学校 20GB 流量都让你吃了？"

哟呵，好凶。不过，张若琳似乎被打通了任督二脉，并不畏畏缩缩，坦然道："放假了，我没充。"这是事实。她整天不是在打工就是在去打工的路上，用不着校园网。

"下次再关机我就报警。"

"哦。"她下意识地回答，随后又反应过来，他凭什么报警？

张若琳在脑子里过了一遍知识点，喃喃道："完全民事行为能力人失踪超过二十四小时，失踪者的直系亲属可以持本人身份证件和失踪者的关系证明文件到当地派出所报警。"

"……"

"嗯，所以你没有报警权限。"

"哦，"陈逸的语气透着无奈，"把手机号发我，语音不方便。"

"哦。"

"先这样，一会儿联系。"

啊？还联系？十点多了。

语音电话被挂断。

张若琳坐在椅子上蒙了半晌，才把手机号发了过去。抬头，对面镜子里映着她含笑的脸，她怔怔地看着自己。

镜子里的女人长发虚绑，发丝松松垮垮地耷拉在肩头，素色紧身打底衫包裹着纤细的手臂，扩领露出胸口大片肌肤，锁骨勾勒出半指深的沟壑，衔接着细长的颈项，线条……很好看。

张若琳被自己一闪而过的想法吓到，拍了拍脑门，觉得自己疯了。她却又不自觉地站起，在镜子前左右扭动。她的腿……好像是挺长的，屁股好像也挺翘，腰很窄，胸……她没概念，似乎线条也挺好看。她已经很久没有好好看过自己，这么多年，她似乎对美没有什么追求，对于怎样才美也完全没有概念。高中时，同学中已经有女生开始学化妆，再不济也会研究研究穿什么衣服好看、做什么发型时髦。她毫无兴致，体会不到那种乐趣。

细细想来，忽视自己的外在已经成为她的一种习惯。她知道身边哪些人漂亮、哪些人样貌平平，她有正常的审美，可她从不知道自己哪里美、自己怎样才会更美。"美"这个字似乎离她很远。

张若琳缓缓走近镜子，捧着脸，眨眨眼，又捏捏鼻子，扯着嘴角笑，对着脸左右瞅瞅，然后拎起乌黑浓密的长发抖了抖。她长这个样子啊。

在镜前站了许久，她才拍拍脸，回过神来，竟于无人处羞红了脸。

"无语。"

她给自己下结论，然后关灯、爬床，准备睡觉。

临睡前，她例行看看 QQ 和微信消息。

自从用了微信，QQ 就平静得多，只有步潼给她发了节日祝福，她很不客气地发过去他的课程表，果然很快收到了小孩的表情包袭击。

步潼："欢迎自己上线 .jpg。"

步潼："女人你成功吸引了我的注意 .jpg。"

步潼："气氛突然变得缺德 .jpg。"

步潼："这都什么人啊 .jpg。"

步潼："欢送自己下线 .jpg。"

步潼向来是没有表情包就无法聊天，张若琳因为抠搜那点流量从不回复，他也习惯了。师生间的对话就这样无疾而终。

只是没过一会儿，她就看到步潼在说说里控诉："看看我严谨又丧心病狂的 Q 大高才生老师，我一腔热情终究是错付了。"配图是他们的聊天记录。

张若琳评论："爱你哟。"

步潼秒回评："你诈尸啊？"

张若琳不再理他。

微信里就热闹得多，陆灼灼给她发了年夜饭视频，还发了祝福语音，还有一些同学的群发消息。

即便是群发，张若琳也认真地一条条回复。

尹桑给她发来一张照片，配文："当时觉得很美，就拍下来了。"

她点开。是她窝在咖啡厅角落里备课的照片——周遭昏暗，一盏桌灯照亮她的侧脸，勾勒出柔和的轮廓，眼神沉静，姿态放松，长发搭在肩头。

张若琳呆呆地看了一会儿，长按保存，然后发信息："谢谢桑桑姐，我很喜欢。"

没收到回复，对方大概已经休息了。

打开朋友圈，她的好友不多，所以一会儿就刷到了底。这一天几乎每个人都发了朋友圈。有晒对联的，有晒合照的，更多的都是晒年夜饭的。像路苔苔，她几乎是全程直播自己过年的每一点动静。张若琳一一点赞过去，顺便当一回夸夸群主，对稍微熟悉的都发了大拇指表情，手动点赞！

没过一会儿，宿舍群里，路苔苔警告她："琳宝，希望你不要再到处发大拇指，我会误以为我室友生于 80 年代。"

孙晓菲："附议。"

嗯……有吗？

张若琳："这是我发自肺腑的赞扬。"

路苔苔："你今天干吗啦？你发个朋友圈证明一下你不是 80 年代穿越分子行不行？"

张若琳："没有什么好发的。"

孙晓菲："那就自拍！"

路苔苔："新的一年一定要许愿啊！快去发！第一条朋友圈多么有意义！"

张若琳还真的有照片。她又瞅了瞅尹桑给她拍的照片，于是点开朋友圈，正要点右上角的照相机标志，就看到新刷出的一条朋友圈。

言安荷："第九年。"配图显然是几个人的合照。即使小图看不清，她还是辨认出了言安荷身后的其中一张脸。是一个小时前说再联系的某个人。

✦ ✦ ✦

犹豫两秒，张若琳还是点开大图。

背景是灯火辉煌的黄浦江，言安荷是举着手机自拍的姿势，和旁边的女生配合比心，后排站着三个男生，正扶着栏杆向后扭头。女生好整以暇，男生们被抓拍入镜。静态照片赋予了动态的情节感。满屏青梅竹马的氛围。

张若琳点击照片，退出大图，犹豫着要不要点赞，最后什么都没做。然后，她把自己的照片选中，输入文案，发朋友圈。文案是再俗气不过的"春节快乐"。

几乎是瞬间收到了几个点赞和评论。

陆灼灼："！！！照片！我没有眼花吧！好好看！！"

陆灼灼就是个感叹号狂魔，张若琳都习惯了。

孙晓菲："哇！谁给你拍的，太绝了。"

杜弘毅："新年快乐，手动点赞！"

樊星烁："春节快乐！"

张若琳一一回复。

"@陆灼灼 是不是被本姑娘迷到？"

"@孙晓菲 一个姐姐。"

"@杜弘毅 快乐快乐快乐，感谢捧场！"

"@樊星烁 师兄春节快乐！"

没一会儿，樊星烁给她发来私信。

樊星烁："留校了？"

张若琳："嗯啊。"

樊星烁："年夜饭吃了吗？"

张若琳："吃了，出去吃的。"

樊星烁："那就好，和朋友吗？"

张若琳："嗯，新朋友。"

樊星烁："陈逸回家了？"

张若琳有些蒙，关陈逸什么事？另外，樊师兄怎么突然提起陈逸？他们不过打过一次照面。

张若琳："嗯，回了。"

樊星烁："这样啊。"

张若琳不知道回什么，索性没回，等他再说些有内容的再回复。但樊星烁没再发来消息，两人的对话就这样莫名开始，莫名结束。

此时朋友圈又多了几条消息，她一一点开。无一例外是点赞和祝福。但是点赞区没有出现那个灰色头像。

张若琳点开陈逸的对话框，点进他的朋友圈。

他今天没有发朋友圈，他的朋友圈信息很少，滑动一下就能翻到头。最早的一条是他的狗，最近的一条还是他的狗。最近那条是他回家第二天发的，照片左下角是他修长的手，招呼着狗，狗狗趴在不远处表情冷酷地看着他。配文："想我吗？看来没有。"

她脑海中突然浮现陈逸不羁的模样，漫不经心又胸有成竹地说："想我吗？"忽然连他的表情都清晰起来，那双眼睛似乎穿透屏幕，盯着她。

张若琳忽然就被吓了一跳。她拍了拍脑袋，翻了个身，愤愤地自语："发什么疯？"

这个时候弹出来的视频邀请差点吓死她。

"'。'邀请你进行视频通话。"

屏幕上已经出现通话界面的预览效果，自己的双下巴和摊大饼一样的脸铺满整个屏幕。好丑！她果断点了拒绝。

一分钟后，收到短信。

中国联通："温馨提示：您于31日23时03分交费100元，账户当前可用余额129.35元。点击……查询详情。"

没等她反应过来，陈逸发来消息。

。："接一下。"

张若琳明白，这八成是陈逸给交的，因为她抠搜，舍不得费流量。

文字消息刚过来，视频邀请紧接着跟上。

张若琳只好点转到语音通话。

"士可杀不可辱！"

陈逸没想到她还有这操作，显然是愣了会儿，才道："什么乱七八糟的？"

"休想用金钱贿赂我，支付宝发个，转你。"

"早知道充个一万两万的，还你也还不起，省事。"

"我报警告你敲诈勒索,休想让我变成卑微还债狗。"

这人着实用心险恶。张若琳这么想着,遮掩心里异样的猜想和情绪,压住皮肤底下沸腾般叫嚣的心跳声。

陈逸轻笑一声:"我都想方设法骗你了,你再卑微能有我卑微?"

张若琳感觉她的心跳声消弭了……本就摇摇欲坠,毫无抵抗力的小心脏似乎停止了跳动。

她耳边传来陈逸循循善诱的温柔声音:"不方便接就转换摄像头,我不看你,有好东西让你看,保证你不后悔。"

张若琳闷闷地回了一声"好吧",陈逸立刻挂断,重拨。

他身边一群人面面相觑,视线都在陈逸和言安荷之间来来回回。如果到现在他们还听不出陈逸所谓的"骗子"是怎么回事,那他们就蠢得可以从陈逸的好友列表里除名了。给一个人备注"骗子",不是为了催债,那就是为了搞特殊。这样耐心的陈逸,他们什么时候见到过?

刚才看完电影,有人建议去唱歌,之前许多年都是这样安排的,陈逸有时候参与,有时候提前回去。但今年他说:"玩点别的。"

"玩啥?"

接着,一行人就跟随陈逸到烟花爆竹经营商店采购。随后,各式各样的烟花堆满商务车后备厢。

两个女生自然兴奋不已,男生们感觉既稀奇又疑惑。

"多少年没放烟花了。"

"现在款式可真够多的。"

"这么一大车烟花,陈逸,你返老还童啊?"

"还是你要搞什么事情?"

陈逸不言语,专心开车。车子飞驰出了外环,来到江滨公园。众人一块儿把烟花搬下车。男生忙着摆弄引线,想办法把所有烟花爆竹串联起来,女生则捣鼓一些小烟花、仙女棒之类,点燃了拍照又仙又美。

只有陈逸在打电话。

"我都想方设法骗你了,你再卑微能有我卑微?"

听闻这话,大伙都侧目。什么情况?

"不方便接就转换摄像头,我不看你,有好东西让你看,保证你不后悔。"

几人都是陈逸近十年的好友了，还从未听过他这般温和的声音，带着诱哄的意味。

言安荷的手不自主地停止了挥动，手中的仙女棒黯然燃尽。

一时间四处都恢复黑暗。

万籁俱寂，只有陈逸的手机响着视频邀请的声音。

对方接通。

"还真不让看？"陈逸玩味地看着手机，皮笑肉不笑。

手机不能贴耳，他只能放着公放。

女声传来："哪有大半夜非要和少女视频的？"声音有些欲盖弥彰的紧张，更多的是嗔怒。

"你算哪门子少女？"

"你有事快说，不要人身攻击，我告诉你。"

"一点少女心都没有，哪门子少女？"

"你怎么知道我没有？！"

"一会儿表现看看？"

"什么啊？"

"等着。"陈逸走到一个哥们儿边上，挑了挑眉，摊手："打火机。"

那哥们儿似乎还有些呆滞，乖乖递上。

陈逸走到引线边，随着咔嗒一声，火苗蹿起，瞬间引燃一排烟花。随后静谧一片。

"别挂。"陈逸不忘交代。

不一会儿，"砰砰砰"炸得人耳朵疼，漆黑的夜空瞬间绽放成百花园，光芒四射，密密麻麻，染得夜空没有一点空隙，地面的面孔被照亮，神色各异。

几个男生有拿着手机拍照的，也有欢呼起哄的。

言安荷的眼里盛满了失落，已经不带一点掩饰。她看着烟火映照下仰着头清俊如昔的陈逸。如果到现在她仍旧不懂得他的用意，她就不是那个待在他身边九年的言安荷了。

这场烟火，陈逸一箭双雕，绚烂了他的女孩，也击碎了她的希冀。他们之间从来没有捅破窗户纸，也因为这样才保持着友好亲近的关系。可他心里什么都明白。原来，当陈逸决定要爱一个人时，对别人可以如此体面地表达他的决绝。

陈逸举着手机，凝视着屏幕，平静而专注地看着。

过了很久很久，他的头仰得酸疼时，烟火才渐次坠落，簇簇火彩如雨。嘈杂逐渐消弭，万籁归于寂静。

众人回过神来，男生们吵吵闹闹地围过来，往陈逸手机旁凑。

张若琳拿着手机的手僵直着，心跳声取代了烟火声，继续在她耳边嘈杂，无从操控，难以平息。她呆愣愣地，看到屏幕从漆黑夜空转向陈逸的脸，接着出现了好几个下巴。

张若琳下意识把手机往胸前扣，才想起来她开着后置摄像头，他们并不能看到她。然后她就听到那边叽叽喳喳在说话。

"可以啊，陈逸，来这招儿。"

"早说啊，我给你摆个爱心。"

"早知道刚才把那几款'一箭穿心'买了！"

"绝了，陈逸，这叫什么，大过年的让我受此等暴击？"

"这难道就是恶心自己成全别人？"

"原来电影早有预言，兄弟没得做了。"

"吐了，我又不是圆梦大使！恶心他妈给恶心开门！"

"对面谁啊？看看呗，美女。"

"仙女？"

"弟妹？"

"好了！"陈逸的呵斥声传来，"边儿去！"

一群人又是一阵呼呼喝喝地吵闹着，然后就去研究一些小烟火怎么玩儿，也有人开始收拾烟火的残渣。

陈逸走到江边，叫电话对面的缩头乌龟："没人了，出来。"

屏幕上出现了一只手长脚长的玩偶兔子。

"这什么？丑死了。"

只见兔子的脑袋被一只手掰着，对着屏幕点了点头，伴随着低低的女声："谢谢。"

陈逸已经不知道该不该笑了。这方式够独特。

"就这样？"

"不然呢？"女孩的声音高了点，强调道，"烟花哪里看不到啊，百度视频一搜全是，什么限量版没有？"

"也是，"陈逸居然认可道，"没有看星星的伙伴那么神奇又闪耀。"

chapter 10
水火不容

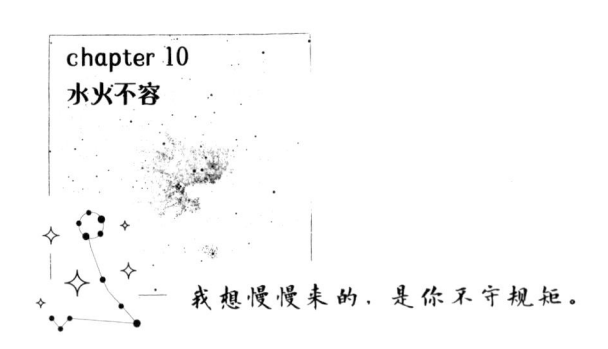

—— 我想慢慢来的，是你不守规矩。

通话到最后，是一片沉默。陈逸等着张若琳说话，张若琳则是不知道该说什么，想问他为什么看她的入社资料，又唯恐给自己挖坑。

伙伴们嚷着回家，于是陈逸结束了这次视频通话。

张若琳给陈逸发了一百块钱的红包。陈逸一直没有收，直到第二天红包原原本本回到她的账户。

除了大年三十一夜无眠补看了春晚，张若琳的这个年过得稀松平常，初一补觉，初二备课。到了初四，步潼终于从姥姥家回来，开始补习。步鑫给张若琳发了一个大红包，张若琳却之不恭，只好收下。

初七一大早，张若琳准时到中介公司上班，尹桑如约到店里跟房主签约。尹桑一走，店长就开会表扬张若琳为他们店赢得了开门红，新一年一开门就签单。他高兴地在大区群里连发喜报，羡杀其他门店。他还买了气球代替爆竹，炸得店门口一片红。

吴总也在大区群里表扬张若琳，为了鼓励更多员工效仿，学习她的工作态度，给了她正式员工待遇的提成比例。

提成还没入账，她不会计算，不知道具体是多少，只是郭经理反复和她握手说要蹭她的"钱气"，让她感觉这笔钱可能真的不少。无论多少，这笔提成对她来说都是一笔巨款。她想请尹桑吃饭，却被对方回绝了。

"提成还没到账吧？到了再说，不要告诉别人哦，要不我这算吃回扣。"

如此便作罢。

"留守"的日子没有想象中难熬,充实却不忙碌,很舒服。张若琳尤其享受独自漫步街道的感觉,每天下班她都步行回校,四五公里走下来,除了冷一些,腿脚并不难受。她很喜欢观察街头的景物人事,在地铁站口吃小吃,和摆摊的大叔大婶聊聊天,如果遇上卖烤地瓜的,她一定光顾,捧着热乎乎的地瓜一路走一路看,鼻息里地瓜的香气让人感觉生活温暖而美好。

路边大屏幕上换上了元宵节与情人节双节海报,张若琳才恍然这个年已经快要过去。她家人不在身边,她也没有情人,两个节日都与她无关。双节当天,门店放假半天,她又没有家教课,忽得浮生半日闲,她决定去颐和园逛一逛。颐和园距离学校那么近,她却未曾踏足。

白塔绿树,红墙碧波,颐和园里一定美极了。嘴里哼哼着"海面倒映着美丽的白塔,四周环绕着绿树红墙,小船儿轻轻……"张若琳心情美滋滋地买票入园,没舍得花导游钱,就蹭了个老年团的路线,一路向里。

结果她大失所望,忘了现在是冬天,也忘了白塔红墙说的是北海公园。目之所及,冬日的北方园林一片肃杀之气,没有一点生机。既来之则安之,她优哉游哉逛了一下午,终于被滑冰的人吸引。

张若琳生在南方,长在南方,从来没有滑过冰,没见过这么大的滑冰场。刚入冬时校园里冰冻的湖面就让她兴奋了许久。

偌大的天然滑冰场像一片平整的广场。夕阳西下,光亮的冰面红霞粼粼。冰面上或坐或立的人们嬉戏玩耍,畅快、怡然。

张若琳咔嚓咔嚓地拍照,想着暑假回家一定要给外婆看一看这北国风光。

拍完几张照,她挑选有夕阳的最优构图,发朋友圈。

"认为《让我们荡起双桨》唱的是颐和园的朋友举举手,告诉我我不是一个人!"

张若琳出园时不过五点多,夜幕已低垂,冬日的夜晚又早又漫长。

她刚坐上公交车,手机铃响了。

陌生号码，号码归属地：上海。

手倏地一紧，张若琳无意识地抿抿嘴。

自除夕夜远程一起看了烟花，她与陈逸的联系并不多，偶尔陈逸会问"上班了吗""下班了吗""上课了吗""回校了吗"，她简单回复后，他便不再接话。她搞不明白他的意思，只好向陆灼灼求教。

陆灼灼是什么人？比起张若琳，她的"先进经验"只有三年暗恋经历。但她有句话讲得颇有情场老手的意味——"女生如果亲近一个人，绝对是喜欢他喜欢得不得了，男生就不一定。"

是啊，新鲜感、怀旧感、冲动劲、救赎心，任何一个微末的理由都有可能成为一个男生主动靠近一个女生的理由。她不知道他属于哪一类。

铃声执着地响着，其他乘客有意无意看着张若琳。张若琳接起，兴致不怎么高："喂？"

"琳宝，你在干吗！这么久才接，呜呜呜……"

咦？张若琳看了眼号码，不对啊。

"苔苔，你换号码啦？"

"不是啦，我朋友的，我们一趟班机回来的。"路苔苔似乎很着急，一通说，"你在学校吗？我手机没电了，刚落地北京，我朋友学校在昌平，我们不顺路。我现在打个车，你一会儿出来帮我付一下车费好不好？我一毛钱现金都没有，呜呜呜……"

张若琳问："你回来啦？这么快？"

"听起来很不欢迎我的样子！还有一周就开学了呀，我爸妈要出国玩，我只能先回校了。"

就快开学了？这个假期着实有些短。

"哈哈哈哈，哪敢不欢迎？我现在在公交车上，应该比你早到，那我在东南门等你吧。"

"准备一百五十块钱！"

"好！"

"挂啦挂啦，我朋友要走啦！"

"好。"

"一定要等我哦！带你过情人节去！"

"好。"无奈。

刚挂断没多久,电话又打来,张若琳一看归属地是上海,内心无语。路苔苔这个撒娇精事儿确实不少,她接起来,徐徐道:"宝贝,还有什么吩咐?"语气无奈又宠溺。

对方似是怔住了,沉默几秒后,低沉的男性嗓音传来,沉得吓人:"张若琳。"

张若琳触电一般拿开手机,盯着那个号码……

131×××××××。刚才那个不也是"131"打头吗?想起自己刚才亲昵的言辞,张若琳瞬间脸红。

"你是?"她假装没有辨认出他的声音,为自己争取一点思考的时间。

"你以为我是谁?"

"噢……刚才我室友给我打电话来着,也……也是上海的号码……"

"你没有存我的号码?"

无论怎么回答都有坑。

"当时太晚,忘记了,后来你也没打过啊。"说到后边感觉这个理由也挺烂的,张若琳不由得心虚,声音也弱了下来。

可听在陈逸耳朵里,这先是斗志昂扬地抱怨,接着又弱弱地呢喃,有点撒娇的意思。

他低笑道:"是怪我不够积极?"

张若琳:"……"这是不是就是传说中的跨服聊天?

陈逸寻思她估计不愿意接这话,便不等,兀自问道:"在哪儿呢?"

"公交车上。"

"去哪儿?"

"回学校。"

"哪个门?"

"啊?东南门下车。"

"多久到?"

她看了眼站点:"还有两站。"

"行,下车等我。"陈逸习惯性地指挥,顿了两秒,放缓了语速补充道,"就几分钟,我取个车就去接你。"

"啊？"张若琳这才蒙了，"你回来了啊？"然后她就听到窸窸窣窣穿衣服的声音，因为对他们小区太熟悉，开门和摁电梯的声音她都听得清楚，还能在脑海里完全呈现他一气呵成的动作。

陈逸踏进电梯，说道："嗯，在地下车库。挂了，等我。"

张若琳看着挂断电话的手机界面，愣怔。她今晚……够抢手的。想到一会儿路苔苔和陈逸碰面的场景……她脑壳疼。

抢手什么？棘手还差不多。

无所事事的她点开朋友圈，回复评论。

樊星烁："拍得不错！"

李初萌："嚯，我听我舅说你拿了五万多提成，请我吃饭！"

樊星烁："@李初萌 真的吗，若琳也太棒了！"

李初萌："@樊星烁 真的！卖了套学区房，绝了！"

张若琳："@樊星烁 哈哈，师兄，你外号是不是捧场王？"

张若琳："@李初萌 我都不知道有多少，真的吗真的吗？请！吃什么都行！"

孙晓菲："哈哈哈哈，琳宝，你好好笑，白塔在北海公园吧！"

张若琳："城里太大了，哭！"

。："呆子吧你。"

杜弘毅："@。？？？？？？？？诈尸？"

小胖："@。……你好骚啊！"

张若琳选择不回复。

公交车到站，张若琳发现，相比前几日，这个站点热闹了许多，有不少人在等车，看模样装扮，大概都是本校生。还有一周才开学，现在竟有不少人提前回校了。

白天的时候还晴空万里，入夜却刮起了妖风。候车座被坐满了，张若琳只好站在站牌边等着，挡着点风。

"好冷啊。"身边有女孩嘀咕着。张若琳正想给她腾个地方，一起躲一躲，女孩身边的男生就解开自己的羽绒服，把女孩裹进去一半。

张若琳内心无语。她这才后知后觉身边等车的绝大多数都是成双成对的。为什么早回校？破案了。

一辆车缓缓驶过站点，停在站牌前方不远处，打着双闪。这辆车子漂亮，引得不少人注目，张若琳也看了一眼。不是陈逸的车，于是她收回视线，百无聊赖地跺着脚取暖。

陈逸从后视镜看到张若琳都快把脑袋缩进帽子里了，才想起来她没见过这辆车，于是按了按喇叭。

张若琳和众人一样下意识又瞥了一眼，然后低头，兀自瑟瑟发抖。

陈逸无语，只好下车。看了眼路况，不能久停，他便站在车边喊了声："呆子。"

张若琳讶然，手僵了僵，才拂开四散飘飞的额发，看清了立于车旁的颀长身影。

许是因为开车，陈逸只穿着毛衣，此时立于寒风中，表情冷肃，显得越发清俊。

香车配俊脸，养眼。不少人盯着他的方向看，男的看车，女的看人。

张若琳愣了好几秒，才拉拢自己的帽子，缓缓向他走去。

没等她走近，他已经钻进车里，身子越过中控台，从里面给她开了门。

张若琳走到车边，车门便是开着的，她看了眼不大常见的车门把手，换作她自己，估计不知道从哪儿开、怎么开。

她到了车门旁却不上车，支着门弯腰看向车里。

陈逸微微皱眉，表情已经替他说话："为什么不上车？"

"我还要等我室友。"

"……"

"那个，你打电话来之前我接到她电话，就是那个……宝贝，她一会儿到学校，她没带钱，手机没电了，从机场打车过来，我一会儿要帮她付钱。"

张若琳思绪混沌，没前没后地说完。

陈逸扶了扶额，眼神探究，静默了两秒，他说："上车等。"

张若琳犹豫。

陈逸看了眼后视镜，说："还是你选择站回去被围观？"

张若琳循着他的视线回头看，站台上出双入对的男男女女都似有若无地投来视线。地面忽然卷起一阵风,她打了寒战,抿了抿嘴,钻进车里。

上这车着实不叫上,叫钻。这个大玩具一样的车子底盘很低,她坐进去感觉膝盖比臀高,有点伸不开腿。

富人的乐趣是那么难懂,张若琳这么想着,转头系安全带的时候暗自撇了撇嘴。她没注意到,在夜里,车窗把她的小表情映得格外清晰。

✦ ✦ ✦

张若琳火速系好安全带,正襟危坐,余光发现陈逸还保持着虚扶方向盘的姿势看着她。

陈逸扬起一边的嘴角,神情带着戏谑:"怕我扑过去给你系?"

张若琳微微蹙眉,满脑的问号。

陈逸转过身去,车子启动,声音轰隆,他的声音几不可闻:"没那么猴急,慢慢来。"

慢慢来?张若琳感觉空间瞬时变得逼仄,好像她与他站在聚光灯中央,周遭漆黑又静谧,只有他低低的声音在空间回荡。

陈逸瞥一眼她膝盖上那双不安地摩挲的手,眼里瞬时盛满笑意。

从公交车站点到学校东南门只有二三百米,一脚油门就到了。

陈逸问:"她还需要多久?"

张若琳全程愣怔地看着窗外,闻言才发现车子停下来了:"不知道。"

"电话打完多久了?"

张若琳去摸手机。她穿得厚实,上车时是扭着身子坐进来的,这会儿扯半天才把羽绒服口袋从屁股底下扯到身前,手机都被她坐热了。

陈逸全程看着:"你不热?"

张若琳本就尴尬,这时头也不抬地答道:"不热!"然后滑动手机看通信记录,"不到半小时。"

"现在是晚高峰,怎么也得再等一小时。"陈逸瞥了一眼中控台面上的表,淡淡道,语气中的不耐烦欲盖弥彰。

一小时啊……张若琳闷不吭声。他们要在车里独处一小时?她瞬时感觉空气都变稀薄了。

陈逸又瞥了一眼她的手机界面，问道："她手机没电了还记得你的号码？"

"好记吧？"

"你那个号码就是把最不相关的数字拿来随手排列组合，哪里好记？"

好像是这么回事，张若琳想。

男性气息倏然逼近，她下意识往窗边靠了靠，看见陈逸的后脑勺出现在眼前。他正越过中控台看她的手机。他们之间的距离近到她能够闻出他用的洗发水味，他只要稍稍仰头，他的发丝就会擦过她的脸庞。心跳剧烈，毫不留情。

很快，陈逸直起身："我的号码还没存？"

张若琳的手机通话记录上赫然是两排数字，没有备注姓名。

"或者你背下也可以，比起你的算是好记。"他嘲讽般补充道。

张若琳这才又看了一眼。他的手机尾号是0806，这个数字……

"哪里好记了？"张若琳一边编辑备注，一边口是心非，"有什么特别的？"

"我生日，"陈逸沉声道，"你不知道……"

他的声调本就低，加上语气淡淡的，张若琳分不清他那句"你不知道"是反问句还是陈述句。她无意识地轻咳一声，咽了口唾沫，答道："哦。"

她知道。怎么可能不知道？

小时候，两人常常一起看星星。陈逸说的一堆术语，她都听不明白也不感兴趣，但内心里觉得他挺厉害的，什么都会。

她只对他说的星座感兴趣。那阵子她靠着他说的星座知识在班里得到了众多女孩的拥护。女生无论年纪大小，对"算命"类的东西总是格外好奇。

她的生日2月20日，是双鱼座。

他的生日8月6日，是狮子座。

他大她半岁。

她曾对他说起星座研究成果："星座上面说，我是水象星座，你是火象星座，我们水火不容。是不是很准？"

当时他是怎么回答来着？

时隔太久，她已经忘了。她也是后来才知道，他说的星座和她"研究"的那些星座压根儿不是一回事。

"想吃什么？"陈逸突然问。

"不知道，我室友说带我去过 qi——""情"字的音节没说完，她及时止住，紧跟着道，"过节。"

"两个女人过哪门子节？"陈逸看她的眼神像在看智障。

"我出来接她，所以她说要请我吃饭。"张若琳乖乖回答，又觉得他没有资格对她这样，连忙道，"两个女的怎么就不能过节，元宵节不是节吗？"

陈逸看了看窗外，安静了几秒，然后妥协一般道："那你们想吃什么？"

"你要一起？"张若琳下意识地问出口，想到他们二人并不相识，她还没想好怎么和苔苔形容她和陈逸目前的关系，所以语气里多少带着不情不愿。

"你以为我愿意？"

"你可以不去呀。"不愿意为什么要去？

"你接她所以她请你吃饭，那我出来接你你是不是该请我吃饭？"

"我没叫你来啊。"

陈逸沉默了，支着额轻轻地"嗬"了一声。

张若琳这才后知后觉，刚才自己的声音一句比一句大，最后有点抬杠的意味。她一向待人和善，除了玩笑性质的吵闹，她几乎没有正面撑过人，只是跟他，每次顶嘴到忘了收敛。他们两个果真是水火不容。

不过，说完这几句，她感觉心内燥气翻涌。车里本来就热，这会儿她的后背已经开始冒汗，可才理直气壮地说过"不热"，现下气氛又尴尬，她更不好堂而皇之地脱外套了。

两人半晌不说话，各自玩手机。

陈逸看朋友圈里杜弘毅和小胖回复了他，身边这位却没回，便转头，准备说点什么。可是话到嘴边，他没出口。

车里的灯已经熄了，手机光照在她脸上，莹白的光让她红扑扑的脸色显露无遗。热死的鸭子，嘴硬。

陈逸饶有兴致地观察。

一个冬天过去，她白了不少，不像军训会操时她和杜弘毅站在领奖台上那样，一个赛一个地黑。

记忆真是神奇的东西，其实那时候他根本没有刻意去注意一个不相识的女孩，如今想起，那幅画面却很清晰。

"热就直说。"他开口，眼见着她因为自己突然出声而吓了一跳，眼睫轻颤。

张若琳转头看他，不明所以地喃喃道："我不饿啊。"

陈逸静默了几秒，然后说："行，是我饿，上对面买点东西。"说罢，他准备下车，去校门口的蛋糕店。

陈逸一打开车门，冷风灌入车里，吹得张若琳一阵瑟爽。趁他不在，她赶紧把羽绒服脱了抱在怀里，终于觉得舒服了。

天越晚越冷，道旁行走的人们多少显得瑟缩着，而陈逸一身毛衣，一边打电话一边走着，脊背挺直，神态怡然，吸引不少路人注目。

张若琳发现陈逸是有点偶像包袱的，狮子座的特点在他身上体现得淋漓尽致。狮子座还有哪些特点？天生领导力、自恋、爱面子、狂妄自大、霸气外露。好像这些特点都挺贴合他的。

没一会儿，陈逸就提着一个大号纸袋回来了。他只拿出一瓶酸奶喝，余下的都塞进她怀里。

张若琳看了一眼。她认识其中的蛋糕，是路苕苕常买的半熟芝士，一盒只有四个，售价四十元往上，这一袋里目测得有十盒。

"你爱吃这个啊？"张若琳讶然问道。

陈逸仰着头喝酸奶，喉结滚动。他接连喝了好几口，然后拧紧瓶盖放在一边，漫不经心回答："没吃过。"

"没吃过你买这么多……"

"小胖说你室友爱吃。"陈逸嫌那个名字拗口，懒得说。

她室友？

"你是说苕苕啊？"

"嗯。"

张若琳有点搞不懂,他不是饿吗,他不吃?苔苔喜欢吃。他难道是买给苔苔的?为啥子?她心里想着,但没问出口,内心隐隐有一个答案。她把一整袋蛋糕放在脚边,保持缄默。

陈逸却继续漫不经心地说:"试试看能不能贿赂她,让她今晚把你让给我。"

他说这话的语气与陈述天气一般寻常,张若琳听后却浑身僵直,抱着羽绒服的手更紧了。她原本想的是,他大概想让她带回去和室友一起分享,在她室友那里讨个好印象。萌生这种想法,她已经觉得自己足够自恋了。

"……贿赂她,让她今晚把你让给我。"他的话像被按了复读键,反反复复在她耳边播放。

为什么脱了外套还那么热?张若琳感觉自己快烧起来了。埋头玩手机是最好的选择,可她已经把能看的朋友圈都看遍了,就连不常玩的微博也看到底了。最后,她甚至开始背单词……

陈逸放低椅背,闭眼躺着,也不知道是睡了还是假寐。于是张若琳偷偷地通过镜面盯着他看。细碎的额发,浓长的睫毛,高挺的鼻子,清晰的下颌线,淡色的唇……渐渐地,脸颊染上潮红,她别过视线,用手给自己扇风。

张若琳正扇着,躺着的人忽然伸手把她的羽绒服拿了过去,盖在自己身上。全程他都没睁眼,张若琳都不知道他是怎么精准拿走的。

"你冷啊?"

他模糊地说道:"躺着有点。"

"空调开大些?"

"你不是热吗?"他仍旧闭着眼。

张若琳:"……"

如果这时候她还认为他就是随口说的,她就是大傻瓜。

你永远不知道陈逸为了嘲讽你能挖多么巧妙的坑!

已经将近七点,算算时间差不多了,张若琳就密切关注在校门口停车的出租车。在失望几次后,她终于看到了熟悉的身影。

路苔苔穿着羊剪绒大衣,拎着一只LV标识的皮箱,富贵气快把这百年学府的招牌闪得失色了,太好认。

"苔苔到了,我先去给她付钱。"张若琳对着陈逸低声说完,开门下车。

下了车,她才发现没穿羽绒服。几步之外,路苔苔正在东张西望地寻找她,出租车司机已经不耐烦,于是她没有回头去拿羽绒服,而是径直小跑过去。还好之前在车里坐久了,出来一会儿她并没有太冷。

路苔苔一看见张若琳,连忙对司机说:"你看我朋友来了,我没有骗你吧!"

等张若琳走近,路苔苔才发现她穿得单薄,便顾不上司机在等,立马抱住她责怪道:"你怎么穿这么少啊?你不会一直穿这么少在等我吧,别把你冻坏了!"

张若琳拨开她,赶紧付钱给司机,出租车"嗖"的一声驶离。

正当路苔苔准备再次抱住张若琳时,张若琳的胳膊被一只有力的胳膊拽了过去,紧接着,厚实的羽绒服披在她身上。

"师傅等不到钱是不会走的,你急什么?"来人的神情染上郁色,语气不甚友好。

路苔苔瞪大了眼睛,看着眼前的两个人。

❖ ❖ ❖

路苔苔虽然见识过他们二人同撑一把伞,可那时候两个人还是一副不怎么熟的样子,一个假期过去,他们怎么就这么亲密了?张若琳说在这儿等她,可没说带个大帅哥啊。而且这两个人之间微妙的暧昧气氛是怎么回事?

路苔苔的视线在两个人之间转来转去,对上陈逸淡然的眼神时赶紧移开,最后,探究的目光落在张若琳身上。她凑近了,使眼色:"什么状况?"

张若琳不知道怎么解释眼下的状况,只好眨巴眨巴眼睛,凑到路苔苔耳边,但又不知道从何说起,便直接说结果:"他想贿赂你。"

"贿赂我?"路苔苔闻言,下意识讶然道,那音量是一点没收。

张若琳习惯性去掐路苔苔的胳膊,这才感觉触感毛茸茸的,白掐了。于是,她撞了撞路苔苔的肩膀,眼神透着警告。

路苔苔连忙捂住嘴，无辜地看着张若琳。

张若琳抚额，拍下路苔苔那只捂着嘴的手，又凑到她耳边咬牙切齿道："你能更大声点吗？反正无论他说什么你都别答应。"

"他会说什么？"

"我也不知道，总归应该不是好事。"

路苔苔这会儿忽然像是悟了，也低声说："没问题。"

张若琳挑眉。

路苔苔憋笑。

两个女生窃窃私语，眉来眼去。陈逸抱着手臂，静静地看她们别扭地互动。原来她和姐妹在一起的时候是这个样子的。算计他？

陈逸淡淡地开口："你打算怎么回宿舍？"他这话是对着路苔苔说的。

路苔苔一愣，心想，不带称呼？他这么自来熟吗？帅哥点名果然不一般！但她还是客气道："陈同学，你好，哈哈，我叫路苔苔，是若琳的室友。"

"我晓得。"陈逸用上海话回道。

路苔苔受宠若惊般："你知道啊？"

陈逸点点头。

路苔苔转头对着张若琳笑得一脸满足，仿佛被偶像认可的花痴。

陈逸又道："我送你进去。"

"这怎么好意思的呀？"

"挺远的。"

"也是哦。"

张若琳看到路苔苔这个样子便觉得不妙，帅哥当前，她已经把她们的约定忘到九霄云外了！

陈逸很快地把车开到跟前，打开了车前盖，把路苔苔的行李箱往里放，同时对张若琳说："你到蛋糕店等我会儿。"

"啊？"

"很快回来接你。"

"……苔苔！"

"去放下行李就出来找你！"说着，路苔苔上车，临走前还对张若琳使了个眼色，没等张若琳解读出她的意思，车子已经驶离。

呆愣在原地的张若琳看起来像个被半路扔下的可怜小孩。

张若琳没去蛋糕店，而是站在路边等。不到十分钟，陈逸的"漂亮大玩具"就出现在她身边。车窗落下来，车里只有陈逸一人。

张若琳趴在车窗边，脑袋往里探："苔苔呢？"

"她说坐一天飞机累了，要休息。"

"她刚才还跟我说要出去玩。"

"她手机没电了，充电还要不少时间。"

"宿舍里有充电宝。"

"车里坐不下。"陈逸再次从里面帮她打开车门，好似解释道，"走吧，这车在学校里开不合适，下回再有类似情况提前告诉我，换辆车。"

这话提醒了张若琳。她往四周瞧了瞧，果真有不少视线往这里投射。她连忙打开车门钻进车里，摸索着关窗按钮。

陈逸了然似的按了按，车窗缓缓升起。

"安全带。"他提醒道。

张若琳扯过安全带系好，内心狠狠地吐槽，这种漂亮大玩具有什么用，关键时候多个人都盛不了！

车子在路上飞驰，张若琳才注意到脚边放着的蛋糕已经不见了。她摸出手机，找到路苔苔的聊天框，泄愤般地快速打字："几盒蛋糕就把你收买了！"

路苔苔："胡说！我才没有。"

张若琳："有电了？"

路苔苔："刚充上，一边吃半熟芝士一边和你聊天呢，甜滋滋，嘻。"

张若琳："万万没想到，我心里最不可能被收买的高段位富婆居然被蛋糕贿赂了！！"

路苔苔："谁说我是被蛋糕收买的？帅哥有求于我，还需要什么美食攻击吗？不！帅哥只要站在那里动动嘴巴就可以！替我告诉帅哥，下次不用这么麻烦的，见外了都，嘻。"

张若琳："嘻个大头鬼！"

车子进入二环以里的街道。见路边红墙无尽，枯树成排，张若琳才问道："去哪儿？"

"先吃饭。"陈逸答道。

车子在胡同里停下，张若琳想，不会又是什么胡同里的四合院私厨吧？她赶忙强调："随便吃吃就好了！"再这样下去她连回请都请不起了。

陈逸转头瞥了一眼紧张兮兮的女孩："下车。"

张若琳打量四周。安静的胡同里一个人影也无。

陈逸见她谨慎的模样，无奈地笑了笑："不会把你卖了，值不了几个钱。"

"你说不值就不值吗，萝卜青菜各有所爱。"

"有道理。"他含笑低声应道，"那你是萝卜还是青菜？"

"现在比较想当萝卜。"

"为什么？"

"刨个坑坐进去，吸收土地精华，便不用这么麻烦吃饭了。"

陈逸难得语塞，率先下车，朝死守在车里的萝卜道："只是在这儿停车。下车，带你吃小吃。"

小吃！这个可以，左不过十块八块，她还是请得起的。

出了胡同，到大马路上，张若琳才知道为什么要去胡同里停车。她看到了路口的指示牌——200米，后海。她没来过，但是知道这里是个景点，这么热闹的节日，必然已经没有停车位。

两人出了大路又进胡同，七拐八拐地顺着人流走，目之所及是一片黑压压的人头。沿街店铺小贩的叫卖声和行人的话语声夹杂着，吵吵嚷嚷，两人并排走着，不多言语。

随着视野变得开阔，耳边的嘈杂声变成了此起彼伏的演奏声，他们进入了酒吧街。虽说人潮涌动，酒吧街的生意却没有想象中好，店门外到处是揽客的店员。

"帅哥，进来听听歌，情人节专场，情侣免除低消，女士送鸡尾酒，进来看看吧！"

"帅哥、美女，咱们店没有低消，还有情人节活动，可以参加抽奖！来我们店吧！"

"我们店送情侣小食拼盘，酒水五折！帅哥进来体验体验吧！"

耳朵充斥着许多声音，张若琳两只手在羽绒服口袋里摩挲着，她就只听见"情侣""情侣""情侣"……她把头埋进围巾里，打算开启人工降噪模式。

于是，闷头走着的张若琳并没有注意到店家伸过来的宣传单快打到脸上了，手臂和肩膀忽然被人抓住，轻轻地一带，背部隔着绵软的羽绒服撞到硬实的胸膛，她下意识回头，抬眼就落入陈逸专注的视线……她怔了几秒。

"多大了，是不是不会看路？"陈逸好看的嘴唇轻启。

人声鼎沸，张若琳压根儿没听清他说了什么，只感觉到他松开自己的肩膀和胳膊，然后把她的手从兜里拽出来握住，又紧了紧，往前带……一连串动作下来，他看都没看她的脸。

陈逸在前面走，张若琳紧紧跟在他身后，两只手牵着，暴露在冷风中。张若琳感受不到一点严寒，只觉得掌心灼热，目之所及是他宽阔的背。他拨开不相关的人，领着她一步一步，仔细而又缓慢地向前。去哪里，她已经无法顾及，只知道跟随，以至进了餐馆还浑然不觉。

餐馆服务员领着二人到二楼雅座，待二人落座后递上菜单，张若琳才后知后觉地问："不是吃小吃吗？"

这家餐厅里是方桌、长条凳，此时她和陈逸坐在相邻的方位，手还牵着，搭在桌角。张若琳如梦初醒，迅速抽回手。

陈逸猝不及防，手心忽然空落，他下意识地皱眉，然后看了眼下巴快藏到围巾里的女孩，嘴角不经意地弯了弯。然后，他若无其事地拿起菜单，扫了眼："这里也有小吃，在这儿吃吧。你这样在外边走，什么时候丢了，我还得去报警。"

"都说了你没有报警权限。"

"这么说你也挺认可你能走丢？"

"……"

"点吧，吃完带你玩点有意思的。"

"什么啊？"

"先吃饭，什么时候该干什么事，顺其自然。"

这话怎么有种一语双关的意味。

张若琳闻言，瞥了瞥右手边的人，他双手交叠放在桌边，好整以暇地看着她。四目相对，她连忙收回视线，拿着菜单煞有其事地上下扫视，胡乱点了几个听起来就正宗的小吃。

陈逸听完服务员复述菜单，挑挑眉："豆汁？"然后又加了几个菜。

张若琳感觉自己点的小吃味道都很不错，尤其是爆肚，她可以再来三大碗。吃多了咸的，这时候上来的豆汁看起来让她很满意。灰绿色豆汤配细咸菜，和她想的不太一样。不过，北方的豆腐脑是咸的，豆汁大概也是咸的，张若琳不觉有他，捧着碗喝了一大口……

陈逸看着她的脸由白转红，眉头紧紧皱着，腮帮子鼓鼓的，显然那口豆汁没吞进去。

如果不是在餐厅里，张若琳真想直接吐出来。这叫豆汁？这真的是豆制品？舌尖是酸酸的味道，鼻子里盈满酸臭味，如何形容？大概是泔水的味道！

眼见陈逸似笑非笑的神情，不一会儿竟似忍不住，抚额转过脸去，显然是在偷笑，张若琳觉得胸腔的气比这酸臭味更甚！负负得正，她好像觉得嘴里的东西没有那么难以忍受了，舌尖反而开始泛起点点甜香。她使劲把那一大口豆汁吞了下去，然后赶忙放下碗，夹起几根咸菜往嘴里塞。

"好喝吗？"陈逸眉眼含笑，淡淡地问。

他显然是知道此豆汁非彼豆浆，所以他就是存心的！张若琳连正眼都不给他，斜睨一眼，说道："不错。"

七分赌气，三分实话。回味起来感觉还挺好喝的，是一种很怪的酸甜味，她想再试试。这次长记性了，她只喝了一点点。是挺香的。

于是，在陈逸不可思议的眼神里，张若琳就着咸菜和烧饼，喝了满满一碗豆汁。

梁子就此结下。

出了餐厅，张若琳没有好脸色，揣着手兀自走着。

过了桥，走到冰场边，她的心情才好些，很有兴致地看着正在冰面上玩耍的人们。

"晚上开的冰场，只有这一个，"陈逸说，"在这儿等着。"

所以他才带她来这边的吗？因为那条朋友圈？

陈逸走到不远处的售票厅前。老板笑眯眯地和他说了什么，然后从桌底下掏出两个盒子。陈逸拆开盒子，转头挥手示意张若琳过去。

张若琳不情不愿迈步走去。

桌上摆着两双崭新的滑冰鞋，一粉一蓝，一样的款式。

陈逸拿起那双粉的递给她。

"我不会……"张若琳虽然对滑冰感兴趣，但是完全不会，滑冰看起来比溜旱冰专业多了。

"我教你。"

进了冰场，陈逸低头给张若琳整理鞋，张若琳看着他漂亮的脑袋，有点慌："我自己来。"

陈逸不造作、扭捏："行，你再调一调。"

事实上他调得松紧度正合适，张若琳装模作样地摆弄了会儿，倏地就像平常一样径直站了起来，没有意识到一时半会儿她掌握不了平衡。

"欸欸欸……啊！"伴随着她的惊呼声，她向前跌倒，正好扑倒她正对面仍旧保持半蹲姿势的陈逸……虽然两人都穿得不薄，但这结实的一摔还是让陈逸发出一声闷哼。

张若琳呆住了，此时的她正像一只乌龟一样趴在陈逸身上，所幸两人刚才隔着一点距离，她没有直直地撞到他的脑袋，只是靠着他的胸口。隔着厚实的衣服，她都能听到他结实有力的心跳声，她还能感觉到自己的脸非常不合时宜地红透了，耳朵热得像起了冻疮。

张若琳正不知所措时，听到身下的陈逸轻笑出声，伴随着被抑制的咳嗽声："还想赖着不起来？臭死了，喝的什么东西？"语气中透着讥笑的意味。

张若琳顿时不觉得尴尬了，只想起他明知豆汁臭还不告诉她，就想看她出丑，她就气不打一处来。于是，她仰头对着他的方向呼呼吹气。

"臭死你，呼——让你不告诉我，呼——"

见陈逸果然抬手捂住了鼻子，她越发得意，变本加厉。

"臭不臭？呼——呼——"

陈逸满脑黑线，心想，怎么没发现她这么皮？他微微抬起头，看见张若琳红扑扑的双颊，粉唇轻轻嘟着，呼呼往他脸上吹气。不算好闻的气息拂过他的眉眼，他的眼睫轻颤。

"反正我不觉得臭了，呼——呼——有种你别躲，呼——呼——"

"别闹。"陈逸的声音沉得吓人。

感觉自己反将一军且十分得意的张若琳并未察觉到什么，甚至往上蹭了蹭，也没感觉到身下的人身子一僵。她离得更近了："是不是可香了？呼——呼——呼——你闻闻嘛，呼——呼——呼——嗯……"

张若琳的"呼呼"止住了，她只觉天旋地转，从他身上滚落，随即被一具躯体压住，嘴唇被封住。她双眼呆怔，眼前是陈逸因为离得过近而虚化的额发……嘴唇紧贴着冰凉的东西，软得不可思议……她连呼吸都不会了。风声凛冽，人声鼎沸，但她心跳如雷。

良久，张若琳感觉陈逸的气息缓缓抽离，他俊逸的脸出现在上方，在夜空下勾出属于他的轮廓。他微红的唇轻启，沉厚的声音传来："我想慢慢来的，是你不守规矩。"

chapter 11
归属感

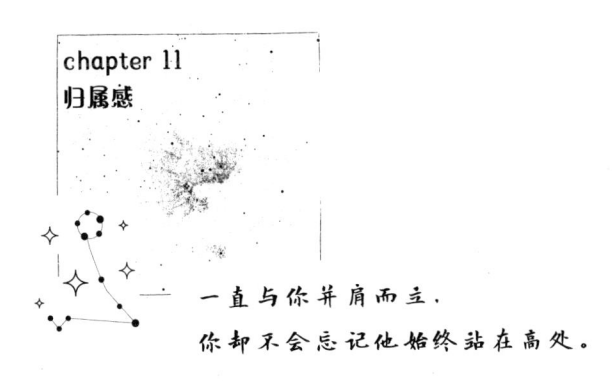

一直与你并肩而立，
你却不会忘记他始终站在高处。

"所以，你的初吻是豆汁味的？陈逸这么重口，这都亲得下去？！太厉害了，冰面接吻，你俩都不是一般人！啊啊啊啊，可是说好了一起单身，你怎么偷偷脱单？！不！！！"

电话那头，向来文静的陆灼灼高声惊呼。

电话这头，张若琳双颊通红。

冰面接吻，这是什么画面感十足的总结陈词！张若琳又忍不住，回想当时的画面。这两日所有画面无数次地在她脑海里放映，她想起柔软的触感、低沉的声音……还有他亲吻她时飘飞的额发，近与远、动与静，与遥远而空洞的穹顶形成鲜明对比，构成了她感官失灵时眼眸里唯一入画的风景。张若琳觉得，她这辈子都不会忘记那天的夜色。可……

"我也不知道这算不算脱单啊……"她喃喃道。

陆灼灼讶然："这是什么意思啊？亲完了，后来呢？"

后来……

后来陈逸教她滑冰，但她整个人都糊涂着，哪里在认真学，摔了几回就放弃了。于是，陈逸租了雪地车，两个人百无聊赖骑着雪地车，有一搭没一搭地说话。再后来，陈逸把她送回宿舍，临走前揉她的脑袋，把她的头发弄得乱七八糟。

在张若琳的记忆里，除了那个吻，关于那个晚上的所有记忆都像点了快进键，破碎又模糊。她三两句话就把"后来"说完了。

陆灼灼疑惑："你们都那样了，什么都没聊吗，就这样？"

"嗯。"

"如果不是陈逸这种级别的妖孽，我都要感觉他是在吊着你玩了。"

张若琳忽然清醒道："人品和外形又不一定成正比，当然，我不是指他。"

"我感觉他不屑做那些。"

"你又不认识他。"

"直觉吧。"陆灼灼顿了顿，又说，"可是，那个什么安荷又是怎么回事？"

"不知道。"张若琳下意识回答。

其实除夕夜他们视频的时候，镜头转动的时候，她看到言安荷了。他和好友们在一起，还同她视频。那时候她就已经感觉言安荷与陈逸的关系不是她之前想的那样。可究竟是怎样，她确实不知道。她忽然想起第一次见陈逸和言安荷的时候，他们还穿着情侣装。是分开了吗，还是一直朋友以上、恋人未满？

"不是吧，你什么都不知道就痛失清白了？"陆灼灼的语气开始由喜转忧。

她哪里来得及反应？张若琳无力反驳，失了声。

陆灼灼感叹道："你没救了。"

路苔苔倒是显得平静很多。张若琳想，她八成是怕被秋后算账，所以如此安静。

张若琳的猜想十分正确，因为孙晓菲返校那一天，等到盟友的路苔苔终于露出了八卦的爪牙。

三人约在校门口的烤鱼店吃饭。张若琳因为交接房产中介那边的工作而姗姗来迟。

鱼已经上桌，铁盘里红油咕嘟咕嘟地冒热气，但没有一个人下筷子，因为嘴巴很忙。然而对话不是从逼供开始的，路苔苔和孙晓菲都知道张若琳的脾性，她们越问，她越支支吾吾，索性她们两个自嗨。

路苔苔眉飞色舞道："晓菲，你不知道当时的画面。这两人身形绝配，四条大长腿往我跟前一站！如果我手机有电拍下照片，绝对能去帅哥站姐那里换半年奶茶！无语了，怎么会有人披个衣服这么暖！"

张若琳："……"

孙晓菲双手捧脸："你的手机也太不争气了！我也想看！"

路苔苔道："喂，你有你家二十四孝好男友了！"

孙晓菲并不理会，兀自遥想："最后一次见大帅哥还是上学期末。帅哥美女的出现真的是女娲对这个世界最大的仁慈，让凡人们得以看看神迹。"

张若琳道："你也是美女。"

孙晓菲感慨："不，不能比。"

路苔苔道："这个神迹现在就要被你的室友拿下了。没想到，有一天我们也可以享受'一人得道，鸡犬升天'的待遇。"

孙晓菲道："虽然……但是……这个'鸡犬'我就不认领了。"

路苔苔摇摇头，一副"你不懂"的神情："如果你吃过帅哥投喂的半熟芝士、坐过帅哥的大牛，你一定不会说出这种自以为是的话！"

"呜呜呜，来迟了！"

"你知道他当时是怎么求我的吗？"

孙晓菲一副"你做梦"的表情。

"你别翻白眼！是真的！求我！"路苔苔的声音忽然拔高，"他恭恭敬敬地把我送到楼下，帮我提行李箱，跟我说，如果蛋糕不够，可以随便叫外卖，他——报——销！他是怎么看出来我那一刻只想在宿舍里点上一桌美食用脑洞支持他们的呢？"

张若琳坐在对面，彻底无语了。那两个人的对话内容可能是事实，但"恭恭敬敬"属实不存在。不知道是不是她过于敏感，总觉得周围的食客在打量她们。

"你说得太夸张了，"张若琳终于出言打断，"停止你的发散性表演。"

路苔苔和孙晓菲双双盯着她，神同步地挑挑眉，那神情像在说："开始你的表演。"

张若琳来之前就已经准备好了说辞，一点也不怵，她清了清嗓子，才郑重其事地说："我和他目前不是你们想的那种关系。"

孙晓菲："目前不是，以后呢？"

路苔苔："暧昧期最美好了，不急不急，你们情人节都去干吗了？"

张若琳:"就吃饭,逛了逛,滑冰——"

"滑冰!"路苔苔露出星星眼,"手牵手翩翩起舞那种吗?"

张若琳:"……你好土,两只蝴蝶吗?"

孙晓菲:"只有我好奇你们到底是怎么……勾搭上的吗?"

路苔苔:"若琳不是帅哥表弟的家教吗?"

孙晓菲:"哦,是,所以你们是上课上着上着就天雷勾地火了?"

这下不仅是张若琳,连路苔苔都默了,两个单身姑娘对"有夫之妇"的虎狼之词瞠目结舌,随之而来的画面感更是让张若琳当即红了脸。

孙晓菲自然没有错过张若琳的神情变化,更确定了自己的猜想,感叹道:"果然,看起来越禁欲越不屑的人,越容易沉沦于这种只可意会的场景……"

张若琳:"……"

路苔苔:"……"

与她们三个隔着一道半人高的墙正在和女生约会的万峰:"……"

虽然隔壁的三个女生没有提到男主人公的名字,他还是能从话语间准确判断出他们说的是最近在宿舍群里神经兮兮的某人。

陈逸以往很少在宿舍群说话,在开学前这几天忽然变得很积极。

万峰打开宿舍群聊天框,往上翻了翻,还能看到陈逸最近的迷惑性发言。

2月14日,17:20。

。:"@小胖 你那条海苔喜欢吃什么?"

小胖:"什么海苔?"

小胖:"路苔苔吗?"

。:"喜欢蛋糕吗?"

小胖:"你问这个干什么?"

。:"抢人,找点贿银。"

接下来,这两个人应该是去私聊了,没有后续。

2月14日,18:37。

。:"@万峰 晚上有冰场开门吗?"

万峰:"有啊,后海啊。"

万峰："你要去吗,我也正想去,你回来了?"

。:"回了,有老板的联系方式吗?"

万峰是地道的北京人,又好玩儿,精通各种门道。他迅速发了联系方式过去。

万峰："我带你去啊?"

。:"不用。"

万峰："那你和谁去?"

陈逸没动静了,反而是小胖冒出了头。

小胖："@万峰 也不看看什么日子,搁这儿自讨没趣。"

万峰只当陈逸是和那个小明星女朋友约会,扔了个笑嘻嘻的表情包,赶紧退下。

现在是什么情况?陈逸和张若琳?他在群聊天框里疯狂打字,想了想又删掉,打开与陈逸的私聊界面。

陈逸这几天陪项凌在隔壁市出差。今年项凌会参加一项设计类比赛,招揽陈逸给他打下手,刚开年就参加了两次论坛。

收到万峰私信的时候,陈逸正在参加论坛午宴。

万峰："明天开学了都,人呢?"

。:"晚上回。"

万峰："回宿舍吗?"

。:"有事?"

万峰："有点关于角色扮演的事咨询一下。"

陈逸轻轻地皱眉,甚至有点嫌弃地把手机拿远了点,换作别人,他可能要打个问号问问是什么事,而万峰这人满脑子黄色废料。

。:"开学都换两个电脑了,对病毒有点敬畏吧。"

万峰："信了你的邪,你猜,我吃饭碰见谁了?"

陈逸懒得再应付,把手机放到一边,万峰执着地自言自语。

万峰："隔着一堵墙把你追女孩的拙劣手段听了个全。"

万峰："还开你宝贝出来泡妞。"

万峰："原来你喜欢家庭女教师这一款?"

万峰："看不出来啊，兄弟。"

什么东西？

。："有屁快放。"

万峰："怎么又成这副样子了，情人节要教女朋友滑冰的时候才想起我？"

万峰："张若琳和她的室友正在我的隔壁桌疯狂披露你的兽行。"

陈逸微眯着眼，复又拿起手机。

。："？"

万峰："气氛逐渐变得缺德.jpg。"

万峰："你和张若琳在一起了？"

。："怎么？"

万峰摸不准他们是在一起了还是没有，以他的经验判断，陈逸八成是没成功。

万峰："人家可是矢口否认，说你们没有什么关系，你这节奏有点不行啊！"

万峰："晚上回宿舍给你参谋参谋啊？"

扒陈逸的隐私可不容易，万峰怎么会错过这个千载难逢的好机会？

。："她说什么了？"

哈！果然！万峰兴高采烈，把张若琳的话原封不动地搬过来："我和他目前不是你们想的那种关系，就吃饭，逛了逛，滑冰。"

万峰："哇哦，一顿操作猛如虎，一看战绩，连手都没碰着？"

陈逸压根儿没留意万峰幸灾乐祸的言辞，眼睛盯着那句"就吃饭，逛了逛，滑冰"，忽然哂笑一声，下颌线紧了紧，心想，女人真的容易失忆。

★ ★ ★

午饭结束后，三个女孩去逛超市，开学了，总要购置些物品。

路苔苔和孙晓菲的东西本就不少，放假时宿舍只有张若琳在，没订水，于是她们买了两桶水应急。这两桶水自然落在什么都没买的张若琳手里，说沉不沉，说轻……主要还是勒手。

三人刚出超市就遇上了樊星烁，他见这情况，绅士地上前帮忙。

"不用了，学长，两步路就到了。"张若琳婉拒。

孙晓菲巴不得有免费的苦力，便抬了抬下巴，叫苦："何止两步，我的宝！"

樊星烁把自行车停在一边，接过张若琳手里的桶装水："我也要往那边走，别客气。"

张若琳却之不恭，手空下来，说："那你的车……我给你推着吧。"

于是，四人并排走着，张若琳在最外边推着车。偶有轿车驶过，一排站不开，自然变成路苔苔、孙晓菲在前，张若琳和樊星烁在后。

眼见路苔苔和孙晓菲隔着巨大的购物袋窃窃私语，张若琳就知这两人在憋坏。

果然，孙晓菲忽然转头道："学长，你和我们若琳是老乡啊？"

樊星烁点点头："是啊，一个高中的。"

"那认识若琳很久了啊。"

"那倒没有，"樊星烁斟酌说辞，"不是一个年级，高中只知道埋头读书，不太认识同班以外的人。"

"那真有缘，大学认识了。"

张若琳都被孙晓菲的话尴尬住了，心想，是不是美女说话都不讲逻辑。

可樊星烁不觉有他，礼貌道："是啊。"

"学长是哪个学院的啊？"

"土建的。"

"哇，也是土建的！"路苔苔的声音小，调却不低。

孙晓菲又说："你们学院帅哥那么多，给我们若琳介绍一个呗！"

樊星烁眼底闪过一丝惊讶，又转为欢喜，他似有些不好意思道："若琳这么优秀，这种问题不需要操心吧？"

张若琳和路苔苔顿时都看不懂孙晓菲的路数了，半个小时前在餐馆里振臂高呼，要求张若琳哪怕剥掉一层皮也要拿下陈逸的女人怎么忽然转向了？

片刻过后，孙晓菲苦言："就是太优秀了，年级第一，甩第二名一大截，怕她在我们学院没有人敢追呢。"

"孙晓菲！"张若琳怒喝："师兄，我室友开玩笑的。"

"若琳上学期考了第一啊，真厉害。"樊星烁由衷地夸奖。

"我们学院人少。"

"太谦虚了，一起复习的，我不过在二十名左右。"

张若琳还没想好说点什么，就听孙晓菲夸张地"哇"了一声，然后说："你们一个年级五六百人吧？"

"学院里有近两千人，我们系没那么多，具体多少我也不太清楚。"

"很厉害很厉害。"孙晓菲赞叹道。

回到宿舍，张若琳还没说话，路苔苔忙开口道："菲菲，你在唱哪出？我告诉你，我誓死支持逸琳这对的，你这样是想和我搞对家吗？"

"逸琳"？张若琳沉默了。

孙晓菲放下一堆购物袋，往脸边扇风，睨一眼路苔苔："你不懂了吧，知不知道什么叫竞争产生危机感、危机感产生冲动？"

路苔苔被问蒙了。

"就知道你不懂。总之，你看吧，我是给你的逸琳加助燃剂！"

"你别乱来啊……"路苔苔的声音弱弱的。

而作为她们嘴里的主人公之一，张若琳只感觉交友不慎！

当天晚上，张若琳忽然收到了樊星烁的消息，他问她要不要去看辩论队的招新表演赛，他让队里留前排的票。

Q大辩论队名声在外，每年的招新表演赛因为辩题新颖，还会请一些明星辩手当评委，因而广受关注，连许多兄弟高校都会派代表来看。这个表演赛的票在校内也是一票难求，基本都是辩论队内部消化。

张若琳："师兄，你有票？"

樊星烁："你忘了我是干吗的？"

他是校学生会社团部的，管理社团，也给社团对接校方的赞助和场地审批。他有票确实正常。

张若琳："你怎么知道我想去呀？"

樊星烁："看到你假期在图书馆借了不少辩论类的书。"

张若琳忽然有点惊奇，这个师兄未免有些"神通广大"，似乎在这个学校里没有他触及不到的人际和领域。

机会难得,只犹豫半刻,张若琳便应了下来。她想了想,还是跟室友们通报了一声。

孙晓菲敷着面膜,模模糊糊地开口:"看到没看到没?我就知道这个学长对你有意思!"

"你怎么得出结论的?"张若琳真心求教,因为她感觉自己与樊星烁一直是比较正常的交流。

孙晓菲揭下面膜,对着镜子拍了拍脸:"等你被表白多了你就知道了,男孩子喜欢你的时候什么样,一目了然。"

张若琳:"……"

路苔苔:"……"

"那……我还要不要去?这样是不是不好?"

"有什么不好的?你又不是去约会,退一万步说,你现在单身,干什么不行?要提高自己的姿态,宝贝!"

张若琳语塞,犹豫着要不要告诉她们她实际上已经"不清白"了。

"该去去。这年头暧昧期谁认真谁是傻子,谁让帅哥不积极呢?就是得让他看看我们的广阔市场,吓吓他!"

这下连路苔苔也附和道:"对!吓死他!"

陈逸不积极?确实。即便是张若琳这种在谈恋爱方面完全没有经验的人也知道男生追女孩的时候最积极,之后热情消退,积极性递减。他好像并没有什么表示,没有明确的话语,也没有明确的行动,一副胜券在握的样子。又或许,他根本就没有那个意思?张若琳甩了甩脑袋,还是背单词清静。

临入睡时,张若琳沉寂已久的手机铃响起,她看到屏幕上跳动的两个字,顿了顿。

见她捧着手机发呆,孙晓菲悄悄凑过来,看见来电姓名:"是陈逸。接,接呀!"眼神贼兮兮的。

张若琳用唇语低声说:"不知道说什么……"说完,她才意识到电话还没接通,陈逸压根儿听不到,她细声细气干什么?于是她又用正常声音道:"不是很想接。"

而话刚出口,她的眼角余光就看到孙晓菲的手滑开接听键并且按了免提。

张若琳:"……"

孙晓菲也难得蒙了,对室友间的默契度表示失望。

二人完全不知道电话那边有没有听进去。

孙晓菲挤眉弄眼,用唇语说:"别尿!"

过了好几秒,电话那边一直没有说话。宿舍里三个人面面相觑。

突然,电话那头传来男生的一声轻笑:"怎么了?"声音清浅,有种诱哄问询的意味。

孙晓菲抿着嘴挑着眉,嘴角快要翘到耳际了。

张若琳睨一眼她,只好回道:"没怎么。"

"不想接谁的电话?"陈逸的心情好像并没有因此受到影响,"我的?"

张若琳沉默,不知道该回什么。

"那就不接。"陈逸的声音还是淡淡的。

围观的两个人面面相觑。玩大发了?帅哥那么小气?亏她们刚刚还在为他每一个上扬的尾音无声尖叫。

"见面就行。"

话音落下,宿舍里静得出奇。张若琳咬着下嘴唇,"啊?"了一声。而她身边的两位女士双双握手,甚至轻跺着脚一副深表支持的样子。张若琳忽然意识到陈逸并不知道她这边开了免提,她不知他还会说出什么,赶紧摁掉免提,拿起手机贴近耳郭。

接着,旁边的两位只能听到张若琳故作平静的声音。

"啊?很晚了……我这儿吗……哦。"

然后,她们两个看见张若琳穿着拖鞋出去了。

这个时间点,女生宿舍楼下被称为情侣对对碰现场完全不为过。以往张若琳自习回来时总是目不斜视,径直走过,偶尔撞上几对情侣亲热,甚至有些大胆的仗着站在树荫下动手动脚……所以张若琳打算"速战速决"。

陈逸在电话里说,他去邻市出差,别人送了些特产,左右他不爱吃,

214

让她拿回宿舍分分。"奶不兮兮的东西"，是他的原话，带着极嫌弃的语气。

今天楼前的人格外多，刚开学，众情侣久别重逢，自是难舍难分。

陈逸大刺刺地站在楼门口的奶茶店窗边，在众情侣中孑然独立，吸引了来往行人的视线。

张若琳探出头，又缩了回去，在电话里说："你放那儿就行。"

陈逸的声音不耐烦："干什么，特务接头？"

"你这样明天你就绯闻满天飞！"她捂着话筒低声道。

"传一传也好，省事。"

"啊？"

"免得有人总是失忆。"

"……"

"出去走走？"他换了轻松的语气。

张若琳摇摇头："不了不了，我穿着拖鞋。"她从窗里看到他眉头微蹙，忽然意识到什么似的视线往这边一扫……他看见她了。

"都下来了，出来，几天没见了。"

陈逸的语气平淡，张若琳却莫名觉得耳根一热，透过落灰的窗户，四目相对，她的视线撞进他浅笑的黑眸。

张若琳收起手机，磨磨叽叽地打开宿舍大门，下台阶。她刚走下两级台阶，就见陈逸拾级而上，已经到了她跟前。

隔着一级阶梯，她和他一样高。

"挺冷的，就别跑了。"他的声音传来，声音很低，凑近了像是窃窃私语，"故意穿拖鞋来的？"

张若琳眼角余光瞥见周围人的视线，学他的样子选择无视，也放低声音说："是你说拿东西的……"她不知道，她的声音小，又低着头，这副模样分明就是撒娇似的责怪。

陈逸的嘴角不经意地弯了弯。她这一低头距离他更近了些，刚清洗过的头发清爽、蓬松，他忍不住伸手揉了揉。手指下的触感细密、柔顺，忽然，手被她打掉，她嗔道："喂！你别搞油我的头发，刚洗的！"

张若琳心里好气，他那么喜欢揉头发自己续去。她的头皮遇冷风就紧绷，每次被揉头发，她的脑袋又刺又痒，她忍不住抱怨："很容易打结的，很难洗,知不知道?!"

陈逸不动她了,刚被打掉的那只手抬着,他投降一般点点头,一副好脾气的样子。

这样一来,张若琳反而觉得自己小题大做了,很不好意思地看向他,转移话题道:"你带什么给我?我要上去了。"

陈逸把一个纸盒子递给她。

盒子是木质的,包装古色古香,上头刻印着"奶酥"两个字。

"那……谢谢啦。"张若琳不知道还要说什么,气氛略显尴尬,走为上策,"那我先上去了。"

"等等,"陈逸叫住她,"周三晚上一起吃饭?"

周三……

"不行,周三晚上我要去看辩论赛。"

陈逸闻言,脸色瞬间从春风和煦变成"你在说什么鬼话,有本事再说一遍?当然,收回去更好"的完美默片表演。

在他沉默的几秒间,周围已经好几拨人上上下下台阶了,不知道从哪里冒出那么多人。

正当张若琳抱着那个木质盒子不知如何应对时,面前的默片演员出声了:"你就打算这样过你的生日,张若琳?"

★ ★ ★

生日。

十岁以后,张若琳就再没过过生日,时间长了,这个日子在她看来已经变得稀松平常。在她的认知里,过生日已经是一件奢侈的事。

刚到滇市那一年,外婆给她过生日,她老人家买了个小蛋糕,还做抄手给她吃。

那一年,父亲身陷囹圄,孤零零的她来到陌生的城市,和几乎陌生的亲人生活在一起。在学校里,她听不懂同学们说的方言,老师也不会迁就她一人而改说普通话,她的成绩一落千丈,对一向成绩优异、性格骄傲的她来说是不小的打击。

没有父母，没有朋友，同学不亲，老师不爱，吃不惯睡不好，十岁的女孩几乎看不到一点光彩，直到看到那个小蛋糕。

玫红色的小塑料篮子装着，奶油上裱着几朵小红花，上边挂着一道小小的彩虹。

外婆捧着它，笑起来脸上满是沟壑，用蹩脚的普通话哄着她："蛋糕，吃吧，很好吃的。"

张若琳做了十年的小公主，以往每一年生日，虽然没有妈妈给她操持，但因着父亲得脸，大院里其他叔叔阿姨都会给她买东西，蛋糕堆满餐桌。她认识的小朋友都会来她家一起吃蛋糕，还给她带本子、发卡之类的生日礼物。陈妈妈还会给她买小裙子。所以，即便大街小巷都有卖这种塑料篮子装的小蛋糕，她也从未吃过。

她就着外婆的手吃了一口。奶油太甜，香味也不对，还没有蜡烛。她用手一推，转过脸去，无论外婆如何言说，她都不再吃了。她的眼角余光瞥见外婆低下了头，站了一会儿，叹了口气，离开了。

窗外有小朋友在玩踩格子游戏。不一会儿，小朋友们就吵吵嚷嚷闹起来，有小朋友哭了。很快，几个家长来了，把自家孩子拉到一旁教育。再过一会儿，大人之间和解了，小孩子你瞪我我瞪你，丝毫不退让。

以往在大院里，她几乎从不与别人争吵。院里的孩子不管分了几派，都和她玩得很好，别人吵架时，她就是主持大局的那一个。

她从未想过有一天她会羡慕别人，羡慕他们有伙伴一起玩耍，羡慕他们有家长主持公道。

她曾经那么受欢迎。

想到这里，她看了眼正在厨房里忙碌的外婆，便偷跑出门，来到院子里。

原来在玩格子游戏的小朋友们因为吵架，变成了三缺一，于是欣然接受她的加入。可大家玩着玩着，谁也不愿意和她一队，因为她听不懂滇市方言，指挥不动。她被踢出队伍，抱着腿坐在边上，脑袋支在膝盖上，呆呆地看别人玩，看着看着就泪流满面。

外婆出来寻她，看到的就是她默默流泪的样子，以为几个孩子欺负了她，赶忙上前呵斥。那几个小孩不干了，跑去叫来家长。

那些家长例行公事般问了自家小孩几句，又教育了几句，然后便对外婆道："今天你在我那儿赊账买的蛋糕，你用米来换吧，这点小钱我怕过几天就忘记了。"

外婆的脸色顿时不太好，眼神也从护犊子变成了犹豫、妥协。那是一种骤然卑微的情绪。

那时候的张若琳不明白那是什么样的转变，她只是感觉很不舒服。很多方言，她都没有听懂，可偏偏"赊账""蛋糕"这两个词，滇市的发音和巫市的如出一辙，她听懂了。

回到家，外婆端来一碗馄饨，清白汤底上飘着点点绿葱，对她说，这是照着巫市的抄手做的。

张若琳接过碗，一点点把整碗馄饨纳入小小的肚子里，连汤都没剩。她没告诉外婆抄手要配红油，也没说抄手的个头更大。她只是默默吃完，又问外婆："还有蛋糕吗？"

外婆喜出望外，赶忙从网屉里取出来，小心翼翼地捧着。

她吃一口，舀一勺递到外婆嘴边："外婆也吃。"

"外婆不吃，你吃。"

"外婆吃。"

"好，好，外婆也吃。"

她自己给自己唱生日歌，笑眯眯地在外婆脸上亲了一口。

从那一天起，年幼的她学会了要照顾大人的情绪。

"我不过生日。"张若琳淡淡地开口，对着陈逸扯出一个笑容，然后转身离开，甚至忘了思考他为什么知道自己的生日。

19号楼，某宿舍。

万峰绘声绘色地描述白天的见闻。然后，他感慨道："为什么是张若琳呢？"

"不挺好的吗？"小胖咬着苹果，接茬儿。

杜弘毅也点头："很好啊。"

"是还不错，人看着温温柔柔的……"万峰仔细回忆了一下，实在觉得这个女孩没有太多记忆点，"就是和陈逸比，不知道怎么形容。"

杜弘毅饶有兴致地问："那你觉得，和陈逸比，什么样的才行？"

万峰很仔细地想了想，摇摇头："不知道，我跟你们说，以前陈逸和那个小明星在一块儿，其实我没好意思说，我也没觉得很般配。"

　　大家很默契地认可陈逸，平日里嘻嘻哈哈的，内心里却对陈逸莫名地推崇。有些人就是这样，一直与你并肩而立，你却不会忘记他始终站在高处，他未做高姿态，却卓然于众。

　　小胖也好奇道："那得怎样的才行？"

　　"凭空想怎么想得出来啊？如果是那些个美女，我觉得很正常，不就是男欢女爱嘛，但是对方是张若琳，我觉得哥们儿有点危险。"

　　平时万峰说一些恋爱大道理的时候，小胖总是阴阳怪气地撑他几句，这会儿竟若有所思地点点头。

　　万峰转念又道："她们宿舍很漂亮的那个女生是个人才啊！"然后他捏着嗓子学道，"所以你们是上课上着上着就天雷勾地火了？"

　　"原来人不可貌相，越禁欲的人越沉迷于这种只可意会的场景！哈哈哈哈，绝了，'只可意会的场景'，我的硬盘都快装不下了，哈哈哈哈哈！"

　　他说得起劲，丝毫未觉身后虚掩的门已经被打开，一道颀长的身影出现在门口，抱着手臂倚在门边看着屋里。

　　小胖和杜弘毅一坐一立，都是眼神呆愣，万峰以为他们两个被他所述的内容惊到，说得更起劲了："后来我问陈逸了，他说连手都没碰着。看吧，多受欢迎的人，在谈恋爱这种事情上，该蠢还是蠢，还没开窍呢！他说了，今晚回来跟我取经！"

　　小胖悠悠道："他真这么说？"看热闹不嫌事大。

　　"当然了，他得回来拜师呢。"万峰说着，身子微微转了转，这一转，他便停住不动了。

　　"我还说什么了？"陈逸往里走，把手机往桌上一撂，"编出来让我学学。"

　　万峰嬉皮笑脸地凑过去："回来也不说一声，走路也没声，你是鬼吗？"

　　"是你爸爸。"陈逸淡淡道。

　　"你这态度还要不要取经了？"

　　"跟你取经恐怕真得上西天。"陈逸毫不客气，刻薄道。

　　万峰抓住重点："那就是承认还没成功咯？"

"你用你100分的数学逻辑推理出来的？"

万峰："……"他高考数学100分，家里以为他考了满分，奖励他一台"外星人"，在知道满分是150分以后又收了回去，这件事在宿舍里是经久不衰的话题。

万峰翻了翻白眼，忍了忍，继续八卦道："你真的在追张若琳啊？"

陈逸一边收拾被霸占了许久且乱七八糟的桌面，一边轻轻地点头："嗯。"

"你喜欢这种小清新温柔的啊？"

温柔？她伪装得够好的。陈逸轻呵一声。

"为什么是她啊？"万峰没忍住。

小胖和杜弘毅都替万峰捏一把汗，今天的万峰简直就是在陈逸的雷点上跳舞。

陈逸很好相处，平时没什么龟毛的事，处事知世故又不装清高，该开玩笑开玩笑，该大方大方。但他很烦别人聊特别私密的事，尤其是情感剖析、心灵解密，大概觉得矫情。

陈逸瞥一眼万峰，平静地回答："归属感。"

"啊？"三人都蒙了。

陈逸难得耐心，自言自语般重复道："因为归属感。"

中文翻译中文，有什么区别？三个汉子面面相觑。

陈逸不再理会，忽然转身问杜弘毅："你们辩论队最近有比赛？"

杜弘毅有点愣怔："啊，是有，招新表演赛。"

"你有没有票？"

"没有。我们队里的不用票，有座。我以为你们不感兴趣就没领，你要去的话，我去问问。"

"好，你问问。"

周三一放学，张若琳就去活动中心找樊星烁取票。樊星烁被社团部派来帮忙，一下午都在会场里，这时候饿得前胸贴后背。两人便一道去食堂吃饭。

每次活动中心办活动，三楼的食堂就人满为患。

樊星烁让张若琳先去找座位，他去打饭。张若琳也认为这是眼下效率最高的办法,于是两人分头行动。

面对面的座位找不着了,她只在角落找到一个横排的二人座。

张若琳坐了半晌,樊星烁才端着餐盘过来,抱歉道:"其他的都太难排了,只有这个快,你爱吃吗?不行我再去换。"

是麻辣香锅,这是自助选菜,确实会快一些。只是两个人同吃一锅,多少有点……亲昵。

张若琳愣怔时,樊星烁又拿来两个小碗,有点不好意思地看着她:"这样行吗?"

张若琳哪里还好意思拒绝,接过碗,微微笑道:"没事的,师兄,快吃吧,还有半小时就要入场了。"

陈逸几人下午课少,老早就过来吃饭,等吃完才发现不知道什么时候食堂里人满为患,出去都得人挤人。

可就是在这个座无虚席的嘈杂环境,陈逸的耳朵捕捉到了一道熟悉的声音。

"师兄,你吃肉啊,别都让我吃了。"

女孩的声音甜甜软软,与昨晚淡漠说"我不过生日"的时候截然不同。

陈逸循着声音看过去,目光瞬时锐利而深沉。

小胖三人见他在前面堵着路不走,也顺着他的视线看去。

"嚯!"万峰叹道。

不远处,昨晚陈逸口中那个归属感女孩正坐在别的男生身边言笑晏晏,分食一盘餐食。

"这个归属感好像不是双箭头啊!"万峰找死一般嘀咕道。

✦ ✦ ✦

张若琳几乎是在开场前一秒检票落座的。樊星烁拿到的票很靠前,且在正中的位置,视线毫无遮挡。

舞台上只摆了主席台和双方辩手所用的长条桌,因为是表演赛,场面没有那么庄严、肃穆,每个辩手的话筒上都绑着一朵玫瑰花。

看到节目单,张若琳了然,第一个辩题是"爱情之美在于瞬间/永恒"。

她简短地思考了一下，第一反应是永恒。如果一段爱情连天长地久都做不到，与始乱终弃何异，何来的美？

樊星烁也在看着节目单，笑道："原来打辩论还讨论这类问题啊。"

"只有表演赛会辩一些趣味性题目，正规赛一般不会的。"张若琳接话。

"那正规赛一般都辩些什么呢？"

张若琳想了想，说："一般来说，分道理性辩题和时策性辩题。"

"这两类有什么差别？"

"道理性辩题大多都是哲学、思维上的辩论，比如人性本恶还是人性本善，比较抽象；时策性辩题有政策类和时事类，论题就很广了，生活中的一些矛盾问题都可以拿来辩，比如北京轨道交通应不应该涨价……"

张若琳滔滔不绝，樊星烁眉眼含笑，静静地看着她，觉得这样的她很生动。

"你对辩论那么了解啊？"

张若琳也没意识到自己聊起来没完没了，尴尬地笑笑："只是理论上的一些东西，实战还不会。"

"谁一来就会啊，你这样入门算是很厉害了。"

张若琳没话接。其实理论和实战真的相隔十万八千里。

正当她不知道怎么聊下去时，主持人上台致开场白，紧接着就是惯例，团委领导讲话，辩论队指导员讲话，辩论队队长讲话。

辩论队队长马国阳是个个子不算高的男生，皮肤黝黑，其貌不扬，可一说话就气场强大。

樊星烁赞叹道："人不可貌相啊。"

张若琳赞同地点点头，她之所以被辩论赛吸引，起因是那一晚和辩论队队员们偶遇吃的一顿涮串，她感觉他们每个人都生机勃勃。真正喜欢上辩论，是在看了许多比赛视频之后。那些优秀的辩手逻辑清晰、口若悬河的模样在她脑海里挥之不去。她好像找到了自己向往的模样。

台上马国阳的发言进入尾声："加入辩论队，改变的不仅仅是你的大学生涯，也许还会影响你的一生。Q大辩论队一直有这样一句话：'辩论是一张纸，辩论队是一辈子。'Q大辩论队，期待你的加入！"

掌声雷动，经久不息。一直到表演赛的主席登台，台下仍然有稀稀拉拉的掌声。

　　表演赛第一轮开始。
　　正方：爱情之美在于瞬间。
　　反方：爱情之美在于永恒。
　　张若琳听得很认真。
　　正方的论点大概是，瞬间的爱情才是真正的喜欢，惊鸿一瞥，怦然心动，瞬间的电光石火是真正震慑心灵的美，而日久生情的爱情不过是友情和亲情的变种。
　　反方的论点和张若琳最初的看法如出一辙：瞬间心动不过是原始反应，真正能够经得住岁月考验的情感才最美好。
　　攻辩阶段，正方举了《泰坦尼克号》里男女主人公的例子，相比漫长人生而言，他们只拥有短短一个航程的爱情，但是足够惊艳世界。反方则构筑了一个美好的画面：老爷爷老太太垂垂老矣，仍然手牵着手散步、买菜、打太极，这何尝不羡杀旁人？永恒因为稀少而格外美丽。
　　听到这段，张若琳已经不知道自己的观点是什么了，思路完全被带着走。
　　樊星烁也饶有兴致，问道："你觉得谁说得对？"
　　张若琳侧着身子低声道："辩论有胜负，但是没有对错，各有各的道理。"
　　就因为这段简短的对话，她错过了反方的结辩发言。此时正轮到正方结辩，只见正方四辩把话筒上的玫瑰花摘下来，缓缓向对面反方的二辩走去。他的总结陈词只有几句话："'人生若只如初见，何事秋风悲画扇。等闲变却故人心，却道故人心易变。'强求永恒只会踟蹰不前，前路殊难预料，没有人能拥有时光机，没有人能够保证这一生不会戛然而止，但是今晚的你很美，我很心动……"
　　台下已经传来阵阵起哄的声音，台上反方二辩的女孩子已经双颊通红。
　　正方四辩把玫瑰花递给反方二辩："所以，在这个美丽的瞬间，你愿意做我女朋友吗？"
　　台下的欢呼声、掌声震耳欲聋，张若琳也不知跟着欢呼、鼓掌，周围甚至已经有情侣接吻。在这一瞬间，她觉得正方赢了，赢得那么理所当然。

情意涌动的瞬间如此美好，谁又能拒绝？

这时候帷幕拉起，没有人看到结局。但是表演赛的效果已经爆棚。

樊星烁赞道："太精彩了，你说，他们是不是真情侣？"

欢呼声不绝于耳，张若琳听不太清，两个人只好凑近了些，樊星烁重复了一遍。

"不知道呢，不过那个女生看起来对那个男生有意思！"

张若琳没有掩去的笑容被忽然亮起的观众席灯光映照得格外甜美，樊星烁一时晃神，不自觉道："今晚的你也很美……"

张若琳听不清，"啊？"了一声，耳朵凑上前。

樊星烁却再没勇气说出口，摇摇头："没事。"

短暂的余热过后，第二轮辩论也开始了，辩题是美貌是福 / 是祸。

主席说"有请双方辩手"时，灯光打在前排右侧几列，刚才在下面观赛的八位辩手纷纷起立，向观众鞠了鞠躬才上台。

观众的视线都投向他们，张若琳和樊星烁也看过去。

张若琳看见了熟悉的面孔——杜弘毅。他是辩论队的，不奇怪。但是坐在杜弘毅后面那个浑身散发着"不要靠近我，会变得不幸"气息的英俊男人是……陈逸。他正看着她的方向，目光笔直，四目相对，如短兵相接。

其实他们距离很近，陈逸就在张若琳的斜后方，不过隔着一个过道和几列观众，但是张若琳看比赛太专注，没有往四周瞥过。

张若琳收回视线坐好。

樊星烁显然也看见了陈逸，凑到她耳边问："陈逸居然也来了。"

张若琳无语地点点头，下意识坐直了点，也不管樊星烁有没有听见，淡然地"嗯"了一声。

"他是不是脾气比较差？"樊星烁不知道自己是怎么了，竟背后议论起别人的是非来，话出口也觉得不对劲。

没想到张若琳竟回应他："确实比较差……"

"那你给他弟弟做家教，他会不会为难你？"

张若琳想了想，倒也没有。但她不想继续这个话题，便指了指台上，微微笑着："开始了。"

"哦哦。"

张若琳目不斜视，专心致志看着台上。

杜弘毅是正方三辩，攻辩起来气势汹汹，除此以外，张若琳对这场比赛没有任何印象，因为她压根儿没有仔细听。她脑子里乱糟糟的，全是陈逸刚才那瘆人的气场和眼神。他为什么来？于是她浑浑噩噩地听到比赛结束。

退场时，张若琳借着去洗手间的由头先樊星烁一步离开，拒绝了他外出喝奶茶的提议。她虽然没有谈过恋爱，也没有被人表白过，但是她好像知道了孙晓菲说的那种感觉——一个男生如果喜欢你，你是能感觉到的。樊星烁好像对她有点意思。她觉得自己最近和他的相处有点过于莽撞了。

退场时间，女洗手间门口排起了长队，张若琳左右没什么事，于是排在队伍最后。

无聊时就会胡思乱想。陈逸那个冷冽的眼神又进入她的脑海，想甩都甩不掉。一想起来她就感觉自己脊背蹿起一阵凉风，或许可以总结为心虚。

就在她发呆的时候，前排女生窃窃私语的声音传进她耳朵里。

"那是土建的陈逸吧……"

"是哦！"

"还是第一次见本人！"

"真的好帅啊，妈妈啊，怎么不出道！"

"帅哥也要拉屎吗，有点幻灭。"

"哈哈哈哈，你有毒吧！"

张若琳身子一僵，下意识地往队伍边上挤了挤，眼角余光看到陈逸和杜弘毅进了隔壁男厕所。

那边没有人排队，而隔壁的女厕门口排着长龙。

这么多人，他应该没看见她吧？张若琳磨磨叽叽地排队、上厕所、洗手，等她出来的时候，队伍已经没那么长了，至少没排到外边去。

张若琳一边走一边从小包里摸出纸巾擦手，刚拐出洗手间，险些撞上前方一个身材高大的男生。

"啊，不好意——"话没说完，湿漉漉的手就被来人握住、牵紧，径直拉着往外走。

夜色已深沉，活动中心外人来人往，路灯昏黄，众人拉长的影子在夜色下重叠，把地面铺得密不透风。

陈逸拉着张若琳，在夜色的掩护下，于人群里疾走。

张若琳不敢抬头，唯恐因为过于紧张而踩空，她低着头亦步亦趋，在众多影子里寻找他和她的。

两道身影颀长，地面上的阴影连在一起，视线往上是交握的双手，还有他飘飞的风衣衣摆。她掌心濡湿，已分不清是水还是汗。

嘈杂的人声渐渐被甩在身后，脚底下变成了青石板路。他在她跟前停下。她也顿住。

两人都沉默着，周遭的风声显得那么响亮。

张若琳缄口不言，比沉默，她没输过。

陈逸低头看着她低垂的脑袋，想起她刚才在礼堂里笑得像朵花的模样，不由得放开她的手，"嗤"了一声。

这一声在寂静的夜里格外刺耳，张若琳不禁抬起头。

二人相对而立，距离太近，他的阴影落在她脸上，逆光下，她看不清他的表情，她想说点什么，又摸不准说错了会不会一发不可收拾。于是，她的脚缓缓往后退了一步，她看清了他的脸——臭得像个债主。

而她这个细微的动作在陈逸看来就是有意拉开距离，他眉头紧蹙，冷声道："今天吃得挺好，玩得挺开心？"

旁边刚化开几日的湖面都快被这语气冻住了，张若琳想。"吃得挺好"？她今天是和樊星烁吃的晚饭。难道他看见了？

她抬起头："你看见我了？"

她说得急，语气中带着一种突然暴露的心虚。这种语气像是取悦了陈逸，他竟笑了笑："你真的是有恃无恐，是不是觉得我很好说话？"

张若琳听后很迷茫，心想，他这样还叫好说话，那世界上还有脾气差的人吗？她突然也来气了，愤愤道："我不过就是和师兄吃饭，那还是因为巧合，不像你，你还和别人穿情侣装！"

"什么情侣装？"陈逸有点茫然。

张若琳意识到对话的风向不对，可开弓没有回头箭，于是她不怎么坦荡地嘀咕道："还什么'至高无上'……"

她的声音极小，可周围太静，陈逸还是听到了，而且听清楚了。他想起她刑法书上的那句话——当初令他百思不得其解的那句话——"supreme，谁是你的至高无上"。他脑海中忽然闪过在电梯里遇见的那个画面。陈逸阴沉的脸色倏地放晴，他感觉全身的肌肉都松弛了，揣着兜笑起来，又无奈又欣喜。

"笑什么？！"张若琳抬起头看向他，却对上他浅笑专注的眉目。

陈逸忽然伸手揉她的脑袋，被她不耐烦地甩开。他还是那样要笑不笑地看着她，随即叹了口气，说道："原来你贼心生得这么早啊？"

张若琳闻言，立刻意识到他听见自己嘀咕的那句话了，双颊爆红。啊！她听不懂他听不懂！与此同时，她两手捂住耳朵，低着头，不看也不听，当面表演鸵鸟埋沙。

"幼稚。"陈逸把她的一只手从耳际拨开，抓在自己手里，另一只手捏着她的下巴抬起她的脸，"那是个品牌，谁都可以穿，不是情侣装，我这种情况才叫巧合，呆子。"

张若琳被迫仰视着他，灯光氤氲着他的轮廓，她什么也看不清，耳边不断回荡他的话——"原来你贼心生得这么早啊……"啊啊啊啊啊啊……她想死！自我暴露真的丢死人了，她现在只想像鸵鸟埋沙埋得更彻底一点。

可陈逸显然不给她这个机会，见她呆愣，温热的唇就落了下来。与冰面上的浅尝辄止不同，这次他捏紧她的下巴不容她后退，抓着她的手把她往怀里一带，扣着她的腰紧紧地箍在怀中，舌尖轻探，唇齿纠缠。

不知道过了多久，在张若琳感觉几近窒息的时候，腰间的力道松了，他的唇缓缓离开她的。他的身子缓缓地与她拉开距离，头顶的光晕渐次散去，在她的视线快要聚焦到他脸上时，她脑袋一片空白，不知道要怎么与他相对而立。身体比脑子反应快，她突然蹲了下来，两手捂着脸，不知所措。羞死人了！

陈逸见状，有点摸不着头脑，瞬间有些无措。他正想着自己是不是吓到她了，就见蹲在地上捂着脸的女孩"呜呜啊啊"地嘤咛。他嘴角勾起一抹笑意，摇摇头，无奈地蹲下，静静地看了她两秒，柔声道："原本不想这么快的，听说你们女生喜欢被追的时间长一点，我只是忍不住了，很抱歉。"

他的声音从头顶传来，张若琳整个人像是触电般，四肢百骸蹿过一阵酥麻。他说"很抱歉"。她从来没有听他说过这样文绉绉的话，却不带一丝做作、矫情，还有点郑重和真诚。

陈逸见她没有反应，便伸手过去，把她捂脸的手轻轻掰开，捏着她的指尖。

"去吃夜宵。跟我走吗？"

她感觉他的声音又低了些，轻得像气声，拂过她的耳郭。

龟缩了好半晌，张若琳缓缓抬起头，撞进他眼底的星辰。她眼中别无其他。这一刻，她顾不上永恒，她只想拥有这瞬间的美。她点点头，手滑进他的掌心。

chapter 12
流星与苍穹

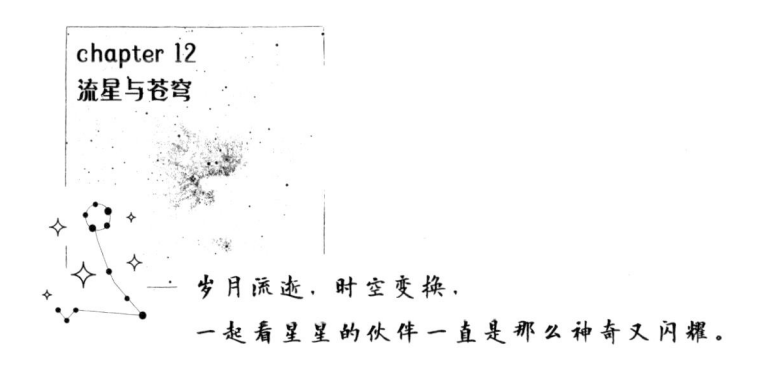

岁月流逝，时空变换，
一起看星星的伙伴一直是那么神奇又闪耀。

他们没有走远，就在学校家属楼边上一家餐馆吃烤串。

吃的是什么，张若琳压根儿不在意，他点什么她就吃什么，只觉得周围投来的视线快把她射穿了。

"你一直这么被别人盯着，不会觉得不舒坦吗？"她忍不住低声问。

陈逸才察觉一般，看了看周围："平时没那么多，他们是在看你。"

"才没有，他们是在看是什么仙女能和陈逸单独吃夜宵！"

陈逸笑了笑，满不在乎道："人类天性就有窥探欲，但没有人会真正关心别人的生活，如果在意这些无关的视线，岂不是活在监视器里，自讨不快？"

张若琳静静地看着对面的男人，忽觉"不以物喜，不以己悲"并不是鸡汤，是一类人的特点。

"是不是这个道理，仙女？"他的手横过餐桌，碰了碰她的鼻尖。

"……"

话是听进去了，离开时陈逸要牵她的手，她还是下意识往后缩了缩，假装不经意地把手揣进兜里。她还是没有办法在众目睽睽之下与他亲密。

陈逸的手一顿，目光怔了怔，他缓缓地把手收回，二人一前一后出了店门。

走在校道上，树影映在脸上时明时灭，张若琳仰着头看，干枯的枝干已经冒出新芽，在夜幕下泛着白绿的光。

枯木又逢春啊，新生总是要花点时间，即便不容易，也要试着探一探冷暖，不是吗？她扭头，想和陈逸说些什么，却发现身边已经没有人。

　　在她仰头的短暂时间里，步伐慢了些，陈逸已经走到前边去了。

　　好像刚在一起就冷场了呢。自己是不是有些不识好歹？可谁和他在一起压力不大？他不知道他有多受关注吗？如果是一段稳稳当当的感情，还能给她一点底气，可她担心这不过是黄粱一梦，梦醒后，一大堆烂摊子等着她收拾。怎么办，她是不是过于草率了？如果不是那场辩论赛，如果不是那朵玫瑰花的刺激，现在的她是不是稳稳当当奔着"永恒"而谨小慎微、防微杜渐？乱七八糟的思绪牵扯着，张若琳的脚步不由得更慢了，前面那道身影还兀自前行，两人之间的距离越拉越大。这时候，只要她主动上前，一切疑难就会迎刃而解，可她没有勇气追上去，索性停下脚步。

　　出店门时，陈逸胸口有一股邪火，烧得他烦躁，手里空落落的，令人不爽。但被冷风吹了一路，那股邪火已经散去，他想到一些过往，想起她在天台上说的那句"我这样的，怎么会认识你这样的"，心口像被什么东西刺了一下，痛楚一闪而过，他回过神来，发现身边的人没了踪影。

　　回头看到她站在不远处，呆愣愣地看着他，眼睛里还闪烁着一点晶莹，那一瞬间袭上心头的慌乱被陈逸敏锐地捕捉到，他认命般提步往回走，越走近，心揪得越紧。

　　她在哭。

　　什么邪火、什么烦躁都瞬间被浇灭，心底像是有热水沸腾，汹涌的蒸汽满涨胸口，令他透不过气来。

　　张若琳被拥入温热的怀抱。

　　陈逸的大掌轻轻揉着她的脑袋："对不起，是我走得太快了。"

　　张若琳原本只是微微鼻酸，闻言，眼泪就像决堤一般倾泻而下，不一会儿就发出了抽泣声。

　　她为什么会委屈成这个样子？他不过是走得快一点罢了。

　　"你怎么不叫我？"陈逸问。他不问她为什么哭，就好像懂了她的委屈一样。

　　张若琳一下子就觉得自己太过矫情了，便收了眼泪，与他微微拉开距离,抬起头:"我追不上你,你在好远好远的地方。"

"我不是在这儿吗?"

"我不习惯,我有点自私,想让你再等等我,我会慢慢学着走得更快的。"

陈逸忽然一笑,说:"说真的,上一个这样和我打哑谜搞语言艺术的人,我已绝交了。"

张若琳没反应过来,有些怔愣地看着他,刚哭过的眼睛泛红,眼珠子晶莹、黑亮,可怜兮兮的。

陈逸没忍住,亲了亲,正色道:"我等你就是,再不行,我掉头过来找你。"他懂她的意思。

"我会尽快的。"

"作为交换,你能不能告诉我为什么不过生日?"他在她耳边低声问。

"家里穷,不习惯过生日,不喜欢非要挑个日子找借口花钱。"她的声音闷闷的,淡淡地说出一个"穷"字,心里不觉得有什么异样。

陈逸的怀抱紧了紧,他说:"知道了,那就……生日快乐,把我给你,不用钱。"

回到宿舍,张若琳自然是交代了一番,当然,她省略了她那些弯弯绕绕的矫情桥段。

孙晓菲惊道:"刚确定关系就约法三章,还是 AA、低调、学业至上这种……真令人下头啊,我的宝!你知不知道,跟狮子男提 AA 就是在他的自尊心上蹦迪啊?"

张若琳说:"哦,难怪,这一点他不同意。"

路苔苔说:"帅哥那种人,一看就不会同意吧,你还提?"

"对啊。其实,对于男生花钱这件事,很多女生确实就是把男朋友当长期饭票的,如果你介意吃饭、约会这些事上他花了钱,那你可以平时给他买点小礼物,提 AA 真的是……"孙晓菲似是恨铁不成钢,想要敲醒张若琳的榆木脑袋却不知道要用什么词,最后她真的在张若琳的脑门上敲了两下。

张若琳摸了摸脑门,声音弱弱地道:"提都提了。"

路苔苔问:"低调又是什么标准?"

"能少一个人知道就少一个人吧……"

"陈逸这也能答应啊……"

"嗯。"

孙晓菲插嘴道:"怎么可能,他看着像是跟你畏首畏尾躲躲藏藏的人吗?"

"只是说低调而已!"张若琳强调,"又不是地下情!"

孙晓菲说:"我看你表述的就是这个意思啊……我现在看陈逸怎么那么像签了不平等协议,简直就是丧权辱国。"

路苔苔说:"不过,说真的,我还是觉得有点恍惚。想想我们当时为了见他一面还跑去答题进天文社,没想到我们琳宝这么有出息,真的近水楼台摘到月了!"

"可不是?!"孙晓菲也想起那会儿,不禁说道,"傻死了,眼巴巴地在那儿答题,结果人都没见着,真是够傻的。"

"以后是不是想看就可以召见?"

"你怕不是在做梦,是人家谈,又不是你谈!"

"那会不会像你家贺阳一样给你带早餐也给我带一份啊?嘻嘻嘻嘻嘻嘻……"

"这个……"

两个人同时看向张若琳。

"没可能,"张若琳淡然道,"他最近有比赛,下周、下下周都在天津。"

路苔苔问:"什么比赛啊?"

张若琳答:"好像是建筑类设计类的吧,应该是级别挺高的,他姑父带着他。"

孙晓菲说:"大一就有这种比赛可以参加,而我们还在抢课!"

路苔苔说:"哎,其实不怪你要低调了,他这个起点,做他女朋友压力确实大。"

张若琳显然已经调整好心态,十分乐观地说:"说不定我手拿草根逆袭剧本,生来就是克这种天之骄子的呢?"

另二人用一种一言难尽的眼神回敬她。

接下来的两周，两人各忙各的。张若琳三点一线，还报名参加了辩论队的招新辩论，一放学就开始看视频、做练习。而陈逸与项凌形影不离，按照张若琳的"低调"原则，自然是不能让项凌这种"家长"辈分的人知道了，于是也没能与张若琳视频，就连发微信也是有一搭没一搭地聊天。

张若琳学习起来专心致志，一天下来都不会看几次手机，每天晚上入睡前，她才认真翻手机，回复陈逸的消息。陈逸每每看到她一连好几条消息过来，回复他几个小时前甚至十几个小时前发过去的信息，觉得自己那些消息像等待审阅的文件。她有空了就一一查看，签下："朕已阅。"

就连孙晓菲都替陈逸打抱不平，没见过像张若琳这样谈恋爱板板正正的人，跟列行程表似的。

张若琳无辜地说道："我忙嘛。"她以前一直是这样啊，学习时带手机还怎么学？Q大竞争这么激烈，要保持前列确实是要下功夫的。更何况，她要跑得更快才行啊，可不能让他掉头啊。

周末，张若琳有家教课。

步潼上了初三，课程安排就更紧了，张若琳只好就着他的时间，排了晚上的课。

步鑫在外地谈生意，项凌还在天津，只有步潼和保姆刘阿姨在家。刘阿姨是以前照顾步潼的月嫂，舍不得这家人，就一直留在步家。普通家政人员可不比月嫂挣得多，难为她对步潼一心一意，说是奶妈也不为过。她知道张若琳来了以后步潼的成绩提升得飞快，便对她格外热络，做好消夜等着他们。

上课上到快结束，大门开合的声音传来，步潼耳朵尖，自言自语道："谁回来了，我妈？"

"听课！"张若琳提醒道。

"反正不可能是我爸，他那个比赛准备了两年。"步潼今天补课补了一整天，困得很，已然不想学了，只想唠嗑，"陈逸也去了，你知道吗？"

张若琳不知道他为什么提陈逸，大概是因为心虚，她觉得别人每句话都在探自己的口风，她有点结巴道："不……不知道啊，我为什么会知道？"

步潼倒是没注意到她的结巴，歪着脑袋问："陈逸在学校很招女孩子吗？"

张若琳迟疑了一会儿，答道："是的。"

"你应该不会那么肤浅吧？"

"啊？"

"你会喜欢陈逸那种的吗，就是帅，啥也不是？"

"小孩子少聊这些有的没的，你的课还没上完呢！"

"就剩一分钟了，一道题都做不完。哎，你紧张什么呢，你是不是喜欢陈逸？"

张若琳急了，一掌拍在步潼肩膀上："我才没有，谁喜欢他啊，跩得什么似的！"

步潼赞赏地看着她，起身去开门，碎碎念道："那就好，要不你就要伤心了，我那天听见我爸跟我妈告状，说陈逸好像谈恋爱了，整天看手机，像个大傻子。"

张若琳给步潼收拾好桌面，跟在他身后出了书房。见步潼站在门口没动，她凑上去，问："怎么了？"

"大傻子"站在门边，刚换好拖鞋，连大衣都没脱，就这么眼神平静地看着师生二人。

✦ ✦ ✦

陈逸穿得颇正式，灰黑色呢子大衣领口露出西服和衬衫领子，单手抄兜静静伫立，微乱的额发让他看起来风尘仆仆。看起来他站在那儿有一会儿了。

"你来我家干吗？"下意识的厌劲已经过去，步潼不客气道，语气狂得很。

刘阿姨轻斥道："潼潼！"

陈逸没有回答他，而是利索地脱去大衣，礼貌拒绝保姆的帮忙，自己挂好了。

刘阿姨招呼道："小逸吃晚饭了吗，我做了点夜宵，你也一块儿吃点吧？"

步潼已经自顾自到餐厅落座，陈逸也来到桌前，松了松领带，在步潼对面入座，大手拍了拍步潼的后脑勺："臭小子，礼貌，懂不懂？"

许是他今天的装扮衬得人沉稳、潇洒，此时和步潼说话带了点长辈教训晚辈的意味。

步潼不耐烦地拍开他的手，转头看着张若琳："愣着干什么？来吃东西，被有些人道貌岸然的做作样子迷晕了？"

陈逸训得对，真是个没礼貌的臭小子！张若琳拉开步潼身边的餐椅，没好气道："我看你还是先把文化课放一放，去学一学怎么说话吧！"

她坐定，对面的人第一次向她投来视线，目光灼灼。四目相对仅一瞬，她便移开目光，不自然地看向别处，无意识的羞赧暴露无遗。陈逸眼底不自觉地盛了点笑意。

步潼的目光在两人之间游移，他用筷子敲了敲陈逸的餐碟："收起你那到处留情的嘴脸好不好？别搞我们纯情女教师。"

陈逸想起万峰的说辞，饶有兴致地把"纯情女教师"五个字在嘴边过了过，嘴角轻弯。

张若琳："……"

步潼一边喝粥一边质问："你怎么回来了，我爸呢？"

"回来拿护照。吃完去把你爸的找出来给我。"

"要出国吗？"

"嗯，过两天去，几天就回来。"

"谁关心你们哪天回来啊，要护照的话，我给你们寄过去不就行了？"

"大人的事少管。"

"你算哪门子大人？"

陈逸瞥步潼一眼，一副"不与傻瓜论短长"的模样，不再言语，专心喝粥。他一连喝了两碗，看来是真的没吃晚饭。

饭后，步潼把项凌的护照找出来交给陈逸，开始赶人："你走吧，看着点我爸，叫他按时吃饭。"

陈逸拿着护照拍了拍他的脑门，算是应下了。

"你顺便也按时吃。"

"哦。"

张若琳静静地看着兄弟二人。步潼刀子嘴，心思其实很细腻。

陈逸走到门边换鞋，看了看手表，状似随意地转头问："张老师不走吗？"

"哦，要走的。"

张若琳收拾好书包来到门边，交代步潼作业完成时间，又同刘阿姨道谢，然后和陈逸一道出了门。

步潼和刘阿姨站在门边目送二人上了电梯。

一男一女分别占据电梯一角，并无交流，最后是陈逸摁了关门按钮。

电梯门合上，步潼嘴里念念有词："阿姨，他们为什么要坐一趟电梯？"

刘阿姨不明所以地看着他，他并不是要听刘阿姨的回答，好像只是找个人听他碎碎念而已："怎么有种神秘人士接头的意思？"

神秘人士接头现场。

电梯里一片静谧，只有电梯下行的声响，张若琳与陈逸的目光在镜面里短兵相接。她撇了撇嘴。他笑了笑。

忽然，张若琳感觉有片阴影罩了下来，她的手被慢慢牵起。

她抬头："去几天？"

他低声道："去我那儿？"

两人同时开口，听清他说了什么，张若琳耳根子瞬间红了。

"很晚了，得回宿舍。"

"我明天早上六点就得走……"他捏了捏她的指尖，"陪我会儿。"

陈逸的声音低沉喑哑，带着些许疲惫。张若琳的手紧了紧，她还想再说点什么，电梯"叮"的一声。

"到了。"陈逸提醒道。到了他家所在的楼层。

陈逸顺理成章地拉着张若琳出了电梯，摁指纹锁，开门，然后给她找了双拖鞋："下次买双合适的。"

张若琳看着地毯上那双宽大的灰色棉麻拖鞋，似乎是上次她穿的那双。上次她是在无知无觉的状态下进来的，这次……半斤八两，她也挺蒙的。

陈逸替她把外套挂好，将书包和他的外套随手扔在沙发上，随即忽然逼近她。张若琳下意识后退一步，大腿抵在宽大的书桌边，只见他两手一撑，把自己困住。光线几乎全被他遮挡了，面前是他松松垮垮的领带和洁白的衬衫衣领，张若琳下意识地后仰，望进他深潭般的双眸。

陈逸上下打量了她一圈，最后视线落在她有些干燥的嘴唇上。

"不想我？"他问。

干燥的嘴唇抿了抿，张若琳不着痕迹地点点头，随即觉得好像有歧义，摇摇头，不对，又点点头……

陈逸看着她的脸颊慢慢泛起的红晕，无声笑了笑，心想，她怎么这样容易害羞？他压制住某种冲动，最终只是挠了挠她的下巴，转身去开饮水机。

张若琳在沙发上坐了会儿，才注意到阳台深处有个三脚架。她走过去，拉开玻璃门，惊叹了一声。

阳台做了封闭，三面落地窗围出一片小天地，各式各样的植物中间摆着两台望远镜，款式、大小都不一样，看起来精密又贵重。

她转身想问问陈逸，视线却被一道光裸的背影吸引。

这个阳台连通客厅和卧室，她从客厅出来，恍然不觉地走到卧室这边，卧室的窗帘没拉紧，她站立的位置恰好能看到在里面换衣服的男人。

衬衫、西装被扔在床上，陈逸正在衣柜前换家居服。柔软的套头毛衣擦过他的头发，路过坚实的脊背，落在西装裤头上。紧接着他就要脱西裤。

张若琳赶紧捂住眼睛转身，非礼勿视。可她站得离望远镜太近，一转身，手肘撞到了望远镜，三脚架足够稳固，望远镜没有弄摔，只是三脚架挪了挪位置，发出了刺耳的声响。

陈逸闻声转过身来，看到了她把脸埋在手掌里的模样。

张若琳若无其事地摆弄望远镜，嘴里呼呼吹气，想把那一点躁动和羞赧都吐出去。

"在看什么？"身后传来陈逸的声音。他已经换好家居服，抱着手臂好整以暇地看着她。

"看望远镜啊。"

陈逸来到她身侧，把望远镜重新摆正，淡淡地问："会看吗？"

"不……不太会。"

陈逸上前调好望远镜，自然随意地搂着她的肩膀，把镜口调整到她眼睛的位置："看看？"

张若琳扶着望远镜找到合适的角度，眼前瞬时出现一幅星际画卷，广袤无垠的夜空中点缀着大片星河，像碎钻落在泼墨山水画里。天气并不算好，画面泛着片片灰白，却不影响这极致的视觉冲击。

张若琳不自觉地感慨道："啊，星云团！那么一大片！"

"那个大圆点是什么啊，看着像人造卫星……"

"好清晰啊，比咱们社里的要好吧！"

她自言自语，却得不到一点回应。

忽然，陈逸搂住她的腰，下巴搁在她的肩膀上，低沉的声音在她耳边徐徐道："你要看，就光明正大地看，我不介意的，张老师。"

张若琳身子一僵，视野中是灿烂的星河，耳边是低语缠绵，一种难以言喻的酥麻感从耳郭蔓延到四肢百骸。

"不要叫我老师！"她的眼睛没有离开望远镜，身体也不动，只控制着自己的嘴皮子。

"为什么？"他问，语气里已经带着笑意。

"谁是你老师？不许叫。"

他似是妥协，转移话题，说得轻松随意："别回去了。"

"那怎么行？！"她说着，直起身，在他的臂弯里转了一圈，面对着他说道。

他淡淡地开口："又不是没有住过。"

那次她没得选择，而且当时两人的身份不同……

"你刚只说陪你一会儿的。"

"我反悔了。"

"……"

"去两天，但是加上路途来回得三四天。"他忽然回答她在电梯里的问题。

"去哪里啊？"

"意大利。"

"哦。"

"别回去了。"

"不好，"她低头，声音放低了些，不忍拒绝但是又不得不提，"好好的怎么能夜不归宿呢……"

陈逸放在她腰间的手掐了掐："怎么，清纯女教师人设屹立不倒？"

张若琳终于恼羞成怒，挣脱他，进了客厅。

陈逸之前点了外卖，这会儿送到了，有许多水果，都是清洗过后的盒装果切，还有酸奶。

他播放好一部纪录片，把沙发角落里正襟危坐的张若琳捞进怀里。半晌仍旧得不到回应，他并不觉得尴尬，兀自横下身子，躺在她腿上。

张若琳看着他驾轻就熟的模样，忍不住想，他到底交过多少个女朋友啊，都是这么……都是上来就这么熟吗？

她正想着，腿上的脑袋左扭右转，寻找到舒服的位置，忽然开口道："饱饱……"

张若琳："……"他还让不让人喘息了？能不能有一点初恋的朦胧感？能不能给她点预备时间？能不能循序渐进？她无论如何也想不到陈逸谈起恋爱是这个画风，她那股羞劲从进门到现在就没下去过，很担心再这样下去心脏出毛病。

她正想着应还是不应，陈逸的声音再次传来，声调高了些："影院模式。"

然后一个机械的童声传来："饱饱收到，立刻打开影院模式。"

与此同时，客厅的窗帘自动合上，射灯和主灯瞬间熄灭，沙发后书桌上的小台灯亮起，灯光柔和、温暖，巨大的电视屏幕色调也瞬时变得柔和，还真给人影院的感觉。

张若琳："……"她感觉脸更热了，忍不住想找点话题掩饰尴尬，完全没有意识到只有她自己觉得尴尬。

"那个……你的智能家电管家，名字也太……"

"怎么？"陈逸假寐，眼睛都没睁开。

"怎么想到给它起这个名字啊？"

陈逸突然意识到了什么，缓缓睁开眼，眉眼间全是笑意："什么名字？"

"宝宝，啊……"她觉得难以启齿。

"开发商的品牌名而已，饱饱，温饱的饱，"陈逸一字一顿地解释，"你是吃机器人的醋吗，张老师？"

"我……"

她的话没说出口,脑袋就被他忽然伸出的手拉低,他微微仰起头,吻住她倔强的嘴,浅淡却缱绻地吻。然后,他放开她,重新跌回她腿上,就这么仰视着她,笑得肆无忌惮:"还是说你喜欢被这样叫,宝宝?"

✦ ✦ ✦

张若琳睡眠浅,听到外边窸窸窣窣的声音,她悠悠转醒,正想起身,察觉房门把手轻轻地转动,一缕光线斜入房间,有人在门边静静伫立。

昨晚安静地看完一整部纪录片时,陈逸已经躺在她腿上睡着了,她不忍吵醒他,只好给室友发消息说不回去了,结果收到了几句调侃。过了零点,她也快睡着的时候,陈逸醒了,很自然地给她找了件长T恤当睡衣,送她到客房睡。当时他也是这样,在门边站了许久。

张若琳在睁眼和装睡之间选择了后者。

陈逸见她裹着被子睡得老实,犹豫了几秒,提步往里走。

察觉有男性气息逼近,随即额头落下一吻,张若琳的眼皮颤了颤,没崩住,她缓缓地睁开眼:"要走了吗?"

初醒的嗓音嘶哑、柔软,陈逸心口微动,亲了亲她微启的唇瓣。

张若琳连忙推开他,捂着嘴:"没刷牙!"

陈逸揉揉她的脑袋,站了起来:"外卖七点送早餐过来,我得走了。"他已经穿上了衬衫和西装,手臂挂着呢子大衣,一副精英打扮。

张若琳掀开被子就要下床,被陈逸摁住肩膀:"再睡会儿。"

"我送你出门。"

张若琳低头穿鞋,把碍事的长发往脑后一拢,右手习惯性去探左手手腕,结果手腕上空空如也,不知道发圈落在哪儿了。她顾不上寻找,站起来攀上他的手臂:"你怎么去啊?"

"打车去高铁站。"

他还得去天津和项凌会合,待两天才出国。

"哦。"

张若琳贴在他身侧,散乱的长发落在他手臂上,有点小鸟依人的感觉。

意识到这一点,她撒开手,心里荡起一圈涟漪。

到了门边,陈逸换好鞋,摆弄了会儿门锁,抓着她的手:"录个指纹。"

"不用……"她又不会自己来。

"图书馆人多,你可以来这里自习,给步潼上课太晚了就住这儿。"

"回去也不远,一路上挺安全的。"

多说无益,说话间,指纹已经录好了。

"那是之前。"陈逸检查了一遍指纹录入情况,淡淡地说,"本该我送你,但最近不在你身边……"

他没有说得太清楚,张若琳抿了抿嘴,点点头。她懂。之前没有男朋友,独来独往是常态,现在有了男朋友,一个人在夜里踽踽独行,未免触景生情,生出些凄凉感来。她内心微微讶异,在她的印象里,陈逸不是会照料别人情绪的人,尤其是女孩子弯弯绕绕的小心思,他大概会觉得麻烦。她许久没有被这样细致地对待过,眼睛里不自觉地满是眷恋。

陈逸受不住这种眼神,大手把她的脸摁回门内:"走了。"

张若琳就扒着门,静静地看他进电梯,有种小媳妇送丈夫上班的即视感。

陈逸在静谧无人的电梯里弯了弯唇角。

早上,张若琳难得晚到。她进教室时,教室里已经人满为患,前排已经没了位置,她只能和两个学渣室友挤在最后一排。

路过前排时,郑淑怡和她打招呼,悄悄低声说:"恭喜啊,若琳,我看到招新名单了,有你!"

"真的吗?"张若琳感觉自己面试表现一般,以为没戏了。

"以后就是队友啦!"

"太好了,以后可能要多多麻烦你带我了!"

"没问题!"

两人简单地寒暄几句,教授进了教室,张若琳连忙小跑到座位坐好。

孙晓菲和路苔苔眼神透着揶揄,嘴里啧啧个没完。

"有人夜不归宿哦!"

"厉害哦,恋爱半个多月进度惊人哦!"

张若琳说:"分开睡的!"

路苔苔说："我们又没说你们是一起睡的。"

张若琳："……"

孙晓菲问："二垒了没？"

这是什么虎狼之词！张若琳四处看了看，说道："上课了，停止喧哗！"

孙晓菲："看来是了。"

路苔苔："不能更明显了。"

孙晓菲："不过按照我对陈逸的了解，这时间已经很长了！"

路苔苔："你对陈逸有什么了解？"

孙晓菲："哎呀，我说的当然是远观的了解，总之，他不像清心寡欲的人。"

张若琳："……"他还好吧，虽然总是三言两语弄得她很羞，但总的来说没有什么逾越的举动。

教授开始讲课，张若琳已经进入状态，耳边又传来孙晓菲幽幽的念叨声："真的很好奇好帅哥睡觉时是什么样，会不会打呼……"

张若琳一个眼风扫过去，孙晓菲乖乖闭嘴。

有时候张若琳真是怀疑，她怎么会和这位脑洞比胸还大的人成为室友，她要反思一下自己高中学习是不是不够努力。

晚饭间，路苔苔看着手机里小胖的消息，问张若琳："琳子，和摄影社合作的观星活动敲定了，你去吗？"

"什么观星活动？"她怎么一点印象也没有？

"哦，周六开社团会的时候你去面试辩论队了，开会讨论这个事来着，说是这个月中有超大规模的流星雨可以看！具体的，我也听不懂。反正就是和摄影社一块儿去张北草原拍流星！"

"是矩尺座流星雨吗？"张若琳关注相关的消息，隐约记得。

"对，是这个名字！"路苔苔已经展开关于流星的梦幻联想，"一起去吧，琳子！我在社里也没别的熟人，要在草原上住一晚呢，不想和别人一起住。"

"哪天啊？"

"14号，应该明天就会在大群里公布。"

"哟,现在都能提前知道社里的消息了呀?"

"小胖嘴里没个把门的,他真的好话痨,天天叨叨个没完!"

"哦,他怎么不和我们叨叨啊?"张若琳拖着长音,饶有兴味地说,忽然领会到了她们二人揶揄她的乐趣。

"哎呀,去不去嘛?"

张若琳算了算,14号是周六:"我得问问步女士我能不能调一调课程时间。"

"好!"

孙晓菲插嘴道:"14号不是白色情人节嘛,你不和陈逸过节,要去和一堆人一起看星星?"

路苔苔说:"是流星!流星!"

孙晓菲又说:"流星不能两个人自己看吗,为什么要和一群电灯泡一起看?"

"你俩争这些没有意义,"张若琳耷拉着脸,"陈逸周日晚上才回来,周六我的时间非常自由!"

"不是我说,你俩也太惨了,刚在一起,还没经历过你侬我侬就开始异地,这热恋的劲头都要过去了。"

路苔苔不以为然:"说不定小别胜新婚,更加干柴烈火呢?"

孙晓菲一副"你开窍了"的赞赏表情看着路苔苔:"有道理啊,恋爱小白痴!"

"你才小白痴!"

张若琳一如既往地沉默。

说起来,他们确实没有你侬我侬过,两人都忙,也不是爱叨叨的性格,就连视频聊天,也是各自忙碌,交流和相处都淡淡的。在他家的时候,她甚至感觉他们的相处模式像在一起许久了,有种老夫老妻的感觉。干柴烈火什么的……她看看自己枯瘦的手,确实是干柴,却引不起什么烈火。

周二晚上去步家上课,难得步女士在家,张若琳把周末请假的想法提了提。步女士很通融,还嘱咐她好好享受周末。

观星活动的消息一公布,大群里响应的人比上次中秋节要多得多,一来时间合适，二来流星的魅力足够大。

　　李初萌发来消息，想和张若琳住一个屋。

　　张若琳犯了难，只能拒绝："我和我室友一起，她老早就和我约了。呜呜呜，不好意思！"

　　"下手这么快吗？我一收到消息就找你了！！"

　　"没办法，人家走后门，老早就知道了！"

　　"小——胖！！！哼，臭情侣。"

　　看来这是大家心照不宣的事，只有当事人某苔还蒙在鼓里。

　　张若琳始料未及的是，樊星烁也找她说这件事。她没想到他是摄影社的，也要参加这次活动。前阵子樊星烁总约她一起自习，她拒绝了两次，后来他就作罢。但她拒绝的理由都十分诚恳，比如有家教课之类的，至于樊星烁到底有没有领悟她不想深交这层意思，不得而知。

　　周五缴社团活动费的时候，张若琳有点后悔了。这次因为距离远，租车费和油费就不少，再加上张北草原线路最近很火，附近的民宿、农家乐住宿费跟着水涨船高，合计到最后，张若琳交了五百多块。

　　车进了张北草原地界，张若琳兴奋起来。

　　丘陵、原野此起彼伏，白色风车点缀其间，初春的水草还不够丰美，却不妨碍一派开阔带来的视觉震撼。

　　不知谁起的头，车里唱起歌来："让我们红尘做伴活得潇潇洒洒……"颇有策马扬鞭共享繁华的豪情。

　　张若琳点开陈逸的对话框，拍了好几段小视频发过去。五小时的车程，她发了不下十段小视频，却没有收到陈逸的回复。她不觉得失落，且不说两人现在有时差，即便没有，她也绝对信任陈逸只是在忙。

　　因为出发得早，晌午时，一行人到达将要入住的农家院，浩浩荡荡的两车人，少说有四十人。

　　两个社团的人很好辨认，摄影社那边人手一个单反包，装备多的人前胸后背都是长枪短炮。天文社的人就显得"不务正业"许多，一个个不是提着零食，就是扛着饮料。

　　办好入住，一行人快两点才吃上午饭。两个社分了四桌，自然都是和熟识的人坐在一块儿。饭前，两个社长分别做了简短的发言，让大家多多互动之类。

樊星烁在隔壁桌热情地和张若琳打招呼，吃到一半又跑过来，在她边上站定，问："一会儿出去逛逛吗，一起吧？"

满桌人都投来视线。

今天不仅仅是矩尺座流星雨的峰值期，也是白色情人节。

万峰饶有兴致地碰了碰小胖的手臂，低声说："挖墙脚的来了，要不要帮兄弟看住人？"

小胖知道陈逸和张若琳之间有个低调协定，皱着眉摇了摇头："反正挖不走，别管。"

万峰是个看热闹不嫌事大的，就着玩手机的姿势悄悄拍了张照片，点开某人的聊天框，发送过去。

✦ ✦ ✦

"早上起得太早了，我下午想补觉。"张若琳回道。

"这样啊，"樊星烁显然失望，笑了笑，"没关系，那你醒来后如果想出去的话叫我，流星雨要晚上九点后呢。"

"好。"张若琳应道。反正晚上她要给社里帮忙。

樊星烁讪讪地回到自己的位置，那一桌也有不少人往这边瞧。

李初萌在一旁对着张若琳笑得诡异："欸，樊师兄挺好的！"

"嗯，是很好的。"

"嘀——好人卡！比陈逸是差些，你还不死性，继续暗恋吗？"她的声音很小，可张若琳还是感觉对面陈逸的那两个室友会听到，不禁耳朵有点红，于是她在桌下掐李初萌大腿："闭嘴！"

"好凶哦！干吗掐我？"

"……"

饭毕，一行人各找各屋。李初萌和一位不太熟悉的学姐合住，于是嚷嚷着要去张若琳和路苔苔的屋里玩。她进屋没多久，路苔苔就被小胖叫走了，说是附近有卖特色烤牛肉的，特别好吃。

李初萌暂时霸占了路苔苔的床，躺在被子上感慨："唉，真好，这么拙劣的借口都能约出去。你看看人家再看看你，不要拒人于千里之外嘛。"

　　"那我走了，把你扔在这儿？"张若琳没好气地回道。

　　"那还是别了。"李初萌瞬间倒戈，"可惜，这次陈逸没来，我听说他出国参加比赛了——很厉害的那种国际比赛，他才大一！专业课都没学多少吧？"

　　"学得七七八八了。"张若琳在心里回答。她在他书桌上看到的那些教材和图册都是他的专业课用书。

　　这个话题是无意间聊起的，起因是他偶尔给她发眼下在干吗的照片，其中一张是在论坛上，他给项凌做记录，那些密密麻麻的专业术语和瞬间画出来的图让张若琳看得眼花缭乱。

　　于是她吹捧道："你不是刚学吗，这些是怎么做出来的？好厉害！"

　　"高中毕业就在学。"

　　"五年的都学完了？"

　　"没，一半一半吧。"

　　他说"一半一半"，那应该就是七七八八。

　　她高考后一直在猛补英语，唯恐跟不上那些在英语环境成长起来的孩子，没想到人家已经在提前学专业课了。

　　"还没出成绩你就决定念这个专业了？"

　　"当时不知道想做什么，只是刚好认识项凌，高考后也无聊，就学了，既然学了，那就报这个好了。"

　　张若琳再次惊了，还有人是这样填志愿的？她一直知道陈逸有点超然物外，对什么都不甚在意，却不知道他已经超然到了这个程度。

　　"你学什么都能学好，也无所谓到底学什么了。"她真诚地总结道。

　　"你呢，想做什么？"

　　"想做法官，谁都不敢惹的那种！"

　　"嗯，很厉害。"

　　想起他微微上扬的语调，她不由得有点脸红。

　　张若琳不得不承认，她非常非常想念他。如果他中途没有回来一趟，或许思念没有那么浓，日子浑浑噩噩地就过了。没试过朝夕相处，不知其中滋味，浅尝辄止最令人遗憾、留恋、欲罢不能。

"喂！你在发什么愣？"李初萌的话把张若琳飘飞的思绪拉了回来。

"陈逸真的有站姐吗？"她没有回答李初萌的问题，反而问了另一个问题。

"啊？"李初萌蒙了，"没有吧，瞎说的，如果有站姐，我怎么可能不在组织里？说有站姐应该只是开玩笑，刚开学那会儿讨论他的人比较多，遇见他的人就更爱拍来做话题了。我猜，是这么回事。"

"现在应该少了吧？"

"嗯，他神出鬼没的，也不参加什么活动，不怎么露脸。反正我是没有再看见什么新图新料。"

毕竟是重点大学，大多数人的主要活动还是学习，没有真正所谓的"风云人物"，都是小范围的热闹。

"那你是怎么知道他去参加比赛了啊？"

"忘了是谁在群里说的了。"

"什么群啊？"

"忘了，嘻嘻。我有好多群，入学前在论坛和贴吧加了好几个新生群，聊着聊着又发展小群了，一堆群。"

张若琳这种两耳不闻窗外事的，完全不知道原来交际达人是这样扩展人际圈的。

"那……"她犹豫许久，还是直接问道，"喜欢陈逸的多吗？"

李初萌坐起身，目光探究："你是不是真的很喜欢陈逸？"

张若琳回视，忽然郑重地点头。

李初萌心里猜测过，但没想到张若琳这般坦诚地应答，她斟酌了一会儿，说："其实，喜欢分很多种，如果是那种远观花痴的，真的很多。我所在的群里，提到陈逸就不会有冷场的时候。但和我一样，这种喜欢更多的是一种……事不关己的喜欢，你懂我的意思吗？"

张若琳听蒙了，摇头。

"就……"李初萌的表达能力有限，她想了半天，"那我上升一个维度说，就好像追星一样，我们会关注他的动态，讨论他最近在干吗，会在

247

马路上看到他的海报指一指说'好帅',买代言、看演唱会、追电视剧一个不落,还会整天叫他'老公',但是……不会真的觉得他能成为自己的男朋友,所以现实中该谈恋爱还是谈自己的恋爱,和姐妹聊起的时候还是会叫他'老公'。"

"那有人这么叫陈逸?"

"还真有。像你这种,应该不多。"

张若琳一惊:"我哪种?"

"你这种,阴恻恻的,像变态私生粉,平时不叫嚷,心底已经把人占为己有。"

张若琳:"……"

暮色四合,一行人带着行头浩浩荡荡地出发,在村子后边的小坡顶上找到了适合观测和拍摄的地方。

扎帐篷,架篝火,野炊。

一行人吃饱喝足,在等流星雨的间隙在篝火边围坐。有人带了吉他,还有人带了唱歌的移动音响。有才艺的纷纷出来展示,唱歌的、跳舞的,连表演脱口秀的都冒出来了,瞬间就把观星活动带成了篝火晚会,气氛热烈,比起新生军训也不遑多让。

李初萌是个爱唱歌的,霸占着麦克风连唱三首,如果不是因为她的歌声确实甜美,她这种"麦霸"早就被赶下场了。

樊星烁绕过围坐的人,来到张若琳身后,把刚才拍的照片用即时打印机打了出来,送给她们三人。照片里,张若琳和路苔苔正高举双手声援李初萌,篝火的火光在她们脸上落下明暗分明的影子,自嗨的氛围感十足。

"拍得真不错哦!"路苔苔夸赞道。

李初萌则很生气这张照片把她虚化了,而且拍得不够瘦:"师兄,别人是来拍星星的,难不成你是来拍人的?"

张若琳掏出手机,对着这张照片拍照,然后发给陈逸。她这才发现自己今天陆陆续续给他发了几十条消息,算一算,他那边是下午,应该能抽出空闲看两眼吧。

樊星烁见她不说话,忐忑地问:"若琳觉得怎么样?"

张若琳抬起头:"谢谢师兄!"

"那个……"樊星烁犹豫了一会儿,然后像鼓足了勇气,说,"能借一步说话吗?"

张若琳在两个小姐妹幸灾乐祸的眼神中起身。

风车巨大的白色风叶在夜色中转动,吱呀作响,不远处,篝火明亮,欢声笑语。

张若琳停下脚步,问:"师兄,有什么事吗?"

"若琳,毕业后你想留在北京吗?"

"还不知道。"

"你记不记得去年我跟你说过,在北京待得越久,越想要留在这儿?你有没有感觉,过了一个学期,现在的想法和刚来的时候不一样了?"

张若琳没有预料到这样的开场白,只顺着话题回应:"嗯,确实不太一样。"之前她只想着学业有成,回到滇市找一份好工作,让外婆安享晚年。现在……她说不准。

"但是,像我们这样从外地来的,还是来自那么偏远的地区,一个人在这座城市真的很难。"

张若琳绷紧神经,对每句话都格外敏感。终究是要来了,她斟酌着回复:"成年人哪有容易的,大家都不容易。"

樊星烁问:"那你愿不愿意,和我一起走?两个人一起,也许会好一点。"

张若琳有十足的心理准备,闻言并未大惊失色,她注视着樊星烁闪烁的双眸,平静道:"师兄,我有喜欢的人了。"

樊星烁好似并不惊讶,眼底闪过一丝情绪,转而微微笑着问:"是陈逸吗?"

张若琳在内心叹息,她以为自己藏得足够好,为何身边一个个都如此笃定?

樊星烁知道她是默认了,不禁叹了口气,说:"若琳,我们和他,不是一个世界的人。你和他一个社团,又给他姑姑的孩子当家教老师,你应该比我了解他的家境。他出生在什么样的家庭?父母都是董事长,妥妥的富二代。即便不说家世,他现在的发展情况,指不定什么时候就要出国留学……退一万步说，即使他不看中这些，他会喜欢什么样的女生呢？作为男人，我都看不出来。他看起来，只喜欢他自己，他——"

"师兄！"张若琳打断他。

樊星烁愣了一下，有些懊恼，怎的忽然数落起他人的不是，每一次提到陈逸，他都忍不住。他明白，有种情绪，叫作嫉妒。

"师兄，你喜欢我吗？"她平静地问。

樊星烁没有预料她会这么直接："当然。"

"其实不然，我可能只是恰好适合。你需要一个一起奋斗的人，我看起来吃苦耐劳，对生活的诉求不高，按照现在的成绩，好好学习，以后应该能混个还不错的工作，算起来没有什么后顾之忧，仅此而已。而你，师兄，你是一个交际能力很强的人，处事稳重，左右逢源。我曾经很羡慕你有这样的技能。但是，我宁愿一个人走得艰辛，也想等一个纯粹爱我的伴侣。"

樊星烁怔住了，他没有想到温温柔柔的女孩像忽然长出了利齿，冷静且一针见血。有些他自己隐约感觉却没能看透的东西，被她说破了。

"若琳，我——"

张若琳再次打断他："我们回去吧，师兄。"

两个人原路返回，不发一言，各怀心思，都没有注意到一辆车顺着丘陵地形蜿蜒而上。直到车灯的远光打在他们身后，在他们跟前拉出长长的影子，两人才下意识地回头。

大块头的越野车出现在他们视野中，灯光直射，亮得刺眼，透着逼人的气势。

"谁啊，不知道打近光灯吗？"樊星烁借此打破尴尬。

越野车很快来到跟前，张若琳心间微颤，这辆车过于熟悉，是陈逸上次去密云观星开的那一辆。

车窗缓缓降落，露出一张英俊却沉得骇人的脸。

"上车。"

✦ ✦ ✦

张若琳从惊讶中回神，看着这张好久不见的脸，心底生起丝丝喜悦，凑到车窗边："你回来啦！"

她不自觉靠近的行为取悦了陈逸，他瞥一眼她扒在车沿的手，又看了看不远处的篝火和人群："大半夜的不和大部队在一起，乱跑什么？"

张若琳这才想起来自己身边还站着个人，瞬间有种被"捉奸"的心虚，她转移话题道："你不是说明天晚上才回来吗？"

"我回来得不是时候？"他仍旧淡漠，意有所指。

"哪有？！"

张若琳心里更多的是惊喜，语调里带着自己都未察觉的娇嗔。

陈逸伸出手，揉揉她的脑袋："上车。"说着，他看向站得稍远的樊星烁。

樊星烁这会儿如果还看不出这两人之间涌动的情愫，那他算是白担着"情商高"这个标签了。于是，他扯出笑容："你们先走吧，我吃得太多了，想散散步。"

陈逸丝毫不客气，连个招呼都没有。张若琳一坐稳，车子便绝尘而去。

姗姗来迟的车子引起了大伙的关注，却没看到人，只看见车屁股。

天文社社长瞅了瞅小胖："这是陈逸的车吗？"

小胖点点头，看看表："这家伙真够快的。"从给他发定位到现在，不到四个小时，高速上恐怕是飞着走的。

"他不是说不来？"

小胖答道："他不总是这样？"陈逸说来就来，说走就走，毫无纪律性。

车灯熄灭，却不见人下来。

陈逸把车窗升起，把风隔绝在外，握着方向盘的手有一下没一下地轻叩，不知他在思索什么。

张若琳静坐副驾驶座，大气不敢出，寻思着如何开口比较合适，就见陈逸忽然转过身来，她紧张地抓住胸前的安全带看着他。

陈逸勾起一抹嘲讽的笑，手够到后座，拿过来一个礼盒递给她，嘴里刻薄道："做了亏心事，紧张成这样？"

张若琳接过小礼盒，声音弱弱地回答："我哪有？"她还悄悄给他解决了一个情敌呢，这个人还不领情。

陈逸似是不愿继续这个话题，淡淡道："打开看看。"

礼盒小巧、精致,不重,里边静静地躺着两个镶钻的发圈。一个是月亮,另一个是星星。

张若琳抬头看向陈逸,用眼神询问。

"给你的,一个月礼物。"

张若琳知道这是礼物,但她以为他会说这是出国手信之类的:"什么一个月?"

"在一起一个月。"

她咬唇想了想,说道:"不对呀,在一起不是我生日那天吗,20号呀?"

闻言,陈逸皱着眉,眼里似有飓风盘旋,他一字一句沉声道:"所以,元宵节那天我的初吻是喂狗了吗?"

张若琳被这突如其来的愠怒吓到,怔了怔:"是……是这样算的啊……"等等,初吻吗?她眼底里盛满笑意,"可一点都不像。"

陈逸反应过来,轻咳一声,扭头看了一眼窗外,再回头看她的时候神色恢复如常,抬了抬下巴:"不试试?"

张若琳取出发圈,圈身紧实,钻饰在中控灯昏暗的光线下仍旧熠熠生辉。一星一月,中间都有一颗圆钻。

"这不会是钻石的吧?"

陈逸没好气道:"不是钻石的你就不珍惜了?"

"才没有!"张若琳睨他。这个人送礼物还凶巴巴的。她总觉得他今晚说话句句带刺,也不知道是哪根筋搭错了。

她把原来的发圈扯下来,柔顺的黑发铺了下来。陈逸忍不住伸手,捞着几缕青丝,柔软顺滑,随着她绑头发的动作又从他手心滑走。

"怎么想着给我买发圈啊?"张若琳一边绑头发一边问。这种礼物似乎很少见。

陈逸静静地看着她绑头发——先把发圈套在左手腕上,手指成梳把头发束起,右手去够发圈,一扯,打圈,稳稳绑住头发,露出修长的脖子。那天在他家,她起床时也是这个动作,只是当时她手腕上没有发圈。他也不知道自己是怎么了,只觉得这个动作赏心悦目,很居家,以至之后几天他频繁地想起。

"不喜欢?"

"喜欢。"张若琳绑好头发抬起脸。

"不许弄丢。"他挠了挠她下巴，警告道。

张若琳乖巧地点头。

女孩子的发圈经常莫名其妙地失踪，但这两个她一定珍之重之，好好保管。

"不记得也就算了，不还我点什么？"

四目相望，他眼底有异样的情愫，相处不长，但张若琳对他这样的眼神并不陌生，她抿了抿嘴，忽然微微直起身子，凑上去在他嘴角亲了一口，如蜻蜓点水。

她刚坐回，伴随"咔嗒"一声，陈逸欺身上来吻住她，将她死死地扣在椅背和他的胸膛间。霸道的吻碾过，他扣着她的肩，力道渐大。

最后，陈逸竟咬了咬她的唇瓣，嘶哑的声音在她耳边响起："低调不代表可以仗着别人不知道就为所欲为，我不在的时候，你老实一点。"

两人的距离近得张若琳看不清他的轮廓，也不知道他是什么表情，可她好像知道他今晚凶巴巴的原因了。

"陈逸……"

她很少叫他全名，印象中，他们在一起后，她就没叫过。他神色稍动。

"你是不是在吃醋啊？"

闻言，陈逸拉开距离，坐回驾驶座，手肘撑着窗沿，摸了摸下巴，淡淡道："没有。"

张若琳满眼含笑，顺着他点点头："嗯，好吧，那就没有吧。"

陈逸睨了她一眼。

张若琳心想，他好可爱哦！

忽然，夜空中划过一抹亮色，瞬间消失不见。

张若琳后知后觉道："呀，流星！"

陈逸抬眼，漆黑夜空下点缀着一架架白色风车，除此之外，一片虚无。

"你错过了！"张若琳遗憾道。

此时，大部队那边也传来此起彼伏的声音，大概有眼尖的瞧见了，没看见的在啧啧称憾。

峰值期要来了。

于是大家快速行动起来，扑灭篝火，关闭灯光，以便创造最佳观星环境。

陈逸把座位放倒，将天窗大开，苍穹群星尽收眼底。

流星再次划过，不远处传来一阵欢呼。车内，张若琳双手合十许愿，陈逸则单手枕着脑袋，侧着身子注视她。

"我以为你不信这些。"陈逸淡淡地开口道。

流星不过是天外来物，没有什么特异功能，反倒可能带来灾难。

"它只是足够浪漫，"张若琳笑容灿烂，"我们由星辰所铸，如今眺望群星，有一种和本源相遇的感觉，虚妄又真实。"

在所有的浪漫中，宇宙一定是史诗级别的，她不信向流星许愿就能实现愿望，只是在他身边，总有一些妄念无人能诉，付诸流星不失为一种寄托。宇宙是一种可以让人变得平静和谦卑的存在。

陈逸看着她闪亮的眼眸，平静地念道："在广袤的空间和无限的时间中，能够与你共享同一颗星球和同一段时光，是我的荣幸。"

张若琳惊喜道："卡尔·萨根，你也看过吗？"问完，她顿觉自己呆傻，卡尔·萨根的《宇宙》算是天文科普读物里的畅销书，他这样的天文爱好者看过也没什么奇怪的。只是卡尔·萨根比起其他科普作家，文笔更文艺、缠绵。她下意识地感觉，陈逸这种个性的会觉得矫情，不承想，他不仅看过，还能随口诵读。他少有这样柔和的语气。

"这也是我现在的想法。"陈逸补充道。他看着她，目光专注，她只觉他眼里尽是星辰。

这一刻张若琳觉得自己何其幸运，岁月流逝，时空变换，一起看星星的伙伴一直是那么神奇又闪耀。

张若琳定定地发呆，过了好半响，忽然开口："我们也下去看吧？"

陈逸身形一顿，看着她的侧脸："好。"

张若琳却叫住他："等一等。"

陈逸好笑地看着她："这会儿就后悔了？"

张若琳不言语，拉过他的手，把自己手上的另一只发圈套进他的手腕。

陈逸静静地看她的动作，忽然明白了什么，抓住她的手腕紧了紧。

两人肩并肩出现在众人的视野中。他们只是并排走着，并没有多余的举动，中间甚至能站进一个人。但是陈逸高高挽起的卫衣袖口实在醒目，他在不算暖和的天气里露着结实修长的小臂，手腕上戴着一块表，还套着一只精致的发圈。

没有人会认为陈逸自己需要扎头发。而张若琳马尾上那颗小钻在黑夜里闪着洁净的光。一星一月交相辉映。

"这是我见过最恶心人的官宣方式。"万峰总结陈词。

两人走到熟识的人中间落座。过了好半晌，呆怔的众人似乎才反应过来，三五成群地窃窃私语。

和陈逸相熟的社长打趣道："敢情你不是来参加我这破活动的，你是来过节的吧你？"

陈逸四两拨千斤道："说什么鬼话，这不是我的活动？"

"我可真感动，你还记得我们这破社团。"

"前阵子忙。"

"以后每周来开会啊？"

陈逸没有被带节奏，坚持原则道："形式主义就算了，不去。"

"给我点面子吧你！"

笑闹一会儿，陈逸和几个老社员过去调设备，临走前习惯性地揉了揉张若琳的脑袋。夜色里，他的动作仍然被众多目光捕捉到。

张若琳留在原地接受李初萌的拷问。

"就是你……看到的……这……样。"她率先开口，老实交代。

"啥时候开始的奸情？"

"好好说话。"

"不知道我现在在群里吼一声会不会有人理我……"李初萌眼神幽幽地开口，这是要放大招。

张若琳妥协，用她的"追星逻辑"劝阻道："别别别，我不能毁了Q大顶流的资源。"

但她没有向人描述自己恋情的癖好，只简单交代了几个时间点。

李初萌最后总结道："别说了，就是近水楼台这个道理，没别的。别说了别说了，我塌房了，我想静静。"说着，她往草地上一趟，望着天空发呆。

过了会儿,她又忽然坐起来,郑重道:"那上次一起坐车那个美女是怎么回事?她不是陈逸的女朋友吗?啊,现在肯定不是了,我是说当时。"

张若琳摇摇头,声音有些无力:"不知道。"

"那你不会问?"

"啊?"

"在一起一个月没问过这些啊?情史什么的?"

"没有……"

"服了,赶紧打听,宜早不宜迟。我看,那个女的,危险得很!你看他们那个熟悉的样子,相处也太自然了。"说罢,李初萌才觉得自己嘴快,忙捂住嘴,抱歉地看着张若琳。

张若琳仰望星空,没再说话。

我们由星辰所铸,如今眺望群星。

在广袤的空间和无限的时间中,能够与你共享同一颗星球和同一段时光,是我的荣幸。

——卡尔·萨根《宇宙》

chapter 13
灰姑娘

——这么多年,她以为自己已经修炼得足够强大。

观星回来,春分一过,万物复苏。

张若琳长在四季如春的滇城,对季节变化没有概念,只觉得转眼间整个校园就换了模样。老树抽芽,春雨如画,连风都像过了筛,柔得像绸缎。

孙晓菲的快递成堆成堆地往宿舍里搬,全是淘宝店家寄给她待拍的春装。她生得美,身段好,她男友贺阳摄影技术过关,两个人靠着寄拍的活儿挣得盆满钵满,衣服更是穿不过来,遇上风格不合适的,就送给张若琳。路苔苔身形偏胖,哭丧着说自己薅不着羊毛。

张若琳得了便宜,迅速抱大腿:"做美女的室友可真爽。"

"我说我送你这些小裙子小毛衫,你也不穿出去约个会什么的,堆在柜子里准备压箱底啊?"孙晓菲嫌弃道。

张若琳没有谈过恋爱,对于谈恋爱最直接的了解都是来自孙晓菲。可他们那种当众腻腻歪歪的模式,张若琳模仿不来。她和陈逸都不清闲,白天上课、晚上自习是她亘古不变的习惯,一天课程下来,如果不复习,她就总觉得落下点什么,没有获得感,所以晚上她几乎都窝在图书馆。而辩论队八校联赛在春分正式开幕,张若琳作为小新人虽不能上场,但得组队给正赛队伍做模拟辩论。今年轮到Q大做主席校,除了参赛,还负责举办比赛,算是东道主,要忙活的杂事也格外多。每天都被安排得满满当当,她哪有时间约会……

"在步家家教算吗?"张若琳弱弱地开口。

"陈逸没意见？"

陈逸每次都过去蹭饭，偶尔把她拐回家搞点小动作，再把她送回学校。

"好像……没有吧。"

张若琳看不出陈逸的喜怒，他除了上课，大多时候都在家里做模型，大门不出二门不迈，也很忙的样子。

"感情是需要经营的，你们这不冷不淡的是要干吗，温水煮青蛙？"孙晓菲抢过张若琳手里的单词本，"陈逸这么养眼的男朋友藏在家里干什么，带出去遛啊！"

"这用词不对劲，我要打小报告。"

孙晓菲才不理她，循循善诱道："去吧，打小报告也没事。趁春光好，出去约会！"

周六一早，张若琳按时到步家，刘阿姨出去采购了，是步潼给她开的门。

步潼见到她，上下打量了许久，才问："小老师，你转性了？"

张若琳低头看自己的打扮，碎花长裙，外边是宽松的短款米色马海毛套头毛衣，脚下是一双毛茸茸的米色船鞋，怀里抱着几本书。这是"时髦精"孙晓菲给她搭配的——清纯女教师穿搭。她很少穿浅色衣服，夏天也很少穿裙子，她自己也不适应，最后是被孙晓菲推出门的。

但张若琳自己厌归厌，容不得别人戳穿："怎么，你有意见？"她错身进了屋。

步潼关了门，跟在身后："你是不是谈恋爱了？"

"距离中考不到一百天，你的注意力能不能好好放在学习上？"

"你现在说话怎么跟我妈一样？无趣。"

"好好考试，考完你就解放了。"

"哦，说得好像宇宙的尽头是中考一样，中考之后还有高考，高考以后还要学学学，考研、考博，永无止境……"

"嗯，对，是这么回事，挺有志气的。"

师生日常斗嘴结束，开始上课。一模刚过，张若琳需要分析步潼的卷子，步潼便自己先刷题。

"小老师……"步潼轻声喊。

"嗯？"张若琳以为他有什么问题要问，柔声应道。

"你是不是在和陈逸谈恋爱？"

张若琳目光微滞，不知道如何回应。

步潼又自顾自道："你放心，我不会告诉我爸妈的。"

"你怎么会这么想？"张若琳的回答模棱两可。

"最近陈逸来我家的次数也太频繁了。"

"是吗？"

"是啊，没脸没皮，整天蹭饭，你一来他就来，跟屁虫啊？"

"就因为这个啊？你要中考了，他关心你学习。"

"拉倒吧。"步潼满脸不屑且不信，"你们真没谈恋爱？"

张若琳低下头去看卷子，轻嗔一句："无聊。"

步潼看了看她无所谓的态度，想法松动了，只低声自言自语："那他估计就是想泡你，你小心，下次来别穿成这样了。"

话毕，步潼专心做题，没有注意到他的小老师耳根子都快红透了。大概只有这小子会觉得她和陈逸在一起吃亏的是她。这么想着，她看向步潼的目光变得欣慰又柔软。

再说话时，张若琳的声音格外温柔："你的作文还是落下太多了，我听你妈妈说，你不想挣扎了？作文一下子提高确实不现实，但要考高分也是有迹可循的，你这么早就把这个大头放弃了，从哪里去找这十几分呢？"

步潼托着腮犯难："我按照高分作文的模式写的啊，老师看不上我那破文笔，我能怎么办？"

张若琳循循善诱："初中作文还是应试模式，文笔不是最关键的，你首先是病句过多。我们可以找几张病句专题卷来做，做完了朗读，练题的同时练作文语感……"

"你说怎么学就怎么学吧，那你——"步潼绝望地回应，转过身时声音顿住，瞧见了倚在书房门口的挺拔身影。

"你怎么又来了？"

张若琳循着他的视线看去，见陈逸单手抄兜立在门边。

屋内一大一小，一坐一立，大好的阳光被纱织窗帘阻隔在外，氤氲成柔和的光线，圈住了穿着毛衣的女孩，在她披散的发丝上跳跃，乐融融，暖洋洋。

陈逸不着痕迹地移开视线，看着气鼓鼓的小孩："老虎窝，来不得？"

"出去，别打扰我们上课。"

陈逸不多言，转身出去了。

步潼转回书桌边，嘴里念念有词："你看吧，眼神色眯眯的。"

张若琳被他逗笑。她怎么没看出有什么变化？他的视线从头到尾都没聚焦在她身上。想着，她似是感应到什么，往门口瞥了一眼，撞上陈逸若有所思的双眸而复返。他晃了晃手机，示意她看。

张若琳摸过手机，同时听到他往客厅方向去了。步潼听声音不对，看了一眼门外。门口空空如也，他又扭头看看张若琳，最终还是没说什么，小大人似的摇头。

微信里。

○："离他远点。"

张若琳："？"

张若琳："谁啊？"

○："你的好学生。"

张若琳："干吗？"

○："上课用不着离那么近。"

张若琳："哦。"

张若琳："美女语塞.jpg。"

他还跟小孩子较起劲来了，这语气怎么和他那张脸那么不搭？

张若琳笑了一声，步潼再次扭头看她。仿佛被抓包，她心虚地把手机放好，专心讲题。

下课后，张若琳照例在步家用午饭，照例回到陈逸家里"消食"，通常就是两个人窝在沙发上看看电影或者纪录片。

陈逸问："想看点什么，还是直接睡午觉？"

张若琳往常上完课会下来休息一会儿，偶尔赶时间回不去宿舍，就在这边午睡。但她今天存了约他出去的心思，不知如何启齿，加上他看到她变了风格换了模样，似乎没有什么异样，她的信心备受打击。想想也是，他身边从小就跟着言安荷这么一个大美人,他也免不了同她的那些美女朋友打交道,什么样的没见过?她这半土不洋的,倒显得煞有介事。

没得到回应,陈逸回头,看到女孩垂着脑袋在沙发上正襟危坐,静静地发呆。他往沙发上一靠,顺手把她捞起来坐自己腿上,摸摸她下巴:"在想什么?"

这姿势稀松平常,张若琳本来已经习惯,可她今天穿着裙子,被陈逸这么一捞,后边的裙摆上移,她感觉自己的大腿摩挲着他的裤子。过于亲近的距离让她缩了缩腿,却不想一个没坐稳向后仰去,她下意识环住了他的脖子。仔细想想,他们好像也挺腻歪的,只不过在人前都很端正。

怀里的人毛茸茸的,一张脸藏在乌黑浓密的头发中间,又羞又愤的模样像只傲娇的猫,陈逸想起她教育步潼的良师模样,不由得心间微动,他低下头,就着姿势和她接吻。

张若琳察觉陈逸的手掌扣着自己的腰,缓缓上移,在毛衣里穿梭。即便隔着连衣裙,她也能感觉到他游移的掌心灼热。

"今天是什么日子,穿得这么好看?"陈逸放开她,往沙发后一靠,离远了些上下打量她。

张若琳喜形于色:"好看吗?"

"好看。"陈逸点点头。

"那你和我约会吧。"

陈逸难得露出惊讶的神色,他眉头微挑:"今天到底是什么日子,不是学习至上了?"

他这语气,张若琳怎么听出了点怨念?

"你不是也天天忙着搞模型……"

"模型?"陈逸疑惑,转瞬又了然,看了一眼沙发后大书桌上的微型建筑,"你说这个?"

张若琳点点头。

陈逸笑出声,抚了抚额:"这是乐高。"

张若琳愣怔,没吃过猪肉也没见过猪跑,她大意了。

"打发时间。"陈逸补刀道。言下之意是,他闲得不能再闲了。

张若琳没有掩饰自己的尴尬:"那你去不去?"

"去，当然去。"陈逸语气里有掩不住的笑意。

"那我计划一下，嘻嘻。"

"不用。"陈逸抖抖腿示意她下去，"上了一早上课，去睡一觉，这种事女孩子不用准备。"

或许确实是太累了，张若琳一觉睡到四点，醒来后一阵恍惚。她从房间里出来，外边光线暗淡，客厅拉着窗帘，电视里播放着纪录片，只是没有声音。陈逸半躺着，占据了整张沙发，一只长腿落地，修长得诡异。

听见脚步声，他悠悠转醒，见她站在几米外，他看了一眼腕表："醒了？"

"你怎么不叫我啊？"

之前陈逸都是两点左右叫醒她，所以她从来不定闹钟。

"好不容易休息，多睡会儿。"说着，陈逸已经起身，"去洗把脸醒醒，我去换身衣服，然后出门。"

"去哪儿呀？"

"这时间……去吃饭吧。"

"哦。"张若琳有点懊恼，耽误了大好春光。

陈逸似是看出她的所思所想，揉了揉她脑袋："来日方长，呆子。"

"不许叫我呆子！"

"行，宝宝。下次有空约会，提前给我暗示，明示也行。"

车子逆着晚霞一路向东，过了亮马河，在一个街角停住。

餐厅门脸是大块木料，没有店名，行人稍不留神便会路过。但显然陈逸来过，他牵着张若琳穿过长廊。入目是巨大的人造盆景，玻璃罩子里茂林修竹，流水潺潺，一张巨大的桧木料理台立于其间，台边摆着四座高脚凳。罩子外隔着麻布帘子，通往几个包厢。

明显的日式风格让张若琳这个门外汉都能看出一二。

两人还未落座，侧边的前排包厢里出来两个女生，她们边走边笑闹，声音清脆悦耳，其中一个还很熟悉。

"要我说，omakase[1]还是上海的好。"

"你都没吃呢，怎的就说北京的不好了？你这样说，主厨可是要把你赶出去的。"

"哎哟，我听你现在说话跟清宫戏里似的不对味。"

"你怎么狗鼻子似的，我最近在拍的还真是清宫戏。"

"干吗不坐吧台呀，包厢里都看不着主厨做手握寿司。"

"吧台被人订了，再加咱三个坐不下……"

是言安荷，和一位同样高挑精致的女孩在一起，但比起言安荷，另一位脸上的人工痕迹就重了些。

"陈逸？"

先打招呼的竟不是言安荷，而是她旁边那个女孩。

陈逸看着那个女孩，思索了会儿，疑惑地看向言安荷。

那个女孩不等别人介绍，自顾自道："不是吧，陈逸，头发挺茂密的，怎么就健忘了？我是董佳芸呀，隔壁班，高中的时候每周末都去你们班找安荷的，咱不是也经常一起玩一起吃饭吗？"

陈逸似是回想了一下，然后说："女大十八变。"

那个女孩有点窘，这才注意到陈逸身后跟着个人，探究的眼神毫不掩饰，她微笑问："这位是？"

"女朋友。"陈逸简单答道。

✦ ✦ ✦

那个女孩除了惊讶，还有些许尴尬，她看看面前交握的手，又看看言安荷。后者笑容灿烂，对张若琳说："这也太巧了，这都能碰上。过年的时候陈逸还在追你吧，还雇用我们去放烟花噢。看来他成功了！陈逸，你也是，不带出重新认识认识？"

她没等陈逸说话，全程只看着张若琳："这家店很不错，一般人我们都不带着来呢。你们吃着，我还有朋友来，出去接一下。"

---

[1] 无菜单料理。

说着，她不再寒暄，与董佳芸往门外走去。而董佳芸附在她耳边说了什么，言安荷轻拍她的肩，似是制止她继续说。

主厨从里间出来，在料理台上准备好刀具，桧木盒里摆着食材，招呼陈逸过去挑选。

两人选好套餐后，言安荷与董佳芸带着另一位朋友进来了。不想新来的这位也是与陈逸相识的人，路过吧台时自然要打招呼。

新来的女孩是言安荷的闺密，同样生得俊俏，是位可爱萌妹。

张若琳觉得她眼熟，再看几眼便想起她是过年时言安荷合照中的一位。

这个女孩只是礼貌地颔首，没有多问别的，显然已经被提醒过了。打过招呼，她们进了包间。

第一道前菜上来了，菜品小巧精致，看着也就一口的量。

味蕾被鲜美的口感调动，张若琳转头想和陈逸说点什么，只见他一边吃一边看手机，然后没什么特殊感觉地放下勺子，慢条斯理咀嚼着，双手回复微信消息。张若琳讪讪地扭头。

包厢没有严格封闭，那三个女孩久别相聚，谈笑声不时传来，更衬得外边寂静无声。

张若琳对日料的印象还停留在乌冬面和三文鱼刺身，小时候母亲带她出去旅游时吃过。可时隔很久，她的味蕾已经遗忘。而这些食材，她见都没见过。六道前菜下来，陌生而鲜美的味道一次次让她感觉惊艳，可她失了分享的欲望，只安静地进食，不再多言。

前菜过后，主厨捞着新鲜出炉的米饭，满室米香。他介绍说下面是十一贯手握寿司。

服务员上前换餐具，同时在边上添了一副。张若琳正想着是不是有别的客人要来，就见董佳芸从包厢里出来，她前脚出来，后脚言安荷就跟出来了。

言安荷低声斥道："你就让陈逸好好约个会，你要拍，我下次再请你嘛。"

"我明天就回上海了好不啦？不在板前吃手握我不死心，我就拍几贯，拍拍手法就回来，陈逸也不是外人是不啦？"

董佳芸的声音属于压低了音调但足以让周围听见的那种。

"服了你了，为了几十万粉丝够拼的！"

话音未落，董佳芸已经来到板前落座，隔着一个座位对陈逸抱歉道："最近做美食专题，抱歉了哈。"

陈逸淡淡回道："你随意。"

板前本就有四个座位，不是董佳芸来坐，也会有别人。

董佳芸大概是个饕客，一边拍视频一边口头介绍食材和手法，各类专业名词接连从她嘴里蹦出来。

张若琳默默听着，没想到看起来普通的米饭也有那么多讲究。

董佳芸拍了一会儿，坐在一旁等下一贯寿司，忽然搭话："陈逸，半年多不见，你又变帅了哟。我们学校怎么就见不着你这种帅哥？"

陈逸淡淡瞥了她一眼："董总说笑，你还缺帅哥看？学校没有，TAXX、SPACE、KOR[1]那些地方有啊。"

"你可真是，你要是不长这张嘴，高中我就追你了。"

陈逸轻笑道："那得亏我长嘴了。"

董佳芸佯怒："哎，陈逸，你可真是一点没变，除了对安荷还温柔点，对我们简直就是刻薄。"

陈逸保持着淡然却不疏离的浅笑。

董佳芸见惯他如此，兀自邀请道："我们晚上去13，一起吧？"

陈逸说："太吵了，我就不去了。"

"那5+也行呀，打打牌？我们几个都是女的，无聊死了。"

陈逸调侃道："富婆局，我就不去了。"

董佳芸笑，顺着他的话开玩笑："你在才更彰显富婆局啊。"

"我不去了。"他的语气不变，总是淡淡的。

董佳芸吃寿司，嘴里模糊不清道："好吧，大老远过来，你都不当个东道主什么的，无情！"

"欸，你女朋友是哪里人呀？"她似是才注意到陈逸身边还有人。

陈逸瞧了瞧闷不吭声吃东西的张若琳，回头，不直接回答："她比较怕生。"

---

1 上海有名的三家夜店。

董佳芸脸上的笑讪讪地退去,"嗯"了一声便不再多话,继续拍她的视频。

张若琳坐实了"怕生"这个标签,越发沉默,就连使筷子端杯子的动作都轻了。她不知道怎么形容当下的感觉,说不上如坐针毡,但实在算不上舒服,原本鲜美的食物也渐渐食之无味。她没有什么矫情的想法,说约会一定要包场或者进单间,她没那么娇气,如果真是那样,她的心理压力更大。桌边有别人,甚至是拼座,她都不介意。

可是董佳芸不同,她在一定程度上代表了陈逸这十年间的朋友圈,她三言两语间尽是他们的寻常,却都是张若琳从未触及的事物。他们说的每一个字她都听得懂,可是连起来是那样陌生,她听得懂,但无法具象化。她和陈逸之间那道天然存在却一直被忽视的沟壑,倏然变得清晰。

饭毕,三个女孩还在包厢内谈笑,陈逸也没有再打招呼,带着张若琳先行离开了。

出了店门,天幕渐暗,没了暖阳加持,料峭春寒吹得张若琳吸了口冷气,抱着手臂搓了搓。

陈逸搂她的肩靠近:"冷了?"

张若琳看看自己纷飞的裙摆,抬头勉强笑笑,老实地点头:"大意了。"

她的表情比哭还难看,陈逸觉得有趣,轻啄一口,笑道:"你在门后等等,我去把车开过来。"他也只穿着一件单薄的卫衣。

张若琳站在店门里边等陈逸。店内三个女孩似乎也打算结账离开,叽叽喳喳地讨论着一会儿去哪个商场逛街。

言安荷的声音传来:"欸?陈逸走他的卡结了……"

董佳芸凑过去道:"多少?九千啊,套餐不是2880吗?哦,有服务费,比上海要得狠呢。"

另一位搭腔:"陈逸还是那么大方,以前不也都他结?"

言安荷愁道:"以前是以前,你来我往的没什么,出去玩总不能AA败兴,就是现在他谈恋爱了,我再占他的便宜总归不好。"

"这不叫占便宜吧,出来玩不都这样吗?也没多少钱,买点东西送回去就好了。"

董佳芸说:"大概是因为我刚才说他不尽地主之谊。哈哈,随口乱说的啦……"

"我还是转给他吧,免得多生事端。"

"安荷,你也太谨慎了。你不觉得,也许就是你这样,才错过了他吗?我看他这种下意识结账的行为,对你也不是全然没感情的,你们就是太习惯彼此了,缺了点新鲜劲。还有那个女孩,看着格格不入的,我真不是故意说道别人,就是——"

"那个女孩挺好的,我短暂接触过。"言安荷打断董佳芸的话头,"不提了吧,先走吧?"

"唉,我的大美女哦,怎么这种灰姑娘战胜公主的事还真能在现实上演啊?陈逸那种男的,是不是都有救赎癖啊?"

"差不多得了啊?"

"你看你还护着他,从小就这样……"

三个人穿过长廊,声音越来越近。张若琳看了一眼门外,还不见陈逸的车。如果她现在出去,等会儿还会再次撞见她们……行动快于思维,她迅速推开长廊入口旁边的小门,又迅速关上。

这是一扇消防铁门,只不过外边做了木质装饰,如果不注意,压根儿不会知道这里有扇门。张若琳忽然无声地哂笑,原来自己无意识间早就看好了退路。

这扇门因为厚重,开关时没有发出丝毫声响,倒是把外边的声音尽数阻隔,她只能隐约听到她们路过,听不清她们聊了什么。但那一声"陈逸",她听得真切。她们应该碰到了开车过来的陈逸。她再次庆幸自己没有出去等,如果再次碰上,她不知道要用什么表情去交谈。

消防门里是封闭的楼梯间,漆黑空间里只有"安全出口"标识亮着油绿的光。

张若琳并不怕黑,只是这诡异的寂静让人不适,她似乎能够听见自己急促的心跳声,一拍赶着一拍,纷至沓来,压迫感顿时生生冲破某种桎梏似的,令她脊背蹿起一阵凉意,伴随而来的是无法抑制的鼻酸。大滴眼泪跌落,就着她低头的姿势砸到地面上,短促的"吧嗒"声像带着穿凿的力道,一下一下的。

张若琳愣了愣，手摸上眼角才顿觉湿润。

她其实很爱哭，从小就这样。得不到喜欢的娃娃和玩具，哭；洗脸水太热了，哭；吃不喜欢的胡萝卜，也哭。可母亲过世、父亲入狱以后，她好像就把眼泪流干了，很少再哭，这样毫无意识、无从控制地哭，是第一回。这么多年，她以为自己已经修炼得足够强大。

上初中的时候，整所学校只有她没钱交校服费，不穿校服就只能在校门口站半小时再去上课，她站了一个多月，在来来往往同学的目光中坦然矗立。后来因为她月考考得不错，班主任奖励了她一套校服，可只有一套。秋日里晚上洗过，白天干不了，她就只能穿着濡湿的校服去学校，奇怪的味道让同学退避三舍。久而久之，同学们便孤立了她。有一次上体育课，她把校服脱了放在教室里，回来的时候发现校服被人剪得稀碎，她盯着破布一样的校服站了许久，直到下课后返回教室的同学围了一圈又一圈，她仍旧沉默着，最后把校服塞进书包里，离开。她没有哭。

上高中的时候住校，新校区水电不稳定，接连断水断电，室友都有家里人接送回家洗澡。她舍不得几块钱的车费，大冷的天，例假期间却在澡堂里洗冷水澡。夜晚又断电，在宿舍冰冷的床上她烧到39摄氏度，没有手机，室友不在，她便拖着病弱的躯体爬上爬下换毛巾给自己物理降温。自那以后，从前例假期间没有太多感觉的她，每逢例假便腹痛难挨。她没有哭。

高考完，外婆带她到处走亲戚。她明白外婆这是在为她的学费做准备，即使每每碰上冷脸，祖孙俩也风雨无阻地出门拜会。她在表婶家看到年龄相仿的表妹被迫学钢琴，哭着闹着不肯学，非要吃上一顿牛排才肯弹上几首，她想起小时候母亲也这样管她。看着莹润的黑白琴键，她鬼使神差地摸上去，一不小心弹出了声音，表妹轻嗤说："得不到的才想拥有，送给你好了。"她没有哭。

她一直知道这个世界的参差，她明白自己永远没有办法真正跨越，所以坦然处之，就像她身边的朋友，如陆灼灼、路苔苔、孙晓菲，她们的家境都不错，和她们相处，她自有一套法则，能够不触及红线而让彼此都舒服，她觉得自己已经深谙此道。

可现在她是怎么了？他们之间的差距，她不是一直知道吗？有什么好哭的？

也许是因为，在此之前，一切都是抽象的，陈逸从未刻意隐藏什么，但也未曾刻意显摆什么，也许是他太过自然，两人也从来没有真正聊过相关的话题，也许是因为他们真正相处的时间并不多。他们无疑是亲昵的，可不知为什么，这种亲昵总像隔着什么，不真切。

进门前，她就知道这顿饭不便宜，可内心里没想过会这么贵，人均三千块，不过是几块寿司。他随手请一次客，她要上多少节课才能挣到？她不愿意去计算。她甚至明白他的用意。这算是一顿精巧却不显摆的料理，没有富丽堂皇的包厢，没有殷勤的服务，如果不是恰巧听到言安荷三人的谈话，她永远不会知道这顿饭的价格。

灰姑娘和公主、救赎癖，是这样吗？如果公主像电视剧里的恶毒女配角一样出言不逊或者搞破坏，那么灰姑娘或许能够愤愤然指责几分，顺便将一将灰姑娘的剧本。可是公主没有这样，她那么善解人意，那么好，显得灰姑娘此时的心理活动那么阴郁，那么不美好。

一束光线伴随着门的开合洒进楼梯间，张若琳循着光线望去，看进来人深沉的眼眸。

chapter 14
学霸

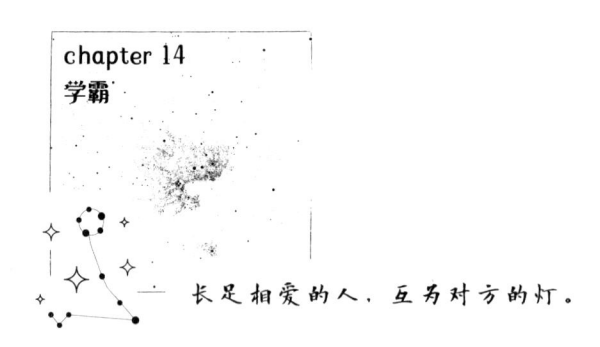

——长足相爱的人，互为对方的灯。

　　似是没料到进门所见是女孩含泪的双眼，陈逸开门的动作一顿，随后他缓缓走近，轻轻关上那扇厚重的门，把光线和声响都隔绝在外。

　　张若琳落入结实的怀抱。与以往的拥抱不同，以往他总喜欢拉她一把，她每每都像是撞进他怀里。这一次，他凑得很近，然后伸手环住她，然后缓缓收紧。

　　"怎么了？"他在她耳边轻声问。

　　这一次张若琳真切地预知眼泪的决堤，因为心口像被他温柔的声音撞了撞，倏然收紧，泪腺似被摁下开启键，晶莹的泪珠簌簌跌落。

　　女孩子从来就经不起哄。

　　陈逸感觉脖颈处渐渐濡湿，大手一下一下轻抚她的后脑勺，不再多言。

　　过了很久，两人都站得有些僵直了，她闷闷的声音传来："没什么，太冷了，你送我回学校吧？"

　　不是"我们回去吧"，不是"我们回家吧"，是"你""送我""回学校吧"。

　　车子驶离，却不是来时的路，但副驾驶座上的张若琳并未察觉，她扭头看着窗外掠过的街景，路灯光落在她脸上，忽明忽暗。

　　察觉车子驶入一条林荫道，人车渐少，张若琳终究反应过来，转过头来："去哪里？"

陈逸刹车，停在路旁，稍稍打开车窗，外边同样寂静。他把车内灯打开，忽然凑近，笔直地看着她："不去哪儿，找个地方好好看看你。"

"看我，干什么……"

"看看你，为什么不高兴。"

张若琳闻言低下头，知道自己的情绪外露得足够明显，再像平时一样四两拨千斤已经无用，更显此地无银三百两。她的手无意识地搓着："我明天就好了。"

话音刚落，她便感觉下巴被温凉的手指捏住，抬起。

"不可以，哄女孩的事，拖延不起。"

"我不用哄的，我——"

她的嘴被堵住，陈逸吻了她。但他只是亲了亲，没有过多纠缠，好像只是不想听她的话。

"那我不哄你。坦白局，怎么样？"

此哄非彼哄，他偷换概念真是一绝，这逻辑思维怎么不去打辩论赛？张若琳分神想。

"是碰到她们几个，她们跟你说什么了？"他话没说完，突然停住，自我否定道，"应该不是，碰到了就不会把自己塞进小黑屋，那就是听到她们说什么了？"

陈逸敏锐得让张若琳有些无所适从，内心还在犹豫那点女孩心思究竟应不应该与他言说。她明白，话题一旦开启，就免不了进入打破砂锅问到底的境地，可眼下她又着实不知道怎么回答，心里因为这样的天人交战，反而有点忘了自己刚开始为什么陷入这样的情绪。起因过于细碎、微末，着实不值一提。她好像在这一瞬间感觉这件事已经过去了。

"真的，我好像……现在已经好了。"她说着，还微微笑了笑。

陈逸挑挑眉，眼眸深深地注视着她，眼底有质疑和惊讶，平静道："你没否认，那我猜对了。"

张若琳抿了抿嘴，不知道是要夸他聪明好还是继续沉默好。

陈逸转过头去，靠着椅背，一副放松的模样，然后他淡淡开口道："我以前想过和言安荷在一起。"说到这儿，他从后视镜里看了一眼副驾驶座上头垂得更低的人，见她没有动静，他又徐徐陈述，"因为好像很合适，只是一直没有那种冲动，没有偶尔逗一逗的冲动，也没有一把拉过来摁在怀里的冲动……这个年纪，人生海海，我不想现在就对自己的爱情观盖棺定论，不能很肯定地告诉你我会喜欢你一辈子。但是，宝宝，我现在就想要你，好好待在我身边。"

张若琳低垂的脑袋在不知不觉中已经抬起，视线从后视镜里直直望向陈逸，他目视前方，眼神似乎失了焦距。她难以形容身体和心理的反应，只感觉他每个字都像浮游的生物，拥有生命，在她的眼前、脑海中、身体里复刻、生根，身体发肤都因着这幼芽而破土翻新一般，有龟裂的刺痛，也有新生的生机。

"为什么是我？"她像是无意识地开口，或许她更想问，是因为怜悯吗，是因为救赎的欲望吗？

陈逸缓缓地扭头看向她，但是没有靠近，还保持着倚靠的姿势，远远地望着她，视线笔直而深沉。

"因为生命力。"他回答，字字清晰、沉稳。

她生机勃勃，把所有不如意都藏在四两拨千斤的姿态里，挣扎着向阳，不馁不弃。

张若琳没想过会得到具象的答复，话问出口，她自己已经觉得落入了俗套，这不过是"你喜欢我什么""你为什么喜欢我"的另一种表达方式。

是否陷入恋爱的女孩都免不了问这样的问题？收到的回复无非是"不知道""难以言喻的吸引力"之类模糊的答案，因为这类回答比起具象的"你漂亮""你阳光""你温柔"显得更真诚、更安全，也更让女生满足，似乎一个男人不知道为什么喜欢你而仍旧喜欢你，才能够证明自己的独一无二。

可张若琳一直认为，最好的爱是互相崇拜，即使崇拜的点对别人而言微不足道，但只要对彼此来说足够闪耀就弥足珍贵。这世上没有无缘无故的吸引，尤其当激情燃烧殆尽，新鲜感退去，是什么支撑着两个人继续彼此依偎、相互仰望？

长足相爱的人，互为对方的灯。

她念自己想得过于长远，以至于眼下竟又有鼻酸的迹象，她匆匆收住发散的思绪，扭头看他。

陈逸轻轻叹了口气，忽然伸手揉了揉她的脑袋："矫情是不是会传染？差不多得了。"

张若琳轻轻地点点头。在四目相对的默契里，她微微地笑开了。

芳菲四月，张若琳拿到了她的卖房佣金，到账足足有四万多元。看着ATM机上的数字，她反复数了好几遍。是五位数，没错，小数点前五位数。

周末，她按约定请李初萌吃饭，当然也带上了宿舍里那两个室友。但是她们几个人念着她这笔佣金以后花用的地方不少，就没狠心宰她，而是约着吃了顿涮羊肉。

李初萌上来就陈述了一遍自己是如何在舅舅面前夸张若琳，才让舅舅那个铁公鸡给足了佣金。

张若琳老老实实地拜财神爷，约定暑假还去她舅舅那儿打工。

孙晓菲问："若琳，你暑假也不回家吗？"

是要回的，一年不在家，她很担心外婆。

"不会回去太久，回去看看就回来挣钱啊！抓紧时间暴富才能好好学习啊！"

路苔苔说："确实，大二几乎都是满课的。"

"而且到时候步潼中考完了，我也不知道还能不能找到那么省心的家教，还是攒点钱比较好。"

"你就是钻钱眼里去了，"李初萌恨铁不成钢地叹气，"好好抓住陈逸才是头等大事，好吗？"

"他不用我抓住啊。"张若琳脱口而出。

"咦——"

三人同时做倒胃口状，张若琳咧嘴笑着，扮演小人得志的模样。

孙晓菲说："你现在啊，是越来越不得了了，不知道的还以为你俩私订终身了呢。"

"活在当下嘛。"一口羊肉下肚，张若琳满足地答道。

李初萌放下筷子，看着水汽氤氲间张若琳的笑脸，做思考状："这也没多久不见，你好像变得不要脸了。"

"是吗？"张若琳想了想，"大概丢脸丢多了。辩论队不是人待的，如果每天都被撑得面红耳赤还得坚持开口狡辩,你的脸皮也会越来越厚的。"

路苔苔点头赞同道:"我上次去看你打模辩都吓到了,你说话原来这么咄咄逼人啊,好恐怖,机关枪一样突突突……"

语速快是辩论初级阶段最低级的手法。张若琳想了想,说:"我哪天能慢条斯理还噎得人说不出话,那才叫境界。"

孙晓菲搭腔:"人至贱则无敌?"

"哎,"李初萌想到什么,神秘兮兮地说,"你想暴富,为什么不找陈逸?"

三双眼睛以"你的发言很危险"的意味看着她。

李初萌说:"你们想到哪里去了?陈逸很会赚钱啊,你们不知道吗?"

见三人都有点蒙,李初萌又看向张若琳,有点无语,道:"你也不知道吗?"

张若琳摇摇头。

"你是怎么谈的恋爱啊?平时都聊点什么?"

聊什么?印象中,他们很少深入聊天,在一块儿就是看电影、看书、自习,陪他画图,出去吃饭也是两嘴不话身外事,一心干饭。这一切已经成了习惯。

孙晓菲敲敲碗边,兴奋道:"那你来说说。"

李初萌翻了个白眼:"知道他谈恋爱以后我就塌房了,脱粉了,好吗?"

路苔苔也蠢蠢欲动:"快点快点。"

张若琳也像好奇宝宝一样撑着下巴。

"其实也没有什么,就是听说——"李初萌卖了个关子,拖着长音,"你们都不知道学校新弄的综合快递站是陈逸和他朋友弄的啊?"

"快递站?"孙晓菲天天取快递,格外关心这个话题,闻言更是惊喜。

"学校各个快递点距离太远,我们用起来一直都不方便,他应该是发现了这个商机,大概这个月所有快递都会搬过去,这个挣大发了,好吗?"

这个事,张若琳其实知道。她见过陈逸做方案,他还设计了内部陈列柜,方便储存和分派。但她以为那是他给别人设计的。

李初萌又神秘兮兮地低声说:"还听说,他是跟一个小明星合伙做的,搞不好以后要在高校里推广呢！"

"明星？"

✦ ✦ ✦

李初萌说："可不是嘛，我们群里一个姐们儿听快递小哥说的。"

孙晓菲说："我们学校快递那么多，整合起来，这真的是一笔只赚不赔的生意啊。琳宝，你去入个股吧，说不定就能一直翻番啦！"

"我这点小钱，有什么用啊？"张若琳不觉得陈逸做事会小打小闹。

李初萌说："就是小钱才没事啊，多你这么点不多，少你这么点不少，有得挣你就分一杯羹，赔了你也就这点钱。再说了，这生意几乎是稳赚不赔。"

"再说吧，和男朋友合作，万一分手了可真难办。"

路苔苔插嘴道："哎，若琳，你怎么不想点好的？"

孙晓菲却思索了会儿，点头表示认可："也有道理，别把男人想得太好。我和贺阳一起拍照，月底我都会给他大红包，无论他收不收。清清楚楚，才能走得长远。男人啊，不管多爱你，其实永远比女人算得更清楚。"

张若琳请了室友和李初萌，接着又请师傅郭经理、客户尹桑吃饭，花销不多，还能多听听经验、联系感情，连陈逸都夸她越来越像社会人，有想法有主意了。

只是，因为张若琳一连几天一放学就往外跑，一回来就一头扎进图书馆，所以他们有好些天没有见面了。

一天刚下课，陈逸来了电话。教室里吵吵嚷嚷，张若琳接起了电话。

"我看你一会儿没课了？"

陈逸是有她课表的，她也有他的，知道他一会儿有一节专业课，晚上还有一节思想理论课。

"嗯，没课了。"

"准备上图书馆？"

"先回去洗澡。"

"然后去图书馆待到十一点半？"

"还不知道呢……"

张若琳没有刻意规定几点回宿舍,但是很巧,总是过了十一点就感到疲乏,所以几乎都是十一点半回到宿舍。

"那你准备把我安排在什么时间?"

迟钝如张若琳终于听出这通电话有点警告的意味。

"那去食堂吃饭?"

陈逸似乎笑了,语调轻而上扬:"饮食、男女,人之大欲,你倒是很有效率,一顿饭就两者兼顾了。"

这是说她敷衍呗?张若琳有点哭笑不得,陈逸阴阳怪气起来,让人挺难招架的。想到这里,她有点无奈道:"那你要怎么样嘛?"

话音刚落,教室里几个同学都朝她看了过来。

张若琳自觉声音不大,只是这会儿教室忽然空了不少,她说话的语气与平常大相径庭,所以格外引人注意。

张若琳四下瞧瞧,撞上后座郑淑仪饶有兴致的眼神,后者挑眉,用唇语无声地说:"男朋友?"

张若琳不知道她是怎么凭借这么简单的几句话就判断出来的,也没否认,便点了点头。

那边陈逸沉默了半晌,才道:"你都撒娇了,我还能怎么办?你说怎么办就怎么办。"

张若琳本来就因为被注视而感觉羞赧,闻言耳根子迅速泛红。她哪里撒娇了?她犹犹豫豫地开口:"那……那你下课再叫我,我在现在的教室自习会儿。"

陈逸终于满意:"好。"

等挂了电话,肩膀被人拍了拍,张若琳转头,对上郑淑仪八卦的眼神:"你恋爱了?"

她们俩因为都在辩论队,郑淑仪比她早进队,给了她不少帮助,两人一起讨论过几次辩题,比此前要熟悉许多,但整个辩论队都不知道张若琳有男朋友。

张若琳仍旧只是点了点头。

郑淑仪问:"是我们学校的吗?"

看来这顿八卦是免不了了,张若琳继续点头。

郑淑仪挑眉,兴致更甚:"辩论队的?"

"不是。"张若琳感觉自己的笑容一定很难看。

"那我认识吗?"

"嗯……"这个要怎么回答?郑淑仪单方面肯定认识,但……张若琳答道:"不认识。"

不认识的话,可以八卦的点就少了。郑淑仪拍拍张若琳的肩,笑嘻嘻地道:"保密工作做得太好了!可惜呀,我们辩论队老出去吹'内部消化''内部消化',结果连新同志都没抓住!"

张若琳不知怎么回,讪笑着转回身,两人各自看书自习,没再聊天。

郑淑仪属实没想到张若琳会谈恋爱,而且是在大一就谈了。在她的印象中,张若琳是那种有点死读书的类型,虽然性格开朗,看起来没那么扭捏,但她早出晚归,始终背着她的大书包行色匆匆,怎么也不像会风花雪月的人。她不由得在脑海中猜测张若琳的男朋友是个什么样的人。张若琳社交不多,圈子也不广,如果对方不是本学院的,又不是辩论队的人,大概率是她其他社团的社友或者老乡。她的脑海中已经出现一个相貌平平、一样背着大书包行色匆匆的朴实学霸形象。

临近六点,郑淑仪收拾东西准备去吃饭,抬头正想和前座的张若琳打声招呼,眼角余光瞥到后方的一道修长的身影正穿过后排座位走过来。她忍不住回头看,猝不及防和来人四目相对。

他单侧肩膀挂着双肩包,单手抄兜,姿态闲适,眉眼冷漠。是陈逸。

陈逸看着她的方向,视线触及,短暂停留,便又移开,目不斜视地往前走。

郑淑仪觉察自己有些失礼,但见教室里分散坐着的几个人都注视着陈逸,她便放下心来。

陈逸走到第一排,在过道站定,视线笔直专注地落在第一排靠里的女孩身上。

张若琳正在埋头背单词,嘴里低声地念念有词,并未留意周遭的动静。

陈逸站了一会儿,嘴角流露几不可察的笑意,从裤袋里摸出手机。随着他握手机的动作，长袖衬衫的袖口上移，露出精瘦的手腕，以及不属于男生的物品——女生的发圈。

郑淑仪看看陈逸手腕上的小月亮，再看看张若琳脑后的小星星，内心不知道是什么感觉，忍不住瞪大了双眸。

张若琳放在桌面的手机亮了一下，陈逸的微信消息跳出来。

。：“走吗？”

她回复：“下课了吗？我去教学楼下等你，还是直接食堂见？”

打完字，张若琳赶紧合上书本，正要拿起旁边的书包，视线往边上一扫，怔住了。

陈逸就站在两步开外，饶有兴味地看着她。

不过是几天不见，经过一场春雨，他换上了薄薄的衬衫，里边穿着一件白T恤，简简单单，干干净净，着实赏心悦目。

"你怎么来啦？"她不由得喜笑颜开，又低头看手机上的时间，"还没下课呀？"

陈逸绕到她前面，替她打开书包，把她的书一本一本往里放："提前出来了，走吧。"

"好呀。"张若琳难掩雀跃，落不下来的嘴角告诉她，短暂未见的几天里，她其实很想念他。

陈逸拉上她的书包拉链，很自然地提在手里："走。"

走出座位的时候，张若琳对上郑淑仪"你骗我，你摊上大事了"的视线，她尴尬地笑笑，同陈逸相携而去。

教室里，郑淑仪和为数不多的几个同学面面相觑，不是一个班的，平日里也不熟，却在这个时刻在神态上达成了默契——落尾吃大瓜，震撼！

郑淑仪是谁？院学生会外联部的，人际圈子之广，她称第二，就没人抢第一。张若琳预感，不出明天，她男朋友是陈逸的事整个学院都会知道。

张若琳本班的同学是知道一点风声的，左不过知道她有男朋友，但她不是知名人物，没多少人会刻意八卦她的消息。

此前两人在观星活动上一起出现，天文社的人都知道了，在各自学院里也在一定范围内传播，但传着传着大家对不上人，也就大概知道陈逸名草有主了，具体有没有掀起什么风波或者什么传闻，张若琳这个一心只读圣贤书的人是无从得知的,对她的学习生活也没有造成什么影响。

的确,风云人物这种事,只存在于影视剧里。在现实中,再怎么闪光的人,辐射范围也都是有限的。

是她当初太狭隘。

习惯了和陈逸并行,张若琳目不斜视的能力越来越强,对来往的视线和回头率置之不理。可他们很少一起出现在食堂,尤其是用餐高峰期,这是第一次。

食堂里人员高度密集,逗留时间长。

张若琳觉得,自己好不容易战胜的"应激反应"又卷土重来了。太多双眼睛毫不掩饰地盯着她……他们。她下意识地往陈逸身后藏:"要不我们还是出去吃吧?"

陈逸说:"可能来不及。"他晚上七点得上课。

张若琳挣扎道:"没有位置了……"

"拼桌吧。"陈逸提议,想到什么似的,话锋一转,"你之前和别人拼一份菜不都挺开心的?"

什么乱七八糟的啊?张若琳脑海中闪过之前和樊星烁一起吃饭的画面……她抬头看到陈逸果然不算友善的表情,讷讷道:"那我去找位置,你去打饭,就这样!"

"嗯,去吧。"

至少在分头行动的这段时间里没有人用看猴的眼神盯着她了。

陈逸点了几份炒菜,在角落里找到了张若琳。四人桌唯空一个座位,她正在委婉拒绝身边拿着餐盘路过的同学,看见他,她便手举得老高:"这里!"那样子像是抓住了救命稻草。陈逸没由来地心生愉悦。

旁边拼桌的两个女生不加掩饰地交头接耳。张若琳后知后觉,自己的声音好像有点大。

等陈逸落座,不仅那两个女生,周围不少人都窃窃私语,有的竟直勾勾地看着陈逸,眼珠子都不带转的。

张若琳后悔了,刚才无论说什么都应该把他拖走,免得在这里当免费展品。

一顿饭食之无味，出来的时候她有点神态呆滞。走在小道上，陈逸的手在她面前晃了晃："在想什么？"

　　张若琳吃完饭总是有点放空自己，被这么一问，思绪归拢，她想起来那四万多块的事，以及那个……明星。她顺着这个问题道："在想，我要怎么处理我的佣金。明年课程多了，大概没有时间兼职，还是想让它们升升值。你说，我要不要在学校里做点小生意，摆个摊什么的也行……"

　　"摆摊？你有那个时间？"陈逸失笑。

　　也是。越深入学，越发感觉法学深邃，她如今已经偶尔感觉学习时间不够。

　　"挣钱好难，它已经是成熟的钱了，为什么不能自己去挣钱？"问题一出口，她的头却越来越低，大概是内心仍旧觉得这种试探十分不磊落，或许，她应该直接问？却听陈逸正色道："可以考虑做一些基础理财，做生意你暂时不要考虑了，人永远赚不到认知范围以外的钱，幸运在财富赛道上不可能走得很远。"

✦ ✦ ✦

　　"那我理财，怎么理比较合适呢？"张若琳从善如流。

　　"这个问题三两句话说不明白，具体问题还得具体分析。"

　　张若琳很认同地继续点头："那你有空再给我好好讲讲！"

　　"我今天就有空。"

　　"你一会儿不是有课吗？"

　　"九点下课，还有时间，择日不如撞日。"

　　张若琳听明白他的意思了，只是有些纳闷他今天是怎么了，似乎所有言行都在制止她去图书馆。为了"暴富"，她认了！

　　"那等你下课我去找你吧？"

　　她是仰头朝着陈逸说这句话的，整个身子都向着他，倒着走路，笑起来一副讨好的模样。

　　陈逸搂着她的腰贴近。

　　春日衣衫薄，腰间尽是他手掌的温度。张若琳下意识往左右瞧，道上没什么人,但她还是拍他的手:"陈逸!"

"嗯。"

"你干吗?"

"还回去干什么?陪我去上课。"他一副再自然不过的模样。

陪他去上课?全是他的同学,那还得了?

"不去。"张若琳果断拒绝。

陈逸说:"是大课,点了名就走。"

大课,人数怎么也得几百号,像法学院这种人数比较少的,都和别的学院一起上。

万万没想到陈逸同学也翘课,张若琳点评道:"学分混子。"

"找了个学霸女朋友,忙。"

"……"

两人到教室时,距离上课时间还有十分钟。教室里人影稀疏,和张若琳他们学院的思想理论课差不多一个境况——能捎点就恨不得迟到。他们占到了最后一排靠门的位子,陈逸还用她的课本把前后左右的位子都占了。

不一会儿,小胖他们就都来了,坐在他俩的前后左右。

"我说,陈逸怎么这么好心给我们占位子,敢情是给你搞个舒适圈啊?"万峰一边落座,一边啧啧调侃。

小胖默默抬手,给陈逸点了个赞。

杜弘毅和张若琳都在辩论队,比其他几个要熟悉,也调侃道:"你早早来跟陈逸上课,还用得着做什么脱敏训练啊?"

提起脱敏训练,那简直是张若琳的黑历史。模辩时,她被正赛队的学长撑得哑口无言,说不出话。教练带着她去教学楼下对着来往的同学背稿子,自言自语攻辩,而且一定要用最大的声音,达到旁若无人的境界才罢休……如果早早来这儿当一回动物园里的猴,脸皮增厚速度会飙升,哪里还用受那罪?

张若琳被戳到痛处,怒道:"我被挟持来的,你信吗?"

杜弘毅笑了笑,不说话。

万峰贱兮兮地凑上来:"信,哪能不信?我和你说,你再不来啊,我们学院那些听说陈逸谈恋爱后心灰意冷的小姐妹可又要死灰复燃了,陈逸招架不过来呢。"

小胖插嘴道："不错不错，正宫终于肯露面了。"

看来他们宿舍也知道他俩之间的"低调协议"。

张若琳佯作面如死灰，幽怨地说："恐怕见到我，她们更有信心了。"

万峰说："你可真妄自菲薄，你放眼好好瞅瞅，这屋里挑得出几个你这样的。"

张若琳知道他最皮、最颜控，说的也不是什么真心话，便回道："嗯，可真是，女生本就没几个，好吗？"

男女比例十比二三吧。

万峰嘿嘿笑："我们土建的男生能找你们法学院的美女，这说出去不知道多少人羡慕，好吗？"

杜弘毅补充："还是法学院的学霸美女！"

小胖说："这下半个学院给你们见证了，你不能随随便便抛弃我们陈逸了。"

张若琳道："谢谢谢谢，谢谢诸位家人的吹捧，有被安慰到。"

在等候教授的几分钟时间里，张若琳听了无数声间接或直接的询问。

"陈逸，你女朋友啊？"

"小胖，这就是陈逸女朋友啊？"

"万峰，这谁啊？"

"老杜，这是？"

张若琳最开始还能埋头看自己的书，到最后一个字也看不进去，索性对着询问的人微笑，以做回应。

陈逸倒是一副事不关己高高挂起的样子，在桌子底下一下又一下捏她的手把玩。

等到上课点名，教授念到陈逸的名字时，大家像终于有了礼貌的理由正大光明地看，回头率几乎达到百分百。人群中传来细细碎碎交头接耳的声音，导致教授停下点名，好奇地循着大伙的视线看过来，浑厚慈祥的声音响起："我当是怎么了，是个帅小伙……别看我现在发福了，我年轻的时候也是很帅的，多看看我！"

教室里笑成一片，思想理论课难得这样气氛欢快，但一上起课，该玩手机的玩手机，该瞌睡的瞌睡，该逃跑的逃跑。

这是好学生张若琳第一次逃课，即使不是逃自己的课，她还是感觉一阵心虚。

陈逸牵着她，一前一后地走着。

夜晚的教学楼楼道静极了，月光透过一扇扇玻璃窗均匀地洒在地板上，偶尔能听到临近教室老师讲课的声音，除此之外，少有人声。

陈逸的脚步停得突然，张若琳隔着一级台阶，险些撞上他的背。他转过身，虚扶着她的腰稳住她。仗着一级台阶的高度，她竟比他稍稍高出一点，能够看到月光下他黑亮的发顶，连发旋都那么好看。下一秒，他顺势把她搂进怀里。这个高度差，他的手臂圈着她的腰，气息拂过她耳际，发梢摩挲着她的脸颊，痒痒的。

今日陈逸的亲昵有点不同以往，不分场合，不分时间，像是心血来潮，又像是早有预谋。

在静谧中，张若琳轻声开口："不是要教我理财吗？"

话音刚落，她只感觉腰间的手臂收紧了些，耳边传来他更低的声音："我发现，你不想我。"

这一声闷闷的，不知是刻意为之，还是他埋在她脖颈的缘故。张若琳手指微颤，缓缓回抱住他，有点不知所措。如果不是这个空间别无他人，她几乎要怀疑这一声是她的错觉。他现在很像一只嗷嗷待哺的小兽，在撒娇。

"没……没有啊……"她的语气也轻得出乎意料，"我想你的。"

话说出口，她才觉得自己实在是丢文科生的脸，语言贫乏至此，在表达爱意时连自己的情绪都调动不起来，更遑论令他人动容。

陈逸果然嗤笑一声，道："够敷衍的。"

"我没有敷衍……"越想要表达越表达不出，张若琳打辩论时也是如此。经过一阵子的脱敏训练，她现在在场上已经能做到没话说也可以侃侃而谈了。但这个"谈"，不包括谈恋爱，她脑子一卡壳，索性直起身，捧着陈逸的脸，轻轻吻上他的唇。

这是她第一次主动吻他。他的嘴唇有点凉，仍旧很软，碰上了，她尝试像他那样，轻轻碾过，再啄一啄，歪着脑袋舔舔嘴角。她整个注意力都在唇齿上，完全没有意识到腰间的手臂更紧了，然后不再满足于禁锢在原地，开始移动，慢慢摩挲着她的背，在探进她衣角的瞬间止住了。也就是在这一瞬间，陈逸反客为主，扣着她的脑袋，仰头极霸道地吻着她。

等终于放开的时候，张若琳的脖子都酸了，脑回路奇奇怪怪拐到了"以前他低头亲她是不是也这么累"这一点上，一些亲吻的画面一股脑地涌入脑海，在他家里沙发上、水吧边、客房里……她想，在这些画面里，这个在教学楼楼梯间浸着月光的吻，一定能在漫长岁月里铭刻于心。

"跟我回去？"陈逸问。

"嗯。"

"我说的是，不回学校了，"陈逸微微仰视，目光如水，补充道，"好不好？"

见他神色郑重，张若琳不明所以，仍是点点头："嗯。"

两人一前一后下楼，没有留意到楼道口目瞪口呆的万峰。

万峰夸张地拍着胸脯："天杀啊，陈逸走的居然是奶狗风！"

等进了陈逸家门，张若琳终于知道陈逸那不寻常的眼神究竟是哪里不寻常。

一进门，陈逸不似往常那般替她把书包拿到沙发上再打开投影仪，而是不等她换鞋就单手把两人的书包随意扔在地上，紧接着搂着她的腰抬起她的下巴就又重又急地吻下来。见她没反应过来，他便直接轻咬她的下唇，待她稍放松，舌尖便长驱直入，少了缱绻，多了占有的意味。

察觉到陈逸的手探入自己的衣服抚上腰际，张若琳倏然睁开眼睛，只见面前的人长睫低合，陷入沉沦。在她恍惚之际，他的手已经上移……张若琳只觉得脑子里"轰"的一声，有什么东西炸开了，刺目又震耳欲聋。隔着薄薄的衣料，她感觉肌肤瞬时间变得滚烫。

"陈逸……"她在接吻间隙唤他。

这一声轻喃软弱无骨，像火信子，瞬间把陈逸难以言喻的躁动点燃，他一把捞起张若琳的腿，抱着她往沙发方向走去。

"陈逸……"张若琳提高点声调叫他，"说好的聊聊理……"

这话丝毫没有作用，陈逸把她压进沙发里，更凶更急地亲吻，手更肆无忌惮地到处点火。

"一会儿再说好吗？你好香好软。"他像是终于抽空说出句话，嘴唇没有离开她的，只是低喃。话毕，两人皆是一阵燥热。

张若琳想起宿舍里卧谈，已经经过人事的孙晓菲偶尔说起男女之事，她和贺阳在一块儿没几天就发生关系了。孙晓菲性格大大咧咧的，什么都谈，她还感慨事出突然，没有什么准备，也不够浪漫，就在一家普通酒店"办了"。当时听到"办了"这两个字，张若琳和路苔苔都羞得钻进被窝里。难不成，今天她就要这么被"办了"？

chapter 15
天干物燥

—— 帅哥不会影响你拔刀的速度吗？

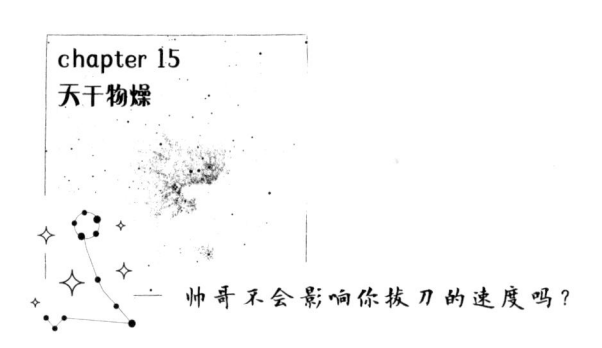

张若琳从没有过这样奇异的体验，他的手像磁铁，而她身体里有无数细碎的铁屑浩浩荡荡地涌向他的大手所到之处，带着奔命一般的急切和焦灼，尤其是背后的排扣被解开时。她下意识地推拒，双手抵着他的胸膛胡乱推搡，下一秒却被他另一只手束住举过头顶。没了手臂的阻隔，两人严丝合缝地贴靠。

那一瞬间，张若琳感觉一种诡异的热度在身体里蔓延，胸腔、鼻腔、耳道甚至每一寸肌肤都蔓延着炙热的气息，整个人像是烧起来了。

陈逸不再满足于唇齿纠缠，他的吻慢慢收了势头，缓缓在她耳郭、脖颈处游移，湿湿热热的吻毫无章法，处处留情。大概是吻遍了，他的吻又回到她的唇边，轻轻吮啄。不一会儿，他缓缓撑起身子与她拉开距离，低头注视她，眼神迷离而深邃，微启的唇湿亮，干净且性感。他朝下瞥了瞥，视线又回到她通红的脸上："碰碰吗？"

话音刚落，两人皆是愣怔，陈逸的声音有种不自控的沙哑，像是从喉咙里溢出，没有经过任何的情绪处理。那喷薄而隐忍的欲望直白地表露出来。

张若琳连呼吸都不会了，整个人都是僵的，所有的思维和感官都用来处理那从未有过的触感，而自己身体里奇异而陌生的感觉随着他停下了亲吻而变得格外清晰。她亦是情动。她是谁，她在哪儿，在干吗，怎么办……她眼神迷茫，不知所措。

陈逸放开她的手，牵着其中一只，缓缓向下，忽然停住了。

张若琳的所有注意力都在手上。理智告诉她应该即刻收回手，可意念已经完全操控不了身体。可他停住了，目光从深沉变成惊异，又慢慢浮起笑意。

因为这抹笑，张若琳的神志回笼，身体也趋近放松……她蒙了。因为她感觉，伴随着鼻腔灼热的气息，似乎有鼻涕流出……然后，她就看见陈逸的手在她脸上抹了抹，指尖一点猩红。

"你流鼻血了。"

她流鼻血了？流鼻血？张若琳慌忙得就要站起，被陈逸手疾眼快地摁住，他先起身，说道："坐好，仰头。"

他站着，她坐着，她视线的正前方就是他的胯部……张若琳感觉自己的气血流动得更快了，她赶紧使劲仰头，瞪视天花板。

陈逸无声地叹了口气，捏着她的下巴把她的头收回一些："不用这么仰着，小心吞到气管里去。捏好鼻子，嘴巴缓慢呼吸。"他的声音发紧，释然中带着隐忍。

张若琳一一照做，不发一言。

"饱饱，打开加湿器。"

"收到，主人，正在打开加湿器。"

陈逸又拿来一个抱枕放在张若琳背后，让她靠着沙发，避免脖子僵硬。紧接着，他用湿巾给她的手消毒，避免碰到鼻腔。

做完这些，他沉声道："流得不多，颜色不深，一会儿就没事了，好好待着，别动。"然后他去了主卧……

捏着鼻子，思绪放空了几分钟，张若琳摸出手机，仰着头压低声音发语音："你帮我查查，欲念焚身到底会不会流鼻血？"

陆灼灼秒回："什么乱七八糟的？"

张若琳："我有个朋友，和男朋友亲嘴时流鼻血了。"

陆灼灼："无中生友？"

张若琳："快点，我不方便打字。"

陆灼灼："看起来进展好猛，真的只是亲嘴吗……"

不一会儿，陆灼灼发来一张截图，并配文："没有查到和男朋友亲嘴流鼻血的，但是查到了男人看美女流鼻血的，仅供参考，红红火火，恍恍惚惚。"

　　截图来自一个科普帖子，标题是"男人看到美女真的会流鼻血吗？"。这个帖子否定了"凝视美女时身体产生快感，随之心跳加快，血流加速，血压升高，血管破裂，流鼻血"这个说法，认为，长期高血压确实会引起流鼻血，但不至于血压升高的一瞬间就流鼻血。但又确实存在很多类似的案例，不可能只是巧合。所以科学的解释是，看美女之前可能吃了增高血压的食物；看美女时自己有鼻部疾病，比如干燥、溃疡等；看美女时本身患有高血压、血液疾病……所以，美女虽然不是本质原因，但确实是导火线？

　　张若琳颓然地扔了手机，不再理会陆灼灼的疯狂轰炸，面如死灰。她花痴到这个程度吗？她欲火焚身了？

　　这么想着，触电感又袭上来，张若琳赶紧掐大腿止住！她没有脸待在这里了。于是，她轻轻放开鼻子，尝试着立起脑袋，又摸了摸鼻孔，好像没有过于黏腻的湿滑感，便抽了两张纸巾撕成长条，卷成圆锥状塞进鼻孔，这才蹑手蹑脚地走到门边换鞋，拿起书包。

　　这时，她才察觉里衣还松着，只好先放下书包，两手在后背要把排扣扣上。但是她越着急越是扣不上，急得冒汗。

　　主卧的门打开了，换了身家居服的陈逸湿着头发走了出来。他显然刚洗过澡，整个人清爽干净，和刚才欲望侵袭的模样判若两人。

　　张若琳下意识地扭头看他，手还保持着在身后系扣子的动作，鼻孔里堵着两个纸团，随着她扭头的动作，其中一团掉了下来……不能更滑稽了。她在电器镜面里看到了落荒而逃却被抓包的自己。

　　陈逸自然没有错过任何一个细节，眼神从疑惑到无语，再到兴味盎然。他嘴角勾着一抹笑，身子倚在门边："你这样子，像极了提起裤子不认人的渣女。"

　　"明明是你……"张若琳下意识地反驳，但是脑子里一片空白，徒劳地叫嚣，"明明……"

　　"明明怎么？"陈逸好整以暇，踱步靠近。

　　张若琳怒得满脸通红，感觉鼻腔里又要涌出热流，她赶紧仰头，手掐着鼻子。她感觉陈逸贴近自己，缓缓环上自己的腰，探进自己衣服里。她心跳加速，赶紧出声制止："你离我远点！"

然而陈逸只是淡淡地出声："好，你别激动，缓一缓就不流了，别折腾自己。"他的手在她背后找到排扣的两边，准确地扣上。随后，他的手抽离，身子也退后半步，离她远了些，扶住她的手臂把她带往沙发那边。

"叫你坐好，离加湿器近一点，你自己还挺有想法，脑袋瓜里在想些什么？"

张若琳不说话。

"以前流过鼻血吗？"陈逸坐在她边上，问。

张若琳继续不出声。

"那明天请一上午假，去医院做个检查。"

张若琳终于出声："不，不用了，我第一次流鼻血。"

"哦？"陈逸似乎轻笑一声，不多说别的，就这一声让张若琳感觉到了一种神秘的力量，或许可以称为"拿捏"。如果时间可以倒流，她可以暂时不发财，但一定不能丢脸。

"北京春天也很干燥，最近估计还有沙尘暴，别整天整天地学习，不喝水。"陈逸起身去水吧，泡了杯白茶。

张若琳正闭着眼仰头半躺着，闻言侧目望向他，他好像是在安抚她？他泡茶的动作，全然没有干家务活儿的局促感，一派闲适。她忽然感觉，陈逸骨子里是个温柔的人。不认识他的人会觉得他气质疏离，待人冷淡，还有点桀骜不羁。但她陪他上课就能看出，他和他班里的男生相处得很好，他们之间是那种不亲近但友好的氛围，看得出来他很受欢迎。他这样的条件难免招致羡妒，但显然他处理得很好。或者说，他根本就没有刻意处理，只是顺其自然，冷淡不过是天然的气场使然。在与她相处时，他也从没有很刻意地表现殷勤，早起送饭、表白喊楼什么的，他都没做过，看起来一点也不热烈。可和他在一起，她从未担心过他会爱别人，即使自己那么普通。他给的安全感，也是那么顺其自然，润物无声。

"这样看着我，是还想再流点？"陈逸端着茶杯过来，冷不丁来了一句。

张若琳扭头，闭眼，闷闷道："明明是你，说教我理财把我诱拐来的。"

陈逸轻呵一声，说："我为什么拐你？我说你不想我，你不承认，那你连今天是什么日子都不知道，岂不是不打自招？"

今天是什么日子？好像没什么特别的吧？张若琳睁眼，一脸迷茫。

陈逸见状说道："你们女生不是每个纪念日都记得清清楚楚，恨不得每个月都找个由头约会？"

"纪念日？"

"两个月。"

"两个月不是什么特殊时间呀，更何况，两个月也是14号呀，已经过去了啊。"

"我以为你比较认可20号。"

张若琳立着脑袋，放开捏着鼻子的手，捏着鼻子说话说什么都显得没道理，她正色道："可上次是你说，按20号算的话，你的初吻喂狗了啊，我可不想当狗。"

"也没见你14号有所表示。"

张若琳语塞，她确实忘记了，回想一下，那天她应该是在图书馆里待了一整天。难怪他对图书馆如此怨怼。

陈逸睨了她一眼，终究没再说什么，只是把茶杯塞她手里："把茶喝了。"说着，他起身又去了主卧。

张若琳慢慢喝茶，茶汤清香，温度适宜，是凉好的。

陈逸再次出来时提着一个纸袋，递给她。

张若琳从他书桌上拿来一只塑料燕尾夹把鼻子夹住，双手去接。陈逸看着她这副既郑重又滑稽的模样，眉头舒展开来。

纸袋里是一个盒子，盒子里层层叠叠系着丝带包着软纸，最里边是一条蓝色裙子。裙子款式简单，边角挺括，面料柔软，浅娃娃领上点缀着珠钻，腰线分八面，掐腰设计。

"送我的吗？"

"不然呢，我有那么大的女儿吗？"

"……"

"怎么送我裙子呀？"张若琳心想，好像他送东西，总是那么让人难以捉摸，不算奇怪，只是也不寻常。

陈逸似是没想过这个问题，闻言思索了会儿，答道："你好像……穿裙子才想约会？"

◆ ◆ ◆

张若琳闻言微怔:"没有啊,明明是要约会才穿裙子。"

陈逸挑挑眉:"有什么区别?"

"归因路径不同,穿裙子是结果,不是原因,不是前提条件,有没有都没关系的。"

"打辩论疯魔了,"陈逸笑了笑,"那现在有小裙子,约会吗?"

张若琳闻言,有点不好意思,听到陈逸说约会,不由得想起上一次不算圆满的约会经历,她当然也想弥补弥补。

"可我这周末有训练赛,结束后教练老师要给我们定辩位,比较重要,不能缺席。"

陈逸似是轻叹了口气,胸膛起伏几不可察,然后他妥协般道:"那下周末呢?"

"现在还不能确定。"张若琳实话实说,瞥见他紧紧皱起的眉头,笑了笑,"我会推掉模辩,其他的也能推就推,好不好?"

陈逸这下佯作无奈地叹气,出声道:"不用,有比赛就多争取,早提高,争取早点上正赛。"

张若琳有些茫然地看着他,心想,他怎么忽然转性了?

陈逸起身绕到沙发后的书桌边,拉开椅子坐下,抄起笔和纸,正色道:"一起规划规划?"

"啊?"张若琳仰头看他,倒立着看,他还是那么好看。

"理财,狭义上来说是钱生钱,但绝不是买买基金、股票就行了,尤其对于你来说,开源、节流、增值组合拳才更稳健。"陈逸伏案边说边写写画画,偶尔抬眼与张若琳对视,像极了运筹帷幄的军师。

这人认真起来可真赏心悦目!张若琳正立脑袋,转身跪坐在沙发上,趴在桌边眨巴眨巴眼睛:"陈老师,你好帅。"

陈逸听到这个称呼,上下瞧了瞧她,笑了笑:"张老师,好好听讲。"

张若琳猛地点头,又想起自己刚刚还在流鼻血,便赶紧捂着鼻子缓慢而郑重地点头。

陈逸嘴角含笑,继续说:"首先,节流,这方面你是没问题的,你有时候太过于节俭。你虽花得不多，但还是建议你做个账本，电子的最好，能随时记录，这类 App 不少，网上搜一搜选择适合自己的。一定要选有月末账单分析的，每月看看自己主要花钱在什么地方，如果在个人价值、学习上花的比例太小甚至没有，那就要引起注意。无论富人还是穷人，恩格尔系数太高都不是什么好事，而大多数人都没注意到，这个是可以被提前规划的……"讲到这儿，他抬眼，看到她欲言又止，便微笑着说，"你可能要说，学习不花钱，教材是发的，许多东西也可以在内网搜到……"

张若琳微瞪双眸，他怎么跟会读心术似的？

"这其实意味着你有更多的学习空间，这和学习时间不是一个概念，你学习的时长是够的，但是广度远远不够，除了自己本身的专业，你有为自己做其他方面的提升规划吗？"

"嗯……辩论算是一方面，"张若琳注视着他，也正色起来，"我之前交流能力、表现能力都比较差，之所以加入辩论队，就是想在这方面有所提升。"

"这个很好，我很支持。"陈逸弯了弯嘴角，笑意里藏着"所以你很忙，我也认了"的意思。

"那你说的广度，我还是不够。就现在这样的安排，我的时间和精力就已经有些不够用了。"张若琳真不知道陈逸是怎么做到什么都懂还能这么悠闲的。

"广度并不是一味求广，要达到广度和深度并行，就必须分好主次。你的主要矛盾还是法学专业课程，辩论算是次要矛盾，而其他的，可以看作更次的次要矛盾。"

"也就是说，在专业课上肯定还是要深耕细作，打辩论也要认真对待，但是不要超过专业课的时长和精力，其他的也要适当花点时间泛泛了解？"

陈逸忽然俯身，伸手挠她的下巴："孺子可教。"

"道理我都懂，上哪里学呢？"

"这就是前面说的个人价值投资，需要花钱了。你精力有限，又想做个面面俱到的人，那你就只能利用工具，这个工具可以是做知识服务的人，他们专门给你筛选、制作出碎片时间可以消化的知识，你只需要为这份服务付费。"

"比如说？"

"最简单的，比如慕课、得到App，甚至是喜马拉雅音频、知乎圆桌，你都能找到自己喜欢或者适合的知识服务。"

"怎样才算是适合？"

"喜欢，感兴趣是首位的。另外，还要实用。"他顿了顿，在纸上"辩论"二字上打了个圈，"比如你已经在学辩论了，那你肯定是感兴趣的，但它的作用更多的是潜移默化影响你的思维能力，真正工作中，没人喜欢跟你打辩论，就算是做律师，大部分的工作也是在法庭之外。"

张若琳无意识地点头，捧着脸思索。

"所以你可以把这项爱好延伸，更具象化地运用到工作中，比如可以学一学演讲，都是语言艺术，演讲的实用性显然更强，演讲并不是只在台上表演，在工作中其实随时随地都在演讲，推销自己、推介产品，如何打开场面、如何包装、如何调动情绪、如何培养气场，甚至如何让你看起来可靠，让别人想听你说话，都是学问。而且，演讲和辩论能够互相促进，这样花的时间少，提升快，性价比高。"

张若琳恍然大悟，她自己朦朦胧胧地想过但没有系统总结出来的东西，都被陈逸一语道破了，她捧脸道："陈老师！"

陈逸面上无波无澜，在纸上画下一道分割线，抬头继续说："这就是我先说节流的原因，分配支出的同时，其实可以想明白自己可以在哪里开源。你现在做的——咖啡厅打工、学校的勤工俭学岗，还有家教，我不能说不好，只是性价比太低。"

张若琳很有自知之明："花时间多，挣得少。"

"不仅仅是挣得少的问题，这些工作即使挣得多，我也建议你慢慢抽离，因为它们对你自身的价值提升作用微乎其微，不能说没有，这些工作如果换一个养尊处优的人做能磨一磨性子，但你不需要，你足够坚毅。"

在一番高谈中倏地听到夸赞，张若琳愣了愣，缓慢地点点头。然后，她问："那可以做些什么呢？"

"人有无限可能，不给你框定，只给你举例，原则就是要把你做的个人价值投资利用起来，学用结合。还是用演讲做例子，演讲好的人口齿清晰、思维敏捷、共情能力强，适合做什么？"

"嗯……"张若琳仔细思索,她对社会分工不算了解,一时间脑海里没有具象的工作内容,只顺着他的引导,尝试回答:"做销售?"

"也算,但是这个职业就像你卖房,存在一定的运气成分,做销售最重要的一点是积累人脉,不适合尚在求学的你。"

"我对各类职业不是太了解。"

"你经常兼职,有没有加过学校里的一些兼职群?"

"没有哦。"张若琳现在还有家教课,本打算过阵子打听一下。

"这说明你在信息获取渠道上多少有点舍近求远,像Q大这样的名校,经营已久的兼职群里,优质的兼职还是比较多的,最重要的一点是靠谱。"

张若琳很惊讶。如果说陈逸在自己的专业上学得快、学得精,是因为他有天然的环境优势,那么今天他对她说的这些显然不是项凌或者他父母告知他的,毕竟他们不清楚学校兼职群这些事。最难得的是,陈逸并不需要做兼职。她以前觉得樊星烁什么都懂,现下不禁将他与陈逸做了对比。樊星烁八面玲珑,长袖善舞,用自己的交际能力积累人脉、拓展圈层。陈逸更像一个长者,站在高处,俯视他们这些涉世未深的孺子。也许优越的家庭成长环境确实让他拥有了更广阔的眼界,但是思考和总结能力是他自己的,是同龄人望尘莫及的。而这些,他从未刻意显山露水。平日里,他不是个好为人师的人。

陈逸还在徐徐讲述:"可以关注关注兼职群里有没有展会主持人、介绍人之类的招聘,那些往往需要形象好、气质佳、语言表达能力强的,办展会往往急需人力,许多参展单位还是外地公司,找当地人兼职是最好的选择。名校光环下录用的概率很高,一天下来佣金都是八百元往上,这是你在一线城市才能有的资源,不要白白浪费。如果暂时没有,博物馆、美术馆、景点兼职导游也是不错的选择,薪酬也许没那么高,但接触到的信息密集且价值高。"

八百元往上,这样的酬劳确实诱人,但她敏锐地捕捉到几个关键词:"形象好、气质佳……"

陈逸显然没想到她的重点抓得这么偏,怔愣几秒后笑了,上下打量她:"怎么,你质疑我的审美?"

"你又不是因为我漂亮才喜欢我……"说着,张若琳不自觉地低下头,声音越来越小。

陈逸站起来，越过桌子捏着她的下巴抬起来："别低头，流鼻血还没好。"然后，他就着她抬头的姿势亲了亲她额头，坐回位子上，闲适地靠着椅背，视线笔直盯着她，"谁说不是的？我又不是圣人，凭什么找个不好看的放在身边？"

"你身边好看的太多了，太好看了，偶尔看看清粥小菜觉得新鲜。"

陈逸的笑意更深了，他淡然道："对我来说，在找女朋友这件事情上，外貌不是主要矛盾，但也不是无关因素，次要矛盾如果解决不好，同样影响结果。"

张若琳失语，心想，他不去打辩论或者说脱口秀真可惜，这会儿工夫就给她来了个"现挂"[1]，还"call back"[2]。

陈逸不着痕迹地扶额，心想，她可真是一点自知之明都没有，如果不是顾及她自强自立的品性，他哪里会推荐她应聘展会职位，她要是穿上衬衫和管裙、踩上高跟鞋，不知道多少双眼睛得盯着她的腿看。他不禁想起刚才手心的触感，搓了搓指尖，轻声咳了咳，说道："我说的展不包括车展，车展不行，那不叫主持人，叫 show girl，你不达标。"

"哦。"张若琳闷闷地答道，心想，这个人，刚夸过她又打击她，这个度掌握得神乎其技，她不愿多纠结，转移话题道，"那增值呢？手头的钱，怎么理财才好？"

✦ ✦ ✦

陈逸腿一蹬，椅子往后滑了滑，腾出空间，他微微笑着伸开双臂："你听了那么多，不交学费的？"

他这动作……求抱抱？张若琳感觉被口水呛到了，咳了咳，说："我流鼻血呢。"

"流鼻血怎么了，流鼻血，你连碰我都不敢了？"

---

1 即兴发挥。
2 脱口秀中的扣题。

张若琳抿抿嘴，撑起身子下了沙发，趿着拖鞋绕到陈逸身边，还没凑近就被他拉过去坐在他腿上。但他没有别的动作，只是搂着她的腰让她坐稳，另一只手探到桌面拿起手机，解锁，点开一个软件。

"有支付宝吗？"

"有的。"

"这是最简单的理财工具，自带余额宝，你四万多块钱都存里，一个月大概能有个六十块钱利息，不多，但能跑赢通胀。"他一步步教她点进理财板块，"这个优点就是稳妥，理财永远是这样，风险和收益成正比。"

张若琳站起来，又趿着拖鞋吧嗒吧嗒去取手机，回到他身边，很自觉地拉开他的手，坐到他腿上，然后专心致志看手机。

陈逸满意地弯了弯嘴角，一点一点说："股票这部分你先不用考虑，先把基金搞明白。

"基金也分很多种，总的来说，是把钱交给基金经理去管理，风险共担，利益共享。你现在先了解定投，顾名思义就是定期投资，可以自己设置每周每月投进去多少，这种适合长期投资，和定期存钱差不多，只不过利息会高一些，也可能会亏损，但因为这是专业基金经理给你管理，如果连他都亏了，那你自己管理的话估计亏得更多。先根据各个基金和基金经理的历史数据去做对比……"

张若琳顺着陈逸的话，在手机里点点看看，听得极认真。听到不解的"自选观察"，她拿来他的手机，想看看他都添加了哪些自选。不看不要紧，她一看就被他首页的"总资产"和"昨日收益"吓到了。"昨日收益"位数少，一眼就能辨认——8000+。"总资产"，她没来得及数，陈逸已经抬手滑上去了。而按照他的说法，这个页面应该只是基金收益，不包括股票收益。她甚至有点怀疑，他是二十九岁，不是十九岁。

张若琳深深陷入"这个世界过于参差"的震惊和无力之中。忽然，她转头悠悠地开口："陈逸……"

她很少叫他的名字，陈逸安静地等她说话。

"要不我套牢你吧？理什么财，理你比较快。"

陈逸被逗笑之余，神态微正，捏捏她的鼻子："你这格局，就这么一丁点。"

这话,他是第二次说。

张若琳觉得自己确实眼界不够,她正在努力,如果拿他的标准来衡量,同龄人里又有几个能够与他比肩?

陈逸捏捏她的手:"你能做得比我更好,要有信心。"

两人离得很近,他目光专注,声音温淡却似巨石落地,掷地有声,在她心底荡起阵阵涟漪。

信任是比鼓励更有用的推进剂。

张若琳像是被注入了能量,兴致勃勃地接着提问。陈逸拿着她的手机,手把手地教。

忽然,信息栏上接连弹出好几条微信消息。

陆灼灼:"你怎么不回我,我都吃饭回来了你还不回我?"

陆灼灼:"你不会是真的欲火焚身把自己玩没了吧?"

陆灼灼:"快出来证明你还活着!"

陆灼灼:"不会吧不会吧,不会还在做不可描述的事吧?"

陆灼灼:"都两个小时了,陈逸也太猛了吧?"

连振了几次,手机归于沉寂,最后一句话仍停留在消息栏上。

"都两个小时了,陈逸也太猛了吧?"

这边,桌边的两人脊背僵直,静默无声……

张若琳感觉自己鼻息里又要有热流奔涌而出,心想,陆灼灼这个女人到底在学校学了什么?她以前说话不这样!是不是每一个大学宿舍都会让女生变色!而且她打字这么快干什么?!不休息吗?!指关节不疼吗?!

陈逸率先轻轻地笑了,忍俊不禁似的,他还稍稍偏头看向别处,手腕擦着鼻尖。

张若琳嗖地从他怀里挣开,站起来,绕过桌子把自己扔进沙发里,头埋在抱枕中嘤嘤啊啊地闷叫。这反应和他表白那一晚如出一辙。

陈逸静静地看着她,嘴角始终弯着。

因为这几条消息,之后无论陈逸如何哄骗、威逼利诱,张若琳都坚持要回宿舍,绝不留宿。回到宿舍,她就把陆灼灼批了个彻底。

陆灼灼无辜:"谁能想到我时机掌握得如此精妙,还好,如果不是我,恐怕你现在已经是刀俎上的鱼肉。话说,那是什么感觉?"

张若琳:"这个不好跟你解释,因为我是菜狗.jpg。"

陆灼灼:"你要不要看看片,提前了解了解?"

张若琳蒙了,心想,陆灼灼到底认识了哪个手眼通天的朋友啊?

张若琳:"你怎么那么色气了?你不是只看纯爱片吗,你怎么变了?"

陆灼灼:"不要吗?"

张若琳:"发我。"

陆灼灼:"……哈哈哈,等着。"

或许是身边的人都没有守身如玉的观念,又或者是他给她的安全感过甚,在亲热之际,她下意识地推搡,也有不自觉的紧张,但是她从未真正有过拒绝的想法。如果没有发生流鼻血的事,她会愿意吗?答案似乎是肯定的。

想到这儿,张若琳点到陈逸的对话框,反复点看他的头像,漫无目的,像个猥琐暗恋者,魔怔了似的。她眼尖地留意到他主页上朋友圈预览处好像有新的图,她点了进去。

半小时前,陈逸发了朋友圈:"天干物燥。"配图是加湿器喷薄的雾气。他发的朋友圈不多,除了狗,还是狗,这种生活小事根本就没发过。

评论区,她只看到共同好友的评论。

小胖:"宿舍也干,带一台来。"

万峰:"回复小胖 你傻吗,那是物燥吗,是人燥!"

杜弘毅:"回复万峰 很少见你说人话,这句有点像。"

小胖:"回复万峰 我竟想承认我傻。"

万峰:"回复杜弘毅 掌握真理的人只是大隐于市、大智若愚,你们懂个屁。"

路苔苔也是陈逸的好友,她没评论,只是点了个赞。

张若琳刚想退出去,见评论区新增了一条。

言安荷:"天气热起来了,搞好店面的除甲醛工作!"

店面?张若琳联想起李初萌的话,言安荷说的店面,是他们合作开的快递站门店吗?她才想起来,光顾着风花雪月,她忘了问这事儿了。

第二天，张若琳一进教室，竟掀起一阵窃窃私语声。同班同学跟她比较熟悉，冲她挤眉弄眼，其他班级的几乎没和她说过话，却也一个个神态暧昧地看着她。

就连两耳不闻窗外事、经常同坐第一排的隔壁班第一名也凑过来问她："你和土建学院的那位，在谈恋爱啊？"

张若琳放下书包拿出笔袋，微微点头。

那人开玩笑道："忽然感觉这个学期我要拿第一了。"

张若琳摊开书："不，可，能！"

"帅哥不会影响你拔刀的速度吗？"

张若琳扑哧一笑，她和这位学霸也同桌快两个学期了，私下里没说过几句学习以外的话，没想到他这么有意思。她低声但声音有力："不会，帅哥还会帮我磨刀。"

"祝你好运。"

"谢谢。"

学院里是这个架势，辩论队里就更热闹了，张若琳做好了心理准备，却还是被吓到了。

这日辩论队包了法学院的模拟法庭来当训练室，张若琳一进去就是此起彼伏的起哄声，杜弘毅正被围在中间，有人骂他口风太紧，有人打听恋爱细节，什么稀奇古怪的问题都有。

辩论队的气氛就是如此，女成员谈了恋爱，一群人就跟嫁女儿似的，但如果对方不是本队的，那架势就是要将这个女生生吞活剥——肥水竟流外人田。更何况这个外人是陈逸。

在辩论队，陈逸的大名也是如雷贯耳，因为杜弘毅在讨论辩题的时候特别喜欢拿陈逸来举例子。比如涉及有钱、长得好、成绩好、聪明等话题，他就要拿陈逸出来溜一圈，活像一个"逸吹"。所以辩论队对陈逸并不陌生，可以说他是最熟悉的陌生人，没见过他，但他永远活在台词里。以至于听到张若琳的对象是陈逸，大伙都下意识地以为是杜弘毅牵线搭桥的。可事实是，杜弘毅心里苦。

"我发誓，我比你们知道得早不了多久！"

"那他们怎么认识的？"

"天文社嘛！这个还不简单？"

"就这样？你的意思是我们辩论队培养感情的能力不如天文社？"

"不不不，绝对不是。"杜弘毅求生欲十足，"若琳是陈逸弟弟的家庭老师，我们室友万峰说了，陈逸就喜欢清纯女教师。"

"哟……那……"那人还想问下去，就听到一阵起哄声，回头一看，话题主角张若琳来了，于是他屁颠颠地跑去问正主了。

张若琳脑壳疼，她感慨自己之前做出低调的决定是多么高瞻远瞩、英明神武，只是这一朝功败垂成。

有关张若琳和陈逸恋爱的话题一直进行到教练进门。

今天的任务是给队里新人定辩位。现行国际标准赛事为四人制：一辩负责陈词，陈述我方观点，并且在质询阶段回答对方二辩的问题；二辩、三辩都是攻辩位置，二辩质询一辩，三辩质询一、二、四辩；四辩进行一对一对辩并负责总结陈词。

在模辩阶段，张若琳每个辩位都试过，上手比较简单的是一辩，除了作为后方发言时需要临时搏击对方的一些论点，不需要太多即兴发挥，二辩、三辩气势较强，四辩既要回答问题又要攻辩，最后还得总结，能力最综合，难度最大。

杜弘毅见她在志愿表上填的第一志愿是四辩，有些惊讶："我一直以为你会打三辩，你三辩打得很好啊。"

张若琳起初最喜欢三辩，这也是她表现最出彩的辩位。三辩很考验设置问题的逻辑，也就是给对方挖坑填自己的坑，对于法学生来说，三辩的任务很像法庭中的律师提问，一步一步把对方的逻辑链击溃，并建立自己的逻辑链，成功的三辩能通过几个问题牵着对方的鼻子走。但现在她的理想辩位是四辩。

那天和陈逸聊完，张若琳彻夜未眠，找补差距。她不想和陈逸比，只是想从他身上多学些东西，最深层次的就是他的观察、思考和总结能力。这种能力潜移默化地影响这个人的思维逻辑和处事方式。无疑，四辩正是锻炼这种综合能力的绝佳辩位。

"我想多试一试。"她答。

一队友凑过来说:"要我说,漂亮女生都去打一辩,让对面二辩、三辩都舍不得攻击,多好!"

队长连忙打断:"我们队难道不是靠实力吗?"

"能靠脸干吗那么辛苦?嘻嘻嘻嘻嘻嘻……"说完,那个队友就被队长追着抽。

◆ ◆ ◆

定了辩位,紧接着就是两场模辩,八校赛轮过一遍,五一过后就进入八进四阶段。

生活充实,日子竟过得这样快,张若琳一个不察,五一假期就来了。答应某人的约会推了又推,她本想着五一假期腾出时间,没想到这下没空的是陈逸。

项凌要去云南考察一个民宿项目,趁着五一假期人流量大,对周边民宿经营情况进行背调,陈逸跟随。

路苔苔逢假期必回家,在放假前一天就逃课走了。孙晓菲和男友贺阳策划了自驾周边游,假期第一天一大早就风风火火地出发了。于是,张若琳又变成了留守少女,但好在她不是完全没事干。

距离中考不到两个月,步潼这阵子学习可谓废寝忘食、专心致志,有时候还主动约课,让张若琳带着他刷错题集。他累积了大半个月的错题,想在这三天集中攻坚。经过半年多的提升,步潼的成绩已经稳居中游,直升Q大附中问题不大,可他不知是被刺激了还是终于发现了自己学习的潜力,立志要进实验班。这样一来他的成绩得挺进上游才行。到了这个阶段,他的错题,她也要费好些劲才能解答出来。

为了提高效率,张若琳打算趁步潼午休时间自己先把题做一遍,于是吃过饭,她同陈逸说了一下就下楼借用他的书桌。

虽然陈逸早已给她录了指纹,但这还是她第一次自己过来,自己开门。指纹验证成功的一瞬间,她的脑海中浮现出他和她一起回来时牵手进屋的画面,心间漾起奇异的情绪,又温暖又恍惚。

室内干净、亮堂,张若琳换好鞋,并不多看多走动。虽然开门时,她有那么一瞬间的归属感，但这儿毕竟不是她自己家，她只倒了杯水，很有分寸地占用书桌一角。

张若琳做题专注，所以当指纹验证声音响起时，她并没有反应过来，直到门把手转动，大门开启，她才下意识地循声望去。

开门之人显然没想到里边有人，刚要低头换鞋的身影顿住了。

门边的人站着，张若琳坐着，两相对望，神态皆是愣怔。

面前的面孔既熟悉又陌生，上一次在咖啡店匆匆相见，竟已过去大半年，她气质如昔，只是眼神已不似上次那般随意。那眼波间的深邃，张若琳难以解读。

陈妈妈。这个称呼跑进脑海的一瞬间，张若琳唰地起身，喉咙里却发不出一点声音，双手无意识撑在桌面上，脊背挺得僵直。

"阿姨，"她率先打破沉默，"我……"她没想好怎么继续往下说。以什么样的身份？说实话还是打马虎眼？

正在她左右为难之际，陈母已默默换好鞋，来到沙发边坐下，鳄鱼皮的包包被随意放在脚边。她扭头注视着张若琳，嘴角微微弯起，不知是什么意义的微笑。

张若琳没有动，还是站在书桌后，再次开口："阿姨，您好，我是……步潼的家庭老师，中午不想打扰步潼休息，就来这儿借个地方备课，很抱歉……"她再次顿住了，抱歉后面接什么才合适？

"抱歉，占用了您家"？有点避重就轻，毕竟怎么进来的才是关键。"抱歉，没有提前和您说"？本来就不认识，没联系，说什么说？她脑子里天人交战，找不到合适的词，再接下去说也显得突兀，索性就这样结束了自我介绍。

沉默再次蔓延，就在张若琳绷不住，准备再说点什么的时候，陈母开口了，语气柔和，但不算亲热，听不出立场和情绪："你自己来的吗？"

"嗯……"张若琳轻声应答。

陈母缓缓点了点头，若有所思。

张若琳大概能够猜出这个点头的意思，陈妈妈已经想到，她不是知道密码就是有指纹，总之，和陈逸脱不了关系。她低垂着头，有些不敢再去分析陈妈妈的任何一个表情，却听她用颇熟稔的语气说："吃过午饭了吗？"

张若琳刚在步家吃过，便说："吃——"

"陪我一起去吃点东西吧？"陈母打断她，仍旧是温声道。

张若琳为难地看了眼卷子："我下午还有课……"

"就在楼下随便吃点，不走远。"陈母已经站起身，"我还要赶飞机，路过，过来拿点东西。飞机餐太难吃了，陪我吃点吧？"

"好……"

陈母露出欣慰的笑容，但这笑容不达眼底。

两人来到小区对面的一家粤菜馆，正逢饭点，又是假期，店内座无虚席，他们穿过大堂，进了包厢。

大堂靠窗位置，郑淑仪讶然道："咦，那不是若琳吗？"

席上四人都望过去，见张若琳跟着一位中年女士进了一个包间，那位女士一身浅色西装，淡定、干练，一看就是养尊处优之人。

"是她妈妈吗？"有人问。

都是辩论队的，他们今天讨论辩题，便一起吃饭。

杜弘毅却摇摇头："不是，是陈逸的妈妈。"开学时他见过一面，美丽优雅的女士令人过目不忘。

"哇，这么快就见家长了吗？陈逸怎么不在？"

"在包厢里吧。"

"绝了，我们这脱单的日子还看不到呢，人家就已经见家长了。"

"张若琳祖上烧什么高香了？"

郑淑仪道："烧高香是几个意思？人家可是我们法学院的大才女，哪里就配不起了？"

"你说得都对，这就是学霸的底气吗？"

几个人叽叽喳喳地讨论着，只有杜弘毅紧皱眉头，心想，不对，陈逸好像去云南了。他虽然没经历过见家长，但如果父母单独和女孩见面……他不由得想起电视剧里一些棒打鸳鸯的画面，犹豫着要不要和陈逸说一声。考虑半晌，他决定先看看情况。

一路上本就安静，进了包厢更是安静，张若琳在同学中算得上极为沉默的，就算场面尴尬到极致，她也不会做先开口的人。但她发现，在陈妈妈面前，她那点耐性不值一提，对方气定神闲，她却已经觉得浑身不自在。

服务员进来时，张若琳便觉得被解救了一般。

点好餐，服务员留下一壶茶，出去了。

陈母嘴角带着微微的笑意："知道你下午还要忙，我就随便点了一些能快点上菜的。"

张若琳想，这算是解释为什么没让她点菜？陈妈妈还是那么周到，多年过去，做事越发妥帖。她小时候常听大院里各家的八卦，人们说到陈妈妈，无一不是夸赞，小时候分辨不出真情假意，但大人在孩子们面前是不屑于说假话的，想来那些是真心实意的赞扬吧。大院里大家的关系说简单也简单，兜不出这个圈子，说复杂也复杂，彼此之间多少有些利益牵扯，尤其是同一级别的。可所有的大人都有一个通病，他们一直觉得无论自己说什么，小孩子都听不懂。后来爸爸入狱了，他们也以为，她听不懂那些流言蜚语。他们说，陈伯伯是被她爸爸的事逼走的，大好前程葬送在兄弟手里。他们也说，陈伯伯也不是什么善茬儿，是压死骆驼的最后一根稻草。他们还说，她爸爸就是傻子牺牲品。许多版本，但都是一个演绎方式：口耳相传。小时候她听进耳朵里，不予置评，因为她还小。现在想起来，她仍旧不予置评，因为她长大了。

"你和小逸，在相处吗？"张若琳的思绪飘飞，耳边传来陈妈妈温淡的声音。

不知是不是她沉浸在回忆中的缘故，在某一瞬，准确地说，是在问句的尾音，她感受到了一种相识已久的熟稔和亲热。可她抬眼去，对面的女士笑容浅淡，但与亲热并不搭边。

她才听清问话的内容，来时已想好答案，此时便没多思考，点点头："在尝试交往。"

"尝试吗？"陈母放下茶杯，"这话怎么说？"

这个问法是张若琳没想到的，她顿了顿才说："我们这个年纪，没到谈婚论嫁的时候，但又已经成人，任何的感情，都只能称为尝试吧？"

陈母闻言，握着杯子的手轻轻捏了捏，然后若有所思地缓缓点头。这似乎是她的习惯性动作，思考时缓缓点头，对对方的观点显得尊重又赞同，但又透着"保留意见"的距离感。

张若琳莫名地心脏一揪，酸楚和刺痛一闪而过。对面的人，无论认不认识她，都显然不再是她的陈妈妈了。

菜上得很快，陈母确实饿了，优雅而满足地安静用餐。张若琳不饿，但也吃了几筷子，免得显得刻意等人，不礼貌。她正低头吃菜，耳边传来陈母的声音，仍旧温淡。

"若琳，你爸爸被批准提前释放了。"

一句话，波澜不惊，淡得好似在描述天气，而说话的人也没有任何特别的举动，依旧夹着菜，颠了颠筷子，菜入口，眼眸抬起，目光浅淡地看着她。

而张若琳手里的筷子落在餐碟里，发出刺耳的碰撞声，然后其中一只跌落在地毯上，发出一声闷响。

陈母叫来服务员，给张若琳换了双筷子。

从头到尾，张若琳坐在座位上，一动不动，就连眼睛似乎都没有动过。慢慢地，她的双颊流淌着眼泪，闷闷地落在膝盖上。

视野里模糊一片，她听到对面的人轻轻叹气，说："不出意外，下个月就能出来，你做好迎接他的准备了吗？"

绿 宝 石
Fall into your light

希望你的世界渐入佳境

——陆之南

来路是归途

陆之南 著

下

北京联合出版公司

chapter 16
雾里看花

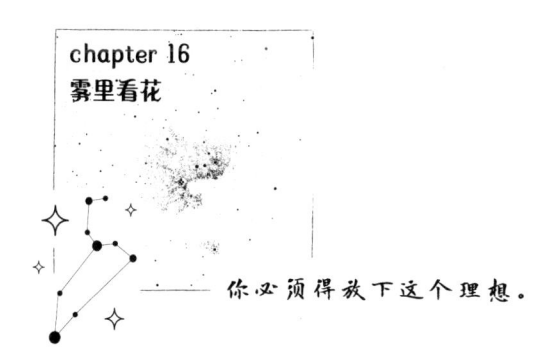

——你必须得放下这个理想。

太久没有听到"你爸爸"这样的称呼了。多久了？八九年了吧。

在积累认知的年龄段，她的生活里没有"爸爸"的痕迹，当然，也没有"妈妈"的。为什么会在一瞬间被击中，以致反应的时间都没有？张若琳不知道。

这个他人习以为常的称呼，于她而言比较陌生……

从巫市搬到滇市以后，外婆从没提起过巫市的人和事，亲戚偶有说起，都会被外婆打断。家里偶尔会接到来自监狱的电话，外婆不让她听，她也不过问，只是从外婆并不标准的普通话里判断出那些来电与其他不同。她是后来才知道那些电话是从监狱打来的。

上高中时，有一次，她紧急回家拿复习资料，外婆不在家，电话铃声大作，她便接起。一声"喂"，撞上电话另一边的一声"妈"，两相沉默。

外婆有一儿一女，守寡多年把儿女拉扯大，受尽了冷眼。好在女儿争气，考上了大学嫁了如意郎，虽是远嫁，但年年回来探望，给老太太买了新房，装修材料还是时下最好的，她还帮衬弟弟做生意。眼看多年苦日子熬出头，只等着享清福了，却不想女儿没了。几年后，一朝变故，女婿进了监狱，儿子为了躲债，远走他乡，不知踪迹。老太太临老，还要再拉扯大一个半大不大的外孙女。

说亲，她从小没在外婆身边长大，与外婆到底没有感情基础，外婆不知道会不会养出个白眼狼；说不亲，两人又有着割舍不掉的血缘。

在亲朋邻里眼中，老太太好日子没过几年，一夜回到解放前。有可怜她的，也有见不得人好、偏爱看人落魄的，平日里冷嘲热讽，捏软柿子一个不落。

当时，张若琳拿着电话愣了愣，才缓缓地喊了声："舅舅？"

那边没说话，张若琳又道："舅舅，我是若琳，外婆出门了，你在哪里啊？舅舅，你快回家吧，外婆很想你。"

那边才慢慢吐出两个字，一顿一顿地："若琳？"

"是我，舅舅，你还记得我吗？"

那边忽然传来男人隐忍的哭声，压抑而沉重。

张若琳不知所措之时，听到一声由远及近的声音："张志海，立即中止通话。"

紧接着，电话突然被掐断。

张志海。不是舅舅，是爸爸。

那是这么多年来，她第一次听见爸爸的声音，只有一声"若琳"，苍老、沙哑，已经无法再与她记忆中硬朗的声音重合。在那以后，她也再没听到过。

上学期，她曾向刑法老师问过中止通话的事由，情形很多。她推测那一次是因为通话对象和报告的对象不匹配，加上她前言不搭后语，会被怀疑有通暗语的可能。

监狱对于落马官员的电话总是格外注意，实时监听，有情况立刻中止通话。

那一次，是她十岁以后第一次真切地感受到爸爸的痕迹。

今天，是第二次。爸爸要回来了，这个消息，她是从一个"陌生人"口中得知的。可不是陌生人吗？在陈妈妈叫出她的名字之前，她还以为她并没有认出自己。而现实是，陈妈妈不仅认出了，恐怕早就知道她的存在。那么陈逸呢？他怎么可能不知道？从看到他书桌上她那本刑法书的时候，她就应该明白了，不是吗？她不过是自欺欺人，埋进他温暖的怀抱就忘了周遭有寒气正在向她包围，甚至在他怀里缓缓睁开眼，向那些寒气无声地哀求——"离我远一点，让我再沉溺一会儿，就一小会儿。"

周围人总说他们在一起时间不长，相处模式却像老夫老妻。可是只有她自己清楚，他们做尽了情侣之间会做的事，拥抱、亲吻、约会，在家一起发呆、看星星，可是从未讨论过对方的成长经历和家庭环境，所以他们很少聊天，除了学习，就是休闲，或者无关紧要的琐碎日常。他们那么默契，从未试探。因为彼此已经心知肚明。而这种心知肚明并不是因为他们对彼此了解得多么透彻，而是心虚，是雾里看花，隔着岁月，不敢窥探。他们从未真正贴近。

孙晓菲曾说，看他们俩谈恋爱，觉得美好得不真切，不像凡人谈恋爱。

"美好"大概只是朋友间委婉的说辞，"不真切"才是真的。隔着一层纱，如何真切？

陈逸明明知道她就是那个张若琳，却不动声色，这更加证明他早就知道了。如果不知道，他应该会随口聊起："你记得我和你说过你和我朋友的名字一样吗？"然后他会说说这位朋友的三两事迹，作为"缘分""巧合"的论据和谈资。可他没有，她也没有。如此欲盖弥彰的事实，却被她惯性忽略。她知道，自己是故意的，故意不去想，不去探究，仿佛这样就可以永远不去触碰，可以与他继续这样隔着一层纱亲密相处，贪婪地、自私地汲取温暖，总比撕开了，发现原本混沌着可以浑水摸鱼的空间被割裂成两个世界，要强得多，就像现在。

"陈——"张若琳找回自己的声音，开了口又顿住，"阿姨，如果今天没有恰巧碰到，您会特意找我吗？"

"不会。"陈母答得干脆。她放下手里的勺子，两手交叠，注视着面前全身浑然紧绷、眼神却越来越坚定的女孩，抿了抿嘴，道："儿孙自有儿孙福，我没有什么目的，也不是为了干涉什么。"

这是自然，棒打鸳鸯这种事，她的陈妈妈做不出来，只是陈妈妈也不会多管闲事，既然约她出来，就一定有理由。理由与目的之间，也许只是意思强弱的区别罢了。张若琳不知道自己为什么突然恢复了思考的能力，甚至比平时思维更加活跃，仿佛心里已经舍弃什么东西，所以无欲则刚。她扯出一张餐巾纸把眼泪擦掉，又把纸巾放好，才道："您从什么时候开始，知道我……在陈逸身边？"

"刚刚，"陈母答道，见张若琳眼神里明显的惊讶，她淡淡地笑，"你信吗？"

"嗯，我相信。"她的陈妈妈，不屑于对一个晚辈撒谎。

"过年时，陈逸曾经对我们说过，他遇到你了。由于更早的时候他曾经旁敲侧击问过你家的事，所以我和老陈都明白，他既问了，就意味着他已经有了行动。"陈母顿了顿，抿了一口茶水，"你也知道，我们对他从小就是放养，所以具体他想干什么，我们并不清楚，也不想过分干涉。如果他能够多多照顾你，我们也觉得是好事……但我没有想到……"陈母停住，看着张若琳，眼神透着探究和迟疑。

"没想到，照顾的方式是这样的，对吗？"张若琳想。

"你们谈恋爱了，对吗？"陈母终究需要一个准确的答复。

其实，无须多问，在进门四目相对那一刻，张若琳的眼神就已经诠释了一切。那眼神，不是看她多年未见的陈妈妈的眼神，更像丑媳妇见公婆的眼神。加上她能自己打开家门，家里有专属的拖鞋、水杯……陈逸是个领地意识极强的人，除非对方是他最亲密的人。

张若琳点点头："嗯。"

"多久了？"

"快三个月。"

"那不长。"

"嗯。"

"你有什么打算吗，关于工作，关于未来？"

张若琳隐约察觉话题的走向，却不想多思考，答道："我从小就想做法官，会朝这个目标努力。现在只好好好学，提升自己，未来……其实像我如今的条件，只能慢慢摸索着前行，不敢做太长远的计划，毕竟一个小小的变量都可能把所有计划推翻，我的人生，试错率为零。"

"法官……"陈母若有所思，"若琳，你知道法官属于公职人员吗？"

"知道。"

"考公职，需要政审，这个是不是不曾有人告诉你？"

"知道的。"

"那你明白政审意味着什么吗？"

张若琳微微怔忡，她看过北京和滇市的公考信息和职位表，了解考试的所有流程，笔试、面试、体检、政审这些程序，她是知道的。其实大四再了解这些也不迟，但她心之所向，早早提前搜索过相关信息，只是没有很细致地了解所有程序的含义。

陈母从她的表情里已然洞悉，只是轻轻叹气，没有前辈引导的孩子真的很有可能走许多的弯路。

"若琳，你要做好心理准备，因为志海这样的身份，你是不可能通过政审的，他是你的直系亲属，避不开。"

张若琳完全愣住了。

"不仅是你，你的孩子也不可能走这条路了。你可能……不，你必须得放下这个理想。"

张若琳绷直的身体忽然垮下来，整个人虚靠着椅背，手耷拉在膝盖上，不知该如何接话。良久，她缓缓直起脊背，淡淡地开口："阿姨，您能和我说说我爸爸吗？"

"过去了也就过去了，知道一些细节对你来说没有益处。法律没有冤枉他，但所有事情都有两面性甚至多面性，人性中的矛盾太多了，在有些位置上，能够平衡好是有智慧，平衡不好也不代表他罪无可恕，万物皆有裂痕，他始终是你的父亲……"

"我没怪过他，我没有资格，也对他……没有什么印象了。他没出事的时候也很少在家，都是您在照顾我……"

张若琳顿住了，觉察此时说这话已无意义，徒增尴尬。

陈母摩挲着茶杯的手指轻颤，眼神空茫，没有焦距。

张若琳咽了口唾沫，转了话头："陈伯伯还好吗？"

陈母回过神来："挺好的，就是脾气还是暴躁，在外边好好的，回家就爱发脾气，好在陈逸没有随他。"

张若琳抿抿嘴，也挂上浅淡而不及眼底的笑。

陈母敛了敛神，略微郑重地说："若琳，当初也是身不由己，按我们两家的关系，如果没有及时斩断联系，不管事实上有没有牵扯，都会被人揪着不放。我是个妇人，不了解其中的弯弯绕绕，可有些联系一旦断了，再恢复也回不到从前，你能明白吗？"

既然陈家能够知道她父亲提前出狱的消息，也就是说他们这么多年一直暗中关注着,但是又能怎么样呢？隔阂一旦发生了,就很难消除,也许会一直存在。

"我明白。"

陈母重重地叹了口气,说:"孩子,如果你们能够走到婚姻那一步,这些往事、这些关系也许会让你们为难,渐渐地消耗情感,而如果注定走不到那一步——"

"我明白。"

✦ ✦ ✦

陈母仔细端详对面女孩的神色,初闻父亲消息时的惊愕与悲戚已然不见,取而代之的是一种难以形容的平静,就连眼中的晶莹也不见踪迹,双眼清亮,已然通透。有那么一瞬,她快忘了,对面不算稚嫩的脸庞其实不过十九岁。涉世未深的年纪承担着与年龄不相匹配的经历。心口的撕痛感一闪而过,她脑海中浮现出那个娇俏可爱、肉嘟嘟的脸蛋,难以和面前的人重合。时过境迁,终究物是人非。

张若琳看了看手机,嘴角轻弯,说:"阿姨,您吃好了吗？我下午还有课,大概得走了。"

陈母恍然回神,点点头,起身:"走吧。"语气里有恍惚,也有释然。

两人相携走出包厢,陈母拍拍张若琳的肩膀:"一会儿加上微信吧,有什么事你随时联系我,生活上和学习上有什么困惑也可以和我聊聊。"

张若琳怔了怔,轻轻地点头。

她们在电梯里道别。到达步潼家的楼层,张若琳出了电梯,然后回头。在电梯门缓缓合上时,她与陈母四目相对,微笑着,像是达成了某种谅解和约定。

电梯下行。张若琳收回视线,也敛起笑意,敲开步潼家的门。她还有课要上,她还要挣钱,她没有多少伤春悲秋、怀念过去的时间和精力。

步潼啃着一个苹果开门,张若琳来不及收敛的情绪展露无遗。步潼啃苹果的嘴顿了顿,没啃下去,含糊地问:"小老师,你这副失魂落魄的样子是干什么去了？和陈逸吵架了？"

张若琳听到这个名字，竟奇异地觉得恍如隔世，明明昨晚才与他视频通话过。她进门，低头换鞋，换上一副教导主任的表情："和他有什么关系？我肚子痛。"

"啊？中午吃什么了？"

"没什么，女生的那种肚子痛，你不懂。"

步潼挠挠头，嘀咕："谁说我不懂，那你多喝热水吧。"

张若琳忍不住，轻声笑了。

讲题的时候，步潼又搬来一把坐垫软绵绵的凳子："坐，站着跟灭绝师太似的。"

张若琳接受他笨拙的好意，弹了弹他的脑门："你的题，大多都是因为粗心，但是，粗心其实就是不稳，不稳就是不会……"

讲了一下午，已经超时了，张若琳非要今天给他讲完。

步潼有点无语，推了推她胳膊："你不是应该多休息吗，这么拼干什么？回去躺尸吧。"

"我这不是对你负责吗？都快中考了，抓紧吧你。"

"谁要你负责？有的是人想给我负责，你好好说话。"

张若琳饶有兴致地问："你这么早熟，你妈妈知道吗？"

"别总是老气横秋地跟我说话，好像真是我长辈似的，不就大个三四岁。"

三四岁，真的不算多，可她一直是把他当小孩子看的。其实她自己又有多成熟、多年长呢？

张若琳凝住笑意，不再多言："我回去了，明天见。"

步潼若有所思地追上来："你是不是跟陈逸吵架了？"

张若琳看着他，似乎已经需要仰视他了，感觉仅仅半年，他又长高了不少。步潼看起来顽皮，其实心细如发。她忽然觉得，这个家伙再长几岁，不知道又是哪家少女的青春记忆。

"没有。"她答道。

"果然，你们在一起。"步潼露出贼兮兮的表情，比了个胜利的手势，"套路成功！"

张若琳扶额,她收回刚才那些话。

"你怎么知道的?"她不打算再反驳,之前就担心步潼的父母知道,陈家父母也就知道了,现在已然没有这个必要。

步潼十分不屑道:"你们很明显啊,一个望眼欲穿,另一个含羞带怯,一个暗送秋波,另一个欲拒还迎,简直欲盖弥彰。"

"保持这个成语应用水平,你的作文一点问题都没有。"

步潼"砰"的一声把门关上了。

张若琳摸摸鼻子,灰溜溜地独自回学校。

晚上,张若琳照例接到了陈逸的视频电话。他开着后置镜头,画面里没有他自己,而是夜色中流动的暗色水波,两岸的灯火映照,波光粼粼。他住的酒店在岸边,镜头转过来,死亡仰角中,他俊朗如旧。画面晃动,他边往里走边说话:"你们云南,风景真的不错。"

张若琳用笔筒支着手机,低头备课,一心二用道:"嗯,应该是吧。"

云南幅员辽阔,西有高原,南有热带雨林,山川湖泊风情各异,只是她都没去过。十年前到了滇市,她就没离开过。

陈逸似是有所察觉,脚步顿了顿,转而半躺在床上,专心看着她:"以后一起好好到处看看。"

张若琳手中的笔在卷子上拉出长长的痕迹,她长睫颤动,视线转向屏幕。陈逸放大的俊脸正看着她,嘴角含笑,神态悠闲,莫名勾人。他手臂往脑后一搭:"在忙什么,能转过来让男朋友好好看个正脸吗?"他此时举着手机半躺的视角,在她看来是仰望着她的,配合他温淡的声音、浅笑的眉眼,还有些缱绻。

张若琳忽而心跳加速,耳边染上红霞。

"你什么时候回来?"她问。

"想我了?"

脸微微发热,张若琳暗暗嫌弃自己没出息,不是说三个月是情侣新鲜感的消弭点、倦怠期的起点吗?她怎么还时常被他十分正常的举动影响?肤浅。

没听见她说话,陈逸轻笑两声,随即竟大笑起来。

爽朗的笑声从视频那头传来，张若琳莫名其妙："你笑什么？"

陈逸忽然低声道："张若琳。"

"嗯？"

"张若琳。"

"干吗？！"

"宝宝……"

"……"

"真的是个宝宝，成年人哪能这么爱脸红？"

逗她大概很有意思，陈逸脸上的笑意就没收敛过："你如果很想的话，我可以早点回去。"

在他以为她又会习惯性嘴硬的时候，张若琳说："那你早点回来吧。"这似乎是她头一次向他提出"要求"。

陈逸的笑意凝住，他察觉到她目光中的郑重："早回去，大忙人赏脸约会吗？"

张若琳抿了抿嘴，抬眼，点头："好。"

"回去是工作日怎么算？"

"逃课。"

陈逸微讶，挑了挑眉："逃课？拭目以待。"

通话挂断后，张若琳看着屏幕发呆，直到屏幕熄灭，映出一双怅然而迷茫的眼眸。她回过神来，低头继续做高数题。她把一道证明题读了一遍又一遍，怎么也不过脑，她索性念了出来，越念越大声，到最后耳边只有自己念题的机械声音，脑海里却空白一片。

忽然，试卷上多了几片水渍，字迹缓缓晕开，模糊成一个个小圆圈，她的视线也混沌成一个又一个交叠、变幻的圆。那些圆圈里逐渐晕出一个轮廓。俊朗的、疏离的、含笑的，还有情难自控时深沉的他的脸。到底怎样才能对着这张脸坦然说再见？她终于把头埋进臂弯，让眼泪陷入衣袖里，仿佛不曾滴落过。

压抑的声音在静谧空间里回荡，台灯氤氲出纤瘦的身影，在墙壁投下巨大而落寞的黑影。

陈逸坐在床上出神，没由来地，心里有些慌乱。怔坐半晌，他抓起外套拔腿出门，不想刚开门就碰上了正要敲门的项凌。

"要出去？"项凌敲门的手落回去，讶然问。

"找你。"

"巧了，"项凌指了指楼下，"出去走走？"

"是有什么安排吗？"

"难得悠闲，这儿的酒吧别有特色，去坐坐。"

私下里，项凌没把陈逸当晚辈看，陈逸也很少叫他"姑父"，两人更像兄弟。

游客如织，"两兄弟"人高马大，在西南小镇拥挤的酒吧街上鹤立鸡群。

他们选择了一家二层清吧，楼层很矮。两人坐在二楼靠窗的位置，左耳听驻唱歌手的烟嗓低吟，右耳还能清楚地听到过路游客的交谈，立于其间却不觉嘈杂，反而有种深隐市井，洗净风尘之感。

"这里变化挺大的。"项凌望着窗外感慨。

"您来过？"

"这是我老家。"项凌见陈逸讶然，笑了笑，"也不算，这是镇，我老家是归属这个镇管辖的小村子，昨天采风我们路过。"

服务员来送酒，闻言道："看不出来这位先生是咱老乡呢，一看就是大城市精英！"

项凌礼貌地笑着，却与平时不同，带了些亲切，用方言回道："谈不上，出去混口饭吃罢了。"

"不用这么谦虚，咱这净是出人才。"服务员又看了看坐在项凌对面的陈逸，"还带这么一帅哥，蓬荜生辉，给你们打八折。我们这里酒水是从来不打折的哦！"

项凌说："那太荣幸了。"

服务生离开，项凌看着她的背影："旅游业发展得好，在我们这儿，多的是草草念完初中就出来干活儿的。"

陈逸由衷地说："姑父很优秀。"

陈逸此前并不知道项凌的情况，大概听说他在一些人眼里算是"凤凰男"。步姑姑条件优越，当她的凤凰男上限比较高，陈逸以为项凌只是家境普通。他也不爱区分这些，只靠自己的感觉识人，所以未曾在意。

项凌并不一味谦虚、否认，只是轻轻叹了口气，抿了口酒，似乎把峥嵘岁月都藏到了酒里："当时之所以招若琳给潼潼做家教，其实就是因为她来自滇市，算半个老乡。"

忽然听到张若琳的名字，陈逸握着酒杯的手轻轻转动着，像是无意识一般。

项凌自顾自说："后来我和你姑姑都发现，她的情况和我如此相像。有时候看到她给潼潼讲课，会想到大学时候做家教的自己。我不如若琳，因为我的兼职比较多，我的课业没有她现在这么好，只排在中上游……生活下去和保持优秀之间真的很难平衡，能够做到的只有极少数人。我资质不高，只是胜在努力，但现在想想，我还不够努力，至少没有努力到忽略幸运这个因素的地步。如果没有遇到你姑姑，没有她资助我留学，也许我也能找个相对体面的工作，做大企业里的一颗螺丝钉，也可能回到这里做个小老板，大体不会是如今的模样……"

陈逸明白项凌并不需要他的回应，于是默默无言。

"所以我能想象到张若琳有多么竭尽全力。她和我不同的是，她好像没有什么目的，只是绷着自己努力努力再努力，不计前程，不奔名利，只是习惯如此。这样的人，永远不会把别人当成救命稻草，只想自己救自己。"

陈逸举起酒杯一饮而尽，又给自己填满。

项凌与他碰了碰杯："小逸，你和若琳，在谈恋爱吧？"

陈逸抬眼，目光炯炯："很明显吗？"

项凌笑了声，点点头："少男少女那点心思，藏不住。"

"姑姑知道吗？"

"她不知道。"

"那您是怎么……？"

"你姑姑从小就是以自我为中心的人，很少注意无关紧要的人，我大概是对同类比较敏锐。"

"那您是有话嘱咐我了？"

项凌想起陈母的嘱托，不禁叹了口气，然后摇了摇头，说："哪有什么嘱咐？你是有主见的人，只是想做个横向比较，张若琳不是我，你也和你姑姑不一样，我最终把遇见她归于幸运，可张若琳不一样，如果你要的是一种依赖，到最后可能两手空空。"

陈逸笑起来，往椅背一靠："我知道她很强，我只是个旁观者，也想做个见证者，见证她更强。"

不是要强，是强。或许在很多人看来，张若琳太过中庸。在大众的刻板印象里，家境贫寒的人要么做菟丝花，依附他人生存，要么倔强、刚烈，自尊极其敏感，要强到了极致。两者都是极端的，也正因极端而被注意。张若琳都不是。她用一种模糊不清的人设，让他人觉得她完全不介意，让他人感觉她还挺轻松的，对待什么都是淡淡的，仿佛毫不在意什么差别、距离。他见过她最激烈的情绪就是上次约会，哭过之后，她很快又恢复如初，不是故作坚强，她是真的很快就能与自己和解，迅速释然。她有多用力，才能看起来毫不费力？正是知道她在很使劲地生活着，所以他从不插手，从不打扰。他不是没有想过更直接地扶她一把，于他而言更轻松，两人也能有更多的时间相处，但他最终没有这么做，不想她紧绷的弦断得太突然。他期待的是她能够缓缓地放下，真正依赖他，那种依赖建立在由心到身的平等之上。或许需要很久，可他有耐心。

"谢谢姑父今天和我说这些，"陈逸举杯，"我了解。"

接触过许多上位者的后代，项凌更加意外，即便从小养尊处优，陈逸仍旧有着跨越成长经历的共情能力，多么难能可贵。

酒杯相撞，项凌的目光透出赞赏。

陈逸没告诉张若琳他哪天回去，转机时无聊刷朋友圈，意外看到一张照片，他眉头紧锁。

朋友圈是路苔苔发的："对不起，我拉低了整个宿舍的颜值，我忏悔。"配图是两个穿着旗袍的女孩，头发低低地盘到脑后，端庄得体，双手端着奖品站在舞台上，背景是"五四盛典"。这张照片大概是在观众席拍的，不够清晰，看不清脸，但大开衩下长腿若隐若现，女孩玲珑有致的身段展现无虞。穿着高跟鞋的是孙晓菲，另一个穿着低跟鞋的，显然是张若琳。

陈逸本是靠着椅背，看到这张照片，眼眸微缩，他缓缓坐起，一边放大图片，一边把手机捏得死紧。

评论区。

小胖："呜呼，闻到了危险的气息。"

"五四盛典"，是Q大一年一度的文艺汇演，以学院为单位参加演出。这种活动是要给学院长脸的，向来都是艺术生们主导，张若琳从一开始就没关注。她是被拉来凑数的，过程很狗血——她和路苔苔不过是在孙晓菲彩排时送奶茶，就被扣下了。

孙晓菲是学校礼仪队的。礼仪队向来缺人，举办大型活动时尤其。带队老师一瞧见张若琳就好说歹说让她试试。张若琳向来不擅长拒绝人，她套上与身高相称的服装就跟着孙晓菲参与彩排了。带队老师别提多满意，当即就想招她入队。张若琳最后拿自己是辩论队的一员回绝了。辩论队算是最忙的社团，大家心知肚明。带队老师不再强求，只让她走完这一次盛典。

做礼仪小姐倒是不难，迎宾时好好站着，颁奖时给领导递东西，就这么简单，走步不需要像参加校外活动那样专业，多少保留着学生气，走得端正便可以。只是穿低跟鞋对张若琳来说实在难受。孙晓菲送的鞋有些挤脚，下午彩排完，晚上又被点名去迎宾，半小时下来，张若琳只感觉脚后跟火辣辣地疼。

晚会开始后便没什么事了，等到结束才用得着她们。于是张若琳和孙晓菲同演员们一起在后台休息室候场。礼仪队的个个瘫在沙发上玩手机，一排长腿好不养眼。

等演员们都出去了，张若琳才好意思脱鞋，伴随"嘶"的一声，孙晓菲忙低头去看："啊，若琳，你的脚磨成这样，怎么不说？"

张若琳的脚后跟已经磨破皮了，鞋的内里还粘着一点表皮，皮肉模糊的样子两人看着着实觉得疼。

"没想到成这样了。"张若琳缓过疼劲，淡淡地开口。

"欸，早知道让你穿平底的了，你的身高也够。"孙晓菲已经站起来，"我出去给你买创可贴，你等我啊，别穿鞋了。"

周围其他女孩也看过来，纷纷表示关心。

孙晓菲蹬着高跟鞋健步如飞，转眼就消失在走廊尽头。张若琳沉默了，人比人气死人，她狠狠地羡慕这个技能。

孙晓菲刚从偏门出来，迎面碰上三位熟人。

路苔苔，小胖，还有——陈逸？

"晓菲！你怎么出来啦，要去哪儿呀？"路苔苔迎上来。

"你们怎么来了？嘿，陈逸，你采风回来了？"

陈逸点点头。

"你们怎么在这儿？"

路苔苔说："来看你们呀。"

"别提了，我先不跟你们说了。若琳受伤了，我得买药去。"

"受伤？"深沉却急切的声音传来。

孙晓菲在心里默默盘算，语气更焦急了："对啊，她穿不惯高跟鞋，就……"

路苔苔急道："摔倒了吗？！"

孙晓菲没有回答，那悲伤的表情像是张若琳伤得不轻的样子，还没等她说什么，陈逸已经大步走上台阶，转眼消失在偏门处。

路苔苔问："严重吗？没事吧？"

孙晓菲答："就是，就是……破皮了。"

路苔苔呼出一口气："你能不能别山羊大喘气，想吓死谁啊？！"

小胖在几米外悠悠地陈述："当然是吓关心则乱的人了。"

✦ ✦ ✦

趁着休息室里只有礼仪队的人，带队老师过来给她们拍照，美女扎堆好不热闹。张若琳和她们不算熟稔，坐在沙发上百无聊赖地看美女们自拍。

没有人听到休息室的敲门声，只感觉一阵风灌进来，虚掩的门从外面被推开。众人都循声望去，只见一个挺拔的男生立在门口，环顾一圈，径直往里走。

"陈逸？"土建学院的一个女生低声惊讶道。

本来仰头靠在沙发上"躺尸"的张若琳睁开眼，还没看清楚人，陈逸已经到了她跟前，蹲在她身侧，目光深沉而焦急："摔哪儿了？"

还在发呆的张若琳是蒙的，有一瞬竟觉得自己幻听了。面前的人自然而然地抓起她搁在膝盖上的手："摔傻了？"

他蹲着，她坐着，她瞧见他弧度自然的发旋，随后微微仰头，发旋消失不见，她便对上了松散额发下俊朗的眉眼。

"你怎么来了？"她才回神，"你什么时候回来的？"她语气里有自己未察觉的惊喜，手也不自觉反握住了他的。

陈逸没回答，上下打量她，低头便看见她的低跟鞋倒在一旁，脚丫子耷拉着，他捏了捏她脚踝："摔到脚了？"

摔？张若琳纳闷："没有摔呀。"

陈逸紧皱的眉头舒展了些："那脚怎么了？"

"就是，磨脚了……"

张若琳这才留意到身处什么环境，礼仪队的女生都肆无忌惮地看着他们俩，就连带队老师也抱着手臂饶有兴味地围观。

陈逸捏着她脚踝的手左右扭了扭，看到了皮肉模糊的脚后跟，眉头又是一紧："怎么搞的？"

张若琳脑子有无数个问题飘过——他什么时候回来的？从哪儿来的？他怎么知道的？孙晓菲去哪儿了？这么多人看着，怎么收场……她不自然地动了动脚踝，不着痕迹地把他的手甩掉："新鞋子都这样。"说着，她还尴尬地笑了笑。

陈逸站起来，两手虚掐着腰，居高临下看着她："还笑得出来？"

张若琳这才注意到他今天穿着黑色衬衣，领口开着两颗扣子，手腕上戴着钢表，休闲又带点商务气息，比平时上课添了成熟气质。

陈逸问："一会儿还用得着你吗？"

张若琳点点头："结束了还要走一趟的，人数是对称的，少不了。"

"这样怎么走？"

"不要紧，晓菲去给我买创可贴了。"女生穿鞋磨脚，多正常的事啊，说到晓菲，张若琳恍然大悟，"晓菲跟你说我摔了啊？"

陈逸睨她一眼，并不多言。

张若琳笑了："她就是爱夸大其词。"

陈逸还是不说话。

冷场了。百来平方米的休息室死一般的寂静。从陈逸站起来开始，或坐或立的女孩们没有一个交头接耳的。他就那么站着，看不到他的正脸，只看得到他掐着腰的背影，像是很生气，有种上位者睥睨的压迫感。

这时外边吵吵嚷嚷，随即一行人蜂拥而入，是来候场的演员。好巧不巧，来人都是土建学院的。隔着两个节目就到他们了，所以他们先到休息室候场，待会儿再上后台。

陈逸班上的一个人惊讶地凑上来："陈逸，你怎么在这儿啊？"

陈逸答："接女朋友。"

那人这才看到坐着的张若琳，笑嘻嘻地说："第二次见面，你好。"

上一次应该是陪陈逸上课，张若琳对此人没有印象，只礼貌地点头。

"你说你也不来给土建长长脸，还跑来给法学院干活儿，丢不丢人？"

陈逸说："表演这种专业的事还得你们专业的来，我上才是丢人了。"

"你不用表演，当背景板就够闪了。"

站着说话不是个事，陈逸索性坐到张若琳旁边，和他同学有一搭没一搭地聊天。休息室里逐渐恢复正常，大家该干吗干吗。张若琳松了口气，又靠回沙发上，闭目养神。她这么一靠，旗袍随之往上提了提，高开衩的半边布料一斜，便露出半边细长的腿。

张若琳没有察觉，兀自闭着眼，忽然感觉大腿上被什么轻触了一下，她睁开眼，只见陈逸修长的手指提着旗袍的边缘轻轻一扯，将旗袍裙面摆正，严严实实盖住了她裸露的肌肤。而他身子并未朝向她，已经收回手，手肘搭在膝盖上，坐在那里，闲适而主场感极强。她坐得靠后，只瞧见他结实的背。他正和同学说话，时不时点点头，好似一点也没注意她，好似刚才手上的小动作不是他做的。这感觉很像忙于应酬的男人把女人安顿在角落，暗暗关照着。张若琳又是没来由地心跳加速。

等土建学院的人去了后台，孙晓菲姗姗来迟，把创可贴递给张若琳："是苔苔和小胖去买的，但是他们进不来，就先去看表演了。"

"进不来？"张若琳一怔，那陈逸是怎么进来的？

陈逸扯走她手里的创可贴，撕开，弯下腰给她贴好。微凉的指尖触碰脚踝，张若琳感觉半边腿一阵酥麻，没一会儿便起了一身的鸡皮疙瘩。好在陈逸贴好后看了两眼便直起身，并未注意她的异样。他对上两个女孩疑惑的眼神，淡淡地说："没有人拦我。"他这么进来，走得急，面色不爽，门口负责管理的同学没敢叫他。这人，做什么都是一副理所当然的样子。

孙晓菲低声道:"这也能刷脸,厉害。"

之后,休息室便是走一拨人又来一拨人,热闹一阵又归于寂静,反反复复。

孙晓菲是礼仪队的主力,接送领导、递话筒、倒茶之类的事都有她,所以她进进出出,一直忙。休息室里雷打不动的就只有张若琳和陈逸。

张若琳拿着小本子,把沙发扶手当桌板,在背单词……

陈逸看了会儿手机,最终点开了游戏,兀自玩着。

张若琳提议:"要不你先回去休息?我结束了去找你。"

陈逸看一眼她的脚:"不用。"

于是,几乎每个学院的队伍进来都先是怔愣:坐在沙发上的一男一女几乎无交流,女生坐得靠后,身子偏向扶手,在上面写写画画;男生只坐在沙发前端,撑着手打游戏,两个人一前一后,看似毫无交集。但男生的裤管贴着女生的小腿,挡住了旗袍开衩露出的春光,整个人像把女生挡在了角落里。这幅画面比两个人抱在一起还暧昧。所以,即便是长沙发,始终没有人坐在那边。他们静静地围观,然后上台,没有一个上前打扰。

背单词的空隙,张若琳想,这简直是被动地在各学院同学面前轮番亮相。她扶着额,低头背她的单词。

终于挨到表演结束,张若琳重新套上鞋,隔着创可贴,脚后跟那里仍旧隐隐作痛。她刚要站起,手臂便被结实有力的大手扶住了,陈逸的脸色很难看:"非要上吗?"

这时的休息室很闹,大家都在做准备,陈逸的声音不大,但好似众人都听见了,周围的分贝忽然低了几分。

张若琳拍掉他的手,低声说:"没事的,真的不严重,你别这样,很吓人!"

陈逸眉眼间的不耐丝毫未减,他看了她两秒,略为无奈,摇摇头,转身走了。

张若琳蒙了。他生气了?这是闹脾气吗?她心里说不出是什么感觉。被关注着、关心着,她却隐隐心慌,如果习惯了,不知道如何才能戒掉这种滋味。他生气了?罢了。

她按照事先的安排，端着奖杯托盘在后台候场，排好队形。

孙晓菲在她后边问："陈逸呢？"

"走了。"

"走了？"孙晓菲略失望，"他不来看我们琳宝风采飞扬的样子吗？"

"得了吧，还风采飞扬，不摔倒不丢人就算祖上积德了。"

"你的脚行吗？"

"没事的，走一会儿而已。"

"别逞强。"

"不会的。"

奖项宣读完毕，学生代表上台，紧接着礼仪队上台，等候颁奖领导上台。张若琳在礼仪队里算高挑的，所以站位靠中间，最先上台，最后下台。

舞台距后台有四五级台阶，女生们穿着高跟鞋走得慢，人都堆在台阶口，都这情况了，走在前边的女生还频频往后看。张若琳也好奇地跟着她们扭头往后看，台上除了主持人在念白，空空如也。等回过头来，她才看到大家是在看她。她狐疑地跟着往下走，等眼睛适应了后台暗淡的灯光，才看到站在阶梯旁的陈逸。他一只手提着一双粉色拖鞋，另一只手朝她伸过来。他稳稳地扶着她下了台阶。

此时，主持人正说到告别词，温馨愉快的背景音乐声中，主持人的情绪高昂、热烈："以青春之我，报青春之中国，青年们，明年见！"

台上礼花飞扬，台下掌声雷动。

张若琳稳稳地落地，再也没法忽视猛烈跳动的心脏。有那么一瞬间，她感觉自己像穿着礼服裙的公主，在众人的掌声中牵着王子的手缓缓走下台阶，接受礼赞。她没有忽视后台所有女生艳羡的目光，在这一刻她终于明白女生的虚荣心膨胀起来是多么难以控制。

和陈逸在一起，一直如此不是吗？他一直是即便站在暗处也闪闪发光的人啊。他的伴侣，应该同样闪闪发光，能够坦然地"与有荣焉"，而不是要求他低调、隐藏、默默无闻。

一双拖鞋放在张若琳脚边，她耳边是他仍未消气但无奈的声音："可以走了吗？"

张若琳回过神来:"我换好衣服就能走了。"

"先把鞋换了。"陈逸低头,眉头紧锁。

"哦,哦。"

张若琳脚勾脚脱鞋,陈逸始终扶着她的手臂维持她的平衡。双脚终于解脱,她的脚丫子伸进拖鞋,正要弯腰拿那双低跟鞋,只觉手臂一松,他扶着她的手松开了,弯腰提起她的低跟鞋。他只用两根手指拎起鞋后跟,另一只手牵着她往外走。她略落后一个身位,目光落在他手臂上。黑色衬衣袖口挽到小臂中间,露出线条紧实的小臂,手腕上的钢表更添刚硬气质,往下是拎着她的低跟鞋的手。

男性气息和女性特质的碰撞,隐蔽却直观地性感。她回握他的手,忽然收紧。无论如何,此刻,他只属于她一个人。

chapter 17
黄粱一梦

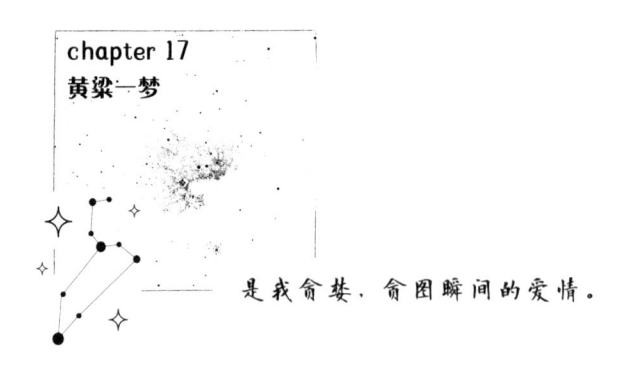

——是我贪婪，贪图瞬间的爱情。

他们就这样穿过小半个校园去餐厅吃饭。

张若琳踩着拖鞋招摇过市，在夜色的掩饰下，回头率仍旧十足。她其实已经吃过团委发的盒饭，但她知道陈逸肯定没吃飞机餐。

她问："你上哪里弄的拖鞋啊？"尺码正好。

陈逸在喝汤，抬眼："超市买的。"

超市距离礼堂并不近。

"这么速度，飞奔？"

"小跑。"他的语气淡淡。

张若琳尝试想象他拎着一双女士拖鞋小跑的模样……想象不出来，她有些忍俊不禁。

陈逸吃好了，支着下巴："你挺幸灾乐祸？"

张若琳连忙转移话题："回来怎么没有提前告诉我，如果知道的话——"

"知道的话，你就能瞬间学会拒绝别人？知道的话，你就不会穿成那样还把自己弄伤？"他打断她，语气急且凶。

张若琳可算明白他憋着的冷漠劲是因为什么了。两人在一起这几个月，大多时候是淡淡的，相比孙晓菲三天一小吵五天一大闹的，他们显得太过稳当。所谓小吵怡情，两个人相处总会有些摩擦，在摩擦的过程中不断深入了解对方，不断磨合，不断契合。他们没有，他们连小矛盾都没有。

张若琳是第一次在陈逸身上清楚地看到类似于"占有欲"的情绪。

"我……"她想要解释解释,可想到现在两人处于什么状态,又觉得没有必要,便转了话头,说,"如果知道的话,我会好好迎接你。"

这个回答是陈逸没有想到的,他也忘了自己本来要向她发难,问道:"怎么样算好好迎接我?"

"穿小裙子算不算?你送的小裙子。"她说完就低着头搅动汤羹,似乎只是随口回答。

陈逸阴沉的脸色倏然转晴,嘴角牵起一抹笑意:"行,勉强接受你的约会邀请。"

汤汁滑腻,甜里带涩。

张若琳抿了抿唇,商量道:"那我请客。"

想起上次不算愉快的用餐经历,陈逸没有拒绝,他点了点头:"那其他的我来安排。"

张若琳不纠结于这些细枝末节,点点头:"好。"反正结果都是一样的,做些什么又有什么区别?

第二天,张若琳进教室的时候掀起了一阵议论声,上一次出现这种情况还是在大家知道她和陈逸恋爱的时候。

她今天穿了裙子。裙子是极衬肤色的湖蓝色,高高的腰线显出盈盈一握的腰,膝盖往上一寸的长度,衬得她本就姣好的身材更加修长,浅浅的娃娃领中和了精致钉珠带来的年龄感,整个人显得秀气又高贵——所谓的千金感。

眼尖的同学还注意到她画了淡妆。

过了一个冬天,她的肤色白了许多,乌黑的长发更衬得耳际肌肤白嫩。

印象中暗淡低调的张若琳仿佛一夜之间变得闪闪发光。

孙晓菲很满意自己在张若琳打算草草出门的时候抓着她画眉毛、涂口红,她在后排啧啧称赞:"谁能想到张若琳同学居然能把这条小裙子穿得那么合适呢?"

路苔苔点头:"简直是量身打造,我本来还以为琳子这个子只能走御姐风呢。"

"你说,陈逸,帅也就算了,眼光还那么……不直男癌,他到底有没有缺点?"

"没有,果然是我男神,果然是人间妄想。"

张若琳目不斜视,在前排第二个座位落座。她一直坐这个座位,今天即便来得晚,也不会有人占用,这大概就是学霸之间的默契。她的身旁依然是隔壁班的第一名。

"我越来越觉得这学期我能拿第一。"

"说了不可能就是不可能,第一名和张若琳,锁了。"

"别膨胀,你收拾打扮的工夫我把高院最新司法解释都快看完了。"

"最后一次了。"

"啊?"

张若琳抿抿嘴,没再继续这个话题:"上课了,别说啦。"

就连法理学老太太都多看了她好几眼,课上提问了她三回。

中午放学,急着"抢饭"的学生如下饺子般从教学楼拥出,陈逸今天的课在顶楼,张若琳在二楼,出来得早,便在门口等他。

陈逸是和同学一起出来的,一群男生勾肩搭背谈笑风生,朗朗笑声老远就能听见。

张若琳望过去,一眼就看到中间意气风发的陈逸。他也一眼看到了她,乌发披肩,裙摆轻摇,他的目光凝住。

边上的男生连声起哄,都望向张若琳,推搡着陈逸。

陈逸的心情显而易见地好,他把书扔给杜弘毅,朝张若琳小跑而来。

"等久了吗?"

张若琳抬头,暖阳透过他额间飘飞的碎发闪了她的眼,她把手在额间挡了挡:"没有,我刚出来。"

陈逸自然而然地将她的手拿下来,与她十指相扣,笑意不减:"那走吧,先去取车。"

张若琳乖巧地跟上。

留在原地的单身男青年们感慨:"看得老子也想谈恋爱了。"

"为何有人大学可以谈恋爱,有人却要看别人谈恋爱。"

"我也想和文科妹子谈恋爱,怎样才能认识法学院的妹子,谁能支个招？"

"让陈逸女朋友给你介绍啊！"

"物以类聚，人以群分，我看行！"

"以后人家当大律师、大法官，你在工地搬砖，谁愿意跟你？！"

"有点道理，现在重新选专业来得及吗？"

张若琳还未走远，男生们谈笑的话一句不落地进入耳里，陈逸自然也是，他摇了摇交握的手："现在知道了吗？"

"什么？"张若琳蒙了。

"我才是拱了白菜的那只猪。"

"……"

张若琳冷汗涔涔，心想，今天陈逸真的心情极佳，竟自黑起来了。

午饭时张若琳安排的是上海菜，一落座，陈逸就挑挑眉："你吃得惯？"

张若琳摇摇头："不知道，没吃过，试试吧。"

"你不用为了我而适应上海菜，"陈逸优雅熟练地摆好餐布，"我平时也很少吃上海菜。"

是吗？上海菜精致，她记得他小时候就喜欢精致的点心。

"那你平时吃什么菜？"

"没有特定吃什么。高中住校，吃食堂多些；初中……家里阿姨是北方人，喜欢做鲁菜，我爸吃川菜，我妈吃本帮菜，所以什么都有一些。"陈逸答得认真，好似真的在仔细回忆。

"那小学呢？"张若琳问，声音温淡。

陈逸翻菜单的手顿住，目光缓缓抬起，而视线中，她在低头翻菜单，似乎不知道自己问了什么问题。

"小学……"陈逸的声音沉了沉，"年纪太小，喜好什么，已经不大记得。"

"这样，"张若琳翻完整本菜单也不知道点什么，"还是你点吧，我不知道什么好吃。"

服务生毕恭毕敬地在一旁站着。陈逸不再看菜单，熟练地说了几个菜名，最后吩咐："少甜。"

"好的。"

张若琳在等菜的空隙去洗手，在拐弯处听到两个服务生聊天。

"A3那桌男生好帅，超帅！你一会儿快去看！"

"多帅啊？"

"反正街上逛这么多年没见过那种级别。"

"哇。"

"不过，他好像在相亲。"

"真那么帅还需要相亲？"

"听着是，那女生也挺好看的，估计家里有钱。"

"哇。"

张若琳不紧不慢地擦手，觉得有点好笑，她倒是希望她们想的是真的——她是个富婆，今日就要把这个小白脸拿下。理想多丰满，现实就有多骨感。

回到座位时，凉菜已经上了，她坐定，陈逸才动筷子。他从来都如此，看着潇洒不羁，什么都不放在眼里，其实是个十分注重礼节的人。她回想他们点菜时的对话，说像相亲，完全不为过。他们的谈话，多么像初次见面却有着特定目的的陌生人。谁能想到相处几个月的情侣连对方的餐食喜好都不曾聊过？

结账的时候发现陈逸已经结过了，张若琳完全不觉得意外。换作以前，她大概要想他为什么连结账的机会都不给她、他是出于什么样的心理，大概率还会因此悄悄神伤一番。今天，可能是她自己立了一个心如铁的人设，以前格外在意的事并没有牵动她的心。但是一码归一码，心里不在意，但形式上，今天这账，她非结不可。于是她缠着收银台把陈逸付的钱原路返还，然后自己付了。

陈逸看着她在账台"无理取闹"，没阻止她，还微微笑着，饶有兴味的样子。

两人一前一后离开餐厅，张若琳忘了拿票据，返回取票据时听见两个服务生在低声吐槽。

"那男的眼神，简直溺毙了。"

"那女的对他不满意？非要付钱！"

"眼高于顶,家里多少矿要守啊?"

吃完饭遛了遛,陈逸看表,忽然问:"身份证带着吗?"

张若琳愣了愣,身份证,这是要干吗?

见她的表情如临大敌,陈逸在她面前站定,习惯性地挠了挠她下巴,逗小猫似的,沉声问:"带了吗?"

张若琳抬头,对上他揶揄而深沉的眼眸,她有点熟悉——在教学楼楼道接吻那次。

"干吗?"她退了一步。

"带了吗?"他执着地问道。

她习惯将证件、银行卡随身携带,他是知道的。

于是她只能老实回答:"带了……"

"那走吧。"

"去……去哪儿?"

"你说呢?"陈逸拉着她,在她看不见的时候笑得肆意,"都如愿让你付钱了,吃饭以后是不是该听我的?"

✦ ✦ ✦

张若琳望着巨大的国徽,眼前仿佛有三只乌鸦嘎嘎飞过。在她揣着身份证惴惴不安半个小时后,他们站在北京市第一中级人民法院门前。

出示身份证,登记预约信息,进门……

"这是什么操作?"张若琳忍不住嘀咕。

"怎么,你挺失望?"

"没有,就是……怎么突然来这儿?"

"不花钱还长见识,完美约会。"

"……"

张若琳心想,上一次约会让陈大少爷心有余悸,他开始另辟蹊径走极端了?

陈逸不再逗她,揉揉她脑袋:"过来提前看看以后的你。"

以后的她?似乎是许久以前,在某次微信聊天中她提过,她想做法官。

没想到他记住了。可如今……她宁愿没有提过。

陈逸预约旁听的是刑事案件,而且是一审。

中院一审的刑事案件,是可能判死缓以上的重大案件。法庭形制上与学院的模拟法庭别无二致,国徽下法官凳椅背高耸,庄严肃穆。今天的审判长是名女法官,三七分的头发梳得齐齐整整,目光沉静而锐利。黑色的法官袍配红色中襟、黄色领扣,庄重,神圣,威严。

有人在念法庭规范,张若琳听得模糊,只看见法官执起法槌,沉沉一敲,正式开庭。

张若琳目光灼灼,眼底全是钦羡。

陈逸注视着她专注却闪烁的双眸,手指微微攥紧。

案件情节不算复杂,是杀人藏尸。被告在出租屋杀害女友,藏尸于冷柜。检方陈述后,案情清楚明了。

张若琳暗想,这个被告十恶不赦,死缓怕是跑不了。她本以为庭审很快就会结束,被告律师却让庭审陷入了僵持。

被告律师认为,他的当事人不属于事先谋划,而是激情杀人。其理由是,原、被告双方感情一直很好,女友有错在先,当事人因为感情纠纷而失去了理智,在刺伤女友后,曾因女友哭喊说胸闷而把她衣服划开了,有施救情节,并提供了新的证据证明这一点。事后藏尸是因为女友生前最爱美,他不想让别人看到她尸体腐烂的样子。随后他便自首,藏尸的主观理由不是为了隐藏罪行。被告律师希望法庭能够对被告从轻处罚。

接下来,控辩双方进行了长达一小时的辩论,最后,因为出现了新的证据,法庭决定休庭,择日另行开庭。

第一次旁听庭审就听了件大案,情节令人恶心,陈逸都感觉有些不适,张若琳却异常冷静,甚至有点冷漠。走出法院,她还沉默着,没什么表情,像是在发呆。

"在想什么?"陈逸握住她的手,十指紧扣,放低声音问。

"在想,"张若琳低头走着,缓缓挣开他的手,"如果十年前我爸爸的律师也这么努力的话,是不是结局就会不一样。"

刚才那名被告律师在犯罪事实如此清楚的情况下还能够拨开一片云雾,为十恶不赦的被告争取一点点光芒,在法庭正义和当事人权益之间寻找平衡。这在普通人看来是那么价值观扭曲、缺乏人性。也许，在案件本身以外，有一些人是需要这一点点平衡的。

陈逸目光一滞，神经忽然紧绷。

"你觉得会吗，哥哥？"张若琳抬起头，微微仰视他，看进他看不出情绪的眼底。

陈逸身体一僵，四肢百骸似过电。

哥哥。若是平时她这么叫他，他大概会当成情意涌动时的呢喃，下一秒就要扣着她吻个够。可现在，一些以为再也不会记起的旧时记忆像冲破闸门，席卷而来。因为陈家父母一直把张若琳当女儿看，平时两个孩子都在家里时，大人对他们的称呼都是妹妹、哥哥。

"妹妹还没吃，哥哥，你先不要动。"

"哥哥，你帮妹妹去拿。"

"妹妹，你看哥哥的新玩具，你喜欢哪一个？"

"哥哥啊，妹妹作业没写完你也不教教啊？"

…………

可张若琳私底下很少叫他"哥哥"，每一次叫他"哥哥"，都不会有什么好事。她不是想抄他的作业，就是要带着他狐假虎威，去给她的"帮派"撑场子。只是有一回不一样。那也是张若琳最后一次叫他"哥哥"。她爸爸是在工地上盯拆迁被"请"走的。当时来了好几个人，声势不小，谁也没有注意到，隔壁断壁后边一群小孩在玩"帮派"扮演游戏。

"张若琳，你爸爸！"有小伙伴惊呼。

张若琳正在往自己身上披"酷炫斗篷"，实际上就是一条破床单，她连头都没抬："有什么稀奇的，他不就是住在工地上？"

"好像不是啊，张若琳，你爸爸被抓起来了！"

伙伴们都凑过去，说："真的，是警察叔叔，他们把你爸爸抓起来了！"

张若琳这才扔了床单，小跑到墙根，亲眼看着纪委和检察院的人带走了她爸爸。

一群大院的孩子，从小长在体制内的家庭，但都没有见过这样的情况，都目瞪口呆，大气不敢出。他们见张若琳愣怔的样子，也不敢惹她，扮演游戏是玩不成了,一个个作鸟兽散。只有张若琳还趴在墙根,一动不动。过了许久,她察觉到身后还有人,便转过头,看见他高高地站在那儿,给她挡住了刺眼的烈阳。她无声地哭成了个泪人儿,望着他,声音娇弱而颤抖:"哥哥,那不是警察叔叔对不对?他们的衣服不一样,对不对……"

"为什么他们要那样对我爸爸……"

"哥哥,我害怕,我要回家。"

"带我回家,哥哥。"

……

张若琳的爸爸一去就再也没有回家。而陈家也在那个月离开了巫市。

"若琳……"陈逸回过神来,自己都没察觉到声音里的颤抖。

张若琳竟微微笑了:"很高兴再次遇见你,陈逸哥哥。"

陈逸心口一紧,自诩沉稳如他此刻也不知所措,是从未有过的慌乱,他只无意识地、徒劳地叫着她:"若琳……"

"你很早就知道了,对吗?是不是和你印象里的张若琳一点都不一样?张若琳,应该是娇气、傲慢、脾气大,可怎么变得卑微、软弱、没见识了?你觉得难以置信吧?刚开始也觉得只是巧合吧?可是你看到了一本傻兮兮的刑法书……"她的眼角有泪滑落,可眼睛一眨不眨地盯着陈逸,微微笑起,语气怅惘,"你想,原来是同一个人啊,她不仅和以前不一样了,还和你身边所有的人都不一样,你觉得新鲜,又觉得她有点可怜。你是个善良的人,你想要伸手帮帮她,你想让她回到以前的样子。你给她买昂贵的围巾,你给她定制精致的头绳,你送给她公主穿的小裙子——"

"不是,不是这样……"陈逸摇着头,伸手想要给她擦掉眼泪,却被她手疾眼快地拂开。

张若琳执着地看着他:"这三个月,我有很快乐的时候——你看着我的时候,你牵着我手的时候,你拥抱我的时候,你亲吻我的时候,都那么美好……

"可这三个月也是十年里我流泪最多的时候,我努力克制着卑微的情绪,可它就像有生命,我越压制,它就越猖狂,时不时就要跳出来耀武扬威。我也从来不敢去想以后会怎么样,我以为我不去想就能避过去,我以为假装我们只是在大学里相遇相识就能简简单单地在一起……我差点就忘了，如果我们不是旧识，只是在大学里相遇的普通同学，你连看都不会多看我一眼。"

"这个世界上本来就没有如果，感受当下不好吗？"

"不好，好不了了。"张若琳把脸埋进他的掌心，"陈逸哥哥，我们分手吧。"

陈逸的手掌僵住了，湿润的掌心全是她温热的眼泪。他捧着她的脸，急切的声音与平时大相径庭："只是因为这样，你就要跟我分手？"

"只是？"张若琳抬起头，"你看，这就是我们之间最大的不同，这是永远没办法调和的。也许在你眼里，这只是你感情的开始，可为了这个开始，我已经走过那么漫长的心理斗争的路。"她的眼泪已经把眼眶填满，簌簌落下的眼泪像倾泻的水流，过于汹涌而形似静止。

陈逸感觉自己的心脏像被细绳勒住了，而且越拉越紧，他近乎粗暴地擦拭着她的眼泪："你不用想，所有的事都交给我来想好不好……"

"我真的很难受，我们分手吧，求你了。"张若琳好似累了，双眼已经没有泪水，也没有一点神采。她是在求他，求他分手。

陈逸理不清现在的情绪，但他清楚地明白，他一旦放手就再难抓回来，人决不能在情绪波动时做决定。

一阵风过，春风拂面本是清爽宜人，陈逸却感到满身冷冽。他抓着张若琳的手腕，似失了控，攥得她生疼，他的声音也沉得吓人："别在这儿谈，上车！"

张若琳的情绪消沉下来，她不做无谓的争吵和挣扎，跟着他上车。

车子飞驰在工作日空旷的街道上，最终停在学校附近的林荫道旁。

安静的密闭空间令人冷静。平日里他们从来不喜欢聊天。除了张若琳哭肿的双眼，此时的车内与平时别无二致。思及此，张若琳忽然笑了。

陈逸从后视镜里注视着她。

她淡淡地开口："晓菲总说我们像老夫老妻，不爱聊天也不吵架，都不知道我们是用什么途径了解彼此增进感情的。"

陈逸眼眸微抬。

"可我们都知道，不是吗？我们谁也不敢聊，生怕随口就扯到家庭成员，聊到成长经历。我也是今天才发现，我们连饮食喜好都没有聊过。不聊天，当然也没有什么观点碰撞，又怎么会吵架呢？"张若琳显得极其冷静，就像一个外人在细致地分析。

陈逸心底一沉，忽然感觉有些东西正从他手中滑走，任他怎么用力也要抓不住了。

"是我的错。"他开口，语气已然恢复平静，"我应该早点告诉你，但你相信我，我一直在做相应的努力。"没有告诉她，一方面是没有合适的契机，忽然提起总会影响两人的相处。他们一直温馨、甜蜜，以至他已完全懈怠了，忘了有多大的雷潜藏在地表。另一方面，他也在努力弄清楚上一辈的事，了解清楚才能处理得更妥帖。

"不是你的错，是我的错，隐瞒的是我，不愿意面对的也是我，是我贪婪，贪图瞬间的爱情。"——不去想永恒。

"你可以一直贪图，我允许你贪图。"

"不行了，陈逸，不一样了……"张若琳说着，鼻尖有酸涩感袭来，她强迫自己抑制住，才说，"我们分手吧。"

陈逸不假思索地应道："我不同意。"

"我已经决定了，我们好聚好散吧。"张若琳作势要下车。

"咔嗒"一声，陈逸落了锁。

张若琳回头，感到有点不可思议："还有事吗？"

"能不能永恒，谁也不是先知，不去试，你怎么知道无法永恒？"

"没用的。"张若琳顿了顿，似是用了所有的力气呼出一口气，"我爸爸要回来了，你还不知道吧？我爸爸和你爸爸，是死生不复相见的关系。"

"他们的事关我们屁事？！"陈逸的声调倏地拔高，"再大的事该过去都过去了，你信我，我会解决好。"

"可我没有精力了。"

陈逸有些难以置信地看着她："说到底，你是要这样丢弃我了，是吗？"

张若琳从没见过他这样，如果不是手臂紧紧抓着方向盘，他的拳头似乎就要落到她脸上……握着门把的手微微颤抖，她艰难地咽了口唾沫："是，和你在一起，难过的时间多于快乐的，我还有很多事要做，不想再去做其他抗衡了。"

长久的沉默。

张若琳见他不动声色,又缓缓地开口:"即便没有这些,我们也不适合。陈逸,我们的物质基础相差多大,你不是不清楚,由此带来生活习惯的不同、消费标准的不同。就两次约会来说,第一次,我那时没告诉你我为什么哭,现在我告诉你,因为那一餐你付的餐费,我做家教一年也挣不到。而你那么聪明,你应该已经意识到了,所以你带我来看庭审,不花钱。其实这真的是一次很好的约会,但下次呢?下下次呢?短时间内是不可能真正契合的。谢谢你一直以来的包容,但我们真的不合适。"

陈逸两手紧紧抓着方向盘,小臂青筋暴起,他的声音却温淡、平静:"你今天从一开始就是奔着分手来的,是吗?"

"是。"

分手前穿着他送的裙子跟他最后一次约会?施舍吗?陈逸说:"你要想好了,在我这儿,分手不是随便说说。"

"这是我深思熟虑的结果。你也重新梳理一下自己的感情,对于我,也许喜欢只是你的错觉,更多的只是怜悯。"

良久,"咔嗒"一声,车门锁开了。

与此同时,陈逸隐忍的声音传来:"你要放弃是你的事,犯不着用质疑我的感情来做挡箭牌。"

张若琳微微怔忡,迟疑了两秒,然后什么都没说,开门下车。

又是"咔嗒"一声,电吸门关得安静而文雅,隔开了车内车外两个世界,也给这场剑拔弩张的谈判画上了休止符。

✦ ✦ ✦

终究没能好聚好散。

分手前数个浅眠的夜里,张若琳做过许多种设想,设想在怎样的场景中提分手、从什么事开始说、要怎么说,她没有想到实际上就这样轻而易举地说出口了,没有一句是按照她设想中说的,但达到了目的,不仅达到了目的,好像她还超额完成,把关系彻彻底底撕裂了。她没幻想过"分手后还能做朋友",她只是想好好说清楚,保留最后的体面。她了解陈逸——

骄傲的小狮子，看似处处包容，实际上眼里容不得一点沙子，他认定的东西，容不得半点质疑和否定。当他捧着她的脸，她便察觉自己要打退堂鼓，于是把脸埋进他掌中。当她清楚地感受到他的手在颤抖，她真想不顾一切扑进他怀里，什么都不想，什么都不管。那一声恳求，是完全无意识地乞求。她下不了的决心，想让他替她下。他不会知道她翻来覆去在黑夜里流过多少泪才做出这个决定。他怎么能说她是随随便便就把他丢弃了呢？她也好痛啊，脑海里全是他冷冽的眼神和隐忍的声音。"分手不是随便说说"，是他给她的警告。所以她明白，下车的那一刻起，他们就再也回不去了……原来人的心脏痛起来是这样的，仿佛被人提溜着反复揉捏、摔打，反反复复，不给人一点休憩的时间，令人紧绷、窒息。她好难受啊！

身后没有车辆的引擎声传来，她知道，他还没走。于是，她抬起头，迎着风走在校道上，步履坚定，目不斜视，看起来冷静而决绝。可只有她自己知道，那是唯恐一个迟疑，自己就会奋不顾身地重新奔向他。

穿过大半个校园到了宿舍楼下，泪被吹干了，人也麻木了，张若琳看着仪容镜里的自己，没有半点约会回来的喜色，她对着镜子扯出一个丑陋的笑容，最终放弃了伪装，转身去了图书馆。不是想刻意对室友隐瞒什么，她只是太累了。她不想把所有前因后果在这个日子再重复一遍，她不想面对好友惊愕又怜惜的眼神，她只想平平静静度过这一天。以后再说。

原来，人在极致痛苦的情况下做出的第一选择真的只有逃避。

书籍的纸墨香气令人心安，张若琳没带自己的书，就借了几本杂书看。她好似看进去了，又好似什么都没记住。直到十一点的钟声响起，她把那几本杂书还回去，转借了几本英语参考书抱回宿舍。

路苔苔已经睡着了，孙晓菲从幔帐里探出头，见张若琳抱着图书馆标签的书就知道她又去自习了，低声念叨着"约会都不忘学习"就又躺回去玩手机了。

张若琳平静地换衣服、洗漱，继续在黑夜里失眠。

而后的日子里，张若琳忙得几乎脚不着地。八校赛进行到半决赛阶段，能参加的模辩，她都要参加，每天除了学习就是讨论辩题，回到宿舍倒头就睡。她历来忙碌，和陈逸在一起时也不是黏黏糊糊的做派，所以在他人看来，她不过是更忙了点，没有任何变化。以至分手已近半个月，她身边的人无一问询。这让张若琳感觉轻松的同时,又怅然——他在不在,好像没有什么区别。

张若琳这儿平静无波,孙晓菲那儿却出了岔子。

这天,张若琳还是十一点半回到宿舍,以往要么睡了要么在玩手机的两个人都不在宿舍,她刚要打电话问问,就接到了路苔苔的电话。

路苔苔在那边急切而焦虑:"琳宝,你自习结束了吗,快来救救我。"

"怎么了,你在哪儿呢,晓菲呢?"张若琳也急了。

然后没等路苔苔说话,孙晓菲醉醺醺的声音传来:"姐们儿,出来喝酒!出来喝!"

张若琳蒙了:"啊?"

路苔苔一边安抚孙晓菲一边道:"晓菲失恋了,已经喝不少了,还不愿回去,说去糖果刷夜,怎么办呀,若琳?"

糖果是Q大附近的KTV。

张若琳套上一件薄衬衫,又找出路苔苔和孙晓菲的外套,冲出门去。她先是按路苔苔说的去了那家烧烤店,等她到了却找不着人。路苔苔的电话打进来,说拗不过孙晓菲,已经到了糖果。于是,张若琳又转道去糖果。

幸好糖果也在这条街上,距离不远,张若琳赶到的时候,孙晓菲已经在包间里唱上了。包间门都没关严实,大老远就听见鬼哭狼嚎的声音。

路苔苔坐在沙发上,一脸无奈,看到张若琳就跟看到救星似的。

孙晓菲也不理她们,兀自喝着啤酒,一首一首地点歌。

张若琳这才问:"这是怎么了?"

"还不是贺阳?"路苔苔一副嫌弃的表情,"你知道贺阳有个高中同学在师大吧?"

"知道啊。"

孙晓菲说过很多回那个女生的装纯事迹。

"上周跑来跟贺阳借电脑,说是她电脑坏了,但有论文要写。"

"贺阳借了?"

"可不是?"路苔苔拍桌子,"这还不是最气人的,最气人的是,那女的不知道怎么搞的,把贺阳电脑里面晓菲的照片全弄没了!"

"×!"张若琳忍不住爆粗口。孙晓菲那些照片不仅好看,而且是能挣钱的!

"这说不是故意的,谁信啊?"

"对啊!"

"所以晓菲受不了了,跑去师大扇了那个女的一巴掌,回来就和贺阳分手了。"

"那贺阳怎么说?"

"还能怎么说?贺阳那个人,你又不是不知道,当然是觍着脸哄了,但是有什么用啊,下次那个女的再有什么事,他不还是要帮?"路苔苔气急了,"狗改不了吃屎,男人改不了'中央空调'病。"

"这一点还是你家陈逸好,他眼里除了你,别人都是男的。"

张若琳表情僵硬,心口微恸。这么多天了,再次听到他的名字,觉得恍如隔世。她本想顺道交代自己的状况,可看看包间里的情况,一个还不够操心的,她就别添堵了。于是,她沉默着喝水。

孙晓菲唱累了,瘫在沙发上,搂住张若琳的手臂,嘴里念念有词:"男人算个屁,姐妹大过天,喝什么水,喝酒!"

路苔苔赶紧把二人的水换成酒,免得触碰到某位失恋女神敏感的神经。

三人连碰好几杯,骂完贺阳骂男人。伴随着《最炫民族风》的伴奏响起,三个女人拥在一起吼得如同天崩地裂。吼累了,一人占据沙发一角,气喘吁吁。

孙晓菲点的歌还在自动播放。音乐变缓,是《我很忙》。孙晓菲点了原唱,听歌休息。天生歌姬的嗓音醇厚、温暖,像在讲故事,丝丝入扣。

> 不需要假期
> 我没地方可去
> 不需要狂欢
> 人群只是空虚
> …………

我的眼睛一做梦就看到你

一闭上就想哭泣

……

就让我忙得疯掉

忙得累倒

连哭的时间都没有最好

就让我忙得忘掉

你的怀抱

它曾带给我的美好

当有人问好不好

怕伤心夺眶就咬牙说我很忙

这完美的谎

完美的伪装

才让我的痛没人看到

…………

　　张若琳半靠在沙发上，目光迷离而忧郁。她听说，失恋的人不能听情歌，感觉字字句句唱的都是自己。没想到有一天她能有这样的体会。何止字字句句，这首歌简直就像是唱给她的。忙，忙到哭的时间都没有，忙到忘记他的怀抱。如果不是悠闲地躺在这儿听着一首随便播放的曲目，满心满眼都是他，她差点就要相信——她对他的感情没那么深嘛，她都快把他忙忘了。不过是自欺欺人。

　　张若琳灌了口酒洗嗓子，然后出门上洗手间。她在镜子前朝自己的脸猛地扑水，酒精带来的躁郁之气慢慢消减，留下一具空洞的躯体。如果她能像晓菲那样喊出来就好了，可是她好像做不到。

　　世间的悲喜从来就不是相通的，她和孙晓菲的情况也大不相同。路苔苔能用三言两语把孙晓菲和贺阳的纠葛讲清楚，能讲清楚的事，就总会有解题的切入点。虽然对贺阳的行为不敢苟同，但张若琳明白，他和孙晓菲迟早会复合。孙晓菲之所以能大张旗鼓地宣泄她的悲伤，是因为她心里知道会有人为这份悲伤埋单。而她不能。

张若琳撑在洗手台上发呆,视线和思维都是一片空茫。

万峰从张若琳开始洗脸的时候就在注视她。包间里的洗手间被占用,他出来解急。看到张若琳,他本想打个招呼,以为她刚到,是来给他过生日的。可他越看越觉得不对劲,张若琳这哪是在洗脸,分明是在冲脑子啊!于是他默不作声,隔着男女洗手台的珠帘隔断,默默观察。

张若琳是喝醉了?她这种好学生怎么会出来喝酒?情况不太妙,万峰刚想上前,就看到张若琳抬起头,对镜发呆,随后还没擦干的脸上落下两行清泪,又凶又急。他蒙了,这不是他能管的范畴,便赶紧跑回包间求救。

VIP包间百十来平方米,几十号人,万峰还是一眼就找到了陈逸。他有点后悔叫这小子来了。本是寿星的主场,陈逸一来,他好不容易叫来的几个妹子都心猿意马。奈何陈逸将袖子一挽,手腕上明晃晃的女士头绳毫不留情地宣告——此人有主。这也搞得妹子们一个个蔫了吧唧,表现欲全无。

另外,今天陈逸很奇怪,平时这种局他要么晚到,要么直接礼物到人不到,今天他倒是挺给面子,不仅来了,还大口大口地喝酒,不论谁敬,他都喝。

现在万峰明白了:吵架了,感情受挫了,买醉来了!陈逸也有今天!他又好奇又兴奋,扒开围坐在陈逸边上的人,勾着他肩膀:"兄弟,别喝闷酒啊,你猜,我看见谁了?"

陈逸一口酒入喉,喉结滚动,酒杯落在桌上,他睨着万峰,眼神示意:"有话快说。"

"你女朋友怎么在厕所里哭啊?吓到我了……"

陈逸眼风一顿,眉头倏然紧蹙:"谁?"

"张若琳。"

"她怎么?"

"在厕所里哭!"

她怎么可能在这儿?陈逸瞅了瞅万峰,目露鄙夷,像看傻子,又自顾自添了杯酒喝。

万峰急了:"真的,就外面洗手间!我没醉,眼没花!"

话音刚落,身边已没了陈逸的影子。

修长的身影疾步向门口走去，几乎所有人的目光都看了过去。可他到了门口，脚步停住了，刚打开的门被他缓缓地合上。他转过身来，又回到酒桌旁坐下，兀自给自己倒酒。

　　这是什么情况？小胖和杜弘毅也顾不上唱歌了，凑到陈逸跟前。

　　良久，陈逸说："与我无关。"

　　三人你看看我我看看你，都不敢吱声，最后还是万峰不怕死，问道："你们吵架了？"

　　"分手了。"

　　陈逸说这话的时候，一曲正结束，下一曲还未加载，包间里一时寂静。

　　这下除了室友四人组，其余人眼睛里都透露着八卦之光，尤其是刚才蔫了吧唧的女生们。

　　万峰惊问："你怎么回事？我看她那个样子像是恨不得把自己的头塞进水龙头里去清醒，你干什么分个手不好好说，把人家女孩子搞成那样？"

　　虽然张若琳算不得大美人，但是，不可否认，他们都已经认了她这个人。

　　陈逸抬眼，轻笑一声："是她甩了我。"

chapter 18
咖啡香

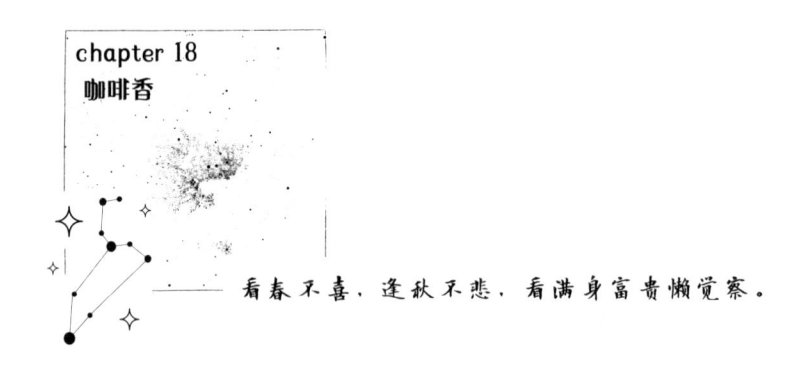

—— 看春不喜,逢秋不悲,看满身富贵懒觉察。

多劲爆的消息啊,陈逸被人甩了!

包间里的伴奏孤独地播放着,原先点歌的人顾不上唱歌,玩骰子、觥筹交错的人也一时寂静,几乎整个包间的人都在翘首等待下文。

只见陈逸面色平静,扫了扫屏幕上的二维码。不一会儿,屏幕上出现消费提醒,他下单买了蛋糕、消夜小食,还有几瓶酒。都是好酒,都是烈酒。

万峰刚问一句"为什么啊",被杜弘毅一个眼风逼着吞了回去。

这种场面不适合灌鸡汤,只适合不醉不归。

而女生作堆的角落充斥着对故事女主人公的好奇与猜测,只是谁也没敢凑上去八卦。

故事女主人公回到包厢时,恢复体力的孙晓菲正在进行第二轮鬼哭狼嚎。路苔苔明显乏了,瘫在沙发上玩手机,见张若琳进来,投去无奈的视线。她本以为张若琳会同她一块儿躺尸,不想张若琳拿起另一个麦克风,和孙晓菲一起嚎起来。

"那就是青藏高原……"不知道破了几重音,把进来的两个服务生吓得眼睛瞪得像铜铃,他们还是很有职业素养地憋住笑意,把推车上的东西往茶几上摆。

炸鸡、手撕鱿鱼、鸭货拼盘、水果捞、酸奶还有麻辣小龙虾,把这间迷你包房的茶几摆得满满当当。

路苔苔惊道:"点这么多,晓菲发财了?"KTV 里的东西,尤其是热食,价格别提多离谱了。她又叹道:"在这儿吃夜宵?真打算刷夜啊?"

肩并肩鬼嚎二人组压根儿没听见她的感慨,仍旧不遗余力地冲刺《青藏高原》的巅峰,歌曲快结束的时候又把《天路》切到了下一首。

服务生上完东西,本打算知会孙晓菲一声,这下也放弃了,麻溜地跑路,避免耳朵被荼毒。

路苔苔也不管了,套上手套对麻辣小龙虾下手。果然,有了吃的,她对跑调二人组的《天路》都免疫了,兀自吃得愉快。

率先败下阵来的竟是孙晓菲,张若琳还在唱《死了都要爱》。

孙晓菲酒醒了大半,也饿了,看着满桌的美食,抱了抱路苔苔:"爱您,我的富婆。"然后她开始不顾形象地狼吞虎咽。

路苔苔:"?"

两人吃撑了,孙晓菲又开始骂贺阳,路苔苔一阵附和。等两人都骂累了,张若琳还在唱,声音都哑了。

孙晓菲感慨:"没发现琳子是个麦霸。"

路苔苔拿着麦克风喊:"琳宝,吃点吧,别唱了。"

张若琳看了一眼桌上的东西,兴趣缺缺地转过头去,继续唱歌。

三个人最终没有刷夜,于凌晨三点回了宿舍。这时候,她们的酒也醒了,体力也耗尽了,脑子里什么都不想,只想睡觉。

原来借酒消愁真的有道理。

第二天起来,路苔苔才看到小胖的消息。因为昨夜忙着吃,手没空,后来手机没电了,她也不在意。

00:15。

小胖:"陈逸和张若琳分手了,你知道吗?"

小胖:"怎么回事?"

00:25。

小胖:"你们在608?"

小胖:"陈逸给你们点夜宵了。"

00:34。

小胖:"人呢?"

小胖:"你们回去了吗?"

小胖:"陈逸喝得有点凶。"

路苔苔在看到第一句话的时候就坐起来了,脑子胀痛,怔忡好半晌才看了一眼对床。

张若琳的床与平日别无二致,被子铺得平整,床上已经空空如也。她再看一眼斜对面,孙晓菲已经醒了,但显然没精神,蔫在床上玩手机。

路苔苔截图,发给孙晓菲。下一秒,孙晓菲也迅速坐起。两个人隔床对视良久,眼神里都是不可思议。

孙晓菲惊道:"天哪。"

"我就说她昨晚不对劲。"

"她得多难受,还被迫听我使劲磨叽。"

路苔苔安慰道:"不怪你,她不想说,肯定是说了更难受吧。"

孙晓菲努力回忆,还有点反应不过来:"我以为夜宵是你点的。"

"我也以为是你点的。"

"你赶紧跟小胖了解下情况啊。"

路苔苔无奈道:"他肯定也不知道,他还问我。"

两个人惴惴不安,还想着怎么安慰张若琳。结果中午下课后,张若琳若无其事地回来了,还给她们俩带了饭,一进门就主动交代:"我和陈逸分手了。晓菲,谢谢你请我唱歌,我好多了,所以请你们吃午饭。"

昨晚熬成那样,她还能准点起床去上课,这毅力实非常人。

孙晓菲讷讷道:"若琳,对不起啊,我不知道,我还向你吐苦水。"

"哎,真的没事了,都分手半个月了。"

路苔苔惊道:"半个月了!怎么回事啊?"

张若琳叹了口气,说:"也没什么,就是不合适吧,谁都看得出来,以后就不提他了吧。"

孙晓菲的一句"陈逸还给咱点夜宵"噎住,她和路苔苔对视一眼,还是选择闭嘴,心里暗暗可怜陈逸:"你点的东西,琳子一口也没吃,全让我俩祸害了。"

孙晓菲安慰道:"拜拜就拜拜,下一个更乖!"

路苔苔这回实在没法昧着良心附和一句"没错",陈逸这种级别是这么好找的？她乖乖爬起来，洗漱，吃饭。

张若琳做了一路的心理建设，但其实说出来也就是一瞬间的事，并没有多余的感觉，心里反而舒服了许多。她告诉了姐妹，也再次提醒自己：他们是真的分手了。

张若琳猜得没错，在贺阳的软磨硬泡下，没过半个月，孙晓菲和贺阳就和好了。

路苔苔在宿舍里警告孙晓菲："你要是敢把我骂贺阳的话告诉他，你就不要回宿舍了！"

孙晓菲一脸甜蜜："哎呀呀，不可能的啦！狗男人永远是狗男人，亲姐妹永远是亲姐妹。要不是还要和他一起挣钱，我绝对把他摁进小黑屋里关一辈子，暂时原谅他而已！"

"就是结婚了也不能说！"路苔苔快要气死了。当初骂贺阳的时候有多生气，现在她就有多后悔。

"好的好的，不可能和狗男人结婚！"

"哼，我再也不相信你了。"

"那我现在就去分手！"

"你给我回来！你这种妖精还是祸害贺阳吧，别祸害别人了。"

打打闹闹又是一天，人生如戏，张若琳叹气。

姐妹谈恋爱，张若琳搞事业。Q大作为八校赛主席校，其辩论队一直是夺冠的强劲队伍，冲进决赛是理所当然的事。

八年轮一次主席校，东道主外加冠军预备队，这下连团委都派了老师来督导。决赛将在学校的国际交流中心举办，规格极高，届时会邀请北京所有高校的辩论队前来观赛，评委也是明星辩手。队里提起了十二分的重视，三天一小会，五天一大会，正赛队伍的内部选拔已进行了两轮，最终是大二、大三的学姐学长扛起了重任，就连模辩队都选了三支。张若琳因为近期每一轮模辩都参与了，当之无愧成了模辩队一员，和杜弘毅还有两个大二的学长组队，打四辩。

白天要上课要复习，头脑风暴大多在夜晚进行。于是张若琳三天两头和队友们一起刷夜，待得最多的地方从图书馆变成了学校周边的咖啡店。

临近期末，到处是刷夜抱佛脚的同学们，毕竟咖啡店是成本最低也不打扰别人的复习去处，点上一杯十来块的美式咖啡，再交十块的刷夜费用，就能占用座位一整夜。还不到晚上，各个咖啡店的位置就已经被占满了。

这晚，杜弘毅把周边咖啡店走遍了也没找到能容得下他们四人的咖啡厅。

其中一位学长为难地开口："要不咱开房吧，没辙了。"

第二天就要模辩，他们组的分论点还没弄出来，今晚不搞定，明天就等着开天窗。

开房讨论辩题也算是辩论队的传统，因为有时候争辩起来太吵，队里有点经济能力的都喜欢均摊开个房间讨论，累了还可以躺会儿。每年聚会也是租民宿，打一场友谊赛，再玩几局狼人杀，吃吃喝喝团建。所以这话一出并不失礼，为难之处在于，他们组只有张若琳一个女生，得征求她的同意。

张若琳之前听说过正赛组直接在学校旁边的民宿租了半个月，就为了讨论辩题，但她自己没参与过，眼下有些犹豫。她自然信得过这位学长还有杜弘毅他们，只是男女同处一室……虽然和咖啡店包间一样都是密闭空间，但有床在，终归性质不一样，而且只有她一个女孩。可是眼下确实没有其他去处。

张若琳没有想太久，同意了。

这位学长准备订房间，杜弘毅不知想到了什么，阻止道："等会儿，我问问我朋友有没有推荐的地方。"说着，他走到一旁打电话，说话时还不时看着张若琳，若有所思。

不一会儿，他回来，问道："你们看桌游吧行吗？"

几人喜形于色，这位学长如释重负道："行啊，可太行了！"

桌游吧比咖啡店还要合适，高谈阔论也没人管，玩牌的只会更大声。之前之所以都不去桌游吧，一是因为桌游吧大多按小时和人头收费，一晚上下来一个人就得七八十块，人多就不划算；另外，桌游吧是玩牌的地方，在那里辩论经常遭到其他客人的投诉，导致后来学校周边的桌游吧很少接待辩论队的人。

另一位学长想到这一点，为难道："他们让咱去吗？总不能假装在那儿玩牌吧，那样效率挺低的。"

杜弘毅又跑过去打电话，神秘兮兮的，不一会儿就回来说："我这朋友刚接手这个桌游吧，最近在停业搞升级，正好没人，可以借给我们，不收费的，只不过没有吃的喝的。"

"可以自己带吗？"

"应该没问题！"

这……简直是天上掉馅饼。桌游吧的东西多贵，心里没数？平时他们都自己偷偷带东西进去，在包间里偷偷吃。

两位学长纷纷点头："赶紧去啊，还等啥！"

他们买了些面包和饮料，背着资料就往桌游吧去。

这家桌游吧距离学校很近，就在南门巷子里一家餐厅的二楼，从狭窄的楼梯上去，上边灯火通明，前台却没人。

杜弘毅显然不是头一次来，招呼他们进了一间屋子："你们坐，我去跟我朋友说一声咱过来了。"

"啥朋友啊，我们一块儿见见谢谢人家吧？"

"是啊，说不定搞好关系了，以后好过来呢。"

杜弘毅思忖半晌，道："等会儿，我去找找他。"

学长们在房间里饶有兴致地参观，评价着哪种牌有意思。张若琳听不懂，便低头看资料。

杜弘毅没耽误多长时间，带着老板过来了。

是一个三十出头的长头发男人，穿着有点赛博朋克。

"艺术家。"张若琳心里想。

学长们和老板寒暄了半晌，又频频道谢，过了好一会儿才把老板送走。

等杜弘毅回来，他们开始头脑风暴，讨论辩题。到了凌晨两点，他们的意见才基本一致，开始各自思考各自的稿子。

张若琳是四辩，设计完对辩问题后，需要在看完大家的稿子之后再写结辩稿，所以空出了一点时间，学长们都叫她先眯一会儿。她也是困极了，便趴在桌上小憩。

杜弘毅道："要不你去隔壁房间？那边有沙发，你躺一会儿。"

"不好吧，已经够麻烦人家了。"

"没事的，这边都没人，老板在搞创作，顾不上我们。"

学长们也说："快去吧，我们这边电脑嗒嗒的，你也休息不好。"

张若琳再拒绝就有点矫情了。杜弘毅带她出来，打开隔壁房间的灯。这个房间小一些，三面沙发围着一张牌桌，沙发并不大，但躺在上面总比趴在桌上舒服。

张若琳关了灯，蜷在沙发上，头刚沾到沙发就睡着了。

凌晨三点多，杜弘毅来到前台后边的房间。里面是一个画室，满地画材和颜料，还有一个小小的咖啡吧，贴墙摆着一排沙发，对面墙上是投影。此时里边大灯关着，正在放电影，茶几上摆着摩卡壶。整个画面很浪漫，如果人物不是两个男人的话。

长发男人正叼着雪茄在一盏灯下作画。陈逸半躺在沙发上，修长的腿搭在茶几边缘，看似专注地看电影。

见有人进来，陈逸的视线扫过来，又淡淡地收回去。

杜弘毅在一旁坐下，不客气地给自己掛咖啡。

"她在海贼王睡觉。"杜弘毅抿一口咖啡淡淡地说道。海贼王是房间名字。

陈逸只眼皮抬了抬，没什么动静，又专心看电影。

倒是长发男人转过头来："别装了，想去看就去，一副死样子，看着恶心。"

"不去。"陈逸的声音无波无澜，慵懒的身体纹丝不动，连眼皮开合都没多大幅度，他仍旧静静地看电影。

长发男人悠悠道："那你回你家去看，别在我这儿单片循环青梅竹马的片子，恶心。"

投影播放的是法国电影《两小无猜》。

陈逸闻言，放下长腿，坐起来，给自己倒了半杯咖啡，回应道："能有你的画恶心？"

长发男人一支画笔扔过来，陈逸敏捷地躲过，乙烯颜料在他身后白净的墙面上落下浓重的一笔，却无人理会。两人大概一直是这种相处模式，谁也没多在意，一个继续画自己的画，另一个继续喝自己的咖啡，不再交流。

长发男人花名叫川河，是陈逸的表哥，北漂十年，做过歌手写过书，办过几场没人看的画展，还拍过没人知道的电影，什么文艺他捣鼓什么，不出名，净出钱，听着该是个在艺术追求和牛奶面包中徘徊挣扎的落拓文青。可他不是，他过得虽看不出多么富贵，但胜在自在、随心，想干什么都有足够的老底。这个桌游吧就是他的，赔钱玩意儿，经营不下去，他又舍不得这一方画室，才叫陈逸给他盘活。

杜弘毅父母都是高级工程师，属于衣食无忧、前程有人张罗的家庭，想要出国留学或者在一、二线城市买房买车都没有太大问题，家境算得上优渥。他家里也有做企业的亲戚，日子过得相当富足，到处置办房产，看起来和陈逸家里的情况相似。但相处得越久，杜弘毅越清楚富足与富贵的不同。像陈逸和他表哥这种家族式的繁荣，不是"富足"二字能够形容，他们身上总有种气定神闲、底气十足的潇洒劲，凡尘俗世眼底过，丝毫不走心，带着一种"看春不喜，逢秋不悲，看满身富贵懒觉察"的随意。这是另一种富贵气。富，且贵。即便是杜弘毅有这样的成长背景，和陈逸做室友还偶尔觉得不知如何自处，嫉妒够不着，比羡慕又多一层，自尊心在模糊的边界线反复跳跃。

将心比心，何况张若琳。

在这个晚上，杜弘毅好像更加明白张若琳的立场。

"陈逸，我想了想，有件事我还是应该告诉你。"杜弘毅说。

陈逸挑了挑眉毛。

"我五一在小南国吃饭，看到你妈妈了。我看到，她和张若琳在一起——一起吃饭。"

陈逸把咖啡杯放回杯垫上，清脆的一声过后，房间里一时寂静。

川河悠悠地转过身来，看热闹不嫌事大："小姨还搞棒打鸳鸯那一套？有意思。"

杜弘毅说："她们离开的时候还搂着肩说话，很亲热，不像谈崩了。那阵也没看出你俩分手了，我就忘了跟你提。当然，我不是说其中有什么关联，只是时间上比较——"巧合。

"你想得没错。"杜弘毅还没说完，陈逸已经打断他，声音仍旧沉，带着淡漠。

世界哪有这么多巧合？陈逸忽然轻笑一声。他最近一直在想一个问题，既然张若琳不是第一天知道他已经认出了她，怎么会忽然提出分手，导火索究竟是什么。其实答案并不重要，她分手的决心如此坚定，不是现在，也会是将来某一天，迟早要发生。可听到杜弘毅这番话，他还是感到心里松快了些。

陈逸的笑过于诡异，像复仇者阴鸷、轻佻，又像胜利者得偿所愿。

电影已近结尾，朱利安和苏菲抱着象征信物的精美铁盒跳进钢筋笼子里，紧紧拥吻等待水泥淹没身体。他们在亲吻中窒息，年轻的躯体被永远浇筑在水泥之中，用生命成全了他们畸形的爱情、疯狂的游戏。

光影在陈逸脸上明明灭灭，直到片尾音乐响起，他才收回目光，起身要出去。

川河问："干吗去？"

"洗手间。"

门轻声合上，川河问："陈逸是不是特好哄？"

杜弘毅不明所以："啊？"

川河一脸高深莫测，走过来捡走刚才那支画笔，继续作画。

陈逸推开虚掩的门，一束暗淡的光线照进来，在照到沙发之前，他从里面关上了门。

屋内漆黑一片。他凭借印象走到沙发边，静静伫立两分钟适应了黑暗，视野里出现女孩蜷缩而眠的轮廓。他蹲在沙发边，手不自觉地抬起，在触碰到女孩肌肤的前一秒倏地收回。

原来思念是这种近人情怯的滋味。黑暗中，她的睡颜逐渐清晰，浓黑的长发拥着浓黑的眉眼，立体的轮廓与电影里的苏菲有些神似。

陈逸在某个瞬间曾希望她是苏菲，在"敢不敢"的大冒险中，无论约定多么离经叛道，都无惧世俗规则，坚定地说"敢"，为了她要的永恒，不顾一切。可看到她恬静安眠的模样，这些假定的希冀、期盼的人设也烟消云散。他只希望她能一直这样安然、恬淡。她只是她，她失去的太多，拥有的太少，谁也没有资格要求她勇敢。他也不是转头就向别人求婚的朱利安。

张若琳睡得不舒服,偶尔轻微地调整睡姿,浮动的空气荡开一阵馨香,陈逸忍不住凑近了些。她还在调整脑袋的位置,两人鼻息相闻,她的嘴唇轻轻擦过他高挺的鼻尖……

陈逸目光一滞,目不转睛地注视着她每一个微小的动静,她没有察觉什么,再次睡得安稳。他的视线落在她干燥的嘴唇上。他这次没有迟疑,或者说没来得及迟疑,嘴唇已然紧贴住她的。

柔软的触碰让记忆里相拥和亲吻的画面涌入脑海,陈逸撬开她的唇齿,侵袭而入,一瞬间,熟悉的占有感令他欲罢不能,他克制着蛮横的欲望,深入而轻轻地吻着她。

门外传来两个男生轻轻的对话声。

"都弄好就叫若琳起来接着出稿子吧。"

"行,我去叫她。"

"先上个洗手间。"

陈逸察觉张若琳的睫毛微颤,似要开启,他的大掌迅速盖住她的眼睛,与此同时,嘴唇离开了她的唇,拂袖而去。

张若琳感觉自己在与人接吻,她在梦里有种难以言喻的羞耻感,这种羞耻感在听到学长提自己名字的时候达到了极致。她想要睁开眼,视野里却是一片黑暗,好似有什么压着她的眼眶,她有点分不清自己是在梦中还是醒着,感觉身边带起一阵风,有人匆匆路过。接着,她的视野逐渐清晰,虽然还是一片黑暗,但她能看出房间天花板的模样。她撑起身子,呆坐在沙发上。

门从外面被缓缓推开,光线洒进来,一位学长探出脑袋小心地往里看,见她已经醒了,摁亮房间的灯:"你醒了?正好,我们都完事了,过来讨论吧。"

张若琳抬手挡住刺眼的光线,缓了会儿才问:"大家都没睡吗?"

其实她很想问:"只有我过来睡了吗?"

"是啊,打算明天早上,啊,不,今天早上回去补一补。"

"哦,我缓缓,马上来。"

这位学长点点头，出去了。张若琳呆坐在原地，摁了摁眉心和太阳穴，有点迷糊。她感觉醒来的时候好像有人刚刚出去，但房间里没什么变化，就连门的开合弧度都是她进来时的模样。她甩了甩脑袋，没再多想，大概是自己太困乏，有点睡醉了。

张若琳回到之前的房间，准备喝水前抿了抿唇，对口腔里淡淡的咖啡香味不明所以……

◆ ◆ ◆

第二天的模辩非常顺利，三组模辩队中数张若琳这组论点新颖、论证到位，张若琳最后的结辩更是把逻辑链条强调得明明白白，她借着后发优势，给正赛队造成了不小的压力，也扩宽了论点思路。

带队老师在点评环节毫不吝啬地表扬了张若琳，赞扬她态度认真，每一场模辩都抢着上，有奉献精神，她算笨鸟先飞，在一次次模辩中飞速成长。

在一通夸奖过后，带队老师又拿张若琳脱敏训练时的糗事来说道："那时候有多糗，现在就有多强。今天要是正赛，张若琳就是当之无愧的最佳辩手。"夸完了就开始批，"再看看你们正赛队，拿这个水平去打B大，等着被摁在台上摩擦吧。讲的都是什么东西？！跟模辩组好好探讨探讨反方都会出什么招！"

张若琳这组的带组学长道："我们最后的逻辑链是若琳凌晨四五点弄出来的，我们的脑子都不转了，听完觉得很惊艳。果然你们一点也没猜到，哈哈哈哈。"

带队老师说："看，学学，学学。四五点人还在搞逻辑链，你们在干吗？三国杀！"

杜弘毅道："可不？我们有若琳，如有神助。"

正赛队长："那借给我们组用用。"

带组学长："你求我啊？"

正赛队长："行，求你，求你把脱敏训练训到食堂的张若琳借给我！"

在队友的哄笑声中，张若琳佯怒道："就是因为你们整天笑我，我才要报仇。再笑我，把我笑到正赛去最好！"

"恭候你啊！"

"行啊，你替我打！"

"你真的打得比我好多了，我今天说的都是什么东西！"

张若琳摆摆手："不了不了，我不想刚痊愈又过敏。"

大伙又笑成一团。

张若琳特别喜欢辩论队的一点就是，气氛永远很正，大家朝着一个目标努力，没有辈分和年级之分，靠能力说话，谁做得好，就向谁学习，或许会羡慕，但不会妒忌。讨论辩题意见分歧、剑拔弩张的时候太多，情绪激动的时候也会带入个人的喜恶，但这种情绪很快就会过去，观点的碰撞会加深人与人之间的了解，彼此的感情似乎更好了。所以她说话也更加随性，没有多少包袱，也不用三思而后言。她真的很喜欢辩论队。

法学院已进入复习周，张若琳彻底没课了。于是她白天泡图书馆，晚上去给正赛队做对辩训练，真正忙得脚不着地。老师还给她派了个活儿——做决赛主席。

打辩论之前，张若琳以为辩论赛主席是评审老师、主评委，但其实两者相去甚远。所谓辩论赛主席，相当于辩论赛主持人，负责讲赛制、念规则、介绍辩手、走流程，虽然大多都有现成的稿子，但重大赛事的主席还要注意肢体语言的应用和表情管理，谁都能做，但做得好不是一件易事。

往年其他学校做主席校时，决赛主席大多请学校里播音主持的人来做，形象靓丽，语言专业。

张若琳有点打退堂鼓，她既称不上形象靓丽，普通话也不算标准。

带队老师说："我们的目的是原汁原味，全是咱辩论队自己人来干这事儿，你要是不好做，我也不强求。"

张若琳忽然想起某个英俊的面孔，想起他把自己搂在怀里，详细地表述他对自己的建议："真正工作中，没人喜欢跟你打辩论，就算是做律师，大部分的工作也是在法庭之外……你可以把这项爱好延伸……比如可以学一学演讲……如何打开场面、如何包装、如何调动情绪、如何培养气场……和辩论能够互相促进……"她现在回想起来，他说这些的时候，专注而认真，眉目都是温柔的。温柔，这个词和陈逸似乎完全不沾边，可记忆是如此真切。她甩甩脑袋，又重重地点头："我能做。"

带队老师拍拍她的肩："不错！看来我带你去食堂脱敏真的太对了！"

张若琳："……"不说这个，是不是就没别的话题聊了？

这天晚上，张若琳看了一晚上辩论赛，只不过重点观察对象从选手改为主席。她正对着镜子练习肢体动作时，手机响了。自从和陈逸分开后，她的铃声没有响过，很少有人给她打电话。

屏幕上闪烁着"未知电话"四个字，没有所在地，也没有号码。

神秘兮兮的，是诈骗电话吧？张若琳挂断，电话又执着地响起。她琢磨琢磨，不会是什么电视节目中奖了吧？大不了和骗子练练口才。于是她接通。

对面似乎没想到她会接电话，迟迟没有说话。

张若琳耐心道："您好，哪位？是打错了吗……那我挂了？"

"若琳，别挂……"

张若琳要挂断电话的手一顿。这个声音，虽然两年没有听到，不过是一个称呼，她却能清晰地分辨声音的归属。浓浓的乡音，久违的音色，一瞬间让她仿佛回到十年前。

十年前她离开巫市那天早晨，外婆带着她去看守所与他告别。那一天也是他在看守所的最后一天，即将被送往监狱。

离开时，他就是这般语气：悲哀，怅惘，央求。

"若琳……"

"若琳……"

"听外婆的话，好好长大。"

张若琳浑身僵直，胸腔里泛起酸涩，忽然一句话也说不出来。

"若琳？"那个声音再度传来。

良久，张若琳淡然地答道："爸爸。"

电话那边静默半晌，然后传来男人隐忍的抽泣声。

"是，是爸爸。"

又是沉默，双方似乎都不知道要怎么开启话题。

张若琳迟疑半晌，缓缓开口："爸，你什么时候出来？"

"快了。"张志海语气哽咽却充满希冀，"等爸爸出来，就去看你。"

张若琳说："我快放暑假了，我可以去接你。"

张志海刚刚控制住情绪，闻言又抽泣起来："女儿……你在好好长大，是爸爸……对不起你。"

张若琳这次没有回应，一句"没关系"怎么也说不出口。

"你放暑假时我可能还出不去，得今年年底了。"张志海说话一顿一顿的，每说一句似乎都要思考许久，"我到时候，可以去北京看你吗？女儿，爸爸真的很想你。"他的语气中透着乞求，还有小心翼翼。

父亲要到学校看望女儿，是多么理所当然的事，可他在请求。张若琳听出他的谨慎，他担心他会给她添麻烦，担心会给她丢人。

"当然可以，爸爸，到时候我给你订火车票吧。"

张志海哽咽地应了好几声。

张若琳问："爸爸，你出来后有什么计划吗？要留在巫市，还是有什么别的打算？"

"还不知道，现在社会大不一样了，先适应适应再做打算。"

"好。"

巫市已经没有他们的家了，滇市只有外婆一个老人，父亲过去，还不知道是谁照顾谁。而北京……张若琳想都不敢想。现在的她能为父亲做的，实在太少了。

短暂的沉默过后，他们挂断了电话。张志海没有过问张若琳的校园生活，张若琳也没有问他在里面过得怎么样。一次对话，一场试探。或许这就是父女之间的默契，谁也不想在这个时候草率地踏足对方的生活。坐牢多年的张志海脆弱而敏感，面对未知的生活充满希冀，也充满恐慌。而张若琳还没有足够的能力给予父亲实质性的帮助。多说无益。他们的对话，介于熟稔和陌生之间，那么近，又那么远。

张若琳难得早早地上床躺着。她辗转反侧，尝试在脑海中搜寻父亲的影子，可是徒劳，生活化的场景不多，印象最深的画面竟是他被抓走那一天的。

在众多穿着制服的检察官中间,父亲的神色仍旧那么凛然。

作为普通民众,她明白父亲做错了;可是作为女儿,她替父亲难过。多年来,父亲从未打扰她的生活,或许他就是想让她彻底遗忘他这个父亲,拥有全新的人生。可亲人就是亲人,血缘联系永远割舍不掉,她的人生注定有他。

张若琳睡不着,几乎把所有社交软件都翻遍了,最终选择写了一条说说。QQ渐渐被微信取代,说说更像一个树洞。

00:35。

张若琳:"哪里会有人喜欢孤独,只不过更不喜欢失望罢了。"

放下手机前,她竟收到了QQ消息,来自步潼。

步潼:"我就要中考了,你不给我发祝福,在这里深夜非主流?"

张若琳蒙了,这就要中考了吗?算算看,竟只剩几天了。

张若琳:"都要中考了你还在这儿当夜猫子?"

步潼:"劳逸结合,这个时候,听天由命。"

张若琳:"加油啊,你肯定可以的。"

步潼:"敷衍.jpg。"

步潼:"连陈逸都晓得给我送福袋做礼物,你怎么什么表示都没有?"

张若琳现在看陈逸的名字都觉得刺眼,一瞬间满脑子都是他或笑或沉的眼眸。

张若琳:"老师从来不在考试前发礼物,只有考得好才能有礼物,等你拿了好成绩再来跟我讨要礼物吧!"

步潼:"女人无情.jpg。"

时间真快啊,中考过后,再参加几门专业课考试,她就该放暑假了。

嘴上说着没有礼物,但在中考开考前一天,张若琳还是给步潼买了他游戏中"本命英雄"新出的皮肤,打算在中考结束那天送给他。为此,不了解游戏的她还咨询了辩论队里的男生们,以至大伙以为她在和陈逸分手后又迅速坠入爱河了。她懒得解释,反正队里的人从来都是在明面上调侃,不会在背后嚼舌根子。

万万没想到,当天晚上她接到了步女士的电话。

"若琳，老项出差，在国外回不来。步潼姥姥脑血栓犯了，我得守着，这事儿也不敢告诉步潼怕影响他考试。我们现在都没办法去接他出考场了，他出来后要是没人接，他肯定很难过，你可不可以替阿姨去接接他？"

"当然——"张若琳正要应声，顿时想起这个时间——后天，"阿姨，后天我们辩论赛决赛，我有主持任务。"

这个时间，赶巧了。

步女士有点急了："那你没有时间了吗？"

张若琳想了想，说："考试是四点结束吧？"

步女士答道："对。"

张若琳喜道："那可以的，我先接他，再回来，来得及。"

辩论赛晚上六点半才开始。

步女士说："那好，那我让小逸接上你，他开车。"

✦ ✦ ✦

决赛前夜，张若琳收到了久违的微信消息。

。："明天几点接你？"

她捧着手机，瞬间恍惚。

张若琳："几点合适？"

。："都行。"

张若琳："我是说，到考场需要多长时间。"

聊天框上反复闪烁"对方正在输入"，却一直没有消息发过来，张若琳等了半晌，以为他会发来长篇大论，结果只收到几个字。

。："三点，东南门。"

也是，长篇大论不是陈逸的风格。

张若琳："好。"

决赛当天，下午三点，张若琳准时等到陈逸的车，一分不差，仿佛早来一秒都是他的损失。

陈逸专心开车,张若琳扭头看窗外飞驰而过的街景。

一路无话。

"停车!"副驾驶座上的张若琳忽然转过头道。

陈逸似乎一直在神游,闻言,脑子还未反应过来,已经下意识踩刹车。一个急刹令两人皆惯性前倾,又被安全带重重拉向椅背。张若琳紧紧地抱着安全带,心有余悸。

陈逸的眼风扫过来,上下打量确认她没什么事,他才沉声道:"忽然喊什么!"

张若琳感觉有点莫名其妙,明明是他驾驶技术不过关,凶她能给他的破技术遮羞吗?但她并不想在骄傲小狮子的自尊上蹦迪,便直奔主题道:"我想下车买束花。"

陈逸的目光越过她,看到了路边的花店。

"买花干什么?"他的语气已经缓下来。

张若琳问:"接考生不带花吗?"

陈逸皱眉:"你们那儿流行?"

张若琳说:"都这样吧?迎接人生新阶段啊,如果别人有而他没有,他又要发脾气。"

陈逸用眼神表示不解。"你送什么花?你又不是他家长。"说着,他解开安全带,下车了。

张若琳在车上看他进了花店,跟店里的人简单交代了几句,然后抱着两束花出来了——一束向日葵、一束满天星,向日葵开得灿烂,满天星星星点点,温柔、浪漫。她的视线往上,看到英俊的脸上满是勉强。

陈逸打开副驾驶的门,把两束花都塞给她,自己绕到驾驶座,上车、扣好安全带、启动,一系列动作下来目不斜视,话也没有一句。张若琳抱着花动弹不得。

他们提前二十分钟到了考点,门口已经被接考的家长围得水泄不通,确实有不少人捧着花。

张若琳忍不住说:"看吧,就是要送花的。"

陈逸瞥了一眼她得意扬扬的脸:"下车。"

张若琳抱着两束花,下车困难。陈逸轻叹一口气,眼神别提多不耐了,他伸手把那束满天星拿走,放到后座,再次说:"下车。"

张若琳抱着向日葵下了车,见他没有要拿那束满天星的意思,便问:"那束不送了吗?"

陈逸锁车:"一束还不够,小小年纪多大脸?"

张若琳感觉脊背莫名地一凉,今天的陈逸周身温度在冰点以下,看来分手后,他们不仅不可能做朋友,连做普通陌生人都不行——每一句可以好好说的话在他嘴里都能变成寻仇语录。

"那你干吗买两束?"她有点无语。

"买一送一。"

"哦。"

门口的人里三层外三层,他们没有挤进去,就站在高高的马路牙子上,加上两人个子高,步潼如果出来,一眼就能看见他们。

许是他们两个和周边家长的画风反差太大,一位阿姨凑过来。她见陈逸面色冷淡,便问张若琳:"你是来接谁呀,你弟弟吗?"

张若琳微微笑着,瞥了一眼边上的人:"不是,是他弟弟。"

阿姨这下了然了,笑嘻嘻地问:"你们还在上学吧,是哪个大学的呀?"

"Q大的。"

"哎哟!这么厉害的。"阿姨赞叹道。

这下不仅是跟前的阿姨,附近的家长都凑了过来。Q大在所有家长眼里可是孩子学业阶段的终极目标!众位家长叽叽喳喳聊了好久"怎么考上的""初中学习就很好吗"之类的话题,又忍不住,八卦起来。

"果然上初中、高中还是要好好学习,上了大学再谈恋爱,对象都会优质很多。"

张若琳的笑脸僵住,她明白她们或许误会了,便讪讪地回答:"我也不太清楚。"

阿姨的眼神看向她身边的陈逸:"你们不是小情侣呀?"

现在的阿姨是怎么回事?张若琳已经后悔刚才为了避免和陈逸呆呆地站着尴尬而与她们聊天。她看陈逸一直两耳不闻八卦事,只好扯出一个笑容,说:"我们不是情侣。"她感觉陈逸似乎立刻低头看了她一眼,但她没有抬头,所以并不确定。

那位阿姨显然怔了怔，尴尬地笑了两声，转过身去和其他家长聊天了。

张若琳如释重负，身边却传来一声低低的哂笑，心想，他是不是有毛病？

考试结束的铃声一响，家长们躁动起来，一个个都要往前挤，想要最先看到自己的孩子。

张若琳感觉怀里一空，便看见陈逸把那束花拿走了，高高举起来摇晃着。没一会儿，步潼从校门口朝他们飞奔而来。

"怎么是你们俩来接我？"步潼接过向日葵，眼里全是惊喜，看得出他是真的很开心。

陈逸说："你妈妈临时有重要的工作，去外地了。"

"哼！"步潼的脸色晴转多云，"平时就算了，今天还能这样，烦死了！"

陈逸轻拍步潼的脑袋："闭嘴吧，你妈妈不工作，谁给你这么好的条件？"

步潼甩开陈逸的手："得了吧你，我不知道吗？我说说而已，说都不让说？"说完，他不再理陈逸，转头对着张若琳笑嘻嘻道："小老师，是你给我买的花，是吗？"

张若琳撇撇嘴："很遗憾，是他买的。"

步潼脸上阴了晴，晴了阴，有意思极了。

张若琳祝贺道："无论怎么样，恭喜你进入人生新阶段啦！"

"没错！"步潼抱着花，大声道，"憋死我了！我要去玩！陪我！"

张若琳被少年的喜悦感染，一句"行啊"刚说出口，突然想起自己今天还有重要任务，立刻说道："大概不行了，我一会儿还有辩论赛。"

步潼不干了："辩论赛一直有，我中考可是人生唯一一次！"

"可我这是八校决赛，Q大八年一次的主席校，我第一次当主席，不能开天窗呀。"

"那我们先去看你的比赛，你再陪我去玩儿，行不行？"

这个小鬼，她有拒绝的余地吗？

当张若琳带着步潼和陈逸出现在国际交流中心门口时，小胖、杜弘毅、路苔苔和孙晓菲疑惑且看戏的目光快要把张若琳刺穿了。

孙晓菲在张若琳耳边问道："和好了？又有一点不像。"

张若琳低声回答，言简意赅："没和好，意外。"她把票分给他们，自己去了后台。

正赛前有一场表演赛和一场脱口秀。气氛充分调动起来后，在"有请比赛主席张若琳"的背景声中，张若琳身着正装脚踩高跟鞋上台，头发高高扎起，步履沉稳，自信、从容，在主席台后亭亭而立。她简单调整了一下话筒高度，抬眼对着台下微笑："欢迎大家来到北京八大高校辩论决赛现场，我是决赛主席张若琳。"仪态大方、优雅，发音不是播音员字正腔圆的风格，更偏交流感，音色清脆，音调却沉，严肃与活泼并存。

孙晓菲感慨："下功夫了啊。"

路苔苔说："对啊，别看这一句话，什么时候笑、下巴什么时候抬、什么时候眨眼，她都练习过。"

杜弘毅惊了："真的假的？真的变化好大，和她打辩论的时候很不一样。"

孙晓菲的声音抬高了些："可不？我们琳子做什么都很专注、认真的，如果什么事没成功，那肯定是合作伙伴的问题。"

杜弘毅："……"

小胖："……"

她这样指桑骂槐，还能更明显一点吗？

步潼坐在最中间，掌声拍得最响，附和道："晓菲姐姐说得一点没错！"

整场辩论赛，大概只有杜弘毅这个专业人士在听论点，其他几个都是来看戏的，全程都在期待张若琳下次什么时候讲话。路苔苔都给她录了下来。

突然，一直默不作声的陈逸稍稍偏头，在杜弘毅耳边问："她要一直这样站着？"

杜弘毅一愣，但想都不用想这个"她"是谁，老实地回答："主席就是这样的，很无聊，站在上面走程序，要始终端庄地微笑，还不能有带有偏向的表情和语气，也不简单的。"

陈逸端坐着，视线被主席台阻挡，看不见张若琳穿着高跟鞋的脚，轻轻地皱眉。

比赛结束，评委退席评议阶段，张若琳主持观众问答环节。刚开始都是针对辩题本身，也都是辩手们回答观众的问题。忽然，靠后座位上的一位女生站起来,笑嘻嘻的,又有点扭捏,她拿着话筒却一直不说话。

张若琳适时控场:"请问,是不是话筒的问题?你可以提问了。"

那个女生才道:"我们队长想问主席小姐姐有没有男朋友,结束后可以加个微信吗?"

台下,起哄声、掌声顿起。

观众问答环节比较轻松、自由,这种情况在比赛中并不鲜见,但大多都是针对辩手,奔着主席的不多见,因为大赛主席大多是外聘来的,今后彼此也没有交集。

孙晓菲和路苔苔这排人都扭头去看,每个人都看见了陈逸黑沉的脸色。

步潼啧啧称赞:"可太有意思了,这不比去什么同学聚会好玩?!"

观众在起哄之后,都翘首企盼主席的反应。

张若琳确实愣住了,但只是愣了几秒钟,然后抓着话筒凑近:"谢谢这位同学在特定情景下对我的认可,但就像辩手在台上只能回答相应辩位提出的质询,我也只回答观众本人提出的问题。下一位。"

台下传来稀稀拉拉的掌声和笑声。

张若琳的这个回答避开了那个女生直接的问题,聪明。

没想到那个女生边上的一个男生把话筒抢过去,自己站了起来:"那我就是下一位吧。请问主席,你有男朋友吗?"

起哄声更热烈了,此起彼伏。

张若琳回得很快,似乎没怎么思考:"特定情景有特定情绪,特定场合应该做适合的事。人到底是坚持还是退让,是一种选择。在这个场合中,我选择坚持,这位同学,请问,你怎么选择呢?"

台下静默了两秒,反应过来她话中含义的观众爆发出雷鸣般的掌声。

今天的辩题就是"人懂得坚持/退让更伟大"。

张若琳在用辩题告诉这位男同学:"你喜欢我,只是因为我在台上表现好。现在是在辩论赛决赛,表白是不合时宜的,我坚持我的拒绝,你要不要选择退让一步呢?"

台下的观众绝大多数都是各校辩论队的人,怎能听不懂?那个男生是别校辩论队队长,水平不低。他把话筒关闭,递给主办方服务生,朝台上的张若琳比了两个大拇指,然后坐下了。显然,他选择了退让。

张若琳微微笑着说:"谢谢,下一位。"

杜弘毅拍拍手:"完美控场。"

路苔苔:"绝了。"

孙晓菲:"我感觉这个男生本来就是皮一皮,这一出下来他要死心塌地了。"

步潼夸张地把食指往嘴上一竖:"嘘!小点声!有人不开心!"

嗬,周围声最大的就是他。

chapter 19
掠夺

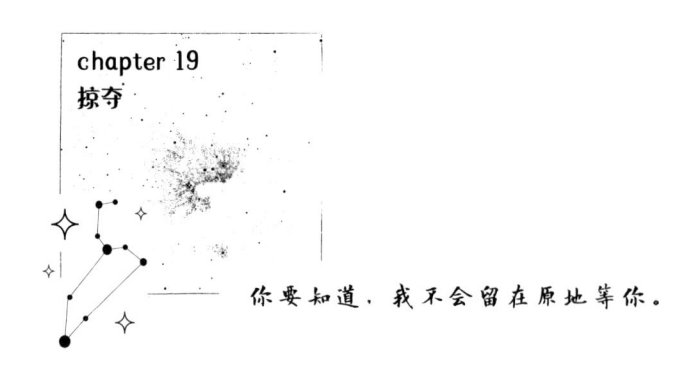

——你要知道,我不会留在原地等你。

最后,Q大以极小的票数差距获胜。主评老师称赞这是一场高质量的比赛,所以难分伯仲。他追忆自己的辩论青春,感慨如今辩论赛的规模,感谢主办方Q大的创新与传承,希望辩论从小众逐渐走向大众视野。这一席话令不少辩论队老人眼底含泪,新人们也热血沸腾,掌声此起彼伏。

张若琳在后台听得专注,也感慨颇多。手机振动,她看了一眼,本不想理会。见是陈逸,她下意识地点开了对话框。

。:"看到了吗,演讲和辩论结合到位是什么效果?"

张若琳先是怔忡,随后一笑——她听得都快哭了,台下观众的情绪也被牵引着,他居然还能注意到这些?

张若琳:"当然了,这可是明星辩手,华语辩论圈的神。"

。:"你也可以。"

这四个字明明是表示鼓励和肯定的话,张若琳却不由得轻轻皱起了眉头,今天的陈逸,让人有点捉摸不透。

比赛落幕,队里自然要出去庆功,队长已经把轰趴馆订好了。这次Q大是主席校,如果输了,就当是庆祝活动圆满成功,心态好到爆炸。

张若琳找到队长,说明自己当晚有约。

队长却道:"主席不去怎么行?不就是你学生吗,带上带上!"

教练也在边上附和:"让他提前感受感受Q大文化,努力学习上Q大。"

"呃……"张若琳郁闷了,"不是他一个人,我们还有几个朋友在一块儿。"

"没事啊,轰趴不就是人多热闹,我们队什么时候排外过?朋友家属都可以带!"

张若琳打电话问步潼的意见。那小子乐死了,兴奋道:"好啊好啊,我就喜欢和年纪大的人玩。"

张若琳满脑黑线,得亏没开免提让别人听见,二十左右的人怎么年纪大了?

"那你哥他们呢?"

步潼故作疑惑:"我哥,谁啊?我独生子女。"

"陈逸!"

"哦,他啊,他名字烫嘴吗?"步潼似乎被边上的人打了,骂骂咧咧的声音传来:"干吗打我,小心我不让你去!"然后他又对着电话说:"去,都去,怎么可能不去?巴不得把自己拴在你裤腰带上……哎哎哎,干吗老是打人,你是不是有病?!"

于是,这事儿就这么定了,陈逸要去,小胖和路苔苔也吵着要去,辩论队来者不拒,非常欢迎,更何况平时老听杜弘毅说这些人,感觉他们都像认识的人。

张若琳要先回宿舍换下正装,穿高跟鞋站一晚上比走一晚上更痛苦,这回脚后跟没什么事,脚掌却酸疼得要命。一下台,卸下端庄的包袱,她便扶着墙一瘸一拐地走路。

"张若琳同学,等一下。"

张若琳在门口被叫住。

一位模样周正的男生站在门口,似乎已经等了一会儿了。张若琳认出来了,他是刚才搞事情的兄弟学校辩论队队长。穿着正装,她就还代表Q大辩论队形象,只好微微笑着打招呼:"学长,你好。"

"你不要紧张,这事儿是去年你们马队赢了我们的友谊赛定下的彩蛋,输的人在你们队里随机挑一位表白。所以刚才不是我的本意。"说到这儿,他觉得有歧义,连忙摆手,"也不是,意思是,我刚才不是故意为难你。"

原来是马国洋搞的事。张若琳在心里翻白眼,他们这个队长看热闹不嫌事大的作风都蔓延到校外了！她淡淡地说："没关系，气氛确实更轻松欢快了，我理解。"

这个男生挠挠头，有点不好意思，然后摸出手机："下学期我们应该还有不少友谊赛，能加你微信吗？"

张若琳的手机就握在手里，拒绝就显得太做作、小气了，于是她调出微信号。

这个男生加好微信，立马发了自己的名字："S大辩论队队长，以后多指教。"

张若琳说："学长客气了，我是新人，还要多多向你们学习。"

"你今天表现得很好，很专业。听说你是四辩，我也是四辩，期待和你打对辩。"

"呃，好。"

这个男生还想要说点什么，张若琳就指了指台阶下站着的几人："我朋友在等我，我得先走了。"

"好，下次见。如果有辩论上的问题，欢迎你随时找我。"

"好。"

台阶下的几人神色各异，精彩极了。

路苔苔和小胖在窃窃私语，步潼的嘴角都咧到耳朵旁了，杜弘毅在憋笑，只有陈逸脸色阴沉，目光笔直而锐利，像是要把门口的一男一女刺穿。

张若琳一瘸一拐地下台阶，到了路苔苔跟前，问道："晓菲呢？"

"去找贺阳了。"

"她不去，你们都去，是吗？"

"嗯！"

"那你们找个地方等我一下，我回去换身衣服。"

"我们就在南门口奶茶店等你吧。"

"好。"

张若琳转头吩咐步潼："乖乖跟着苔苔姐，等我一下。"

"那必须！"步潼承诺道。

然后张若琳便朝宿舍的方向去了。众人都看向被忽略的陈逸……

步潼嘀咕："哦嚯，她看都不看你，你没戏了。"

陈逸并不理会他的嘲讽，视线跟随着一瘸一拐的身影，阴沉的脸越绷越紧。忽然，他快步跟上了张若琳。

在众人以为陈少爷要发飙的时候，却见他走到张若琳身边，抓住她的手腕，两人似乎争辩了几句。然后，陈逸在张若琳面前蹲了下来，张若琳却从他身边绕了过去，继续一瘸一拐地向前走。陈逸立马站起来，一把上前将她拦腰抱起！

"哦嚯！"步潼假模假式地双手捂眼，食指和中指张开，露出贼兮兮的双眸。

"哇……"

"你干什么？"张若琳蹬腿，要挣脱。

"送你回去。"

"没多远，我自己可以。"

"要么我抱着你走，要么你扶着我走，你挑。"

张若琳满脑黑线，心想，他是受什么刺激了？

"扶着！扶着！"她赶忙说，被身后一群熟人看戏就算了，还要一路被陌生人围观。

陈逸这才把她放下来，伸出手臂。张若琳正要意思意思把手搭在他手臂上，结果刚伸出手就被捉住并握紧。

陈逸问："你把我当太监？"她的手往上一搭她就像皇太后了。

张若琳脑海里突然有了画面感，她想笑但忍住了，抬头对上他冷淡的双眸，放弃理论。就这样吧，走一路也改变不了什么。只是十指紧握的温度灼得她心跳乱了节奏。

于是，路苔苔一行人看着陈逸撑着一瘸一拐的张若琳消失在拐角。

步潼说："大学可以这样谈恋爱？那我也想上大学了。"

杜弘毅点破："不是所有人都可以。"

路苔苔在用手机录像，赞叹道："啊！为什么分手！赶紧复合吧！"

小胖感叹道："恋爱不易，帅哥叹气。"

张若琳带着一群人浩浩荡荡到了轰趴馆，觉得丢脸极了。队友也有带家属或者室友的，可没有像她这样带这么多的。

轰趴馆里有棋牌室、台球厅、KTV，还有烧烤场。因为来得太晚，而且他们本来没有准备烧烤，但步潼闹着要吃，陈逸便从烧烤店下单买了食材和炭火，又点了许多水果切和鸭货，还给轰趴馆续了一天的房。

队长凑到张若琳耳边："你还说不好意思？这下该我们不好意思了，这么破费！"

张若琳呵呵地赔笑，说："跟我没关系，队长。"

马国洋看热闹不嫌事大的名号不是随便得来的，他嘻嘻笑着，忽然问步潼："弟弟，你哥和我们主席是什么关系啊？"

"情侣啊。"步潼下意识回答，想了想又说，"不对，是我哥被甩了还贼心不死的关系。"

话音一落，周围一片死寂……就连棋牌室那边搓麻将的声音都变小了。

辩论队的人都知道张若琳和陈逸分手了，今天见二人一同出现，还以为他们复合了，没想到实情更劲爆。张若琳甩了陈逸，而陈逸死心塌地求复合，这是什么惊天般的剧情？

张若琳无语，心想，步潼怎么那么爱现，非要说这些惹人非议的话。

马国洋本想捧一捧豪爽埋单的陈逸，万万没想到得到这样的答案，难得地尴尬了。他见陈逸静静坐着，不反驳，便笑着说："那陈同学再接再厉，希望钞能力能赋予你超能力！"说完，他自己咯咯笑起来，却没有人陪着笑，霎时冷场。

马国洋挽尊一般在张若琳耳边低声说："真长脸。我看这个女婿挺好，你要不考虑考虑从了吧？"

辩论队管"外人田"都叫女婿。

张若琳在心底无声叹了口气，睨了不着调的队长一眼，去和队友们玩狼人杀。

大家唱歌的唱歌，玩牌的玩牌，烧烤的烧烤，认识的、不认识的挤作一堆，其乐融融。过了零点，笑闹声仍旧震天响。

张若琳玩了一晚上狼人杀，当了一晚上平民，每晚不是被杀就是等着被杀，一点意思都没有。坐累了，她就到各个房间瞧了瞧。路苔苔和小胖在弄烧烤，步潼和漂亮姐姐在包房里唱歌。

陈逸不见了。张若琳有点乏了，不想知道他在哪儿，只想找个空房间眯一会儿。

　　上边的房间都满满当当的，她便往地下室走，没想到下边异常敞亮、开阔，四面墙周围摆着几张沙发，中间是一张标准的斯诺克台球桌。队里的大佬几乎都在，正和陈逸一边打球一边有一搭没一搭地聊天。陈逸就是这样，在哪里都能把场面变成自己的主场。他们正准备开球，队长拢好球，叫陈逸开球。

　　陈逸摸着桌边的巧克，把杆头擦干净，动作潇洒、随意。他拎着球杆走到正面，修长的手指在桌面撑起稳定的三角，然后俯身，双手伸展，姿态绅士、优雅。当他的视线顺着球杆瞄准母球时，看到了视野远处楼梯口的张若琳。他的目光只是稍微停留，随即收回，继续聚焦在母球上，手臂一拉一送。"砰"的一声，在强大推力下，红色小球碰撞着四下散开，不少直接入袋。

　　"好球！"

　　"好！"

　　在男生的喝彩声中，陈逸缓缓起身，目光却笔直地对准张若琳愣怔的双眸，像在注视势在必得的猎物。

　　"轰"的一声，张若琳感觉心底里有东西轰然倒塌了，伴随而来的是她忽然变得猛烈的心跳声，她只感觉自己像是被胶着的视线擒住了，第一反应就是跑。

✦ ✦ ✦

　　于是，张若琳掉头就走。

　　吧嗒吧嗒上楼的脚步声让楼下几位男生都看了过来。张若琳走得太快，他们只看到她的背影。

　　"张若琳？她怎么不打招呼，来了又走？"马国洋扭头看陈逸，"你要不要去看看？"

　　陈逸俯身又是一球进洞，低声道："这把打完。"

　　马国洋好奇地问："你俩怎么回事？"看着分明是郎有情妾有意，怎么闹这一出？问完，他顿觉有些交浅言深。

果然，陈逸并没有回答他的问题，顾自地一个一个打落桌上的球。没一会儿，台上红球稀疏，剩下的都是角度过偏的球，陈逸很有耐心地递送球权，到一旁沙发上休息。

杜弘毅坐到他边上，一起观战。过了半晌，他低声问："既然舍不得，为什么分手？不像你的风格。"

陈逸这种人绝不会有"爱你就是放你自由"的想法，喜欢，那就扣在身边，死也不放。吃回头草这种事放在他身上，着实诡异。

陈逸的喉结滚动，一杯水所剩无几，他静静地观战。杜弘毅以为他不会回答了，却又听见他缓缓地回答："她说，和我在一起，难过比快乐多。"

杜弘毅一时反应不过来："啊？"

"我真的很难受，我们分手吧，求你了。"在分手后的一周里，他脑海里每天都会浮现她说这句话时绝望而凄清的眼眸。

杜弘毅默了默，问："那现在你打算怎么办？"

陈逸看着桌面的战况，仿佛只是随意摇了摇头："暂时不知道。"

杜弘毅有些蒙，看陈逸今天这顿操作，还以为他胜券在握，现在居然从他口中听到如此的言辞。

对手失误了，球权回到陈逸这里，他拎起球杆，把剩下的球一杆清了结束此局，然后将球杆插回原处，淡淡地说："不打了。"

这一局，一刻钟不到。

众人都明白他醉翁之意不在酒，也没留他。

小胖从院子里扭头看过来，见陈逸上楼，手指朝上指了指。

二楼，麻将房人声鼎沸，有搓麻将的、围观的、聊天的，吵得人耳朵疼。陈逸缓缓推开隔壁房间的门，里边是个装修简单的茶室，榻榻米上，女孩侧卧着，身形消瘦。这个场景与桌游吧那晚如出一辙，只不过这回他能清晰地看到她的面容，太真切，反而令人却步。陈逸在门前站了将近一分钟，才迈步进去，反手关上门。

刚走近，他便看见她放在方几上的手机亮了。他在榻榻米边上坐下，拿起她的手机，根本不用解锁，屏幕滚动着即时的微信消息。

S大队长刘泽霖:"刚看到马队朋友圈,你们在庆功吧?"

"那边轰趴我们去过,有个秘密基地,你们肯定找不到。"

陈逸嘴角轻勾,心想,他还挺会找话题。她对刚认识的人都能加微信改备注,想想他之前给她打完电话多久她才存。他把手机放回去,望向她安静恬淡的睡颜,静静思索——这样一个素净的人,怎么就这样牵动他?

每次遇到她的事,他就像失了控,掌控不了节奏。

听说她在洗手间里哭,他就急得乱了方寸。

听说她要和别的男生开房,哪怕只是讨论辩题,他也不能接受,他的人,怎么能和别人开房?

听到她仔细计算接步潼的路程,似乎不打算和他多待一刻,他就内心窝火,就连她要给步潼买花,他都觉得郁结。

再听见有男生向她表白,他更是完全控制不住怒气。

那种情绪翻涌不自控的感觉让人非常不爽。有无数个瞬间他都想目空一切,只是掠夺。桌游吧那晚他试过了,短暂的亲热带来的疏解和占有欲并驾齐驱,疏解了他那一阵子的空虚,放大了他隐秘而强烈的占有欲。他从未对人对物有这样强烈的占有欲。

陈逸未察觉自己已然倾身靠近,在呼吸相闻的那一刻,身下的人缓缓睁开了眼睛,手抬起,摁在他嘴唇上。她缓缓开口,声音那样轻:"陈逸,你在干什么?"

张若琳压根儿没有睡着,甚至连浅眠都没有,她闭上眼睛,眼前全是陈逸推杆进球,胜券在握的模样。无可否认,即便分开了,他仍旧有一百种方式令她心动。她哪里有半点睡意?

"看不出来吗?"陈逸没有被抓包的窘迫,只是更深沉地注视她的眸。

距离太近,近到无法看清他的神色,张若琳说:"不是你说,在你这儿,分手不是随便说说吗?"

"是,"陈逸不躲闪,"是我低估了我对你的容忍力,我后悔了。"

他原是真的打算放了她。刚开始日子没什么变化,大概因为日常他们并不黏糊,可日子越长,他越清楚地意识到,无论是家里还是学校,处处没有她,又处处都有她的痕迹,冷静一阵子带给他的并不是遗忘,而是越发深刻的烙印和比想象中更难忍耐的空虚。

张若琳说："你以为你还会得逞吗？"

陈逸的眼睫微颤，倾身的动作停住，视线对上她探究的目光。

从他开门进来那一刻开始，张若琳就是清醒着的，她只是暂时不知道该如何自处。他越近，她就感觉越熟悉，那种似曾相识的悸动变得具象和真切，原来桌游吧那晚并不是她的错觉。

陈逸忽然轻笑一声。她以为她是在提醒他彼此之间的关系和纠葛，让他不要乱来吗？她是不是忘了他是狮子，不是豢养的小猫？这句质疑和威胁的话成了烧断陈逸理智与欲念间隔线的火把，他双眸深深地锁着她，上下打量了会儿，毫不犹豫地吻下来。

与那晚一样，他温热的手掌盖住她的眼睛。视野里一片漆黑，唇间的触觉越发敏感，这个吻与那晚隐秘的吻不同，霸道又急切，重重地碾唇而入，似惩罚，似发泄。

在亲吻的间隙，他在她耳边说："我忍很久了，装聋装瞎你也得给我两分钟。"

话音刚落，他又急切而深入地吻她，搂住她的腰往自己怀里摁，胸膛紧紧相贴，盖着她眼睛的手始终没有松开。

眼盲心不瞎，张若琳的心被这个吻支配着，剧烈跳动。她从抗拒到顺从，再到沉浸，说是两分钟，实际上没有人知道他们吻了多久。

最后，陈逸克制地咬了一下张若琳的下唇，结束了这个吻。他收回盖着她眼睛的手，看到她的眼睛从迷离慢慢变得清醒。他没有在她脸上看到想象中的羞赧或者愤懑。他抚着她的脸："我们复合，好不好？"

张若琳眼皮微颤。她轻轻推拒他的胸膛，让他离得远点，视线聚焦在他眼睛上，才好整以暇地说："我们聊聊吧，像刚认识那样。"

她推开他，起来穿鞋，又下楼去端上来一壶茶，附带一盘小食。她颇有闲情逸致，像要开茶话会一般，瞬间打散了满室的旖旎。

陈逸不动如山，静静地看着她忙活。

"有吃有喝，开始吧。"张若琳坐定，斟了两杯茶，轻快地说。

陈逸始终静静地注视她，像要看明白她究竟想做什么，可是无果。于是，他开口道："那天你让我想清楚我对你是怜悯还是喜欢，虽然这个问题问得很弱智，但如果你想要答案，我就郑重告诉你，我喜欢你，这不是我的错觉，更不是你的错觉。不要拿什么怜悯做借口，我自己的感情我清楚，我也不屑骗女人。"

他理智而镇静，仿佛刚才那个失控时靠咬着她嘴唇才能克制更深层欲望的人并不是他。

"我喜欢你。"

张若琳渴望过这句话，但一直觉得这句话不会从陈逸的口中说出。虽然此情此景不够唯美、浪漫，她还是心间微微颤动。

陈逸缓了缓语气，诱哄一般轻声说："许多问题，不应该用分开来解决，也不是只有分开这一种解决办法。"

张若琳近乎因他的温柔和坚持而溺毙。下一秒，她平静地说："不是说像刚认识那样吗？排除一切陈年旧事，只说我们，从刚开学说起吧。"

只说他们？

陈逸抬眼，眼眸微眯，心里有一阵惊慌，他似乎已经知道她想要说什么了。

"事到如今，哪里还有什么刚认识？"他的语气里，带了寒芒，"把所有清零？拉过手不算数，表白过不算数，亲过也不算数？"

"你太紧绷了，陈逸。"

陈逸怔了怔，仰着头呼了口气，那种熟悉的无力感又袭来，就像她说难过大于快乐的时候一样。因为他明白——她哪里是要重新认识，她是要彻底地割裂。她下定了决心，准备好了所有反驳的说辞，在这里等着他。他听见张若琳温淡的声音响起："那我来说吧。

"开学的时候，我是空着手来报到的。在大家想着怎么在大学里发光出彩的时候，我想的是怎么顺利在这个陌生的城市、陌生的校园里活下来。庆幸这座城市足够冷漠也足够包容，有手有脚勤劳奋斗就不会饿死。

"我在超市里遇到众星拱月的你，你没注意我，我却暗暗心动，小鹿乱撞。后来加入天文社，没想到能和你在一个社团里，我暗暗高兴，准时参加每一个社团会，还会省吃俭用好长时间以便参加自费社团活动。但你不是每一次都参加，偶尔见到你几次，夜晚会睡不着觉。

"后来身边的人好像知道我喜欢你，但是并不觉得惊讶，因为她们中也有许多人喜欢你。再后来，我的喜欢也变得和她们一样，是聚会时无聊的谈资。而你永远不会知道……

"如果从刚认识开始，故事应该就是这样的，你不会注意到我，我们也不会有交集，我们之间就是一个有点辛酸却普通的暗恋故事。"

她的语气过于平静，就像在念一篇文章。

陈逸问："为什么我一定注意不到你，你是怎么给我立的人设？"

"那好吧，"张若琳从善如流，"那你也挺新奇的，偏偏注意到了我。但我忙于学习和打工，你的交际圈让你很快就忘记了一个月社团会才见一面的女孩。这是一个更加普通的瞬间心动却有缘无分的故事。"

陈逸似乎很有兴致："为什么我就不能每个社团活动都参加，并且主动出击追求你？"

"嗯，也行吧，"张若琳讪讪道，"你追求我，我肯定会答应，然后我们在一起了，而且相处挺愉快。再乐观一点，我们甚至一路走到大四。然后你因为学业规划出国留学，我本打算考公职，却发现连报名资格都没有，我也没有钱读研，大概随便找个工作就成了社会的一员。我们异国异乡，你读书我打工，这样的结局还要再陈述吗？"

陈逸嗤笑一声，道："难道我就不能不出国？"

"一样的，陈逸……"张若琳似乎失去了耐心，"无论故事如何开展，我们怎么认识、怎么相处、会不会看对眼，结局都是一样的。"

"难道不是你自己让结局变得单一了吗？"

"不是我让结局变得单一，是以你我的情况，面临的问题实在太多，再如何设定，都很难摆脱类似的结局，更何况我们之间不只是自己的问题，不是吗？我们现在只是学生，面对变故承担风险的能力有多差，你不明白吗？"

如果说刚分手时还有丝丝动摇，父亲那通电话已经让她彻底醒悟：这个年纪的他们是多么脆弱，如今的她什么也做不了。张若琳继续说："我最信仰的爱情是长足相爱，互为对方的灯。我不能在你的光里行走却只带给你黑暗，就算你愿意，我也不愿意。不是我刻意设定，只是我们之间真的只有分开这一种解决办法。"

排除父辈的恩怨，他们两个之间仍旧存在许多问题，这些问题也许可以被解决，但不可能短时间内解决。与其让爱意在矛盾中不断消耗殆尽，不如就此止步,把它藏起来,留在美好的时候。或许还可期许它再次发芽,在温和的土壤里枝繁叶茂。

在陈逸隐忍的目光里,张若琳喃喃出声,像是累极了:"谢谢你这样挽留我,也许穷极一生,我都不会再有这样幸运的时刻,我会珍藏这份幸运,当作荣耀。但是现在,我真的要不起,所以我求你,我们不要再联系了,好吗?"

她说的,不是分手,而是一别两宽,再无联系。

★ ★ ★

初夏骄阳似火,复习周的校园里却一片冷寂。

考完最后一门,法学院就放假了,比不少理工科学院放得都早。

张若琳成了宿舍里最早离校的,真是难得。于是孙晓菲、路苔苔送她到火车站,给她带了一大袋零食、干粮,甚至有一次性拖鞋,装备整齐得好像她要去远足。

"三十六个小时!和远足有什么区别?"路苔苔被这个时长惊到。

张若琳心想,这算什么,来的时候没抢到这趟直达列车的卧铺,她是坐四十四个小时的硬座来的。但她没有说出口,因为这并不会让她们更放心,只会让她们感叹中国真大或者张若琳真抠。

火车一路穿过平原、湖泊、群山,南北地区气象万千,张若琳拍了不少照片,第一次发了九宫格朋友圈。到了傍晚,她泡了一碗老坛酸菜面,坐在窗边发呆,收到了许久没联系的樊星烁的微信消息。

樊星烁:"你也在Z××车吧?"

张若琳:"嗯,你也在吗?"

樊星烁:"我们都在,都是见过的老乡,一起买的票。"

樊星烁:"你在哪个车厢?过来玩吧,我们准备打牌。"

从北京到滇市就数这趟列车最快,两人遇到也不奇怪。

张若琳:"你们玩吧,我不会。"

樊星烁:"你是在6号吧,刚才十一说好像看到你了。"

十一也是同乡会的人,彼此不算熟,算是点头之交。

张若琳:"好巧,是啊。"

樊星烁没再发来消息。

张若琳吃完泡面洗了把脸,就看到樊星烁在车厢里张望。

"师兄。"她开口喊。

樊星烁笑得灿烂,大步走来,邀请道:"去玩吧。我们和别人换,聚到了对床,整个包间都是自己人。你看,大晚上连个风景也看不到,信号也不好,多无聊。"他毫无扭捏之态,倒显得她自作多情了。也许表白被拒对樊星烁来说并不算什么,他本也不是因为喜欢才表白。

张若琳释然,拿好手机和随身物品,不忘把零食也带上,跟着樊星烁穿过几节车厢,来到他们所在的包间。

果然,里面都是面熟的人,张若琳把零食分了,然后坐到女生堆里。牌打的是滇市流行的吊主,简单易学还上头,众人一打就是几个小时。隔壁包间的乘客来提醒他们小声一些,牌局才散,各自洗漱,准备休息。

之后,樊星烁要把张若琳送回车厢,她推拒再三。老乡们劝说火车上不太平,她便不再多说什么。

夜晚的车厢里除了吭哧吭哧的火车运行声,就只有此起彼伏的鼾声,衬得夜更静了。

两人一前一后走在狭窄的过道上,路过车厢连接处时,张若琳身后传来樊星烁的声音:"你是不是误会我会趁火打劫?"

张若琳脚步一顿,回头,有些茫然:"什么?"

"其实,我确实想过,"樊星烁倏然一笑,"在知道你和陈逸……分手以后。"

张若琳不知该怎么接话,对于他知道此事一点也不觉得奇怪。

但樊星烁并不需要她的回答,继续说:"但我一直记得你那句话,你宁愿等一个纯粹爱你的人。所以,你放心,我不会再说追你这样的话了,只是你也是很好的老乡,不是吗?所以没必要老死不相往来。"

见他目光坦诚,张若琳却仍旧不知道如何回答。他说她是个好老乡,算是夸奖吧?于是她抿了抿嘴,轻轻点头:"谢谢。"

樊星烁似是被她逗笑了,轻扬嘴角:"走吧。"

将张若琳送到她的床位边,他又说了几句"回滇市多多联系"之类的客套话才离开。

列车在第二个凌晨抵达滇市。凌晨春城的风依旧温和如水,张若琳站在出站口,却没有近乡情怯的感觉,就像这么多年来,她仍旧学不会滇市方言,好似灵魂就没有归属过这座城市。滇市之于她,更多的是外婆家。

她正思忖着,看见一道老人佝偻的身影出现在远处。

不知外婆在地上坐了多久,此时见到人群拥出,她才颤颤巍巍地起身,年迈的眼眸在人群中一眼就认出了自己的外孙女:"囡琳!"

张若琳双眸瞬间模糊,拖着行李箱疾奔而去。

"外婆,不是说不让你来吗?"知道列车抵达的时间是凌晨,她曾三令五申不让老人家来接。

"我刚来的,这个时候往常也醒了,老了,觉少了。"外婆笑着抹眼泪,辩解着。

张若琳不再和老太太争辩,奢侈一把,打了辆车与外婆回家。

外婆还舍不得,上了车就跟她咬耳朵:"老远的,打个车要好多钱。"

"没事,外婆,我拿奖学金了。"张若琳扯了谎,大一没什么奖学金,打工的事不好说,即便说是做家教,老人还是会担心她是报喜不报忧,怕她受委屈。

"那也要省着给你上学啊!"

"够的够的,外婆,我还能给你买几件好衣裳呢!"

"我老婆子要什么衣裳,等你工作了再给我买,我天天穿着新衣裳去广场玩去!"

"好,都好!"

回到家,张若琳也没补眠,带上外婆出去过早。才六点光景,早点铺子已经坐满了附近的居民,都是熟人。三姑六婆就着张若琳"读书狠""争气"这一点夸了一早上,外婆嘴角的笑就没下去过,握着她的手是一刻也没松。

晚上,祖孙二人凑在一张床上,张若琳把这一年拍的照片一一翻给外婆看,给她介绍北国的风景,给她讲述她的大学生活。

"真好啊,我的琳,本来就是凤凰,就应该到最好的学校去,到大城市去。"外婆眼里全是热切。

张若琳搂着外婆的手臂,枕在她肩头,像孩提时那样:"大城市不好,我读完书回来外婆身边,好不好?"

"我身边有什么好的?"外婆拍她的手,"要去做大事,才对得起你那么用力读书啊。"

照片一张一张在眼前滑过,外婆质朴蹩脚的普通话在耳边回荡,好似两种世界的交织、碰撞,张若琳无意识地鼻头泛酸。

"好,那我要更用力一点,把外婆接出去享福好不好?"

"外婆老了,过一天听一天命咯。"

"您不能这么说!"

"那要怎么哟,人老了就是这样,你好我就好了。"

因为每天都去吃早点,很快邻里都知道"高才生"回来了,早点摊老板的表兄家请张若琳去给他们家高三小孩补课,只不过报酬远没有步家给得多。张若琳左右闲着无事,便接了这个活儿,陆灼灼约了她好几次都没约上。终于在高三提前开学以后,两人约上了。

一年没见,陆灼灼变化很大,羊毛的头发被拉直了,黑长直发配上淡妆,清纯萌妹的气质显现出来。而张若琳还是那副样子,素面朝天,黑发如藻,穿着简单的T恤和牛仔裤,可她推门进来的瞬间,陆灼灼就是觉得她变了。

变在哪里呢?陆灼灼上上下下打量了她好几轮,郁闷了:"你到底哪里变了?明明哪里都没变。"

张若琳不明所以:"你在说什么鬼话?"

"真的!"陆灼灼双手托腮认真观察,"变了!"

张若琳蹙眉:"快点东西。"

陆灼灼这才捞过菜单点菜。在等菜和吃饭的间隙,她也没有停止对张若琳的观察。张若琳从无语到无奈,感觉自己在跟一个偷窥狂约会。

两人聊过学业,聊过室友,自然绕不开聊感情。

陆灼灼说,她已经彻底放下高中喜欢的那位,但仍旧接受不了新的人,在学校一遇到对她感兴趣的男生,她就避而远之。

"我也不知道为什么会这样,一旦察觉对方可能对我有点意思,我就看他一点也不爽了,觉得很烦。"

张若琳思索半晌,犹豫着开口:"你这算哪门子彻底放下?你这一切的表现,还不是因为他?"

"是真的放下了,"陆灼灼目光坦诚,"聊到他,我已经不像以前那样怅然又悸动了。前几天班长说有同学聚会,我答应要去,对于要见到他,我没有一点感觉。"

这是张若琳的知识盲区,白纸如她,无法为好友提供什么意见,只道:"顺其自然吧,大概喜欢就是发之于特定情形的,时过境迁,人事变化,没有人会永远喜欢另一个人吧。"所以,把爱留在原地,她自己已疾步而去。

陆灼灼陷入思考,良久才抬眼:"你怎么忽然升华了?"

张若琳睨她。

话题不免聊到陈逸,即便过去大半年,两人重逢、交集、相处的一切细节,她还记得那么清楚,以至说起来时不经意就触碰某根神经。但她没有哭,她一直都很平静,只是陈述。

陆灼灼说:"我能理解你的顾虑,只是陈逸他……有点太好了。或许你可以信任他,他不把你当累赘,甚至能够解决这些事呢?"

张若琳摇摇头:"就像你不会永远喜欢他,也没有人会永远爱你,没有什么感情真的经得起反反复复的消磨。"她呼出一口气,"提升自己,努力挣钱,拥有独立的人格,暴雪和风雨才无法摧毁你。"

"我好像知道你哪里变了。"

"什么?"

陆灼灼想了很久,在脑海里搜寻合适的形容词:"是通透,是一种看淡了许多事的从容。"

一个人的经历和心路,会浸润在他的眼神和气质里,外表上没有多大变化,但会令他人觉得他与以往截然不同,那是风骨的变化。

"得了啊,少来,不过是和你这个傻子比罢了。"张若琳不置可否。

"你怎么人身攻击!后来呢?"

在听到陈逸那句"犯不着用质疑我的感情来做挡箭牌"时,陆灼灼忽然打断她,犹犹豫豫着开口:"确实扎心,他这么骄傲的一个人,被这样说,估计与你老死不相往来的心都有了，可他居然求复合。啊，老天，怎么办，我现在想劝你们复合，呜呜呜……"

"不会了，"张若琳低着头，避免暴露嗓音的变化，"他说了，不会等我。"

在她求他不要再联系之后，他良久没有说话，等抬头时，眼神清亮。他说："你要知道，我不会留在原地等你。"然后他离开了，没有回头，门都没关。

✦ ✦ ✦

假期过半，张若琳收到了步潼的喜讯："高分录取Q大附中！"步潼邀请她参加升学宴，她以不在北京拒绝了，实际上她已经买好归程的火车票。她已和尹桑约好，去咖啡店学学手艺，挣点备用金。

短暂地相聚过后又要分别，张若琳没让外婆送，老人家在窗户边遥望她远去。

看着车窗外变换的风景，张若琳想到一句经典的语录："从此故乡只有冬夏，没有春秋。"她感觉自己像是进京赶考的落魄书生，前程未卜，却满心希冀。突然，她感到一阵怅惘——无论时代如何变迁，背井离乡似乎是追梦者永恒的宿命。

张若琳在尹桑店里做事，跟她探讨基金理财、炒股，说到她的入门"师傅"，不免又提起陈逸。尹桑是个情感作家，打破砂锅问到底的架势不输陆灼灼。相比同陆灼灼聊的那次，这一回，张若琳好似一个看客，再说到一些桥段也不再那么牵动心弦。凡人的感情罢了，哪有那么不可触碰？

尹桑最后只送她一句话："过好当下，不念将来，就是面对未来最好的态度。"

过好当下，不念将来。

当下，张若琳面临的事不少：院里把她提报了国家奖学金候选人，开学不久，她就要答辩；新生们军训结束，百团大战开幕，辩论队开始筹备新生赛；团委预备开设演讲与口才协会，辩论队推举她参加副会长的竞选，她需要录制参选视频。

刚成为学姐的张若琳忙得不可开交,权衡再三,她决定退出天文社。

路苔苔说:"你没必要退的,陈逸八百年都不来一回。"

"我不是因为他,"张若琳没有撒谎,在考虑这个问题的时候,陈逸不在她的权衡范围内,"我怕精力不够。"

之前立过"第一名和张若琳锁了"的誓言,没想到这么快就被打破了,上学期总成绩出来了,张若琳以微弱的分差居第二名。如果不是因为她的社会实践和社团活跃程度高,国奖候选人的名额大概也要易主。

兴趣爱好固然重要,但她要权衡主次。大二是本科生涯课程最多的学年,马虎不得。而缴完学费、住宿费,还给外婆缴了保险费,她原先的理财本金剩不下多少,这一年她还是需要一些时间打工。

"可是陈逸他——"路苔苔说到一半又顿住,最终什么也没提,"好吧,那你别把自己忙坏了。"

金秋时节,张若琳的照片与两百位同学一起被印在巨幅海报上,张贴在校园各个主干道上。国奖名单公示了。

孙晓菲和路苔苔甚是夸张,跑到海报边合影,还发朋友圈。只有张若琳看了就绕道走。因为在提交照片时,她忙着录制演讲与口才协会要的视频,教务老师等不及,就从系统里截取了她的入学照。那张刚经历过军训"毒打"的照片,简直和现在的本人对不上号。那会儿她怎么那么黑?整个比旁边的同学黑了一号!

辩论队新生赛一开幕,张若琳自然要去"带小孩",这是辩论队的"行话",其实就是指导新人们打比赛,陪他们讨论辩题。新生们一张张懵懂热切的脸,可不就是小孩?

张若琳一来到辩论队,大伙就拿她的国奖照片说事,马国洋告诉学妹们:"大学不是整容院,辩论队才是,不信就看你们琳姐,大一那照片怯生生的,现在怎么样?数她说话最大声,最不矜持!"

张若琳说:"马队,你别为老不尊,小心我抖搂你那些丢脸的事。"

马国洋说:"那也没有你的脱敏训练丢脸吧?"

张若琳闭嘴了。

学妹们自然捧着学姐，一个个把张若琳夸出了花。

"那学姐有男朋友了吗？"一个学妹问。

马国洋和教练溜了，杜弘毅从电脑前抬起头，暗中观察。

"没有哦。"张若琳答。

"学姐这么优秀怎么没有男朋友？学长们是不是脑子有点问题？"

张若琳扑哧一笑："男人只会影响拔刀的速度。"

大三的一位学姐喃喃道："对，别靠近男人，会变得不幸。"

杜弘毅嘴角抽搐，不知道陈逸听闻这番话会做何感想。

张若琳很喜欢和小孩们相处，她好像也明白了尹桑初见她时对她的感觉。

一个学弟揶揄道："琳姐，我看Ｓ大的刘队对你不一般哦！"

众人纷纷竖起耳朵。

各校新生赛都会邀请兄弟辩论队的学长学姐来做主评，Ｓ大的刘泽霖刚评过他们。

"我看也是！"学妹们附和道。

大三的学姐开始给小孩们讲述张若琳和刘泽霖"坚持和放弃"的约定，一群学妹顿时眼睛放光！

"这不是不打不相识吗？"

"偶像剧！"

马国洋也来凑热闹："说到刘泽霖，我不得不说这是位好青年，我们合作过很多回了。很义气！人又帅。"

杜弘毅轻呵一声："那分跟谁比。"

马国洋当然知道这位"逸吹"是在说谁，只好讪讪道："咳，你要这么说就没意思了，几个学校也出不来一个陈逸那样的啊。"

陈逸的名字，学弟学妹们也是如雷贯耳，土建学院的女生十分赞同地点头："那位真的，毫不夸张地说，他的课表差不多传遍了我们年级各种群。之前有女生为了去看他，还假装学姐去占座，结果被教授赶了出来，还通报批评了，说她影响教学秩序。"

"真正影响教学秩序的恐怕是陈逸。"

"没，人家去都没去，逃课达人。"

"奇了，长得好，不上课，还成绩好，气不气？"

"所以说啊，比不了。"

"但是他好像有女朋友了。"土建的一个学妹透露了一手消息。

张若琳眼神微颤。

"真的假的？"

"他这种条件有女朋友不奇怪吧？"

"他手腕上戴着女朋友的发圈，不管社团招新还是上课，反正他都戴着。这就很惊悚了！感觉很像倒贴！"

"主动暴露非单身？太绝了吧！"

"我嫉妒了，果然深情的都是帅哥，丑男才喜欢乱搞。"

马国洋轻咳两声："别聊了，行吗？丑男感觉被内涵了。赶紧出论点吧你们，帅哥能带你们赢吗？"

话题终结。

土建的一个学妹悄悄嘀咕最后一句："不过，还是有不死心的，因为据陈逸的室友说，他只是拿来做挡箭牌，可能被表白太多，烦了。"

"哦，这个说法更合理。"

杜弘毅又道："陈逸室友不想背这口锅。"他转念又想想，估计是万峰嘴贱说的。于是，他的声音越来越小，以至并没有人听见。

张若琳对这些话左耳朵进，右耳朵出，一直默默低头看资料。"以后带小孩先看学院，土建的绝对不带！"她心里想。

今年的冷空气来得格外早，一场秋雨过后，一片萧瑟。

新生赛决赛这天，作为主席的张若琳只穿了套正装，高跟鞋露着脚面，一出活动室，她就一阵瑟缩。她还要负责把兄弟学校的评委送到校门，其中就有刘泽霖。

一件风衣落在肩头，张若琳回头。

刘泽霖微微笑着说："你穿得太少了。"

其他人轻声起哄，张若琳连忙把那件风衣拿下来："不用，不冷的。"

刘泽霖说："那我们自己回去吧，送来送去多见外？"

"这可不行，送是应该的。"

"那走吧。"

刘泽霖没接,张若琳也不好穿上,就把那件风衣挂在手臂上。

一行人聊着当天的辩题,讨论新生的辩论思路和风格,说说笑笑着到了校门口。张若琳送他们上车,把臂弯里的那件风衣还给刘泽霖。

刘泽霖半边身子已经进了车子,又退出来,站在她跟前,郑重道:"那下次见。"

"好。"今年应该已经没有比赛,张若琳只是随声应和。

"刘队,眼神要把人吃了,收敛点!"车里有人喊。

满车哄笑。辩论队里没有几个人不知道他们之间"不打不相识",玩笑开多了,张若琳已经免疫了。

刘泽霖这才上了车。张若琳出于礼貌目送车子离开,直到后视镜看不见她,她才转身往回走,视线撞上一双深沉的眼眸。

陈逸站在快递站点门前,双手抄兜,笔直地注视着她。

张若琳脚步顿住,无意识地回望。

轰趴馆那晚不欢而散后,在这个说大不大的校园里,他们竟一次也没遇上。但她总能听到有关他的一些消息,一切似乎又回到大一入学那段时间,两人没有交集,却如此熟悉。而他不一样,或许她在他的世界里已了无踪迹。

他身边还站着一个全副武装的女孩,戴着毛线帽和口罩,长毛衣遮住大腿,露出一双细白的腿。整个人遮得严严实实,但还是能看出她是个美女。

张若琳自然认出那是谁。

言安荷循着陈逸的视线看过来,也是微微怔住。

时间好像静止了,周围人来人往,他们三人在簌簌风声中矗立。

张若琳领口钻进一阵冷风,她缩了缩脖子,收回视线,转身离开,结束这场莫名而无意义的对视。

"她变了很多。"言安荷说。

陈逸移开视线,淡定地回道:"她没有变。"她只是在慢慢找回原来的自己——骄傲、从容、身边永远有人追随的张若琳。

chapter 20
归途

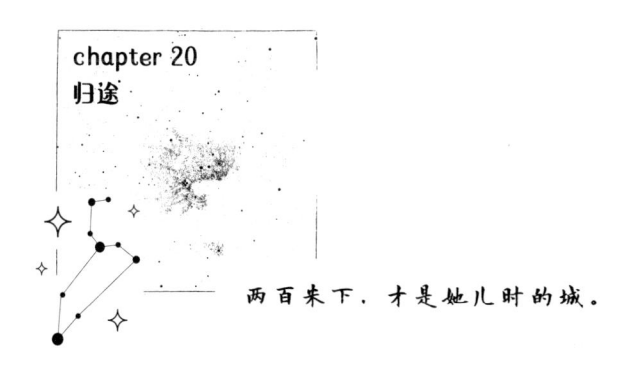

两百米下，才是她儿时的城。

　　还未入冬，张若琳的冬装已经被孙晓菲承包了，孙晓菲算是个小网红了，按她的话说，比她美的学历没她好，学历比她好的没她会秀恩爱，她和贺阳学霸双双搞事业的人设在微博很吃香，他们的微博账号运营一年已坐拥近百万粉丝。现在的孙晓菲，已经不满足于做代拍模特，正准备自己干。路苔苔和小胖组队减肥健身，每天不见人影。419 宿舍成了学院里出了名的空巢宿舍，别的宿舍的室友们还跟大一一样黏黏糊糊的，她们三个却只有睡觉时才能碰头。

　　立冬来临时，419 宿舍终于聚了一回，在孙晓菲租的公寓里包饺子吃。

　　那套公寓距离学校不远，两室两厅，一个卧室，另一个房间做工作室，里面摆放着拍摄器材，还有两台电竞电脑。这是张若琳之前卖过房子的小区，她熟悉得很，这样的房子月租金得一万五千元往上。

　　"哇，慕了，早早就过上了自力更生的生活！苟富贵——"路苔苔在房子里转悠，叽叽歪歪地感慨。

　　孙晓菲说："早早自力更生的难道不是琳子吗？人家现在是守着红利钱滚钱，啥也不用干！"

　　张若琳刚进股市不久就迎来熊市，有一阵子每天净跌几百块，但她拿得住，没做最后一批韭菜，反而算是抄了底。很快，市场稳定，收入见涨，偶尔日收破千块，她确实算是啥也不用干。她的大部分本金还是只投稳妥但收益较低的指数基金。她并不沉迷，也不贪，暂时不想花精力打理股票。

路苔苔嘟哝道:"你们俩早早就都能挣钱了,而我还在啃老。"

孙晓菲问:"你以为我不想啃老吗?"

张若琳附和道:"没错,你有老可啃,我可还要养老人的。"

路苔苔和孙晓菲都默默闭嘴了,她们是知道张若琳的情况的。

"叔叔什么时候出来啊?"孙晓菲给她们盛饺子,问道。

"不知道。"

之前父亲说的是年底出来,可现在他也没有什么音信,张若琳只能等消息,没有一点主动权。

"如果他来北京,可以让他住我这儿。"孙晓菲道。

路苔苔问:"那你和贺阳呢?"

"当然是回学校住啊。"

"贺阳吃惯了荤的,能答应回去做和尚?"

孙晓菲一口汤噗地溅了一桌,又好气又好笑道:"我管他!"

张若琳一口饺子咬出汤汁,满口咸鲜。她一直不觉得自己命好,但是在大学遇上孙晓菲和路苔苔,她是这样幸运。

"还早,他应该要适应社会一段时间。"张若琳轻巧地说着,心里却在打鼓,父亲怎么忽然一点音信也没有了?

吃完饭看了会儿电视,张若琳和路苔苔才离开。在回宿舍的路上经过之前待过的中介门店,这个点竟没打烊,张若琳想到了什么,便拐进去打招呼。

郭经理正在训两个新人,见张若琳来,正巧有现成的案例,赶紧迎她进去,把她热情服务一个月就卖了一套学区房的事说了一遍,把她吹得天上有地下无。两个新人看着她,目光里全是羡慕。

"行了,师父,别吹了,你这样把人带跑偏了,每个人都不回去过年,在这儿傻等着喝西北风!"张若琳打断郭经理,"我可是来看房子的。"

郭经理瞪大了双眼:"你要买房了!"

"没有没有。"张若琳摆摆手,"且不说没钱,也没那个购房资格啊!"

郭经理放两个新人下班,才请她和路苔苔进里边坐:"那你是要租房吗?"

张若琳实话实说:"还不确定。想租,但是咱们店的房子都太贵了,不知道有没有便宜一点的一居室,远点的也行。"

"你要住吗?"郭经理问。

"现在都不确定,我只是路过,忽然想到了,我手头也没多少钱,就想先了解了解行情。"

郭经理连预算都没再问:"你想什么时候租?"

"也不确定。"张若琳很不好意思,自己真是有些想一出是一出。

郭经理看出她有难处,不再多言:"好,那我留意着。"

出了门店,路苔苔问:"你是想租给叔叔住吗?"

"我也不知道。"张若琳有点迷茫,"这边几乎都是年付,我之前负责的片区,最便宜的一居室也要五千一个月。"

不知刚才怎么了,也许是在孙晓菲那里忽然有了家的感觉,又提到适应社会,再想一想,如果父亲出来,在举目无亲甚至还有仇人的城市里,他该如何适应这个移动支付的时代?她也没管其他,就踏进了店里。而现在这种想法并没有因为租金太高而消减,好似更加强烈了。"再说吧。"她叹了口气,不再提。

临近年底,节庆日子格外多,冬至、圣诞节,然后迎来元旦。张若琳孤身一人,对节庆已然失去概念,对于她而言,这些日子只是不断地在提醒她:这一年,已经结束了。

监狱那边还是没有传来消息,连外婆那边也没接到两月一次的探亲电话。她心里隐约有担忧,却无能为力。课程结束,很快迎来复习周。上一个复习周,她就是受了情绪的影响,最终没有给自己一个学期的学习交出最满意的答卷。这回复习周她就像住在图书馆,早出晚归,只是电话从不敢关静音。

元月过半,张若琳有点坐不住了,得做点什么,不然心里总是放不下。她在网上搜索到监区的电话,拨了过去。

"您好,请问张志海是在您这边监区吗?我是家属,想咨询一下他现在的状况。"

对方回答:"对不起,女士,按规定,不能透露。"

"我只是想知道他是否出狱了,去年接到电话,他说年底出狱。"

"确定是监狱打过去的吗？"

"是的，是他的声音，未知号码。"

"那这边查询一下他登记的亲情号，请再说一遍名字吧。"

"张志海，志向的志，海洋的海。"

那边打字的声音顿了顿："女士，您是？"

"他的女儿，我叫张若琳。"

"张若琳……"对方的语气放缓，"女士，请您保持手机畅通。"

"啊？哦，好。"

这一等就是一周，到了周末，张若琳的手机终于进来一通来自巫市的电话。她几乎是瞬间接起："你好？"

"张若琳？"

"对，我是。"

"我是林振翔。"对方忽然换了方言。

"啊？"张若琳有点蒙，一时没反应过来。

"不记得我了？"

林振翔……很熟悉但是记不起来，他说的是……巫市方言？

"啊！"张若琳的脑海里出现一个模糊的轮廓，"交警大队长家！"

家属院里的一个哥哥，长她好几岁，不与她在一块儿玩，在她的印象中是"别人家的孩子"，成绩很好。

"嗯，"林振翔的语气稍沉，"在监狱里不好多说，我们进去后电话也是被监听的，我才休假出来。"

"你现在在那边工作吗？"

"是啊，狱警，咱们小地方，就图个稳定。"

"很厉害啊，很难考。"

林振翔不多寒暄，直奔她关心的主题："你爸爸已经出狱两个月了，他有立功表现，减了两年刑期。"

两个月了？

"可是我们家属都没有接到通知啊。"

"原则上是不通知家属的，除非犯人精神有问题或者肢体不健全，科室会通知家属来接。而且，你爸爸登记的亲情号不是你的，是他的岳母的。

如果不是我认识你,你是需要到监狱做登记和证明的。"

张若琳急道:"但他也没有联系我外婆。"父亲出狱了,没有联系任何人,分管监区的警官也没有他出狱后的联系方式,他好似销声匿迹了。

"他在里面这么久,外面一切都变了,他一个人,要怎么办?"张若琳无意识地说道,已经哽咽。

这个父亲,在她有记忆以来就没有给予她多少陪伴,更是一手把全家人的生活都毁了。可血缘就是这样神奇的东西,她的急切连自己都难以解释。

林振翔安慰道:"你不要太着急,他在监狱里一直很努力地干活儿,攒了些钱,他是带着工资走的,生活一阵子是没问题的。"

张若琳察觉到自己有些失态,面对小时候就不算熟悉、如今十年未见的人,对方已经足够义气,自己不能一味发泄情绪。她敛了敛神,问道:"真的很谢谢你,这种情况我可以报警吗?"

"可以,但你需要到巫市来。我看,你的电话是北京的?"

"嗯,我在这边上学。"

"哪个大学?"

"Q大。"

"你这才是真的厉害。"林振翔忽然问,"陈逸也在北京,你知道吗?"

"知道,不过没有联系。"

"他和他爸8月份还来过我家和我爸喝酒,我当时在监狱,回不来,看我老婆拍了视频。他成上海人了,洋气。"

陈逸去过巫市?

林振翔最后建议张若琳不要过分着急,有些犯人出狱后不愿意回到之前的人际圈子,想自己熟悉了社会,闯荡出来再和亲人见面,她可以稍微等一等,实在担心再回巫市报警。

挂断电话,张若琳坐在图书馆外的石凳上发呆,直到整个人都冻僵了才返回自习室。远程的担心是徒劳的,考试才是她眼下要攻克的堡垒。

当晚,张若琳躺在床上,犹豫再三,退掉回滇市的火车票,订了飞往巫市的机票。假期的机票贵得惊人,中转航程都要一千五百块。

张若琳考完那天北京下了雪,皑皑白雪把飞机困在首都机场,谁也走不了。

　　雪下个没完，到了傍晚才见停，而航道排队和流量控制让张若琳即将乘坐的航班仍旧飞不了。晚上十点，反反复复"起飞时间待定"的播报让延误了几个小时的旅客暴怒了，候机厅里乱作一团，航空公司不得不给旅客们安排住宿，定下第二天早上六点半飞。

　　张若琳没想到第一次坐飞机就遇到这样的情况，她前几天熬夜复习，当下困极了。吃了航空公司发的两顿泡面，她的胃极其不舒服，连争取权益的力气都没有，一切听安排。

　　所有航班延误的旅客都被安排住在同一家酒店，办理入住的队伍蜿蜒曲折，排满了大堂。张若琳到的时候，队伍都快排到门外了。

　　小巴士运来头等舱旅客，他们办理入住也有优先权。他们一个个从张若琳身边经过，她都快被晃晕了，垂着脑袋如同行尸走肉。

　　一阵清冽的气息飘过，张若琳不自觉地抬眼，一个高挺的背影向柜台走去，像是有意识到什么，那道身影回头。

　　四目相对，猝不及防。

　　陈逸穿着张若琳熟悉的那件卡其色风衣，单手抄兜，单肩挂着名牌双肩包，在一众疲惫不堪的旅客中间清爽、整洁，鹤立鸡群。

　　张若琳移走目光，低头看手机，再抬头时看到他站在柜台前办入住的背影。他和前台接待员说着话，忽然回头看着她指了指。那个接待员也看过来，不知说了什么，又点点头。她便看见陈逸朝她大步走了过来。

　　"去我那边办。"眨眼间，陈逸已经来到跟前，对她说。

　　最熟悉的声音，最陌生的语气。

　　张若琳太累了，心里没有特别的感觉，只是恍惚。

　　"不用了，我是经济舱。"她答。

　　陈逸看了一眼弯弯绕绕的队伍："把你的骨气用在别的地方，你现在就能多睡几个小时。"说完，他便走了。

　　不得不说，陈逸真会捏七寸，张若琳困得都想趴在门框上睡了，于是她很没骨气地跟上了。办入住而已，又不是一起睡。

　　到了柜台，张若琳出示身份证，前台接待员客气地对陈逸说："先生，麻烦再出示一下您的南航明珠卡。"

陈逸去摸钱包，便随手把手机放在柜台上。此时来了一则短信，屏幕亮起。

之前张若琳的眼神已经涣散，却在看到屏保的瞬间清醒过来。屏幕是女孩又黑又丑的证件照，并且不是原图。是她那张丑绝人寰的入学证件照。看其边角颜色，分明是从国奖公示海报上拍的。她抬头看身边的陈逸。

陈逸的目光也是一顿，像是有些猝不及防，不过只是一瞬，他便收回目光，神态、动作都十分闲适、自然，他从钱包里掏出一张卡递给接待员。

张若琳目不转睛地盯着他。

陈逸目不斜视，看也没看她，把手机拿回去，也不解锁，只是满不在乎地注视着屏保，淡淡道："我是为了随时看看你。"

张若琳心间微动，眼眸瞬间失焦。

随后，陈逸熄灭屏幕，黑亮的屏幕上映衬着他英俊的眉眼，他的声音再次响起："再随时照照镜子，确认分手是你的损失。"

张若琳："……"

前台接待员讶异而八卦的目光在二人之间游移。

✦ ✦ ✦

回到房间，张若琳一点困意都没有了，给手机充上电，在微信里疯狂地用语音吐槽。

张若琳："他什么意思啊？他就是说我丑呗！"

陆灼灼："哈哈哈哈哈哈哈哈哈，我才听完，对不起，真的被笑到，哈哈哈哈。"

陆灼灼："我是觉得你俩这也能碰上是不是太有缘了点？"

陆灼灼："而且他也太欲盖弥彰了吧！"

张若琳："什么？"

陆灼灼："想随时看看你，才是实话吧？"

张若琳："那应该换张好看的照片吧，我朋友圈有啊！"

张若琳："他就是不爽，他就是在嘲讽我！"

张若琳："幼稚！"

陆灼灼："我也搞不懂，可你现在生气这个是不是没有意义啊？"

一语惊醒梦中人。

是啊，有什么意义呢？她不是要把他当作一个绅士的陌生路人吗，为什么还要想这些细枝末节？

张若琳洗了澡，躺在床上，把手机拿起又放下，放下又拿起，然后发了半刻钟的呆，最终在聊天框里输入"谢谢"，发送。

一个红色感叹号出现在绿色框框前，下面跟着一排灰白小字——

"消息已发出，但被对方拒收了。"

张若琳坐起，瞪视着屏幕，有点反应不过来。他把她删了？好聚好散是做不到了，相忘于江湖也不行？陈逸，至于吗？她气愤地倒下，睡得极差。

翌日，张若琳又连坐两班飞机，起起落落颠得她又困又晕，落地时鼻息里尽是机油味，让人恶心却又吐不出来。她讨厌飞机，还有飞机场。

首都机场虽然很大，但标牌设置合理，托运、安检都很好找，可这个小城的小机场出来就是大马路，这是什么情况？门口只有出租车，公交车在哪儿？

张若琳这时才真正感到一种不安——对故乡的陌生感。她拖着行李箱几乎绕着机场走了一圈，问了好几个人，才找到机场大巴候车点。然后，她一路颠簸到了集散点，接着换乘公交车。到达旅馆时，她连多说一句话的力气都没有了，咕咚咕咚喝了一整瓶矿泉水，顾不上吃饭，赶紧去报警。

警察没有查到张志海的任何住宿和出行记录，说他应该是住在朋友家，或者租了房屋。

朋友家？他在这里，哪里还有什么朋友？

"那没有其他办法能找到他了吗？"张若琳急道。

"如果是服刑人员释放，出来第一件事应该就是办电话卡，我们会请通信部门查一查，有了联系方式就好办了。"

"什么时候能查到呢？"

"得明天了。"

来都来了，张若琳也不急于这一天，事情已经比她之前想象中顺利多了。

离开派出所，张若琳在一家街边小店点了一碗小面。城市虽然陌生，小面却还是记忆中的味道，辣劲冲散了眩晕感，她终于恢复了点生气。

回到小旅馆,她想好好睡一觉,把这几日缺的觉都补回来。可是这家小旅馆几乎不隔音,隔壁男女从看片到做爱再到争吵,她听得清清楚楚。眼看已经零点,隔壁男女已经吵到谁给谁充了几次点卡、谁给谁开过几次卡座,张若琳忍无可忍,徒手敲墙。

"砰!砰!砰!"

隔音真的一点都不好,这堵墙听着像三合板隔出来的。

"敲什么敲,要投胎啊!"那边传来怒喝。

"很晚了,不要打扰别人休息。"张若琳喊。

"你不会闭上耳朵啊?耳朵那么贱非要听干什么!"女的先开骂。

男的接上:"听爽了也想要是吗?想就开门,少叽叽歪歪!"

说着,那两个人意犹未尽,好似忽然同仇敌忾,到了张若琳门口使劲敲门,而那扇门看着也不结实,哐哐地晃荡。

张若琳此时心底才生出恐惧,一路心情复杂,精神困顿,她快忘了这是第一次独自"旅行"。她连忙给前台打电话。老式的电话竟还能拨通,她拨了两回才传来老板蔫了吧唧的声音:"什么事?"

"隔壁太吵了,我说了两句,他们就使劲敲我的门。"

"那你就少说两句啊!"老板大概是梦中被电话叫醒,很不耐烦。

张若琳惊了:"他们也会吵到别人啊。"

"没别人,今晚就你们两间。"

"他们这样,我很不放心,在你的旅店住,你不应该保证我的安全吗?"

"没事的,他们是熟客了,你别跟他们较劲,睡自己的就行了。要求那么多,你去住大酒店啊!"

电话被挂断,张若琳又惊又怒,心想,这是什么黑店?看着哐哐晃动的门,她瑟缩在床角,不再发出一点声音。这是六十八块钱一晚付出的代价。

没有了回应,隔壁男女果然罢休,回去后没有接着大吵,而是细细碎碎地说话。

一切似乎归于平静,张若琳却再也睡不着。

天没亮,张若琳就退了房,她一刻也不想多待,拖着行李箱在派出所门口等着开门。幸亏警官勤勉,来得早,否则她快要招架不住晨跑路过的大爷大娘了。他们热心地问她需不需要帮助，以为她是离家出走的叛逆少女。在自己的故乡竟无处可去，她说不出心里是什么滋味。

到了九点，通信部门来了消息，说张志海没有办理任何通信号码。

警察说会再联系监狱做调查，这样就不确定什么时候会有消息，但至少证明张志海应该没有离开巫市。见张若琳整个人毫无精气神，还有女警官过来劝导她。这种时候，越被劝才越想不开，大概是有所希冀，所以格外经不起意外和打击。

对于一个二十岁，除了上学，从未远行过的女孩而言，独自一人踏上未知的旅途是一件需要勇气的事情，可张若琳从想要来巫市到退票、订票没有经历一点犹豫。昨晚彻夜难眠，她曾想过这个问题：张志海何以让她这样焦虑和着急？这样的父亲，多少人避之不及不是吗？

而现在坐在派出所的会客厅里，耳边是警官关切的安慰，张若琳对这个问题似乎有了答案。张志海对她而言，或许已经不仅仅是一个无法切断血缘关系的亲人，而是修补她残缺人生的最重要的一块拼图。可现在这块拼图丢了。如果没有接到过父亲即将出狱的电话，她或许就得过且过了，可一旦有了设定，有了剧本，她发现自己已经无法接受他再次离开。他出狱了，为什么没有按照约定来找她？他是遇到了困难，还是出了意外？还是纯粹地，想摆脱过去，重新过一段人生？她再次变成了一个被丢弃的孩子，遗落在这座崭新而陌生的城市。

张若琳从派出所出来，拖着行李箱在街上漫无目的地走着。她不敢期待在某个拐角碰到父亲，她只是无处可去。回滇市，不甘心，来都来了。在这儿等，要等到什么时候？她该干些什么？她能干些什么？

走了一上午，又累又困，她仍旧没想清楚去哪儿。这座城市布满了以"巫市×××"为招牌的店铺，道路还沿用旧城的路名，街上的行人说着巫市的方言，并没有什么变化，看起来只是城市发展了，变好了。她还看到了以前小学门口那条路的路牌，只是路已经不是从前那条路。

这座几年里拔地而起的新城规划合理，街区干净、整齐，位置在旧址向北二十公里，海拔高于旧址两百米。

两百米下，才是她儿时的城。

虽然从她记事开始，那座城就一直处于拆迁过程中，到处是断壁残垣，挖掘机横行，空气里都是混凝土灰尘的气味，与四季如春的滇市没有可比性，可记忆就是这么偏心，她对滇市的记忆，只有家、学校，对巫市的记忆，有整座城。她真的很想好好看看她的巫市。

下午一开馆，张若琳就到了巫市移民纪念馆。这家纪念馆规模不小，游客稀少，场馆维护也不用心，灯光半开不开，显得十分冷清。也难怪，十多年过去，功绩虽载入史册，但在浩瀚文明中好似算不得什么，新人不会留意，故人也会渐渐忘记。谁又会花费宝贵的时间来沉湎一段过去？

游客太少，讲解员早已下班，张若琳便独自漫无目的地参观。馆中珍藏着不少当时紧急保护和抢救的文物，浮雕和壁画讲述着动人的移民故事，场馆正中央两个巨大的沙盘展示了新旧巫市的对比。她趴在沙盘边上，艰难地寻找自己生活过的地方。

先找长江，找到 S 湾，顺着沿岸找到整座城市最高的山——小时候春游的地方，在山顶能看到巫市全景。她和陈逸曾偷偷爬上去看星星。

他们夜里偷偷翻墙进景区，是她先翻的，陈逸劝不住，只能紧随其后。

山道上没有一点灯光，只有皎洁的月光透过树影，在台阶上落下斑驳的光影。他们趁着月色拾级而上。

张若琳如今想起来，还无意识地莞尔。那时候胆子怎么那么大？她记得沿途还能听到野生动物的叫声，凄厉、瘆人。她说那是猴叫，陈逸说那是鸟叫，两人一直争论到山顶。她说"两岸猿声啼不住"，叫的必然是猴。他说，这座山没有什么吃的，不可能有猴。最后谁赢了？忘了。因为山顶的美景让人闭嘴。苍穹繁星，人间灯火，浑然一体。小时候不懂浪漫为何物，只觉得一切都那么美妙和神奇。

"这座山，根本就没有猴子。"

耳边传来男性的声音，却不是记忆里稚嫩的童声，张若琳目光一滞，等回过神来，她有点难以置信地缓缓抬起头，视线越过缩小的崇山峻岭和城市江河，落在声音主人身上。

男人隔着巨大的沙盘，背着光站在她对面。他身后的液晶显示屏亮得刺眼，光线对比让她一时看不清他的容貌，只看出挺拔的轮廓。但她无比清楚，能瞬间扰乱她心跳的只有他。

"陈逸，你怎么会来？"

张若琳没藏住声音里的哽咽，突如其来的委屈不受控制地侵袭而来，好似一整天的辛酸、郁结在一瞬间找到了突破口，汹涌泛滥，溃不成军。

✦ ✦ ✦

屏幕的光在张若琳脸上明明灭灭，泪水晶莹，刺痛看客的眼眸。

陈逸似是没想到她是这个反应，脸色倏然深沉。

在朦胧的视野中，张若琳看见他绕过沙盘，大步走来。下一秒，她落入宽阔而温暖的怀抱。熟悉而久违的清冽气息盈满她的鼻息，他的手臂环着她的腰，越扣越紧，脑袋慢而重地埋进她的颈窝……似乎还嫌不够近，他抬手摁住她呆愣的脑袋。

光影为配，城池为依，他们心无旁骛地静静相拥。

记忆里的拥抱和梦里的温度，在一瞬间变得真切，她体味着每一分触碰，激活每一个感官，把他的一举一动都深深印刻在心底，以至连他调整脑袋时喉结擦过她的脖颈，她都感知得如此清晰。

"你真的挺爱哭。"

耳边传来他低而轻的声音。张若琳没否认，还点了点头，"嗯"了一声，委委屈屈的，眼泪大滴大滴地落在他肩膀上，晃动的脑袋在他的大掌下蹭了蹭。

陈逸抚了抚她柔顺的长发，缓缓放开她："行了，再抱下去超过哥哥的范畴，我就要收费了。"

"那我付费不就行了？"张若琳脱口而出，还带着哭腔。反应过来时，她迅速低下头，欲盖弥彰地抹了抹眼泪。

陈逸轻飘飘地说："你不是说你现在要不起吗？"

张若琳已然回神，咽了咽唾沫，淡定地答道："这跟 KTV 点少爷有什么区别，我付得起。"不就是偷换概念，谁不会？

陈逸一怔，少顷回道："不错，日子过得不错，四辩的职业素养也不错。"

"谬赞。"

对话诡异的走向让暧昧与温情荡然无存，两个人面对面站着，忽然静默。

"逛完了吗,走?"陈逸两手抄兜,语气平常。

张若琳点点头,等跟在他身后走出场馆才后知后觉,为什么要跟他走啊?她到存包处取回行李箱。

陈逸皱眉:"你这是在路演?"提着行李箱到处晃悠?

张若琳屏蔽他的阴阳怪气:"我只是急于观赏艺术。"

"你还不如说你在搞流浪行为艺术。"陈逸嘴上不饶人,在瞥见她红肿双眼下凸显的黑眼圈后无声地叹了口气,"昨晚住哪儿了?"

"旅馆。"张若琳鬼使神差地老实回答。

"什么旅馆?"

张若琳报了个名字,那名字听着就很大众。

陈逸摸出手机,作势要搜索。

张若琳无奈地制止:"搜不到的,我下机场大巴跟着揽客的去的。"

陈逸把手机放回口袋,两手虚插着腰,目光无奈又凶狠:"你就这么出门?这种地方你也敢去,是想被偷被抢还是想被割了肾卖了?"

张若琳眨了眨眼睛,微微后仰,躲避他的怒气。想起昨晚的情形,她有点后怕,难得地没有顶嘴。

陈逸最受不了她这副任打任骂的模样,拉过行李箱:"走吧,收留你。"

张若琳跟着他上了出租车。车窗外飞驰而过的街景令人平静,她在想为什么说不出拒绝的话,甚至不问他去哪里。大概是因为,在这陌生的城市里,他是她嗅到的唯一熟悉的气息。大概是因为,他是陈逸。

车停在酒店宏伟的大门前,这栋环形建筑在江边独占一域。

"你住在酒店?"张若琳有点蒙了。

"不然呢,"陈逸说,"旅馆吗?"

张若琳扶额:"你是过来有什么事吗?"憋了一路的话,顺口问了出来。

陈逸扭头,深深看了她一眼:"先下车。"

到了前台,陈逸把她的身份证要过去办入住,她作势要掏手机付钱,他睨了她一眼:"不用。"

"要的。"张若琳坚持道。

"一间房,你要再付一次,你的钱很多?"

张若琳目瞪口呆："一间房？不行不行。"

"两张床。"

"不行不行。"

"套间！各住各的。"

"不好不好，我自己开吧。"

"行，两千三一间，"陈逸顿了顿，补充道，"每晚。"

现在走出去比较丢脸还是跟他上去比较丢脸？张若琳伸出的手缓缓收回，她看看陈逸，又看看前台小姐，前台小姐忍俊不禁地点点头。她握紧行李箱拉杆往电梯间走。

"几楼？"她的语气称得上视死如归。

陈逸的房间是个两室一厅的套间，落地窗外，风景无二。青山相接，碧水长流，游船徜徉其间，三峡风光秀美、壮阔。

"你看到一点钟方向远处那座江心小岛了吗？"陈逸从她身后走来，站到她身边，问。

"看到了。"江心一点绿。

"那里现在可能有猴子了。"

张若琳扭头讶然："它是？"

陈逸点点头。

当年最高的山，现在只露出尖尖的一角。张若琳趴在窗边，目光一点一点地扫过翠峰、江水、岸上的树木，像是透过它们看被淹没的家园。

"你还没告诉我你来巫市做什么。"她又问。

陈逸转身往房间里走，淡淡地说："探亲。"

张若琳不再看风景，跟在他身后到了客厅里，各自占据沙发的一隅。陈逸打开了电视，找出一部电影播放，然后低头玩手机。

"你在巫市还有亲戚？"张若琳问。

"嗯。"陈逸答道。

"那你准备待几天啊？"

"不清楚，看情况。"

"你怎么不住亲戚家里？"

"不喜欢住别人家。"

"什么亲戚啊,我认识吗?"

陈逸没有立刻回答,目光扫过来,上下打量她:"你到底想说什么?"

"正常聊天而已啊,没想说什么。"张若琳神态自然,还拿了茶几上的一颗圣女果扔进嘴里。

陈逸看着她做作的样子,几不可察地笑了笑。她长进了一点,撒谎时学会用别的动作掩饰了。

"那你来干什么?"他问。

"探亲。"张若琳也如此回答。

"看来没探到?"

"嗯。"

"准备待几天?"

"不清楚,看情况。"语气带有报复式的冷淡。

陈逸笑出声,她何止长进了一点,爱哭,脾气大,蹭住都蹭得这么趾高气扬了。

张若琳听见短促的笑声,莫名其妙地看了他一眼。

电视上放的电影是《勇敢的心》,张若琳很快沉迷在苏菲·玛索的盛世容颜里。两个人安安静静看了一部三个小时的电影。电影结束时,已暮色四合,窗外江岸边有星星点点的灯光,一派寂静。

此时,张若琳已睡意深浓,她爬起来打算去洗漱、睡觉。

陈逸叫住她:"下楼吃饭。"

"不想吃了,"张若琳语带倦意,"你去吧。我困了。"

"困也不能不吃饭。"陈逸起身。

张若琳扭头,揉了揉眼睛:"可是我真的很困很困了,陈逸——"喃喃的语气、拉长的尾音,令陈逸身子一酥。她这副撒娇的样子,让他有一瞬间的恍惚——以为他们是在他家里,他们还在一起,看电影,然后休息,休息前他会索要一个吻。

陈逸拿着房卡出门,丢下一句:"爱吃不吃。"再晚一秒,他就要克制不住,上前摁住她好好蹂躏。

张若琳大概有点习惯了他冷言冷语的样子,便不在意,回自己房间拿换洗衣服。浴室只有一个,她速战速决,洗漱完毕就包着头巾回到自己房间,然后慢悠悠地吹头发。

陈逸回到房间时闻到一阵沐浴液的清香,喉间微紧。

张若琳房间的门关着,传出一点吹风机的声响。

陈逸敲门:"没睡就出来吃点。"

张若琳听见敲门声,关掉吹风机:"啊?什么事?"

陈逸没好气地说:"出来吃饭。"

他不是说爱吃不吃吗?张若琳乖乖地应道:"哦。"人在屋檐下,别得了便宜还卖乖。其实,洗完澡她就有点清醒了,饥饿感也上来了。出来后看到满桌红油,她顿时食欲大振。

陈逸抬眼,见她没有穿酒店的浴袍,已换上自己的常服,目光在她濡湿的发梢停了停。

"头发先吹干。"他摆摆手让她回去,"去,吹完再吃。"

张若琳已经坐在桌前,拿好筷子,闻言错愕而失望地看着他:"先吃吧……"

"刚才不是不想吃?先去吹。"陈逸没让步。

"我头发吹干要好久的。"那要猴年马月才能吃上饭?

陈逸皱了皱眉,绕到她身边,抽走筷子放到一边,拉起她就往她房间里走。她怔怔地盯着两人交握的手,亦步亦趋,跟在他身后。

陈逸看到吹风机就在床头柜上,还插着电,便摁住她的肩让她在床沿坐好,自己按开吹风机。嗡嗡的声音传来,他的指腹在她的脑袋上慢慢游走,吹吹她的脑袋,又吹吹发梢,距离合适,温度正好。

张若琳垂着脑袋,只看见他的裤管和拖鞋。可是心跳声似乎已经盖过呼呼的风声。

"吃什么长大的,头发这么多。"这么密,这么顺,滑过掌心,把人心都熨帖平整了。

张若琳撇撇嘴:"我说很难吹,你非要吹。"

"你平时就这样睡觉?"

"只吹头顶,头顶干了就睡。"

"女人确实麻烦,"陈逸关掉吹风机,放到一旁,"好了。"

之前张若琳一直垂着头让他吹，柔顺的头发盖了一脸，她双手拂开，抬起头，见陈逸已经快步出了房间，甚至关上了门。

"砰"的一声，张若琳刚安静下来的耳朵被这一声刺了一下。她觉得有点莫名其妙，分明是他自己要吹，怎么还发火了？搞不懂，她现在只想吃饭。

可她刚从床沿站起来要往外走，目光微颤，身形顿住——枕头边，是她洗澡前换衣服时随手扔在床上的胸衣，非常艺术地、正正地扣在枕头上，堆出引人遐想的曲线。她看看胸衣，又看看紧闭的房门，耳际缓缓爬上潮红。

✦ ✦ ✦

一顿饭吃得礼仪感很强——两人都坚守"食不言"的老规矩，整个房间只有电视广告的声音。

忽然，张若琳"嘶哈"一声打破了沉默。

陈逸早已吃好了，好整以暇地靠着椅背玩手机，一只手臂还搭在她椅背上，听到声音扭过头来："很辣？"

房间里没有餐桌，他们是在书桌边吃的，只有一边能坐人，两人并排坐着，距离很近。他一扭头，气息便在她耳畔吹拂。

张若琳"嘶哈嘶哈"个没停，两手扇风，含糊地说："麻！我咬到花椒了！嘶哈嘶哈。"

陈逸面露嫌弃又无奈，一边无语地摇头，一边给她递了瓶水。

张若琳咕咚咕咚灌了半瓶，半张着嘴"哈——哈——"跟狗狗似的。待瞧见陈逸憋笑的模样，她才觉得有点尴尬，舔了舔麻麻的嘴唇，又抿了抿唇，结果怎么都不舒服，她又咬着唇试图把麻劲压下去。

环抱的姿势，红润、饱满、浸着水光的唇……

陈逸含笑的模样倏然变得深沉，他扭过头去，不再看她，然后收回手臂，起身走到沙发边，调到新闻频道。

等张若琳吃好了，陈逸叫来客房服务员收拾桌面，服务员顺道带来赠送的水果和甜汤。这正合张若琳的心意，两者都解麻解辣，她通通扫了个精光。这下嘴巴好受了许多，她却撑得走不动路，便顾不得形象，只管舒坦，半躺在沙发上。

陈逸嘴角的幅度一晚上就没下去过。这样生动的张若琳,在这个特定的城市,似乎有了特定的诠释:她好像完全回来了。

吃饱了就容易困,更何况这几天太累了,又没睡过一个好觉,此刻吃饱喝足、洗过澡,吹着热乎乎的暖气,张若琳看着新闻都能睡着。

陈逸静静地注视她恬淡的睡颜,良久起身关了灯,进浴室洗澡。

张若琳是被拉窗帘的声响吵醒的。她缓缓睁开眼睛,房间里灯光昏暗,窗前的人似乎感应到了,转过身来,问:"醒了?"

"嗯……"

陈逸穿着浴袍,腰带显出优秀的比例。长款浴袍裹得严实,他也没有刻意穿得松垮,但濡湿的细碎短发、修长而线条紧实的小腿配上浴袍、拖鞋,还有拉窗帘的动作,整幅画面居家又暧昧。

张若琳还有点迷糊,视线不自觉地在他身上上上下下地打量。

窗外在闪电,陈逸回过头来,把二层窗帘拉紧,再转过身时发现某人迷离而炙热的目光仍停留在自己身上,短促地笑了一声。张若琳被这笑声惊得彻底醒了,她忙不迭地低下头,掩饰般左右找东西,手忙脚乱。

陈逸来到她身边,弯腰在沙发边拾起她的手机递向她:"睡得那么死,还敢住车站揽客的旅馆,心够大的。"

"那不是,便宜嘛……"张若琳咕哝着,伸手去接手机,视线自然落在他的腰带上,莫名地,脸庞温度开始攀升。

"会不会算账?别把财守住了,人却没了。"陈逸冷淡地讽刺道。

跟着他才人没了呢,张若琳心里想,再待下去怕是身心都送给他了。她眼角余光瞥见他在旁边坐下,又探着身子拿茶几上的遥控器,随后靠着沙发,两腿交叠搁在茶几边缘,悠闲地换台,最后切到电脑模式,自己挑电影看。

"看什么?"他出声问。

"不知道。"张若琳习惯性回答。以前每次都是陈逸挑片子,她在这方面没什么主见,陈逸倒是阅片量惊人。

"《两小无猜》,看过吗?"

"没看过。"

话音未落,电影已经开始播放,陈逸不再说话,专注地看电影。

张若琳回过神来,看了一眼中文片名,撑着沙发起身:"你看吧,我困了,要去睡了。"说着,她趿着拖鞋拖拖拉拉地回了房间。

房门关上,陈逸调小音量,在黑暗中独自看电影。房内昏暗,窗外电闪雷鸣,可他并不觉得孤独和冷清。这一晚,大概是他半年来最热闹而温暖的夜晚。

张若琳回到房间却没有睡觉。她的身体很乏,精神却有些紧绷,回想这一天,有恐惧,有失落,也有暖意,心情也像坐了一趟过山车,起起落落,这一天算是一个奇遇。

她在手机里搜寻新巫市的地图,放大、缩小,再放大再缩小,也得不出什么结论。如果等不到警察的消息,她到底应该去哪里找父亲?微信里没有收到林振翔的回复,他大概一直在监狱里上班,没休假。她隐约有了打持久战的预感。她开始查巫市的房市,看看有没有短租的房屋、价格如何。

张若琳搜索了半天,收藏了一些房屋信息和房东号码,想了想,不能这样一直住在陈逸这儿,也不知道他什么时候离开。于是她又搜索派出所附近经济型酒店的价格。地区跳转到巫市,页面上出现的第一家酒店就是他们现在住的这个——巫市唯一的五星级酒店,也是最大的酒店,房型很多,最普通的房间价格是——

张若琳目瞪口呆,猛然从床上坐起,穿好拖鞋,小跑着过去拉开门。

刚沉入电影情节的陈逸被突然暴怒的女声拉回现实:"陈逸!这家酒店房间分明是五百多一晚!"

陈逸看着站在门口的女孩,长发凌乱,怒气冲冲,她应该是睡下了又忽然起来,身上还穿着睡衣,没有穿内衣的胸口勾勒出圆润而挺起的形状,昏暗光影中,那两个点被几缕长发遮挡,若隐若现。他喉结滚动,迅速收回视线,专注地看着屏幕,回应道:"这间是两千三,我不清楚别的。"

张若琳沉浸在被耍的气愤中,完全没有留意陈逸的异常,愤愤道:"你这是套房啊,其他的肯定比你这个便宜啊,这不是常识吗?你就是为了诓我,你至于吗?"虽然五百多块对于她来说很贵,但如果当时知道五百多块就能自己开个房间,她咬咬牙还能接受先过渡一晚。

陈逸闻言，缓缓地又将视线转移到她脸上，笔直地盯着她看了几秒，然后忽然起身向她走过来，一直逼近门边。

张若琳这才注意到他眼神里不同寻常的压迫感，下意识后退两步，退回房间里。

房间里开着床头灯，灯光温和，平添暧昧。

陈逸后脚把门一勾，房门"砰"地合上。

"诓你？你觉得我想诓你什么？"陈逸语气冷肃，"那你是干什么，又是内衣乱丢，又是嘴唇乱咬，又是衣服乱穿的，你想诓我什么？"

张若琳被他一通反客为主给说蒙了，心想："这都什么跟什么？"

"我没想怎么样，你非要招我，你是不是当我是柳下惠？"低沉的声音像是下最后通牒，"我真的忍你很多次了。"

张若琳还没反应过来，身体被猛地一推，退无可退地落到柔软的大床上。陈逸欺身而上，居高临下地看着她，目光笔直而深沉，下一秒，猛烈的吻袭来。张若琳终于意识到自己没有穿内衣，因为他的胸膛紧紧贴着她的，相撞的触感绵软而炙热。他吻得又狠又凶，两人口腔里皆是酒店牙膏的味道，意识到共享同一气味的张若琳一阵恍惚，陈逸趁机迅速攻城略地。

久违的亲吻带着令人释然的疏解感，令陈逸想更深入地索取和掠夺。沉沦不过是一瞬间，至于是什么时候双手攀上他的肩，张若琳没有一点意识。

闪电透过窗帘的缝隙把一室旖旎照亮，一声惊雷过后，大雨如期而至。

陈逸抓起张若琳的手放在自己浴袍的腰带上，张若琳双眸微抬，目光似瞬间清明，下一秒唇又被迅速封住，他没让她有半刻的清醒，不再等她主动，径自握着她的手扯开了腰带……

窗外，山影如墨，雨打浮萍，张若琳脑海里浮现出一个恰如其分的词——巫山云雨。

潇潇雨声里，她听见他在她耳边说："叫哥哥。"

半夜醒来，张若琳脑海中第一个念头就是问自己：后悔吗？

根本不需要细想，答案就已经在脑海里浮现。

情之所起，难以自禁，即便爱而不得，也无惧留下痕迹。对于过早地把自己交付于人，她会踌躇，会思量。可对方是陈逸，她不后悔。人生海海，她却无比确定,她再也不会爱谁如爱他一般,纯粹、厚重、深沉而热烈。

他们双双侧卧,被子下两个赤条条的肉体蜷着,她背对他,他的手臂横在她腰间,把她困在他怀抱里。她缓缓转过身来面向他,在黑夜里凝视他的睡颜。

刚才扭头时,她的头发擦过他的脸颊,他大概觉得痒,仰头躲了躲,顺势改成平躺,手臂却仍旧勾着她,丝毫没有放松,如此她便像是半趴在他身侧。

黑夜里,他的喉结显出性感的弧线。

张若琳伸手去描绘,忽然觉得这个画面过于矫情,像小时候看过的过气偶像剧,于是又讪讪地收手。但陈逸没有像偶像剧里的男主一样忽然握住她的手翻身再来一遍,他兀自睡得安恬。偶像剧里的那幅画面只是在脑海中闪过,张若琳便觉得一阵脸热,连忙把脸埋进他颈窝,找到舒服的姿势,正要再度入睡,察觉枕边人的脑袋微抬,在她额头落下一吻,把她搂得更紧。

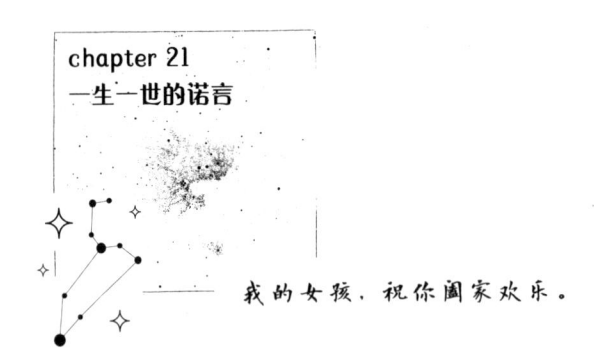

chapter 21
一生一世的诺言

我的女孩，祝你阖家欢乐。

相拥而眠其实并不舒服，张若琳落枕了，一个扭头疼得龇牙咧嘴，她瞬间就清醒了。

陈逸被她的声音吓了一跳，下意识搂紧她，才睁眼问道："怎么了？"

张若琳皱着眉小幅度地摇了摇头，抬走他的胳膊，准备起床洗漱。掀被子的动作顿住——她没穿衣服。视线扫过凌乱的地面和床褥，想起他凌晨又缠着她要了一回，她的羞耻劲这才上来。

如果说第一次是意乱情迷，带着豁出去的洒脱，笨拙地配合，那么第二次她竟隐隐有了欲望和期待，似乎也有些无师自通，偶尔的主动刺激得陈逸没完没了，怎么也不肯放手。想起结束时的姿势，张若琳隐在长发下的脸霎时粉红。

陈逸侧身撑着脑袋，含笑道："在想什么？"

张若琳头也没回，命令道："你转过去。"

"为什么？"

"我要起来了。"

"你起啊。"

陈逸显然是存心这样。张若琳睨了他一眼，在被子下狠狠地踢了他一脚："快点！"

陈逸吃痛，揉了揉小腿，伸手去捞她的腰："再睡会儿。"

张若琳重新撞进他怀里。此刻天光大亮，和光线昏暗时完全不是一回事，她有点不敢看他的眼睛，低头躲闪。

陈逸本来只是打算搂着她再躺一会儿，可等她到了怀里，他又有点心猿意马。她怎么这么软，搂紧点都怕弄碎了。在占有和克制之间徘徊最是磨人，陈逸翻身而上，静静地看着她。

察觉到他身体的变化，张若琳难以置信地抬眼瞪着他："不要了吧……"

"好像来不及了。"

再醒来时已近正午，张若琳发现她的落枕"治"好了，她轻轻地在枕头上左右扭了扭头，没有痛感，然后她平躺着发了会儿呆。

她摸到手机。微信里，陆灼灼发了好几条消息。张若琳吸取上次的教训，已经把陆灼灼的聊天设置为免打扰，所以并没有消息提醒。

凌晨第二次事后，张若琳也发了好一会儿的呆，给陆灼灼发了条消息："我和陈逸上床了。"

8:20。

陆灼灼："？？？"

陆灼灼："第一次？？？我一直以为你们早就……"

陆灼灼："不是，你们不是分手了吗？"

陆灼灼："你不是在巫市吗？"

10:40。

陆灼灼："你没起床？"

陆灼灼："陈逸果然不负我望，牛。"

11:03。

陆灼灼："那你打算怎么办？"

怎么办？凌晨她迷茫过，所以想从陆灼灼那里获得一些建议。可经过刚才酣畅淋漓的一场欢爱，她忽然释然了。肉体碰撞只不过是孤独者的狂欢，真正的亲密是展现脆弱。显然，他们还不是应该复合的状态。她毫不犹豫地订了间房，蹑手蹑脚地起床。

陈逸在听见水声时醒来，从地上捞起浴袍穿上，腰带不见踪迹，他索性虚拢着浴袍进了洗手间。

张若琳的腰被他从身后搂住，他的下巴搁在她肩膀上，脑袋在她颈窝里蹭啊蹭，像只小狗。

张若琳刷好牙，拨开他的手，到行李箱前找到衣物，进浴室里换。陈逸靠在盥洗台边，看着她忙活，若有所思。等他洗漱好，她已换好衣服出来，在镜子前梳头。

"要出门？"陈逸看着镜子里的她问。

"嗯。"张若琳淡淡地回应，仍旧梳头，没有回看他。

"去哪儿？"

张若琳放下梳子，十指成梳拢起头发，扎了个丸子头，然后左右看了看，不满意，又扯下皮筋重新扎，反复好几遍都觉得不合适，烦躁地放弃了，随手扎了个高马尾。

陈逸看不懂这扎了又松、松了又扎到底是什么操作，他的目光落在她的皮筋上——很普通的黑色皮筋，一点装饰也没有。

"我送的发绳呢？"他问。

"坏了。"

"怎么可能？"他订的时候，人家就说了，扯一辈子也扯不断。

"绳没坏，"张若琳看向他，"是上面的东西掉了。"

说来也神奇，就在他们分手后不久，她许久没戴那个发绳，整理东西的时候拿出来，随手扯了扯，上面的星星就掉了，好似有灵性一般，作为定情信物存在，它在一个"恰当"的时机自我了结了。

"你扔了？"

张若琳想了想，模棱两可地回道："不知道放哪里了。"

陈逸的脸色不太好，但转瞬又恢复平常，他淡淡地说："我再给你买，想要什么图案？"

"不用了，"张若琳回答，"太贵重了。"

当时弄掉以后，路苔苔帮忙捡了起来。星星中间的钻也掉了，路苔苔愣怔怔地看着钻棱上的字母："宝，这好像是真钻。"真钻有认证机构的标识字母。

当时张若琳惊了，毕竟肉眼看着它也没多大不同。孙晓菲人脉广，认识一个设计师，让那人给粗略地看了看，说确实是真钻，大小只有 30 分左右，是裸钻，不算贵，按照切工颜色和净度，两千到六千块不等。这还不算贵？张若琳当时就蒙了，虽然比她想象中的钻石价格要低一点，但是，用在头绳上……两千块够她买一辈子用的头绳了。

当时孙晓菲问她有什么想法。她冒出的第一个想法竟然是：还好分手了，这样收礼物下去，她用什么还？当时对于要不要还给陈逸这个问题，三个人讨论了很久，最终她决定不再多此一举，为了他一顿饭钱的小玩意儿而去找他，看着更像在找理由与他藕断丝连。把它尘封才是最好的选择。

"不贵"两个字刚到陈逸嘴边又被他咽下去，他正思量间，张若琳已经离开洗手间，到房间整理行李箱。陈逸的眸色顿深。

张若琳并不打算做个没有交代的人，她一边收拾一边说："陈逸，我不后悔昨晚的事，也不想说它毫无意义，更不是要当作什么都没发生过，但它确实不是发生在一个合理合适的时机，你觉得呢？"

陈逸没想到她会主动挑起这个话题。昨晚，在闲着的时间里，他注视她的睡颜，无数次地亲吻，一寸一寸地占有，唯恐清晨醒来她已经偷偷离开，或者留下寥寥几句话，这才像她的风格。醒来看到她还在，他内心就已经被狂喜充盈。他自然不认为这一次的交融能解决一切，也明白他尚有沟壑要填，只不过没想到，她这样冷静，站在那儿问他——"你觉得呢？"她令人意外的事情越来越多了。

"所以你想怎么样？"他反问。

张若琳关上行李箱，拉出拉杆拉到一边，一副随时要走的模样。她抿了抿嘴："该怎么样还怎么样，各自过好自己的生活，如果有一天我们都能负担得起一生一世的诺言了还彼此不忘，那就见面吧。"

她离开了，甚至回头对他挥了挥手，礼貌而有仪式感地告别。

陈逸没问她要去哪儿，因为他知道她此行的目的。因为他也是这样。

在机场酒店碰到她的时候，陈逸是惊讶的，因为她应该不会坐飞机回家。看到入住登记的航班号，他才了然，她是千里寻父。只不过他没想到她有这样的勇气，没有线索，没有亲朋协助，只身就来了。他至少还清楚一点：张志海是辞了安保公司的活儿走的，至于为什么辞，他能猜测到半分。

张若琳这回订了个连锁经济型酒店，干净卫生，价格中等。她现在只觉得安全就行，不是黑店就好。她从外婆那里拿到部分亲戚很久之前的联系方式，不是电话打不通就是人家已经搬走了，还有不想再同她家有联系的，更有甚者，已然不记得她了。那些人对她尚且如此，对她父亲又会怎么样？她早就料到父亲不会联系这些人，她只不过是毫无门路，只能去碰运气。

两天里，张若琳除了每日早晚到派出所蹲守，其余时间都在街道上闲逛，真的生出了街头偶遇的荒诞想法。

第三天，她接到了林振翔的电话，如同干涸之人得见甘霖。林振翔听说她还住在酒店，就请她到家里去住，她连连拒绝，本来就够给他添麻烦的了。但林振翔说他妻子是外地人，嫁给他才过来的，平日里在巫市没什么朋友，他一"进去"就是大半个月不回家，也没有人陪她，有人做客，她求之不得。张若琳便不再推辞。

林振翔的妻子孟心在事业单位做会计，朝九晚五，很规律，一副温柔贤惠的模样，看起来脾气很好。

当晚孟心做了一大桌子菜欢迎张若琳，听说她是Q大的，更是羡慕不已，说她曾想考Q大的研究生，最后因为考了公职也就作罢。她还向张若琳咨询Q大在职研究生的报考情况，张若琳答应会帮忙打听。一席饭算是宾主尽欢。

饭后，三人在客厅里闲坐，才聊到张若琳寻父的事。

孟心本来只是倾听，忽然问："若琳，你父亲叫什么呀？"

"张志海。"

孟心眼眸微亮："真是他。"

张若琳欣喜道："你知道他？"

孟心说："我刚刚听见你们说他的情况，和我前阵子在爸妈那儿听的那人情况有点类似，居然真是一个人。"

林振翔也惊讶："爸妈家？"

"就是上次，妈说家里有贵客来，要做一桌子菜，我就去帮忙。后来不是还给你发视频了吗？招待的人是爸的老朋友，从上海来的，还带着他儿子，他们在饭桌上一直聊'志海''志海'……"

林振翔有点迟疑地望向张若琳。他也是后来才知道，当年张家和陈家关系匪浅，后来还有人说是陈家背叛了张家。总之，两家的恩怨扯不清。

张若琳艰难地开口："他们都聊了什么？"

孟心回忆道："和你们刚才聊的差不多，说他快出狱了，在这边也没有个落脚的地方，人际关系算是众叛亲离，无依无靠，商量着给他找个活儿。"

林振翔问："有说什么活儿吗？"

"说是去安保公司。"

"这么大年纪怎么做安保，小区保安吗？"

"不知道。"孟心忽然拍拍脑袋，"若琳，那位的儿子，叫什么来着？陈……陈逸！他不也是Q大的嘛，你们认识吗？或许你可以问问他。"

林振翔用眼神示意孟心闭嘴，孟心却没看懂，说都说完了才停下来，看向自家老公："啊？"

林振翔扶额，他想的是，如果陈、张两家是那样的关系，张若琳和陈逸该是水火不容。他知道这些牵扯后，回想起自己那一次和张若琳通电话时提起陈逸，她就是很冷淡的样子。

果然张若琳垂下眼帘，淡淡地说："认识，但是绝交了。"

孟心这才明白老公的眼神暗号，咬着下唇很不好意思地"啊……"了一声。

林振翔说："要不然就把这个信息告诉派——"

张若琳打断他："但我可以试试。"

◆ ◆ ◆

张若琳怎么也没想到，她这么快就要主动联系陈逸。果然，陈逸的态度不怎么好。她打了三遍，电话才被接起，那边的第一句话就是："你确定你没有打错？"

"没有，"张若琳开门见山，"你是不是知道我爸的事？"

陈逸没有马上回答，反问道："怎样算知道？"

"他在哪儿？"

"不确定。"

"那就是有消息了？"

"不知道算不算消息。"

陈逸的回答总是模棱两可，张若琳有点急了，音调忽然拔高："你能不能好好说话？"

"这就叫不好好说话，看来我平时对你是真的很不错。"

张若琳语塞，缓了缓："刚才对不起，我是真的很着急。"

陈逸沉默了几秒，轻轻地叹了口气，说："求人就要有求人的态度，三两句话说不清楚。"

"那见面说。"张若琳抓紧了手机，"你还在巫市吧？"

"在。"陈逸笑了声，"你负担得起一生一世的承诺了？"

"如果有一天我们都能负担得起一生一世的诺言了还彼此不忘，那就见面吧……"自己眉目认真、信誓旦旦的模样浮现在眼前，张若琳揉着突突直跳的太阳穴，在房间里徘徊，最后选择四两拨千斤，忍耐道："我请你吃饭吧？"

陈逸好似并不惊讶，很快回道："行，明晚八点，新巫夜市。"

"好。"

收线后，张若琳回忆他说的时间、地点——八点，晚餐太晚，夜宵太早。夜市？他什么时候好这口了？她有点想不通。但有一点她无比确定，这一次是真的把陈逸气得不轻。用陆灼灼的话说，这是提裤不认人，简直是把陈大少爷的自尊心摁在床上摩擦。张若琳摇摇头，把陈逸从她脑海里甩出去。

此时的新巫夜市刚热闹起来，步行道路旁支着两排小摊，全是巫市小吃，烟火气十足。

天气严寒也挡不住食客们的热情，人群熙攘，陈逸在其间鹤立鸡群，他只穿着一件黑色呢大衣，在一众羽绒服中间显得格外单薄。他挂断电话，两手抄兜，孑然独行，每一个摊点都看一看，最后停在一家炸洋芋摊前。

摊前贴着一张纸："只收现金。"老板没有像别的摊主一样站着揽客，而是坐在摊后边的小桌边在笔记本上写着什么。怪不得他的生意不好。

"来个大份。"陈逸冲里面喊。

老板闻言抬起头："欸，来啦！"

老板穿着厚重的黑色棉服，棉服表面因为油污浸染而发亮，透过露出的领口能看见里边套了好几层破旧毛衣，腰间绑着黑色腰包，里边是乱七八糟的零钱。

曾经那样整洁讲究的一个人……陈逸敛眸，握紧了兜里的手机。

土豆都是炸过的，下锅一会儿就算好了。老板捞起土豆盛到碗里，用勺子一挖，各类配料就精准地落入碗中，动作熟练。

"微辣、重辣？"老板抬眼问，笑脸堆起层层褶皱。

陈逸回过神来："不要辣。"

"不要辣？"老板笑起来，从方言换成普通话，"小伙子来旅游的？"

陈逸用巫市方言回答："来探亲。"

"巫市少有不吃辣的，哈哈。"老板弄好了，"在这儿吃还是带走？"

陈逸看了一眼摊子后的小桌："在这儿吃吧。"

"好嘞！"

老板把桌子椅子又擦了一遍才请陈逸落座，怕自己打扰他，就坐到另一张桌子旁，仍旧在本子上写写画画。

陈逸吃了两口，称赞说："是小时候的味道。"

"是吗？"老板回过头，"那就好，那就好。"

"老板，过来坐吧。我看，您是在写诗吗？"

老板合上本子坐过来："算不得诗，一点生活感悟罢了。"

"可以拜读拜读吗？"

"这怎么好意思献丑？"

"艺术来源于生活，您一看就是经历丰富的人。"

老板眼里有点点星光，他把本子递给陈逸："丰富谈不上，这把年纪，经历总归是有些的，闲着也是闲着，聊以自慰罢了。"

陈逸翻开浸着油渍的本子。

我把钥匙扔进风里

我把钥匙扔进风里

放归半生的记忆

托付大海

穿过昼与夜的流

无眠的鱼

摇着自由的鳍

我把钥匙扔进风里

珍藏半生的箴言

托付大地

走过深或浅的壑

扎实的根

伸入故乡的土地

太阳祭

夜

来了

夜来了

一道巨大的黑色的墙

从光灿灿的昼里

缓缓垂下

千万人举着烛光

匍匐着

仰望

突然失去的光明

市场

市场上真是热闹

萝卜、白菜、八爪鱼

洋货、国货、奇货

经过数百年腌制的

人生格言,处事要方

还有风靡中国

现场勾兑的

底层文学调味酱

哦，人挤如蚁

…………

"写得很好。"陈逸一篇一篇翻阅。他并不懂诗，仍旧能感受到流动在字里行间的无奈和希冀，甚至能够分辨哪一些是他在狱中写的、哪一些又是出狱后的感慨。

"谬赞了，"老板的手搓着膝盖，似乎对这样的点评有些紧张，"不过是文字排列组合。"

两人正说着，摊前站着好几个女孩。"老板，要几个小份！"她们说着还交头接耳，分明注视着摊点后边的陈逸。

老板了然，对陈逸低声说："小伙子，看来你给我带来了客源啊！"说着，他笑呵呵地去炸洋芋。

几个女孩来到后边，其中一个被挤到最前边当发言人，有点支支吾吾地问陈逸："你好，我们能……坐这里吗？"

陈逸抬眼，看了一眼旁边的桌子："那边有位子。"

那个女孩红了脸，有点气馁，旁边一个女孩直接走过来拉着她坐了下来，笑说："我们就坐这里吧，人多热闹。"

陈逸不再多言，低头继续看本子。

"帅哥，你是新巫人吗？"第一个说话的女孩低声问道。

不怪她们第一句就这么问，他这气质属实不像小城里的。

"不是。"陈逸淡淡答道。

得到回答的女孩显然更有勇气了，又问道："那你是来旅游的吗？这个季节算是淡季呢。"

"来探亲。"陈逸又答道。

这下三个女孩眼对眼，眼神里传达着同一信息——有戏！

这时炸洋芋好了，老板把东西送上来，给三个女孩拿了竹筷。

"探亲呀？你有亲戚在这边吗，那是不是会经常过来？"老板笑眯眯地看着。

陈逸把本子合上还给老板，嘴角带着笑意："嗯，应该会。"

闻言，三个女孩明显满心欢喜，正要再问什么，就听陈逸说："来看岳父。"

这……这？莫不是她们判断失误？这个帅哥，有那么大年纪吗？英年早婚？

"结婚了呀。哈，"一个女孩笑脸僵住，讪讪地说，"真好。"

老板也惊讶道："小伙子这么帅，我们巫市哪个姑娘这么好的运气哦！"

"是我运气好。"陈逸说，温和的笑容始终挂在脸上。

"你妻子没跟你来吗？"一个女孩不死心，有点不相信。

陈逸起身，语气倏地变得温柔："在家闹脾气，她喜欢吃这个，我来碰碰运气，这家很正宗。老板，再打包一份吧，要重辣。"

"欸，好，好。"老板忙不迭地去炸洋芋，嘴里念念有词，"真是幸福啊！"

陈逸提着一份炸洋芋回了酒店，只吃了一口就吐掉，猛喝水。这也太辣了！她到底是怎么吃下去的？他刷了牙，才感觉辣劲退下去一点，然后窝在沙发上订了第二天回上海的机票。

机票信息进来时，陈逸轻笑了一声，似在自嘲——有人可是弃他如敝屣，他却还要维护她轻狂的诺言。

张若琳从未如此期待白昼很快过去，夜晚快点来临。晚上七点，她已经站在夜市口等。

这时候人不多，摊主才支起摊点。临近八点，陆续有食客过来。可八点过一刻，张若琳仍旧没有看见陈逸的影子。

电话拨过去两次，在她耐心所剩无几时才被接起，她问："你人呢？"

"我有事，回上海了。"

张若琳又惊又气："什么？你回上海了？"

陈逸的语气没有半点歉意："不好意思，忘了告诉你。"

张若琳忍住怒气，直奔主题："那我爸爸的事……"

"他原先在中坚安保公司供职，住在员工宿舍，但没有室友，只干了一个月就离职了，不知去向，无人知晓。"陈逸交代。

"就这样？"这和她掌握的信息有什么区别？"几句话就说明白的事情为什么非要面谈？"而且他还爽约！

"我喜欢。"

张若琳都有点没脾气了，不知道要怎么说话，气喘吁吁半晌才愤然道："王——八——蛋！"

挂断电话，张若琳原地转来转去，找不到发泄口，烦躁得想摔手机。当然，她不敢。没这个任性的资本，她只能化悲愤为食欲。

这几天忧心忡忡，她基本没有好好吃饭，来都来了，巫市的小吃怎么能不吃？她一个摊位一个摊位看过去，买了几串炸豆皮，边走边找炸洋芋的摊子。

小时候她最喜欢吃炸洋芋，最好是狼牙芋，虽然都是炸土豆，但狼牙形状的更入味，她总喜欢加很多辣椒，特别香。陈逸就完全不感兴趣，觉得那玩意儿又糊嗓子又没味道。她反驳说，不加辣椒，活该没味道。她在北京吃过炸洋芋，但无论怎么调配料都不是记忆里的那个味。

走过半条街，张若琳终于看见一家狼牙芋摊位，在一众亮闪闪的招牌中格外暗淡。她想，老板是不是连荧光灯都装不起？她快步来到摊前，心想，这摊位的生意是有多差劲，连老板都不在。

看了一眼"只收现金"四个字，她笑了笑，这样怎么能有生意呢？还好她总是随身携带现金。

"老板，要大份炸洋芋！"张若琳冲里喊。

"欸，来啦！"声音从隔壁摊位传来。

张若琳闻声望去，看见老板从隔壁摊位的小桌前转过身来，习惯性在胸前搓搓手，朝这边走过来。

张若琳的手机"乓"的一声摔落在地。

✦ ✦ ✦

十年过去，父亲好像一点都没变，又好像一切都变了。他的眉目没变，只是周围长满了皱纹；他的体形没变，只是看起来没有那么挺拔了；他的声音也没变，只是听起来不再威严。

在她的印象中,父亲一直是十分板正的,头发梳得板正,衣服穿得板正,说话、表情也板正,整个人显得有些高高在上。年轻的处级干部,握有实权,手底下管着多少年长的下属,是巫市政坛的新星,市长也得给他三分薄面,他自然是春风得意,威仪天成。

可如今……

张若琳曾无数次地想象过父亲现在的样子,尤其是听说他做了保安,脑海中的他就是恭谦而苍老的。可眼前的人令她难以接受和相信。

"小姑娘,你怎么了?"

在张志海来到摊前时,张若琳迅速蹲下来捡手机,他没有看见她大滴大滴跌落在地的眼泪。

"手机摔坏了吗?"张志海从摊位里探出头来。

张若琳摇着头:"没事。"只是磕坏了屏幕。她捡起手机捧在手里,仍旧蹲着,敛住哽咽:"您炸吧,我要大份重辣。"

"好,好。"

土豆下锅,发出滋滋的响声。张若琳捂着眼睛,泪水却怎么也克制不住,从指缝间流出。

张志海有点担心地绕过来查看:"小姑娘,你是不是不舒服啊?"

张若琳摆了摆手,还是没站起来。

张志海有点不知所措,土豆快炸好了,他绕回去捞出来,然后放好配料:"在这儿吃还是带走,小姑娘?"

"在这儿吃。"张若琳说完,缓缓站起来,走到摊位后的一张小桌边坐下。

张志海捧着一碗炸洋芋放在她面前,抽出筷子给她掰开:"你的手机没事吧?"

张若琳接过筷子,吃了一口。

"还有点烫。"张志海在一旁提醒。

张若琳点点头,又吃了一口,才缓缓抬头。

正要去一旁忙活的张志海顿住脚步,目光定定地看着她。

"你……"他的手有点颤抖,眼神从迟疑到难以置信,"小姑娘,你多——"

"我二十了，爸。"

张志海一个没站稳，身体不自觉地往后退了两步，整个人呆立在原地。

他们看着彼此，张若琳湿润的眼睛再度泪如雨下，张志海也眼眶泛红，想上前拥抱她，但看了看自己身上的油渍和手里的抹布，最终只是静静地看着她。

喧嚣的夜市，无人在意这暗淡的角落正在上演一场重逢。

张若琳不知道张志海是如何认出她的，至少陈逸就没有第一眼认出她来，这或许就是血缘无可替代的地方。

等两个人的情绪都稍稍平复，他们面对面坐着，面面相觑。

张若琳率先打破沉默："您为什么不按约定，出来就去找我？"

张志海低下头，搓着双手，像是自言自语："去找你，我拿什么去找你？我带着劳改犯的名头去找你吗，还是带着落伍的生活方式去找你？孩子，我不该打那个电话，我真后悔，当时没忍住。你应该有全新的人生，不该被我拖累。我也想你，想见你，在牢里无数回坚持不下来的时候我都想着，要努力改造，努力干活儿，好好表现，快些出去，去见你。可是——"

张若琳打断他："可是我们是父女，永远都没有办法改变，我全新的人生不应该是没有你，我全新的人生应该有全新的你，爸爸。"

张志海缓缓抬起头，目光闪烁，嘴角颤抖着："你真的成长得很好，我对不起你。女儿，我对不起你……"

"都过去了，以后都会好的。"张若琳环顾他的小吃摊，转移话题道，"我打听到您出来以后去做了保安，怎么想着出来卖小吃了？"

"是去了安保公司，但不是做保安，"张志海叹了口气，"在办公室，给人写材料。安保公司经常和公安局打交道，很多事我都熟悉。"

"那不是很好吗？"张若琳想，总比在这儿日晒雨淋还没有多少顾客要强，又问道，"是工资不高吗？"

"一个月六千，食堂管早、午餐，住宿舍，算是包吃包住了。"

"这很好啊！"张若琳有点惊讶，"很多大学生都未必能找到一个月六千且包吃包住的文秘工作。"

张志海仍旧叹气："是啊，就是太好了，这怎么可能呢？以我这样的背景，哪里值得这样的待遇……"

张若琳觉得自己的话有歧义，大概触及父亲的自尊心了，缓了缓说："哪里，爸爸，您的材料绝对值这个价。"

张志海就是写材料出身的，也是依靠写材料步步高升，对于企业来说，如果抛去身份这一因素，曾经的政府笔杆子给他们写材料，算是大材小用了。

"咳！"张志海自嘲般摆了摆手，"时代变化太快了，我也是落伍了，写不好了。"

"所以就被辞退了吗？"

"是我自己辞职的。"

"为什么呀？"

"这样他们都不辞退我，白白养着我……"张志海咽了口唾沫，似乎难以启齿，"我明白，他们想帮我。"

"他们？"张若琳抓住关键词，"他们是谁？"

张志海却说道："不提那些了，让我好好看看你。你长得更像我，也不知道是好还是不好。"

张若琳挤出一个笑容："当然好了，爸爸那么帅！"

张志海也难得露出笑容，只是有点苦涩："帅，哪里还帅？变了，也老了。"

"帅的，老帅老帅的！"

"哈哈。"

他们聊了这么久也不见一单生意，偶尔有人经过，看着是想吃的，但看到"只收现金"四个字又走了。

张若琳起身，把那张纸扯了下来："爸，您别放着这个了，现在都流行微信、支付宝支付了。"

"我知道，我就是学不会。"

"不难的，以您的聪明才智怎么可能学不会？"

恐怕他只是一时有些难以接受，张若琳想，一个人脱离社会十年，就好像来到一个新的世界，和现代人流落荒岛最初不愿意生食一样，他同样难以接受现在全新的生活方式。

"我教您，好不好？"张若琳问，其实只是通知，"明天我去给您买个手机,今晚先用我的吧。"

"好!"

渐渐地,有顾客了,张若琳也学会了炸土豆看火候,她炸,张志海调配料,她收钱。就这样,人看人地凑热闹,这个摊位一时间竟红火起来。

旁边的摊主才注意到这边的情况,揶揄道:"老张,你找了美女做帮手,就是不一样啊!"

"少来!"张志海呵斥道,"这是我闺女。"

"哟,你闺女都这么大了啊,还以为你老光棍儿一个呢。"

"哈哈哈哈哈哈!"

周围两个摊主都调侃起张志海来,看来平时他们的关系还不错。

张若琳这才打招呼道:"叔叔们好,婶婶好。"

"可真伶俐,在外地上学吧,才放假?"

张若琳答道:"是啊。"

张志海补充道:"在北京,上Q大!"

"哦哟,了不得了不得!"

"老张啊,你就再辛苦几年,等你女儿大学毕业了,你就享福去咯!"

"是啊,读书这么厉害,你福气在后头呢!"

张若琳看着父亲骄傲的模样,也微微笑着,应和道:"当然了,把我爸接到北京去!"

"多孝顺的闺女。"

"再嫁给北京人,住大房子!做阔太太!"

一晚上这个话题就没停过,大伙说话很市井,张若琳看得出来,张志海也不习惯,并且对他们的很多观念都不认同,但还是能够接上话,甚至说到对方的心里去,双方都聊得欢快。父亲宦海沉浮十余载,情商很高,多年的牢狱生活并没有让他失去从前优秀的交际能力,这算是个好现象。

冬天的夜市萧索,过了十点,食客就很少了,张志海便张罗着收摊。

隔壁摊主说:"这么早就走啊?你今天生意好,不再摆摆吗?"

"不摆了,今天卖完了,带我闺女吃夜宵去。"张志海答道。

"可别把一天挣的都花出去了!"

"那也值，今天高兴！"

摊子是市政统一摆放的，东西是自己的，张志海收拾完也就一个小推车的东西。他骑着车，张若琳就缩在车后边，抱着水桶，两人在寒风里有一搭没一搭地说话。

原来，张志海每晚六点就来了，平时摆到十二点才走，没多少客人，他一天交完摊位费，净收入也就四五十块。

"今天我收了两百多，爸，你就是吃了没有移动支付的亏。"

"够吃喝够生活就行了。"

"那如果我不来，你就不打算去找我了？"

张志海没回答。他的住处离夜市只有三四公里，在一栋老旧的居民楼里。房子被隔成许多单间，用来租给附近的农民工，一间十平方米不到，洗手间和浴室都是公用的。

张志海住在一楼，房间里只有一张床、一张书桌和一只矮柜。小推车就放在院子里，平日里当作厨房用。

"我这里没有你住的地方……"他有点羞愧，从床底下抽出一张凳子，"你先坐。"然后又从床板下取出一把钥匙，打开矮柜，从衣服下边取出一个信封。

张若琳能猜到信封里面是什么，但是拿在手里，沉甸甸的分量还是让她一惊。

"这是四万块钱，我有钱的。"张志海说，"我打算，先自己适应适应再去找你，至少不给你添麻烦。路费，我有的。"这是在回答她路上的质疑，他不是不想去找她。他语气里带着一点傲气，也带着小心翼翼。

张若琳鼻头一酸。林振翔说过监狱里犯人的工资是八块起步，都是平时去流水线打工或者做些苦力活儿，父亲得多努力干活儿才能攒到四万块啊。

"这些钱你拿着，明天去帮我买个手机。"张志海犹豫了会儿，"也不用买很好的，能用微信和支付宝就行了。剩下的你拿着，回去孝敬外婆。"

张若琳喉头酸涩，一时间说不出话来。

张志海见她不言语，叹了口气坐下来，郑重地说："这些钱不多，我明白，这也弥补不了你和妈。我现在没什么本事，只会拖你的后腿：因为我，你以后考不了公务员，你的孩子也考不了；因为我，你找对象也会更难，你的公公婆婆也有可能会因为这个为难你。所以我还是希望，你就当作今天没有来过。"

"那我就不找！那我就不嫁人！我也不是非要当法官，现在不是以前了，不是非要进体制才有好的未来。"张若琳反驳道，"如果连父亲都没有，我就连根都没有了，其他的，又能奢望什么呢？"

"不要说气话，"张志海握住她的手拍了拍，安抚似的，"哪有姑娘不嫁人的？我本来也只是打算去看看你，想看你长大后的样子，这就够了。以后如果有机会，也偶尔看看你，但不想再介入你的生活了。爸爸已经永远是一个减分项，是你所有光辉履历里的一个污点，这也是我犹豫了这么久，不肯去北京的原因。"

"可你是我爸爸！"

"可没有爸爸你会过得更好！"

"不是的！你不要替我做决定！"张若琳站了起来，"要我觉得好，才是好！我已经来了，就代表我什么都想清楚了，你休想赶我走。明天我就去租房子，把外婆接过来，在这边过年。"她把钱放下，"我有钱。您放心吧，我们一家人，只会更好的。"

这一晚的夜宵终究没吃成，张若琳独自打车回了林振翔家。夫妇俩听到她终于找到了父亲，也由衷地高兴。孟心让她不要着急，房子慢慢找，一直住在他们家也行。林振翔劝她慢慢来，出狱后适应社会需要时间，有不少人因为适应不了，甚至故意犯事重新进去，她父亲能够自己灵活就业，已经算是不错的。

次日一大早，张若琳先去派出所销了案，然后去手机店挑了个中等价位的国产智能机，带着父亲到营业厅办了张手机卡，又到银行办快捷支付，把那四万块钱全部存上。一切都办好了，她就在银行大厅手把手教父亲下载、使用微信和支付宝，又到打印店弄了两张支付二维码。

一切忙完又到了傍晚，张若琳陪着父亲洗土豆、削土豆、准备配料，临近八点才到夜市。两人皆是没吃饭，张若琳一碗炸洋芋也就垫肚子了。

张志海过了昨天初见女儿时的欢喜，更多地思考未来。他一直沉着脸，心事重重的模样，这会儿看着忙碌的女儿，犹犹豫豫地开口："你跟着我只会吃苦，回去孝敬外婆吧。"

"明天得了空我就跟外婆说，把她接过来过年。她一定高兴。"

"唉……你大了，我左右不了你，但人有时候应该自私一点。"

"这句您说得对，爸，我长大了，很多事可以分担，可以做主，很多事我也有知晓的权利了。"

这一晚炸洋芋卖得很快，张志海素来卖得少，备料不多，所以不到十点就已经卖光了。他们收拾好东西，找了家串串香。

"小时候您都不让我吃这些的。"张若琳拿着竹筐挑选串串，很是怀念，"原来是只许州官放火啊。"

"小孩子肠胃不好，你从小就爱吃辣，脾气也越来越辣。"

"我小时候有那么不听话吗？"

"总之，我是挺头疼的，你就只有在你陈妈妈那里乖一点……"说到这里，张志海的声音小了下去，他没再往下说。

红油翻滚，张若琳吃了一串又一串，面前签子成堆，看着是张志海的两倍有余。他们以饮料碰杯，张若琳忽然出声问："爸，您和陈家，到底是怎么回事？"

张志海的杯子刚放下，他正在添饮料，闻言手微微一顿。

张若琳将他的小动作尽收眼底，略微郑重地说："您愿意把事情都和我说说吗？我们现在只有彼此了。"

"你想知道？"

"嗯。"

张志海无声地叹了口气，似在回想，目光深远而平静。

红油咕嘟咕嘟作响，良久才传来张志海的声音："不知从哪里说起，也就想到哪儿说到哪儿了。"

张若琳放下筷子，支着胳膊专注地听。

"我被查，是老陈举报的。"

第一句话就让张若琳差点撑不住下巴，眸光微动。

"他也是迫不得已。那时候已没有两全的对策，他如果不举报我，下一个被牵连的就是他。"

张若琳讶然："为什么会走进这样的境地？"

"那个年代，你不懂，现在政治清明，很多人很难想象那时候是怎样的社会,到处在拆迁,一团乱,社会治理复杂得很,又在盖新城,利益关系盘根错节,一座小城像个封闭的鱼塘,池浅王八多……"张志海摇摇头。

其实张若琳能够感知一些。别的不说,小学里就拉帮结派,今天打群架,明天又要去"踩"谁谁谁,一个班能出好几个刺儿头,天天以"大哥""小弟"互相称呼。小孩子其实都是有样学样,小打小闹,以小见大,可想而知当时社会上是怎样的。

"你不腐坏,有的是人盼着你腐坏,逼着你腐坏。对方从我这儿已经得不到更多的利处,视线已经转向我身边的人。那时候我最亲近的就是老陈了,系统里无人不知,这也是我政治生涯最大的失误,就是与老陈过从太密,有结党之嫌。他举报我,也是破除嫌疑最直接的方式。"

"那……您怪他吗?"

"当然怪过,人非圣贤,对我来说,这终究是背叛,如果他没有举报,我也许来得及弥补。"

张若琳缓缓垂下眼睑,抿一口饮料。

"可在监狱里我一直想,如果他没有举报我,面临的可能是两败俱伤,他会被拖下水,而我会陷得更深,到那时,就不是十年八年的事了。"张志海把饮料一口干了,又跟服务员要了瓶二锅头,才慢慢地继续说道,"如果换个位置,我处理得不一定能有他好,他只是选择了对他来说的最优解,而我满心怨怼的只是一个小概率的侥幸没有得逞。"

张若琳不自觉地叹了口气。其中太多细节她不得而知,也无从评价。"过去了,就让它过去吧。"她徒劳地安慰道。

"是啊,过去了就让它过去吧,何必再揪着不放?我知道,我在监狱里,他没少在外替我打点;我出来了,他也没少帮扶我,安保公司那个工作少不得也是因为他的帮衬,所以我才决定辞职,不想再与他有所牵扯了。各过各的,忘掉最好。"

"爸,您要不要离开这儿?"

张志海连连摆手:"不折腾了,这儿即使有不好的回忆,也是我的根,虽然已经不是以前的巫市,但这样更好,新的城市,却是旧的人、旧的乡音,我觉得很好。"

张若琳只是点点头。

巫市难得下雪，一场短暂的小雪过后，春节的喜庆气氛开始蔓延。

张若琳挤着春运的人潮回滇市接外婆。老太太无牵无挂，自然是他们在哪儿她就去哪儿，只不过生活了一辈子，还是有些老友要告别。张若琳陪着她走动，顺便收拾东西，不方便携带的都提前寄往巫市。紧接着，她就把老房子委托给中介，请他们寻个合适的买家给卖了。其他未尽事宜，她都托付给了陆灼灼。

张若琳赶在大年夜前把外婆接到了巫市。

走进"新家"，张若琳一阵恍惚。回滇市接外婆前，她在巫市租了套两居室的房子，一千五的租金同北京一比，她连咬牙都用不着，爽快地签了两年的租住合同。房子装修简单，就是空落落的，没多少人气。可这会儿家里已被装点一新，门口贴着对联，玄关贴着巨大的福字，窗帘被清洗得洁净如新，还添置了不少家具，茶几上摆着果盘和瓜子。

"爸，这都是您弄的？"

"最近街上也没什么生意，我就没出摊，在家里捯饬捯饬。"张志海还有些不好意思，把外婆迎进门："这不是妈来了，收拾收拾迎接您。"

外婆在火车上就反复抹眼泪，这会儿正是泪花闪烁，说不出什么话来，只紧紧握着张志海的手，反反复复地喊他"志海啊，志海啊"。

张若琳吸了吸鼻子，出门领取寄过来的快递，把外婆的东西一一收拾妥当。张志海带着岳母出去熟悉周边环境，顺便采购了年货，回来就忙活年夜饭。

爆竹声，孩童撒欢的叫喊声，厨房里乒乒乓乓厨具碰撞的声音……杂乱无章，此起彼伏。

张若琳在沙发上一边看央视春晚的预热节目，一边看手机。

朋友圈里不少人已经开始晒年夜饭了，各地不同，路苔苔是最早的，下午四点就开吃。

张若琳一一点赞，忽然瞧见一个熟悉的头像——熟悉而久违的头像。

那个灰调的男人与狗的背影头像，发了一条朋友圈。

。："祝你阖家欢乐。"配图是他的狗叼着一张福字。

疑点有二：

1. 他不是把她删了？她怎么还能看到他的朋友圈？

2. 这条朋友圈是下午三点发的，已经过去三个多小时，评论、点赞区域居然是一片空白，这不符合他众星拱月的人设。

张若琳心里有个答案呼之欲出，可她又不敢确定。于是，她调出路苔苔的聊天框。

"陈逸今天发朋友圈了吗？"——不行不行，太直接了，删掉。

"今天有没有谁朋友圈拜年比你还早？"——太委婉了，这货看不懂，删掉删掉。

最后。

张若琳："苔！陈逸家的狗戴的项链，你是不是也有一条？"

路苔苔秒回："？？？？？？你骂我？"

张若琳："不是，你看他朋友圈，今天刚发的。"

过了几秒。

路苔苔："没有啊，他今天没发朋友圈啊，大过年的，你骂我？"

张若琳退出路苔苔的聊天框，任她怎么叫嚣都心如铁石，不予理会。她再次点进朋友圈，确定以及肯定：下午三点，陈逸，发了一条朋友圈，仅她可见。

张志海端菜上桌时，就看到张若琳抱着手机在沙发上嘤嘤地打滚……

除夕夜的佘山一片寂静，各个别墅相距甚远，像孤零零地遗落在草坪上的珠宝盒子。

陈逸牵着洛希才到院门口就听见里边谈笑声不断，他知道年夜饭要开席了。

外祖家人丁兴旺，他有三个舅舅、一个大姨、一个二姨，繁衍到他这一辈，人就更多了，有表哥、表姐、表弟、表妹，到现在他几乎全都对不上名字。今年川河不回来过年，唯一熟悉的表哥不在，他可谓无聊至极。于是他带着洛希，洛希一会儿出去撒尿，一会儿出去玩，他借着遛狗，清静不少。

见他回来，一众小孩都围过来，"哥哥""哥哥"叫个不停。

一众长辈在沙发上乐不可支。

"你们看，小逸整天看着冷冷淡淡的呀，这群小屁孩还就喜欢他。"

"小小年纪，就知道挑好看的玩啦。"

"小逸可是越长越好看，跟他爸一个模子印出来的，怨不得当初姐姐非要远嫁。"

"了不得的，也不知道是哪个女孩子的青春了。"

他们写了一下午的毛笔字。这是外祖家的传统，家里大大小小的对联和楹贴都是亲笔书写，每个人都有份。

这会儿一个小表妹拉着陈逸的手撒娇说："哥哥，你答应给我写祝我越来越漂亮，还没有写呢。"

陈逸失笑："现在给你写。"

小表妹半大的个子，拖着他就走："哥哥，这得是你今年的头号祝福哦！"

头号祝福，也是长辈们每年写字写烦了弄出来的新玩法，跟头炷香差不多的意思，选最好的字，送给今年最想祝福的人。一家人还要因为这个名头抢来抢去，好不热闹。

"那不行了，我的头号祝福，已经送出去了。"陈逸说。

小姑娘作哭脸："哥哥送给谁了，快去要回来。"

"这可要不回来了。"

"你给谁了，我去要，一定能要回来的！"

陈逸蹲下，轻声说："哥哥送给最喜欢的女孩子了。"

小小的人儿眨巴眨巴眼睛，好似懂了。

陈逸眉目温柔，从兜里摸出那张小小的福字，不知道她看到了没有——"我的女孩，祝你阖家欢乐。"

chapter 22
主动权

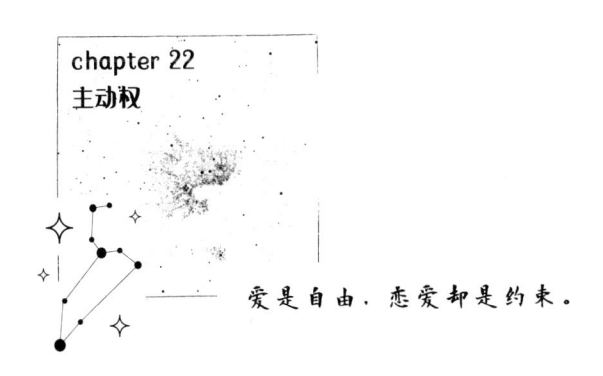

爱是自由，恋爱却是约束。

张若琳一直在家待到元宵节，路苔苔和孙晓菲倒是早早返校了。孙晓菲忙着工作室的事，路苔苔一个人在宿舍，每天都在群里呼唤张若琳回去。

张若琳感慨，大家都越来越忙碌了，除了大一时轨迹相同，此后便各自为自己的前程奔忙，虽然还在一个屋檐下，但截然不同的未来似乎已初现端倪。这就是大学。

元宵节一大早，张若琳被一股香气唤醒。外婆在炒芝麻，见她醒来，笑嘻嘻地说："你爸去菜市场磨米粉了，今天我们做汤圆吃。"

"自己做啊？"张若琳还从来没做过，"买不就行了？还有很多口味。"

外婆坚持道："自己做的才最好吃！"

实际上，并不是。

除了外婆包的汤圆个头均匀、皮薄馅大，张若琳和张志海包的一个比一个难看，在锅里没滚几下就露馅儿了，一锅黑乎乎的芝麻水让张若琳忍俊不禁。她把制作全程拍了照片，发朋友圈。

"不算圆满，但团团圆圆。"

评论区里，大家在相互祝福。

"阖家欢乐，幸福团圆！"

"元宵快乐，团团圆圆！"

"幸福一家人！"

"叔叔好帅！"

"哈哈哈哈哈,虽然汤圆很丑,但是团团圆圆,阖家欢乐哦!"

临睡前,张若琳还在刷手机,黑黢黢的屋里亮着她的手机灯光。外婆转过身来,嘱咐她,在学校可不能这样看手机到深夜。

"在学校没有的,我都学习到深夜!"张若琳解释道。

"学习到深夜也不行!"

"好,好!"张若琳关了手机,钻进外婆的被子里,"今晚要搂着外婆睡,明天就搂不到了,呜呜呜。"

外婆笑着,抚着她的脑袋:"要经常打视频回家。"

张志海已经能够熟练使用微信,外婆在一旁也学得了二三成。

"好!"

明日就要返校了,张若琳从未有过这样矛盾的情绪。舍不得走,舍不得外婆,舍不得父亲,舍不得数十年未有过的温情;而她又期待开学,期待自己能够在新的阶段继续披荆斩棘,也期待能够与他共享一座城市的朝露和晨曦。她最终没有得到一个来自陈逸的评论或者点赞。没有关系,她收到了那么多"阖家欢乐"。别人说"阖家欢乐",只是应景的祝福。他口中的"阖家欢乐",是默默付出后沉甸甸的希冀。

世界上哪有这么多巧合?她父亲即将出狱,他和他父亲出现在旧识的家里;她父亲失踪,他不远千里来到巫市探亲;她寻父不得,他约她在父亲摆摊的地方碰面……还用放鸽子这么烂的方式营造巧合的迹象,真是欲盖弥彰。"陈逸,我何德何能,拥有过这样的你?又怎么能轻易就错过你?"

开学没多久,筹备大半年的演讲与口才协会挂牌成立了,和辩论队、文学社、广播站一样是直属团委管理的一级社团,而天文社、话剧社之类的二级兴趣社团归属学生会社团部。如果要"论资排辈",演讲与口才协会与学生会是平起平坐的。如此,当选副会长的张若琳也算是个"小官",等同学生会的部长。

历来学生会的"晋升"机制是大一干事、大二副部、大三部长/副主席、大四主席。张若琳大二便做了"部长",这样算起来,是跳了一级。这不是个例,因为演讲与口才协会的创立时间在学年中,八位副会长里有三位是大二的,即便是这样,张若琳的名字还是在学院团委老师跟前亮了一把。

这事儿有好有坏，好处是张若琳总归得了个能干的名声，不至于是个读死书的呆子；坏处是，这下不管什么活动，只要是跟"露脸"相关的，都免不了叫上她。张若琳课又多，事又杂，忙得像个陀螺。

讲协初创，并没有太多正式活动，张若琳最主要的阵地还是辩论队。一年一度的八校赛又拉开帷幕，这一年Q大不再是主席校，辩论队没有那么忙，只管讨论辩题、打比赛。

S大今年任主席校，似要做大做强，弄了个开幕仪式，搞得颇正式，各校辩论队派人观赛并抽签。

马国洋"钦点"张若琳去，她头摇得像拨浪鼓："不不不，我这手气太差了，不了不了。"

马国洋说："抽到什么都可以，实在不行，你就跟刘泽霖撒个娇，他肯定跟你换。"

大伙起哄："哦嚯，马队，你是不是收S大刘队的礼了，这工作安排还夹带私货呢！"

"起开，"马国洋说，"我这是为了巩固兄弟辩论队的友谊。"

"你是想联姻吧？"

"不行？"

气氛都烘到这儿了，谁还愿意接手这个活儿？最后只能是张若琳去。

不过，杜弘毅主动请缨道："我也去吧，一个女生，回来要是晚了也麻烦。"

马国洋当然没意见，张若琳对着杜弘毅做了个三拜九叩的手势。

周六，张若琳到校门口时，等着她的却是两个人——杜弘毅和郑淑仪。

杜弘毅解释说："她非要去。"

郑淑仪忽然搂住杜弘毅的胳膊："怎么，不行吗？你自己去是想勾搭S大那个美女三辩吗？"

"我说了，她不好看！"杜弘毅争辩。

"嘀，不好看你还记得人家的名字辩位，记了一年！"

"这不是记忆力超群吗，我也管不住啊……"杜弘毅语塞。

两人沉浸式斗嘴，对张若琳的目瞪口呆毫无知觉。

上了出租车，郑淑仪才交代，他们二人在寒假期间暗度陈仓了，准备在队里搞"地下恋"。

"为什么？"张若琳不解，"队内对自产自销的事可是非常支持的！"

郑淑仪说："分手了怎么办，以后还做不做队友了？影响团队和谐。"

张若琳看向杜弘毅，后者表情平淡："也没有刻意隐瞒，在外边撞见了也就撞见了，不想在队里大张旗鼓地宣传。"

确实，官宣了的话还得请客。

"这……这是谁提的？"张若琳着实惊讶，这一对儿怎么整得跟办公室隐恋似的。

"我提的。"郑淑仪说。

"我支持。"杜弘毅答。

郑淑仪接着说："万一分手了，就当回普通队友，谁也别顾忌谁，谁也不尴尬，男友可以没有，辩论必须永相随。"

杜弘毅说："真想堵死你这张嘴。"

张若琳呵呵一笑，感觉被塞了一嘴狗粮，她还不如孤身前去呢。

张若琳的运气是真的不好，第一轮积分赛，她抽到了第一场，对阵S大。

S大作为主席校，是不可能在第一场输掉的，这几乎是所有比赛的潜规则——评委都会卖主席校一个面子。这也就意味着，第一场Q大辩论队开局必输无疑。这下，他们连换都没得换。

刘泽霖乐不可支："你看，我上学期许的愿，这么快就实现了。"他之前说，期待和她对辩。

张若琳说："我还没上过正赛呢，估计要让你失望了。"

"马国洋什么眼光？"刘泽霖讶然，"把你这样的明珠留在主席位站台？"

张若琳摊手："这你就误会了，我是上学期才入队的，确实是新人，上不了。"

"了不得了，新人这个水平。"刘泽霖这下换着由头把张若琳都快夸成Q大辩论队的未来之星、顶梁柱了。

"说得好像你看过我比赛似的。"张若琳嘀咕。

杜弘毅在一旁催促:"走了走了,打的车来了。"

"哦哦。"张若琳连忙跟上。

三人出了S大门口,却不见"车来了",杜弘毅正慢吞吞地打开打车软件。

张若琳:"……"

郑淑仪憋着笑,调侃道:"杜弘毅,你下次不提前跟我通气,我可真吃醋了。"

杜弘毅一脸莫名其妙。

郑淑仪说:"你看你刚才那个样子,多像若琳的男朋友,人家聊个天,你这么紧张干什么?"

张若琳瞪大了眼睛摆摆手,赶紧澄清:"我对他没有意思的。"

杜弘毅翻了个白眼:"我也对你没意思,谢谢。"然后他在郑淑仪的耳边嘀咕:"受人之托,忠人之事,没办法,兄弟不争气。"

郑淑仪在他耳边回道:"了解。"

然后两人一起看着"不争气兄弟"的聊天界面。

杜弘毅:"马上回了,放心,聊不超过十句。"

。:"微信红包:拿去打车。"

陈少爷的红包,不领是傻瓜。好家伙,Q大与S大一站地,陈少爷给了二百块打车费。

杜弘毅:"我们抽到和那家伙打对辩。"

。:"把我红包退回来。"

郑淑仪快笑死了,想不到他是这样的陈逸!

张若琳见状,心想,这两个人怎么又咬耳朵又咯咯笑,臭情侣,简直了。她嫌弃地摇摇头,以后再也不要单独和他们两个出门。

命运就是这么搞笑,由于这是一场必输的战斗,学长学姐们压根儿不屑参加,就连模辩队都不组,直接把正赛机会留给了大二军团。很不幸的是,张若琳和杜弘毅、郑淑仪组队,外加机电学院的一个男生打二辩。

这场的辩题:中国大陆应该/不应该推行高薪养廉。

Q大是反方:不应该。

拿到辩题后，张若琳有点恍惚，虽然这是一场必输的战斗，可她好像有点想赢。

张若琳对这场比赛的重视程度让队友们有点招架不住。这本就是一场不出成绩、没有人愿意打的辩论，接连两个晚上头脑风暴就算了，她还出了对方的论点和质询问题来专门训练。机电二辩男骂骂咧咧，几乎要退出群聊，好几次讨论都不到场。他一走就没了外人，每一次讨论都变成了杜弘毅和郑淑仪的约会，他们一个一辩、一个三辩，质询搞得跟打情骂俏似的。张若琳无语望天。

这边的情侣不消停，张若琳在讲协碰到了另一对她怎么也想不到的情侣——樊星烁和李初萌。虽说大家都是滇市老乡，可她还是感觉这两个人八竿子打不到一块儿去，一个长袖善舞，另一个头脑简单。

樊星烁也是讲协的副会长之一。团会之后，李初萌来等他吃饭，看见张若琳，把她拉到了一旁。

"我听他们说繁星追过你。"李初萌开门见山。

张若琳还在想谁是繁星，看到樊星烁紧张地朝这边张望，她才了然。

"那算什么追啊，都是老乡，樊师兄又修了我们法学院的二专，所以多说了几句话。"张若琳半真半假的功夫已经炉火纯青。

李初萌问："真的？"

"当然！"张若琳抛出论据，"我和他见面的场合，你差不多都在吧？"

李初萌仔细想了想，说："好像是……我是怕了，你知道吗？"

"嗯？"

"我怕，我喜欢的，最后都会喜欢上你。"

张若琳目光微滞，缓缓望进李初萌澄澈闪烁的双眸。原来李初萌是真心喜欢过陈逸的。所谓的"粉头""转黑"，或许是她迷恋而不得的自我排解之词。感情的事，好像并没有在一起或者不在一起那么简单，中间那条模糊地带充斥着太多求而不得的故事和理由。

张若琳拍了拍李初萌的脑袋："你那么可爱，自信一点。"一年前她怎么也想不到自己有一天会劝别人自信一点。

张若琳回到宿舍的时候有点忧心忡忡，孙晓菲难得在宿舍，看见她愁眉苦脸的样子吓了一跳。

张若琳只是摆摆手,说:"大姨妈来了。"然后问道,"你怎么回来了?"

孙晓菲挑眉,一副有猫腻的模样,踹了踹路苔苔的床架:"小媳妇,快出来见姐妹团了!"

路苔苔的脑袋从床帘中间钻出来,一副羞赧又欢喜的模样,宣布道:"那个,小胖说,周六请我们一起吃饭。"

"我们?谁啊?"

"我们宿舍,他们宿舍。"

张若琳有些不自然:"干什么?"

孙晓菲拍了拍她的后脑勺:"你是单身久了,失去接收甜蜜电波的信号了吗?这都看不出来?他俩恋爱了!"

张若琳觉得有罪,因为她的第一反应并不是祝福姐妹,而是她最近被情侣围城了。

"可我周六要去S大打比赛。"

"嗯,我知道。"路苔苔说,"杜弘毅不是也比赛嘛,所以我们就说一起去看你们比赛,然后再聚,这样子。"

"哦,行。"张若琳应下来,才反应过来,"哈?"

✦ ✦ ✦

周六中午,张若琳从图书馆回来,见孙晓菲正在教路苔苔化妆。

"琳子,你换好衣服我也给你化一个。"

"干吗呢?"张若琳看着桌上的瓶瓶罐罐和各种刷子,"菲菲,你现在也太专业了。"

"我现在偶尔也拍美妆教程的。"孙晓菲手上不停,只动嘴,"今天不是集体约会嘛,就是要美瞎男同志们的狗眼!"

"我就算了,"张若琳换上睡衣,"我要睡个午觉。"

孙晓菲纳闷:"你下午不是比赛吗,怎么困成这样?"

张若琳没什么力气:"昨晚刷夜了。"

"又刷夜!怪不得脸色差成这样,那更要化个妆了,可不能这样去兄弟学校丢Q大的脸。"

"那我睡一小时，你叫我。"

张若琳感觉不过是眯了一小会儿，就被拉起来一顿拾掇。

"你的眉毛这么浓，修修就行。"

"搞个港风吧，眼妆淡点，搞个大红唇……"

"卷个头发，这黑长直，看腻了……"

孙晓菲一边捣鼓一边絮叨，张若琳困得要死，呆呆地坐着任由她发挥。等全部完成，她看着镜子里精致的妆，不顾二人的反对，把口红擦掉了。

"我是去打比赛，我的朋友！"

张若琳叹气，生活不易，虽然她第一眼确实也被妆效惊艳了，是那种哪里都是她却又整个不是她的妆容，但大红唇在赛场上属实不合适。然后她换上正装，踩上平跟皮鞋，手指成梳，把波浪卷发束了起来。

孙晓菲要被她气死了，和路苔苔吐槽道："她是不是傻？她竟然觉得今天最主要的任务是打比赛。"

"她今天最重要的任务不是陈逸吗？"

张若琳收拾书包的动作一顿。她们以为自己的声音很小吗？

临出门，张若琳在门边站定，想了几秒钟，最终把平跟皮鞋换成了高跟鞋。

路苔苔疑惑："今天去外校你还穿高跟鞋，不累啊？"

张若琳说："不是说得给Q大长脸吗？"

路苔苔若有所思地点点头。确实，张若琳这双大长腿再蹬双高跟鞋，气场两米。

还没到校门口，张若琳身边的两人就嗖嗖跑开，各自投入男友的怀抱。

小胖和路苔苔，杜弘毅和郑淑仪，贺阳和孙晓菲，机电二辩男，张若琳：情侣，情侣，情侣，单身狗，单身狗。

机电二辩男冲张若琳无奈地笑笑："春天真是，美好哈？"

张若琳应道："嗬，是哈。"

"陈逸呢？"路苔苔小声嘀咕。

小胖答道："他说有事，不去了，晚点吃饭再去。"

孙晓菲咬牙切齿，和路苔苔对视一眼，传达同一信息："我们琳子是不是凉了？"

一行人浩浩荡荡，格外引人注目。而此时校门外更引人注目的是快递站。

两辆车在快递站点门口停住。前边一辆轿跑上下来两个人，俊男美女格外抢眼。他们一前一后走到后边的商务车旁，自动门拉开，下来几个西装革履的商务人士。俊男领着他们在快递站门前做介绍，随后进了站点里边，美女在一旁安静地跟随。取件群众好似看了部偶像剧：年轻的总裁向投资大佬介绍自己的创业项目，小娇妻一路陪同。

张若琳一行人脑子里的想法和取件群众没什么不同。如果非说两者之间稍有不同，那就是这偶像剧的男主角，他们认识。

女主角……

孙晓菲低声问小胖："那是谁啊？"

小胖看了一眼张若琳，更低声地说："言安荷。"

孙晓菲问："谁？"

路苔苔解释道："陈逸的青梅，和琳子在一起前的绯闻女友。"

孙晓菲骂道："×！"最近在播一部网剧，那人是小火了一把的演员？真人这么耐看？她的口风一转："四月份就穿裙子，真拼。"

张若琳站得笔直，因为穿高跟鞋，自然而然地挺胸抬头。她淡淡地移开目光，走到路边拦车。

其余人面面相觑，谁也没再多说什么，只有杜弘毅默默摸出手机打了几个字。

原以为Q大没有随员观赛，S大连亲友席都没有准备，看到Q大的一群人进来，才忙着添凳子、加水。

机电二辩男说："若琳，虽说头一回正赛很重要，也用不着搞个亲友团吧？你这样，搞得我突然很紧张。"

张若琳还没说话，杜弘毅调侃道："自由发挥任嘲吧。"

前半场确实打得不够精彩，双方连交锋都没有，感觉在各说各的。

到了三辩质询环节，比赛节奏才起了一些波澜，Q大竟像完全知道S大的问题设置一般，配合着把对方的逻辑链拆得稀碎。

质询结束后，一辩郑淑仪、二辩机电男和三辩杜弘毅都满脸不可思议地看向张若琳。距离她最近的杜弘毅凑在她耳边说："难道刘泽霖把他们的逻辑链卖给你了？"

S大三辩质询的问题设置虽然颇有新意，但是逻辑链和张若琳当时模拟的如出一辙！这虽说不算新鲜事，但确实概率较低。在讨论过程中，要不断在正反方逻辑里游走，相当于精分。

陈逸是在三辩小结时进来的。小胖领着他，很不客气地让人再添了张凳子，动静本不大，但恰逢小结时全场安静，便显得格外突兀，就连台上的选手都往台下看。

张若琳在整理对辩思路，并未留意。主席宣布"对辩开始，反方先发言"，她便站起，对刘泽霖礼貌地微笑，然后微微偏向观众席："请问对方辩友，您方刚才提到，古代官员低薪就业造成'养廉银'泛滥，那么您方认为古代官员为什么肯低薪就业？"她的语速很快，几乎没有人听得出她在说话过程中因为瞥了一眼观众席而稍稍停顿过。

之后，双方唇枪舌剑，张若琳便再也没看过观众席。

"气场两米八，和她平时相差好大啊！"孙晓菲左右看看正反双方，忽然挑了挑眉，提高了点音量说，"你觉不觉得，咱们琳子和对面四辩挺配的？"

路苔苔会意，配合道："嗯，越看越配，外形配，专业配，兴趣爱好也配。你看这场面，不就是相爱相杀的剧本吗？"

"他什么专业？"

"学医的，配吧？"

"这你都知道？"

"琳子说的。"

"哦嚯，她还跟你聊过这个四辩啊？"

"聊——"路苔苔话还没说完就被小胖捂住了嘴。

对辩结束时，刘泽霖意犹未尽，险些超时，他活泼地摊了摊手，冲张若琳无奈地笑了笑，张若琳正好在为这个环节结束微笑着鞠躬，整幅画面看起来好似二人相视一笑，默契十足。

台下S大的不少人都知道这俩的纠葛，掌声响起的同时还伴随着起哄声。刘泽霖笑着冲台下挑了挑眉,像是十分受用。

自由辩环节也几乎是刘泽霖和张若琳的主场,刘泽霖好歹是Ｓ大辩论队队长,水平不低,在对辩时就把之前扯得稀碎的逻辑链重新梳理清楚了,还给张若琳增加了不少论证成本。张若琳反应很快,转攻为守也收获了不俗的效果。

八校赛主席校第一场比赛通常被称为"炮灰赛",就连评委都不怎么上心,结果没想到这是一场称得上高质量的比赛。

结果虽然没多大悬念,Ｓ大获得了胜利,但"最佳辩手"的荣誉被张若琳收入囊中。无论如何,这是她第一场正赛,这是她第一个"最佳辩手",她全力备赛,获得肯定,由衷地开心,拍照时笑得甜美又灿烂。

"打得很好,实至名归。"

张若琳闻言转身,才发现原来拍照的时候刘泽霖就站在她身后,她抱着奖杯颔首:"承让了,师兄。"

"没有,一点没让,差点被你们拆得稀碎,你们的逻辑链构建……"

两人聊着辩题走下台,一起到评委席又与评委聊了许久,直到杜弘毅提醒:"若琳,今天还有聚餐。"

张若琳瞥一眼被自己冷落的亲友团,这才意犹未尽地对主评委说:"希望下次还能听您的点评。"

主评委说:"也期待下次能看你的比赛。"

"期待下次能继续和你对辩。"刘泽霖邀请道,"下周还是刘老师主评,你要不要来看?Ａ大对Ｒ大。"

张若琳正在想自己的时间安排,身边传来熟悉的男声:"饿了,走吧。"

不知何时,陈逸来到她身后,手指滑着手机,状似无意地开口。

离得近,张若琳瞥见他手机上的时间:"五点不到你就饿?"话音刚落,她便有些后悔,这语气虽是责怪,却显得亲昵。

陈逸把手机往裤兜里一塞,单手抄兜,一副"你奈我何"的模样,淡然道:"嗯,没吃午饭,就等这顿。"他从头到尾只对着张若琳说话,看起来有些目中无人。

"我同学都在等我,那我就先走了。"张若琳不得不赶紧与刘泽霖告别,以免一下午留下的好印象都被败光。接着,她又和Ｓ大其他相识的辩手告别。

之后，一行人又浩浩荡荡地离开S大。

陈逸是开车来的，其他人当然要打车。

机电二辩同学有事，早已离开。张若琳打了辆车，把三位女士都拉上车，几位男士自然挤进陈逸车里。

一上车，杜弘毅就笑出声："安排得明明白白，简直对你退避三舍。"

陈逸把车开得飞快，缄默不言。

小胖忍不住叨叨："你太欠考虑了，早跟我们说我们就走西门了，不至于撞上啊。你是没看见张若琳愣在原地那个样子。"

车里一片沉默，贺阳跟他们都不算熟，正打算做个自我介绍缓和气氛时，驾驶座传来陈逸的声音："什么样子？"

他单手开车，一只手臂撑着窗沿，手指无意识抚着下颌，声音低沉又落寞。他似乎不需要别人的回答，自说自话："怎么办？她这样，我好像不敢走了。"

贺阳诧异又震惊。虽说他与这群人不熟，但陈逸的名字算如雷贯耳，孙晓菲经常提起。在他的印象中，陈逸就是一个比较有主见的富二代，附带的人设该是自我、不羁、傲慢、众星拱月，还有点狂。但此时的陈逸，分明在人群里，却像座孤岛，落寞，无措。

小胖在学校附近订了家海鲜餐厅。包厢富丽堂皇，对着人工湖，很气派。

女生那辆车分明是先出发的，可她们到的时候，男士们已经在包厢内等候。

小胖是山东人，对座位安排很讲究，他请客，为"主陪"，坐了正冲门的位置。路苔苔坐在他正对面，为"副陪"。

杜弘毅调侃道："你这不像聚餐，像订婚啊。"

众人都笑。路苔苔一副夫唱妇随的样子，一点意见也没有。

小胖说："咱也没有主宾、副宾，剩下你们随便坐吧。"

路苔苔却忽然说："今天我们琳子拿了'最佳辩手'，还是第一场正赛，她做主宾吧！"

张若琳任由安排，坐在小胖的右手边。

小胖把陈逸胳膊一拽："那陈逸做副宾吧！"

于是，陈逸坐在小胖的左手边。

"大家随便坐。"

"两对都分开坐了，我们就也一个左一个右吧……"孙晓菲说着，拉着郑淑仪坐在张若琳边上，贺阳和杜弘毅对应坐在陈逸那边。这就成了男一边女一边的座次安排。

万峰和他女朋友姗姗来迟。没人认识他女友，因为他换得勤快。不得不说，万峰在谈恋爱这方面属实天赋异禀，每一任女友站在他身边，都显得他很有钱。他这个女友是个活泼开朗的，进来先惊讶了一番："当真是一屋子情侣！"

看到要和万峰分开坐，她撇撇嘴，摇着万峰的胳膊嗔道："那我们暂时分开一下下！"

孙晓菲闻言搓了搓手臂："咦，鸡皮疙瘩都起来了。"

郑淑仪道："我以为我撒娇已经满级了，这简直是小巫见大巫。"

那个女生坐在郑淑仪和路苔苔中间，介绍说自己叫 Tina，在电影学院上学。看见孙晓菲，她还惊讶了一下，问她是不是孙菲菲——"孙菲菲"是孙晓菲的微博用名，得到肯定的回复，她还使劲称赞了孙晓菲的穿搭视频和 Vlog[1] 风格。

女孩子聊起穿搭美妆来没完没了，气氛慢慢热闹开来。

小胖带过三轮酒，轮到副陪路苔苔带酒，她站起来："第一杯，祝情侣们长长久久！"

"这也太实在了，哈哈哈。"

"这什么祝酒词？笑死。"

一个个嫌弃得要死，但都配合地站起来，冲着各自的对象举杯，隔着圆桌挤眉弄眼，暗送秋波。

此时坐在原地不动的主宾、副宾显得格外突兀。

张若琳正在吃鱼，小心地挑着刺，见大家忽然没了动静才缓缓抬头。

---

1 视频博客。

这惊诧的目光是怎么回事？"祝情侣"，她又没情侣！

陈逸捏着杯子，无聊地把玩，目光也不知道落在何处，好似这喧嚣与他一点干系都没有。

小胖冲路苔苔使了个眼色，她"啊"了半天，赶紧道："第二杯，第二杯，第二杯祝我们大家都长长久久！"

"令人无语路苔苔！"

"等嫁去山东，你可别连怎么办祝酒都不会！"

"不管，干杯干杯！"

张若琳放下筷子，举起酒杯，可陈逸还是没有动静。杜弘毅碰了碰他，他好似如梦初醒，酒杯往桌边一磕，"叮"的一声，算是礼节到了。大家一饮而尽，一一落座。

在嘈杂的人声里，张若琳仿佛听见清冽的声音在轻轻咬字："长长，久久。"她下意识转过头去，眼风却隔着巨大的高脚杯被他捕捉到，她慌忙移开视线，脑海尽是他放下酒杯时浅笑的眉眼。

果酒很甜，度数不高，张若琳一饮而尽。

酒足饭饱，小胖安排了第二场活动，场地都在这个会所里，吃完饭就上顶楼。这做派，没有几年商务宴请的经验都搞不来。

"社会，太社会了！"孙晓菲揶揄道，问路苔苔，"小胖家是干吗的？"

路苔苔说："做买卖，他说和我家差不多。"

孙晓菲说："OK，门当户对。我就发现，他们宿舍，一个个的条件这么好，还都挺低调。"

郑淑仪插话道："杜弘毅说，他在他们宿舍垫底。"

孙晓菲说："这么说，我们贺阳只能算寒门。"

高级工程师家庭，垫底？张若琳默默地走路，这个话题她无从参与。

顶楼装潢更加奢华，张若琳看了一眼服务生再看看自己……

"我等会儿不会被叫去擦桌子吧？"她还穿着比赛用的那套正装，白衬衫、黑西服，别提多正经。

孙晓菲上下打量她："你把外套脱了。"

见她还蒙着，孙晓菲直接上手，把她的西装脱下，解开白衬衫领口的两粒扣子,往一边扯了扯,露出一段锁骨,又将袖口挽到小臂中间。

"我费心卷的头发总算派上用场了。"孙晓菲嘟囔道,把张若琳的头绳取下,乌发倾泻下来,蓬松又慵懒。最后,她从包里掏出那支正红色口红,描出大红唇。

这会儿大伙还没进包厢,在大堂等小胖。孙晓菲就跟变魔术似的,把张若琳变成了"港姐"。

"一个字,绝!"孙晓菲欣赏着自己的作品,没理会众多惊艳的目光,拽着张若琳到一旁的镜面墙,献宝似的,"瞅瞅,瞅瞅,请你以后就走复古风,谢谢!"

柱子镜面把人拉得变形,但不难看出张若琳的窈窕身段,浓眉和白衬衫中和了红唇和鬈发的风尘气,添了高冷、禁欲的气质。

张若琳看着镜子里陌生的自己,目光微滞——镜面边缘映着大堂装潢,陈逸坐在高背沙发上,姿态闲适,双眸毫不掩饰地注视着她。

服务员带着他们进了包间。自然又是男女分座,男生玩牌、喝酒,女生唱歌、聊天。张若琳占据沙发一角,即便在座的都是熟人,她也有些不太适应这样的场合,灯红酒绿,似乎只为刺激荷尔蒙而存在。

很快,Tina便嫌无聊,拉着女生们一起玩骰子,过了会儿又嫌没劲,组织男生一块儿玩。这么多人一起,能玩的不多,从吹牛玩到照相机,从开火车玩到官兵捉贼,气氛是热闹了,酒也喝了不少。

张若琳就是个游戏黑洞,费脑的,她失误,不用脑的,她也犯错,几乎承包了女生这边的酒。虽是果酒,但也涨肚子,一旦休战,她必然第一个冲出去上厕所。

游戏换到"你有,我没有",轮流说一个自己有的东西,没有的人就要喝酒。

刚开始大家说的都是耳钉、手表之类的东西,到最后没什么东西好说了就开始荤素不忌。女生无非说胸衣、发卡之类的东西,杜弘毅甚至拉起裤管:"我有浓密的腿毛,你没有!"

"哇!这也行!"大伙骂骂咧咧,嬉笑着喝酒。

轮到万峰,他贼兮兮地说:"我有性生活,你没有!"

"卑鄙!"

"拉黑拉黑拉黑!"

"你疯了!"

"但是,哈哈哈哈哈哈哈哈,说得跟谁没有似的呢!"

小胖和路苕苕老老实实地喝酒,杜弘毅和郑淑仪相视一笑,喝了交杯酒。

没了。

不再有人喝酒。

众人的视线在张若琳和陈逸之间游移。他们两个各自占据沙发一角,中间隔着其他所有人。他们没喝。

万峰小声低骂了一句。

整个包间一片寂静,只有点的歌在播放:"往事不会说谎,别跟它为难……"像刻意来应景。

陈逸的视线穿过整个包间,落在张若琳身上。她半倚在沙发上,目光空茫,好似还没反应过来。其实她无比清醒。在万峰的"你没有"说出来的那一刻,她心跳慢了半拍,但她全然没有犹豫。她完全可以喝了,反正只是游戏,没人会验证真假。可也不知是酒精起了作用还是包间的气氛太过肆意,她输了一整晚,忽然就很想赢。她赢了,感觉还不错。

轮到陈逸,他显然心不在焉,随口说了句"我有手机,你没有",大家显然都有手机,陈逸就顾自喝酒。

游戏到这儿也就没得玩了,众人都说歇一歇再换游戏。包间里换了氛围灯,音乐音量调大,大家开始唱歌。

孙晓菲果然上前八卦,张若琳却满脸疲惫,不知从何说起。孙晓菲以为她不愿多说,便一直在边上低骂:"渣男,没想到陈逸是这种人!你们都……都那样了,他还跟小明星纠缠不清……"

借着音乐声大谁也听不清,孙晓菲越骂越起劲,却不想杜弘毅唱歌唱到一半不想唱了,点了切歌,于是短暂安静的包间里回荡着孙晓菲的咒骂:"提裤不认人,还搞小明星,死渣男!"

众人都愣住了,音乐声重新响起,却没有人想起来跟唱,于是伴奏孤独地播放,满室人怔然。

孙晓菲目瞪口呆,捂着嘴巴埋进贺阳怀里,丝毫不敢看陈逸的眼睛。

几秒钟后，在所有人的注目下，陈逸忽然站起来，跨过整个包间来到张若琳面前，把她拽出了包间。

孙晓菲说："我完了。"

小胖回过神来，安慰孙晓菲："说不定你立大功了。"

有些事，不破不立。一潭死水才最令人绝望。

张若琳穿着高跟鞋，根本跟不上陈逸的步伐，好几次要摔倒。到了僻静的走道，她终于忍无可忍，用力甩掉他的手："你干什么？！"

陈逸转过身来，面前的人浓眉红唇，头发拢在一边，鬈发垂至腰际，怒目瞪着他。

"原来你是这样看我的。"他的声音淡定，与怒气冲冲的模样截然不同。

"晓菲喝多了，你别怪她。"

"我管她？"陈逸的语调微微上扬，"我从不在意别人怎么看。"

张若琳语塞。

陈逸忽然向前一步，以至两人气息相拂，他的声音从张若琳的头顶传来，沉而隐忍："我没有别人。"

张若琳心间微动。他的声音再度传来，带着强调的语气："没有别人，也没有过别人，不想有别人。"他现在没有别人，他曾经没有过别人，他未来也不想有别人，只有她而已。

张若琳觉得他的声音像是点着的引线，"滋滋"地往她心底里燃。她垂着头，长睫微颤，仍旧不言语。

陈逸说："见面了，所以，怎么算？"

这句话说得突然，张若琳却秒懂。她说："被动的，不算。"

"主动就可以？"

张若琳抬起头，不解道："可以什么？"她一抬头，身体就更贴近陈逸。陈逸没再忍耐，一把搂过她的腰扣进怀里，就着她仰头的姿势低头吻上那招了他一晚上的红唇。她的腰怎么如此细，仿佛他再搂紧一点就要掐断了。

张若琳倏然瞪大了眼睛，走廊镜面里映着两人拥吻的身影，身形那样般配，他沉沦的模样霸道又性感，她心间微颤，将这画面刻入脑海，缓缓地闭上眼睛。

良久，陈逸放开她，在她耳边呢喃："可真正掌握主动权的，一直是你。"

✦ ✦ ✦

他已经足够克制。以前他对男欢女爱没有太多的念想，可食髓知味后，再吻她总有些旖旎心思怎么也收不住。

现在不是时候。

张若琳今晚喝的都是果酒，而陈逸喝的是实实在在的洋酒，两相结合，鼻息里都是对方的味道。张若琳有点恍惚，靠在他怀里，默念他刚才说了什么。他说，她才是掌握主动权的人。他什么都懂，他把她看透了。是的，他想得没错，她今天就是想见他。自己说过的话不能轻易食言，借着聚会的名义光明正大地见面，就是她的小心思。

在一个包间里，呼吸同一空间的空气，在人影憧憧里，隐藏每一次小心翼翼的窥探，就是她的小心思。他又何尝不是？一次兴师动众的聚会，两方盛装出席的会面，哪里说得清楚是被动还是主动？

"你没有话和我说？"见她毫无动静，陈逸紧了紧搂着她腰的手臂。

陈逸的胸膛宽阔、温热，张若琳倚靠着，耳畔是他结实有力的心跳声，她有些沉溺，不愿动弹。过一会儿，她缓缓推开陈逸，耳际泛红，却不躲闪他的视线，缓缓开口说："谢谢你。"这话过于突兀，她又补充道，"阖家欢乐，我收到了。"

"就这样？"陈逸弯腰，视线与她齐平，像要从眼睛看进她心里。

"陈逸……"张若琳像在思考着用词，语气郑重。

"嗯？"

"我——"

"哎呀，抱歉！"拐角传来娇俏的女声，打断了张若琳的话。

是 Tina，她从包间出来，似是要去洗手间。

张若琳这才注意到，她和陈逸的身子虽然分开了，但手还交握着，他弯着腰就着她的身高，两个人像是难舍难分。她下意识地要抽回手，不想被陈逸快一步捉住了手腕往怀里一带，她踉跄一步，惯性地搂住他的腰保持平衡，看着就是结结实实地投怀送抱。

Tina 的表情从做作的打扰变成了不可思议,她刚要说什么就被刚刚赶来的万峰拉走了。

万峰讪笑道:"你们继续,继续。"

张若琳站直了,试着推开陈逸,手臂却被禁锢住了。

"就在刚才,我决定了,无论你要说什么,我都不会再放手。"陈逸的声音从她头顶传来,声音不大,只是咬字很重。他圈着她,像是从身后抱住了她,映在走廊镜面里,更显暧昧。

走廊不算安静,门没关严实的包间传来阵阵嘶吼声,听着并不美妙。而陈逸的声音在嘈杂的空间格外低沉惑人。他说:"你说的承担一生一世的能力,我需要时间,所以一直不逼你。但是这世上这么多人,遇见合适的人比遇见相爱的人概率要高太多,我怕当我承担得起的时候却已经失去'彼此不忘'的条件了。"

今天,看见她和志趣相投的人在一起,那样明媚而灿烂地笑,他没法形容那种慌张。当他听见孙晓菲说她与谁极为般配时,他发现,长久以来引以为傲的从容不迫正在土崩瓦解。

张若琳感觉心脏跳得剧烈,在听到他说怕的瞬间。她感觉脖颈上一阵温热,便微微避开,缓缓抬眼,从镜面里看到他把脑袋深深地埋进自己颈窝,像极其不安的小兽,钻啊钻地寻找温暖契合的栖息地。

"你……怎么可以对自己没有信心?"她讷讷地开口。

陈逸的嘴唇擦过她的脖颈,像是呢喃:"我不害怕有更好的人出现,我怕的只是,你要的,就是普普通通的好人。"

人中龙凤才瞻前顾后,凡夫俗子更容易一往无前。烈女最怕缠郎,何况张若琳最是不自知,从不觉得别人靠近她是因为她足够吸引人。

条件优越,在张若琳眼里从来就不是考量因素。对比其他人,他陈逸又有什么作为必选项的条件?他没有。他反而有作为删除项的因素。五年,五年太久了,久到可以遗忘一个人,久到另一个人可以死皮赖脸或者悄无声息地把她的生活填满。他竟赌不起了。

"陈逸……"

"嗯。"

"你先放开我……"

"不放。"

"你这样我怎么说话？"

"就这样说。"

张若琳忽然有点想笑，忽然就很想揉揉他毛茸茸的脑袋。她抿了抿嘴，有样学样，细细柔柔地说："暂时分开一下下！"说完，她自己都起了一身鸡皮疙瘩。身后的人胸腔短促地震了震，低笑了一声，手居然缓缓松开了。这招居然真的管用，男人啊……

张若琳转过身来，后退一小步，在陈逸因为这一小步发作之前说："我不会。"她早就明白，她不会再遇到第二个陈逸。在分手的这段时间里，她甚至常常想，自己会不会就这样孑然一身。有过陈逸，她也不知道自己还能看上谁。

"我不会忘，在你明确放弃之前，我不会接受别人。"

陈逸的眼眸在一瞬间盛满光辉，眼睫轻颤，他倏地靠近一步，似是又要拥她入怀。张若琳伸手抵住他的胸膛，他急促的心跳，她的掌心能够感受到。

在他的注视下，她缓缓开口："爱是自由，恋爱却是约束，我现在跑都嫌不够快，没有能力背着别的走路。陈逸，我今天来见你，其实就是想跟你说，我会竭尽所能快步赶路。在我能够把所有干扰因素全部甩到身后的时候，你愿不愿意在荆棘之路的尽头带着鲜花等我？"

陈逸呆愣在原地，紧紧揪着的心瞬间软得一塌糊涂，他感觉世间所有的暖意都向他奔涌而来，细细密密地包围他。她就是这世间最赤诚的炽热，他要用尽所有力气才能阻止自己再度拥她入怀。少顷，他的大手缓缓握住她抵在自己胸口的手，放在掌心摩挲。他好似有很多话要说却又不知从何说起，最后他只溢出一个字："好。"气声，像失去了所有气力，又像是从胸腔最深处发出的，郑重，虔诚。他怎么会让她自己赶路？他会在前路披荆斩棘，造一条康庄大道拥抱她。

张若琳的眼眸里浮现一缕笑意。陈逸在这抹笑里。他们凝望着对方的凝望，在四目相对里达成协议。

那场聚会是如何结束的，大伙又是什么时候醉成一群的，没有人去回忆。大家最深的印象都是聚会的结尾，陈逸抢过万峰的麦克风，吼了一段不着调的《死了都要爱》。他首次公开展示歌喉，没有任何技巧，只是吼，好在磁性的音色弥补了跑调的不足。而张若琳只是默默地坐在一旁淡定地看着他撒野，脸上带着浅浅而宠溺的笑。那一晚所有人都以为他们复合了。

可此后他们仍旧各过各的，没什么交集，甚至断得更彻底，杜弘毅不再收到陈逸的盯梢红包，就连小胖也没再从陈逸嘴里听到任何关于张若琳的只言片语。

张若琳还是过着大忙人的生活，甚至去赴了刘泽霖的约。在整个辩论赛季，她忙着讨论辩题、看比赛，来往Ｓ大的次数多了，她嘴里聊的日常全是Ｓ大的人和事，刘泽霖的名字屡屡被提及。

路苔苔和孙晓菲都觉得，他们应该是彻底分手了。孙晓菲自责不已，觉得自己就是这段关系断绝的导火索，为此她住在学校的时间都变多了，她想知道张若琳是不是真的已经忘记陈逸，打算另择良木。可张若琳太忙了。三个人都在宿舍的时间少之又少，孙晓菲实在看不出她是真的放下了还是在用忙碌麻木自己。

讲协部门结构设置清楚后，张若琳分管外联，拉赞助、办展会，就连周末都是早出晚归，神出鬼没。以往路苔苔和孙晓菲还能知道她周末的去处不是图书馆就是模拟法庭，现在，她们压根儿猜不着。

张若琳是在学校兼职群里找到各大展会筹办方的。团委老师对她另辟蹊径的做法赞不绝口，问她是怎么想到的，她回答："一年前有个人教我的。"

"一年前？一年前就知道咱们要和展会合作？"老师疑惑道。

张若琳笑笑不语。她自然不是一年前就知道这些。只是，一年前，他随手在纸张上勾画的，她都用到了。

因为寒假期间租房子还有交通上的花销，这一学期账面紧张，张若琳周末就接了几次展会主持，酬劳确实比其他兼职丰厚许多。一来二去，她便同一些会务公司熟悉了，拉赞助就顺理成章。讲协定期输送展会主持人，展会公司给讲协提供赞助，双赢。

陈逸教的理财思路，她也一直用着。师傅领进门，现在她已经会看一些进场和清仓时机了，盈盈亏亏，总的来说，生活费是绰绰有余。

考试周前，张若琳接了最后一个展会活动——咖啡行业的展会。看资料时看到熟悉的名字，她怔了怔。

言安荷，现在是某速溶咖啡的品牌代言人。这个牌子标榜时尚，走快消路线，喜欢用刚红的新人。

张若琳负责的片区包括这个品牌。

当晚，孙晓菲正在拍视频，收到了张若琳的微信。

张若琳："宝，明天帮我化个妆吧？"

孙晓菲惊了，琳子求化妆？

张若琳做展会多了，也会自己涂个粉底擦擦口红，但是眼影、眼线、修容，她听着就觉得难。

孙晓菲："没问题！要什么样的？"

张若琳："正宫娘娘那种。"

孙晓菲本就热情，再加上对张若琳心怀愧疚，简直对她有求必应。周六一大早，她就拉着自己的化妆箱赶回宿舍。

"这专业度，我觉得我已经配不上你的化妆箱了。"张若琳敷着面膜感慨。

孙晓菲又惊了："还知道敷面膜了！今天到底是什么活动啊，你辩论队决赛？"

"一个展会。"

"什么展会这么重要？"

"一个……"张若琳卖了个关子，"一个情敌相见分外眼红的展会。"

这下连不肯起床的路苔苔都跳了起来："情敌！你哪儿来的情敌？"

孙晓菲也问："什么情敌？关于谁的？刘泽霖？"

张若琳撕下面膜，拍了拍脸，转身投下炸弹："言——安——荷。"

chapter 23
女主角

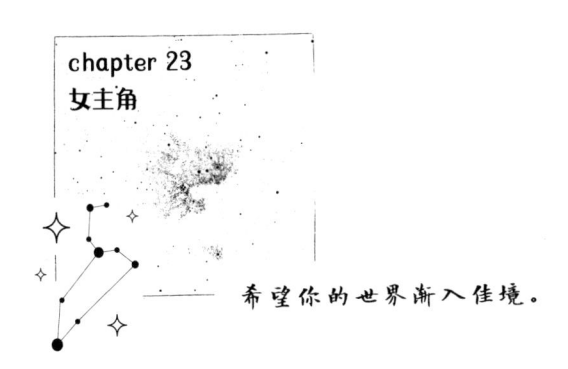

—— 希望你的世界渐入佳境。

这次的展会规模比张若琳之前参与的都大，为期一周，分成各个展区，卖咖啡豆的、卖速溶咖啡的、卖咖啡机的都来了，展会还邀请了不少精品咖啡馆入驻。

张若琳向来习惯早到，无论比赛还是展会，有备无患。今天她提前一小时出发，路上竟然堵车，公交车慢慢悠悠地晃着，路边已有不少粉丝在搞应援。这阵仗，她是头一次见。

据展会经理说，本来行业展会很少有明星的身影，不想两个大品牌因为入口C位展台吵了起来，关于谁在谁对面、谁挨着谁，争论不休。最后某品牌说当天请代言人来站台，这才夺得最佳展位。

张若琳坐在公交车最后排，看着窗外掠过的海报和条幅，一时恍然。她很少关注娱乐信息。不过一年，言安荷竟已收获这么高的人气。她点开言安荷的微信朋友圈，一条横线诠释了所有内容。言安荷对她设置了不可见，或者已经将她删除、拉黑。艺人出道后，对各种社交软件大概都会进行清理，删了她也是理所应当，毕竟她们从未深交。不过她还能看到言安荷的头像，是一张剧照，修成了搞怪又可爱的表情包。是美丽又接地气的女明星呀。

两人的聊天记录停留在开学前。

言安荷："若琳，开学有空见一面吗？"

突兀的邀约。

张若琳:"好呀。"

客气的应答。

言安荷:"我再联系你。"

张若琳:"好。"

可开学至今,言安荷了无音信。张若琳也忙,未曾在意。明星的行程,总归比她的更忙碌。

很快,张若琳就在开幕式上见到了众星拱月的言安荷。

今天言安荷穿着比较正式,一袭连衣裙搭配裸色高跟鞋,和她代言的咖啡包装是一个色系。看见张若琳,她似是一愣,视线甚至停留了几秒,随即甜美一笑,令人瞩目。

这样的场合,两人都没有打招呼的打算。

言安荷与品牌负责人站在一起,张若琳则站在展会主办方负责人旁边。她们各自完成自己的工作,除了一些必要的互动,连视线都很少碰撞。

明星站台,多一分钟就是另一个价格,所以言安荷很快便离开了。张若琳在各个展台巡回讲解,也没在意言安荷是何时走的,好似今天早上精心准备的并不是她。今天孙晓菲给她画了淡妆,说是淡妆,高光修容、刷睫毛、打底霜一样没少,裸色的唇配上浓黑的眉毛,要的是天然去雕饰。她的头发只是简单地束起,还特意留了些细碎额发出来。在着装上,衬衫、A字裙,再加一双小白鞋,同样不多修饰,整个人青春洋溢。

刚开始张若琳还担心自己这身装扮显得不够庄重、专业,不想主办方经理对她一通赞扬,说她的形象很符合速溶咖啡这一片区的调性。

中午主办方安排了午餐会。临近午餐时间,会场里已不太忙碌,张若琳已经站了一上午,便随意找了个地方休息,往喉咙里猛灌水。这活儿除了累脚,还废嗓子。

言安荷竟没找她吗?

张若琳刚想到这个问题,手机便振动,聊天框弹出。

言安荷:"若琳,午饭还没吃吧,一起午饭?"

张若琳抿了抿嘴。

张若琳:"你方便吗?"

言安荷："没关系的,你又不是男生,就在展馆附近。"

一条定位信息发了过来。

张若琳同主办方负责人打了招呼,便步行前往。路上挂满言安荷的海报旗子,张若琳顿住脚步,对上海报中明媚而神采飞扬的眼睛。

"小姐姐,你也是荷叶吗?"一个正在收拾应援物品的女孩问。

"荷叶"应该是言安荷的粉丝名。

张若琳一怔:"她很漂亮。"但她这辈子是没办法当言安荷的粉丝了。

"是呢,姐姐性格、人品更绝哦,入股不亏!"

张若琳笑了笑,点点头,不再多聊,踱步离开。

多数人都去了主办方的午餐会,这会儿餐厅里人不多,张若琳一眼就看到了角落卡座里已经换下裙子的言安荷,T恤外罩着宽大的休闲西装,她还戴着同色鸭舌帽。再简单的装束也能看出她是个大美人。

"若琳!"

"安荷。"

"你来啦,坐。"

法餐讲究,一道一道上得细致,沙拉里有生牛肉,薄薄的肉片下摊着一片血水。

言安荷问:"吃得惯吗,要不要换?"

"没吃过,但大概不习惯吧。"张若琳老实说。

言安荷吩咐换了份沙拉。

"陈逸倒是非常喜欢这道菜。牛排也是,他吃三分熟,有时候是一分熟,血淋淋的。"

张若琳握着刀叉的手有些僵硬。终究要切入正题,她并未多想,只点点头。

言安荷似乎顿了顿,张若琳从她眼睛里看到了迟疑,不是演出来的。刚才她应该只是下意识地脱口而出。

"我……"言安荷轻叹了口气,继续说,"你没来的时候,我就一直在想,我现在的做法,是不是有点像偶像剧里恶毒的绿茶女配。"

张若琳闻言抬起眼睛。

"这边只有这个餐厅稍微安静,之前约了你,但近期通告都很满,就一直拖着。没想到赶通告碰到你,就跟经纪人争取了中午的时间。"她话里有无奈,也有十分的尊重。

张若琳笑着答道:"你们这一行确实很辛苦。"

"你这么说,我太欣慰了。很多人都觉得我们挣钱多简单呢。"

"各有难处,哪有轻轻松松就做好的职业呀?你的粉丝真可爱。"

"哈哈,你碰到了吗?确实,为了他们的喜欢,我也要努力啊。"

两人聊着一些娱乐圈的话题,竟像久别重逢的闺密。

张若琳问:"被那么多人喜欢,会很幸福吧?"

言安荷目光里的笑意淡下去,她低声说:"可是,如果可以,我想用这些喜欢只换一个人的喜欢。"

张若琳的笑意顿住。

"如果没有陈逸,也许我们真的可以成为很好的朋友吧。"言安荷忽而转了话头,"第一次看见你,你还没有现在这么从容,缩在角落里一言不发,但是那双眼睛充满灵气,令人忍不住想多看两眼。"

该来的总要来,今日本就不是闺密会面。

言安荷放下刀叉,看向窗外,像是喃喃自语:"其实我最初特别羡慕你,你的设定就像偶像剧里手拿逆袭剧本的女主角,而我好像无论怎么做都不能够让编剧把我变成主角。去年,陈逸跟我说他要追你的时候,我真的很想做点什么,可是我又很矛盾,并不想让自己变成一个坏女孩。我最近接到一个剧本,是现实向题材的家庭情感剧,才发现,两个人在一起的影响因素很多,家庭是无法逾越的先决条件。偶像剧之所以是偶像剧,正是因为剧情缥缈而虚妄,是美好的想象。人在世间,终究要回归现实。"说罢,她转过头,对上张若琳的眼睛。

张若琳说:"如果没有陈逸,我们也许真的会是好朋友,你说的这些,我十分认同。"当初她在宿舍里大言不惭,也曾说过自己就是手拿逆袭剧本、专克天之骄子的女主。虽然那只是玩笑话,但那时她真的异想天开过。陈逸说,她的格局那样小。她明白他指的是他不算拥有顶顶好的条件,天外有天,人外有人,他们都是凡夫俗子,不要妄自菲薄。后来她终究想明白了,她的格局之小,还在于明白这世界的参差却妄想只凭爱意填山海。

言安荷没想到得到这样的回复,目光闪过些许讶异。

张若琳继续说："所以我们分开了，但这不是我对现实的妥协，相反，这是我的宣战。怎么也要试一试，不是吗？就算不行，好歹我竭尽全力过。"

"可努力在自然规则面前一文不值。或许你曾看过一句话，"言安荷放缓了声音，"有些东西生来没有，就一辈子都不会有了。"

这话一出，原本和善的局面被撕裂。这场会面，就像一场辩论赛，虽无对错，但终究要分出胜负。

张若琳也放下刀叉，缓缓地喝了半杯水，才道："如果真是你说的那样，你就不会找我吃这顿饭了。"

如果一切都是天生注定，那人们又在汲汲营营什么呢？言安荷为何又要来找她说这一番话呢？都是在为追求的东西而努力，何以她张若琳的努力就一文不值？

言安荷心底的不甘被戳中，语气就冷硬了些："有些鸿沟是一辈子也跨越不了的。他和你最亲近的时候，他创业，和你聊过吗？他对未来学业、职业的规划，对你提起过一字半句吗？你们恋爱很久都没有公开，在你心里，是不是也害怕周围人觉得你们并不般配？没有人会真的不在意周围人的看法……"

张若琳感觉心口被紧紧揪住，寒意缓缓地从脊背上蔓延开来，咽喉干燥难耐，她抿了一口水却丝毫未得缓解。她强自镇定，听到自己的声音缓而沉："我一直明白这世界的参差，有的人终其一生，只是站在别人的起点上，这是你说的自然规则。可我不跟任何人比，我只想自己变得更好。我和他分开，不是因为我够不着他，而是我需要时间，承担我生来就带着的责任，是为了站在新的起点与他相遇。周围人的看法？周围人来人往，如果真的要一直在意，这辈子都没办法做好自己。更何况，般不般配也是'甲之蜜糖，乙之砒霜'，在他眼里，你未必比我般配。"

"你未必比我般配"，这话说得理直气壮。

言安荷握着水杯的手分明一紧，良好的表情管理让她没有失态，可她眼眸里充满惊异，看着张若琳。

"你真的，很不一样了。"言安荷说。

张若琳微笑道："或许我原本就是这样。"

场面一时静默。

服务生来上甜点,言安荷招呼道:"吃点甜的。"

张若琳没客气,挖了一勺提拉米苏,入口即化,口感滑腻,但有些糊嗓子。她喉间像堵着什么,很不舒服。

言安荷长长地叹了一口气,似是重新收拾心情,再度缓缓开口:"分开,再相遇,一切都会不一样。失去的东西再找回来,世界却不会恢复原样,没有多少感情经得起时过境迁。这么多年,我之所以在他身边这么长时间,没有逾越,就是因为我明白,感情对他而言不是必要的东西,我不想戳破了,连朋友都没得做。现在这样很好,他需要创业上的支持,会想起我,他对未来所有的规划,我都知道……"说到这里,她顿了顿,仔细打量对面的张若琳,看到她眼眸低垂,继续说,"或许你确实给了他很不一样的感觉,让他有呵护的欲望,可他这个人对什么都不太在意,很懒散,是个骨子里十足冷漠的人。而我没有太多的长处,我最大的优势就是能熬,熬到他身边只剩下我,等他回头看,我始终是最适合他的那一个。"

闻言,张若琳眼里的无措慢慢退去,取而代之的是一种释然。她看着言安荷的眼睛,忽然笑了:"安荷,我以前想不通,你这么好,你们看起来那么合适,为什么没有在一起……现在我或许知道了。"

言安荷的目光瞬时冷而充满探究。

张若琳说:"因为你真的不懂他。"

言安荷在陈逸身边十年,对他的判断竟然是:他是个十足冷漠的人。这与刚认识他的人对他的印象有什么区别?

"在我眼里,他是个十足温柔的人。"张若琳无意识地转动手中的水杯,目光变得沉静、温和,语调也低了下来,像是呢喃,"很多东西,他不在意,只是因为他生来什么都有,所以看得很淡。名或利,还有他人的关注,都没多大诱惑力。但他也不是完全不在意,否则也不会在学业和其他各方面都保持优秀,他很明白在这世间生存需要什么,但又不过分追逐,够用就行。他从没刻意掩饰他的热烈和温柔,只是形式不同,不被人看见而已。他会仔细观察这世间的一切,甚至与他毫不相关的群体,这样的人,怎么会冷漠?感触越深,表现得越淡然,看起来十足冷漠,只是因为他足够通透罢了。"

张若琳顿了顿,看着言安荷,目光笔直而坚定:"安荷,你或许真的很好，但因为这份好，阻挡了你真正去认识陈逸。其实你应该无比清楚，合适，本就不可能是陈逸的追求。你今天找我，其实也是心里没底的体现。只是你可能没想到，所谓的般配、合适，都吓不到我。"

说到这里，这顿饭就无甚必要吃下去了。

张若琳看了一眼时间，直截了当地问道："我还有工作，你找我，还有别的话要说吗？"

在张若琳离开前，言安荷说："他准备出国，少则五年，也可能不会回来。他没掩饰他的热烈和温柔，那这个消息，你知道吗？"

张若琳的脚步顿住，手指缓缓攥紧，可她没有回头，径自走到吧台，结了自己那份账。

899元。真不错，今日她兼职杨白劳。

✦ ✦ ✦

当晚，展会公众号发了当日开幕的消息，张若琳习惯性转发，不承想评论区炸开了锅。

孙晓菲："私以为我的造型水准和明星造型师差不了太多！"

贺阳："@孙晓菲 老婆贴贴！"

路苔苔："@孙晓菲 附议！琳子腿长秒杀女明星！"

万峰："额看评论觉得进来有惊喜……果然腿玩年。"

杜弘毅："@万峰 你不要命了吗？"

小胖："@万峰 建议撤回，保住狗头。"

万峰："不懂，赞美美女为什么要我命？我什么都不懂，别搞我。"

刘泽霖："听说你们开了讲协，什么时候给我们传授传授经验？"

马国洋："张若琳同学，你队长喊你归队打决赛！"

刘泽霖："@马国洋 你怎么就知道要赢，这就惦记决赛？"

马国洋："@刘泽霖 你不惦记吗？"

刘泽霖："(⊙o⊙)…"

张若琳满脑子狐疑，她没仔细看内容，只是给首页的展会负责人面子，几乎每次都转发。

她点开，标题下方是开幕式合照，人挤人，也看不出什么啊？往下是一些展台特写，其中一张照片占足了版面，正是言安荷站台的那一张。言安荷是主角，在画面最吸睛的黄金点上，一旁站着品牌负责人、展会负责人等。角落里站着她。她讲解时微微笑着，碎发零散，随意又很有学生气，踩着双小白鞋，双腿修长，比例匀称，线条感强，在一众商务装扮里格外抢眼。从这张照片上看，她好像确实不差。

张若琳当即保存图片，只截下自己的，把原图删除。

期末悄然来临，路苔苔和孙晓菲和往年一样，早早地借张若琳的笔记抄。

张若琳这本笔记，是她平日积累的各科重点，按照前三个学期来说，她押题的准确率非常高，非常适合别人临时抱佛脚。

郑淑仪今年也是"一家人"了，她早早地排队等笔记，一经她手，不得了，一传十十传百，多人传阅。张若琳原本也没打算藏着掖着，可这下好了，她的笔记一借出去就是一周后才回到她手上。最后她索性自己复印了一本，原件给同学们传阅和复印。

张若琳的人气在学院里一时无人能及，平时与她不太熟悉的体特班同学看见她也非常热情地打招呼，有时候她走在校道上能碰到好几个同学，几乎是一路打着招呼回宿舍。

这股风也不知道怎么吹到了教授那儿，教授在上课时忽然宣布："你们别借张若琳同学的笔记了，我也复印了一本，上面标了什么重点，我就不考什么。"

一时间哀鸿遍野。

人怕出名猪怕壮，张若琳可算懂了。于是整个期末兵荒马乱，她从未这样紧张过，先前的记重点等于做了无用功，最稳妥的办法就是不论重点，全部拿下。什么讲协、什么辩论，她都没了参与欲望，她就像住在了图书馆。

早出晚归的日子过得很快，复习周一晃眼就过了，一场场考试下来，张若琳瘦了一大圈，就连每天都见面的路苔苔都说她肉眼可见地瘦了。她还因为许久没关注各类信息，险些错过抢选修课，等她到了微机房，剩下的课基本都是难啃的硬骨头。

张若琳灰溜溜地回到宿舍，难得孙晓菲也在，毕竟抢课需要校内网，她正抱着笔记本感慨自己手速惊人,抢到了"锦囊"上一等奖的课。

所谓锦囊,是学长学姐们流传下来的对各类选修课的评分,评分越高,越容易摸鱼过,反之,就容易挂科。一等奖的课,就属于逃一学期课也不会考不过的课。

上大一、大二时,大家对选修课充满好奇,精力也充沛,选课都是按照兴趣,到了大三、大四就不同了,怎么好拿学分怎么选。

"琳子抢了什么课?"孙晓菲问。

张若琳老老实实地报了自己刚抢到的课。

"你惨了,"孙晓菲一边惊呼一边打开"锦囊","你选的职业规划课,在锦囊分值2.0,排倒数第三,除了理科学院的变态数学课,就数它最难过!"

"不是吧?"张若琳蒙了,"可是通识核心只有它能选。"

"你选得太晚了吧!"

"锦囊说,这位老师的考核标准比学校的严,学校规定旷课三节取消考试资格,在这位老师这儿,旷课一节都不行,并且这门课只上半学期,从第九周开始上,稍稍不注意就会忘记去上课……"

"那我第九周记得去上不就行了?"

"不不不,这虽是门选修课,但是期末考试是写论文,还要查重,不及格率稳居全科第一……太变态了吧,一个2.0学分的选修课这么狂?"

张若琳也略无奈:"那也没办法了,人家是通识核心课。"

通识核心课的学分,不能用其他类型课的学分代替,而如果大三还修不满通识核心课,大四就没有机会了。

"总之,你要花专业课的精力去应付一门选修课。"

张若琳仰天长啸:"命苦啊!"

路苔苔正抱着手机和小胖视频,先前一直没有动静,这会儿那边忽然传来杜弘毅的声音:"职业规划?陈逸,你刚不是选了这门课?"

今天选课,陈逸定然也在宿舍里,此时却没听见他说话。那边只传来万峰的声音:"苦命鸳鸯一起干论文?听着好像没那么苦命了。"

路苔苔:"……"

孙晓菲:"这位兄弟,会说就多说点。"

张若琳:"……"她是机房的网络不行,他在宿舍也网络不好?另外,他不是要出国了吗,还选什么课?

这个暑假419宿舍竟没有一个人要回家。

张若琳计划工作日去展会公司坐班,周末去尹桑的咖啡店兼职。孙晓菲的事业如火如荼。路苔苔家里给她找了个实习单位。刚开始大伙都以为路苔苔是去律师事务所或者企业法务部实习,不承想她是当幼儿园暑期全托班的生活老师。这下一屋子人才知道路苔家里就是开幼儿园的,而且是年收费二十万元往上的私立幼儿园。

孙晓菲说:"琳子,你可赶紧巴结苔苔吧,以后你孩子上幼儿园能打折。"

张若琳几乎瞬间明白了这话里的弯弯绕绕。她有点疑惑,前阵子大伙还都觉得她与陈逸已是陌路前任了,也不知怎的,最近大伙似又有意无意地撺掇、撮合他们两个。

张若琳说:"我又不去上海生小孩。"

"那你以后想留在北京?"

这一问,张若琳还真的认真思考了一番。

"不知道,走一步看一步吧。"

她又想起刚认识樊星烁时,他曾说,到了大四,想回家乡的已经寥寥无几。似乎,确实如此。

刚放假,419宿舍就迎来了新室友——郑淑仪。郑淑仪原宿舍暑期无人留校,本来她只是想暑假有个伴,不想辅导员直接将她换到了419。路苔苔她们对她是万分欢迎。419作为学院最后安排的宿舍,本就多个床位,孙晓菲还常年不在宿舍住,就剩张若琳和路苔苔两个人,怪凄凉的。

说搬就搬,张若琳和路苔苔都帮着打下手。郑淑仪是个行李大户,宿舍里的衣柜装不下,她自己添置了一个组合衣柜,而且她还有美容仪、泡脚桶、艾灸凳之类的东西,张若琳算是见识了精致女孩的家当是什么样。这下419被塞得满满当当。

"哎,琳子,你的笔记还在我这儿呢,原件。"郑淑仪不知从哪个犄角旮旯翻出一本笔记本。

张若琳也没在意："反正都没用了。"

"其他科还是踩到重点了，很有用！"

"管用就好。"

路苔苔说："上学期踩中的更多！惨，明年能不能只内部消化啊？"

郑淑仪举手投降："我的错，我的错。"

三个人花了一下午的时间才收拾妥帖，郑淑仪说要请吃饭，其余两人却之不恭。

临出门，郑淑仪看着手机，讷讷地说："嗯……杜弘毅说，他想请客。"

"成啊。"张若琳应道。谁请不一样？她就是个吃饭的。

"他说小胖也来。"

"好啊。"路苔苔在这儿，小胖过来顺理成章。

郑淑仪又说："所以他们宿舍都来了……"

路苔苔说："呃，挺不当外人哈。"

张若琳："……请客的说了算。"

这顿饭约得随意，大伙也就没走远，在学校东南门附近找了家韩餐厅。

张若琳她们的宿舍楼距离那家餐厅近，先到了。这个时间，餐厅里全是期末聚餐的，郑淑仪已经碰见好几桌认识的人了。

餐厅里人头攒动，大屏幕上播放着韩国的MV，音乐动感、热烈，声音嘈杂，人们说个话都得嘴对着耳朵。

张若琳她们点完餐，几个男生也到了。

杜弘毅打头，穿过人群走来，他身后跟着一胖一瘦，三人都是高个子，鹤立鸡群，吸引了不少视线。

这场景让张若琳有些恍惚，眼前的画面和入学时重叠：人来人往的活动中心，这三人迎面而来，备受瞩目。

陈逸刚理了发，蓬松且有细碎刘海儿的造型变成了最简单的前刺短发，干净清爽，额头尽露，剑眉星目，更见硬朗。他穿着件黑T恤，手腕戴着钢表，糅合了少年的阳光与男人的沉稳，有点让人移不开眼。

张若琳从没见过这样的陈逸。所幸周围人都在注视陈逸，才没有显得她的目光多么专注、热烈。

三个男生入座，拖拉凳子的声响把三位女士的思绪拉了回来。

郑淑仪凑到张若琳的耳边说："这种妖孽，你舍得放手，你太牛了。"

桌子是俩方桌拼的，三位女生坐在卡座一侧，三位男生自然坐在外侧，杜弘毅对着郑淑仪，小胖对路苔苔，陈逸自然坐在张若琳对面。

四目相对只是一瞬，张若琳迅速低头倒水，陈逸随意地看了看周围，淡淡地说："真够吵的。"

他的声音不大，周围几个人也没听到，张若琳却莫名听得极清晰，感觉这话好似是对着她说的。她顿时喝了一杯柠檬水。

路苔苔点菜，部队锅、芝士肋排、无骨鸡爪、炒年糕、烤肉……能点的都点了，桌子摆得满满当当，若是要照料对面的人，都得站起来服务。

杜弘毅扯着嗓子喊："谢谢你们今天帮这傻子搬家，以后就请多多照顾了！"

路苔苔说："好说好说。"

张若琳："你以后在队里少坑我就是报答我了！"

小胖吐槽道："这就不是个说话的地方，好吵啊！"

路苔苔睨他："我就喜欢吃这个！"

"这地儿真不错！"小胖立马倒戈，说着，一手拿筷子，一手拿铁夹，给路苔苔绞肋排，又一层层地往肋排上加芝士，放在路苔苔盘子里。

众人起哄。

杜弘毅站起来："这谁不会？"说着，他有样学样，笨手笨脚地把芝士拉得老长，差点把自己卷晕，最后也算是卷了块完整的芝士肋排，放到郑淑仪碗里。

几乎是在他完成的瞬间，两对情侣不约而同地转头看向最边上的张若琳和陈逸，大有"轮到你们了"的意思。

杜弘毅手中还拿着铁夹，自然而然地递给陈逸。

陈逸稍稍抬眼，望向对面的人，挑了挑眉毛。这眼神是什么意思？问她要不要？

张若琳在心底翻了个白眼，站起来接过杜弘毅手中的夹子，自顾自卷起来。

场面一时寂静。

然而张若琳并不是给自己卷的,她卷好了弯着腰避开满桌食物,轻轻放到陈逸碗里,假笑道:"多吃点。"

路苔苔在张若琳边上愣了愣,觉得她这语气寒气逼人。

而众人都没有忽视,陈逸凝视着张若琳,微微弯着嘴角,眼里满是纵容而宠溺,与那晚在会所里看陈逸唱歌的张若琳如出一辙。整桌人都蒙了,这一对儿,到底是什么状态?说他们和好了吧,他们之间话不多说一句,给人的感觉不对。说他们一拍两散吧,这微妙的气氛是怎么回事?

陈逸执起筷子,夹住黏腻的肋排,稍稍低头吃了一口。

刚坐下的张若琳却又突然站起来,隔着桌子伸手到陈逸身边,直接把他的筷子抽走了:"你真吃啊!"之后,她又连忙给他递水。

众人面面相觑。

陈逸接过水灌了几口:"死不了。"

张若琳又恼又气,陈逸则笑意盎然。

围观群众不明所以。

小胖拍了拍脑门:"陈逸,你不是芝士过敏?"

围观群众满脸问号。

"吃这点没事。"陈逸淡定地答道,然后抬眼看向对面仍旧紧皱眉头的人,缓缓出声:"消气了?"说着,他把水杯递还给她。

环境嘈杂,坐在另一边的杜弘毅和郑淑仪压根儿听不清陈逸说了什么,路苔苔和小胖也听不清。他们只能看清陈逸的眼神像是要把人溺毙。

张若琳这才发现刚才递过去的是自己的水杯。不过,她没心思理会这个,睨了对面的人一眼,连话都懒得说。

围观群众继续满脸问号,他们吃个饭怎么跟做阅读理解似的?

这段插曲过后,即便还是一头雾水,两对情侣也不是傻子,吃饱喝足就各自借着由头离开了,只剩下张若琳和陈逸。

"走吗?"陈逸靠着椅背,手臂搭在旁边椅子上,姿态闲适,他已经注视她许久。

张若琳兀自岿然不动。

"这儿有点热。"陈逸补充道。

张若琳总算有了反应,她紧张地看着陈逸的脸颊和颈部,似乎确实有些泛红。她这才站起来,顾自走在前面:"去买氯雷他定片。"

通往校门的路上就有好几家药店,张若琳刚要进药店,手腕便被身后一直沉默跟随的陈逸扣住了。

"没事了,不用买药。"

"不要动手动脚!"张若琳甩开他的手,抬眼。正常光线下,他肤色如常,并无异样。

"不是情侣就不能关心同学了?"陈逸的声音在她头顶响起,"你不必如此紧张。"

"……没事我先回去了。"

张若琳正要转身,手臂被再次扣住,随即又被放开,陈逸似并不想纠缠她,只是想留她一会儿。

陈逸的声音低而沉:"大四我会出去交换一年,大五申请海外实习,然后在美国念完硕士,这才是最详细的计划,你是最先知道的。现在交换名额未定,本应该等一切尘埃落定再告诉你,但你好像很介意。"

张若琳低垂的眼眸微颤,她缓缓抬眼。

"现在消气了吗?"陈逸问。

张若琳气吗?当然气。她虽然在言安荷面前强装镇定,理智告诉她陈逸有他自己的想法和计划,但是从别人口中得知他要出国的消息,她实在没办法不在意。当时走出餐厅,她便觉得天灰暗了些许。还有"他创业,和你聊过吗?他对未来学业、职业的规划,对你提起过一字半句吗?",就是直接在她的伤口上撒盐。她甚至有一时半刻动摇过:她是不是过于理想主义?

"五年……"她呢喃。

"嗯,我会尽量快一点。"

可张若琳知道,建筑学哪里是那么容易"快一点"的,尤其是海外名校建筑学硕士,按时毕业已实属不易。

"好。"她只是轻轻点头,不知该说什么、能说什么。她忽而想起第一次拒绝复合时他说,他不会留在原地等她。如今确是如此。

"那我也会快一点。"她也给出她唯一能给的承诺。

然后,她便感觉脑袋被陈逸的大手揉了揉,他的声音从头顶传来:"剩下一年里,多给点被动见面的机会?"

张若琳回到宿舍时,宿舍里空无一人,看来另外两个还在约会。她独自收拾有些零乱的宿舍,把那本被遗弃的笔记放回书架之前,她习惯性翻了翻。她喜欢在每一本笔记的扉页写上一句格言或者感想。路苔苔称之为笔记本里的心灵鸡汤。算是吧,每每翻阅,她都会得到一点动力。

这本扉页上是她整齐娟秀的字迹:"知命不惧,日日自新。"

可下边竟多了一排不属于她的字迹,是用铅笔写的:"希望你的世界渐入佳境。"

"渐入佳境",晚上躺在床上,张若琳反反复复咀嚼这个词,面上浮现温暖的笑意。不求万事胜意,不求顺遂圆满,只求人生——渐入佳境。她能想象他在他家中巨大的书桌前伏案画设计图,随手拿起她的笔记本翻了翻,在扉页写下最真挚的祝福。

张若琳打开朋友圈,编辑文字消息,点开"部分可见",选择那个灰白头像,确认。

张若琳:"如果世界会变得更好,只有与你并肩我才看得见。"

✦ ✦ ✦

在教务处放假前,张若琳过去查询自己的期末成绩。她实在没底。上大三就可以申请特等奖学金了,大二期末成绩至关重要。

等表格弹出,看到自己的名字出现在第一行,张若琳才卸下心口的大石头。她总算是把"第一"跟"张若琳"牢牢锁在一起。

紧接着,她就把这个好消息跟父亲还有外婆汇报。他们对她的学业从不担心,只是一直问假期食堂开不开、她平时都吃什么、钱够不够花等。

"够,我挣的可比您多呢!"张若琳对张志海嗔道。

张志海这才神秘兮兮地说,他找到合适的工作了。这份工作来得幸运而偶然。

"过年那会儿有个小年轻看到我写的诗,大概是入了他的眼,他就推荐给一位杂志编辑,那编辑就同我约稿。几回下来我和那个编辑也熟悉了,今年那编辑辞职考公务员。我看他那些面试题目都很熟悉,就与他多聊了聊。他晚上总来我摊位,我给他模拟面试官,没想到他高分考中了,就把我推荐给培训机构。我已经通过面试了,等着上岗!"

张若琳十分惊喜,她怎么没有想到这份工作呢?父亲对机关事务、人际关系门儿清,还是写材料的一把好手,那些面试题对他来说都是小儿科,培训机构可不在乎讲师背景。父亲这次也算是萝卜找对了坑,讲师属实是个好工作,工资也不低。她曾听路苔苔说要报这个培训机构考教师资格证,培训费都是一两万块起步。

"爸爸真厉害!"张若琳由衷地称赞,"那您可要比我能挣了,记得远程请我吃饭!"

"没问题!"张志海笑容满面,"听说有去北京总部培训的机会,我争取争取!"

"那太好了!我要吃麻辣小龙虾!"

"行!都行!吃一盆!"

有一种说法,大多数人二十岁才真正成人。在张若琳看来,二十岁成人,大概是过了大二,纯粹的学生生涯已经过去,接下来就是从校园到社会的过渡。这个假期已经充分证明这一点。

她大一期间兼职时,郭经理完全把她当小孩子看待,无论做什么都手把手地教,话语间总有过来人的热络。

仅仅过了一年,她面临的境况已全然不同。她在展会公司坐班,虽然大家都明白她只是实习生,但已完全把她当成刚毕业的新人用,她什么活儿都得干,且没有人带领、引导。接到任务后,具体怎么做,全靠她自己悟。

路苔苔和郑淑仪的情况也差不多,每天回到宿舍,大家讨论的已不是简单的学业烦恼,卧谈的内容也从校园八卦变成了公司人际。

孙晓菲经历了几次大的限流和对家黑稿,决定不再单打独斗,她到杭州、上海走了一趟,打算签约网红孵化公司。

"社会"这个词汇渐渐从抽象变得具体。

"您的假期余额仅剩一半。"

张若琳在空间刷到步潼这条说说，感慨了一番："学生的世界真美好啊！"

步潼又是秒回："说得好像你不是了一样。"

是啊，她才要上大三。

两人又私聊了好一会儿。步潼进了重点班，又是吊车尾的成绩，但他的心态好到爆，他说自己像初中一样到了最后一年咬咬牙就行了，现在要享受青春。

张若琳闻言，恨铁不成钢地教育了他半天。

步潼："灭绝师太名副其实。"

步潼："都不是你学生了你还荼毒我！"

张若琳："一日为师，终身为父。"

步潼："志向不小，还想做我爸爸？你实际一点，做个嫂子估计赶趟。"

张若琳："那我还是做灭绝师太吧。"

她不过是随口一说，步潼却反手截图发说说。

张若琳无语。她觉得还是朋友圈的画风看起来成熟一点，还能欣赏同学们的旅游美照。

忽然，她刷到一只熟悉的狗的照片，她是单方面熟悉，它并不认识她。

那只狗蹲在草坪上，眼巴巴地看着镜头。配文："图不重要，看字：8.6见？"

8.6，8月6日，某只狮子的生辰。

这一回，无须同别人验证，张若琳明白这条信息仅她可见。滑过去又滑回来，她最终留下了她的大拇指——点赞，即已阅。

4日晚上，Q大快递站来了一位高挑的女生，她抱着个小盒子来寄件。店员让她扫码填单，并没多在意。

等这个女生付钱离开，店员看一眼地址，狐疑道："这么近？"这个地址，走走就到了。

另一名店员凑近："陈逸？老板的件吗？这电话号码，是……"

"不会又是表白礼物之类的吧？"

"看着是。"

"不过之前的都是送到这儿来,没有详细地址。"

"是啊,连咱都不知道老板住哪儿啊。"

"那还是走正常程序送过去吧。"

那个小盒子被扔进柜子里,扫描入库。

6日是周末,张若琳一整天都在五道营胡同尹桑的咖啡店帮忙。

下午茶时间,店里十分忙碌,尹桑外出办事才回来,身后还带着个人。

这个人,张若琳认识,两人撞见,面面相觑。是打过照面但连名字都叫不出的关系。

川河,桌游吧的老板。

于是张若琳只微微颔首。

川河倒是礼貌地打了个招呼:"你好。"

尹桑面露讶色:"川河,你还会主动跟人打招呼?"然后她看向张若琳:"你们认识?"

"算是吧。"张若琳答。他们后来又去过几次,那家桌游吧快成辩论队的秘密基地了。

川河说:"我店里的顾客。"

尹桑笑了:"你的店还没黄?"

川河瞪了她一眼:"兴隆着呢。"

张若琳给二人倒水,根据尹桑的吩咐做了两杯意式特浓。

原来川河和尹桑是同一个编辑手下的作家,川河想开咖啡店,来向尹桑取经。

张若琳讶然,这个川河真的是作家,而且真的跟杜弘毅说的那样,什么不挣钱他就干什么。毕竟做精品咖啡店的,十有九亏。

尹桑说:"那其实我们两个月前就应该碰面,琳琳,之前你们办的那个咖啡展,川河也跟我去了。"

"这样吗?真巧。"

说来真是没缘分,尹桑的店是作为网红咖啡店被邀请过去的,在精品咖啡那一片。后来看到张若琳转发的公众号消息,她才知道张若琳是展会讲解员。那次展会规模着实太大，两人愣是没碰上。

川河说："我就随便逛逛，只看了精品咖啡那一片。"

张若琳说："那不巧，我在速溶那边搬砖。"

"其实后来遇到了。"川河正说着，边上一位客人叫服务员，张若琳便应了声，声音相撞，她没听清川河说了什么。

张若琳问："什么？"

川河摆摆手："没什么，你去忙吧。"

张若琳忙完也没再打扰他们聊天，看着时间，琢磨着今天要待到几点，走之前得同尹桑说一声。

她不知道陈逸那条朋友圈里说的是几点。她甚至怀疑自己是不是自作多情，他那条朋友圈，也许并不是仅她可见。聊天框、朋友圈没有收到新的信息，她便只顾着继续忙活，做咖啡，擦桌子，洗杯具。

临近饭点，客人便少了许多，张若琳在沙发上撸猫。

门边的银铃响起，来了客人。张若琳抬眼望去，正要起身，目光顿住。

来人还是黑T恤配牛仔裤，干净的短发下眉目疏朗。

猫咪从张若琳的怀里溜走，屁颠屁颠地走到来人脚边蹭啊蹭。

陈逸无情地绕过小猫，走到沙发边，环顾一圈，才看着她说道："下班了吗？"他站着，在四合院改造的咖啡店里显得尤其高大，似乎伸手就能够到房梁。

四下寂静，陈逸磁性的嗓音引得不少顾客回眸。

张若琳留意到他上下打量的视线，这才低头看了一眼自己的装束。白T恤和牛仔裤外套着背带式围裙，头上还戴着米色格子卫生帽，这是店里服务生的制服，乖巧中带点文艺气息。

"你怎么知道我在这儿？"

此时尹桑走过来，目光充满探究，稍稍挑眉："琳琳，这是？"

"我同学。"张若琳答道。

在她以为陈逸要说点什么的时候，只见陈逸向尹桑礼貌地颔首，又看向尹桑身后，稍稍挑了挑眉。

张若琳和尹桑都循着陈逸的视线看过去，只见川河走了过来。

"我先回去了,改天再和你谈。"川河的话是对尹桑说的,他拍了拍陈逸的肩:"走了。"

陈逸点头。

这俩也认识?张若琳感觉像是次元壁破裂一般不可思议。

"那你就下班约会去吧。"尹桑说。

"不是——"张若琳话刚出口就被男声打断。

"谢谢。"他说。

"……"

尹桑并不多事,冲张若琳笑了笑就去忙自己的事了。倒是服务员小米在吧台捧着脸眼冒星星地瞧着她。

"你不换衣服?"男声从她头顶传来。

"嗯……"

张若琳把帽子摘下,陈逸帮她拿着。围裙是套头的,得从下往上摘。

"笨手笨脚的。"陈逸说着,就着她往上捋的动作拎着围裙的带子,就将整条围裙拿在手里,看着就像手把手帮她脱似的。

张若琳低垂着的脸颊一红,她整理好衣服,又梳了梳头发,到吧台后拿包。

小米眼睛里的八卦之火熊熊燃烧,她凑到张若琳耳边说:"帅,你男朋友是继桑姐老公以来,我见过的最帅的崽!"

最帅的……崽?张若琳默了。

走出胡同,张若琳才发现陈逸并未开车来,也才留意到他背着双肩包——以往出行他总背着的那款。

"你……刚回来?"

"嗯,刚到,从机场过来。"

"从哪里过来?"

"在外地跟项目。"

"哦。"

"明天要回去。"

"这样。"

陈逸停下脚步,张若琳在他身后半步的距离,也顿住。

"你点赞——"

"那个……你和川河,认识啊?"张若琳打断他,急问道。

陈逸皱眉:"我表哥。"

"那……"

张若琳没有办法不多想。她回想起在桌游吧的时候杜弘毅吞吞吐吐的模样,还有川河对他们辩论队的特殊照顾……

"才知道吗?"陈逸语气淡淡,"你以后在外面可别轻易睡着,被人欺负了再卖了估计都不知道。"

啊?什么跟什么?张若琳的脑子有点转不过来。不是在说川河吗……啊!她眼前突然闪过零碎而模糊的片段,尘封的味觉记忆似乎都被调动起来,口中似有咖啡的香味漫溢。川河的桌游吧,他表哥的桌游吧……一切都指向她隐约觉察却难以置信的猜测——"你——你果然偷亲过我!"她捂着嘴,瞪大眼睛看着陈逸。

陈逸饶有兴致地看着那双眼睛,短促地笑了一声,抬手缓缓拿下她捂着嘴的手,忽而猛地一拽。她撞进他怀里,下巴被轻轻一抬,下一秒,温热柔软的唇覆下,紧紧贴合。她的唇上还残留着咖啡的香气,这一吻竟与那一晚完全契合。她一动不动,在陈逸看来就是默许,唇齿更多地索取和占有,捏着她下巴的手紧了又紧。

夜幕四合,胡同口的小灯泡瞬间亮起,昏黄的光氤氲出拥吻的修长剪影。不知哪个院里传来饭菜香,白日里文艺的街道回归市井。

张若琳迷失在这市井而浪漫的亲吻里。良久,她被陈逸松开,他的声音徐徐入耳:"不让亲吗,灭绝师太?"

✦ ✦ ✦

上了出租车,张若琳脑子里还全是"灭绝师太"。她特地上网搜了一下灭绝师太长什么样。

形容词:手段强硬、不近人情。是个"莫得感情"的女人。

张若琳暗自撇撇嘴。

"去哪儿啊您?"出租车师傅问。

张若琳看向身边的人,却见他的目光正落在她手机上。她脸一红,把手机一扣,也问道:"去哪儿?"

"没计划。"陈逸答道,反问她,"有想玩的想吃的吗?"

"我连你会不会来都不确定,我怎么知道?"张若琳脱口而出。

陈逸的眼神变得玩味,他先吩咐等得不耐烦的司机:"先随便走着。"

车辆飞驰,风声簌簌。

陈逸抓起张若琳的手,揉捏把玩。

"难不成,那种朋友圈,我还会发给别人看?"他注视着张若琳,徐徐出声。

"那谁知道?"

"是吗?那你点赞干什么?"

"就……随便点点,我很喜欢给别人点赞。"

陈逸抿着嘴,唇角弯着几不可察的幅度。

"宝宝……"

张若琳:"?"指尖微动,一阵电流在耳际蹿过,心跳加速。

"没有生日礼物吗?"

陈逸靠得很近,张若琳瞥见司机师傅从后视镜里投来八卦的目光。她往边上挪了挪,满脸讶然:"啊,今天是你生日吗?"

陈逸的眼神果然一沉,他微眯着眼。

太近了!张若琳抽出手把他推得远了些,镇定道:"那去买蛋糕。师傅,到附近的蛋糕店。"

不承想司机师傅一个急刹车,车子停住了。

"边上就是!"司机师傅无奈道。

他们才刚上车,连个起步价的距离都不到。

"嗯……"

见身边的大少爷面露不悦,张若琳扫码付车费,然后催促他下车。

陈逸满脸都写着"人间不值得",不情不愿地下了车,站在蛋糕店门口,不想进去。

"幼稚。"

张若琳腹诽，兴致盎然地挑选蛋糕。看到一个小狮子造型的翻糖蛋糕，她眼睛一亮，再看价格，眼睛里的神采顿时暗淡下去。她刚准备狠下心买下来，就已听到付款成功的播报声。

不知何时陈逸进了店，已在收银台支付完毕。他是在外边见张若琳犹犹豫豫的，然后不知道是在念什么咒语，一边嘀咕，一边手指在两个蛋糕之间逡巡，最后还是定在那个狮子翻糖蛋糕上，她撇了撇嘴，像个傻子。

"过生日怎么能自己买蛋糕呢？"从蛋糕店出来，张若琳还耿耿于怀，"应该我付的！"她仰着脑袋说话，声音娇俏，像是讨好。

陈逸却并不买账，睨她一眼："是吗？灭绝师太日理万机，小小生日也没什么。"

这语气……也太做作了。张若琳憋住了一丝笑意。

"那我——"

话没说完，手机在包里疯狂振动，张若琳看见来电显示，脚步一顿。

陈逸提着蛋糕走在前面，听到声音转过身来。

张若琳握着手机出神，抬眼看他的时候，眼神带着些迟疑。随后她接起电话，却背过身去。

"爸爸？"

陈逸听得清晰。

张若琳听着电话，先是面露喜色，随后眉头紧皱，神态焦急，挂断电话后朝陈逸看过来。

"我爸爸来北京了。"

陈逸稍稍惊讶，却只点了点头。

"他的身份证落在火车上了，火车已经开走了，得明天才能给他送回来，我得去——"

"他在哪儿？"陈逸打断她。

"在火车站。"

"一起去。"陈逸说着，快速在街边拦了辆车。

直到被塞进车里，张若琳还蒙着，目光呆滞地看着陈逸："我自己就可以……"撞上他倏地冷肃的眼神，她的声音都弱了半分。此时拒绝，无异于直接告诉他，对于他，她很介意，张志海也很介意。他们俩碰面，她要怎么介绍双方？爸爸还记不记得陈逸？陈逸与小时候相比，变化不小，但她能够一眼认出来。那么爸爸呢？他能认出来吗？即便他认不出来，她难道只说陈逸是同学吗？不介绍名字吗？陈逸会怎么想？

路途不算近，但处于纠结状态的张若琳觉得很快就到了。

火车站实在太大，张志海也说不明白自己所在的位置。最后通话直接断了，他的手机应该是没电了。

张若琳和陈逸就在车站广场上漫无目的地寻找。

"怎么办？他这么多年都没出过门，这么大的城市，他一定很慌……"张若琳无意识地说着，因为焦灼，已然带着哭腔。

"别着急，叔叔是个睿智沉稳的人，他没有那么脆弱。我们到警务亭看看，如果他要寻求帮助，最可能去那边。"陈逸一手提着蛋糕，一手牵着她的手紧了紧，步履匆匆却从容、稳健。

"嗯……"张若琳望着他宽阔的脊背，莫名地安定了些许。

偌大的火车站，光警务室、警务亭就有好几个，陈逸先问了失物招领处的地址，随后找到距离失物招领处最近的警务室。

刚进门，张若琳就看到了坐在排凳上的张志海。他低垂着头坐着，身边是大包小包的行李。"爸爸！"她挣脱陈逸的手，小跑过去，蹲在张志海跟前。

张志海抬头，有些不好意思地看着自家女儿，张口就解释："我这行李一多，拿的时候就落下了，什么证件啊、充电器啊都在里边。真是的，太久不出门，光想着赶紧过来。唉，真是老了，给你添麻烦了。"

"爸，您说的什么话啊？就是您来之前也不跟我说一声，我好来接您啊。"

"这不是想给你个惊喜嘛。唉，真是老糊涂了，倒是给你个惊吓。"

"说什么呢爸！您带这么多东西，要待很久吗？"

"都是你爱吃的，还有你外婆做的一些吃食，腌制的，可以留很久的。"

"那您怎么不带个行李箱啊？"

张志海笑起来："也不常出门，买那东西干什么，挺贵的……"

闻言，张若琳喉间一哽，鼻子里也泛起酸涩。

张志海揉揉她的脑袋，眼皮一抬，这才看到站在门口高大俊朗的年轻人。"你……"他皱眉冥想着，总觉得这个人面熟。

张若琳心跳慢了半拍——连呼吸都因着这份紧张而暂停。

"叔叔——"陈逸正要开口。

"你是那位——"张志海拍了拍大腿，一副恍然大悟的模样，"去巫市探望岳父的年轻人！"

话音一落，满室寂静。

紧绷心弦却满头雾水的张若琳。

岿然不动但面色稍显不自然的陈逸。

张志海话说出口，敏锐的洞察力让他顿时察觉气氛不对劲，目光在两个年轻人之间打转，他站起来，迟疑地问："年轻人，你记得我吗？"

陈逸已恢复从容，点点头："嗯。"

"编辑跟我说，是你向他推荐了我的诗。很感谢你，因缘际会，我收获了一份不错的工作。我还想着你什么时候再去巫市给你老婆买炸洋芋，我得好好谢谢你。后来我不做炸洋芋了，还想着大概是遇不到了，没想到在这里遇见。"张志海往前一步，向陈逸伸出手，"真的很感谢你。"

陈逸放下蛋糕，双手回握。

"举手之劳，是金子总会发光。"

张志海没有忽视他放下蛋糕的动作，双手紧握是一种尊敬和郑重。他也没有错过女儿如释重负又狐疑的神情。

"你怎么会在这儿？"寒暄过后，张志海不打算再委婉。

因为，显然，这个年轻人是同女儿一道来的。

陈逸的目光越过张志海，对上张若琳迟疑的眼神，似乎只是征求同意。见她六神无主，他便自己做了决定。

"张叔叔，我是陈逸。"

张志海的神情有一瞬的迷茫，他似乎在记忆里寻找这个名字的蛛丝马迹。随即，他眼底流出惊异，紧握的手倏地松开了，目光仍旧停留在陈逸年轻的脸上，细致地扫过他的眉眼和轮廓……

陈逸的视线扫过张志海倏地松开的手，心底一沉。

张若琳站在张志海身后，看不到父亲的表情，但留意到了那陡然疏离的手部动作，心紧紧地揪着。

良久，满室沉默让旁边的警官忍不住，看了过来，似乎对这场重逢充满好奇。

"是小逸啊……"张志海的声音再度响起，从容不迫，语气缓慢而温和，就像在叫从未离开跟前的晚辈。

陈逸的眼底深沉。

"是，张叔叔，好久不见。"

"好久不见。"

他们拎着大包小包离开火车站，一路无言。

三人抵达培训机构给张志海预订的酒店，酒店要求张志海到附近的派出所做登记。这种情况下不可能再给陈逸过生日，见张志海面上没有什么反应，他越是平静，张若琳就越是不安。

张志海在前台存行李，陈逸远远地站在酒店门口，手里还拎着那个狮子翻糖蛋糕，久经奔波，狮子已面目模糊。

张若琳走到他跟前，低垂着头："要不，你先回去吧。"

陈逸沉默着思量半刻，然后低声问："你可以吗？"

张若琳点点头。

陈逸看了一眼张志海的背影，说："那我就不告别了，你替我跟叔叔说一声。"

张若琳仍是点点头，连头都没抬，心脏已被他温和的妥协扎得生疼。

陈逸揉揉她的脑袋，转身离开。她这才抬起头，目送他踏进城市的灯火阑珊里。

陈逸回到家，见门口躺着一个快递袋。他想不起什么时候买了东西，只随手拾起袋子，连同蛋糕一块儿放在茶几上。

他略疲惫地把自己扔进沙发，静静地躺了半响，他才缓缓坐起。

"饱饱，开灯。"

光线铺满房间，明亮，更见冷清。

他给自己倒了杯冰水，随手拿起快递袋，看见寄件地址，剑眉蹙起。

是学校寄过来的。寄件人一栏只写了两个字——米菲。

什么东西?他把水杯放到一旁,绕到书桌旁拿工具刀。此时电话铃声响,他看了一眼来电显示,点开免提,一边继续拆快递。

"喂……"温柔悦耳的女声传来。

陈逸割开快递袋。

"嗯,有事吗?"

那边愣怔半晌,失望的声音传来:"没有事就不能问问寿星今天是怎么过生日的?"

陈逸撕开袋子,抽出里边的盒子,掂了掂,还挺沉。

"没什么好过的。"

言安荷察觉到他语气里的冷淡:"在海南跟项目吗?你姑父不带你吃蛋糕啊?"

"回北京了。"

"啊,是吗?"言安荷喜出望外,"那出来庆祝庆祝吗?"

陈逸打开盒子,目光顿住。

盒子里躺着一本厚实的英文书——COSMOS,Carl Sagen。《宇宙》,卡尔·萨根,英文原著。

"不去了,在忙。"

陈逸注视着微微卷翘的边缘和稍显陈旧的封面,嘴角弯起。他拖来一把椅子坐下,才缓缓翻开书页。

言安荷又问:"已经在外面过生日了吗?"

这本书的原主人显然翻阅过许多遍,还注释了不少生僻的天文学单词,一些精彩处还留有原主人的批注和笔记,甚至是碎碎念。

"星辰的产物在想星辰的事。"

"人家怎么就能翻译成'我们由星辰所铸,如今眺望群星'?"

"真厉害!"

"七千万年是什么概念?我们好似只能展翅一日的蝴蝶,以为那一日就是永恒。"

"呜呼!我们只是小虫子。"

"哀吾生之须臾,羡宇宙之无穷。"

…………

陈逸的目光不自觉地变得柔和，他一页页翻阅着。

没有得到回复，言安荷问道："陈逸，你在听吗？"

书页正中夹着一张照片，陈逸拿起。

照片像素不高，背景是模糊的玫瑰星云，右下角有一个同样模糊的身影——是他。这是他的照片。是探访密云天文站那次她拍的。当时他以为她在拍玫瑰星云。

也不知是不是因为默契使然，他下意识翻开照片背面，上面果然写着两行字。他轻轻默念，目光倏地变得灼热。

"在听。"他回道，目光始终没离开照片上娟秀的字迹，他像在自言自语，"安荷，不知道你信不信磁场这回事。朋友的磁场与恋人的是不同的，朋友间的磁场贵在稳定，恋人的则相反，吸引、磨合、翻涌、碰撞才有能量。"

"陈逸……"

"我们认识十年，从未变化，很稳定，这是磁场的自然选择。"

两相沉默。

不一会儿，言安荷隐忍的抽泣声传来："我输给了太早认识你，我错就错在不够勇敢，倘若我早一点——"

"你还是没懂。"陈逸打断她，似是耐心耗尽，仍旧出言提醒，"另外，你错了，她比你，更早认识我。"

难以言喻的归属感，从不在于谁早谁晚、谁对谁错。

"我们是产生了自我意识的局部宇宙。"宇宙早已诠释一切的际遇。

陈逸挂断电话，仍旧看着那两行小字，内心柔软得一塌糊涂。

请在浩瀚宇宙收下我渺小一粟的爱意。

生日快乐。

chapter 24
纪念日

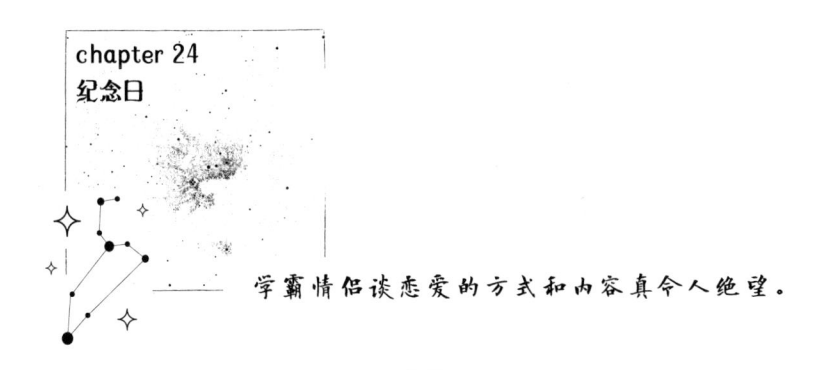

——学霸情侣谈恋爱的方式和内容真令人绝望。

等张志海办好入住，饭点早已过了。次日他就要开始培训，他住的标间还有一位同事，父女俩就没折腾着再出去吃。张若琳叫了两份外卖，两人的晚饭就在大堂休息区凑合了。

"孩子，你今天本来有事忙吧？"张志海犹豫了一个晚上，终究开口道。

"不算忙。"张若琳答道。

"我这里没什么事了，你先去忙吧，改天爸再请你吃麻辣小龙虾。"

张若琳笑了："您还记着这个呢？我随口说说的。"

"要的，你就带小逸一起来吧。"

张若琳的笑容凝住，她见父亲脸上是诚挚的神情。

"爸……"

"爸爸是过来人，不是傻子。"

张若琳敛眸，握着筷子的手紧了紧。

"你们是同学？"张志海问。

"嗯。"

"谈恋爱了？"

"……嗯。"

张志海似是叹了口气，说："难为这么多年没见还能遇上，都是命运吧……那孩子很优秀，我女儿也不差，你俩很般配。"

张若琳抬眼，有些错愕。

"爸爸,您……"

"我们这一辈的事,不是你们的过错,后果也不应该由你们来承担。"张志海顿了顿,继续说,"我大半辈子已经这么浑浑噩噩地过完了,临了还要用自己那点事绑架儿女,不明智,也没有必要。我这里,你不用多考虑,不过,我不知道陈家那两口子怎么看。老陈媳妇家里很殷实,当初嫁给老陈险些跟家里断绝关系,所以他们家那儿才是你们要考虑的,如果关系到了那一步,家庭是绕不开的。"

张若琳讷讷的,也不知道该怎么回应。这么短的时间内,父亲已经与骄傲的自己达成了和解,只是为了成全她,还为她思虑得这么远。

"如果之前没有见过小逸,我大概不是这个心境。"张志海一边收拾饭盒,一边念叨,看起来平和而释然,"他是个值得托付的人。我早该想到,怎么能有这么热心的小伙子,偏偏看中我的诗,也不计回报地把我推荐给杂志社,原来他是冲着你来的。"

张若琳疑惑了一晚上的问题,她还没想好怎么开口问,父亲已主动提及。

"您是说,之前他到过咱家的炸洋芋摊吗?"

张志海仔细回忆道:"我记得很清楚,因为就是在你找到我的前一天。"随即他笑了起来,"当时还有小姑娘来找他搭讪。他说他是来巫市看望岳父的,把几个小姑娘堵得一点希望也没有了。其实那时候我还想着,他这么年轻就结婚了,巫市的哪个小姑娘这么有福气。不承想,我竟是那个岳父。"

张若琳一阵怔忡——在她反复拒他于千里之外的时候,他在背后做了多少事?

张志海还沉浸在回忆里,想到什么就说什么。

"他还说他老婆很喜欢吃炸洋芋。"

"他老婆在家里闹脾气。"

"买炸洋芋哄老婆……"

"说我炸得很正宗。"

"自己不能吃辣吧,还打包了一份特辣的回去。"

在家闹脾气……当时她可不只是闹脾气,她是要断交。

哄老婆?他很少说腻人的话,多数时候慵懒不羁,像个无欲无求的散仙,这类"人间词话",他从不擅言。在外人面前,他竟是这样说起她的吗?

张若琳控制不住遐想,想象他磁性的声音轻念"老婆"这个称呼……像数次叫"宝宝"那样,语气缠绵。她的脸颊迅速染上红晕,心跳慢了半拍,随即狂响如雷。

"现在想想,哪有那么多巧合?说不定我这份工作也是人家思来想去,找了最为合适的契机推到我面前的。"

"之前我拒绝过安保公司的工作,明面上过于明显的帮助,他们明白,我不会接受了……"

"也算是用心良苦。"

"既得利益者,执着于那点骨气,伤害的是关心自己的人。"

最后,张志海拍拍张若琳的手,看着呆愣的她:"你去吧,原来要忙什么就忙去吧。"

张若琳走的时候,说了句"谢谢爸爸",随即小跑着消失在拐角。

这边是城南,学校在西北。

张若琳先打了一段车,又坐了一段地铁,换乘时却已赶不上末班车,只能出来换乘公交车。公交车晃晃悠悠,像观光车,她搜了搜地图,如此下去怕是赶不上了。于是她下了公交车,狠下心打车。

"师傅,尽量快一点。"

"好嘞!"

司机师傅像得到了特赦,马上释放天性,车子在深夜的北京一路疾驰。

这座城市这样大,大到稍微晚一点就会错过,可他们还是相遇了,很神奇,不是吗?

童年坎坷,命途多舛。她一直觉得自己不是大吉之人,也没有逆天改命之相。所以,在校道上他穿着迷彩服回头的那一刻,她是如此感谢上苍,感谢上苍垂爱,让她积攒所有的幸运用来再次遇见他。她曾想过,他们或许是冥冥之中注定的缘分。可今日回想过往种种,在她完全看不到的地方,他只手扭转了多少事情,只身挡住了多少不幸。一切际会,不过是人定胜天。可他只字未提。

张若琳在到达目的地前就付了钱，车一停，她便下车狂奔。

从小区门口到陈逸家那栋楼还有段距离。现在的时间是 23：45。

张若琳有密码，一路畅通。她完全没有迟疑地录入指纹，打开门——屋内漆黑一片。

"陈逸！"

没有回应。

"陈逸！"她换鞋，冲里喊。

还是没有回应。

他没有回来吗？张若琳摸出手机正要打电话，手机振动，有来电。她看着来电显示，胸腔被暖流盈满，慌忙接起："你在哪儿？"声音急促，气喘吁吁。

陈逸愣怔，握着方向盘的手一紧："车上。"他把那本《宇宙》所有的注释都看完了，脑海里全是她的模样——她看书的模样、她做笔记的模样、她读到兴味处莞尔一笑的模样……无论如何都坐不住了，他拿起车钥匙就往外走，上了路才想起来她或许已经返校，就想问她在哪儿。没想到他还没说话，她就问了他想问的问题。

"你，要去哪儿？"张若琳感到脊背一凉，心想，他要出去过生日吗？

"去接你，回学校了吗？"

张若琳不知道该烦恼还是该庆幸，她看了一眼手机上的时间，焦虑得在客厅里打转。客厅里漆黑一片，她叫了声："饱饱，开灯。"

"收到。"

机器的声音从手机里传来，陈逸一个急刹车："你在家？"

不是在"我家"，而是在"家"。

灯光大亮，茶几上那个面目全非的狮子翻糖蛋糕出现在张若琳眼前。书桌后巨大的时钟指向 23：50。

张若琳要烦死了！她紧赶慢赶，临了他竟不在家，这叫什么事？

"你回来吧。"她无奈，已经对时间无感，还是补充道，"快点。"

挂了电话，她无事可做，知道陈逸没走远，却还是坐不住。她关门，又进了电梯，点了 B2。

陈逸锁了车，疾步往电梯间走去。正巧电梯门打开，他正要往里进，脚步突然停住，与电梯里女孩急切的眼神不期而遇。两个人皆是一怔，许久没有动静，电梯门缓缓地又要合上。

陈逸用手臂一挡，见张若琳穿着拖鞋，急道："等着就行，下来干什——"

话音未落，他就被电梯里忽然冲出来的女孩撞了个满怀。她紧紧搂着他的腰，脑袋在他胸前蹭了蹭，低声道："生日快乐。"

"不知道是不是迟了，生日快乐，陈逸。"

陈逸怔住了，胸口传来她温热的气息。他缓缓抬手环抱住怀里的人，就着姿势看了一眼腕上的手表。

分针稍偏，零点已过了。

"没有迟，刚刚好。"

一切都刚刚好。

"没有就好。"怀里的人像是忽然松开了紧绷的弦，环着他的腰的手似要松开，陈逸便搂着她的腰往电梯里一带，把她整个困在角落里，反手摁了楼层。

张若琳抬头，正要说什么，眼眸都没来得及对上他的，就已经被阴影覆盖——他吻住了她。双眼紧闭，电梯上行带来微弱的超重感，意识到被抵在电梯里亲吻的张若琳瞬间红了耳际。陈逸吻得霸道、热烈，捏着她下巴的手指带着隐忍的力道，似乎在极力克制自己，以免将她捏碎。唇齿的纠缠带来难以言喻的获得感，一整晚的焦躁和急切都被熨帖得平整、柔和。

到了一楼，电梯开启，"呀"的一声惊呼，让张若琳瞬间回过神来。她伸手要推开陈逸的胸膛，却反被他的手擒住，死死地扣在他的胸前。手底下激烈跳动的触感让她震撼又羞赧，微微睁开的眼睛对上电梯外牵着狗的妇人惊异又饶有兴味的眼神，羞耻感蔓延开来，她呜呜地抗拒，却一点没有化解陈逸的急切，反而激得他更深入地索取。

电梯门再度缓缓合上，那个妇人终究没有上来。陈逸片刻未曾离开她的唇。张若琳悬着的心却始终没有放下，唯恐电梯门在哪个楼层忽然开启，她吻得丝毫不专心，只是被动地承受。但她还是察觉到自己的心跳，对比他的，有过之而无不及。

"叮"的一声，到了。

这下陈逸主动放开她，急切地摁着开门键，没等门全开就拽着她钻出去，摁指纹开门，一气呵成。

门刚合上，张若琳就又被陈逸拽进他怀里，抵在门后吻住。

"陈逸……"接吻的间隙，张若琳嘤咛出声，抗拒的声音不知怎的变成了娇嗔。

陈逸扣住她的腰往上提了提，与她贴得更紧了。忽然，他的动作顿住，似是想起了什么，他稍稍离开的唇，抵着她的额头喘粗气。

"你来干什么？"他的声音沉得惑人，两人呼吸相闻，他粗重的气息尽数拂过她的脸庞。

张若琳也胸膛起伏，气喘吁吁，目不转睛地盯着近在咫尺的陈逸，他的轮廓都是模糊的。她知道，如果退后看清了他的眉目，她定会瞬间被他沉浮在欲望中的深暗眼眸蛊惑。她稍稍稳了稳呼吸的节奏，低声道："就是来告诉你，我点赞是想说……想说，偶尔主动见面，也不是……不可以……"

陈逸微微直起身退后了些，目光笔直，充满探究，沉声逼问："你知道你在说什么吗？"

她在说什么，难道他不知道吗？

胡同口的亲吻、车上呢喃的"宝宝"，不都是他认准了她已默许吗？骄傲的狮子，硬要、非要一个确定的答复。可她好喜欢这只狮子。他想要，她就给吧。

"嗯！"张若琳答道，似是觉得不够郑重，又重重地点头。

陈逸眼里闪过炙热的光，他随即搂紧她，埋进她颈窝里，说："你想清楚了，以后休想我再配合你偷偷摸摸。"

◆ ◆ ◆

张若琳头一次在陈逸的主卧过夜就对这间卧室有心理阴影。她深深地怀疑陈逸在巫市那次之后痛定思痛，做了什么不可告人的功课，动了什么不可告人的手脚。他怎么……他怎么如此不知疲倦？刚开始他还温柔缠绵，顾及她的感受……可就在第一次结束，他仍旧紧紧地抱着她细细密密地吻,而她浑身黏腻,非要先去洗澡之后,一切都变了。什么温柔?不存在。什么克制?不存在。什么羞耻心?不存在……"不是爱洗澡?多洗几回。"

最后她口中说着求饶的话,内心却满是腹诽和盘算:她只是同意偶尔见面,情况怎么会变成这样?还不如偷偷摸摸,饿死他算了!

张若琳感觉没睡一会儿就被闹钟吵醒了。六点半,周一,勤劳的打工人要上班。她猛地坐起,才觉得腰酸得不像话,刚想揍一顿身边的人泄愤,腰就被大手一捞,她跌进他怀里。

"起这么早?"初醒的声音慵懒、性感。

张若琳不为所动:"要上班!"

"不能请假?"

"当然不行!"

陈逸鼻孔里叹出无奈又烦躁的气,扭过她的脑袋亲了一下才放开,自己也掀开被子,到一旁衣柜里找家居服穿。

张若琳好歹套着宽大的T恤,只是没穿内衣,而陈逸几乎是全裸的,这么一起身,挺拔矫健的身姿一览无余,张若琳捂着眼睛快步跑进了洗手间。

衣柜前的男人一愣,只觉得一道身影从身边疾奔而过。他嘴角勾出一点幅度。

张若琳的衣服皱皱巴巴的,穿是能穿,穿去上班那简直是在脑门上贴着"昨晚性生活顺利"。陈逸开车送她回宿舍换衣服。

路苔苔和郑淑仪刚起,她们实习的地方就在学校附近,不像张若琳,通勤时间一个多小时。见张若琳回来,两人皆是讶异。

昨晚她们在群里问她回不回来,没收到答复,以为她在尹桑那里住了。她怎么这个点回来了?

张若琳着急上班,也不多解释,赶紧找出衬衫和西裤,背对着她们两个就开始换。

郑淑仪愣怔地看着张若琳肩头的痕迹:"琳子……"

回头看到室友的目光,张若琳才意识到什么,想起陈逸在盥洗台前紧紧地箍着她在她背上失控地啃,她整个人都要烧起来了。她下意识低头,胸口的情况也好不到哪儿去。她赶紧穿好衣服,在室友目瞪口呆的注视下淡定地回答:"昨晚,我,和陈逸在一起。"然后她拎上包逃也似的离开,关门前还能听到郑淑仪的声音:"陈逸也太禽兽了。"

"久别胜新婚。"路苔苔附和道。

"他们和好了?"

"啊?不是一直在一起吗?"

陈逸在等张若琳的间隙买了份早餐,跨半个城市送她去上班。

"你不是要回万宁?"张若琳在副驾驶座上啃着三明治,问道。她看过项凌的朋友圈,他们在万宁跟进一个冲浪俱乐部项目。

"嗯,改签了,下午走。"

他原是一大早的航班。

"什么时候改的?"

"昨晚,"陈逸似是想了想又修正道,"凌晨。"

"怕起不来?"

陈逸扭头瞥了一眼副驾驶,某人正没心没肺吃得挺香,他无声地"呵呵",慢悠悠道:"难道你希望醒来时我已经走了?你们女生不是会弯弯绕绕想一堆有的没的?提裤不认人、得到了就不珍惜什么的?"

说完,陈逸心想,他这位女友指不定还真不会想这些弯弯绕绕的,毕竟她连后戏都接不住,火急火燎的,只想着洗澡。

张若琳蒙了蒙,这些虎狼之词从陈逸口中说出,怎么能这么义正词严?她在脑海中把所有情景回忆了一番,忽然感觉委屈极了:"你怎么知道?你怎么总是'你们女生''你们女生',你就这么了解我们女生?"

他不是没谈过恋爱吗,她怎么感觉他是熟手?

"正常推断。"

"这么厉害,无师自通?"

"你指什么?"

张若琳:"……"不好好吃,瞎聊什么?

紧赶慢赶,张若琳总算没迟到。下车前,她也"无师自通"了一把,越过中控台在陈逸脸颊亲了一下,才作势要下车。

"就这样?"陈逸并不满意,拽住了她的手臂。

公司楼下人来人往，张若琳抓紧小包包，一脸警惕："那……还要怎么样？"

"咔嗒"一声，安全带一松，陈逸拽着她往自己的方向一带，手插进她发间，扣着她后脑勺，吻住，纠纠缠缠，眼看又要没完没了。

"来不及了，唔……"张若琳哼哼唧唧地推开他，脸红得要命，这下她连一点机会都不给，直接下车。走了几步没忍住，她停住脚步，转过身来。

见她回头，陈逸落下车窗，歪着脑袋，抬手挥了挥。

啊，她男朋友真帅，像只开屏的孔雀，招人！张若琳内心骂骂咧咧，扭头就走。

陈逸最终没能蹭上"岳父"的麻辣小龙虾，张志海培训一周就要打道回府。临走前他逛了圈Q大。张若琳给他买了两套衣裳，换上衬衫的张志海似又恢复了当年的风华。路过快递站时，张若琳去取了陈逸给张志海买的行李箱——20寸登机箱，很适合商务出行。

听到店员称呼陈逸"老板"，张志海反复感叹年轻人头脑活络、后生可畏，知道陈逸已经在跟具体的建设项目，又称赞道："比起老陈也不遑多让。"

听父亲自然地提起陈父，张若琳既诧异又欣慰。

月中，张若琳便辞了工作，到学院团委报到。她被选为新生小辅导员，得提前准备迎新，还要参加小辅导员培训，除了对新生须知、校规、校园地图等烂熟于心，对怎么激活银行卡、学校附近吃的玩的住的也要一清二楚，甚至要学习心理辅导。她这会儿才明白，当初为了迎接他们，学长学姐们提前做了多少工作。

新生对一切都充满好奇，迎新刚结束，张若琳的微信好友数骤增，她每天连走路时都在回复消息，陈逸的消息就经常被挤到最下方，她临睡前——翻阅才能看到。

这种境况在新生军训开始后稍有好转，但张若琳早上要检查宿舍，晚上还得监督队列班训训练，几乎没时间发语音和视频。

。："我以为只有图书馆能让你如此痴迷。"没想到新生也能。

张若琳："这叫什么痴迷，这是工作！"

。:"以后工作了还得了?"

张若琳心虚,但态度一点也不虚:"你这是抱怨咯,别人的男朋友对上进的女朋友都是支持、鼓励!"

"别人?你身边还有比你更上进的人?"

这……到底是不是夸赞?张若琳不管,就当是夸了。

张若琳:"杜弘毅就从来不黏黏糊糊的,人家可支持淑仪的工作和学习了。"

杜弘毅?很好。

队列会操,张若琳比新生们紧张。休息的间隙,辅导员在一旁拼命夸:"当初你们的小辅导员也是队列班的,替咱们学院拿了第一,你们可得好好接续荣誉,不要拉垮!"

"绝对的!"

"一定拿第一!"

"琳琳姐文武双全,真是好厉害。"

"人家找个对象都这么逆天,呜呜。"

有不明所以的男生问:"琳姐已经有男朋友了?哪个学长啊?"

这届的辅导员是保留保研名额来做一年辅导员的学姐,说白了也是刚毕业,没什么老师的架子,跟新生也是打成一片,这下出来搭话:"天天取快递,不知道快递站是谁家的?你们姐夫的。"

"土建的超级大帅哥!"

"帅好像只是人家最不起眼的优点,论坛上说的。"

"Q大神雕侠侣。"

文武双全、神雕侠侣……张若琳的虚荣心要被吹爆了。

"琳琳姐,什么时候带学长出来遛遛吧!"

"是,呜呜,想看本人!"

遛遛……现在的小孩,八卦渠道都很广,没几天就把情况摸透了,估计背地里没少议论她。就连郑淑仪都听说,这还没开学,张若琳已经被新生传得天上有地下无了,尤其是谈到陈逸,女生们更是对大学恋爱充满憧憬。

"哇哦!!"

"神仙恋爱。"

"我爸妈如果阻止我谈恋爱,我能把琳姐简历发过去做示范吗?"

手机在包包里振动着,但包包放得远,张若琳并没有听见。

会操过半,还没轮到法学院上场,但按纪律不能高声交谈,大伙颇无聊地坐着发呆。

突然,人群里传来交头接耳的议论声。

张若琳吩咐道:"安静。"

有人指了指操场边,一时间众人都扭头看过去。

这个时间还未正式开学,校园里除了穿着迷彩服的新生,少有人走动。所以此时逆光而来、穿着白色T恤的挺拔男生成了焦点。况且他本身就足够引人注目。这下,几乎整个操场的人都往那边瞧。

陈逸打张若琳的电话打不通,就直接到操场上来了。他的目光扫到九营,在绿油油的人群中,一眼便瞧见了她。

张若琳似是一怔,随即在周围人的怂恿下起身,朝他小跑过来。她跑得有些急,在他看来好像是要投怀送抱,他下意识放下的手臂微微张开。张若琳没有忽略他的微动作,如果不是众目睽睽之下,她真想一头栽进他怀里,搂紧他的腰。

"你回来啦!"她迎着下午的烈阳,灿烂笑脸盈满喜悦。

陈逸也被这种喜悦感染,一时忘了自己来时气势汹汹,便习惯性伸手挠了挠她下巴,像逗小猫:"你手机呢?"

"哦哟!"

"哇……"

身后传来一阵接一阵的起哄声,张若琳羞红了脸,微微偏了偏脸:"在包里。"她的下巴指了指不远处,一堆包包挂在树荫下。

"昨晚我的消息也没看?"

问题十分危险,张若琳的脑海拉响警报。

"今天会操,昨晚很晚才练完,又有很多消息,就……"她没看到。

"你没把我的消息置顶?"

"什么置顶?"

陈逸快被气笑了:"手机拿过来。"

于是新生们看着他们平素正经、严肃的小辅导员乖巧地跑到树下拿起包，乖巧地递上手机，乖巧地凑上去看自家男友摆弄手机，然后扬起脸，一脸崇拜……然后她男友满眼嫌弃。两人明明没有什么亲密举动，众人怎么就品出了宠溺？恋爱真好。

然而，假象的背后——

"这个功能出了得有三四个月了，你是山顶洞人吗？"陈逸语气不善，还在因为她屡次不回消息而窝火。

"土，不行吗？"张若琳不反驳，她本来就是个电子产品白痴，"你厉害就好了嘛！"

对狮子座男生，夸就对了。

陈逸果然挑了挑眉，一副嫌弃但受用的样子，压低了声音："什么时候结束，今晚去我那儿？"

张若琳："……"

◆ ◆ ◆

张若琳极速变脸，把陈逸轰走了。

陈逸临走前脸色郁郁，留下一句："你好好想想今天是什么日子。"

一直到会操结束，张若琳也没想出来。

不是14日，不是20日，也不是彼此的生日，那是什么日子？令人头秃。

新生们很是不忿，嚷着要近距离见见校草，质问她怎么能这样对待师姐夫！

张若琳失意了，她费心费力做牛做马半个月，不敌某人亮相几分钟。

法学院因为有体育特长生，向来是军训强营，队列班的成员一个个人高马大，精神气十足，冠军不在话下。

张若琳站在树下看着操场上庆贺胜利而沸腾的众人，想起两年前的这个时候——她领奖归来，被同学们抛着玩儿，里三层外三层围了个水泄不通。时隔两年，画面再度重演，只不过被围在中间的人已经不是她。她竟生出一种过来人的传承感。

等等……两年前的今天，军训会操日，也是她与陈逸遇见的日子。

会操结束，新生们放假，休整过后正式开学。张若琳也迎来了三天小假期。

傍晚，她敲开了陈逸家的门。

"怎么不自己开——"话未说完，陈逸便瞧见张若琳双手都被购物袋占用了，袋口露出几根小葱。

陈逸面露狐疑，双手接过："忽然买菜，要做饭？"

"嗯！"

"怎么忽然想做饭了？"陈逸把食材都放到岛台上，带着满意之色，"想起来是什么日子了？"

"今天是我放假的日子。"张若琳答道。

陈逸的动作一顿，语气讪讪："哦。"

张若琳默默地观察，只见陈逸给她倒了杯水，说了句"厨房和步潼家的一样"就不再管她，兀自到书桌旁忙活去了。那表情，别提多践。她可真喜欢看他吃瘪却要面子的样子，好可爱哦！

她克制住凑过去掐他脸蛋的冲动，不再打扰他，转身进厨房忙活。

陈逸在做出国前的计划，因为大四交换一年，大五想留在海外实习，他就必须在大三修满毕业设计外的所有学分，还得提前计算绩点。他的课排得满满当当，可就算是满打满算，还差部分学分，需要用证书或者论文补齐。大三这一年，他将非常忙碌。

张若琳做过的菜其实不多，但她好似天生就会下厨，第一次煎鸡蛋就十分顺利，其他菜照着菜谱做也做得有模有样。

今天是她第一次做糖醋排骨。刚才卖排骨的阿姨说，用米醋更美味。她跑了两个菜市场才买到自酿的米醋。

哗啦一声，米醋下锅，裹着差不多做好的排骨滋滋冒泡，张若琳盯紧火候熄了火，再往上面撒一点白芝麻，糖醋排骨出锅，满室飘香。

书桌前，已经瞥了好几眼却仍旧不动如山的某人终于坐不住了。自打他搬来，厨房就没有用过几回，像个摆设。他伏案忙碌，却不觉得丁零当啷的厨具碰撞声是种打扰，反而生出岁月静好的感觉来。大概人间烟火气最抚凡人心。陈逸支着脑袋，静静看着厨房的方向。张若琳忙碌的背影在他眼眸中渐渐映刻成画。

张若琳端着菜出来,被出现在岛台边的人吓了一跳。

麻婆豆腐、鱼香肉丝、清炒菜心,外加最后一道糖醋排骨。

张若琳面不改色,拉出高脚凳坐下,指挥陈逸:"去拿碗筷!"

陈逸凝视她脸蛋几秒,没说什么,绕进厨房,拿碗筷,盛米饭。

他出来时,张若琳正看着自己今天的成果,嘴里念念有词:"今天发挥得真不错,这豆腐一看就很入味,肉丝切得这么匀称,神迹。这排骨,色香味俱全。我如果去做厨子,应该也很优秀吧?"

陈逸不禁失笑,几不可察地点点头表示赞同:"今天到底是什么日子?"

"就我闲着了呀。"张若琳扭头,一副"我就不知道,你奈我何"的模样,目光灵动而狡黠。

陈逸低头吻住她的唇。缱绻的长吻过后,他含着她的唇瓣轻轻咬了咬:"还挺软。"

张若琳迷茫,又听得他说:"那怎么如此嘴硬?"她反应过来,扭过头,嘴里念叨着:"我用一桌子菜还你五块五毛钱还不成吗?得了便宜还卖乖!"

陈逸已在对面落座,闻言轻轻蹙眉,似在思索。

见他面露疑惑,张若琳也迟疑了,他们是不是驴唇对马嘴了?其实,在来的路上她就一直在思考:他说的会是重遇的日子吗?这分量够不着纪念日吧?而且他那时候并不认识她,还把她当成搭讪的给打发了。可如果他连这个都不记得,那凭什么为难她,让她记什么奇奇怪怪的日子?!烦人!这么想着,她瞪了他一眼,不打算说话了。

陈逸不明白她怎么忽然来了脾气,也忘了刚才自己才是主导的那个,他轻声哄道:"什么五块五毛钱?"

他不问还好,一问,张若琳就两手一摊,把筷子放回去,连饭都不想吃了。终究是她自作多情了。他真的不记得。

电光石火间,陈逸想起了什么,他扶了扶额:"宝宝……"

张若琳没抬头,眼皮一掀,瞪他。

陈逸笑了一声,隔着餐桌伸手刮了刮她的鼻子:"如果那一天我知道是你,我一定不让小胖笑话你。"

那天，他们不过是例行逃军训，去超市买饮料。见一个女生在收银台前磨蹭了许久，他没有耐心，就说一起刷卡，并未注意女生购买的是女性用品，当然也不记得帮着付了多少钱。他也没想到她会追出来，问怎么还钱。这倒是稀罕。小胖当时说了什么，他如今记不清晰了，大概说的是她搭讪的理由理直气壮。可他当时并不认为她是在搭讪，因为她满脸都写着窘迫："别理我，最好看不见我。"那时他并未十分留意，也不知道为何如今想起来当时的画面这样清晰。他记得，虽然记得的内容不怎么美好。

张若琳稍稍敛去羞怒之色，拾起筷子："吃——饭！"

"如果那一天我知道是你，我一定不会转身就走。"

陈逸清晰的声音传来，张若琳吃饭的动作一顿。

"那么不普通的一天，被我当成普通日子过了，我很后悔。所以，以后每一年，我们都要记得它，好不好？"

张若琳缓缓抬起头，看进他深沉执着的眼眸。他说后悔了，后悔没有将她认出，后悔给了她最陌生的背影。原来他是把这一天当作纪念日看待的。

"嗯？"见她久久不语，陈逸微微歪着头问，面露焦灼之色。

只一个眼神，张若琳心间便涌起暖流，好似得偿所愿的同时，发现多年仰望的神其实一直在凝望她。鼻腔里缓缓涌上涩意，她夹起一块排骨放到碗里："吃。"

陈逸失笑。他小时候最喜欢吃糖醋排骨，他怎么会不知道她做这道菜的意思？

当晚，向来少食的陈逸吃了三碗饭，将几道菜一扫而空。后果就是两个人瘫在沙发上，都不想再动弹。当然，在躺下前，陈逸很自觉地收拾了碗筷，放进了洗碗机。

张若琳："……"

陈逸调了影院模式，幕布上正在放映《怦然心动》——一部文艺小清新初恋片。

陈逸看过，便看得没那么专注，头枕在张若琳腿上，用手机点外卖。

张若琳知道他又在点水果。这人从来不自己洗水果，只点果切，真是少爷。

电影演到朱莉发现布莱斯扔掉她送的鸡蛋，践踏她的爱意，难过但决绝地选择不再喜欢布莱斯。

张若琳好喜欢女主朱莉，朱莉是旁人眼中的"怪"女孩，可她充满灵气，喜欢就去表达，发现喜欢的人不值得喜欢也能够洒脱地抽身，不会让自己落入尘埃。

"这是与《两小无猜》完全不同的爱情。"她喃喃道。

陈逸起身："你看了《两小无猜》？"之前在巫市的酒店，她分明只看了眼电影名就回房间了。

"嗯……"

张若琳是后来自己搜索出来看的。

陈逸挑挑眉，把电影暂停，煞有介事地问："看出什么了？"

他凑得很近，张若琳仰着头拉远了距离："嗯……没看出什么，就是挺震撼的。"

陈逸盯着她的眼睛，充满探究且玩味。

门铃声响起，是外卖来了，陈逸放过她，亲了亲她微张的嘴唇，才走过去开门。

张若琳独自在沙发里心跳如雷。那部电影可以说是她迈向主动的导火索。《两小无猜》讲述的是疯子的爱情，一生这样短暂，不是每个人都能学会勇敢。那部电影确实令她震撼，原来有人是用生命在履行儿时的游戏。当初立下"承担得起一生一世的诺言才能见面"的誓言时，她是理智而坚决的，但也是懦弱的。她选择了最容易走的一条路：分开，各走各的，避开所有矛盾。这何尝不是一种逃避？没有想到他一直在最艰难的路上给她扫除障碍。她感动吗？一定感动。但这不是她主动的最直接因素。如果不是自己决定变得勇敢，无论他做了什么，都影响不了她最终的决定。

陈逸买的果然是果切。他叉了片火龙果递到张若琳嘴边，她不客气地一口吞下。他便一口一口喂着，动作自如。

"你刚说两者是完全不同的爱情，你觉得他们的都是爱情？"

陈逸摁遥控器点了播放，忽然问道。

张若琳蒙了蒙。

"为什么不是？这难道不是爱情片？"她与文艺完全绝缘，如果确实是她看岔了,那就看岔了吧。

陈逸说:"没有定义,只是主人公在故事开始的时候年纪都太小。"

"年纪小就不是爱情吗?"

小孩子就不能有爱情?

陈逸扭过头,一副"洗耳恭听"的模样。

张若琳感觉自己落入了圈套。"我觉得是,"她低声说,"因为我就是。"

陈逸眸光微动。

如果有人问:你相信童年的爱情吗?也许张若琳会下意识回答,那叫早恋吧。可事情好像发生在自己身上,她就忍不住细想。爱情是大人定义的,所以理所应当地觉得,小孩子是没有爱情的。小孩子懂什么爱情?确实,长大成人需要太多时间,人们在这个过程中不断学习什么是人性、什么是情感。可她始终觉得,爱的发生是不需要学习的。爱情和年龄无关,有的人终其一生也不明白爱是什么,而有的人对童年玩伴念念不忘,如何定义这种感情?是心动过吧,只不过大部分人都没有机会让这份心动长存。女生早慧,她很早就确定,她就是喜欢他。她会目不转睛地看着他;会偷偷牵他的手,开心很久;会炫耀自己的小成就,即使那些成就现在看来如此幼稚;分开以后思念他,辗转反侧。多年不见,她还是会和闺密聊起他,在很多重要的人生节点总会想他在做什么。虽然在漫长的时光里,这种想念只算偶尔。可这种靠偶尔的思念就能野蛮生长的情愫如果不是爱情,那么她没法解释。

张若琳缓缓开口:"也许小时候的感情没法解释,但是两年前的今天再次遇到你,你在树荫下回过头来,你就是我的爱情。"她设想过许多种重逢,然而更多时候觉得他们不会再相见。她足够幸运,能够再次遇见他。否则,这份感情很可能会成为以后人生中的谈资:"唉,我小时候有个好朋友……"那多遗憾啊。如果真是那样,等到垂垂老矣,她应该还是会同她的老伴说起:"我小时候,有个十分要好的玩伴,我很喜欢他。"

思及此,张若琳忽然问:"那你以前喜欢我吗?"

陈逸似乎想了很久很久。电影已经演到布莱斯恍然醒悟,发现自己对朱莉情根深种,于是向祖父求助。祖父告诉他——"斯人若彩虹,遇上方知有。"

陈逸的声音徐徐传来。伴随着电影里老祖父苍老浑厚的美式英语,他的话与她眼前的翻译字幕重叠。他说着电影里的台词,郑重地向她表白。

人生漫长,每一步皆是际遇。如果没有重遇,也许所有微妙的小心思都来不及发酵,甚至就这样过完一生,不会再记起。但是没有如果,他们就是重遇了。这是幸运,也是命运。

✦ ✦ ✦

晚上临睡前,陈逸领着张若琳到书桌前拆礼物。

重逢两周年,礼物……张若琳觉得重了些。

白色盒子上赫然是大气简约的品牌图标。没特意包装,他送得直接又实在。是一台笔记本电脑。

张若琳的太阳穴突突跳,果然,两个人在一起就会有送不完也还不完的礼物。恋人之间互赠礼物也是一种情感沟通,她没那么古板,非要谈柏拉图式的恋爱。只是他不可能忽然消费降级,这就有点难办。

"这太贵重了。"

张若琳近期确实打算买电脑,上学期抢课的时候就动了这个念头。以往她一方面是因为手头紧张,另一方面是觉得无其必要,打辩论都喜欢手写稿子,需要机打的话,去打印店和微机房都很方便。但这学期做了小辅导员,接下来讲协的工作也有不少,辩论队的工作自是不用说,她还要开始写论文。如今手头算是宽松,不过,这个品牌她没有考虑过,虽然买得起,但她终究觉得奢侈。

"这个耐用,我高中买的现在还在用,小胖上大学就已经换了两台。"陈逸打开自己的笔记本电脑给她看,开口解释。

这样算起来还真是比较划算。不过,有一点是出乎张若琳意料的。陈逸虽不怎么热衷于电子产品,但一台电脑从高中用到大学,放在他身上属实令人吃惊。

"资料多,懒得腾。"他在一旁说,像在回复她的问题。

张若琳又是一惊:"你怎么知道我在想什么?"

"正常推断。"

"你可真适合做律师。"说罢,张若琳搂着他的脖子,夸赞道,"不过你做什么都是顶顶优秀的。"

看着她纤细的手臂环着自己,尽显娇俏,陈逸挑挑眉,自然地搂着她的腰,对她此番投怀送抱十分满意。他忽然想到当初万峰说,张若琳好是好,就是太板正。肤浅鄙陋之人懂什么?也不知怎的,她求饶叫哥哥的模样突然涌入脑海,陈逸的手臂紧了紧,他主动邀功:"怎么谢我?"

张若琳犯了难:"我才还清五块五,这得多少个五块五,可怎么谢?"

"你要这么算的话,做一辈子厨娘倒是谢得起。"

"那可不行,这时间成本太高了。"张若琳琢磨,"说不定以后我的律师费按小时算,你别想趁我现在穷就坑我。"

她穷吗?她可不穷。如果论个人小金库,陈逸可以确定,她现在比八成的大学生都富足。所以他才敢送,她收得起。

张若琳仰着头,在他嘴唇上亲了下:"我慢慢想吧,想到再谢行不行?"

陈逸很喜欢看她讨价还价的样子,神采飞扬,狡黠、灵动。想到她这副样子只有自己看得见,心里便又软了一些,他挑挑眉:"这点事情就不劳张大律师慢慢想了。"

接着,张若琳察觉他轻轻俯身,在她耳边低语:"你可以肉偿。"

夜里,喊哥哥喊得嗓子都哑了的张若琳后悔了:肉偿的时间成本并不比做厨娘低。

开学后,说不再偷偷摸摸的陈逸却神龙见首不见尾。

张若琳是忙惯了的,所以觉得自己的节奏一直比别人快,忽然有人比她还忙,她倒有些不适应了。

由于见面时间太少,张若琳便常常陪陈逸上课。几周下来,建筑系的同学都快把她认全了,就连土建学院的老师都知道,陈逸有个法学院的女朋友。而她只是安安静静地看自己的书,并不影响课堂,老师也就睁一只眼闭一只眼。

作为报答,陈逸周末会陪她泡图书馆。可以看出,他十分不喜欢图书馆。本来她想着,大概是因为她的缘故,她每每进了图书馆就待很久,他烦了。但一起泡了几天图书馆,她发现了真正的原因。

这天，张若琳参加讲协例会，来晚了一点。陈逸不在座位上，桌上还摆着他的电脑和绘图板，应该没有走远。她左右张望，没看见他，刚准备往座位那边走，但已经被人抢先坐了。两个女生从旁边座位上站起来，犹犹豫豫、你推我搡半晌，才从包里掏出一盒果切还有酸奶，放在陈逸座位的桌上。

其中一个短发女生鼓励说："你坐下吧，旁边没人！"

"不好吧，万一他拒绝呢？"

"那坐对面吧，他还能赶人吗？"

"有点害怕。"

"怕什么，你这么漂亮，冲！"

那个漂亮女生把自己的书挪到陈逸对面。

"他来了！"短发女生眨眨眼提醒，回到自己原来的座位上。

那个漂亮女生的耳根瞬间就红了，她紧张地扒拉着长发，低头假装认真看书。

张若琳默默无语，往书架后边挪了挪。透过书籍的缝隙，她看到陈逸从门口走来，手里拿着两杯咖啡。他显然看到对面座位坐了其他人，随即朝四周寻找其他座位。但周末图书馆一座难求，他只得落座，把另一杯咖啡放在旁边的位置，挪过去一本书，以作标识：此桌已订。他看着桌上的果切和酸奶，拿出手机，低头发消息。

张若琳的手机进来一条微信。

。："你过来了？人呢？"

她还没来得及回复，就见他已经伸手把果切盒子打开，随意地往椅背一靠，叉了一块杧果往嘴里送。

张若琳心想："噎不死你。"

那个漂亮女生是什么表情，张若琳看不见，但她注意到她微微抬起了头。她应该正眉目含羞地看着陈逸吧，毕竟他接受了她的礼物。

陈逸吃了两块顿觉不对劲，杧果下边是香蕉，他不吃香蕉，张若琳是知道的。他这才留意到对面女生含情脉脉的双眼。几乎是瞬间，他把果切盒子盖上，放到一边，猛喝了几口咖啡。

与此同时，他收到了张若琳的回复。

"杧果甜吗？多吃点。"他立刻起身，凳子刺耳的拖拉声引来附近同学的注目。

那个漂亮女生惊魂未定地抬头看着他，模样楚楚可怜。

陈逸左右张望却不见张若琳的身影，只好打电话。

而张若琳将手机调了静音模式，并未接听，扭头从后门出了自习室。

陈逸执着地拨打电话，却被挂断了。他半叉着腰，盯着那盒果切，似要把它看穿。

那个漂亮女生有点摸不准情况，在同伴的眼神鼓励下，轻声问："同学？"

这一片的桌子都是大桌，是可以围坐着讨论问题的，但这里毕竟是自习室，不宜高声谈话。

陈逸只是看了那个女生一眼，吐出一句："支付宝。"

"啊？"那个女生蒙了。

"水果。"

"啊？"

陈逸的耐心耗尽，完全没了吃人嘴软那点风度，他直言道："付你钱。"

那个女生错愕而受伤地看着他。

麻烦。陈逸鼻息里喷出一口浊气。

两人正僵持着，桌面上出现一盒新的果切："同学，不好意思，他以为这是我们的东西，所以拿错了，这盒新的还你吧。"

一模一样，包装一样，里边的水果种类也一样，显然都是从楼下商店买的。

陈逸焦急的表情被玩味和隐约的得意取代，目光始终落在来人身上。

那个女生不是傻子，淡淡地说了句"没关系的"就低头看书。

同是女孩子，张若琳怎能没有瞧见她眼底的失意和落寞？她不着痕迹地叹了口气，瞪了陈逸一眼，到旁边落座。

那个女生看起来如坐针毡，但大概怕过于刻意，所以没有马上离开。所以对面两人的轻声交谈尽数落入她耳中。

"怎么不接电话？"

"在扫码付钱。"

"早来了?"

"花孔雀。"

"无辜。"

"贪吃,怪谁?"

"我以为是你带的。"

"没跟人道歉?"

未等陈逸说话,那个女生抬起手使劲挥了挥:"不用不用,没关系没关系。"说着,她又低下头去,再也没有抬头。她没有忽略陈逸和他女友说话时的表情,目光专注得扎人,或许可以被称为"撒娇"。没想到,陈逸真的有女朋友了,并且看起来被管得死死的,根本不是外界传的——他准备出国了,所以和家境差距巨大的女友分手了。

随后她就听见这对情侣在谈特奖答辩的事。她越听,心越凉,早知道刚才就应该拔腿就走。一个人拿特奖就够让人羡慕的了,两个人一起拿特奖?真可怕。学霸情侣谈恋爱的方式和内容真令人绝望。

特奖是Q大名副其实的奖学金天花板,不仅数额最大,且奖金来源是荣誉校友联合会捐款,Q大的荣誉校友皆是社会各界金字塔顶端的人物,更是不乏科学界执牛耳者,所以该等奖学金影响极其深远。奖项分为本科生、硕士生、博士生三档,本科生每年名额只有十五人。一个学院都轮不到一个,大三以上才能申请。

张若琳申请了,已经过了材料审查,没想到陈逸也悄无声息地过了审查。他从来对奖学金没有欲望,因为要准备的材料一摞又一摞。然而特奖在国际社会不少高校都有知名度,对以后申请学校有帮助,所以土建的另一位申请者怎么也没想到被半路杀出的陈逸截和。

虽说历年特奖都会平衡文、理、工三大类学科,张若琳和陈逸大概率不会被摆在同一阵营做对比,但是在30进15的"淘汰赛",他们成了竞争对手。

419宿舍的女生直呼刺激,孙晓菲甚至在化妆直播中聊到此事。本来她只是用"我的学霸室友"来巩固她"网红圈学历天花板"的人设,没想到她说得神乎其神,Q大又名声在外,网友对这对学霸情侣非常感兴趣,导致她许多粉丝要求她在 Vlog 中展开追踪报道。

于是，特奖答辩当天又成了 419 宿舍和 326 宿舍的聚会，众人相聚报告厅看答辩。

这天，张若琳穿了陈逸送的新裙子，黑白配色，领口是方领重工蕾丝，知性又不失甜美，膝下的长度尽显庄重，露出线条优美的小腿。她如今穿高跟鞋已如履平地，一步步走得从容、优雅，简单扎起马尾，气场全开。

陈逸一行人已经在报告厅门口等候。他穿着中规中矩的衬衫和西服，领带打得英伦风，身材挺拔，气质沉稳，于人来人往处孑然独立，回头率极高。

张若琳老远就瞧见了陈逸，心里骂他是花孔雀，面上却打算给足这个小狮子面子。于是她几乎是飞奔过去的，因跑得太急而险些摔倒，陈逸手臂一伸把她揽进怀里，她就像挂在他身上。

"你慢点！"陈逸轻声佯喝。

张若琳扬起明媚的笑脸，抱着陈逸的手臂，不吝赞扬："你今天好帅哦！"

"咦——"

"天啊，鸡皮爆裂。"

"饶了我吧。"

曾说过张若琳太板正、没意思的万峰心想："这谁顶得住？"

chapter 25
渐入佳境

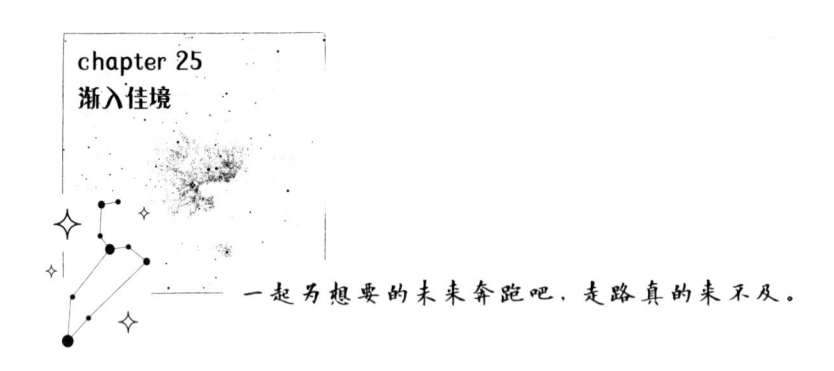

——一起为想要的未来奔跑吧，走路真的来不及。

一个上午的答辩下来，张若琳最大的感触就是自己还差得远。"山外有山，人外有人"的道理从未如此具象地展现在她面前。不到达新的层次，就永远不知道向上还有多么广袤的空间，永远不会知道同龄人可以多厉害、多优秀。尤其是理工科学生，成果相比文科生更加直观，部分学生的成就已经是许多人一生的天花板。而且，这些人除了在专业成绩上出类拔萃，大多还有拿得出手的兴趣爱好、实践成绩，并不是死读书。

平凡的人千篇一律，优秀的人则各有各的长处。比如某学院年级第一还是校歌赛冠军，某学院候选人参加过《最强大脑》，某学院候选人已售出自己的专利，售价数百万……他们还有有趣的灵魂：有人当场作诗，有人展示了自己做环球义工的经历，还有人分享了自己大学四年减肥六十斤的神奇过程……能和这些人站在一起，是她的荣幸。二十出头，他们的人生有广阔的天地。她也是。

陈逸上台时，全场哗然。他的外形条件过于出众，打破了所有人对学霸的刻板印象。

"大家好，土木建筑工程学院建筑系 1306 班，陈逸。"

一句简单的自我介绍，声音清朗，气质卓然，又掀起欢呼声和掌声，就连评审老师都忍不住，眉眼含笑，回头看了看沸腾的观众席。

陈逸很少念自己的名字，在张若琳的记忆中好像还没有过。普普通通、简简单单的两个字，由他念来，一扬一抑，就像带了电的羽毛，一一擦过她的心尖，令她全身酥麻。因为这两个字是他的符号，所以光芒万丈，熠熠生辉。她知道他参与过不少项目，但没有详细了解过。在他展示设计图纸和模型时，她才真正得见他平日写写画画的那些复杂建筑的全貌。难以想象这是一个二十一岁的头脑所承载的。她看看他，像仰望灯塔和丰碑，眼前的一切都成了虚幻的背影，只有他的眉目清晰而深刻。

张若琳最后一个答辩，做完简单的自我介绍，她打开PPT第一页。映入大家眼帘的是她的入学照片，眼神里充满胆怯，与如今的她反差巨大。

她在窃窃私语声中从容地开口："作为最后一位答辩的候选人，说实话，我很紧张，听完各位同学在各个专业取得的成绩，我曾生出怯意，会不禁问自己：我可以吗？但我重新打开今天的答辩内容，在这一瞬间又充满信心，因为从踏入Q大那天起，我就告诉自己，暂时不与所有人比，先与自己比。我觉得我做到了，我真的成为更好的自己，所以，我为什么不可以？在这两年多的时间里……"她细数自己专业上的成绩、在社团活动方面的突破、在社会实践中的探索，渐渐露出由衷愉悦的表情：他人有他人的康庄大道，她走在荆棘小路上也不曾浪费光阴，她没有虚度青春，这就够了。

临近结尾，她的视线扫过观众席，看向同样注视着她的人们。这些注视中，有欣赏，有认可，有看戏，也有无所谓。最后，她看向候选人座位区，对上一双专注的眼眸。只见那道身影忽然站了起来，没有聚光灯，他在灰暗的观众席仍旧引人注目，他微微笑着，朝台上的她竖起大拇指。

台下早已有人留意，现下交头接耳地慢慢传开，不少好奇的观众站了起来，就为了看角落里的小动作。

不知是谁带头鼓掌，掌声忽然排山倒海而来，还附带起哄声。

台上的张若琳一阵错愕，主席台的评审老师也狐疑不已，又频频转头看向观众席的反应。

陈逸放下手，只是依然站着，像是要等张若琳讲完。他们就这样默默对望。

几秒过去，报告厅归于安静，张若琳的PPT跳到最后一页，不似其他人单调的"谢谢观看"，她的尾页是一句祝福语：

> 希望你的世界渐入佳境。

她徐徐结尾："不求人前显赫，不求飞黄腾达，只求人生能够渐入佳境。积极乐观，才能天天向上，同学们，一起为想要的未来奔跑吧，走路真的来不及。感谢聆听！"

掌声雷动，张若琳走下台，走向候选人座位区，走向早已等候她的人。

陈逸与旁边的人换了位置，在过道一旁迎接她，牵着她的手入座。

台上，教授正在发言，在铿锵有力的鼓舞声中，张若琳听见陈逸低沉的声音在她耳畔响起："辛苦了。"

张若琳心间微动，抬眼，对上赞赏却带着几分疼惜的双眸。他说的"辛苦"，当然不是指这场答辩，而是他在答辩内容背后看到的付出和耕耘。在众多祝贺声中，只有他对她说"辛苦了"。这两年，辛苦了。这么多年来，辛苦了。

"谢谢你。"张若琳低声回应。

在无人留意的角落，在鼎沸人声里，交握的双手紧了又紧。

一周后，特奖答辩结果公示。过了公示期，各类宣传铺天盖地，整个学校布满特奖的宣传海报。国奖名单是大家伙挤在一张海报上，特奖海报却是每人单独的特写照片加简历，立牌摆满校道两旁，就连路灯杆上都挂着特奖得主的道旗。一夜之间，校园里学霸气息十足。

张若琳的立牌终于不是那张敷衍的入学照，而是答辩当天的照片，青春靓丽，自信飞扬。那句"希望你的世界渐入佳境"被印在她的人生格言那一栏，在校园里广为流传。

陈逸的立牌和道旗旁总有过路之人拍照，419宿舍的女生路过时不由得啧啧感慨，问张若琳："这下Q大顶流真的坐稳了，顶流女友什么感受？"

张若琳把陈逸的立牌偷偷挪到自己的立牌边上："绝配。快帮我拍一张合照。"

419宿舍："……"

校团委简直成了特奖得主们的应援团，积极组织各类宣传活动。校报、校广播站、校电视台自然不必说，专访是每年的必备节目。而讲协作为新晋团委直属社团，怎能放过这个扩大社团影响力的契机？更何况，它拥有其中一位特奖得主——张若琳。所以，刚被确定为特奖得主的张若琳开始了忙碌的筹备工作。他们将开展一期主题为"让优秀成为一种习惯"的演讲活动，邀请部分特奖得主来分享自己的经历。

"如果陈逸能来，绝对座无虚席。"会长说着，瞥向张若琳，"他肯定来，对吧？都是咱协会的女婿了……"

张若琳说："我看，悬。"他连校广播站、校电视台的专访都没有参加，校报倒是采访到他了，因为是以问卷的方式采访的，陈逸打了几个钩就提交了，把高冷帅哥的人设进行到底。

可无论张若琳怎么拒绝，都推不掉"务必邀请到陈逸"这个命令。于是她带着水果登门拜访。进了门，她就钻进厨房里，但忙活了半天也没有把水果切出花来。最后她放弃了卖相，就把各类水果随便切成丁端了出去。

陈逸在电脑前忙碌，看见一碗——不，是一盆——"精心准备"的果切（果泥），轻轻蹙眉，看向面前系着围裙的女人，满脸问号。

张若琳眨巴眨巴眼睛："田螺女孩送关爱，怎么样？都是你爱吃的。"吃人嘴软，他懂的吧？

陈逸又看了一眼被切得面目全非的水果——这恐怕得用勺子吃。

"有事要说？"他毫不留情，直接戳穿。

张若琳开门见山："去我们讲协的活动捧捧场吧？"

陈逸挑挑眉，一副不相信的表情。

"你先吃嘛！"张若琳从身后掏出勺子，"你看，有求必应。"

陈逸嘴角勾出几不可察的幅度，一副以不变应万变的淡定模样，接过勺子挖了一口。

"说吧，捧场是干什么？"

"演讲，主题是'让优秀成为一种习惯'。"

"拒绝。"

张若琳毫不意外，她撇了撇嘴，绕到陈逸身后，给他捏起肩膀来："演讲很简单的，弱小协会需要顶流的支持，顶流总不会想留下耍大牌的标签吧？"

什么乱七八糟的？知道她看不见，陈逸无声地笑了。她竟然已经觉得演讲很简单？她可真不简单。

见他还是不为所动，张若琳从背后搂着他的脖子，歪着脑袋在他耳边继续动员："你要是没有时间，我可以给你当枪手，你只要讲就行了！"

她的气息就在他耳边吹拂，声音软软糯糯的，陈逸依旧注视着屏幕，却已经心猿意马了。

"田螺姑娘有求必应？"

张若琳不疑有他："当然了，但——"然而话音未落，陈逸忽然扭头，吻住了她。她后面的话也就被堵住了。她刚想松手站直，脑袋就被大掌一搂，动弹不得。

"嗯，这个接吻姿势够奇特的。"张若琳在接吻的间隙想道。

良久，陈逸放开她，看见她双眼迷蒙，嘴唇被他口中的火龙果汁液染红，似是很满意，点头道："谈判要搞清楚别人要什么，懂了吗？"

"噢。"张若琳下意识点头，其实还未完全反应过来。

陈逸就着当下的姿势又把她的头发揉得像鸟窝。

✦ ✦ ✦

这次主题演讲是讲协举办的第一场对外活动，没想到一票难求。此次活动共邀请了十位特奖嘉宾，各学段的都有。大家为了一睹学霸的风采不遗余力，有消息说本科团票被放在网上高价出售。

张若琳想，如果她刚入学就有这样聆听过来人经验的机会，她也会倾家荡产来听的。

校报、校广播站、校电视台都派了人来，打算再进行一次深度联动宣传。

嘉宾的稿件都是自己先写，最后给讲协编剧润色。张若琳每每改稿，嘴里念念有词。"好厉害""这也行""果然很强"之类的评价不断从她嘴里飘出来。

陈逸听着听着就眉头紧皱，于是，本来说好他的稿子全权交给张若琳，最后还是他自己操刀。

陈逸交稿时，张若琳刚下课，忙着去接洽赞助商，没第一时间看，把稿子塞包里就匆忙告别。

她的手臂被拉住，陈逸要求："现在看。"

张若琳怔怔地答道："现在要外出，回来再看吧？"

陈逸说："不可以。"

张若琳："……"现在她已经很会猜测陈逸的心思了，腹诽着"醋缸子不好对付"，掏出稿子看了看。说实话，陈逸的稿子平平无奇。如果非要说陈逸哪科不行，大概就是语文。这演讲稿跟答辩有什么区别？丝毫没有煽动性。

她在脑子里搜寻委婉的措辞，最后愤愤然道："我觉得你完全没有写出自己的厉害来！等我回来，咱们一起改改吧，我男朋友这么好，怎能不好好炫耀？！短时间内是改不出来了，我得好好润色！我先出门，回来集中精力把才华用尽给你改出来！"

陈逸短促地笑了一声，也不知道是被她夸张的演技逗笑了，还是真的满意了，他捧着她的脸堵住那张一直絮叨的小嘴，亲够了才放她走。

可真正到了演讲当天，张若琳才见识到什么叫作天生的煽动性，陈逸只是平淡地演讲，也能掀起一阵又一阵的掌声，毫无表情反而成了一种风格。真是奇人，顶流果然并不需要十全十美，吸引力就是这么不讲道理的东西。

可以说，张若琳大半个学期都沉浸在特奖的余韵里，学院里、辩论队里、讲协里，她和陈逸的事被众人津津乐道，毕竟这么多年也没有出现过情侣同年一起拿特奖的事。就连学校里最不受待见的选修课职业规划都被他们带火了。

职业规划课的老师在上课前对着名单神秘兮兮地笑了，然后说："选到我这个课是你们的幸运，全班就二十六个人，却有两个特奖同学，这是什么比例？说明我这个课多么有价值。特奖选手的选择——职业规划。"

当事人别提多无助了。事实是当初他们并不想选这门课。

张若琳问陈逸："你是不是听说我选了这门课才选的？"

陈逸没有顺杆子爬，而是实话实说，打破自家女友自恋的遐想："按名单次序来说，我是比你先选的。"

巧合。

张若琳说："这神奇的巧合。"

陈逸又补充道："也不巧，我们都不是会研究所谓的锦囊的人。"

有道理。许多看似巧合的事，冥冥之中都有规律可循。张若琳忽然想到，这样来说，如果他们没有在大学相遇，是不是磁场也会在另一个地方指向重逢？也许吧。命中注定。

孙晓菲的 Vlog 火了，她本来就是腰部网红，流量不低。而且她是靠秀恩爱起家的。她的 Vlog 从特奖答辩当天一直拍到特奖名单公示。

画面：张若琳穿着小裙子奔向陈逸，陈逸接住她。

弹幕："这是什么神仙身高？什么神仙身材？什么神仙颜值？"

"好配，阿伟死了，可恶学霸情侣，求放过！"

"好帅，我嫉妒！"

"这位学长出道吧，求求了！"

"好娇，我嫉妒！"

"神仙情侣，呜呜呜。"

……

画面：陈逸答辩。

字幕："保密，消音，舔颜就完了。"

弹幕："菲菲收收口水，老阳棺材板摁不住了！"

"所有校园文男主有了脸。"

"我是文盲啊，啊啊啊啊啊。啊，好帅，啊啊啊啊啊……"

"我想好好学习了，怎么回事？"

"放开我，我要回去重新参加高考，考 Q 大。"

……

画面：张若琳台上答辩，陈逸举大拇指。

字幕："是我先鼓的掌，不用找了，谢谢。"

弹幕："神仙爱情说累了。"

"放我去现场，我要把手拍废！"

"《致橡树》的真实写照，我哭了。"

……

画面：张若琳把陈逸的立牌放在自己的立牌旁边。

声音:"绝配。快帮我拍一张合照。"

字幕:"满足你。"

画面变成满屏合照。

弹幕:"哈哈哈哈哈哈哈哈哈哈哈哈哈哈哈哈……"

"红红火火恍恍惚惚——"

"学姐好可爱!"

"学姐,Q大等我!"

……

虽然孙晓菲发之前经过张若琳的同意,可张若琳没有想到视频就这样火了。几天里,张若琳收到各种微信好友发来的该条微博链接,都说他们是在自己的微博首页刷到的。这传播广度有点吓人……

成为"名人",压力不小,张若琳走在校园里常常被人指指点点,目光虽是善意的,但终究还是令人不适,于是她减少了去图书馆的频率,自习都去陈逸那儿,辩论赛季就和辩论队队员窝在川河的桌游吧。

川河不再藏着掖着,每每"弟妹""弟妹"地叫她,又是送果盘又是送咖啡的。辩论队的学弟学妹都特别愿意跟张若琳组队,蹭吃蹭喝不手软。

张若琳说:"这样我以后都不好意思过来了。"

川河说:"没事,陈逸会来结账的。"

学弟学妹:"这个冬天,讨论辩题和嗑CP最配了。"

在家里复习的陈逸打了个喷嚏,手机在一旁不停地振动,他瞥了一眼,解锁。

家庭群一堆人提到他。他平日在群里没什么存在感,往上翻了翻,终于发现了罪魁祸首。

是川河,他把孙晓菲的Vlog发到了家庭群里。他还很贴心地照顾不会打开链接的中老年长辈,截取了其中几段编辑成了即时查看的视频。

川河:"出息了,我还没有对象,有人……@。"

二姨妈:"@。小逸,这是你女朋友吗,什么时候谈恋爱啦?大拇指大拇指大拇指。"

三舅:"获得特奖都不告诉舅舅,当年舅舅拿过硕士生特奖!@。"

二姨妈:"@三舅 大拇指大拇指大拇指 后继有人。"

大姨:"@。女朋友怪可爱的咧!"

表弟路卓然:"@。牛!"

表妹:"我很早就看见了。@。以为老哥想保密。"

表妹:"嫂子好看!@。眼直了.jpg。"

大舅妈:"两个人同样优秀。大拇指大拇指。"

表姐梁配:"@。郎才女貌,毕业一起来当我学弟学妹吧,怎么样?"

二舅妈:"@表姐梁配 赶紧找对象吧,斯坦福女博士嫁不出去愁死人!"

大舅:"@母上 来看你儿媳妇了。大拇指大拇指大拇指。"

表姑:"@母上 漂亮!大拇指大拇指大拇指。"

二姨妈:"@川河 宝贝,你得抓紧了,你看看你表弟@。"

川河:"@二姨妈 比不了比不了,您再等等吧。"

外公:"大拇指大拇指大拇指大拇指大拇指。"

陈逸摇摇头,把手机关静音,注意力回到书上,突然想到了什么,目光变得温柔,他又拿起手机打开家庭群。

群里仍旧热闹,三舅在解释(炫耀)特奖多么不容易拿,表弟表妹们在家长面前假装斗志昂扬要考Q大,姨妈、姑婆们在讨论自家孩子什么时候才能有对象。

陈逸编辑了两行字,回复。

。:"谢谢祝福。@所有人"

。:"@川河 这么闲可以先去攒份子钱。"

当事人现身,免不了又是一通被提及。陈逸倒是来了兴致,在群里活跃着,几乎对每条信息都秒回。他的每一句话都透露着一个信息——他的心情非常好。

过一会儿,陈逸收到了川河的私信。

川河:"小姨、小姨夫看见,没事吧?"

。:"有事你能撤回?"

川河:"臣妾办不到啊.jpg。"

。:"那说什么废话?"

川河:"小姨真棒打鸳鸯?"

。:"没事。"

川河:"真没事?"

。:"嗯。"

川河:"那就行,反正我看你也是没打算瞒,给你打个前站!"

。:"我还得谢谢你?"

川河:"倒也不用倒也不用……"

当晚,陈逸到川河店里陪张若琳刷夜。辩论赛季以来他都是如此,只要她需要刷夜,他就过来开个桌,两个人各自忙活,间歇搂搂抱抱……困了,他就在川河的休息室凑合。

郑淑仪说,他们俩怎么过了热恋期还越谈越腻歪了。

张若琳思考过这个问题,发现他们并没有什么所谓的热恋期。

别人的热恋期,普遍时长三个月,黏黏糊糊,十分热烈,恨不得每一刻都与对方在一起。男生给女生买早餐,送女生到楼下,亲亲热热一整天过去,女生会给男生织围巾……这样的经历,她和陈逸很少,几乎没有,他们在前三个月反而是聚少离多的状态。而如今他们的常态更像过日子,互相惦记,但不会做一些性价比不高的事,比如买早餐在楼下等。他们也是有仪式感的,尤其是陈逸,他对日期十分敏感,大多时候都是他在提醒她。只不过他提醒的方式不算温和……和他在一起,张若琳感觉自己陷在一种长足而柔和的浪漫之中,不轰烈,每一分都刚刚好。

辩题讨论告一段落,张若琳让大伙休息会儿,她自己到川河的画室找陈逸。

夜未深,还有不少顾客,川河的画室也就没关门。

张若琳还未靠近,便听见陈逸有来电,他接了起来。

"爸,有事?"

不知怎的,张若琳的脚步顿住。电话那边的声音,她听不见,但能清晰地听出陈逸的语气越来越不善。

"就是你们看到的……是……对……确定……我没有这个意思,但妈的做法不妥,您同意吗?我明白……我会处理好……不用……

"我去过巫市了,我都知道……她也知道……

"这是我的决定。"

电话挂断。

没有多少具体内容,可张若琳莫名感觉对话是与她相关的。她进退维谷,就听见川河叹了口气,声音悠悠传来:"你们这个情况确实挺复杂的。"

沉默在房间里蔓延,过了半晌,陈逸没什么情绪地说:"也不复杂,有些事就是人为复杂化。"

川河说:"心态够好的。"

陈逸短促地笑了声,透着一种"不好还能怎么样"的无奈和决然。

川河说:"你还是要好好和小姨说,就算不是为了小姨,为了她,你也应该——"

"知道,没有谁比她更渴望一个完整的家庭。我会尽力。"

川河长长地叹了口气。

张若琳最终没有踏进画室,而是转身到洗手间洗了把脸,回去继续讨论辩题。

辩论赛季结束,期末如期而至。

这一年的寒潮来得格外猛烈,雨夹雪下了一整周,没完没了。张若琳早早就订了火车票,可临近归期,陈逸却不肯放她。他想留在北京过年,和她。可她联想到那通电话,始终心中郁结,他没有主动和她提,她也没有找到合适的时间问。她是想要回家再看看父亲的反应再做打算。如果他非要留在北京,他父母肯定会联想到是因为她……所以今年她是一定要回家的。

张若琳出发前一晚,陈逸忽然告诉她,她这个车次近日都延误,有的在路上一延误就是大半天,建议她退掉,买机票。

张若琳也关注网上的消息,事实的确如此。

坐高铁也走不了,机票价格飞涨,陈逸擅作主张给她订好了机票,只是日期……推迟了足足一周,等她回到家都快过年了。

"近期航班也屡屡延误,还是等过了这阵寒流吧,只能说连老天都在帮我。"陈逸下定论。

这几日,陈逸便带着张若琳逛北京。

他带她重走故宫。这一次他们一大早就过去,在漫天飞雪中绕着紫禁城走了一圈。冻透了,他们便出来,在胡同口买了个烤红薯,一人一半。不小心烫了嘴,刚掰开的烤红薯落在白雪地上,他愣住,嘴边还残留着一丁点金黄色的蜜薯。她没见过这样狼狈的陈逸,咔咔拍照。

他带她去王府井买年货,挑了好些果脯让商家直接打包寄回巫市。张若琳为了包不包邮的问题跟店家争得脸红脖子粗。

他带她去吃老北京铜锅涮肉,教她用羊上脑裹着酸菜蘸麻酱,鲜绝了。她一个人吃了三盘肉,细思甚恐。

他带她走遍各色胡同,在旧书店里写了一下午字,又淘几本书回家一起看,争论谁挑的书比较垃圾。

他带她开车缓缓经过灯火通明、车水马龙的东三环中央商务区,感受这座巨大的城市在怎样急速地运转。

最后两天,他带她去小汤山泡温泉,在氤氲雾气中亲热。

这几天过于轻松和甜蜜。在温泉酒店相拥而眠醒来的清晨,张若琳竟生出诀别前的热烈的错觉。

陈逸搂着她:"别回家了。"

"不行的。"

陈逸搂得更紧了些,声音迷糊,像是梦呓:"怎样才可以用最快的速度把以后的五年都填补上……"

张若琳心间温热。他带她到处走,是想要给她制造一些记忆吗?足够以后的五年回想的记忆。

"下学期怕是没多少时间陪你。"陈逸又补充道。

"你又不是不回来,有假期的啊,也没有很长的。"

话是如此,她自己心里也生出酸涩来,实在没办法想象一整个学期都见不到他。原来分别已经这样近,分别的时间是这样漫长。时间和空间,是感情最大的敌人。他们拿什么来取胜呢?

烦躁的陈逸将她的身子翻过来,通过猛烈的占有去填补心里的空落和不舍。

待情潮退去,张若琳忽然叫枕边的人:"哥哥。"

陈逸转过头来。

张若琳望着他,缓缓表态:"你相信我吗?"

陈逸点头,肯定而盲目。

"永远相向而行的两个人,不用害怕距离。我也相信你,所以各自加油,我们什么都不用怕。"

她说"不用怕",坚定得举重若轻。

陈逸的目光瞬间变得灼热,他感觉杂草丛生的心被她熨帖得平静、柔软。他怎么忘了,他爱着的人,看似平和、温淡,实则无坚不摧。

✦ ✦ ✦

张若琳从未有过"假期怎么过得这么慢"的感觉,这个春节,她有幸经历了。

张志海一直到大年三十才放假,过年期间也在录网课,忙得不可开交。其实他对培训机构的经营理念并不认可,高价学费,考试不过包退,导致老师的素质良莠不齐,简直是误人子弟。他隐约透露出想出来单干的意思。半年下来,他已经摸清培训机构那点门道,只要掌握部分生源,再好好把口碑提上来,单干也不是不可行。最简单的模式是租个屋子就能上课,难就难在培训资质,真正做起来还得花不少功夫。所以他并没有详述。张若琳却把这件事记在心里,默默盘算着到时候能给父亲提供哪些帮助。

相比张志海的忙碌,张若琳和外婆就是闲人,她带着外婆把新巫市逛了个遍,还带她看了春节贺岁电影。

晚上,她和陈逸视频时不免聊到电影。

"今年没什么电影好看。"

"过去几年都没什么突出的贺岁片。"

张若琳问:"那你还每年都去看呢?"

陈逸一心二用,正在忙别的,随口接茬儿:"看电影有时候不是为了电影本身。"

不是为了电影本身,那是为了什么?张若琳黑了脸,心里的小柠檬精快摁不住了:"确实呢,看电影当然是分跟谁去看了。"

陈逸察觉到了她语气的变化,瞥了一眼屏幕,却不动声色,竟点头道:

"确实。"

张若琳胸腔里泛起酸涩："所以有人年年都和青梅去看贺岁片呢！"

这酸味都快溢出屏幕了。陈逸停下手里的活儿，拿起手机，半躺在沙发上，注视着满脸写着"我吃醋"的女人，竟微微笑起来。

"没有，不要冤枉人。"

"哪里没有？九年呢。"

言安荷的朋友圈明明就是这样写的。他们不仅一起看电影，看完电影还一起逛街、一起放烟花呢！

"就那两年。"陈逸不再逗她，低声自述，"我一般都在我外公家过除夕。高三那年课程紧张，我和我爸妈在家单过，比较无聊，同龄人出去打发时间比在家听念经强些。再一年就是大一，就是你知道的那年，之后也没有人愿意叫我出去过年了。"

张若琳听后心里舒坦了些，好奇地问："为什么？"

陈逸轻笑一声，反问道："你说呢？"

大一那年……想起那场远程的烟花盛宴，张若琳内心的酸气散了，心已然熨帖。他朋友那句"恶心他妈给恶心开门"，她记得很清楚。好像……的确……确确实实，那件事挺恶心人的。

"你呢，以往过年都干点什么？"陈逸问。

张若琳想了想，过滤掉那些杂七杂八的亲戚的闭门羹以及被讨债的事，挑好的说："除夕白天就贴对联，傍晚和外婆一起包馄饨。其实外婆是想给我做抄手的，但她压根儿不知道馄饨和抄手的区别。哈哈，不过她现在来了巫市，已经知道了。晚上呢，就一起看春晚，就这么无聊。"

陈逸又问："贴对联能贴一整天？"

"嗯！我们用自己熬的糨糊贴的，而且横批特别难贴。有时候借不到梯子，外婆就举着我贴，撑不了多久，我就总贴不好，还有没人看着，就贴不对正中间，要贴好久，然后……"

张若琳兀自碎碎念，没有注意到屏幕中陈逸的目光忽然变得深沉。尽管她没有半点抱怨的意思，他还是觉得心脏像被扎了一下。家里只有一老一小，就是简单贴个对联，都要比别人多费许多工夫，那么其他大大小小的事呢？这么多年，这个家庭的日子是如何过下来的？

"很辛苦吧……"他插话道。

"没有啊，小时候觉得很有趣。后来我就长很高了，踩着凳子就能贴上的，不辛——"

"辛苦了，宝宝。"陈逸打断她。

张若琳愣怔了半晌，对上视频里疼惜的眼神。她明白了。

"还好。"她正色回答。

"再讲讲别的。刚去滇市，吃得习惯吗？那边也都讲方言吧，听得懂吗？"

"嗯……也记不太清了，反正就慢慢习惯了，小孩子的适应能力很强的。"

"嗯，怎么适应的，一点点讲来听。"

"那得讲到猴年马月哦？"

"那就讲到猴年马月好了。"

张若琳："……"

然后，两个人就你一句我一句，说着分开这些年里的一些小事情，一直聊到外婆回房间准备睡觉。张若琳匆匆盖住手机，却还是被外婆捉住了。

"我看见了，很俊俏的小伙子。琳琳长大了，谈朋友有什么要紧的，还不让看？"

张若琳"嘤嘤啊啊"地闷声喊，把自己藏进被子里。

外婆没继续盘问她，笑眯眯地关了灯。

黑夜里，张若琳才注意到视频其实还没关。屏幕上，某人衔着宠溺的笑意正看着她。

"啊啊啊啊啊！"她瞬间点了挂断，然后收到了他的文字消息："哪天回校？"

"开学呀。"

。：："提前一点？"

张若琳："考虑考虑。"

初六，张若琳提着孕妇滋补品去林振翔家。她在新巫市没几个亲戚，林振翔夫妇算是她为数不多的好友之二，孟心怀孕了，她自然要去看望看望。

林振翔夫妇也知道现在张志海在培训机构上班，一家人已经在巫市团聚，很为她高兴。

林振翔说，她不在巫市，只有两个老人在家，如果有什么需要帮忙的，随时吩咐他。

人与人之间的磁场就是这样神奇，虽然早早相识，但交集不多，双方就能倾心相交，实属难得。

孟心在这座城市也没有闺密，俨然与张若琳投缘，此前住在一起也很融洽。这天两个人不免多聊了些。孟心留张若琳吃晚饭，张若琳没拒绝，只打电话告诉了外婆。

饭后，三人一块儿看电视，孟心忽然问起："后来你回去，我也没细问，你是通过陈逸联系到你爸的？"

张若琳点点头。

"你们不是绝交了？"

"嗯……"该怎么解释呢？张若琳不打算瞒她，"我俩现在在谈朋友。"

孟心瞪大眼睛，连电视剧都不看了，讶然道："这是什么剧情？"

"嗯……"从何讲起呢？

孟心以为张若琳是碍于林振翔这位男士在场，不好意思，就把自家老公赶去书房，才道："展开说说！"

张若琳悟了，再温柔淑女的女孩子都有一颗八卦之心。于是她从小时候讲到上大学，因为孟心细致，中途总会问几个恰到好处的问题，以至她这次比之前对着李初萌解释得更加详细。

不知不觉，快十点了，外婆打电话过来催，孟心才舍得放张若琳回家，还叫林振翔开车送她。

张若琳临走前，孟心感慨："你们的缘分，真是比剧本还精彩，好运在后头，一定要长长久久啊！"她那副沉迷于剧情的样子搞得林振翔都格外好奇起来，一路上没少打听。

不过，对着男士，张若琳的话就少了许多，她点到为止。

到了楼下，张若琳谢过林振翔就下了车。没想到林振翔也跟着下了车，叫住她，然后从后备厢里提出两盒年礼。

张若琳连忙摆手："不了不了，蹭吃蹭喝还带拿的怎么好意思？"

"这可不行,我和你心姐可都是公家人,收年礼哪有不回的?你这是想让纪委抓我把柄?"林振翔开玩笑道。

两人都笑起来。

张若琳还是有点不好意思,但推推搡搡的会显得太生分,她只好收下,又让他代为谢谢孟心,才目送他的车离开。

张若琳提着两盒年礼进了单元楼,破旧的老楼灯光感应不及时,黑乎乎的。她已经习惯了,没像刚住进来那会儿那样每每进楼道都要咳嗽一声、猛踩一脚。

她踏着黑暗到了楼梯口,手臂忽然被人抓住,随即身子被一股凶猛的力道拽到墙角,年礼盒子没拿稳,尽数摔落在地。

剧烈的声响中,灯亮了。

张若琳脑子里闪过《今日说法》里面变态杀人狂杀人越货、尾随妙龄少女先奸后杀的无数画面。她的眼睛还没有适应灯光,身子已经被拥入温热的怀抱。当熟悉的气味盈满鼻腔,她怔了怔,身子僵住了。是不是她太过恐惧,所以出现了幻觉?

"这么晚回家,干什么去了?"男人的声音沉得吓人。

听觉与嗅觉认知重合——是他。真的是他?张若琳从陈逸怀里缓缓抬起头,还没看清他的脑袋就又被摁了回去。

"别动,让我抱会儿。"陈逸警告道。

嗯……是他,不用确认了。她的心脏开始狂跳,从惊惧变成了难以言喻的心动。

"怎么……来了?"她的声音破碎,难以置信中带着几分期待。

陈逸抱紧了怀里的人,脑袋深深埋进她的颈窝,深深嗅着她的气息,才觉得一整天的奔波与疲惫被治愈了。他低声回答:"你考虑得太久了,所以我来了。"

考虑?张若琳一时没反应过来。他指的是……初四晚上视频的时候她说的考虑考虑提前回去的事?可是,这才过去两天呀。

"即便是提早回去,也不会这么早呀!"她有点无奈,语气里带了点责怪。他来了,也不说一声,不知道在楼下等了多久。大少爷站在寒风里等她,她想了想,有些心疼。

陈逸鼻子里轻嗤一声,说:"就知道你不会这么早……你根本就不想我。"

张若琳:"……"

见她好像是默认了,陈逸便松开她,退开了些,居高临下地看着她,目光灼灼。

"刚才那是谁?"

"刚才……"

林振翔,他不认识吗?大概是夜晚太黑,他没看清。

张若琳这么一思考就像有难言之隐,陈逸的目光越来越阴沉:"前几天还说我有青梅,今天你就跟竹马含羞带怯拉拉扯扯?"

这什么跟什么?什么竹马,还含羞带怯?她不过是不好意思收人家的礼!他都快酸出太阳系了。这还是陈逸吗?张若琳饶有兴致地看着这张大半个月没见的脸,刚想说点什么,他落下一句"还好意思笑",唇就落了下来。

陈逸吻得极霸道,搂着她腰的手紧了又紧,都快把她揉进他身体里了。等到灯控熄灭,他还没有放开她,她的嘴唇已有些麻了。她分神想着,灯控时间好像是五分钟……

唇齿纠缠到呼吸渐重的两人都没有注意到,单元楼门前停下一辆车,从车上下来三个中年人,三人一边聊一边进了单元楼。

"老张,我看你是太节俭了,你现在工资又不低,不必这样低调吧?"

"若琳签了两年,总不能毁约。这儿住得挺舒服的,就是外边寒碜点。"

"几楼啊……"

"三——"

话音顿住。

慢半拍的灯光在他们聊了好几句后才亮起,照亮了整个楼道,自然包括角落里搂在一起的年轻人。

张若琳听到自己的名字还有父亲的声音才反应过来,她用力推着陈逸,可是无果。就在他缓缓放开她,一脸满足的时候,灯亮了。

楼道口站着的人有她爸、陈妈妈,还有——即便这么多年没见,她仍能一眼认出的陈伯伯。

chapter 26
毕业典礼

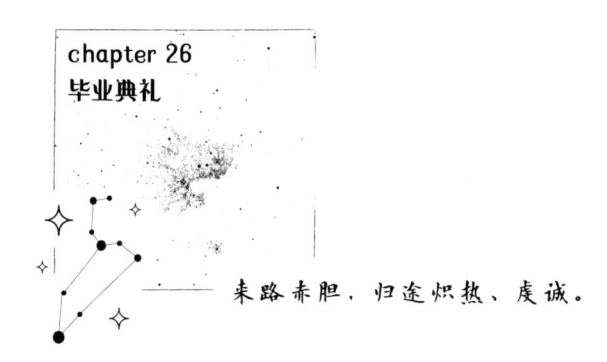

—— 来路赤胆，归途炽热、虔诚。

张家客厅里从没这么拥挤过。

外婆拉着陈逸坐在沙发正中间，她的眼睛直勾勾地看着这个英俊的年轻人，皱纹深深堆在一起，眉眼里全是笑意。

陈父陈母坐在沙发一边，陈母脸上始终挂着得体的笑，陈绍华则没什么表情，看不出喜怒，和陈逸如出一辙。

张志海坐在矮凳上，看看自家如鸵鸟埋沙却脸比柿子红的女儿，再看看从容淡定的陈逸，脸色阴郁。

几人进门寒暄过后，这样的沉默大概已维持了五分钟。

张若琳坐在矮凳上，对着刚洗好的水果出神。她能不能啃个苹果直接噎死了交差？

陈绍华瞪一眼陈逸，率先打破沉默："你不去看望你外公，到处瞎跑什么？"

张志海听到这指责的话语，神色舒缓了些许。就是，他懂不懂规矩，八字没一撇就敢上门来？

陈逸被点名，却没露出惊惧的神情，淡淡反问道："您二老不是要上苏梅岛休假，竟不知道巫市有个苏梅岛？"

陈父："……"

陈母："……"

张若琳蒙了，他们居然不是一起来的吗？

张志海却瞬间明白了。这么多年，一点没变，他们依旧是相互揭短、相亲相爱的一家人。

陈母扬起温和的笑意："我们准备来探望探望朋友再去的。"

陈逸"哦"了一声，像话题主导者。

陈父说："我们探也探完了，这就走了，你呢？"

陈逸说："多大了，你们走我也走，拴裤腰带上？"

陈父说："爱走不走。"

陈逸却破天荒地听话，拍了拍外婆的手，起身："走，走吧。"

陈绍华又跟张志海谈了些事情，陈家三口就离开了，结束了这场短暂又莫名的会面。

张志海一直把他们送到楼下。

站在楼门口，三个中年人又免不了一顿寒暄。张若琳乖乖站在张志海身后，只在陈母叫她时挥手告别。

陈逸在上车时忽然回头，指了指手机。陈父陈母也在上车，自是没看见，只有张志海脸色一黑。

车子尾灯在角落一闪，不见了踪影。

张志海看着自家女儿，眼神凶极了。

张若琳："……我……我上去了。"

"你给我站住。"

张若琳乖乖站住。

"算了，回家说回家说！"

"……"

回到家，张志海在客厅里走来走去，背着手走，叉着腰走，捏着太阳穴走……

张若琳头疼："爸……"

张志海之前见过陈逸，并且对他态度良好。可是知道他们的恋爱关系和撞见他们亲热是两回事，他接受不了。

"你你你，我跟你说，本来今天我在老陈面前挣足了面子，怎么也是他家儿子非我家女儿不可，晚上你就给我整投怀送抱这一出，你说……你你你你——"

张志海终于组织好语言，但是说出口就控制不住。他真是要气死了。

他——非她不可，他是这么和父母说的吗？"我没有投怀送抱呀……"张若琳尝试辩解，声音却越来越小。

虽说刚开始她是被强吻的，可后来她就被吻得晕头转向，主动回应了。她曾以为，如果要评选"这辈子最难忘的吻"，之前她大概会在冰面豆汁吻和教学楼月光吻中犹豫不决，可现在最难忘的吻猝不及防地发生了。她忘不了三位长辈的表情，更忘不了那散落在地的年礼，仿佛在印证这场激吻多热烈……啊！

"爸，你不是说，不会再见陈伯伯了吗？"她转移话题，内心也想知道答案。

张志海果然冷静了些，坐到沙发上，喝了口茶，说："是他们找的我。"

"哦。"

"还不是为了你？"张志海又是怒其不争的语气，他缓了缓，觉得不应该这么说话，便收了收情绪，"我收回这句话。家人之间没有什么为了不为了，咱们是一体的，你的未来和幸福，就是我后半辈子最大的心愿。"

"爸……"

"不需要用这个眼神看着我，你不欠爸爸的。陈逸是个好孩子，老陈他们夫妻俩也是万里挑一的人物，我总不至于为了自己的旧事耽误你。但是！"张志海的声音拔高，"他条件好就要无条件迎合他吗？不可能，在我这儿考察期还没有过。你们都还没有毕业，听说他还要出国，这感情到不到位还是个问题，别想这么简单就把我女儿骗走了！"

"爸……"

"你别说话，他们家刚才也没个表示，你少贴上去！知道了吗？"

"哦。"

可她手机里躺着陈逸发来的消息："回京机票给你订好了。"还有机票信息——正月初十的票，整整提前一周。

另一边，原来一家三口住的是同一家酒店，这到底是默契还是孽缘？

陈逸被叫到父母房间谈心。他从小到大都是这样，平时被散养，父亲有要事就会开小会，母亲晓之以理，父亲动之以情。他知道这个流程免不了,于是主动赴约。

陈绍华坐在书桌后的老板椅上,陈母端坐在沙发里,陈逸站着。

"你有什么打算?"陈绍华开门见山。

陈逸说:"原本打算明天上门拜访,被打乱了。"

"打乱?你这是怪我们擅自给你做主了?"

"没有,"陈逸实话实说,"你们有你们的立场和道理。"

陈母原本担心他们父子俩会剑拔弩张,见两人对话还算和谐,稍稍松了口气。她犹豫了一会儿,说:"之前的事,是妈妈做得不对,妈妈向你道歉。因为这个,你不信任我们,我们理解,所以才想着,亲自来面对和解决。"

沉默让气氛稍稍僵住。

陈逸拉了张椅子坐下,摁了摁眉心:"其实我能解决,也想好了什么时候安排你们见面,不过……谢谢爸,谢谢妈。"看今晚的情况,二老和张志海谈得很好。他知道自己的父亲是何等高傲的人,面对有宿怨的旧友,他估计很难说出"对不起"。不过,情商如此高的三个人聚在一起,目标还是一致的,结局就绝不会被情绪左右,冰释前嫌是最好的选择。而且他们原本就是那样契合的兄弟。只是陈逸原本不想这么快走到这一步,还想更稳妥些,把所有人的心思都照料得周全。

陈父陈母面面相觑。他们压抑了一路,以为会迎来孩子的怒气,却没想到得到的是感谢。他们回想起来,每一次的小会陈逸都是只听不说。如果他们说得对,陈逸会在之后的行动里改正;如果不对,他也从不顶嘴,只是用事实证明他才是对的。他从小就不爱表达,算不上听不听话,但是他也这么好好地长大了。

陈绍华和陈逸是一个性子,对忽然温馨起来的气氛不适应。

陈母只好出声回应:"是你自己的造化,你张叔叔跟我们说了你为他做的事,如果没有这一层铺垫,他或许不会这么快接受我们。"

陈母唱好了红脸,陈父这才开口:"你今天过于莽撞,不知礼数。你们年纪太小,万事还要再多考量,五年很长,要走的路还长着,你是男人,担起责任来,不要沉迷于一时,让人家女孩子现在吃亏、以后受苦。好好把学上明白了,别的,毕业再说。"

陈父是在解释今天在张家为何丝毫没提他们俩的事。

陈逸在张家时便考虑到了,所以转了口风随他们回来。

"行。"

陈逸这一声,便是应下了。小会结束,他起身,准备回自己的房间,到了门口又转过头来:"既然这样,在群里答复答复你们的兄弟姐妹,别显得我的人没被认可。"说罢,他关门离开。

愣怔在原地的二老对视着,无奈地摇头——儿大不中留。

张若琳回到学校后才知道,这个假期很多同学都没回家,留在北京实习,那些回了家的也在家乡找了单位实习。反而是她,一个社会实践狂魔,不疾不徐的,没找实习,也没做别的工作,就这样享受了一个奢侈的假期。

上大三了,一个比一个焦急。尤其大三下学期,每个人都开始思考以后的路,是保研、考研还是准备找工作,找工作是选择大平台还是创业公司,要不要进入体制内,要不要自己创业,回老家还是留在北京,或者选择更适合发展的城市……这一次的选择,是大家头一次真正面临选择。

在上大学之前,所有的选择都是基于学习成绩,在学习成绩达到的情况下选择最好的学校就可以。大学毕业,面临的才是真正的人生选择。而这个选择,从大三下学期就要开始思考。

张若琳是有保研资格的,区别只是保本校还是外校。

Q大的综合实力自是不必说,但它的法学院并不是国内最强的。本科生更注重第一学历,研究生则更注重专业,其实她冲一冲外校热门专业是不错的选择。但她纠结的点在于,Q大法学院的刑法首屈一指,以高莹教授为首的刑法专业、刑诉天团在法律界是执牛耳的存在,如果要留在本校,那么一定是选择刑法方向最有前景。而她又动了要学民商法的念头,理由很世俗:她的身份背景是入不了公检法系统的,如果专业对口,大概率是做律师,这个职业对女性不够友好,尤其是刑辩方面;而民商法对于女性友好很多,一些公司的法律顾问甚至更倾向选用女性,并且学民商法来钱快。

张若琳喜欢刑法,但她需要钱。到了这一年,正如樊星烁说的那样,她已经完全没了回老家发展的想法。她想留在这座城市。如果没有足够稳定的收入,又怎么能支撑在这儿的生活成本?另外,她还想把父亲和外婆接过来,给父亲开个培训机构。这么计算着,选择民商法方向更合适。

于是在陈逸忙着考语言、考各种证书的时候,张若琳在物色学校和导师。每天一闲下来,她就跟各大高校辩论队的人咨询他们法学院的导师,扑在知网上看论文。

陈逸听她打了几次语音电话,才问:"你不学刑法了?"

"在考虑。"

"不喜欢了?"

"喜欢……但是我要吃饭啊。学刑法的话,以后的路就稍窄些,我怕我没有抗风险的资本。"

资本?陈逸挑眉:"你要什么资本?"

张若琳掰着手指头:"刚毕业肯定是先考虑生活成本,租房子可贵呢,我做过中介,工作几年后得买房吧,这是笔巨款,然后还想——"她念叨过半,突然觉得话风不太对,实在很担心某人财大气粗地说他就是资本……

不过,事实是她想多了。陈逸只是煞有介事地点点头:"独立是好事,更自在、洒脱。"

张若琳扑过去亲了他一口。她以为陈逸不打算干涉,任由她自己做决定。

可接下来接连一周,陈逸带她参观了数十场刑事案件的庭审,就连在家吃饭都开着庭审直播,他还会评价哪个律师更厉害。

周末,陈逸忽然说要领着她去步潼家串门。

张若琳疑惑,怎么要去步潼家?换了身份,作为他的女朋友,再见到步鑫和项凌,她总有一种见家长的羞赧。

步鑫和项凌都像早就知道他们要来一般,对张若琳熟络又自然,依旧当她只是张若琳来看待,让她感觉舒服许多。

家里还有一位老人,是步鑫的姑奶奶、步潼的太姑姥姥,已近九十高龄,仍身体硬朗,风姿矍铄。

一经介绍,张若琳瞬间愣怔,好半晌才挤出一句话:"步教授,久仰您。"听着像是恭维,但却是她由衷的话。她惊讶得只能想起这句话。编纂教科书的人物啊,就在她眼前。

"听说你喜欢刑法?"

如果到了这个时候张若琳还不明白陈逸带她串门的用意,她未免太迟钝了。

"嗯，喜欢。"

"为什么喜欢？"

张若琳很认真地思考了会儿，才答："以前，没学刑法之前，是觉得学了刑法能够捍卫公平正义、惩恶扬善，学了之后……"她有点不好意思地低下头，"其实也是私心，私以为这世上本就没有真正的恶，喜欢刑法在于，它是用来审判恶人之'恶'的法则，但它也是用来保护恶人之'善'的盾牌。"此前，她好像只是盲目地喜欢这个学科，却从来没有切实地剖析她为什么喜欢。遵从内心给出的答案，原来竟是这样的。

步教授同她聊了自己当年的抉择，还聊起编纂教科书时的许多趣事。她说，刑法不是冰冷的，也不是高高在上、遥不可及的，每个法律人都有自己的法律理想，公平、正义也是在他们的努力下得以实现。

"你还很年轻，即使现在选择了别的，我相信，最后你还是会回到自己的法律理想上来。"步教授最后说，"这是你的自由，也是法律的魅力，法从不强人所难。"

法从不强人所难。

张若琳的内心久久不能平静。回到陈逸家里，她还沉浸在自己的世界里，洗脸、刷牙时都在出神。

陈逸在客厅里，放着一部老电影——《控方证人》。

张若琳洗完澡出来，电影正演到威尔经过一番思虑和验证，决定接受弗雷德的聘请，成为他的辩护律师。

陈逸熟练而亲昵地搂着她的腰，把她带进怀里，两个人静静依偎着看了会儿电影。

忽然，张若琳蹭着他的下巴："你是不是想跟我说什么？"

"没有，我不想。"陈逸只答。

张若琳也不恼，勾着他的脖子："那我想。我问你，你不想我学民商法吗？"

陈逸闻言，摇摇头："我没有想让你学什么、不想让你学什么，你对法律比我专业，我没有异议。"

"才不是，那你最近——"

"你喜欢刑法也好,喜欢什么别的法也好,跟我都没有太大关系,我只是关心你最后选择的是不是自己喜欢的。"他打断她的话,捏了捏她布满红晕的脸蛋,忽然松开她,起身走到书架后面,从顶部抽出一本暗红色大部头。

是她那本遗失的《刑法学》。

陈逸把书递给她:"看看初心?"

张若琳抬手接过,想起大一的时候为了这本书难过了一整个星期……翻开扉页,看到那句不着调的"至高无上",她失笑,那时候是真傻。再往后,是她第一节刑法课的课堂笔记。没有什么独特的内容,但字迹工整,能看出写笔记的人揣着十足认真的心思。忽然,她感觉手里的这本书沉甸甸的。

陈逸的声音从她头顶传来,冷淡而平静,却仿佛带着灼人的温度:"我不阻止你自力更生,但你别忘记,我永远是你一往无前的资本和倚仗。"

✦ ✦ ✦

张若琳参加保研夏令营的那一天,陈逸从上海出发,飞往波士顿。她最终选择了刑法方向,选择留在Q大。

保研夏令营在京郊的酒店举办,张若琳提前一天就过来了,甚至来不及送陈逸离开北京。她感谢这场夏令营,帮她做了决定,否则她也不知道要不要去送他。她经历过太多的分别——与父亲分别;与儿时的玩伴分别;与生她养她的土地分别;上了大学,与外婆分别。可绝大多数的分别都是被动的,那样猝不及防,她没有一点准备,没有含泪相送,也没有互诉衷肠。而与陈逸的分别,却是一场计划已久的分别。她做足了心理准备。她曾久久地坐在书桌前,提笔想写下什么——为分别留下只言片语。她写写删删,最终还是什么都没有给他留下。没有含泪相送,也没有互诉衷肠,和以往每一次的分别似乎没有区别。

收到陈逸落地消息的时候,张若琳刚上完研讨课。她走出酒店,外面霞光四溢,满城锦绣。可她心里空落落的,感觉站立的这片土地和整座城市的空气都因为他的离开而变得没那么特别了。

夏令营结束没几天,研究生录取结果就出来了。没多大疑问,张若琳顺利被录取,她开始安心暑期实习。

陈逸则刚刚安顿好,准备开学。

两人开始习惯一整个白昼的时差,常常隔天才能回复前一天的信息,就像对接隐秘的暗号。

刚开始确实难挨些,待一切步入正轨,时间就似摁了快捷键,日日飞进。他们经常分享晴空和星夜。

波士顿与北京气候相当,张若琳偶尔觉得,他们仿佛还在同一座城市。当银杏叶铺满校园时,查尔斯河畔的高树也染上了金黄。当北京街头巷尾竖起高高的圣诞树时,波士顿街头也全是乔装打扮的圣诞老人。当紫禁城内白雪纷飞,一夜梦回北平,波士顿后湾区也一派肃杀、冷清。张若琳把这些图片都拼在一起,标注日期,存满了手机。

陈逸的朋友圈更新得格外勤快。

她在朋友圈炫耀又长高了一厘米。他的朋友圈便发了一张体检报告单。哦,他一米八八。男生有不在意身高的吗?没有!

她在朋友圈吐槽辩题奇葩。他就会在朋友圈发他作为对方辩友的话会提的论点。不就是模辩嘛,他远程也可以参与!

她在朋友圈转发展会宣传。他就会在朋友圈发几张他在论坛发言的照片。

她忙,他也忙,他们一起乐观、积极,一起风生水起。

……

但这些,别人都看不见。

在别人首页消失了的陈逸,在她的首页频繁蹦跶。他的生活状态、所思所想,只她一人知。

每每刷到,她都反复心动——这隐秘而骄傲的"忠贞"啊。

每一个节日,她都会收到大洋彼岸寄来的礼物。虽然她知道礼物是什么,但每次开箱都期待不已。宿舍的姐妹们也每次围观。孙晓菲还会特地打听是不是国内没上的新款。

每次都是裙子,每次都是不同的裙子。上大一时,她从来不穿裙子。如今,一件件裙子挂满了她的衣柜。如此,张若琳几乎每天都穿裙子。即便是大雪纷飞的冬日,她厚重的羽绒服和呢子大衣下也是各种材质的裙子。裙子很适合她,衬得她整个人高挑又有气韵。就连她的准导师高莹教授都时常夸赞她穿得好看。

新学期开学,张若琳就忙着准备司法考试,紧接着就是交接社团的工作,开始筹备毕业论文选题,片刻都没清闲过。然后,她最大的事就是给高莹教授打下手。

高莹已经两年没带研究生,她的博士生回家生孩子去了,她在做的课题就落在张若琳一个人身上。

张若琳感觉压力山大,如果自己是高莹,助手从博士生降级到本科生,大概会气死。

得亏高莹是个面冷心热的人,对张若琳进度稍缓也表示理解。

只是张若琳最是受不得他人的恩惠,高莹越理解,她就越觉得是自己拖了后腿,过年也没回去,留在学校啃论文。但相比身边的其他人,她的状态就是纯粹的学生,暂时不需要过渡到社会人。

路苔苔不打算继续升学,她认为自己的性格不适合做打工人,只能回家继承家业,于是在勤勤恳恳地考幼儿教师资格证……

郑淑仪和杜弘毅都准备出国留学,可两人在国家的选择上出现了分歧。郑淑仪打算跨专业考经济类,先去读预科,首选美国。而杜弘毅因为父母都在德国留过学,也有亲戚在德国,所以首选是德国。两个人因此已经冷战许久。

孙晓菲已然是个有头有脸的网红,在杭州买了套房,工作室也弄得差不多,等毕业了就去杭州发展。她还给张若琳带来一个消息:Q大的快递站点已经易主了,老板不是陈逸了。她是去谈快递合作的时候发现的。可这……张若琳其实并不知道。想到这个破快递站已经让她不爽很多回了,她就没藏着掖着,在微信里给陈逸留言:"我听说快递站转给别人了?"

陈逸第二天才回复,只是一个"嗯"字。

张若琳又道:"我什么都不知道。开,我不知道;卖了,我还不知道。当年我还想投资来着,不过听说你有别的投资人,就算了。"

陈逸又过了一天才回:"你想知道?"

张若琳："当然了！"

。："这么早就开始打听夫妻共同财产了？"

张若琳："……"

陈逸没有再回她。

这个话题又被他这样草草地揭过，张若琳很是不爽，却又觉得他们正在异国恋，不要因为丁点小事闹矛盾，时间长了双方都会疲惫，于是不打算再给自己添堵，没过多久就忘了。

张若琳忘着忘着，连自己的生日都不记得了。当天下午接到路苔苔电话的时候，她还蒙了一会儿。怎么突然就二十二岁了？这可真恐怖！

她匆忙赶回宿舍。宿舍里边热闹极了，路苔苔和郑淑仪都在化妆，孙晓菲也回来了，正对她们的化妆手法指指点点。

然后，四个人盛装打扮出了门，走在校道上，回头率十足。

在校门口排队买奶茶的时候，张若琳和孙晓菲被男生搭讪了，一问之下，那两个男生一个是大二的，另一个是大一的。也是，她们都上大四了，目之所及，都是弟弟。她们俩今天都是比较成熟的打扮，孙晓菲不用说，每根头发丝都透着精致女人的韵味。张若琳的呢子大衣里是一袭掐腰长裙，颈脖长而雪白，高跟鞋一蹬，身高直逼一米八。

路苔苔叹气："可爱在性感面前一文不值。"

郑淑仪赞道："学妹算什么，哪有学姐香？"

她们约在一家西餐厅，为了照顾张若琳的感受，一个也没带家属。

一落座，孙晓菲就好奇道："这次陈逸送什么裙子了？"

张若琳蒙了，他好像……没送？

"还没收到。"

约莫是快递迟了，或者……他忘了。

借着玩手机的空当儿，张若琳看了一眼微信，他没有消息，上一条聊天记录是三天前的。尽管知道他近日在忙着做模型，她心里还是免不了闪过丝丝失落。

"哼，男人不可靠，还是姐妹好。"孙晓菲开玩笑道。

张若琳说："你们不叫我，我真给忘记了。呜呜呜，姐妹真好！"

孙晓菲又说："唉，去了杭州就不知道多久才能见一面了。"

路苔苔说："离我很近啊。"

郑淑仪说："得了吧，都在北京都见不着你几回，大网红。"

"唉……"

此起彼伏的叹气声蔓延开来。

张若琳觉得自己是幸运的，大学四年下来，忙忙碌碌，她极少特意花心思去经营友谊，比起其他人每周一起逛街、放假一起旅游等，她们宿舍除了一些节日聚餐，平时很难聚齐，也没有轰轰烈烈地吵过架来一次情感升华。可一旦聚在一起，大家就好似天天在一起似的，有说不完的共同话题，话语间没有一点隔阂。大一入学之初逛桃李广场参加"百团大战"的场景还历历在目，如今她们就要各奔东西了。

光阴似箭，岁月如梭，老话多么透彻。大家聊起大一时候的一些趣事。

郑淑仪说："那时候跟琳子不熟，觉得这个人好假！"

张若琳惊道："什么！"

"真的！就是那种……说不来的感觉，就是不够接地气！"

"我还不够接地气？我都土得掉渣了。"

"不是这种地气。怎么说呢……"

孙晓菲插嘴道："就是很高尚的感觉，一直那么积极乐观，总是冲冲冲，加油加油再加油，努力努力再努力！好像别人都是庸人。"

"哈哈哈哈哈，对对对！"郑淑仪点头如捣蒜。

孙晓菲又说："大概是我们都做不到吧，觉得你太正了，后来发现，这货表现出来的正已经很克制了，她骨子里更正。"

"哈哈哈哈哈哈哈哈哈，绝了，精辟！"

张若琳："……"这到底是不是夸？

路苔苔问："你这话感觉还有后文。"

郑淑仪正色道："对，后来进了辩论队就慢慢熟了嘛，感觉你谈恋爱以后变得像个正常人了，虽然还是那样冲冲冲，但是好像有世俗的追求了，大佬跌入凡尘。"

张若琳说："……今晚我不想埋单了，你们看着办吧。"

"怎么还急眼了？你就说你以前是不是假吧。我那时候撞见你和陈逸出去吃饭,你还跟我说,啊,没有的事,如果你和陈逸在一起你能吹一年,还是请我广而告之的那种!"

"我有吗?"

"别耍赖,就有。"

"行吧,我付钱还不行吗?闭嘴吧你。"

那时确实如此,现在她想都不敢想啊。

路苔苔忽然叹气,说:"为什么我们宿舍四个人,有三个人找了土建的,怎么都得异地一年。集体异地?"

建筑系本科五年,除非她们继续留在北京,否则势必要异地。

小胖本来是准备本科毕业出国的,因为路苔苔的关系,他现在已经在准备考上海F大的研究生。

郑淑仪更是惆怅:"我爸无论如何也不让我去德国,他妈无论如何也不让他去美国,就算他最后也去美国,我们大概率也不在一个城市,就算以后在一个城市,我先去一年,也很难受……"

"琳子,你和陈逸是怎么过来的?感觉你们连矛盾都没有。你们会吵架吗?"

好像不会,他们连吵架的时间都没有。他也很少给她添堵,她倒是偶尔提一些奇奇怪怪的问题,但是他很擅长自我消化。

"一看她这绞尽脑汁的表情就知道他们连吵架都没有,这到底是什么适配度?"

孙晓菲问:"那会不会很无聊?"

路苔苔说:"对你这种三天一小作、五天一大作来说,可能是有点无聊。"

孙晓菲叹气:"不过吧,对着陈逸那张脸,很难生气吧?"

张若琳眼珠子直转,随即若有所思地点点头:"很有道理,我怎么没想到是这个原因。"她这炫夫不自知的样子惹得其他三人忍不住翻了白眼。

张若琳:"……"

路苔苔忽然贼兮兮地问:"分开这么久,是不是很想他啊?如果他忽然回来了,你会怎么样?"

孙晓菲和郑淑仪也饶有兴致地看着她。

张若琳眼神空茫,在思索。她不知道,真的不知道。想念太深刻的时候,她不敢怀抱奢望，免得实现不了，心怀怨怼。

孙晓菲说："这还用问，当然是扑倒，让他把大半年的公粮交尽。"

张若琳："……"

路苔苔："……"

郑淑仪："……"

正朝着卡座走来的三位男士："……"

孙晓菲和张若琳坐在背对着入口的一边，并未察觉什么。而正对着入口的路苔苔和郑淑仪则目瞪口呆，用眼神发出警告。

孙晓菲并不在意，以为她们两个被她了不得的金句吓到了，决定再加把劲，补充道："最好让他后半年也弹尽粮绝。"

寂静，卡座一片寂静，显得原本安静的西餐厅都喧哗起来。

还是张若琳更敏感一些，顺着路苔苔和郑淑仪的视线看去。她缓缓抬手揉了揉眼睛，也顾不上带着眼妆，又眨了眨眼。她浑身都僵住了。

孙晓菲这才察觉到不对劲，转过身——"啊！"

小胖、杜弘毅，还有陈逸。

一刻钟后，三对情侣和一只缩头乌龟在商场楼下分道扬镳。

"不送了。"陈逸客气道。

"不用送不用送。"孙晓菲忙应道。

小胖和杜弘毅原是开着陈逸的车去接机的，本来打算聚一聚，可孙晓菲的头摇成了拨浪鼓，路苔苔和郑淑仪也不想继续留下徒增尴尬，陈逸一句"改天再约"简直就是救命稻草，几乎每个人都点头赞成。

张若琳跟着陈逸上了车。系好安全带后，她垂着头，搓手指头。

车子没有启动，陈逸目不转睛地看着副驾驶座上坐立不安的人。他当然知道她这副表情是怎么回事，嘴角弯了弯，以称赞打破寂静："裙子很适合。"

张若琳果然抬头："真的吗？"这就对上了陈逸玩味的眼神。

陈逸笑出声来，伸手捏了捏她的脸颊："我还没条裙子吸引你吗？"

指尖的皮肤细腻柔软，他一捏就舍不得松手了，手掌捧着她的脸颊摩挲，倏地凑近，目光灼灼。

"不是的……"张若琳讷讷地开口,看看眼前朝思暮想的英朗面孔。他好像越来越好看了。

见她流露出迷恋的神色,陈逸才满意地放开她的脸,身子却没有远离,手从她脸颊移到她后颈,猛地一扣,吻住她殷红的嘴唇。半年不见,她竟会化妆了。这口红看着碍事。

久违的亲热让人欲罢不能,这个吻极尽热烈,几欲将他们的神志吞噬。

"叭叭"的催促声传来,陈逸才意犹未尽地松开张若琳,深沉的眸里盛满欲望。

"回家。"他声音沙哑。

今晚注定不会是个轻松的夜晚,而陈逸让张若琳明白了什么叫作"交尽公粮"。最后她气不过,快要发脾气了,听见他说:"不是还想让我弹尽粮绝吗?"这话不是她说的……绝交吧,孙晓菲,呜呜呜……

事后张若琳困极了,陈逸仍搂着她细细密密地亲吻,她在这亲吻中累得睡了过去。可或许是一份思念牵引着,又或者是陈逸的目光太灼热,她没眯一会儿就悠悠转醒,果然见他支着脑袋目不转睛地看着她。就这么看着她沉睡?

"不睡吗?"她往他怀里蹭,搂着他的腰,脸蛋贴着他胸膛。

"看看你有没有哪里变了。"

"那看出什么了吗?"

"没看够,不知道。"

她忽然咯咯直笑,从他怀里扬起脸蛋:"怎么回来了?"这个时间应该不是他们的假期。

陈逸揉揉她的脑袋:"你说不过生日,那我只能送我自己。"

张若琳想起刚在一起时的那个生日,他就是这么说的。他把他给她,不花钱。

"呜呜呜,你不要这么好……"她又埋进他怀里,已经不知道再说什么好。他这样,她都不想放他走了。

"其实还有一件事要办。"陈逸补充道。

"嗯?"

"你还有力气吗?"

张若琳瞪大了眼睛，使劲摇头："没有了没有了……"

陈逸快被她气笑了，捏了捏她的鼻子："有力气就起来，带你去看一样东西。"

"……哦。"

陈逸领着她到书桌前，抽出一个文件盒，又从行李箱里取出一个本子，抱她坐在他腿上，打开文件盒。这姿势、这架势，仿佛回到他教她理财那一天。今晚注定又是长知识的一晚吧。

一摞合同、不动产证、存折，还有各种看不懂的表格、纸券，摆在张若琳面前。合同还分铺面租赁合同、股权交易合同、基金管理合同，等等。她悟了。这不是长知识的一晚，这是开眼界的一晚。

"原来觉得这些没什么好提的，但既然你想知道，就知道个彻底。"陈逸在她耳边淡淡地说。

"我做了不少小生意，小打小闹。快递站是其中一个，想趁快递行业整合之前倒一手而已，风险还是有的。庆幸我要出国，就早早转手了，否则可能会折在手里。你之前想投资，我倒是没看出来，但即便你提了，我也不会同意的。"

"为什么？"

"你那时候只适合稳健理财，不适合合伙。"陈逸翻开之前与言安荷合伙的合同，指着上面的金额说，"不是瞧不起你的钱，只是每一分钱对于不同的人来说，重要性不同。"

张若琳表情空茫。

陈逸耐心道："就好比用水浇花，花不一定开，如果你有一缸水，我会叫你大胆一试，可你当时只有一瓶水，没理由要求你放手一搏。"风险，得在承担得起后果时再去挑战。

张若琳懂了，忽然觉得陈逸这样子像个老学究。她扭过头，捧着他的脸啄了一口。

接下来，陈逸又一一介绍那些合同都是干什么用的，其中哪些是成功的、哪些算是失败的，不带一点炫耀的心思，只是陈述。他只是让她知道他都在做什么、做过什么、以后可能做什么。

最后，陈逸郑重地说："我说我可以是你的倚仗，不是空口承诺，你可以信任我。"他没问"你信不信任我",他说"你可以信任我"。选择权在她。

张若琳紧紧搂着他的脖子,不知道该怎么表达才好,只徒劳地撒娇:"我上辈子到底做了什么好事……"

陈逸不以为然地笑了笑:"我就怕你又觉得多厉害多神奇了,果真是这样。你之前觉得理财多厉害,现在自己理财了,是不是就觉得没有那么神奇了?我只是接触这些比你早,我们同龄,你可能很难享受到来自年龄和阅历的照拂,但可以走的路我都尽可能先走一遍,你只要随心所欲就好。"

随心所欲?长这么大,张若琳想都不敢想这种状态。她缓缓直起身,站在陈逸两腿间,低头看着他。他的手自然地搂着她的腰,与她亲密无间。这俊朗的容颜在他高山仰止的人格面前不值一提。眼前这个人,是她的人啊。她何德何能?

"这么看着我?看来你确实还有力气……"

"……"

陈逸来去匆匆,时差都没倒过来,匆忙回了趟上海,又从上海飞波士顿了,之前答应的"改天再约"变得遥遥无期。

唯一感到庆幸的人,只有孙晓菲。

短暂的相聚让张若琳像触过电,打通了任督二脉,但是后劲太足,她有点蔫巴了。

其间,陈母来京,看望过张若琳一次,嫌她太瘦,领着她看中医调理身体。中医说了一通她听不懂的理论,最后给了个放之四海皆准的诊断:她需要补气。于是她带着大包小包的中药回学校,每天到热水房温中药。

不知怎的,这事儿一传十十传百,整个法学院都以为张若琳好事将近要备孕。这真是个神奇的误会。

张若琳把这事儿讲给陈逸听。

陈逸先是很认真地问她具体的诊断结果,得知她确实没什么大问题,才道:"有备无患,提前准备准备,也不是不可以。"

张若琳:"……"

陈逸又补充道:"你学姐不就是嘛,读着博士,都生二胎了?"

张若琳:"……"她说这些琐碎的事情的时候,他分明在一心二用忙自己的事,一点回应都没有,都是她在自言自语!他居然记这么清楚?!

盛夏悄然而至,拍毕业照那天,烈阳高悬,特别热。

各个学院拍完,各个班拍,各个宿舍拍,各对情侣拍……

张若琳快热昏了,同学们还热情不减。

孙晓菲请了专业的摄影团队来拍,还要出一期毕业Vlog,于是419宿舍所有人免不了得给她这个大网红做陪衬。

晚上,趁着这个时机,两个宿舍加上家属凑到一起聚会。张若琳实在惨,只有她是孤身一人。

万峰在他们宿舍群里发了聚会实况。没过半分钟,陈逸的视频打了进来。那边是早晨,他正在刷牙,手机放在一旁,问:"没发几张照片过来看看?"

万峰听见了,打趣道:"女朋友拍毕业照都不出现。张若琳,甩了他!"

"就不!"张若琳拿一个骰子砸他,"一边去!"

陈逸也毫不在意,拿着手机晃晃悠悠地烤面包、热牛奶,淡淡回应道:"拍结婚照能出现就行。"

"哦哟!"

包间里一阵起哄声。

孙晓菲死性不改,喝了点酒就爱嚷嚷,喊道:"那你什么时候来跟我们琳子求婚啊?"

张若琳双颊爆红,心想,这都是什么姐妹,搞得像她多恨嫁似的。

陈逸闻言挑了挑眉,问道:"想结婚了?"

张若琳赶忙说:"没有没有,她瞎说的,我还在上学,结什么婚!"

陈逸啃面包,并不多言。

张若琳就把手机放在一边,让他远程参与聚会。

陈逸兀自忙活着,收拾笔记本出门。等启动车子,他才叫了声:"宝宝,开车了,挂了……玩好,各位。"

"哦哦,好。"

"咦——我输了。"

"太麻了！"

"快结婚吧，不结婚难以交代！"

张若琳嘻嘻笑着。

毕业季就是一波接一波的聚会，毕业生们在每一场狂欢里纪念即将逝去的飞扬的青春。

大多数人已经开始收拾行囊，准备邮寄回家。宿舍楼下全是大包大包的快递。

来的时候不过一个皮箱，走时却像搬家。

学院屡屡传来喜讯，谁考上了哪个学校的研究生，谁拿到了某企业的录取通知，谁考上公务员了……

张若琳已经提前跟了高莹教授，每天仍旧忙于学业，她的行李只是从本科宿舍搬去研究生宿舍，所以她对毕业缺少具象的认知，直到毕业典礼来临。

Q大的毕业典礼向来是学校办一场，各学院再自己办一场。

法学院今年安排的时间正是学校毕业典礼当晚。

张若琳作为毕业典礼主持人之一，礼服是不可或缺的。除了主持人礼服，她还需要一条普通晚宴礼服，法学院的毕业典礼要走红毯。裙子这种东西向来不需要她操心，陈逸早早寄了过来，可她觉得紧了些，但尺码与以往是一样的。

孙晓菲看来看去，最后判定："是你的胸碍事了……"

"……哦。"

两条礼服裙都是如此，张若琳竟不知这是喜还是忧。

陈逸在毕业典礼前一天又没了消息，张若琳这次已经能够猜出，他会来。可当他抱着鲜花出现在观礼台上时，她还是激动得差点没站稳。

作为法学院优秀毕业生代表，张若琳站在台上接受校长亲自颁证、拨穗。她的目光穿过众人，落在百米外的观礼台上，一眼就看到了他。他洗去风尘，穿着白衬衫和黑西裤，捧着鲜花，郑重出席她的毕业典礼。

拍完照，张若琳没有走向学院方阵，而是快步朝着观礼台而去。学院同学都看着她,但她不管不顾。走得急了,她索性小跑起来,如果不是穿着高跟鞋,她能飞奔。

陈逸瞧见她急切的模样,便穿过人群走下观礼台,刚走到出口,一个身影就猛地扑过来,他敏捷地把鲜花举到一旁,任由女孩扑进自己怀里。

这对重逢的恋人怎么也没想到,全国直播的Q大毕业典礼的摄像头此时正好捕捉到了这美好的一幕:女生笑容烂漫,男生温柔、阳光。这不是青春又是什么?气球与白鸽也不过是青春的背景。

晚上,陈逸做了张若琳的男伴,一段短短的红毯,备受瞩目。
红毯的开始是校门的模型,红毯的末尾是印着"锦绣前程"的火车头。
教授们满脸欢喜,在这个晚上退去了老师的端庄持重,只是作为长辈,迎接孩子们踏进校门,又目送他们奔向锦绣前程。

这是张若琳主持过的情感最真实的晚会。在典礼最后礼花绽放的时候,她眼角带泪,与台下每一位同学挥手告别。

> 再见了,相互嫌弃的老同学
> 再见了,来不及说出的谢谢
> 再见了,不会再有的留堂作业
> 再见了,我留给你毕业册的最后一页
> …………

在告别的歌曲中,张若琳走下舞台,一晚上的狂欢就此落幕。她不喜欢参加任何的庆功宴和活动后的聚会。但是这一场,她不想错过。

陈逸说他先回家,等活动结束再过来接她,给足了她时间和空间。她却觉得有些对不住他,他千里迢迢地赶回来,肯定是想与她多些时间独处的……

见她犹豫不决,陈逸说:"我坐了一天飞机,很困,回去补补觉。结束了叫我。"

张若琳只好换下礼服,让他先带回家,自己跟着法学院的同学走了。

凌晨两点，能喝的陆陆续续倒了，能唱的嗓子也都哑了，能玩的也都乏了。不知道谁说了句"天下无不散的宴席"，包间里便响起一阵叹息声，甚至有女生在小声抽泣。

"走吧，同学们。"

"嗯，走吧。"

"祝大家前程似锦。"

"幸福美满。"

"渐入佳境。"

在这一刻，没有人恭维，没有人虚伪，大家用最平淡的语气说着最诚挚的祝福。如果这世上只能有一部分人过得好，我希望其中一定有你们，我的同学们。

张若琳不想打扰陈逸，想让他多睡会儿，于是没给他打电话。可她一到楼下就见他坐在大堂沙发上玩手机，看起来挺精神。

同学们推搡着她，有人甚至大胆地叫了声："陈逸！"

陈逸抬起头，站起身，微微颔首。

张若琳看他已经换了衣服，问："来很久了？"

"还好。"

"那走吧。"

"嗯。"

他们自然而然地牵手，张若琳回头朝同学们挥手道别。

人群里又传来一声呼喊："陈逸，珍惜我们院花！"

张若琳满脑黑线。她算什么院花？不过，毕业了，谁在乎呢？

陈逸脚步一顿，回过头来，说："嗯，一定。"他没什么新鲜的话，却让人由衷地感觉他一定会做到。

张若琳迷迷糊糊的，被陈逸牵着到了车前，他给她打开了副驾驶的门。

坐进车里，鼻息里全是花香，她才清醒了些，睁开蒙眬的眼，从后视镜里看到了后座的情形。她猛地转过头……

后座塞满了鲜花。不是一两束摆在后座，是完完全全盖住了后座，满目鲜红，娇艳欲滴。

她又迟疑地看向驾驶座上的人。

"陈逸……"

陈逸抿了抿嘴,脸上挂着丝丝尴尬:"嗯……没有经验,有点失策,你喝了酒上车,第一件事就不是照镜子了。"

张若琳糨糊一样的脑子显然没反应过来。但她还是捕捉到了关键词。镜子?她把右侧遮光板掰下,缓缓拉开化妆镜——眼睛瞬间清明,手僵在那儿,不知做何动作。

化妆镜把手上粘着一枚钻戒,灯光下,钻饰熠熠生辉。镜面上是口红描摹的几个英文字母:"MARRY ME."

陈逸目光闪烁,透露出他不常有的紧张情绪。张若琳呆呆地看着他。

陈逸在短暂的凝滞后徐徐出声:"你之前说,在排除所有干扰因素之后,让我带着鲜花等你。现在,是时候了吗?"他说着,把那枚钻戒取了下来,捏着,倏地凑近张若琳,"我们订婚吧。"

张若琳感到一股暖流瞬间传到四肢百骸,目光微颤。他在求婚?

"会不会……太快了?"她好不容易才冒出这么一句话。

陈逸抚上她的脸颊:"快吗,我怎么感觉已经走了好久好久。"

的确,是好久好久了。可是,他如此确定就是她了吗?

"我……我还没有做好准备……"

张若琳现在的感觉就像小时候看《非常6+1》,梦见李咏忽然在电视台里喊她砸金蛋。这个金蛋的含金量是不是太足了?

陈逸闻言,眼神稍沉。

张若琳甩掉脑海里煞风景的想法,再一次向他确认:"你确定,是我了吗?"

陈逸不直接回答她,再次捏着戒指放在她眼前,低声道:"接下来一起走吗?"

一起走吗?在思维下决定之前,张若琳已经抬手放在戒指前:"当然。"毫无疑问。

陈逸眼眸微抬,在四目相对中,他缓缓地把戒指套进她指间。他眼中有亮色,张若琳被眼泪打湿的双眼却无从得见。

"我们走回家,好不好?"她忽然开口。

陈逸挠了挠她的下巴:"好。"

怎么能不好？在她扬起脸的那一刻，陈逸忽然理解了那些养猫的人，她此刻就像一只猫，光是看看她的眼睛，她甚至什么都不用做，他就想把全世界送到她眼前。

可张若琳今天喝了酒，没走几步就乏了，几乎是抱着陈逸的手臂走。他要背她，她还不乐意："不，就要一起走！"

这么说着，十指相扣更紧了一分。

凌晨的街道行人稀少，路灯昏黄，照着这对相偎相依的年轻人。

绵延无尽的大道，像是怎么也走不到尽头。人生不也是这样？

张若琳忽觉锦绣前程不如身边一人。她来时跋涉万里，波折不断，可牵起他的手，她便觉得一切坎坷不过尔尔。世界是会渐入佳境的，与他并肩，她一定看得见。他便是她的归途。

来路赤胆，归途炽热、虔诚，从此光芒万丈，无坚不摧。

番外一

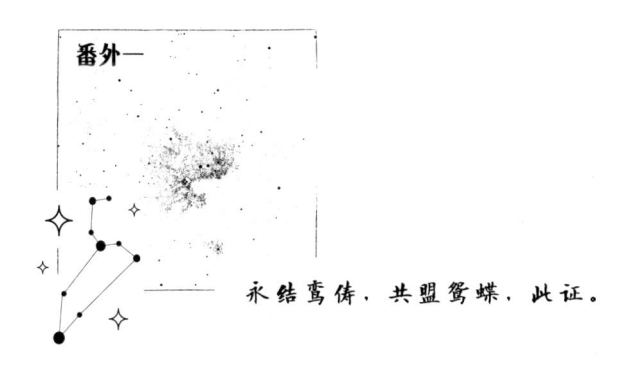

——永结鸾俦，共盟鸳蝶，此证。

陈逸和张若琳订婚了，在陈逸毕业的这个夏天。

订婚典礼办得仓促但圆满。

本来两家都没想到两人会这么快订婚，可陈逸没打算等，毕业典礼结束，他就通知陈母："筹备筹备，过几天就订下。"

陈母讶然："这么大的事，过几天就订下，你是打算慢待人家？"

陈逸想了想，说："那就这个月底之前吧。"

陈母看这架势是劝不动了，可她是新手婆婆上路，两眼一抹黑啊！她完全放下了公司的工作，开始在姐妹圈子里打听订婚的一些事宜。得知必须找大师算好日子，她犯了难，自家儿子火急火燎的，哪里能等她算好日子。但这玩意儿宁可信其有，她可不能让陈逸乱来。不过，经过一通打听，她算是把"我儿子一毕业就抱媳妇回家"的信息广而告之了，整个过程别提多舒爽。可这事儿也得问问女孩子的意思。

这天高莹出庭，张若琳旁听，正做着笔记，收到了陈母的微信，说接她吃饭。

陈母每回到京都会找她吃饭，这一年里带她吃遍各式各样的餐厅。陈母外表持重，内里就是个吃货。她还每每向张若琳传达"北京就是美食荒漠，要说好吃的地方还得是上海"的信息，隐隐暗示她尽早到上海做客。

庭审结束，张若琳和高莹走出法院时，陈母的车已在马路边上等候。

张若琳刚和高莹说清楚情况，就见陈母已经下车来，她介绍道："老师,这是陈逸的母亲。"

高莹是了解她的情感状况的。

张若琳转向陈母,犹豫了会儿,还是用了规规矩矩的称呼:"阿姨,这位就是我的导师高莹教授。"

陈母笑容优雅,同高莹握手:"常听若琳提起您。之前我带着若琳一块儿和步老太太吃饭,她也称赞您论文有见地、做学术专注,说若琳跟了您有福气。"

这招呼打得,张若琳表示学到了精髓。

高莹惊喜道:"哪位步老?"

"还能有哪位?"

高莹问:"步老是您的……"

"都是一家人了,也算是若琳的姑姥姥吧。"

陈母没挑明,但显然把彼此的关系拉得更近了。

张若琳心虚得想把自己藏起来,虽然步老太太看着确实很喜欢她,步家和陈家关系也确实亲厚得像真正的亲戚,但这未免……

高莹目露赞赏地看着张若琳:"从来没听若琳提起过。"

陈母接过话茬儿:"若琳就是这样的个性。之前想着,她老麻烦您,我们做长辈的也不知道怎么感谢,就想请您吃顿饭,就这样她都很为难呢,说,高教授品行端正,专注学术,她只要好好学习就是对您的报答了。唉,这孩子……"

张若琳:"……"

平时不苟言笑的高莹竟微微笑起来,拍了拍张若琳:"太见外了,若琳很好,年轻人难得不浮躁。"

这是一年来张若琳头一次听到导师这样直接地夸赞她!

陈母极尽交际之能事,一番话语来往,最后竟与高莹敲定了假期里一块儿拜访步老以及之后的饭局。

张若琳再次瞠目结舌。其实之前陈母要给她安排时,她嘴上确实如陈母所说的那样,可心里想的其实是,高莹一定会拒绝的,她的导师、铁面刑辩女王,最不喜欢饭局文化。她到底是没遇上戳到她点子上的邀约。

道别后上了车，张若琳耳际泛红，陈母瞥了她一眼，笑出声来："你呀，这么容易就脸红，以后上了法庭怎么办？"

　　这能一样吗？她在辩论赛上怎么胡侃都不会脸红，但是生活中就不是那么回事了。她并不多言，点头道："嗯，还得多多锻炼。"

　　虽然"听话"这个词在很多年轻人看来已经带有贬义，但张若琳对长辈始终秉持着一个观点：不涉及原则的事，听话些也无妨。她还年轻，在许多事上自己的想法未必真的正确，多听多看多思考总归是好的。更何况，她能分清好歹，陈母这一年没少为她的各方面操心，对她虽不似她小时候那般黏黏腻腻，却是如母亲般为她谋划。

　　陈母又道："你不用学这些，陈逸会就行了。"

　　交际吗？他更不喜欢吧？不过，他挺神奇的，话不多，好似也不怎么经营，人际关系却一直很不错。

　　"陈逸呢？"张若琳问。

　　他在国内没什么事，刚从毕业季的聚会中脱身，每天都是就着她的时间点，今天倒是了无音信。

　　"和他姑父出去了。"

　　"这样啊。"

　　陈母开着车，从后视镜里瞅她："不急，晚上能一起吃饭的。"

　　张若琳忙摆摆手："我不急的。"

　　陈母只是笑。

　　莫名地，张若琳觉得脸更热了。

　　"你们该订婚了吧，囡囡。"

　　"啊？"这个消息，张若琳一时无法消化。去年陈逸求婚后就说要立即订婚，最后被张志海拦下，说怎么也得等到他毕业。可在所有人的认知里，父亲说的毕业应该是陈逸硕士毕业吧？

　　"你不急，陈逸急啊！"陈母继续说道，"他要这个月就订下。可我想着，这事儿怎么也得礼数周全了，人家备婚都得一两年的。"

　　好像是办婚礼才需要备婚吧？订婚要是这个筹备法，那得破费多少？张若琳想到这里，回道："不用太麻烦的。"

　　而陈母误解了她的意思，问道："所以，你的意思也是尽快？那我有数了，你好好上学，我来准备就好了！"

"不不，不急的。"

"不用害羞，早晚的事，只是我这又接儿媳妇又嫁女儿的，心情有些复杂。"

"……"

之后，也不知陈母是上哪儿算的，良辰吉日还真的是月底，再往后最好的日子是明年年底。

陈逸听了消息，淡淡评价道："瞎忙活。"言下之意：最后还不是他定的日子？

陈母则高兴得不得了："这就是缘分天定！"

于是张志海接到了陈绍华的电话。

名曰："征求意见，朋友，我家儿可以订下您闺女了吗？"

实则："通知你，老家伙，快把事办了吧。"

没想到这回张志海答应得爽快。

张若琳听到消息都愣了，她爸什么时候这么好搞定了？

于是张若琳放了假就早早回家，"待嫁"。她家没多少人，为了热闹，她把林振翔和孟心叫来了。接着，林振翔的父母也来了。

作为当时给张志海找工作的"中介"，林家爸妈也是一阵感慨，当初怎么也没想到张、陈两家还能喜结良缘。他们都算是苦尽甘来，好日子肯定在后头。

陈家浩浩荡荡地来了不少人。除了陈逸和他父母，光是舅舅就来了三位，还有两个姨，以及他们各自的配偶和子女。在国内的亲戚几乎都到了。老爷子年迈，便在家里远程参与——小辈跟他视频通话，实时直播。

从上海到巫市，路途遥远，竟是什么都没落下。"聘礼"抬了三个大木箱子。

这……没见过世面的张若琳从窗台朝下望，忍不住想，怎么看怎么像封建遗存。

陈逸捧着花走在最前面，似是感应到她的目光，忽然抬头。四目相撞，他扬起嘴角，张若琳下意识后退，逃也似的避开了他的视线。只不过是半个月没见，她怎么又是一副初见的羞赧模样？这几年在讲协待呆了。

一行人都进了屋，张家的屋子更显得逼仄了，热闹非凡。

家长们围坐着寒暄、谈话，互相吹捧对方的晚辈，讨论什么时候该领证、什么时候办婚礼、生几个小孩……两位主人公反而显得置身事外。

陈逸进门就把花递给张若琳，她接过，巨大的花束把她整张脸都挡住了，但露出了她通红的耳垂。陈逸凑到她耳边说了句话，那红晕迅速蔓延，耳根子和脸颊都染上了晚霞。然后两个人立在一旁，乖乖地、静静地听着长辈们道家长里短。

陈逸是给面子。张若琳是羞的。因为他刚才说："我来订你了，久等，老婆。"不是还没订吗？这是什么称呼！他怎么如此犯规！她想静静。

双方聊得尽兴了，就到了签婚书的吉时。

陈父拿出两本大红婚书，摊开，率先在请婚人一栏签名、盖章。

张志海在允婚人一栏签名、盖章，盖章前还瞪了陈绍华一眼，说："便宜你了。"

陈绍华乐呵呵地回道："确实是确实是，快盖吧！"

张志海这才缓慢而郑重地落下印章。

接着便是订婚人签字、盖章了。

陈逸大笔一挥，摁下指印，然后把笔递给张若琳。

张若琳刚才被围观的众人挤着，压根儿没看到婚书的内容，这下被拥到桌前才看清。内容不新奇，可她认出来这字——她看了一眼陈逸，眼神带着询问。陈逸微微点头。

张志海看不下去了，开玩笑道："闺女，你不想签可以不签，不用看他的意思！"

他这么一说，男方一行人不干了，起哄着不让张志海"威胁"闺女。

这婚书分明是陈逸的字迹。他的毛笔字，她见过——那张"阖家欢乐"的祝福，飞扬却不跋扈，稳健却不保守，用来写婚书，竟这样契合。

张若琳衔着浅淡的笑意，在他亲手书写的婚书上拓下自己的指印。

"永结鸾俦，共盟鸳蝶，此证。"

女方这边的订婚席摆在巫市大酒店。

刚到楼下，张若琳就有点不自在，这是……他们俩曾经一起住过的酒店。

张志海做领导发言那一套不改，轮番带酒祝酒之后，酒空了一瓶又一瓶，大家的话也开始密了，包间里欢欢喜喜，吵吵嚷嚷。谁也没发现主角已经不见踪迹。

张若琳看到陈逸的微信"出来"，想也没想，趁着觥筹交错的拥挤当口，悄无声息地溜出了包间。她刚出门，手腕就被人拽住，拉着她疾行在走廊里。她没问去哪儿，因为这一点也不重要。

陈逸带着她进电梯，却没摁下行按钮，不知从哪儿掏出一张房卡，刷了楼层。

顶层，套间。

张若琳瞬间明白了，心跳倏地加快，呼吸却不由得屏住了，似闪动的电梯楼层数，不顾行人的急切，慢悠悠地变化着。

进了熟悉的房间，她还没来得及看看绝美的落地窗景，就被陈逸搂着抵在门后亲吻。

陈逸已是微醺，吻得又急又热烈，口腔里灼热的红酒香气不断侵袭她。很快她就深陷其中，齿关大开，承受他不顾一切的进攻。

两人的衣服从门边一路掉落到次卧——还是她那间房间。

想到楼下宾主尽欢，父母正在把酒言欢，张若琳多了一种隐秘的羞耻感。这直接影响到她的情绪，她只想在这个属于他们的夜晚沉浸在他的怀抱里。她的主动令醉意上浮的陈逸理智全无。

两人沉溺在极致的爱意里，任凭手机在地上的裤子口袋中徒劳地叫嚣。他们，已经名正言顺了。

事后，夜幕低垂，陈逸在外边给父母回电话，说晚些回包间。

张若琳已穿好衣裳，走过去搂着他的手臂，兴致勃勃道："走，带你去个地方！"

陈逸已过了酒劲，神色清明，饶有兴致地看着她："你的精力挺旺盛？"

"走嘛！"

"好，老婆说去哪儿，就去哪儿。"

张若琳忽然哪儿都不想去了,她想再次扑倒他。他到底知不知道他的嗓音叫着这个称呼多么让人失控?

他们打车回了张家,张若琳从洗手间里拎出来两个小桶,桶里装着鱼苗。

陈逸以眼神询问。张若琳故弄玄虚,就是不告诉他,而是打车往江边去。

长江万里,三峡也不过是其中一段,但这一段尽秀美,尽奇诡,尽绝险,是长江之绝。如今站在江边,已看不到汹涌的波涛,江面平缓得像湖面。

张若琳把桶中的鱼苗放归长江。陈逸也照做。

"这是你的仪式感?"他问。

"嗯。"

今日所得,不知如何回馈上天,微薄心意,感谢垂怜。

陈逸忽然说:"谢谢。"

张若琳回头,望进他江水般深沉的眼眸。他说"谢谢",谢谢她也如此郑重地在意这一天。

张若琳笑了,调皮道:"不客气,这是你应该谢的。"可她在夜色中望着他的剪影,也想对他说一声"谢谢你"。

她刚回到家时曾问父亲,为什么他忽然答应得如此爽快。

张志海拿出一封挂号信,是从上海寄出的,时间是陈逸回国后第二天。简单的素色信笺上是陈逸的字迹,短短一句,言简意赅,直抒胸臆。

张陈之好,归之若水;琳琼神藻,不尽祈念;逸兴云飞,得成良缘。

张若琳　陈逸

他以藏字之文求婚:"张陈两家之好,是众望所归;再美好的字句、再华丽的辞藻,也道不尽我这份祈祷和念想;如果能够得到应允喜结良缘,我便意兴飞扬,喜不自胜。"

彼时,她注视着那行字,莫名地想起他们刚在一起时那个吃夜宵的晚上,他们走在校道上,她光是看着他离得远远的背影就委屈得哭了鼻子,说了许多矫情的话。他那时说:"上一个这样和我搞语言艺术的人,我已经绝交了。"可如今,他用语言艺术,向她父亲郑重求娶她。因为他知道她父亲就吃这一套。

张若琳走上台阶,亲了亲陈逸的脸颊,在心里无声地说:"谢谢你,用如此周到的仪式传达了内心的庄严。"

番外二

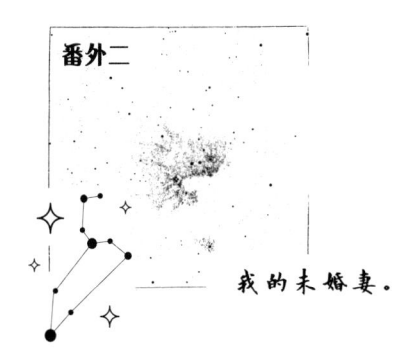

我的未婚妻。

在读研二的寒假,张若琳要去上海过年。张志海刚开始怎么也不松口,可扛不住陈家父母一个劲地打电话。

陈逸只有圣诞节前后的短暂三周假期,他课业繁重,没有回家。所以张志海"可怜那对夫妻俩",同意张若琳在家过了初二就去上海。

订婚后,这是张若琳第二次见陈家亲戚,准确地说是郑家——陈逸舅家姓郑。这一次没有陈逸陪同,她还有些紧张,临行前反复同陈逸确认他家亲戚的人数,她好准备礼物。可陈逸自己都记不清楚。张若琳无语。

陈母到机场接张若琳,见她带着的大包小包,哭笑不得:"以后再来可不许带东西了。"

"都是我外婆准备的一些东西。"

巫市的腊肉、丰肠,甚至有火锅底料。

"哎哟,绍华该高兴了。"陈母看了一眼箱子里的东西,笑盈盈地改了口风,"去年带回来的腊肉,你伯伯吃完了老念叨。"

"外婆听了肯定更高兴!"

"那你也别自己带呀,这么沉,你一个女孩子家家的,一路上多劳累,邮寄就行啦。"

"不劳累的。"

"说你什么好!"

"那就不许说我了!"张若琳揽着陈母的手臂撒娇。

"好好好，回家。"

司机先把她们送到饭店，一大家子人都已经到齐了，满满当当地坐了一整个包间，餐桌直径起码十米。这架势弄得张若琳受宠若惊。她在陈母的介绍下，又把亲戚们认了一遍，这次把同辈表弟表妹的名字也认全了。

上海人说话尾调拉得长，软软的，两个姨妈凑过来，张若琳险些招架不住。

她刚坐下，陈母就在旁解释："以后你就习惯了，咱们家别的不说，就是这家庭观念比较重，家宴就多些。你舅妈上次没能见着你，这次知道你要来，老早就念叨了。"

如今两人虽没结婚，郑家这边已经把她和陈逸同等看待，称呼也都是随着陈逸来。

家宴多这一点，张若琳其实早有耳闻。此前她就听陈逸说，他家里的姨母舅母都是爱聚会的，他妈妈也爱，三天一小聚，五天一大聚。哪家孩子得了什么奖、学了什么新才艺，聚在一起夸一夸；哪家买了新房新车了，聚在一起看一看；甚至哪家孩子拍了百天照，聚在一起看看照片……陈逸小时候经常被拉着一起参加，大了些就无论如何也不愿参与了。

眼下其乐融融的场景，让从小亲缘单薄的张若琳觉得很暖心。

陈绍华喝醉了，回程中，坐在副驾驶座上自言自语："若琳啊，你可不知道，你二姨夫前几天还说今年过年我和你妈就和他一样是留守老人了。哼，我闺女来了，哈哈，他气死了吧！灌我，他就是嫉妒。哈，你看他，醉成什么样，和我斗……"

二姨家的表姐在斯坦福大学读博，看样子是想留在美国，给二姨二姨夫愁得不行。

"陈绍华，不要乱叫。"陈母在后座拍陈父的肩膀，"说是闺女没错，但别想占我们囡囡便宜，改口要给钱的，你准备好了吗，就瞎叫！"

"有钱，有！多少都有！"陈绍华突然回头："囡囡，要多少？"

张若琳无语地望向车顶。

回到家，陈母就照料陈父去休息。

洛希眼巴巴地跑过来，巨大的身子差点把张若琳扑倒，还粘了她一身毛。阿姨赶紧接过行李箱，把洛希打发走，招呼张若琳去房间里休息。

张若琳以为她会被安排到客房住，但是看着不像。

"这是？"

阿姨说："这是小逸的房间，小姐说安排您住这儿。"

上次过来是订婚的时候，当时张若琳就已经知道陈家用人对主人的称呼，她管陈绍华叫先生，管陈母叫小姐，对陈逸就叫他小名。这与她以往从电视剧里认知到的不大一样。

"啊，会不会不太好？"

阿姨说："小姐说，以后也是要住的。"

"哦，好。"

"您有需要再叫我。"

"阿姨，你叫我若琳就可以。"

"好的，若琳，叫我潘姨就好。"

"嗯，潘姨。"

潘姨说话做事很有分寸，忙完事情就离开，没有刻意热络地聊天，没有强调存在感。

张若琳感觉，陈家和她想象的很不一样，具体哪里不一样，她说不上来，大概是，虽然能够感知到阶层的不同，但不会有压迫感。

走进陈逸的房间，张若琳感觉整颗心都被一种莫名的满胀感充盈，就像走进了他的世界、他的过往。

陈家现在住的房子是在陈逸大学后入住的，此前为了照顾陈逸上学，陈父陈母都是就着学校买房子，现在搬到了浦东，距离陈父公司更近。所以张若琳并没有看到太多她所期待看到的陈逸小时候的痕迹。

整个房间是征询了陈逸的意见设计的，风格和他北京的房间差不多，原木和灰色的色调组合，淡净却不冷清，就像他这个人。但这里他的书房和卧室是一体的，做了一整面镂空书墙作为隔断。书籍满满当当地立了一墙，张若琳光是看书名和分类就看了许久。

陈逸看书很杂，就像看电影一样。从晦涩难懂的物理、天文到缠绵悱恻的散文、宋词，五花八门。难怪他虽看着像"钢铁反矫达人"，实际上，上到写求婚书信，下到猜女生弯弯绕绕的小心思，他都很擅长。

张若琳并未注意到，在翻这些书时，她的脸上一直挂着柔和的笑。

陈母拿着东西进来时看到的就是这样的画面。

"想陈逸了？"

"阿姨……"张若琳微赧，才留意到自己的嘴角正上扬着。

她上前接过东西："阿姨，牙刷、毛巾，我都带了。"

"什么意思呀，以后就不来啦？"陈母佯怒，"潘姐应该都备好了，但是这是我前些日子和你大姨去挑的，留着用。"

浴巾下边是一套全新的洗浴用品和护肤品。

"陈伯伯休息了吗？"

"睡了，还时不时自言自语呢，讨人烦！"说着，陈母又领着张若琳到衣帽间，两排衣柜已被清理了一遍，"囡囡啊，你把行李箱收拾出来，衣服挂这儿。明天，啊，后天吧，明天上你外公家去一趟。后天呢，我们去逛逛，看看有什么合适的衣服，再添置点。你不是要去美国吗？那边要更冷些，再添几套衣服——"

陈母兀自碎碎念，忽然被打断。

"阿姨，我要去美国的事，您没告诉陈逸吧？"

"还没来得及说。他这个孩子，大半年也不会主动联系我一次，哪有机会说？怎么了，你还没告诉他吗？"

"我……"在长辈面前，张若琳有点不好意思，"我跟他说签证没过。"

陈母回过头来，挑了挑眉，忽而一笑："怪不得他说放春假回来一趟。春假那么短，哎哟，你们年轻人就喜欢惊喜这一套。可不告诉他，你到那边自己一个人怎么行呀？我得提前给你安排安排。机票订了吗？打算和陈逸住吗？他现在不是和一个华裔小伙子住一块儿，那……"说着，她自己陷入了思考，又问了问张若琳自己原定的一些行程安排，然后就回房间了，说要叫醒陈绍华商量商量。张若琳没拦住。

张若琳收拾好自己的东西，其实也没几件，然后对着衣柜拍了张照片，给陈逸发过去："鸠占鹊巢！耶！"

这会儿那边是早上九点多，陈逸在上课。张若琳没想到他能秒回信息。

"挺宽的，您随意。"

"陈少爷，您衣服不少啊！狠狠震惊了！我的衣服都没有你的多！"

而且这只是他上海家里的"库存",按照色系分门别类,其中好些衣服她都没见他穿过。以往她觉得他在衣着穿搭上没花什么心思,大概那都是她的错觉,他只是随意得很讲究罢了。

下一秒,陈逸的视频电话打了过来。

屏幕上映出张若琳的下巴,衣帽间的顶光射下来,真是死亡角度。她赶紧平举起手机,才点接听:"不是在上课吗,偷懒?"

陈逸似乎在走廊上边走边视频,他点了点耳机,才道:"刚没连接上,小嘴叭叭地说什么呢?"

"你才叭叭。"

"嗯,我叭叭。你刚才说什么呢?"

张若琳受不了他从善如流跳坑的样子,带着自然而然的纵容和宠溺:"我说你上课偷懒。"

陈逸轻笑一声,说:"换去实验室上课。在路上。"

两人正聊着,一个金发男人从陈逸后面走近,凑过来看了一眼视频,问:"Ethan, girlfriend?"

"My fiancee."

陈逸语气淡淡,是对着他同学说的,也没看着手机,可张若琳就是感觉他的眼神温柔得不可思议,耳朵因为他脱口而出的这个称呼迅速漾起粉红。

"Wow! Nydia will be sad."金发男同学拍拍陈逸的肩膀,走远了。

张若琳脑子里迅速拉响警报:"Nydia,谁?"

陈逸的视线回到视频里,他已经走出教学楼,身后是灰白的天色。看着天气很冷,他交代道:"得骑车一段路,要先挂了。"

张若琳的问题就这么卡在喉咙里,语气变得不善:"去吧,施舍我这两分钟,谢谢陈少爷。"她有情绪的话,很好辨认,就是对他忽然有了称呼。

陈逸停下脚步,饶有兴致地看着她:"换课时间比较赶,但我很想看看你站在我房间里是什么样子。"

"这有什么好看的?"张若琳的语气显而易见地缓和下来,一点点小情绪就这样被他一句话安抚了。

"其实更想看你穿我的衣服站在我的房间。"陈逸的声音低了些,他凑近手机，说，"既然羡慕我衣服多，不妨试试。都是你的。"然后他等了两秒观察她的反应，随后满意地挂断。延迟的屏幕上是他似笑非笑的眼神。

张若琳整个呆立在衣帽间，看着一屋子衣服，双颊通红。现在它们在她眼里不是衣服，而是汩汩涌动的粉色泡泡。隔着一个大洋，她被他撩成这样！太丢人了！

番外三

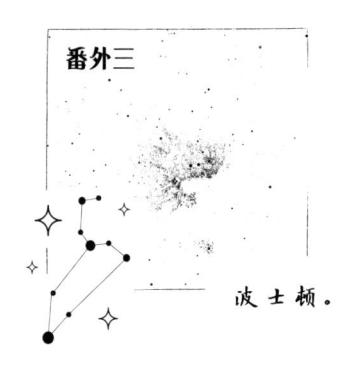

波士顿。

波士顿暴雪。

陈逸午休起来拉开窗帘,天地间一片雪白,雪已近齐膝。这是入冬以来不知第几场暴雪,他已经习惯。好在今天是周末,闭门不出就行。

室友 Roy 在给房东打电话,让房东找人过来除雪。见他下楼,Roy 挂断电话,急道:"逸哥,你的车没被埋,借我开开。"

陈逸把车钥匙扔过去:"要去哪儿?"

Roy 很是无奈:"你能不能上点心?今天吃火锅啊,要去采购啊!"

Roy 是美籍华人,祖籍重庆,父母移民,他就跟了过来,家在西部,他还在念本科。火锅是他刻在基因里的美食喜好,也是他坑陈逸合租的筹码。他在找到陈逸合租时说:"我什么菜都会做,荤的、素的,只要你能买到,我就能给你做出一锅美味来!"陈逸信了,原本打算自己住的他同意了与 Roy 合租。后来他发现,Roy 也不能算说了谎,什么荤的素的往火锅里一扔,都不能说难吃。

陈逸不咸不淡地说:"又是火锅。"

"你这话到外面去说要被打的,你知道吗?"Roy 一副无奈的表情,"身在福中不知福,而且今天是元宵节啊。"

元宵节原本是张若琳计划要来波士顿的日子。知道她签证没过以后,这个日子于陈逸而言就只是普通的周末。她在上海过元宵节,应该又在家宴上被聊晕了。

思及此，陈逸打开微信，正准备发视频过去，想起国内现在是凌晨，又作罢。他萃了杯咖啡，上楼继续写报告。

楼下传来除雪机嗡嗡运作的声音。不一会儿，Roy 上楼来："Ethan，一起去超市？"

"我不去了，买什么都行，回来给你报销。"陈逸头也没抬，但忽然留意到 Roy 又叫他英文名，绝对是有事相求，目光质询般看过去，"还有什么事？"

"Ethan，你能不能不要总那么自然地说这种'买什么都行''随便花'的话，我是真的，拜托。"

陈逸皱眉："不是你说，你做饭，我付钱就行？"

Roy 不再打趣，换上一副讨好的表情："我今天请了人来。"

陈逸冷哂一声，他就知道没那么简单。

"多少人？"

"七八个吧。"

陈逸一阵眼风扫过去。

"哎哎哎，过节啊过节！都是中国人，自己人。"

"不报销。"陈逸的视线回到电脑上，算是同意。

"没问题！"Roy 心情很好地哼着小曲子下楼，屁颠屁颠地去买菜。

当初陈逸同意与他合租还有一个原因：他的个性和步潼很像。陈逸有时候几乎要怀疑，他们这一代都是一个样。

傍晚，楼下陆陆续续来人了，吵吵嚷嚷地备餐。

陈逸写好邮件，发给教授，下楼喝水。突然，他的脚步顿住。

这何止七八个人？大概 MIT 半数本科中国留学生都在这儿了。

客厅沙发上坐满了人，男男女女，亚洲面孔占多数，也有美国人，几个中国人正在教美国人打扑克，电视里正在放球赛。厨房和餐厅里也有几个人在忙活。

杂七杂八的声音吵得陈逸脑仁疼。他站在楼梯上喊："罗沛凡！"

正在处理毛肚的 Roy 感到脊背一凉，连忙甩甩手上的水，转身应道："来了，哥！"

这下满屋子人都朝楼梯方向看去。只见一个身形高挑的男人站在楼梯中间，眼神冷淡地俯视楼下。他穿着松软的毛衣，休闲束脚裤和拖鞋之间露出一截精瘦的脚踝。他穿着很简单，就这么姿态自然地立在那儿，气场卓然。

沙发上几个女生交头接耳。

"罗沛凡这次居然没骗人，这室友确实是 MIT 华人颜霸。"

"听说有女朋友了，不过在国内。"

"那就等于没有。"

"叫什么？"

"Ethan。"

"怎么之前完全没见过？"

"我想起来了，他是陈逸，他本科就是我们校草，他没在群里，我还以为我消息有误，他没来 MIT。"

"你们还是校友啊！"

然后她们就瞧见平时横得很的 Roy 跑到楼梯口，乖巧地叫了声："哥。"

陈逸的眼神透着危险："七八个？"

"人家有的带家属，我总不能拒绝。"

两人压低声音又说了什么，陈逸下楼给自己倒了杯水，然后仰头喝水，喉结滚动。

一群女生见状，噤了声，又看着他倒了杯水端上楼。他从头到尾都没打招呼。

"好冷。"

"Boston 的雪，我的心。"

Roy 走到沙发边，一副与有荣焉的模样："我哥帅吗？"

"人家帅，又不是你帅。"

"不过你们还是好好学习吧，我哥心里只有满绩满绩满绩。"

"谁不是呢？"

MIT 里没几个草包。

Roy 坐下来，神神秘秘地摇头："不一样，人家一年多修好几门课，不是为了学习而学习，人家是为了赶紧回家结婚。"

"真假!"

Roy 平时说话就是半真半假,没什么可信度,他越描述陈逸和他女友感情多好,听众就越是觉得他在瞎吹牛,压根儿没当回事。

雪停了,洛干机场恢复秩序,张若琳乘坐的班机在空中盘旋了一个多小时,终于得到通知,可以降落。

平安落地的那一瞬,张若琳想,回去是不是要找大师算算她命里跟飞机是否犯冲,不然她乘坐的航班怎么总是被雪耽误?一出机舱,她便原谅了这一切。

这是她见过最大的雪。机场跑道已经被清理出来,但停在远处的飞机还覆着厚厚一层白雪,看起来松软、浑圆。

满城风雪刚过,留下皑皑一片的童话世界。

她来到了他的城市,耳机里是 Augustana 乐队嘶哑沉醉的声音——她单曲循环了一路的 *Boston*。此刻望着雪白的天地,她竟听出了不顾一切的奔赴感,明明歌词与她的感觉毫不相关。她听了一路,想了他一路。

下载这首歌的时候,她看到了一条评论:"这首歌适合接吻。"她好想吻他。

来接机的人是陈父生意伙伴的司机,是华人,沿途一直给张若琳简单介绍波士顿。

天空竟又开始飘雪,不大,片片如絮。

"又没完没了了。"司机无奈道。

"这里经常下这么大的雪吗?"

"每年都下,冬天又长又冷。"

冬天又长又冷,陈逸也这么说过,有时候8月都能冻死人。"你在的话,也许就好了。"他说。

所以,她来啦!

司机把张若琳送到地方,周到地在外边等,她如果有什么需要再叫他。

张若琳打量了会儿面前这栋极有格调的二层别墅,微微笑了,心想,果真是陈少爷,艰苦念书,但绝不怠慢自己。

从路边到别墅门口要穿过长长的花园小路,张若琳拖着行李箱刚走几步,手就冻得不行了。雪花纷纷扬扬,她索性把行李箱放在原地,然后扣上羽绒服的帽子,小跑过去。

站在别墅屋檐下,她抿着唇掏出手机,又核对了一遍地址和门牌号,摁下了门铃。

屋内正巧静默,门铃声格外清晰。

几分钟前,酒足饭饱的人们开始蠢蠢欲动。

"Ethan,你后来是本科直接转学了吗?没在学校再看见你。"那位同样从Q大来的女孩说。

坐在长条桌正位的陈逸抬眼,眼神里有疑问。

那个女生旁边的人说道:"Violet和你是校友呢!"

其实席间他们已经提过好几回了,但陈逸好像并没有听到。

叫作Violet的女孩又自我介绍道:"我比你低一届,经管学院的。不过你们本科多一年,所以现在咱们是同届。"

陈逸点点头,表示知道了,但没有继续话题的意思。

气氛有些尴尬。

Roy替陈逸陈述道:"他是在BU交换了一年,又实习了一年,考的MIT的研究生。"

"这样啊,那岂不是大四就来了,本科学分是怎么修够的啊?"

这个女生还挺会找话题。

陈逸不咸不淡地答道:"当时的女朋友监督修够的。"

"……"谁要听这种回答?

不过,"当时的女朋友"这个称呼的信息量足够了。

这个女生再说话时,声音中显然带了些兴奋:"后来怎么分手啦?出国就分手了吗?"

"没分手。"

什么意思?

场面一时尴尬。

门铃就是在这个时候响起的。

"这时候谁啊……"

Roy正要去开门,陈逸离席,说道:"我吃好了,去看看。"

桌上气氛还有点奇怪,没有人挑起新的话题,大伙只好看着陈逸去开门。

门被拉开,冷风瞬间灌入,清清爽爽地吹散了糊在鼻息的火锅气味。陈逸开门的动作僵住了。

门前的女孩满身风雪,羽绒服绒毛上沾着片片雪花,帽子中间裹着一张小脸,唇红齿白,浓眉星目。粉雕玉琢的人儿正冲着他得意扬扬地笑。

张若琳从他罕见的愣怔中读出了被惊喜砸中的茫然无措,忽然觉得这一路奔波都不算什么,他就在她眼前,这么近。他也那样期待和感谢她的到来。耳机虽然已经不在耳朵里,可她单曲循环了一路的旋律一直在脑海中回响:"I think I'll go to Boston……"她来到了 Boston。

在层层递进如叠浪汹涌的旋律中,她忽然猛地扑进陈逸怀里。

陈逸猝不及防,被这猛烈的动作撞得后退了两步,但牢牢地接住了她。

听见他同样快速的心跳声,张若琳从他怀里退开半分,捧着他的脸踮脚吻了上去。

一群看客便见一个毛茸茸的女孩扑进陈逸怀里,强吻了他。餐厅里,鸦雀无声。

而陈逸在怔忡片刻后反客为主,将女孩碍事的羽绒服帽子摘掉,紧紧扣着女孩的腰往上提,捏着她的下巴沉醉地亲吻,那架势仿佛要将女孩生吞入腹。

Ethan 原来可以是这副样子。

大敞的门口不断涌入冷空气,正在门边激吻的两人却恍然未觉,只吹傻了屋里的围观群众。

心里似有礼花盛放,簇簇绚烂,张若琳不顾一切地回应陈逸,几近窒息的空当儿,她的鼻息中闯入不属于他的气味。她的神志回来半分。火锅味。而此时她耳朵里的旋律也渐渐消弭,她听到了细细碎碎的议论声。她缓缓地从他嘴唇下逃匿,扭头——

一个,两个,三个,四个……八个,九个……怎么还有……那么多人?!

张若琳现场表演瞳孔地震。她又缓缓扭头看身边似笑非笑的男人。有人,又是这么多人,他为什么不告诉她?!

陈逸弯唇笑出声来,牵起她的手:"先换鞋。"然后自己过去关门。

"等下,我的行李。"张若琳指了指外边。

陈逸也没添衣服，走进风雪里，提起她的行李箱。

张若琳独自面对屋内十几双眼睛。这还能称为惊喜吗？还是称为惊吓比较合适？

"嗨……"她抬手，弯了弯指尖。

众人："嗨……"

冷场了，张若琳只好再次扭头去看外边。

陈逸提着行李箱进了门，放在门边，从橱柜里拿出一双棉质拖鞋放在她跟前。看着应该是他自己的，尺码很大。

张若琳乖乖地换鞋。

"外套脱了。"陈逸吩咐道。

"哦。"张若琳乖乖地扯拉链。

陈逸拎起她的一边袖子，帮她卸下了羽绒服，在门边把雪抖掉，然后挂在开放式橱子里。

张若琳现在已经感觉不到一点寒冷。她觉得自己的脸红得要烧起来了。

陈逸却已经恢复淡定的模样，牵起她的手往里走："吃饭了吗？"

"吃了，飞机上——"

"你这班飞机从纽约中转，"陈逸打断她，"后面这段航程没有供餐，你在哪里吃的？"

原来申请签证的时候，他是知道她航班信息的。

"嗯……"张若琳心虚。她很饿，可是总不能和这么一桌刚刚围观过她虎狼行为的人一起吃火锅，那不如把她埋进门口的雪堆里。

Roy看愣了，唯恐面前这个多一样的男人被调包了，这还是他逸哥？

"我未婚妻。"陈逸仍旧牵着张若琳的手，对Roy说，"我带她出去吃点。"

"还有很多菜啊，在家吃吧！"Roy回过神来，提议道。

陈逸像是笑了下，只是笑得太短促，几不可察："不了，她脸皮薄。"

脸皮薄的张若琳保持礼貌的微笑，一切听从他的安排。

然后陈逸带着张若琳上楼，再下来时他已经添了衣服，然后两人相携而去。

"原来'当时的女朋友'是这个意思。"

"什么?"

"当时的女朋友,现在的未婚妻。"

"嫉妒了。"

"谁不是呢?"

  陈逸出来后,与接机师傅寒暄了几句,才开着自己的车带张若琳出门。大晚上的,餐厅不好找,车子漫无目的地走着。

  张若琳缩在副驾驶位置上,目不转睛地看着他。他好像也没有很惊喜嘛。想起他有那么多伙伴陪他过节,她心里先是欣慰,然后开始泛酸。没有她,他好像也能过得很好。他还说她在就好了?骗人!

  陈逸光是偶尔瞥她一眼就能捕捉到好几个不一样的表情,女孩天人交战的内心活动被他猜得八九不离十。

  "昨天不是还在莫干山抄经?"他忽然出声问。

  昨天他妈妈发了一条朋友圈,是张若琳抄经的照片。而张若琳前两天为了掩饰自己三十多个小时的航程,跟他说最近她陪老爷子进山休养、抄经,可能不会一直带着手机。

  "那是之前拍的照片,让阿姨昨天发的……"

  "谁的主意?"

  这显然不是张若琳的脑瓜子想出来的。

  "伯伯……"

  陈逸笑了声,说:"这都迅速组成联盟了?联合起来蒙我?"

  "哪有!"张若琳辩解,"是要给你惊喜好不好?大家都是好意!"虽然结局好像不太如意。

  "嗯,"陈逸忽然很好脾气地点头,"他们还挺清楚状况。"

  "啊?"

  "很清楚只有你能称为惊喜。"

  换个人这样过来打乱他的节奏,后果就是立在波士顿街头当冰雕。

  他说得自然而然,并没有特殊的语气,甚至没有看向她,只专注地开车,可却让她起起伏伏的心安定下来。她是惊喜。

他们在一家清吧解决了晚餐,张若琳一个人吃了两只大龙虾,心满意足。回程路上,到了家门口,陈逸却没下车,开了顶灯,静静地看着她。

"怎……怎么?"张若琳下意识拉开镜子,检查自己的嘴巴是不是没擦干净。忽然,她的脸蛋被他的大手捧起扭了过去。

"吃饱了吗?"陈逸问。

张若琳茫然地点头。

"那该我了,我没亲够。"

话音刚落,陈逸温热柔软的唇已经附上她的,然后缓缓摩挲,打开齿关,每个动作都像被点了慢放键,他像慢慢品尝可口的甜点,温柔得不可思议。

唇齿纠缠的间隙,张若琳听见他轻轻吐出几个字,如同呢喃:"真实了。"

正要送一行人离开,走在前面打开门的 Roy 无语地望天。他想,车里打着顶灯接吻的情侣,拜托——倒也不必出门、回家都在他面前亲热。接下来的日子他这个单身狗咋过?会不会撑死?

可是陈逸并没有给他撑死的机会,当晚就收拾好东西带着自己的未婚妻出去住酒店了。如此心急。

Roy 在微信里说:"哥,其实咱家隔音还可以的。"

几个小时后他才收到回复:"看也不行。"

"什么意思啊,谁要看你们啊,我变态啊?!"

陈逸半靠在床头,看向正在对镜敷面膜的女人。她一身黑色衬衫松松垮垮地遮住腿根,下边两条长腿白得晃眼。她穿着他的衬衫,说是在他衣柜里精挑细选的。她的行李箱里,装满了他的卫衣、T恤、西装……却不是带来给他的,是她自己要穿。她这副样子,还想给谁看?谁也不行。陈逸半眯着眼睛注视着她的背影,脑海里却在不自觉给她换装。然后,他扔掉手机,提步朝洗手间走去。

张若琳感觉身子被从身后搂住,抬眼便从镜子里看见陈逸埋头在她颈窝里。

"你还不睡?明天,啊,不,今天不是有课?"

现在已经是凌晨了。

她本就困极了,又由着他折腾了这么久,现在感觉身体都要散架了。但是在飞机上待了太久,皮肤干得难受,她没睡着,又爬起来敷面膜。

　　"就一节。"陈逸无所谓地答道。

　　张若琳点了点他:"但是是早课啊,再不睡你都要通宵了。"

　　陈逸闷闷地说:"好主意。"

　　"喂!"

　　"再看看你。"

　　"上课回来也可以看啊!"

　　"你敷好了没有?"陈逸侧过脸,看着碍事的面膜。

　　"还有五分钟呢。"

　　陈逸一脸不耐,重新把头沉沉地搁在她肩上,就这么站着,不肯走:"快点敷完。"

　　"干吗啦?"

　　"陪我睡。"

　　"……"

　　后来张若琳不知道陈逸到底是短暂地眯了会儿还是真的通宵了,总之,她在他怀里睡得死沉,连他什么时候走的都完全不知道。

　　再有意识的时候,张若琳还以为陈逸逃课了。她只感觉有人在细细密密地吻着她,一边吻一边喃喃:"宝宝,宝宝……"

　　她迷迷糊糊地睁开眼,看到身上压着个人,熟悉的气息让她安下心来,踹了他一脚:"我要睡觉!"

　　"一会儿再睡,我好想你……"

　　烦死了!她又踹了一脚:"你不是一直在这儿?"

　　脚踝被他制住,缓缓放好,他诱哄道:"一会儿就好,乖……"

　　张若琳目瞪口呆。他已经迫不及待了。她的衣服什么时候被脱掉的?她哼哼唧唧地拍打他的胸膛:"呜呜呜,不让人睡觉,烦死了。不要你了,你快走开,我要睡觉!"

　　陈逸哪里管她,兀自卖力。

　　"呜呜呜,早知道不来了,坐飞机好累。呜呜呜,不让睡,呜呜呜……"

陈逸也不知道是怎么了,一种不真实感一直萦绕着他,上着课就分了神,脑海里全是她的模样,下了课就赶回来。他看着她睡着的样子,怎么看都觉得不够,只有通过极致的亲近和占有才能让他感觉她真的来到他身边了。

　　这次事后,两人拥着不知道睡了多久,窗帘把日光遮得严严实实,分不清夜晚还是白天。

　　张若琳再次醒来时,只觉得身上的酸痛感比睡前更甚了,身边没有人,陈逸不在。她暗骂了声"禽兽",摸起手机。微信里全是问她到这边感觉如何的,包括陈父陈母。她简单回了模棱两可的话。她哪里知道这边怎么样?她就没出过屋。

　　在所有微信最下边,她看到了陆灼灼的问候。

　　"怎么样啊,有没有干柴烈火?"

　　"看来有呢,没空理我了都。"

　　张若琳:"……"

番外四

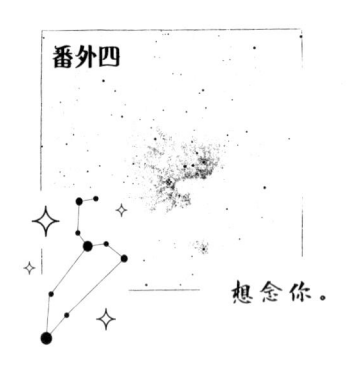

——想念你。

到波士顿已经四天,张若琳没出过酒店。这话说出去像是什么虎狼之词,其实主要是因为太冷了,雪没完没了地下。陈逸上课回来说,人行道已经结冰。她更不乐意出去了,在酒店里吃了一顿、两顿、三顿龙虾。日子过得太快,她都忘了自己已经来了四天。

早上陈逸出门的时候,她还没醒。等她起来收拾收拾,他就回来陪她吃午饭了。下午他去上课,她就用他的账号上 MIT 的 OCW[1] 蹭课。

本是打着世界名校的课不听白不听的主意,等到真正听课,张若琳才了悟,以她的英语水平,交流没有问题,听课简直就是听天书。最后她只能挑一些发音十分标准的教授的课听,还都是人文类她有基础的课,而且得反复听才能听懂大概。她不知道陈逸的导师说话有没有口音、他是怎么克服的。

这一晚陈逸做完实验回来晚了些,以为某人已经等得不耐烦,进了屋却见她正戴着耳机电脑前写写画画。她一边听,一边捧着耳机,像是要把耳机摁到脑袋里,所以连他进门都没有察觉。

陈逸走到她身后,看见屏幕上正在播放的课程,心里一热——她在听他导师的课。他导师操着一口方言,还有许多稀奇古怪的独特表达,虽然说公开课难度不会太大,但专有名词也有一箩筐,她以为把耳机摁进脑子

---

1 Open Course Ware,公开课。

里就能听懂了？

张若琳感觉被人从身后环住了脖子，虽然知道只可能是陈逸，但还是吓了一跳，她回头，凶巴巴地睨了他一眼："吓死我了！"

陈逸捏了捏她的脸蛋，把她的耳机摘下来："课有意思吗？"

张若琳可怜兮兮地撇撇嘴："说实话，没意思。"

"没意思还听这么多次？"陈逸用手机登录自己的账号，刷着她这一下午的历史学习记录。

"因为想过过你的生活呢……"

陈逸挠挠她的脑袋，想起她昨晚刚洗过头发，在她发飙之前，改为挠她的下巴："无聊吗？"

张若琳跪到凳子上，隔着椅背勾着他的脖子："不无聊，只是太有难度了，会让人想要放弃。"

陈逸挑挑眉："这不比法条简单多了？"

"这可比法条难多了，法条好歹是中文写的呀。"

陈逸不以为然："作奸犯科，牵扯犯罪心理、社会制度、经济运行，方方面面，不比盖房子复杂多了？"他这么解释，好像也有点道理。

"好了，我心理平衡了，那我也蛮厉害的。"张若琳扬起脸嘟起嘴巴。

"当然厉害。"陈逸弯下腰配合地亲了亲，把她拉起来，面对面抱起，"饿了吗？"

张若琳像个树袋熊一样勾着他，她只穿了件他的卫衣，下边套了双袜子，腿是光溜溜的。

"还好。"她现在对"饿"这个字，有点不忍启齿。

"出去吃？"

张若琳摇摇头："明天吧。明天带我去上课好不好？然后顺便在外面吃。"

这样抱着，她高出陈逸一个头。

陈逸仰视着好奇心满满的少女："真要去？"

张若琳夸张地重重点头。

"好，那今晚没别的事了。"

"啊？"

"你不饿，我饿了……"

次日，张若琳发现，陈逸早上六点就起床了，他先到酒店的健身房运动半小时，回来洗个澡，再把当天的课预习一遍，然后吃早餐，八点半出门。如果不在酒店，而是在他租的房子住，他就八点四十五分出门。她记得以前他并没有早上运动的习惯，更不需要预习。

"运动是因为要保持一天的活力。"陈逸一边开车一边说，闲谈一般，"课程的话，因为语言上的不便，需要付出更多的精力，即便是熟悉得像母语一样，也会发现，有些课程令人力不从心。"

"力不从心"，这样的词从陈逸口中说出，张若琳有些意外。在她的认知里，只要是他想做的，他就一定能做好。

察觉到她的目光，陈逸笑了："我也不是无所不能。"

此时车子已经驶入校园，陈逸说："看看车窗外走着的这些人，看着是不是没什么不同？可是每个人的脑子都是你想不到的活跃，又或许他们随便选的一节课，授课老师可能是诺贝尔奖得主，讲一句话，思维不知道已经转到了哪里，如果回头再说一遍，那就是照顾你，你要感恩戴德。"

车已经不能再往里开，他们下了车。

张若琳有些怔怔的，牵着陈逸的手跟在他身后。

校园里人人行色匆匆，很少有这样手牵手走的，张若琳眼珠滴溜直转，默默松开了手。可没松一会儿，她的手又被陈逸抓回去，揣进他的衣服口袋里。她盯着他的后脑勺，莫名就想起一个词——伟岸。即便他一路上都传达着"我不厉害""这里遍地都是非常厉害的人"，她反而觉得他更有魅力了。就像他从来认为学科之间没有高低贵贱之分，他总是说法学深奥，学文科的人天赋异禀。他甚至不是刻意谦虚，他很真诚，他就是这么认为的。他真好。

察觉手指被攥得紧紧的，陈逸停下脚步："紧张了？"

他以为她要上课，害怕了？

"是呢，不知道 Nydia 今天在不在，不知道我今天够不够漂亮！"张若琳顺着杆子爬，调侃道。

陈逸眉头一皱，随即又想到了什么，眉头舒展开来："梁配英文名叫 Nydia。"

梁配是二姨家的表姐，在斯坦福大学读博，前阵子来过一趟，张若琳是知道的。大概是陈逸的同学误会了梁配的身份。

"我在这儿没有走得近的女生。"

他居然连这点误会都不给她制造吗?她还以为要上演情敌相见分外眼红的戏码,她今天还化了妆呢。

"表姐也来听过你的课吗?"

"嗯,她非要争辩一下哪个才是 QS[1] 第一。"

"那她得出结论了吗?"

"没有,她只得出了原来美国也有那么多方言的结论。"

MIT 的教室座位区是圆弧状的,所以张若琳刚坐下就接到了来自四面八方的围观。八卦这种事,在这种全球顶级学霸的脑子里也是占有一席之地的。好在这节课不是陈逸的专业课,这些同学都不算熟识,没有人过来攀谈,否则她一口塑料英语真不知道怎么应付。

即便是选修课,课堂气氛也很热烈,课间还有不少学生围着教授问东问西,和 Q 大的课堂气氛其实差不多。

下了课,趁着休息时间,陈逸带着张若琳逛了逛校园,她围观了全世界最有趣的宿舍楼。听闻每年新生都会在宿舍楼前自己建游乐场,而且建得稀奇古怪,经常引发骚乱。但学校为了保护学生的创造力,对此睁一只眼闭一只眼。

在著名的俄罗斯方块楼下,还能看到万圣节从楼顶扔下的塑料南瓜,这是每年万圣节的保留节目,用来给平时科研压力太大的学生们解压。

据说,有一年万圣节,有个中国留学生在楼下卖真的南瓜,挣出了一年的学费。只是当天的保洁人员苦不堪言,路面上到处是稀烂的南瓜泥,他铲了两三天才处理干净。最后这个中国学生捐出了一部分收入作为保洁费用。

张若琳称赞道:"有趣,中国人到哪里都那么会挣钱!"

陈逸点头同意:"只要和蔬菜有关,中国人的脑洞永远世界第一。"

在标志性的大圆球建筑前,张若琳把手机给陈逸:"帮我拍照!"她鲜少拍照,他也是。但是来到他的学校,一点痕迹也没留下的话,她会遗

---

[1] 世界大学排名。

憾的。

陈逸从善如流，咔咔拍了好些。为了照顾拍摄角度，他还左右走动了一番。

张若琳很满意，他看着是个会拍照的。待接过手机查看照片的一瞬，她明白了建筑摄影师和人像摄影师的区别。他拍得很周全，把大圆球的边边角角都装了进去，只是站在下方的她——看起来最高一米四。

"我是让你帮我拍照，拍我！"

陈逸凑了过去，不大理解她为什么忽然生气了："每一张上面你都在黄金分割点上，是照片的第一视觉顺位。"

张若琳："……"她还是自拍吧。

"手机再斜一点，斜一点才显高。你再低一点……左边一点……右边一点……一点点，不用挪那么多。对……不是，再回来一点。哎，你不要动啊，我都调好了！"

广场前，张若琳的指挥声越来越大，越来越急，最后——"算了，就这样吧，也还可以，总比我的入学照要好。"

从陈逸手里接过手机，她才发现他的手指冰凉——给她当了那么久的人肉三脚架，冻的。她哪里顾得上照片，赶紧捧着他的手给他吹热气："你怎么不说？"

陈逸全然不在意，提议道："合照一张？"说罢，还没等她反应过来，他抬起自己的手机，横屏，她下意识看过去。"咔嚓"一声，拍好了。

他们忙活半天，不如这随意的一张。拍摄角度是斜上方从他那边拍过来，他微微朝她后仰，五官俊朗如昔，而她正捧着他的手很自然地抬头看，像是撒娇忽然被偷拍。大概是手受了冻，晃，照片有一点模糊，但恰好勾勒出朦胧校园的氛围。

张若琳满意地把这张照片传到她手机里，调好定位，发了朋友圈。

午饭是在肯德尔广场一家餐厅解决的。

他们点餐时，女服务生忽然跟陈逸打了声招呼，还与他简单聊了两句，话语间很是熟稔。

"My fiancee." 陈逸向女服务生介绍张若琳。

女服务生"wow"了一声,夸张若琳漂亮。张若琳微微笑着称赞她身材火爆,两人贴了贴脸。

等女服务生走了,张若琳撑着脸,无声地询问。有人上午还说他没有走得近的女生。

"我在这家店打过工。"陈逸淡淡地说。

张若琳挑着眉毛,目光里充满不信:"我怎么不知道?"他需要打工?

陈逸说:"每天两小时,午餐时间,国内午夜时分。"他有点不自然地喝了口水,放下杯子才道,"刚来的时候听不懂导师的方言,也不太能听懂其他老师说话,想多接触接触这里的人,熟悉他们的说话方式,为此试过很多办法。餐厅人来人往,能听到许多不同的口音。"

以往在视频时,张若琳听他说过许多学校的事——有趣的或者是矛盾的,文化的差异、价值的碰撞都让她十分好奇,对于出国留学这件事其实充满了向往。从他的反馈来讲,似乎没有任何的难处。

"可你没告诉过我。"

"现在知道也不迟?"

张若琳有点难以想象他一脸茫然地听课,然后实在听不懂,继而一副受挫的模样,也难以想象他穿着服务生的衣服端茶倒水,站在一旁听别人聊天的模样。这些,他都不想让她知道吧?

"很傻?"见她陷入沉思,陈逸忽然问道。

张若琳摇摇头,忽然站起来,隔着桌子捧着他的脸亲了亲:"好可爱哦。"她更爱他了!

陈逸:"……"

下午,到了陈逸的专业课,张若琳有点想推翻之前的印象和结论:他怎么可能下凡?他就是在刻意谦虚。虽然她完全听不懂,很多话分开,她都听得懂,组合起来就听不懂了,但是她确定以及肯定:陈逸即便是在这一群顶级头脑中间也是顶级。因为他的老师在提问的时候,只要没有人愿意回答,就会让陈逸来回答。在分组建模的时候,陈逸也是组长之一,想要跟他一组的话要靠抢。

课间休息的时候,陈逸的老师过来同张若琳搭话,然后问陈逸:"她是不是你确定要回中国的原因?"

陈逸微笑着点点头，没有一丝迟疑。

张若琳分明看到了这位教授眼底的惋惜。虽然她没有妄自菲薄，但几堂课下来，她还是感受到了差距。她明白华人在这所学校想要得到认可需要取得更耀眼的成绩，需要付出更多的努力，所以她仔细回想曾经视频时他有没有吐露过任何的抱怨。没有，从来没有，他仿佛一直是得来全不费工夫的模样。

当晚吃过饭，陈逸需要回租的房子拿些东西，张若琳便借此机会再度造访。Roy 盛情邀请他们吃夜宵，但被拒绝了。

在陈逸收拾东西的空当，Roy 抓紧机会和张若琳聊天。他仿佛对她充满好奇。

张若琳之前就听陈逸说过，Roy 的性格特别像步潼，她本来还想逗逗他的。可她还没有从今天的小情绪里出来，有点悻悻。

"姐姐，你也是 Q 大的吗？"

"嗯。"

"哇，也是学霸。"

在这儿谁敢自称学霸？

"没有没有。"

"你和 Ethan 是怎么认识的啊？"

"同学。"

Roy 当然知道他们是同学，然后呢？这一届的姐姐很难带啊。他打算先套套近乎："你放心吧，姐姐，我会帮你看好 Ethan 的！"

"他不用你看。"

Roy："……"这夫妻俩好冷漠。

结局就是 Roy 什么都没问出来，还为了突显自己是个优秀室友，把陈逸的事都抖搂了。

"Ethan 连泡面都不会煮，好在我什么都会做……

"Ethan 洁癖很严重，换别人跟他生活，肯定夯毛……

"Ethan 的作息像个老年人……"

……

张若琳一直没给出太多反应。见陈逸下楼了，Roy立刻闭嘴。

陈逸拉起张若琳的手正准备走的时候，Roy叫住他，在他耳边嘀咕："嫂子好像心情不太好，你们是不是吵架了？"

陈逸瞥一眼若有所思的张若琳，回道："可能只是不想理你。"

Roy："……"

两人再次相携而去。

Roy礼貌地把他们送到门口，然后就看到"冷漠"了一晚上的张若琳搂着陈逸的胳膊娇娇地说："他刚才说你的坏话。"

"嗯，然后呢？"

"我不信的，我就是觉得你无所不能。"

Roy："……"

陈逸："……"

陈逸发现，今天张若琳格外黏人，除了在车上没有办法牵手，她几乎一直抱着他胳膊走。

回到房间，她还是不撒手，仰着脑袋眼巴巴地看着他。

"怎么了？"他低头亲了亲她。

"好想你。"她答道。她好像知道了她刚来那天陈逸的感受，明明他就在身边，却觉得怎么也不够亲近。

陈逸说："先脱衣服。"

张若琳立刻撒手："不要脸！"

"……你不热？"

房间里，暖气开得很足，陈逸只是让她脱掉外套而已。张若琳才后知后觉，确实热。她讪讪地"哦"了一声，脱下羽绒服，里边只套着一件薄薄的卫衣——他的卫衣。她忘了一分钟前还黏黏糊糊的人就是自己，甩手自顾自找充电器，给手机充上电就在沙发上等着开机，没理陈逸。

陈逸瞥一眼她又泛起红晕的耳垂，弯了弯嘴角，没跟上去，自己先去洗澡。

这会儿国内已是早晨，张若琳的朋友圈终于收获点赞。评论区也挺热闹的。

陈母起得早,是第一个评论的:"囡囡好看!"

家里的亲戚们也都是竖起大拇指,一通夸赞。

狐朋狗友们的画风也没有往日清奇,一水儿的夸奖和祝福。

小胖:"大概是陈逸人生第一张自拍。"

李初萌:"几年不见,男神依旧是男神,呜呜呜,帅晕。"

孙晓菲:"哇哇哇,你去美国了!帮我买包!"

路苔苔:"哇哇哇,要命了,绝配!"

陆灼灼:"面若桃花,啧啧啧。"

万峰:"那么请问,陈逸可以换封面了吗?"

陈逸朋友圈封面是特奖道旗的合照,就是特奖宣传那段时间挂在路灯上的道旗,随机挂的,一个路灯挂两张,全校只有一个路灯恰好挂着他们俩的道旗,一左一右,都印着各自的履历和照片。这张照片用作朋友圈封面,特别像中介机构的留学介绍栏,张若琳向他要求过很多次换下来,都没成功。

趁着陈逸洗澡,张若琳拿起他手机。他手机录有她的指纹,她很轻松就能解锁。她点开他的微信,刚想自己换掉,发现他已经换了。她瞥一眼浴室,满意地笑了笑:"算他识相!"

刚想把手机放回去,她突然瞥见下边有一条他一小时前发的朋友圈。可是她并没有从自己的手机里刷到。于是,她从他的微信点进他的头像。他的朋友圈密密麻麻,但都带锁,是仅自己可见,像日记一般。

一小时前,应该是他收拾东西的时间。

"Boston 能不能再下几场暴雪,把她困在这儿。"

午后。

"有损英明。"

早晨。

"人像摄影,Listing。"

昨天,他上课的时间。

"距离 10 千米与 10000 千米有什么不同?想得发疯。"

大前天,他上课的时间。

"翘课不翘课翘课不翘课翘课,行,翘课。"

两分钟后。

"忍，她不喜欢。"

她抵达的当晚，凌晨，她睡着的时间。

"Restraint."

"她好美，她属于我。"

"Thanks."

…………

2月14日。

"Missing u, my girl."

…………

订婚那天。

"My fiancee, my wife."

每一条的字数都不多，因为并不是展示给任何人看的，寥寥数语，点到为止地传达他当时的心境。隐忍而放肆的一种宣泄，就像树洞，也像记录。

时间越靠近，陈逸发得越多，在最近达到了密集的地步，他大概是缓慢地喜欢上了这种方式。其中大多数内容，结合时间来看，都与她有关。也有一些大概是关于他的课业压力，但并不多。

白天她还在想，他好像永远都不会有负能量。可是人怎么可能永远正能量满满？只是他那些负面的情绪从未传输给她罢了。他成熟而强大。反观她，在生活和学习上遇到困难、纠结，无论大小，都要跟他吐槽，幼稚又浅薄。这些内容是从他出国后开始发的，时间再往前就没有了。她又翻回最近这几天的，反反复复比对时间。

张若琳瞬间泪眼蒙眬，除了手指和眼睛在动，整个身体都僵住了。一种从未有过的震撼从小小的屏幕和点滴的文字中传来，难以名状的酸胀感迅速盈满胸腔，她忘记了呼吸。原来，骄傲的小狮子不想让她知道的，除了看似窘迫的适应期，还有深沉得难以排解的对她的思念。

陈逸从浴室出来，外面寂静一片，她平时这时候都会看一些法制新闻，这时却只是低着头刷手机。听见他出来的动静，她才缓缓抬起头。陈逸擦头发的动作一顿，心口像被什么揪住了，紧得生疼。下一秒，他快步来到沙发旁，蹲在她跟前。

女孩粉白的小脸上挂着两行清泪,眼泪跟不要钱似的簌簌跌落。

陈逸想起 Roy 说她心情不好,难道真的是他疏忽了?他有些手足无措:"怎么了?"

"宝宝?"他捧着她的脸,大拇指擦拭着压根儿擦不完的泪水。

张若琳这会儿听不得这个称呼,一听就想起自己在他已经那样克制的时候还毫不留情地踹他,顿时就哭出声了,继而哇哇大哭,一声比一声响亮。

陈逸扔了手里的毛巾,坐到她边上把她拥进怀里,手都没处放了,拍着怕重了,放着怕她觉得自己冷淡,他只能摩挲着她的肩膀,"宝宝,宝宝"地轻声安抚。就着这个姿势,他也看见了落满泪水的屏幕。她拿的是他的手机。他的身体一僵。

"呜呜呜,你想我你就告诉我。呜呜呜,我不该凶你的。呜呜呜……"

陈逸:"……"他不记得她凶过他。

"我以后会改掉起床气的,呜呜呜……"

陈逸:"……"凶巴巴也有凶巴巴的乐趣。

"想翘课就翘吧,呜呜呜,我喜欢的。呜呜呜,也不是,呜呜呜,反正你做什么都可以的。呜呜呜……"

陈逸:"……"做什么都可以?早知道这些破烂玩意儿让她这么上心,他早就给她看了。

张若琳哭得怎么也停不下来,陈逸一开口,她就让他闭嘴,然后自己说一堆有的没的。陈逸没辙,只能细细密密地吻她,又不敢吻实了,她那点肺活量,哭过以后抽抽搭搭的,他吻得也不尽兴,只好把她放倒在沙发上,行使"做什么都可以"的权利。

番外五

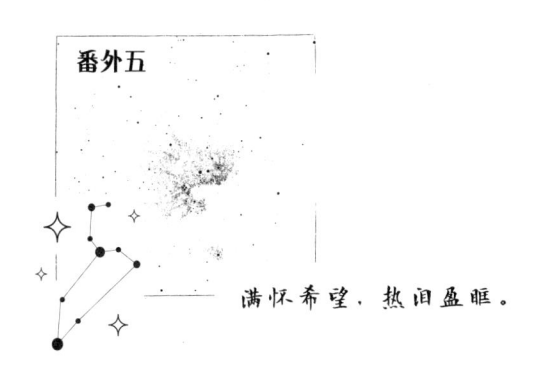

满怀希望，热泪盈眶。

也不知是被 MIT 的氛围影响了，还是被陈逸的"谦虚"打击到了，从波士顿回来，张若琳就开始认真考虑申请硕博连读。以她的成绩和科研成果来说，是有机会硕博连读的，高莹也曾提过此事。于是她刚休完假，就又钻进论文里。

陈逸在几次视频见不到人后，认命：她回国前所谓的"以后想我随时叫我"也就是随便说说，不用当真。

陈母如今和高莹走得很近，两个人大有相见恨晚的感觉。张若琳觉得挺神奇的，她们一个是商人，另一个是学究，平时聊什么呢？直到一个周末参与了二老的下午茶，她悟了：再厉害的女人，聊起儿女都是没完没了。

陈母很会调动气氛，无论哪个年龄段的人与她相处都能感觉如沐春风。忽然聊起张若琳读博的事，陈母玩笑道："这样算算还怪嫉妒的，我把儿媳妇放在你手底下做牛做马五年，和你在一块儿的时间比我这个婆婆都多呢。"

张若琳忙解释："阿姨，还没确定能申请上呢，老师很抢手的！"

陈母惊讶道："什么？那我们囡囡就没人抢的吗？也很抢手的好不啦。"

高莹只笑笑，讳莫如深。过了会儿话题都过去了，她居然又主动提及："那你会不会像你师姐似的半道去生小孩？"

张若琳一愣，这算是隐晦地说明条件吗？

硕博连读的好处是时间短，加起来五年；坏处也很明显，如果博士不能顺利毕业，就只能拿到本科学位。

　　陈母难得地沉了脸，似在盘算。如此张若琳毕业就是二十七八，其实还好，但是很难说，按时毕业的少之又少。

　　"这种事来了就是缘分，哪里挡得住的呀？"陈母状似无意道。她的意思其实很明显，她还是想早早抱孙子的。

　　张若琳的表情有点木，怎么回事？她怎么还没结婚就被催生了？对于小孩，她没有什么特别的感受，没有特别期待，也不排斥，她从来没有过生育的计划，感觉顺其自然就好。

　　晚上，张若琳掐着陈逸上课前的时间给他打视频电话。

　　陈逸还没开口调侃，张若琳放大的疑惑脸便出现在屏幕上，她开门见山道："你说，我们什么时候生小孩好呢？"

　　陈逸端牛奶的动作一顿。

　　"想要小孩？"只有他自己知道，沉稳的声音里夹杂着些别的情绪。

　　"不想。"张若琳沉浸在自己的思考中，并未察觉到什么，"也不是，之前没想过。"

　　"那怎么突然想了？"

　　"读博的话，最早也得二十八岁备孕，二十九岁生育，而且这是最早的情况，稍微一拖，我会不会变成高龄产妇呢？"

　　她兀自认真筹划着，陈逸感觉嘴里的牛奶比往常香醇。

　　"那你怎么想？我都可以配合。"

　　"怎么配合？"

　　"你说呢？"

　　张若琳："……你正经点啦！我在说正经事！"

　　陈逸笑了一声，凑近屏幕打量害羞的未婚妻："我哪里不正经？我只是说时间上的配合，你想的是什么配合？"

　　他凑近的脸在清晨的阳光里清俊得晃眼，张若琳天天看，还是没有免疫力，心脏怦怦直跳。她连忙转移话题："可是，阿姨好像很着急的样子……"

　　陈逸已经大概知道她的倾向，淡淡道："她也就是表达表达意思，不会真正干涉的。"

"可我还是觉得大家都开心最好呀。家庭关系不就是互相关爱吗？"

陈逸的目光专注而深沉："你可以用其他事转移转移他们的注意力。或者，给不了蛋糕，先给颗糖。"

"那给什么糖呢？"

"我们结婚。"

这个消息确实砸得几位家长几脸蒙。其实现在两家的状态和他们两个正式结婚没有多大不同，两家的家长都以为两个孩子想毕业后再结婚，就都没催。

惊喜来得太突然，陈母这位新手婆婆再次跑到姐妹圈求经，顺便炫耀。如此，张若琳压根儿什么都不用管，专心搞她的论文，做甩手新娘。只是陈母还是需要问她一些喜好，免不了经常与她通话。

问了些场地和跟妆师的档期，陈母更着急了："半年的时间备婚实在太短了些。"

半年还短？要干什么，搞个秀场吗？

"不用太麻烦的。"张若琳道。按她的想法，压根儿就不需要那么隆重，亲朋好友走个仪式就好了。

可是对于陈母来说，这是她期待了半辈子的一场盛宴。

陈逸宽慰道："你让她忙吧，如果婚礼够她回味几年，大概也就不会那么想要孙子。"

张若琳心想，那样确实不错。

一场婚礼，惊动了许久未联系的同学们。大概是张若琳与陈逸的感情稳定下来后没有什么波折，她险些以为大家都是如此。她一直待在学校里，没有意识到踏进社会的成年人已经不会再轻易诉说自己的不幸和坎坷，粉饰太平的朋友圈只是平和的假象。

孙晓菲和贺阳早已貌合神离。

去了杭州没多久，孙晓菲就发现贺阳和公司里的一位经纪人走得极近，贺阳解释他们只是工作上联系得多，两人的关系急转直下。之后，孙晓菲又在贺阳电脑的加密文档里看到了那个女人的私房照。贺阳是个摄影师，以艺术追求为由又哄了孙晓菲一阵。

孙晓菲不知道贺阳到底有没有真的出轨，无论如何，她已经心如止水。只是他们毕竟有几年的感情，她不知道该怎么处理。

那阵子贺阳对她更加上心了，他本就是网友见证的"二十四孝男友"，那阵子就差给她当牛做马了，导致粉丝都以为他们好事将近，让两人赶快结婚的呼声一阵盖过一阵。

贺阳在海边筹备了盛大的求婚仪式，现场直播。孙晓菲却没有出现。她不忍心在众目睽睽之下拒绝贺阳，那不仅仅是对她整个青春的抹杀，更是打破追随他们六年的粉丝的爱情幻想。她不知道该如何处理，只好逃避。

而这些，完全不刷微博的张若琳一无所知。

孙晓菲说："不要找在社交网络上表现得很会宠人的男人，会变得不幸。大概演着演着，他自己都信以为真，觉得自己是个深情不移的人了。"

路苔苔和小胖还算顺利，已经见过双方家长。两个人都更胖了——幸福胖，眼下比较愁的只是在哪座城市生活的问题。

小胖家里当然希望他们能够去男方家里发展，但是以路苔苔的性格和条件，去了就等着当家庭主妇吧。可如果二人留在上海，小胖当然得指着路家的关系发展，对于小胖来说，那也是需要克服的心理障碍。

现下两人没有达成一致，打算等小胖毕业再说。

李初萌评价道："门当户对的道理永远不会过时。"

在这样的矛盾下，路苔苔和小胖还能走下来，很大的原因是双方家境殷实，无论怎么说，都能有进一步坐下来谈的资本。

"当然，如果爱管够也行。"李初萌又补充道。

李初萌和樊星烁不具备这两个条件。毕业即分手的魔咒虽然没发生在他们身上，但是巨大的家庭背景差异仍旧让这对相互扶持过的情侣走向末路。

李初萌原先的性格骄纵任性，也有点作，但是和樊星烁在一起后，她就收敛了许多，为了他，变得知情知趣，善解人意。而樊星烁毕业后进了体制内，没多久就满口"某处长""某部长"，说哪片地已经在规划、哪个公司要倒大霉……李初萌觉得他变了，樊星烁觉得与她没有共同话题。

李初萌家里觉得樊星烁条件一般，本就不大同意他们两个在一起。樊星烁了解到这个情况，不但不想花心思去解决，反而认为，李初萌家不过是商贾家庭，她本人在北京没有户口，不应该对他挑挑拣拣。

"接近权力会让人产生拥有权力的幻觉。"李初萌如此说。她仿佛一夜之间长大了。

郑淑仪与杜弘毅正在异国恋，两个人都比较要强，吵吵闹闹分分合合好几回。

"说不准，现在什么都说不准。"郑淑仪一点底都没有。

张若琳还间接听到不少同学的八卦，越听，心情越沉重。对比起其他同龄人，他们顶着名校光环，在他人眼里已是天之骄子，可是那又如何，成长的坎坷和伤痛，他们一样没少。

走一步看一步似乎成了所有人的选择。

"成年人太难了。"晚上视频的时候，张若琳趴在书桌上感慨，一个字也看不进去。

陈逸正在一堆模型前一筹莫展，闻言拿起手机："所以，一直待在学校里是不是还不错？"

张若琳抬眼，伸手戳了戳屏幕，把自己的大屏换成他的，欣赏自家未婚夫的绝世美颜。看着看着，她就陷入沉思。如果不是因为她结婚的消息太过突然，姐妹们太过感慨，畅聊了一番，她现在还沉浸在"发论文太难了，这是什么人间疾苦"的误解里。她如今家庭和睦，学业稍有成就，感情也稳固，想一想，连生活琐事鸡毛蒜皮的烦恼都很少。他有隔着一片大洋给她解决烦恼的特异功能。她多幸运啊。

"嗯，挺好的。"她回答，语气还是闷闷的，"那也不能拒绝融入社会啊？到时候我变成一个老学究，和你一点共同语言都没有，你会不会很烦？"

"融入不是迎合，"陈逸说，语气是他惯常的淡定，"无论是社畜还是学究，都可以永远是宝宝。"

"噢。"张若琳鼓了鼓腮帮子，在他宠溺的眼神里，忽然被暖意侵袭得有点不自在。

然后，陈逸就这么看着她，她也坐直了回望他，大概过去了两分钟，两人一动不动。然后陈逸说了句"上课了，走了"就挂断了视频。

张若琳趴回桌子上,呆呆地想,共同语言不是强求来的,契合的灵魂即使相顾无言也觉得万分美好。她有陈逸,人间值得。

盛夏。
婚礼按照陈母的筹备如期举行。
天公作美,连绵了好几天的雨水在婚礼前夜终于见停,次日大晴,云层像打翻的奶油桶,软绵绵地铺了半空。
陈母为确保万无一失,主仪式还是订在酒店宴会厅举行,而她又对草坪婚礼情有独钟,便在郑家宅子前的草坪上安排了敬茶改口仪式。
别人家改口仪式只敬父母,郑家却摆起个大台子,从老爷子到姨舅,再到小辈兄弟姐妹,都要改口,当然,都有改口费。
陈逸领着张若琳上台,一个一个叫过去,她手里的红包两只手都拿不下了,先交了部分给主伴娘陆灼灼收着,继续收红包。改口仪式结束时,婚包已经塞得满满当当。
张若琳在陈逸耳边说:"好爽哦,发财了。"
陈逸短促地笑了一声,说:"都是妈准备的。"
"啊?"
"他们只是负责给你。不信的话,你晚上打开看看,小辈的一个数,长辈的一个数,都是一样的,说不定,还是连号。"
张若琳嘴角一扯,僵住了:"……破费了。"
张若琳昨天晚上没睡好,一大早的就起来梳妆打扮,困得都快分不清南北了,所以,即便司仪与她沟通过很多遍流程,她还是什么都没记住,只听陆灼灼在耳边不断提示她下一步该做什么。
幸福和感动永远是婚礼的主旋律。
张若琳没参加过婚礼,以往只刷到过同学和好友的视频,不知道原来婚礼这么好哭。她也不知道是怎么了,从换上主婚纱的那一刻开始,她的鼻尖就隐隐泛酸。当大门打开,她提着裙摆缓缓走进殿堂,远远望见陈逸捧着花束凝望着她,眼泪忽然就如开闸的洪水,怎么也止不住。
前夜孙晓菲跟她说要做好表情管理,她还不当回事,以为她只要好好站着就好了。此时她才发现,越近,她就越是站不稳。由于婚礼场地太大,她订的是超大裙摆的婚纱，裙撑巨大，所以本该父亲牵着她走的环节就变成了她自己走。

此时，在陈逸专注且隐隐闪着光的双眸里，她渐渐挪不动步了。

音乐无疑是情绪的助推剂，她停顿半晌，忽然就冲几米外的男人喊道："陈逸，你快来接我啊，呜呜呜。"

张若琳的声音不大，周围人沉浸在浪漫的氛围中，没有听清，只知道新娘说了什么，然后就见原本挺立在主仪式台中央的新郎大步向新娘走去，然后牵着她的手，微微弯腰凑到新娘面前低声说话，新娘破涕为笑，新郎一点点吻掉她的眼泪。

台下亲朋好友不由得笑了。

司仪蒙了。

灯光师慢了半拍，没能把聚光灯打到两位主人公身上。

新郎新娘这就情意绵绵上了？他们还没走到指定地方呢！

此刻，正在拍摄视频的孙晓菲破涕为笑。她昨天晚上发了做伴娘的Vlog第一集，除了介绍张若琳的跟妆师，还拍摄了她们装饰婚房的过程。她那些嗷嗷待哺的粉丝早就嗅到了不寻常的气息：她参加闺密的婚礼，没带贺阳。

孙晓菲在评论区回复："我们一起来看看真正的爱情吧。"

她的不少粉丝都是跟了她好几年的，很快就想起来这对新婚夫妻是几年前出过镜的学霸情侣。

孙晓菲没忍住，把刚才拍的这一段先发了出去。她没发到微博上，只发在她的视频号。

没想到，婚礼没结束，这段视频就已经被推到首页。评论区被许多陌生网友占领。

"太帅了，太美了，这确定不是在拍偶像剧？"

"火钳刘明我预言这视频要血洗抖Y。"

"好宠溺，我死了。"

"男主眼神：管它什么仪式，老婆哭了就要亲亲。"

"呜呜呜，我不应该在这里，请杀了我给他们助兴！"

"球球女主开微博吧，断断续续磕几年太难受了，请让我磕到魂断微博！"

还有孙晓菲的老粉在科普。

"这场地这婚纱，我直呼不简单！"

"男主捧的这束铃兰可以买个普通婚礼的钻戒！"

"这俩现在一个是MIT的研究生，一个在Q大硕博连读，什么神仙眷侣！"

"从特奖合照到婚纱照，学霸的爱情圆满了。"

而视频女主本人刚开始只觉得丢脸。为了穿这件婚纱，她配了双"矮子乐"，将近七厘米高的防水台，她每走一步都像踩高跷。如果陈逸没去接她，她可能就要栽倒了。

当时，陈逸走到她跟前，只一句"怎么了"就让她哭得更凶了。在漫长的异国恋期间，他说得最多的话大概就是"怎么了"。有时候她其实只是发呆。他细心呵护她的每一分情感，仔细关照她的每一分情绪。如果别人说"永远"，她会觉得浮夸。可是他说，她就相信，在他身边，她可以永远是宝宝。什么场合、什么礼仪，她瞬间抛诸脑后。宝宝结婚哭一哭怎么了？

完成了情绪的转变，张若琳又有力气了。她提着沉重的婚纱，牵着陈逸的手，在亲人与友人的祝福下，一步步走向殿堂的中央……满怀希望，热泪盈眶。

（全文完）

图书在版编目（CIP）数据

来路是归途：全2册/陆之南著.--北京：北京联合出版公司，2023.6

ISBN 978-7-5596-6676-5

Ⅰ.①来… Ⅱ.①陆… Ⅲ.①长篇小说－中国－当代 Ⅳ.①I247.5

中国国家版本馆CIP数据核字（2023）第029287号

来路是归途：全2册

作　　者：陆之南
出 品 人：赵红仕　　　　　　　出版监制：辛海峰　陈　江
责任编辑：刘　恒　　　　　　　特约编辑：丛龙艳
特约监制：穆　晨　　　　　　　产品经理：张梦璇　陈隽萱
封面设计：有点态度设计工作室　内文排版：芳华思源

北京联合出版公司出版
（北京市西城区德外大街83号楼9层 100088）
北京联合天畅文化传播公司发行
天津中印联印务有限公司印刷　新华书店经销
字数 576千字　880毫米×1230毫米　1/32　18.75印张
2023年6月第1版　2023年6月第1次印刷
ISBN 978-7-5596-6676-5
定价：69.80元（全2册）

版权所有，侵权必究
未经许可，不得以任何方式复制或抄袭本书部分或全部内容
如发现图书质量问题，可联系调换。
质量投诉电话：010-88843286/64258472-800